汉代文学与文化研究

下　册

赵敏俐　主编

2018年·北京

目 录

汉代散文研究 427

史迁笔法：定褒贬于论赞 ...... 李洲良 429
蕴涵褒贬与叙事需要的称呼
——以《项羽本纪》中对项羽称呼的变化为例 ...... 凌朝栋 440
论汉代奏议的议政内容 ...... 王启才 454
《屈原列传》的叙事分析 ...... 洪之渊 469
试论司马迁以道统抗衡政统的精英意识
——以《史记》项羽形象为中心 ...... 郭院林 480
结构的虚构：历史文本的最大虚构 ...... 刘国民 492
论司马迁的贵族精神及其时代意义 ...... 柯镇昌 506
刘歆援数术入六艺与其新天人关系的创建
——以《汉书·五行志》所载汉儒灾异说为中心 ...... 徐建委 515
班固《汉书》对西汉长安经生活动的书写 ...... 贾学鸿 545
陈衍的《史记》文章学研究 ...... 丁恩全 558
从亦子亦史到亦经亦史
——《史》《汉》之际历史撰述探微 ...... 马铁浩 577
论《汉书》列传章法的表现形式 ...... 张旭晖 594

汉代经学、子学研究 605

董仲舒的礼教神学思想 ...... 普 慧 607

II 汉代文学与文化研究

论两汉玄学思潮的萌芽 .... 曹胜高　625
《淮南子》与《管子》 .... 巩曰国　640
汉代黄老思想的学术生态及其对儒学的影响 .... 孙少华　649
桓谭《新论》的误读与汉魏子书的辩难传统 .... 尹玉珊　667
贾公彦《序周礼废兴》疏证（一） .... 王霄蛟　686

汉代小说研究 695

小说的兴起及汉代小说的类型与特征 .... 杨树增　697
《易林》繇辞中的西汉小说元素 .... 张树国　738
试论汉代以小说解经 .... 魏鸿雁　776

文献整理研究及其他 789

音译与意译的叠加重合
　　——汉代文史典籍中不同民族名物音译的文化内涵 .... 李炳海　791
简册制度与《天问》的错简问题
　　——兼谈《天问》在汉代的流传与整理 .... 孟祥笑　姚小鸥　808
先秦文学主流言说方式的生成 .... 赵　辉　820
关于《文选》旧注的整理问题 .... 刘跃进　845
吴越争霸大事表 .... 俞志慧　861
西汉诗文辑补勘误 .... 易小平　876

后　记

汉代文学与文化国际学术研讨会会议综述 .... 崔　冶　张旭晖　亓　晴　887

汉代散文研究

史迁笔法：定褒贬于论赞

李洲良

杨燕起说："历来的学者多认为《史记》是难读的。这主要的不是指它的文字深奥，而是认为很难恰当理解司马迁的著述主旨，及其体现在各篇中的深意。"此可谓治《史记》者的肺腑之言。他又引清代程余庆《史记集说序》的话："良由《史记》一书，有言所及而意亦及者，有言所不及而意已及者；有正言之而意实反者，有反言之而意实正者；又有言在此而意则起于彼，言已尽而意仍缠绵无穷者。错综迷离之中而神理寓焉，是非求诸言语文字之外，而欲寻章摘句以得之，难矣！"①这是从言意关系的角度指出《史记》言浅意深的特点，读《史记》论赞亦可作如是观。

一、史书论赞与"君子曰"

论史书之论赞首推刘知幾的《史通》。刘知幾认为史书论赞源于《左传》的"君子曰"："《春秋左氏传》每有发论，假君子以称之。二传云公羊子、谷梁子，《史记》云太史公。既而班固曰赞，荀悦曰论，《东观》曰序，谢承曰诠，陈寿曰议，何法盛曰述，扬雄曰撰，刘昞曰奏，袁宏、裴子野自显姓名，皇甫谧、葛洪列其所号。史官所撰，通称史臣。其名万殊，其义一揆。必取便

---

① 杨燕起：《史记的学术成就》，北京师范大学出版社1996年版，第1页。

于时者，则总归论赞焉。"[①] 刘知幾将史家在史书中的议论统归之于论赞。从传世文献和出土文献看，史书之论赞源于《左传》，没有什么疑义，但这并不意味着先秦典籍只有《左传》有论赞。《国语》中的论赞暂且不说，1973年马王堆三号西汉墓出土的秦末至汉初在缣帛上书写的二十余种古书，其中有一种记载春秋史事的古佚书，原书无名且残缺严重，马王堆汉墓整理小组据内容定名为《春秋事语》。该书在写作体例上与《左传》《国语》相类，成书略晚于《左传》，以记言为主，兼叙史事。书中多借圣贤君子对当时史事及人物言行加以评价，这也是史书论赞的表现形态。当然，"君子曰"式的话语形式是《左传》论赞的主要形式。

据台湾学者张高评统计："《左传》评论史事，进退人物，载道资鉴，往往假君子以发论，全书多达九十则。'君子曰'、'君子谓'、'君子是以知'、'君子以……为'、'君子以为'、'君子是以'乃其形式；出现之次数依序为：四十八见、二十二见、十一见、四见、三见、二见……'君子曰'既以数量之多取胜，遂成《左传》论赞之代称。"[②]

《左传》之论赞的确取得了很高的成就。张高评说："今考察《左传》史论之方式，得其表现之作用有十：一曰褒美，二曰贬刺，三曰预言，四曰推因，五曰发明，六曰辨惑，七曰示例，八曰补遗，九曰寄慨，十曰载道。"[③] 如果再进一步分析，《左传》"君子曰"的十大作用不是不分轻重，彼此并列的，而是以前四种为主，尤重褒美、贬刺二端。这是由《左传》以史解经的性质决定的。作为以史事解释《春秋》经义之作，亦史亦经、以史传经是《左传》的文本特色。从史的角度看，在真实的基础上，疏通知远、鉴往察来是对史书功能的基本要求，《左传》虽未明确这一写作宗旨，但由于其历史叙事的行文惯性也促使作者下意识地总结历史事件成败经验和教训，为执政者鉴。所谓预言，就是由眼下之情境测度将来之结果；所谓推因，就是由眼前之结果推究其形成之原因。晋献公欲立骊姬，占卜不吉，不听卜人之劝而立之，遂有骊姬后宫之乱（僖公四年）；秦晋崤之战、蹇叔哭师、王孙满观师，已预判了秦军的失败

[①] （唐）刘知幾撰，黄寿成点校：《史通》，辽宁教育出版社1997年版，第23页。
[②] 张高评：《左传之文韬》，台湾丽文文化事业股份有限公司1994年版，第101页。
[③] 张高评：《左传之文韬》，台湾丽文文化事业股份有限公司1994年版，第135页。

（僖公三十三年）；晋人违礼铸刑鼎，孔子、蔡史墨预言晋失法度将灭亡（昭公二十九年）：这些是预言。长勺之战，鲁军胜而齐军溃，在于曹刿"一鼓作气，再而衰，三而竭"的用兵之道（庄公十年）；秦穆公最终没能成为诸侯的盟主，在于以"三良"为殉，"死而弃民"（文公六年）；吴国趁楚共王死，举国吊丧之机攻打楚国，遭遇伏击而战败，这是吴国之不善而导致的祸乱：这些是推因。但《左传》"君子曰"最大的作用还是在历史事件和人物品格的褒贬功能方面，其他功能大都围绕着褒贬功能展开。郑伯克段于鄢，君子赞美颍考叔"纯孝"的同时，也是贬斥郑庄公囚母之不孝，并用《诗经》成句"孝子不匮，永锡尔类"加以反讽（隐公元年）；晋楚城濮之战，楚令尹子玉刚愎自用，狂妄无礼，遂致兵败。楚大夫荣黄总结说："非神败令尹，令尹其不勤（重视）民，实自败也。"（僖公二十八年）秦之同盟江国被楚所灭，秦穆公降服、别居、减膳、撤乐以自惧，受到了君子的称许（文公四年）；晋灵公不君，为赵穿所杀，董狐直书"赵盾弑其君"，被孔子称为"古之良史"，"书法不隐"（宣公二年）；郑国子然杀了邓析，却使用了他写的《竹刑》，在君子看来，子然此事做得不忠厚，因为如果一个人对国家有益，可以不严惩其邪恶（定公九年）；楚昭王未听周大史之劝，没有把可能发生在自己身上的灾祸转移到楚国大臣身上，染病也不听卜人之言去祭祀黄河之神，被孔子称为"知大道""不失国"的明君（哀公六年）。凡此种种，举不胜举。从总体上看，《左传》从维护周礼的目的出发，用道德修养来评价人物和褒贬是非，成为《左传》最重要的评判标准。襄公十三年的"君子曰"很能说明这一问题：

> 君子曰："让，礼之主也。范宣子让，其下皆让。栾黡为汰，弗敢违也。晋国以平，数世赖之，刑善也夫！一人刑善，百姓沐和，可不务乎！《书》曰：'一人有庆，兆民赖之，其宁惟永。'其是之谓乎！周之兴也，其《诗》曰：'仪刑文王，万邦作孚。'言刑善也。及其衰也，《诗》曰：'大夫不均，我从事独贤。'言不让也。世之治也，君子尚能而让其下，小人农力以事其上，是以上下有礼，而谗慝黜远，由不争也，谓之懿德。及其乱也，君子称其功以加小人，小人伐其技以冯（凭）君子，是以上下无

礼，乱虐并生，由争善也，谓之昏德。国家之敝，恒必由之。"①

把礼让与行善作为衡量国家兴衰的标准，且得出治世有懿德、乱世有昏德的结论。换句话说，德兴则国兴，德昏则国乱。在《左传》"君子"看来，道德风尚对于一个国家的兴亡太重要了！

二、史迁论赞与"太史公曰"

刘知幾也把《史记》中的"太史公曰"列在论赞中，但同时又对"太史公曰"颇有微词："夫论者所以辩疑惑，释凝滞。若愚智共了，固无俟商榷。丘明'君子曰'者，其义实在于斯。司马迁始限以篇终，各书一论。必理有非要，则强生其文，史论之烦，实萌于此。夫拟《春秋》以成史，持论尤宜阔略。其有本无疑事，辄设论以裁之，此皆私徇笔端，苟炫文采，嘉辞美句，寄诸简册。岂知史书之大体，裁削之指归哉？"② 如果孤立地看这段话，刘知幾的论述有一定的道理：史书论赞的作用在于"辩疑惑，释凝滞"。如果史无疑惑、凝滞之处，就没必要写论赞。在刘知幾看来，司马迁著史，每每于篇终无论有无疑惑、凝滞之处，都各书一论，似有炫耀文采、画蛇添足之嫌。其实，如果通观《史通》，则不难发现，这是刘氏一贯申《左传》而抑《史记》的一偏之见。《左传》之论赞代表了先秦史论的最高成就，这是毋庸置疑的。但客观地看，尽管道德评价在历史评价中占有重要地位，但道德评价代替不了历史评价，道德的好坏更决定不了历史的发展和走向。从这个意义上说，《左传》"君子曰"还是停留在道德层面即"经"的层面上。而真正完成由"经"向"史"的层面跨越的，是《史记》"太史公曰"。笔者认为，"太史公曰"的史论价值在"君子曰"之上，如果说"君子曰"的史论主题主要表现在惩恶劝善的道德层面上，那么"太史公曰"的史论主题则没有停留在道德层面上，而是向前发

---

① 杨伯峻：《春秋左传注》，中华书局1990年版，第999—1000页。
② （唐）刘知幾撰，黄寿成点校：《史通》，辽宁教育出版社1997年版，第23页。

展到历史评价乃至历史哲学层面,即对历史发展规律性的探讨层面上。司马迁坦言,著《史记》是为了"稽其成败兴坏之纪","原始察终,见盛观衰","欲究天人之际,通古今之变,成一家之言"。可见,司马迁在自觉地探寻历史发展的规律。钱钟书认为,有史书未必就有史学,"吾国之有史学殆肇端于司马迁欤"。[①] 此当为不易之论。

一般习惯称篇前之"太史公曰"为"序",称篇末之"太史公曰"为赞。据统计,《史记》全书,序二十三篇,赞一百零六篇。二十三序包括十表九序、八书五序、世家一序、列传八序;一百零六赞包括本纪十一赞、八书三赞、世家二十九赞、列传六十三赞。此外有五论传:《天官书》之赞,夹叙夹议,可称为《天官书论》;《伯夷》与《日者》《龟策》三传前后呼应,提示义例,亦为论传;《太史公自序》为全书总论。所以总计一百三十四篇、三万零九百三十六字,约占全书五十二万六千五百字的百分之六。[②]

"太史公曰"的内容相当丰富,集中体现了司马迁的才、胆、学、识,尤其是在史识方面。在写法上也有其独到之处。如果说史迁笔法寓论断于序事,藏美刺于互见更多地体现为"春秋笔法""隐"的一面,那么定褒贬于论赞则更多地表现为"显"的一面,即"尽而不汙";如果说前者意在画龙,那么后者则意在点睛。当然,这都是相比较而言,就《史记》论赞本身来看,亦有微婉显晦之分。就论赞的"显性"特征而言,或借仁人君子之义行壮举抒发敬仰之情;或书昏君权臣之暴行劣迹发泄怨愤之意;或述王朝更迭、世族盛衰以寄托兴亡之感;或对重大事件提要勾玄以探其成败之因;或深察民情民意以昭示民心之不可诬;或阐明写作本旨、书法义例以成其一家之言。就论赞的"隐性"特征而言,或反话正说,似褒实贬;或侧笔反衬,寓有深意;或暗含影射,曲笔诛心;或言此意彼,绵里藏针。下面以《史记》论赞中表现出的"春秋笔法"显、隐之义的事例作简要阐述。

---

① 钱钟书:《管锥编》,中华书局1986年版,第251页。
② 张大可:《史记研究》,华文出版社2002年版,第252页。

三、论赞之"显":妍媸毕露

　　《史记》中的论赞,或开篇于前曰序,起介绍题旨的作用;或收尾于后曰赞,起总结全篇的作用。其所表现的内容是十分广博的,现择其要者而言之。

　　司马迁对历史上的仁人君子、壮夫义士的正义行为和高尚品质总是给予高度的礼赞,对他们坎壈多舛的不幸遭遇和悲剧结局则给予了深切同情。《孔子世家赞》云:"《诗》有之:'高山仰止,景行行止。'虽不能至,然心乡往之。余读孔氏书,想见其为人。适鲁,观仲尼庙堂车服礼器,诸生以时习礼其家,余祗回留之不能去云。天下君王至于贤人众矣,当时则荣,没则已焉。孔子布衣,传十世,学者宗之。自天子王侯,中国言'六艺'者折中于夫子,可谓至圣矣!"[1]对此,金圣叹评曰:"赞孔子,又别作异样淋漓之笔。一若想之不尽,说之不尽也,所谓观沧海难言也。"[2] "淋漓之笔"正道出司马迁对孔子的无限敬仰之情。《越王勾践世家赞》:"禹之功大矣,渐九川,定九州,至于今诸夏艾安。及苗裔句践,苦身焦思,终灭强吴,北观兵中国,以尊周室,号称霸王。句践可不谓贤哉!"[3]金圣叹评曰:"何与乎勾践?与其能隐忍以就功名,为史公一生之心。"[4]司马迁遭腐刑之辱,隐忍苟活是为了发愤著书,故可与勾践卧薪尝胆戚戚相感。此外如《屈原贾生列传赞》《伍子胥列传赞》《管晏列传赞》《范雎蔡泽列传赞》《季布栾布列传赞》等,无不表现出司马迁由衷的赞叹之情。

　　出于史家的良知与道义,司马迁对历史上可歌可泣的历史人物予以高度礼赞的同时,对那些昏君权臣酷吏的暴行劣迹予以无情的挞伐,充分发挥了史笔诛心的批判力量。他讽刺秦始皇"自以为功过五帝,地广三王,而羞与之

---

[1] (汉)司马迁:《史记》,中华书局1959年版,第1947页。
[2] (明)金圣叹:《天下才子必读书》,安徽文艺出版社2003年版,第333页。
[3] (汉)司马迁:《史记》,中华书局1959年版,第1756页。
[4] (明)金圣叹:《天下才子必读书》,安徽文艺出版社2003年版,第327页。

侔"①。金圣叹评曰:"此便借《过秦》三篇为断,而自己出手,只檃括得'而羞与之侔'五字,寄与千载一笑。"②另如商鞅的"天资刻薄"、王翦的"偷合取容"、李斯的"严威酷刑"、田蚡的"负贵而好权",司马迁都一一加以挞伐,不以成败论英雄,不随世俗相俯仰,表现出司马迁独具只眼的史学胆识,尤显得难能可贵。

值得注意的是,司马迁对历史人物和事件的评价常常能站在历史哲学的高度加以反思,在善善、恶恶、贤贤、贱不孝的道德评价基础上能升华为对历史现象的规律性认识和把握,较之《左传》的"君子曰",更自觉地表现出历史哲学的意识。《太史公自序》中说:"网罗天下放失旧闻,王迹所兴,原始察终,见盛观衰。"《报任少卿书》亦云"究天人之际,通古今之变,成一家之言","稽其成败兴坏之纪"③,都意在表明司马迁探寻历史规律的动意。正是带着这样的动因和视点,司马迁对历史人物和重大事件的评价才具有了哲学反思的意味。强秦暴政,二世而亡;继起者项羽则以暴易暴,亦在位不终。所以《项羽本纪赞》云:"自矜攻伐,奋其私智而不师古。谓霸王之业,欲以力征经营天下。五年卒亡其国,身死东城,尚不觉寤而不自责,过矣。"项羽的失败告诫统治者,迷信武力而不行仁德,终将祸乱自身,这是封建社会带有规律性的警示,故刘邦反其道而行之,终于一统天下,建立西汉王朝。《高祖本纪赞》则对夏商周秦汉五代之兴替进行简明扼要的总结:

> 夏之政忠。忠之敝,小人以野,故殷人承之以敬。敬之敝,小人以鬼,故周人承之以文。文之敝,小人以僿,故救僿莫若以忠。三王之道若循环,终而复始。周、秦之间,可谓文敝矣。秦政不改,反酷刑法,岂不谬乎?故汉兴,承敝易变,使人不倦,得天统矣。④

对各朝代施政利弊之概括及后代革前代之弊另有新立的变易思想的提出,

---

① (汉)司马迁:《史记》,中华书局1959年版,第276页。
② (明)金圣叹:《天下才子必读书》,安徽文艺出版社2003年版,第308页。
③ (清)严可均:《全上古三代秦汉三国六朝文》,商务印书馆1999年版,第269页。
④ (汉)司马迁:《史记·高祖本纪》,中华书局1959年版,第393—394页。

犁然有当，殊为深刻。这里虽说是带有历史循环论的色彩，但本质上仍是革弊通变历史哲学精神的体现。对此，杨燕起说："司马迁强调，重要的是必须顺应形势，承敝通变，将国家政治引导到正确的轨道上来，司马迁借用了循环论述语，表述的实质内容是需要改革、前进，而不是重复的循环观念。"①这便是司马迁超越董仲舒"三统"循环说的过人之处。

民在历史发展中的作用同样为司马迁所关注。承继先秦民本思想，司马迁十分重视民意、民心，认为民心不可诬，人心向背关系到国家社稷的兴亡。秦以武力并吞八荒、四海归一，又以苛法峻刑残贼百姓，蒙恬将众三十万，筑长城万余里，司马迁以"固轻百姓力矣"加以谴责。而"天下苦秦久矣"，故有农民陈胜、吴广者揭竿而起，推翻暴秦，昭示民心之不可诬。汉代名将李广骑射超群，威震匈奴，却最终不得封侯，被逼自杀。《李将军列传》写李广自刎后，"广军士大夫一军皆哭。百姓闻之，知与不知，无老壮，皆为垂涕"。《传》赞亦云："及死之日，天下知与不知，皆为尽哀。"此正可借百姓之疾痛惨怛书朝廷之刻薄寡恩，言在于此而意在于彼，"春秋笔法"是也。

最后，《史记》论赞的一项重要内容是昭示《史记》笔法、义例。章学诚云："太史《自叙》之作，其自注之权舆乎？明述作之本旨，见去取之从来，已似恐后人不知其所云，而特笔以标之。所谓不离古文，乃考信六艺云云者，皆百三十篇之宗旨，或殿卷末，或冠篇端，未尝不反复自明也。"②这里章学诚所言虽仅指《太史公自序》一篇阐述写作之本旨，但客观上已表明《史记》论赞有笔法、义例在。对此，张大可概括为五项：（1）阐明五体结构义例；（2）提示立篇旨意；（3）阐明附记之法；（4）阐明互见、对比义例；（5）提示微词讽喻义例。③其中（1）（4）前文已述，此处不另述，（2）（3）笔法一看便知，不用多言。唯有微词讽喻义例，也就是本节所言论赞显隐之"隐"尚需加以说明。

---

① 杨燕起：《史记的学术成就》，北京师范大学出版社1996年版，第209页。
② 叶瑛：《文史通义校注》，中华书局1994年版，第238页。
③ 张大可：《史记研究·简评史记论赞》，华文出版社2002年版，第256—260页。

四、论赞之"隐":微婉以讽

《史记》论赞所表现出的美刺褒贬大都以"显"的样态出现,所谓"定褒贬于论赞",但并不排除在某些情况下,司马迁故意隐晦其词,或反话正说,似褒实贬;或侧笔反衬,寓有深意;或暗含影射,曲笔诛心。这些隐晦之词同样能产生惩恶劝善的社会批判力量。前文所言李广自刎后,从百姓知与不知莫不垂泪尽哀来反衬统治者冷酷无情、刻薄寡恩即是显例。再请看以下诸例:

> 太史公曰:萧相国何于秦时为刀笔吏,碌碌未有奇节,及汉兴,依日月之末光,何谨守管籥,因民之疾秦法,顺流与之更始。淮阴、黥布等皆以诛灭,而何之勋烂焉。位冠群臣,声施后世,与闳夭、散宜生等争烈矣。①

原来,擅长揣迎君意,碌碌未有奇节的萧何,之所以能位冠群臣而勋烂,则在于淮阴侯、黥布等大功臣均遭杀戮,正所谓"时无英雄,使竖子成名"。对萧何正言若反,似褒实贬之意已出。

> 太史公曰:曹相国参攻城野战之功所以能多若此者,以与淮阴侯俱。及信已灭,而列侯成功,唯独参擅其名。参为汉相国,清静极言合道。然百姓离秦之酷后,参与休息无为,故天下俱称其美矣。②

本赞可分两部分,一部分写曹参攻城野战之功,忽引入淮阴侯,意在说明曹参之功亦与追随韩信有关,今韩信伏诛,而曹参独擅其名,列侯成功,是为淮阴洒泪,寄慨无穷也。后部分记曹参为相,以清静无为治国,亦有推崇之意。然而联系诸吕擅权之时,曹参"日夜饮醇酒",朝中之事不闻不问,亦清

---

① (汉)司马迁:《史记·萧相国世家》,中华书局1959年版,第2020页。
② (汉)司马迁:《史记·曹相国世家》,中华书局1959年版,第2031页。

静无为至极也。故论赞结句言"天下俱称其美矣",则寓有讽刺之意。所以金圣叹十分敏锐地指出:"此赞,一半写战功,一半写相业,俱不甚许曹参。"① 可谓参透司马迁之用心。

> 太史公曰:(陈平)常出奇计,救纷纠之难,振国家之患。及吕后时,事多故矣,然平竟自脱,定宗庙,以荣名终,称贤相,岂不善始善终哉!非知谋孰能当此者乎?②

楚汉之争,陈平六出奇计,佐刘邦成大业;刘吕之争,陈平平诸吕之乱,回刘氏皇权于既倒。陈平为刘汉王朝之功臣当之无愧,司马迁对此亦持是说。然而,"吕后时,事多故矣,然平竟自脱"一语,实微言侧笔,概指陈平为相"日饮醇酒,戏妇女"之事,恐亦有自全之意在。

《史记》论赞还常常用影射之笔。《平准书赞》云:"于是外攘夷狄,内兴功业,海内之士力耕不足粮饷,女子纺绩不足衣服。古者尝竭天下资财以奉其上,犹自以为不足也。"明斥秦始皇,暗讽汉武帝,影射之意已出。《匈奴列传赞》亦云:"尧虽贤,兴事业不成,得禹而九州宁。且欲兴圣统,唯在择任将相哉!唯在择任将相哉!"如果孤立看此篇,似乎说明不了什么,但下一篇就是卫青、霍去病列传,继之者为公孙弘、主父偃列传。故何焯《义门读书记》云:"下即继以卫、霍、公孙宏,而全录主父偃谏伐匈奴书,太史之意深矣。"吴汝纶《点勘史记》亦云:"此篇后,继以卫霍、公孙二篇,著汉所择任之将相也。"由此观之,《匈奴列传赞》结尾为司马迁影射讽谕之笔,影射汉武帝好大喜功而不能择任良将贤相,致使攻伐匈奴,建功不深。

《史记》论赞还采用言此意彼,绵里藏针的笔法,以达到讽刺的效果。《大宛列传》讲述西域的故事,主要写了两个人:张骞、李广利。写张骞出使西域,坚守汉使气节,打通并建立了汉朝与西域各国之间的关系;写李广利,则率军远征大宛国并最终迫使其投降,获取汗血宝马的故事。按着一般性逻辑,

---

① (明)金圣叹:《天下才子必读书》,安徽文艺出版社2003年版,第338页。
② (汉)司马迁:《史记·陈丞相世家》,中华书局1959年版,第2062—2063页。

司马迁既然在论赞中称许了张骞，说他："今自张骞使大夏之后也，穷河源，恶睹本纪所谓昆仑乎？"[①]也应该称许李广利伐宛有功，但却只字未提。结合本传，究其原因有三。一是裙带关系。李广利系汉武帝宠妃李夫人之兄。汉武帝有意把带兵打仗的机会给了李广利，便于他立功封侯。其二，非将帅之才。李广利出身外戚，却无卫青、霍去病那样的军事才能。远征大宛，一战而败，损兵折将，溃不成军，若不是被汉武帝下死令挡在玉门关外，还不知溃退到何处为止。其三，侥幸封侯。李广利再度兴师获胜，非军事才华的展现，而是大宛国出现内讧，国君被杀，集体投降所致。这就是司马迁在论赞中称许张骞，却对李广利只字不提的原因。这种言此意彼、绵里藏针的笔法，同样能达到讽刺的目的。

总之，《史记》"太史公曰"集中体现了司马迁的才、胆、学、识，尤其在史识方面的深刻见解。尽管司马迁有时以完美人格评判历史人物显得有些苛刻，但惟其如此，才能在尘封的历史中透视到人性的理想之光，如同在黑夜中看到微茫的晨曦一样。金圣叹在《天下才子必读书》中节选《史记》只选了"太史公曰"，是颇有眼力的！

（本文发表于《求是学刊》2012年第5期）
（作者单位：北京语言大学中华文化研究院）

---

① （汉）司马迁：《史记·大宛列传》，中华书局1959年版，第3179页。

蕴涵褒贬与叙事需要的称呼

——以《项羽本纪》中对项羽称呼的变化为例

凌朝栋

"称呼"① 一词,在《汉语大词典》中,其定义与"称谓"基本是相同的或者相通的。如"称呼"有两个义项:一是叫。对人呼唤其身份、名称等。二是表示被招呼对象的身份、地位、职业等的名称。"称谓"② 一词,其词义项也有两个:一是称呼,名称。二是述说,言说。因此,我们在这里姑且将其作为同义词看待,不进行严格区分。

古人讲礼,在相互交往中,一般都不直呼其名,而有礼貌地以尊称称之。称字称号,应视为对对方的尊重。③ 按照《礼记》中太史的职责"太史典礼,执简记,奉讳恶"④,司马迁对古代人称呼命名应该是非常了然于胸的。《礼记·曲礼》篇云:"男子二十,冠而字,父前子名,君前臣名。"⑤ 从《项羽本纪》这篇精美文字的标题来看,司马迁以其字"项羽"来命名,说明在司马迁的心目中,尊重历史,以写实的精神来撰写人物传记,同时也蕴涵着对项羽的褒扬。但是,在《项羽本纪》中,司马迁对项羽的称呼先后出现过"项籍""项羽""项王"等不同的称呼;同时,也出现过各色人对项羽的不同称呼。虽然

---

① 罗竹风主编:《汉语大词典》,汉语大词典出版社 1997 年版,第 4773 页。
② 罗竹风主编:《汉语大词典》,汉语大词典出版社 1997 年版,第 4775 页。
③ 袁庭栋:《古人称谓漫谈》,中华书局 1994 年版,第 88 页。
④ 杨天宇:《礼记译注》,上海古籍出版社 1997 年版,第 221 页。
⑤ 杨天宇:《礼记译注》,上海古籍出版社 1997 年版,第 21 页。

先贤和当代学者对此做过一些论述，如张兴吉先生的《谈〈史记〉中的人物称谓问题》①，许伟、祁培的《浅谈〈项羽本纪〉中主人公称谓问题》②等文章，然而这些论述，在笔者看来还是稍显简略，对司马迁在《项羽本纪》中称呼项羽的变化用意揭示还不够充分。笔者以为，这些称呼的变化反映着不同时期传主身份的变化，也反映出被称对象和称呼者他们之间的关系，反映了褒贬观点等因素。

一、司马迁以叙事者身份对项羽称呼的变化

1. 司马迁以叙述者身份对项羽最初的平淡称呼：项籍

在其少年直到"初起时"，一直称为"项籍"或"籍"，并提到其字"字羽"。司马迁在《项羽本纪》开始就对项羽少年时代的姓名进行了介绍。项羽在与其季父项梁起义前的生活时期，司马迁在文字叙述中，一般称其为"项籍"或者"籍"，如称为"项籍者，下相人也，字羽"，"项籍少时"，"籍曰"等。关于"字羽"，清代学者梁玉绳认为："古人之字，大约一字居多，其加'子'者，男子之美称也。然《高祖功臣年表》叙射阳侯之功云'破子羽'，《序传》云'子羽接之'，'子羽暴虐'，'破子羽于垓下'，'齐连子羽城阳'，则此似宜曰'字子羽'。"③ 清代学者姚苎田认为："《本纪》无称字之例。此独称字者。所以别于真帝也。史迁深惜项羽之无成，故特创此格。"④

项羽在与其季父项梁起事时，司马迁的叙述文字称其为"籍"，如"诚籍持剑居外待"，"梁召籍入"，"于是籍遂拔剑斩守头"，"籍所击杀数十百人"，"籍为裨将"⑤等。以上这些司马迁对项羽的称呼还停留在其本名上，这说明项羽个人的发展还处在起步阶段。

---

① 张兴吉：《谈〈史记〉中的人物称谓问题》，《古籍整理研究学刊》2002 年第 5 期。
② 许伟、祁培：《浅谈〈项羽本纪〉中主人公称谓问题》，《湖北广播电视大学学报》2008 年第 3 期。
③ （清）梁玉绳：《史记志疑》，中华书局 1981 年版，第 198 页。
④ （清）姚苎田：《史记菁华录》，上海古籍出版社 2007 年版，第 4 页。
⑤ （汉）司马迁：《史记》，中华书局 1959 年版，第 297 页。

2. 司马迁叙事随着项羽身份上升变化的称呼：项羽、假上将军、上将军、诸侯上将军

当项氏叔侄两人斩了会稽郡守殷通之后，他们两人身份发生了变化：项梁为会稽守，籍为裨将。一直到项梁被推为替代陈婴的东阳王以后，司马迁在叙述项梁派兵遣将时，已经将前面称呼"籍"变为了"项羽"，如"项梁前使项羽别攻襄城，襄城坚守不下"①。这里也提到了对汉高祖刘邦的称呼"沛公"，即"此时沛公亦起沛往焉"。项梁听从范增的谬计立楚怀王孙心为"楚怀王"后，自号为武信君，接着项梁发号施令："使沛公及项羽别攻城阳"，"沛公、项羽乃攻定陶"，"项羽等又斩李由"，"沛公、项羽去外黄攻陈留"，"沛公、项羽相与谋曰"，"项羽军彭城西，沛公军砀"。②前面司马迁叙述多将"沛公"放在"项羽"之前称呼。

杀死宋义以后，项羽被部下拥立为假上将军，使桓楚报命于怀王之后，项羽又被任命为上将军。巨鹿之战后，项羽成为诸侯上将军；接着，又打败了秦军主力章邯的部队，最终又在新安城南坑杀了二十余万秦军士卒。个人的军事职位进一步上升，成为军事首领日渐成为必然，对这些官职称呼，司马迁都是以客观叙事者的身份讲述出来，并无明显的褒扬成分，但这些为鸿门宴之前的项羽出场，营造了气氛，展现了项羽军事实力的积聚过程，从而形成别人包括刘邦等各方势力向他臣服的气势，显示着项羽诸侯盟主地位的确立。

在鸿门宴前的系列活动，司马迁仍然以叙述者的口气，称其"项羽"。司马迁在鸿门宴前一段文字里，叙述两人均称为"项羽"与"沛公"，如"又闻沛公已破咸阳，项羽大怒"，"项羽遂入，至于戏西。沛公军霸上，未得与项羽相见"，"项羽兵四十万，在新丰鸿门，沛公兵十万，在霸上"。③

3. 司马迁在鸿门宴中对项羽最密集的烘托气氛的称呼：项王

首先，项羽虽然在鸿门宴上听了刘邦的一番解释，打消了项羽思想中对刘邦破秦入关的误解，反倒有自责错怪之歉意。宴会的座次安排还是显得项羽妄自尊大，以势压人。座次依次为："项王、项伯东向坐，亚父南向坐。亚父者，

---

① （汉）司马迁：《史记》，中华书局 1959 年版，第 299 页。
② （汉）司马迁：《史记》，中华书局 1959 年版，第 302—303 页。
③ （汉）司马迁：《史记》，中华书局 1959 年版，第 311 页。

范增也。沛公北向坐，张良西向侍。"①《礼记·曲礼》云："席南向、北向，以西方为上；东向，西向，以南方为上。"② 当时宴会在军帐里进行，座次按古代室内礼仪活动形式安排，以东向为尊，其次是南向、北向，最卑的是西向。宴会座次表现出来的是项羽的自尊自大和在座各人当时的势力与地位。

其次，在整个鸿门宴会进行中，随着张良、项伯等将项羽称呼为"项王"，司马迁以叙事者的身份，也将项羽称呼为"项王"了，而对刘邦的称呼仍然为"沛公"。如"于是项伯复夜去，至军中，具以沛公言报项王"，"项王许诺"，"沛公旦日从百余骑来见项王"，"项王曰"，"项王即日因留沛公与饮"，"项王、项伯东向坐"，"沛公北向坐"，"范增数目项王"，"项王默然不应"，"常以身蔽沛公"，"瞋目视项王"，"项王按剑而跽曰"，"项王曰"，"项王未有以应"，"沛公起如厕"，"沛公已出，项王使都尉陈平召沛公"，"沛公曰"，"项王军在鸿门下，沛公军在霸上"，"沛公则置车骑"，"沛公谓张良曰"，"沛公已去"，"项王则受璧"，"沛公至军，立诛杀曹无伤"③ 等。这些称呼完全统一，显示了司马迁对项羽刻意拔高，彰显传主项羽的自尊自大形象。虽然项羽这时的言语是谦卑的，但内心确实是高高在上，俨然已是王天下者。

4. 司马迁以叙事者身份对项羽在鸿门宴和分封完成以后的称呼：项羽、项王、籍、项籍

随着鸿门宴的结束，司马迁的叙事者身份对项羽的称呼又发生了些许变化，既称"项羽"，又称"项王"，如"项羽引兵西屠咸阳"，"人或说项王曰"，"项王见秦宫皆以烧残破"，"项王闻之，烹说者"。但是总体上，称"项王"较多，称"项羽"较少。项羽在使人致命怀王之后，以总盟主的身份进行了各方诸侯的分封。司马迁以叙事者身份对项羽称呼基本上限制于"项王"，"项羽"，称刘邦为"沛公"。如"项王使人致命怀王"，"项王欲自王"，"项王、范增疑沛公之有天下"，"项王乃立章邯为雍王"，"故秦所灭齐王建孙田安，项羽方渡河救赵，田安下济北数城，引其兵降项羽，故立安为济北王，都

---

① （汉）司马迁：《史记》，中华书局1959年版，第312页。
② 杨天宇：《礼记译注》，上海古籍出版社1997年版，第14页。
③ （汉）司马迁：《史记》，中华书局1959年版，第312—315页。

博阳"①。可见，这里是追述往事，没有称项羽为项王。

据笔者统计，从鸿门宴之后的项羽咸阳屠城烧杀抢掠开始，到项羽分封十八诸侯王为止，司马迁以叙事者身份提及项羽共11次，其中3次称"项羽"，8次称"项王"；从汉之元年四月开始，诸侯罢戏下，各就其国，司马迁以叙事者身份提及项羽共86次，其中3次称"项羽"，2次称"籍"或"项籍"，81次称"项王"。这些说明这时司马迁将项羽主要当作是一个帝王看待的。

5. 司马迁以叙事者身份对项羽死后的称呼：项王、项籍、鲁公

"独籍所杀汉军数百人，项王亦被十余创。"②这时的项羽尚未死亡，但却大势已去，司马迁在此叙事也用了项羽的本名"籍"与"项王"两个称呼。

后面只是简要叙事，如："项王已死，楚地皆降汉，独鲁不下。"再如："始，楚怀王初封项籍为鲁公，及其死，鲁最后下，故以鲁公礼葬项王榖城。"③

在太史公论赞中，司马迁五次提及项羽，又回归到了用其字称呼他"项羽""羽"等称呼上，这是一个对历史人物客观评价的话语，并比较客观、全面地评价了项羽的功过，向其重瞳子的现象发出了追仰舜的疑问。

司马迁以叙事者身份称呼项羽变化一览

称呼变化	1. 项籍	2. 裨将	3. 项羽	4. 假上将军
变化因素	少年时代吴中，身份地位较低	杀死殷通后，地位发生变化	项梁派遣攻打襄城时，可以独立行事	杀死宋义后
称呼变化	5. 上将军	6. 诸侯上将军	7. 项羽	8. 项王
变化因素	报命怀王之后，正式成为军事将领	巨鹿之战后，成为诸侯盟主	鸿门宴前霸上与新丰鸿门对举	鸿门宴中烘托气氛，随项伯、张良称呼变化而改称
称呼变化	9. 多称项王，少用项羽、项籍	10. 藉、项王	11. 鲁公	12. 项羽、羽
变化因素	分封十八王之后	叙述避免重复	楚怀王分封	本纪论赞，表示褒扬、赞说

---

① （汉）司马迁：《史记》，中华书局1959年版，第316页。
② （汉）司马迁：《史记》，中华书局1959年版，第336页。
③ （汉）司马迁：《史记》，中华书局1959年版，第337页。

二、刘邦一方对项羽称呼的变化

刘邦一方对项羽的称呼，在当面与背后是有所区别的。中国传统的礼仪称呼，具有尊人而卑己的用意。称呼项羽为"将军"意味着对项羽的恭维和敬畏；称呼项羽为"项王"意味着表面上对项羽的臣服，这些满足了项羽自我尊大的虚荣心理。同时，掩饰了刘邦他们欲王关中，再王天下的目标和愿望。

1. 刘邦对项羽称呼的变化：将军、项王、项羽、若

先称项羽为"将军"。鸿门宴前刘邦与项伯相见，他甚至在项伯面前也自称为"臣"了，如"愿伯具言臣之不敢倍德也"[①]。同时称项羽为"将军"，如"日夜望将军至"[②]。最让人玩味不够的是刘邦在旦日与项羽会面时所讲的一番说辞，刘邦谦卑得像项羽的一个战友和部下，称项羽与自己分别用了三次"将军"与"臣"对举。如"臣与将军戮力而攻秦，将军战河北，臣战河南，然不自意能先入关破秦，得复见将军于此。今者有小人之言，令将军与臣有郤"[③]。他的这些"谢"辞，从而引导了项羽有一种内心愧疚感，也以谦卑的口气解释，自称为"籍"，甚至直截了当地出卖了刘邦的内部奸细曹无伤。

刘邦除了称项羽为将军外，还称其为"项王"，如刘邦准备留张良善后时所言："我持白璧一双，欲献项王。"[④]

但是，在成皋之战时，项羽告诉刘邦"吾烹太公"，汉王曰："吾与项羽俱北面受命怀王，曰'约为兄弟'，吾翁即若翁，必欲烹而翁，则幸分我一杯羹。"[⑤]此时的刘邦已非鸿门宴之前的刘邦，也非鸿门宴时的刘邦，而是被项羽分封为十八诸侯之一的汉王了。因此，虽然刘邦迫切希望项羽释放其父等人质，但表面上却装出大度，显示一副套近乎的流氓嘴脸。

[①] （汉）司马迁：《史记》，中华书局1959年版，第312页。
[②] （汉）司马迁：《史记》，中华书局1959年版，第312页。
[③] （汉）司马迁：《史记》，中华书局1959年版，第312页。
[④] （汉）司马迁：《史记》，中华书局1959年版，第314页。
[⑤] （汉）司马迁：《史记》，中华书局1959年版，第328页。

2. 张良对项羽称呼的变化：项王、大王、将军

张良在当面与背后提及项羽的称呼不一。他告知刘邦他与项伯约见的详情以后，他们的对话中称呼发生了变化。张良当刘邦面称刘邦为"大王"，称项羽为"项王"，如"谁为大王为此计者？""料大王士卒足以当项王乎？"① 在刘邦逃离宴席的时候，张良也称刘邦为"大王"，如"大王来何操？"② 但是在他替刘邦向项羽和范增献礼品时，又当面称项羽为"大王"，称范增为"大将军"，却称刘邦为"沛公"，如"沛公不胜杯杓，不能辞。谨使臣良奉白璧一双，再拜献大王足下；玉斗一双，再拜奉大将军足下"。又如"闻大王有意督过之"③。前面张良不仅用了大王、大将军的称呼，而且还附加了一个古代多用于称君主的称呼：足下。这些反映出张良对项王的表面恭维和臣服，满足其自视甚高的自尊心理，从而很好地掩饰了刘邦的真实意图。

3. 刘邦其他下属对项羽称呼的变化：大王

樊哙在闯帐进入宴席之后的一席话，称项羽为"大王"，如："今沛公先破秦入咸阳……还军霸上，以待大王。"又如："此亡秦之续耳，窃为大王不取也。"④ 他这一番酒后的所谓真言，与鸿门宴前刘邦和项伯相见的对话，以及刘邦与项羽相见的一番谢辞，均是相互照应的，也是前后一致的，从而瓦解了项羽怀疑刘邦"先破秦入咸阳"欲王关中、王天下的心理防线，从而使刘邦集团的谎言更加不被项羽识破，反而增加了项羽内心愧疚感，所以，这时的项羽对樊哙闯宴既没有阻止，也没有恶言训斥，却是以欣赏者的目光审视着，甚至无言以对樊哙替刘邦向项羽发的一通牢骚。

4. 周苛称呼项羽：若

汉王的御史大夫周苛在荥阳之围中，被项羽生擒，项羽想让周苛投降，将周苛收编为自己的上将军，并封"三万户"。面对这些利诱，周苛不从，并骂曰："若不趣降汉，汉今虏若，若非汉敌也。"⑤ 这里只称呼项羽为第二人称的

---

① （汉）司马迁：《史记》，中华书局1959年版，第311页。
② （汉）司马迁：《史记》，中华书局1959年版，第314页。
③ （汉）司马迁：《史记》，中华书局1959年版，第314页。
④ （汉）司马迁：《史记》，中华书局1959年版，第313页。
⑤ （汉）司马迁：《史记》，中华书局1959年版，第326页。

"若"，没有了前面尊崇之意。

刘邦一方对项羽及刘邦称呼变化对比一览

刘邦对项羽称呼变化	将军	项王	项羽	若
变化因素	敬畏与恭维，掩饰王关中的目的和愿望	表面表示臣服，以韬光养晦	成皋之战时，与项羽讲结拜关系，讲亲情，套近乎，以求释放太公	显示平等关系
张良称呼项羽	项王	大王足下	将军	
出现的情景	与刘邦对话，不回避对项羽的称呼	鸿门宴后献白璧时	与项伯对话，表示对项羽的尊称	
张良称呼刘邦	沛公	大王	君王	
出现的情景	与项伯对话，仍显低调	与刘邦对话，显示对刘邦真诚的臣服	与刘邦探讨如何让韩信、彭越从约击楚	
樊哙称呼项羽	大王	周苛称呼项羽	若	
出现的情景	鸿门宴中与刘邦之言、张良之言皆高度一致，形成照应，烘托气氛。	出现的情景	周苛被俘时骂语	

三、项羽一方对项羽称呼的变化

1. 项羽自我称呼多显谦卑：羽、籍、吾、我

项羽自称多数显得谦卑，少有自负的称呼。斩宋义时，项羽出令军中曰："宋义与齐谋反楚，楚王阴令羽诛之。"① 这句话是矫诏之言，但却对自己以敬称的口气，自我称字。

项羽对刘邦说："此沛公司马曹无伤言之，不然，籍何以至此。"这里不难看出，项羽自称为"籍"，显得自谦。从总体上看，项羽在鸿门宴中的自我看待与别人对他的看待还是有一定距离的。别人称呼他总是一种敬畏的口气，而自己由于要信守对项伯的承诺，即对刘邦要"善遇之"。因此，项羽压根儿就

---

① （汉）司马迁：《史记》，中华书局1959年版，第305页。

没有杀死刘邦的想法,甚至对刘邦有一种无限的愧疚感。

荥阳之围时,项羽自称为"我"。如项羽谓周苛曰:"为我将,我以公为上将军。封三万户。"① 这是在利诱周苛。

楚汉相持未决之时,项王谓汉王曰:"天下匈匈数岁者,徒以吾两人耳。"② 又垓下之围前,项王谓其骑曰"吾起兵至今八岁矣"。③

垓下之围时,项羽对乌江亭长的一席话,还是自谦的话语:"且籍与江东弟子八千人渡江而西,今无一人还;纵江东父兄怜而王我,我何面目见之?纵彼不言,籍独不愧于心乎!"又自刎前,项王乃曰:"吾闻汉购我头千金,邑万户,吾为若德。"④

从以上项羽自我称呼中,看不出项羽有什么特别盛气凌人、不可一世的地方,用词显得很自谦,语气也多平和。

2. 项梁、项伯、项庄对项羽的称呼尊敬程度差别较大:项籍、籍、项王、公、君王

借助于别人之口,称项羽为"项籍"或"籍"。先借助于其季父项梁之口,称其为"籍",如"独籍知之耳""请召籍"等。可见,这个时候的项羽只不过是他叔父项梁身边的一个得力助手,身份与地位尚未发生什么变化,也不值得别人称其字或其他较为尊敬的称呼。

项伯虽然为项羽的堂叔,却在与刘邦对话中,已经尊称项羽为"项王",如言"旦日不可不蚤自来谢项王",可见在他的心目中,项羽已经是王天下者。另外,在对话中项伯还称项羽为"公",这也应该是一种敬称,但远没有前面称项王那么尊崇,如:"沛公不先破关中,公岂敢入乎?"⑤ 后者说明,项伯对项羽还是有私下与公众场合的不同称呼。"公"是古代常见的尊称,愈往后使用范围愈广。《史记》记秦末汉初事,沛公、滕公、戚公、薛公等处处可见。

项庄是项羽的堂兄弟,也是以敬意的口气来称呼项羽的,称其为"君王"。

---

① (汉)司马迁:《史记》,中华书局1959年版,第326页。
② (汉)司马迁:《史记》,中华书局1959年版,第328页。
③ (汉)司马迁:《史记》,中华书局1959年版,第334页。
④ (汉)司马迁:《史记》,中华书局1959年版,第336页。
⑤ (汉)司马迁:《史记》,中华书局1959年版,第312页。

如"君王与沛公饮,军中无以为乐,请以剑舞"①。虽然是平辈之间,显然项庄对项羽也是尊崇有加。

3. 范增对项羽称呼君臣关系明确:君王、项王

范增在提及项羽时,称其为"君王""项王",如他安排项庄舞剑所言,"君王为人不忍";又如在张良替刘邦献礼完成以后,他说的一句话"唉!竖子不足与谋。夺项王天下者,必沛公也"②。其中"竖子"之称呼,泷川资言认为:"竖子,斥项庄辈,而暗讥羽也,若以为直斥项羽,则下文'项王'二字不可解。"③就在刘邦利用陈平计谋,离间了范增与项羽之间的关系时,范增被夺去了兵权,范增大怒所言:"天下事大定矣,君王自为之。"④从中可见,尽管范增遭遇了陈平的离间之计,被迫要离开项羽,但是仍然保留着一颗忠诚于项羽之心。

项羽一方对项羽称呼变化一览

1. 项羽自我称呼	羽	籍	我	籍、吾、我
出现的情景	斩宋义时,矫诏之语	鸿门宴与刘邦对话时	与周苛对话时	垓下之围
2. 项梁对项羽的称呼	籍	3. 项伯对项羽的称呼	项王	公
出现的情景	吴中起事时,长辈对晚辈、上属对下属的称呼	出现的情景	鸿门宴前,虽是长辈对晚辈,但完全成为臣对君之称呼	与项羽对话时
4. 项庄对项羽的称呼	君王	5. 范增对项羽的称呼	君王	项王
出现的情景	鸿门宴时舞剑前,平辈之间,显示出臣对君之称呼	出现的情景	鸿门宴安排项庄舞剑、范增与项羽告别时,显示臣对君之称呼	鸿门宴,刘邦不辞而别后

---

① (汉)司马迁:《史记》,中华书局1959年版,第313页。
② (汉)司马迁:《史记》,中华书局1959年版,第315页。
③ 〔日〕泷川资言考证,水泽利忠校补:《史记会注考证附校补》,上海古籍出版社1986年版,第209页。
④ (汉)司马迁:《史记》,中华书局1959年版,第325页。

四、其他势力及百姓对项羽的称呼

1. 宋义及其属将对项羽的称呼，随着其地位而变化：公、将军

项羽职务虽然比宋义的职务低，宋义在救赵之战前，称其为"公"，没有贬低之意，却将项羽仅仅看作是一介武夫，如宋义与项羽探讨救赵进军问题，宋义对话中称："夫被肩执锐，义不如公；坐而运策，公不如义。"①杀死宋义后，那些胆战心惊而慑服的诸将，称项羽为将军，如其所言："首立楚者，将军家也。今将军诛乱。"②

2. 陈馀的使者张同、夏说对项羽的称呼，虽用其字，却无褒扬之意：项羽

陈馀阴使张同、夏说说齐王田荣曰："项羽为天下宰，不平。"③这是项羽在分封十八诸侯为王之后，没有分封田荣，从而否定了田荣在反秦斗争中的贡献，最终使他们走上联合叛楚之路。这里对项羽虽然是以字称呼，但心中充满了怨恨之气。

3. 外黄令舍人儿、乌江亭长、骑士仍以敬仰的心态称项羽：大王

外黄令舍人儿年十三，往说项王曰："彭越强劫外黄，外黄恐，故且降，待大王。大王至，又皆坑之，百姓岂有归心？"④垓下之围时，其骑曰："如大王言。"⑤乌江亭长舣船待，谓项王曰："江东虽小，地方千里，众数十万人，亦足王也。愿大王急渡。"⑥这些说明，项羽这个名字已经是家喻户晓，不仅在普通士兵心目中，而且其他的百姓、亭长乃至十三岁青少年的概念里，项羽该称为"大王"。

---

① （汉）司马迁：《史记》，中华书局1959年版，第305页。
② （汉）司马迁：《史记》，中华书局1959年版，第305页。
③ （汉）司马迁：《史记》，中华书局1959年版，第321页。
④ （汉）司马迁：《史记》，中华书局1959年版，第329页。
⑤ （汉）司马迁：《史记》，中华书局1959年版，第335页。
⑥ （汉）司马迁：《史记》，中华书局1959年版，第336页。

其他势力及百姓对项羽称呼一览

1.宋义及其属将对项羽称呼	公	将军	2.陈馀等的使者	项羽
出现的情景	宋义是项羽的上司，很平淡的称呼	杀死宋义之后，属将对项羽的慑服与敬畏	出现的情景	用其字称呼，却抒发怨气
3.外黄令舍人儿对项羽称呼	大王	4.骑士对项羽的称呼	大王	5.乌江亭长：大王
出现的情景	不忍看到项羽坑杀行为，但对项羽仍有敬畏之意	出现的情景	垓下之围时，仍能显示出骑士对项羽之忠心	仍能以敬畏的目光看待失败的英雄

五、司马迁《项羽本纪》对项羽称呼变化的意义

从以上文字来看，司马迁在《项羽本纪》中，根据行文的需要，对传主项羽给予了不同的称呼，主要有以下几方面的用意：

1.称呼变化意味着传主身份的变化

司马迁在叙述项羽少年时代时，认为他还没有一定的身份和社会地位，因此，无论是司马迁本人的叙述，还是其叔父项梁等对他的称呼，往往停留在基本姓名"项籍"或者直呼其名"籍"。待到项梁、项羽叔侄俩杀了会稽郡守殷通后，项梁做了会稽守，项籍为裨将，这时司马迁的叙事者称呼已经发生了变化，即由称"项籍"或"籍"改称"项羽"了，如"项梁前使项羽别攻襄城，襄城坚守不下"。项羽杀死宋义后，宋义原有的部属诸将已经称项羽为"将军"。接着，他被立为"假上将军"，报命于怀王以后，怀王任命项羽为"上将军"。巨鹿之战，使项羽"威震楚国，名闻诸侯"，成为"诸侯上将军"。消灭了章邯秦军主力，他俨然已经成为主宰天下的英雄，也就是诸侯盟主了。因此，到了鸿门宴时，他虽然还没有进行分封十八诸侯王的工作，拥有四十万强大军队，屯兵戏西，已让先破秦入咸阳的刘邦称臣，诸多人对项羽的称呼已经发生了变化，称其为"项王"。

2. 称呼的变化是司马迁精心构建的烘托人物形象的方法

在《项羽本纪》部分段落里，项羽称呼的变化是司马迁精心构建的烘托气氛，突出人物形象的方法之一。尤其在鸿门宴前后，显示出项羽在消灭了秦军主力后，率领大军，浩浩荡荡，锐不可当地"使当阳君等击关"，来到了戏西，屯兵四十万于新丰鸿门；而这时的刘邦仅有十万军队驻扎在霸上，力量对比悬殊。虽然刘邦先破秦入咸阳，具有"如约"王秦的优势，但也对项羽欲王天下的力量惊恐万分。项羽也明确了打击的目标："旦日飨士卒，为击破沛公军。"所以，司马迁在此不仅以叙事者身份称项羽为"项王"，而且让各色人等均来臣服，从刘邦一方的称呼和项羽一方的称呼上看，都用一种敬意的口气称呼项羽。如刘邦先当面称"将军"，辞别时让张良转赠礼品又称"项王"；张良既称"项王"，又叫"大王"；樊哙称其为"大王"。项羽一方除他本人以外，范增称呼他为"大王""君王"；项伯虽为项羽堂叔，却称项羽"项王"；项庄称其"君王"。确切地讲，项羽在鸿门宴时还没有进行分封诸侯王的工作，所以他也不能随意地被称呼为"大王""项王"等超过他实际身份的字眼。司马迁就是要在这里营造出一种氛围，烘托出项羽不可一世的、令每一个人敬畏的主宰天下的盟主身份，使项羽的形象更加高大，鹤立鸡群。难怪清代有学者对此不解，梁玉绳对"孰料大王士卒足以当项王乎"产生了怀疑，他说："羽时亦未王，故沛公称羽'将军'，此下项伯曰'项王'，范增、项庄曰'君王'，张良、樊哙曰'项王'，凡书'王'者三十八，似失史体。"[1] 当然，项羽本人在鸿门宴中并不是这么看待自己的，他因刘邦通过项伯对他的游说工作，始终是以一个内心愧疚的态度对待刘邦，更谈不上如何信誓旦旦要"击破沛公军"了，甚至谦卑地自我称呼"籍"。

3. 重视称呼是中国传统文化因素，称呼之中寓褒贬

首先，儒家就很强调正名，对人称呼特别重要。早在春秋时期的孔夫子就非常强调名称或称谓，《论语·子路》："名不正则言不顺，言不顺则事不成。"[2] 直到今天，特别是一些混迹官场上的人物，均喜欢以官职名称或职称名称相称

---

[1] （清）梁玉绳：《史记志疑》，中华书局1981年版，第201页。
[2] 杨树达：《论语疏证》，江西人民出版社2007年版，第199页。

呼，从而满足其某种荣耀感和成就感，反映出官本思想。《史记》中的《萧相国世家》《曹相国世家》《陈丞相世家》等，就是直接以官衔称呼西汉初年的萧何、曹参、陈平。而对项羽而言，司马迁采取了其字来命名篇目，同时又在具体的叙事过程中，彰显对他不同时期的称呼。

其次，司马迁有意效法孔子作《春秋》，在《史记》中采用了所谓的"春秋笔法"。在不同阶段，司马迁以叙事者身份或让其他各等人物在对话中，对项羽提出了相同或不同的称呼，这更多的是对项羽这个人物的褒扬。

最后，司马迁称项羽有冒天下之大不韪的嫌疑。按照当时的做法，对项羽称字或称项王是对汉代当朝极大不恭，甚至会招来不必要的麻烦。如《史记·汲郑列传》载，郑当时是汉武帝朝的一位正直的大臣，他的父亲郑君曾经是项羽手下的将军。项羽死后，郑君归了汉朝。后来刘邦下令，要求原属项羽部下的人在奏章中提到项羽，只能称他为"项籍"，既不许称"项羽"，更不许称"项王"。可是，郑当时的父亲提到项羽，从不称"项籍"，要么称"项王"，要么称"项羽"。刘邦于是下令，凡是称项羽为"项籍"的原项羽部下都升为大夫，而把坚持称"项羽"或"项王"的郑君一个人赶出了朝廷。

总之，司马迁无论是以叙事者的身份，还是通过人物对话的形式，在《项羽本纪》中对项羽的称呼从前到后有着阶段性的变化，有时也为了描写的需要，故意让各色人等都对项羽有一种敬畏的称呼，从而增强了作品人物的形象性。

（作者单位：渭南师范学院人文学院）

论汉代奏议的议政内容

王启才

奏议是古代臣下上奏帝王文书的统称。汉代奏议属于"汉文章"的一部分，现存近1300篇（片），其内容涉及面虽广，但主体是在议政。所谓议政，就是臣下通过上书皇帝或针对皇帝的垂询，表明自己对时局的看法，指陈时弊，议论得失，提出对策。通过上书或奏对讨论政务，是汉代奏议最主要的内容，这部分奏议文学性最强，代表了汉代政论文的最高成就。

西汉前期以来，文人积极参政、议政，上书蔚然成风。至于上书的内容或议题，是与其政治环境和面临的主要问题密切相关的。汉代不同的历史阶段，社会政治情况不同，人们关注的重点和需要解决的问题也不同。大致说来，汉代奏议议政的内容主要表现在以下方面：

1. 反思历史

汉初，亡秦的阴影时常浮现在人们的心头，反思历史，探讨秦亡、汉兴的原因，成为主流话语。如《史记·高祖本纪》说：

（五年五月）高祖置酒雒阳南宫。高祖曰："列侯诸将无敢隐朕，皆言其情。吾所以有天下者何？项氏之所以失天下者何？"

据《史记·郦生陆贾列传》记载，由于"陆生时时前说称诗书"，高帝懂得了以儒术治国的重要性，于是就对陆贾说："试为我著秦所以失天下，吾所以得之者何，及古成败之国。"儒生本来就有文化建设的自觉意识，加之帝王的提倡，所以纷纷上书皇帝，总结秦亡教训，以免重蹈历史覆辙，如陆贾著《新语》、王卫尉作《论秦以不闻其过亡天下》、贾谊作《治安策》、贾山作《至言》、徐乐作《言事务书》等，这类上书前后持续了十几年，其余响延及武帝时期。

下面择其有代表性的观点，略加评论。贾山认为，秦亡的原因，一方面在于"秦王贪狼暴虐，残贼天下，穷困万民以适其欲也"，使得"人与人为怨，家与之为仇，故天下坏也"；另一方面，也是根本点，在于秦国不立股肱辅弼之臣，不置直言敢谏之士，终于造成"天下已坏矣，而弗自知也"的后果。为此，他建议文帝礼贤下士，广开言路。贾谊《过秦论》从秦与六国、秦与陈涉强弱的对比中，指出秦的速亡在于"仁义不施，而攻守之势异也"。要解决此问题，根本出路在于实行仁政，使百姓安居乐业，"是以牧民之道，务在安之而已"。直到武帝时，徐乐上书阐发治国安邦之道，仍以秦亡的惨痛教训为戒，他认为"天下之患，在于土崩，不在瓦解"。所谓"土崩"，就是"由民困而主不恤，下怨而上不知，俗已乱而政不修"；所谓"瓦解"，就是"天下虽未治也"，可帝德未衰，仍有"安土乐俗之民众"的支持。由于秦王朝已成"土崩"之势，所以不堪一击；像陈涉那样的普通农民起来造反，就能推翻统治者；若无"土崩"之势，即使有"强国劲兵"的反抗，因其得不到民众的支持，一如"七国之乱"，很快被镇压，也不会亡国。所以，国家的兴亡，在于政治是否清明，民众是否乐业。徐乐以亡秦为戒，对武帝沉溺于声色，委婉地进行了批评，建议皇帝"以天下为务"，防患于未然。

从以上举例分析不难看出，这些反思历史的上书，基本上都是以秦朝的兴亡为鉴，来总结或推导汉朝的治国安民之策。汉代"反思历史"思潮，无论在当时，还是对后世，都产生了深远的影响。

2. 藩国问题

在楚汉战争中，刘邦为争取或笼络有实力的将领，共同抗击项羽，曾封了7个异姓诸侯王。刘邦即位以后，为加强中央集权，便着手一一削除之，但他又错误地分封刘氏宗室子弟9人为诸侯王。这些同姓诸侯王的封国，占据了当时全国大部分的土地和人口，随着其势力逐渐膨胀和强大，对中央政权构成了极大的威胁，成为大一统封建国家的主要障碍。有识之士，对此多忧心忡忡，纷纷上书献策。这方面具有代表性的人物是贾谊。

贾谊对诸侯王"僭拟"的危害性，认识最为充分。文帝六年（前174），当济北王刘兴居、淮南王刘长先后叛乱并被平息之后，贾谊上《陈政事疏》，向文帝痛陈天下之势。他说：

> 高皇帝以明圣威武即天子位，割膏腴之地以王诸公……然其后十年之间，反者九起，陛下之与诸公，非亲角材而臣之也，又非身封王之也……故疏者必危，亲者必乱，已然之效也。

贾谊指出，藩国反叛中央是理之必然，"大抵强者先反"，弱者后反，"功少而最完，势疏而最忠，非独性异人也，亦形势然也"，现在藩国地广人众，势比天子，羽翼已丰满，"动一亲戚，天下圜视而起"，"天下之势方病大瘇，一胫之大几如腰，一指之大几如股……失今不治，必为锢疾……可痛哭者，此病是也"。针对"此病"，贾谊提出两种解决方案：一是"众建诸侯而少其力"，即充分利用诸侯王"宗室子孙，莫虑不王"的私欲，化大为小，分而治之，使其趋于名存实亡；二是对行为不轨的诸侯严惩不贷。贾谊的建议为文帝所采纳，对后世影响很大。

据史料记载，文帝在位时，晁错就建议削弱诸侯王的势力，写了30篇奏疏。景帝时，他针对吴、楚"积金钱，修兵革，聚粮食"，心怀不轨，公然违命，大有一触即反之势，不顾自身安危，上《请削吴王封国奏》，建议朝廷立即采取削藩措施，分化吴国势力。并明确指出：

> 今削之亦反，不削亦反。削之，其反亟，祸小；不削，其反迟，祸大。

后来事情的发展果如晁错所言。晁错以生命为代价，促使景帝下决心削藩，诸侯王的势力被缩小。武帝时期，梁孝王刘武和淮南王刘安仍有相当的势力，二王觊觎帝位，国家安全的隐患并未消除，于是主父偃上书武帝，要求尽快解除诸侯王的威胁问题。在《请令诸侯得分封子弟议》中，他吸收贾谊、晁错的经验和教训，提出"推恩"分封之法：

愿陛下令诸侯得推恩分子弟，以地侯之，彼人人喜得所愿，上以德施，实分其国，不削而稍弱矣。

汉武帝接受了主父偃"阳予阴夺"[①]的高明建议，于元朔二年，颁布了"推恩令"，从此以后，影响国家安定几十年的藩国问题，由于文士积极地上书献策，得以彻底解决。对此，班固《汉书·诸侯王表》作了中肯的评价：

故文帝采贾生之议分齐、赵，景帝用晁错之计削吴、楚。武帝施主父之册，下推恩之令，使诸侯王得分户邑以封子弟，不行黜陟，而藩国自析。

3. 匈奴问题

班固说："窃自惟思，汉兴已来，旷世历年，兵缠夷狄，尤事匈奴。绥御之方，其涂不一，或修文以和之，或用武以征之，或卑下以就之，或臣服而致之。虽屈申无常，所因时异，然未有拒绝弃放，不与交接者也。"[②]汉初，匈奴强盛，冒顿单于不断侵扰北部边疆，高祖七年（前200），匈奴大军围晋阳，高祖亲率30万大军应战，结果被困于平城白登山达7日之久，后用陈平之计，幸得脱险。此后，匈奴侵扰一直是朝廷的心腹之患。对此，文人儒士为国分忧，纷纷上书，献计献策。刘敬有《请与匈奴结和亲议》，建议"和亲"，为高祖所采纳，对后世如唐、元等朝的民族政策影响很大。贾谊的《陈政事疏》，则从汉帝国的声威和夷夏之辨的角度，反对和亲，力主武力征伐。晁错的《言兵事书》《守边劝农疏》《募民徙塞下议》等文，在认真比较大汉、匈奴在军事方面长短优劣的基础上，提出徙民实边、屯田与防御相结合的策略，为抵御匈奴、解决边患提供了一套切实完整的方案。文帝采纳了其建议，屯田制度也为历代所沿用。

武帝时，国力强大，以武力解决匈奴威胁的时机已成熟，但是战是和，争

---

① （清）王夫之：《读通鉴论》卷二，中华书局1975年版，第35页。
② （南朝宋）范晔：《后汉书·班彪列传》。

论激烈。武帝采纳了主战派王恢等的建议,决定出击匈奴;文人儒士纷纷上书,赞同和亲,如韩安国《匈奴和亲议》说:

> 汉数千里争利,则人马罢,虏以全制其弊,势必危殆,臣故以为不如和亲。

严安《论天下世务书》说:

> 今中国无狗吠之警,而外累于远方之备,靡敝国家,非所以子民也。行无穷之欲,甘心快意,结怨于匈奴,非所以安边也。

主父偃的《谏伐匈奴书》以刘邦征伐则有平城之围,和亲而"天下亡干戈之事"为例,说明武力征伐乃劳民伤财之下策。董仲舒也认为只有和亲,才能"胡马不窥于长城,而羽檄不行于中国"[①]。尽管这些意见与欲征伐安边、好大喜功的武帝个性相左,有的实为迂执之见,但其敢于争辩、不避诛责的胆识和勇气,还是可嘉的。

武帝以后,此类奏议还有桑弘羊的《伐匈奴议》、魏相的《谏击匈奴右地书》、息夫躬的《奏间匈奴乌孙》,东汉班彪的《议答北匈奴疏》、郑众的《谏报使北匈奴疏》、耿秉的《请许南匈奴击北匈奴议》、扬雄的《上书谏勿许单于朝》、班固的《议使匈奴疏》、鲁恭的《谏击北匈奴疏》等,匈奴问题已成为汉代奏议议政内容的一部分。

4. 经济发展

"汉兴,接秦之敝。"[②]大汉甫立,社会经济几乎陷于崩溃的边缘,"民失作业而大饥馑。凡米石五千,人相食,死者过半……天下既定,民亡盖臧,自天子不能具醇驷,而将相或乘牛车"[③]。由于经济凋敝,政局也不稳,形势相当严

---

① (汉)班固:《汉书·匈奴传·赞》。
② (汉)班固:《汉书·食货志上》。
③ (汉)班固:《汉书·食货志上》。

峻，刘邦曾说："天下匈匈，劳苦数岁，成败未可知。"[①] 而要维持和巩固统治，最迫切的是恢复、发展经济和安定社会。因此，如何恢复和发展凋敝了的经济，是西汉朝廷的头等大事，大臣、儒士纷纷上书献计献策。刘敬有《徙豪民实关中议》，张良有《请都关中议》，曹参有《论守成》，贾谊有《论积贮疏》《谏除盗铸令民放铸》，晁错有《守边劝农疏》《论贵粟疏》，董仲舒有《请限民田宽民力疏》，师丹有《建言限民田奴婢》，等等。

以上奏议，主张实行迁都、迁徙豪族、屯田、复员士兵、与民休息、鼓励垦荒、整治沟河、减轻租赋、积贮粮食、对外和亲等有利于发展的措施，多数被皇帝采纳。经过几十年的努力，政策初见成效，基本解决了温饱问题。尤其是贾谊的《论积贮疏》和晁错的《论贵粟疏》等，不仅是很好的经济论文，在汉王朝由乱到治、由贫到富的转折点上，起着很大的作用，也是历来传诵的政论文佳作。

总之，西汉前、中期许多发展经济的重要措施，都是在士人的建议下制定的，士人对汉代经济的恢复与社会的安定做出了很大的贡献。

5. 思想文化建设

"天下初定，制度疏阔。"[②] 汉朝的开国皇帝刘邦出身于农家，曾任泗水亭长，其将相大臣多出身于小吏或布衣，对于治国指导思想的选择，礼仪、文化制度的建设等方面，实在是知之不多。这方面的建树只能依靠文人儒士，文人儒士则通过上书，积极投入新王朝的思想文化建设中。

首先从治国指导思想的选择来看，由于汉初经济凋敝、百姓贫困、政局不稳，陆贾上《新语》十二篇，主张无为而治，《无为》说：

> 夫道莫大于无为，行莫大于谨敬……寂然无治国之意，漠然无忧国之心，然天下治。

《至德》说：

---

① （汉）班固：《汉书·高帝纪下》。
② （汉）班固：《汉书·贾谊传》。

是以君子之为治也，块然若无事，寂然若无声，官府若无吏，亭落若无民。

这一政治主张为刘邦及丞相萧何所采纳，政府"顺民之情与之休息"，轻徭薄赋、奖励农耕、厉行节约、轻刑慎罚，其措施成效明显。以后，曹参上书惠帝《论守成》，继续实行"无为而治"，从而恢复、发展了社会经济。

经过140年的发展，武帝即位时国家空前繁荣，社会呈现出一派兴旺发达的景象，这时期黄老之学在治理百姓、削藩、抗击匈奴等方面，都显得软弱无力。改变治国方略、加强中央集权，已是当务之急。卫绾、董仲舒等人的上书，促成了治国指导思想的转变。《汉书·武帝纪》说：

建元元年（前140）冬十月，诏丞相、御史、列侯、中二千石、二千石、诸侯相举贤良方正直言极谏之士。丞相（卫）绾奏："所举贤良，或治申、商、韩非、苏秦、张仪之言，乱国政，请皆罢。"奏可。

卫绾的奏议，符合武帝的心意，当即被批准，但因摄政的窦太后反对而作罢。元光元年（前134），董仲舒在《举贤良对策》（三）说：

今师异道，人异论，百家殊方，指意不同，是以上亡以持一统；法制数变，下不知所守。臣愚以为诸不在六艺之科孔子之术者，皆绝其道，勿使并进。邪辟之说灭息，然后统纪可一而法度可明，民知所从矣。

这个建议即"罢黜百家，独尊儒术"，被武帝所采纳。从此，中国古代的政治、学术、文化、教育为之一变。

其次，从礼仪文化制度建设看，面对汉初制度疏阔的现实，文人儒士制礼、定制，为规范臣民行为、建立统治秩序建言出力。

汉初，君臣上下秩序相当混乱，追随高帝南征北战的武将功臣，多出身下层，缺少礼仪修养，又自恃劳苦功高，在高帝面前无所顾忌，"群臣饮争功，醉或妄呼，拔剑击柱，上患之"。① 叔孙通"知上益厌之"，就主动要求为汉家制朝仪，他劝高帝说：

> 夫儒者难与进取，可与守成。臣愿征鲁诸生，与臣弟子共起朝仪。

高帝答应了他。朝仪制成后，群臣朝会时"自诸侯王以下莫不震恐肃敬……无敢喧哗失礼者"，于是高帝说："吾乃今日知为皇帝之贵也！"叔孙通因制朝仪有功，官拜奉常，获赏金五百斤。接着又为汉朝制定了宗庙礼法、天子衣服之制、宗庙乐等礼乐制度。"十二年，高帝欲以赵王如意易太子"，叔孙通上《谏易太子而乱天下》，据"礼"力争，"上遂无易太子志矣"。

至文帝时，贾谊针对当时诸侯王在名号、服饰、宫室、车舆等方面的"僭拟"，上《治安策》，强调说：

> 夫立君臣，等上下，使纲纪有序，六亲和睦，此非天之所为，人之所设也。人之所设，不为不立，不修则坏。
>
> 汉兴至今二十余年，宜定制度，兴礼乐，然后诸侯轨道，百姓素朴，狱讼衰息。②

他要求文帝"定经制，令君君臣臣，上下有差，父子有亲，各得其宜"。③鉴于"夫移风易俗，使天下回心而乡道，类非俗吏之所能为也"，贾谊"乃草具其仪，天子说焉"。④之所以强调"礼"，在贾谊看来，是因为"礼者禁于将然之前"，"法者禁于已然之后"⑤，即便实行法制，也要合乎礼，辨讼、纷争要"非礼不决"；更主要的是，上下尊卑之礼，能凸显君主至高无上的权力和地位，有利于限制诸侯王的发展，有利于维护政治秩序的稳定。唐代皮日休看到

---

① （汉）班固：《汉书·郦陆朱刘叔孙传》。
② （汉）班固：《汉书·礼乐志》。
③ （汉）贾谊：《治安策》。
④ （汉）班固：《汉书·礼乐志》。
⑤ （汉）班固：《汉书·贾谊传》。

了贾谊定礼制的目的与作用,说:

> 余尝读贾谊《新书》,见其经济之大道大矣哉!真命世王佐之才也。自汉氏革嬴,高祖得于矢石,不暇延儒人,及为天子,制缺度弛,礼崩乐坏。是时独有叔孙生能定朝仪,其制未悉,唯生草其书,欲以制屈诸侯,调革舆服,流通货币。

贾谊以礼治国的主张,为后人所继承,对我国封建社会的政治思想影响很大。武帝即位后,董仲舒在"天人三策"中提出:

> 王者上谨于承天意,以顺命也;下务明教化民,以成性也;正法度之宜,别上下之序,以防欲也。
> 是故古之王者,莫不以教化为大务,立大学以教于国,设庠序以化于邑。教化以明,习俗以成,天下尝无一人之狱矣。

在董仲舒的策论和《春秋繁露》中,礼学思想非常丰富,表现在尊孔崇儒,强调礼乐教化,讲受命、封禅、改制,要求兴太学、举贤良,提倡"三纲五常",用经义决狱等方面,影响深远。

此外,西汉公孙弘的《请为博士置弟子员疏》、桑弘羊的《礼制议》、刘向的《说成帝定礼乐》、韦玄成的《毁庙议》、孔衍的《上成帝辨家语宜记录》、薛宣的《请封孔子后疏》、夏侯贺的《改元易号议》、梅福的《请封孔子后疏》、王莽的《奏立官稷》,东汉陈元的《请立〈左氏博士〉疏》、韦彪的《谏吏选书》、韦彪的《郡国贡举议》、朱浮的《宜广选博士疏》、樊準的《劝兴儒学疏》、徐防的《上疏以章句取博士》、翟酺的《修缮太学疏》、左雄的《上言察举孝廉》、应劭的《呈〈汉仪〉疏》等,都是有关礼乐文化建设方面的奏议,可谓作品多,内容丰富。诚如贾谊《新书·礼》所说:

> 道德仁义,非礼不成;教训正俗,非礼不备;分争辨讼,非礼不决;君臣上下父子兄弟,非礼不定;宦学事师,非礼不亲;班朝治军,莅官行

法，非礼威严不行；祷祠祭祀，供给鬼神，非礼不诚不庄。

可见礼乐文化制度，对封建社会的稳定和巩固，起了相当大的作用。

6. 安民抚众

汉代承亡秦而来，加之战国民本思想的影响，统治阶级已注意到民众的力量，早在汉五年（前202），刘邦就提出"偃兵息民，天下大安"①，于是"萧（何）曹（参）为相，填然无为，从民之欲，而不扰乱"②。文人儒士也纷纷上书，阐发安民抚众的道理，要朝廷体恤民众，惜民力、顺民情、从民意。如贾谊《论积贮疏》说："民不足而可治者，自古及今，未之尝闻。"他尤其强调：

> 闻之于政也，民无不为本也……故国以民为安危，君以民为威侮，吏以民为贵贱。此之谓民无不为本也。

因此，他告诫统治者：

> 夫民者，万世之本也，不可欺。凡居于上位者，简士苦民者，是谓愚……故自古至于今，与民为仇者，有迟有速，而民必胜之。③

这些话有振聋发聩之效！

晁错阐发尊主安民之道，提醒统治者必须"知所以安利万民"④，他说：

> 其（按：指古之三王）动众使民也，本于人事然后为之。取人以己，内恕及人。情之所恶，不以强人；情之所欲，不以禁民。是以天下乐其政，归其德，望之若父母，从之若流水；百姓和亲，国家安宁……⑤

---

① （汉）班固：《汉书·高帝纪下》。
② （汉）班固：《汉书·刑法志》。
③ （汉）陆贾：《新语·大政上》。
④ （汉）班固：《汉书·爰盎晁错传》。
⑤ （汉）晁错：《举贤良对策》。

> 民贫，则奸邪生……方今之务，莫若使民务农而已矣。欲民务农，在于贵粟；贵粟之道，在于使民以粟为赏罚。①

贾山在《至言》中说：强秦所以失败，在于"秦王贪狼暴虐，残贼天下，穷困万民，以适其欲也"。董仲舒在《举贤良对策》（一）说：

> 凡以教化不立而万民不正也。夫万民之从利也，如水之走下，不以教化堤防之，不能止也。②

在《请限民田宽民力书》中，他要求武帝：

> 限民名田，以澹不足，塞并兼之路。盐铁皆归于民。去奴婢，除专杀之威。薄赋敛，省徭役，以宽民力。

之所以要重民、宽民，是因为"天之生民，非为王也，而天立王以为民也。故其德足以安乐民者，天予之；其恶足以残害民者，天夺之"③。龚遂在《论治乱民宜缓不宜急》中也说："治乱民犹治乱绳，不可急也，唯缓之，然后可治。"

尤其突出的是，西汉末鲍宣在上哀帝《陈时弊书》中，痛切地指出：

> 今民有七亡、七死……民有七亡而无一得，欲望国安，诚难；民有七死而无一生，欲望刑措，诚难……天下乃皇天之天下也，陛下上为皇太子，下为黎庶父母，为天牧养元元，视之当如一，合《尸鸠》之诗。今贫民菜食不厌，衣又穿空，父子夫妇不能相保，诚可为酸鼻，陛下不救，将安所归命乎？

---

① （汉）晁错：《论贵粟疏》。
② （汉）班固：《汉书·董仲舒传》。
③ （汉）董仲舒：《春秋繁露·尧舜不擅移汤武不专杀》。

鲍宣冒死指陈时弊，反映人民求生的愿望和要求，忧国恤民之情跃然纸上。

7. 尚德缓刑

秦朝"毁先王之法，灭礼谊之官，专任刑罚"，终于导致了"奸邪并生，赭衣塞路，囹圄成市，天下愁怨，溃而叛之"的局面。"汉兴，高祖初入关，约法三章曰：'杀人者死，伤人及盗抵罪。' 蠲削烦苛，兆民大说"①，但尚有"夷三族"之令，且要"具五刑"。惠帝和吕后时期，无为而治，"刑罚用稀"。

从上段可以看出，汉初的刑罚改革，主要是鉴于秦"极刑苛法"的教训，但文人的上书也起了一定的作用，如陆贾《新语·无为》说：

秦非不欲治也，然失之者，乃举措太重、刑罚太极过也。

贾山认为秦朝的灭亡是其弃儒任法、片面任刑的结果：

秦以熊罴之力，虎狼之心，蚕食诸侯，并吞海内，而不笃礼义，故天殃已加矣。②

在汉代法制史上因臣民上书而改革刑罚的著名事例有两个：一个是文帝时淳于缇萦的《上书请赎父刑》，一个是宣帝时路温舒的《尚德缓刑疏》。

据《汉书·刑法志》记载：

（文帝十三年）齐太仓令淳于公有罪当刑，诏狱逮系长安。淳于公无男，有五女，当行会逮，骂其女曰："生子不生男，缓急非有益！"其少女缇萦，自伤悲泣，乃随其父至长安，上书曰："妾父为吏，齐中皆称其廉平，今坐法当刑。妾伤夫死者不可复生，刑者不可复属，虽后欲改过自新，其道亡繇也。妾愿没入为官婢，以赎父刑罪，使得自新。"

---

① （汉）班固：《汉书·刑法志》。
② （汉）班固：《汉书·贾邹枚路传》。

文帝为缇萦之孝情所感动，不但赦免了其父之罪，而且下诏废除了肉刑。与此相关的奏议还有张苍、冯敬的《奏议除肉刑》，陈平、周勃的《奉诏除连坐法议》等。

文帝废除了自夏朝以来实行的肉刑，无疑是一种历史进步，具有积极意义，但其改革仍存在这样的问题："斩右趾者又当死，斩左趾者笞五百，当劓者笞三百，率多死"，以致《汉书·刑法志》指责文帝是"外有轻刑之名，内实杀人"。景帝时减轻了笞刑，使得"笞者得全"，但仍存在"酷吏犹以为威，死刑既重，而生刑又轻，民易犯之"的弊端。

武帝时，为加强中央集权、打击诸侯王的势力，实行严刑酷法，致使刑网密集。《汉书·刑法志》说律、令凡三百五十九章，大辟四百九条，千八百八十二事，死罪决事比万三千四百七十二事。奸吏因缘为市，所欲活则傅生议，所欲陷则予死比，议者咸冤伤之。可谓冤狱累结，百姓怨声载道。

宣帝起自"闾阎"，深知民间疾苦，及履至尊，廷史路温舒上《尚德缓刑疏》，痛斥苛法酷吏，主张尚德缓刑，恳求宣帝能"改前世之失，正始受命之统"，并提出了崇仁义、省刑罚、废狱治、开言路等一系列的政治主张。路温舒的奏书写得非常精彩，宣帝阅之再三，十分欣赏，立即提升了其官职，但因当时积弊太深，宣帝又立足未稳，未能立刻着手改革。尽管如此，它毕竟打动了宣帝的心，对宣帝后来控制严刑峻法，澄清吏治弊端，造就西汉"中兴"局面，产生了积极影响。

以上两个事例，足见臣民上书对汉代刑罚改革、法制建设之影响。

此类奏议还有张释之的《论不可以好恶论刑》、吾丘寿王的《禁民挟弓弩对》、东方朔的《论诛伐不择骨肉》、杜林的《除苛刑议》、梁统的《谏轻刑疏》、邓禹的《论兴国以德薄厚》、陈宠的《论简苛刑》、鲁恭的《谏盛夏断狱疏》《冬日断狱疏》、张敏的《驳轻侮法疏》、梁商的《谏连染疏》、陈蕃的《考实党事疏》、杨伦的《请案坐举者书》、孔融的《止肉刑议》等，可见篇数之多，士人要求之强烈。

8. 指陈时弊

奏议多是臣下就现实生活中存在的问题，向皇帝汇报并提出对策或建议，所以指陈时弊是题中应有之义。因为只有解决问题、改革时弊，才能达到国泰民安、政治清明之目的。汉代士人在上书中多有指陈甚至抨击时弊之处。如西汉文帝时经济恢复、政局稳定，贾谊却敏锐地觉察出其背后潜伏着一系列的矛盾和危机，他上《治安策》说：

> 臣窃惟事势，可为痛哭者一，可为流涕者二，可为长太息者六，若其它背理而伤道者，难遍以疏举。进言者皆曰天下已安已治矣，臣独以为未也。曰安且治者，非愚则谀，皆非事实知治乱之体者也。夫抱火厝之积薪之下而寝其上，火未及燃，因谓之安，方今之势，何以异此！本末舛逆，首尾衡决，国制抢攘，非甚有纪，胡可谓治！

贾谊指陈时政之弊，卓识远见，令人敬佩。

汉成帝之时，外戚擅权，吏治腐败，尤其是大将军王凤，权倾朝野，朝中大臣三缄其口。梅福以辞官归隐之身，忧汉室将倾，疾言上书，无所隐匿，其《请开言路罢外戚疏》说：

> 今陛下既不纳天下之言，又加戮焉。夫鸢鹊遭害，则仁鸟增逝；愚者蒙戮，则知士深退。间者愚民上疏，多触不急之法，或下廷尉，而死者众。自阳朔以来，天下以言为讳，朝廷尤甚，群臣皆承顺上指，莫有执正。……折直士之节，结谏臣之舌，群臣皆知其非，然不敢争，天下以言为戒，最国家之大患也。

梅福指陈时政，直言谠论，无所讳忌。

西汉后期土地兼并严重，徭役繁多，吏治腐败，刑罚繁苛，百姓生活在水深火热之中，形势严峻。哀帝时，鲍宣上《陈时弊书》说：

> 凡民有七亡：阴阳不和，水旱为灾，一亡也；县官重责更赋租税，二亡也；贪吏并公，受取不已，三亡也；豪强大姓蚕食无厌，四亡也；苛吏徭役，失农桑时，五亡也；部落鼓鸣，男女遮逃，六亡也；盗贼劫略，取民财物，七亡也。七亡尚可，又有七死：酷吏殴杀，一死也；治狱深刻，

二死也；冤陷无辜，三死也；盗贼横发，四死也；怨仇相残，五死也；岁恶饥饿；六死也，时气疾疫，七死也。

鲍宣为汉末名儒，直陈时弊，文笔犀利，语无规避。

此类奏议比较著名的还有贾山的《至言》、桓谭的《陈时政疏》、谢弼的《陈朝政得失疏》、京房的《论任不肖必乱》、蔡邕的《陈政要上封事》、襄楷的《上桓帝书》、刘陶的《上疏陈事》等。

值得注意的是，在指陈时弊奏议中，还有不少告诫皇帝勿逸乐奢侈的，如张良的《谏居秦宫议》、东方朔的《谏起上林苑疏》、司马相如的《谏猎疏》、刘向的《谏营昌陵疏》、陈蕃的《谏幸广成校猎疏》等。佚乐奢侈乃统治阶级的通病。在汉代，像文帝那样注意节俭的好皇帝，尚有沉湎射猎、怠忘政事之病，更不用说其他君主了；在暴主、昏主、庸主如西汉武帝、成帝、哀帝等身上，这种缺点表现得尤为明显。"上有所好，下比甚焉。"君主的奢侈、骄溢关乎国家的政治风气和社会风气，不可等闲视之。不少文人出于对君主的忠诚、对国事的关切，上书委婉地劝谏君主要厉行节约、勤政爱民，注意汲取前代君主耽于逸乐、身死国灭的教训，讽谏效果良好。

至于汉代奏议议政内容的其他方面，如关于立后、教育太子、毁庙、都邑、官吏倾轧、民族关系以及针对具体人事所上的奏议，多而复杂，难以遍举，兹从略。

汉代奏议多针对当时社会的重大问题进行探讨与议论，涉及面广，内容丰富，针对性强，大多切实可行，加之感情丰富，气势充沛，富有文采，所以在治国安邦、拾遗补阙、鞭挞邪恶、弘扬正气、激浊扬情、下情上达等方面发挥着重要作用，在今天仍是研究秦汉史之珍贵资料，从政资治之龟鉴，公文写作之范本，还能给人以多方面的启示与借鉴。

（作者单位：阜阳师范学院文学院）

《屈原列传》的叙事分析

洪之渊

《屈原列传》中关于屈原生平史实的记载确乎是少得可怜且模糊不清。[①] 也不能不承认,传记中塑造的屈原形象只能被称之为扁平人物;而且,在对屈原生平的叙述中,作为主要人物的屈原又往往并非主要的被聚焦对象。可另一方面,如我们所熟知,《屈原列传》又是极其成功地塑造了光辉而伟大的屈原形象。历来的研究者通常将之归因于太史公的"发愤著书,辞多寄托"[②],这一说法无疑是正确的;但问题在于,《屈原列传》之所以成功的原因是否仅限于此?仅此说法又如何解释我们前面所提出的三点困惑?况且太史公又是通过何种方式巧妙地将自身的愤懑牢骚之气与屈原之生平、形象完美地融合为一体?W.C.布斯在分析《十日谈》的一些故事时指出,在这些故事中,人物是平面的,没有揭示出任何深度;叙述者的角度在人物中变换而完全无视当今普遍盛赞的那种技巧的集中或一致。但是,在这种单一的效果之下,潜藏着一种绝妙而复杂的技巧。[③] 那么同样,在《屈原列传》之中,无疑也潜藏着一种绝妙而复杂的技巧。

---

① 〔日〕冈村繁:《楚辞与屈原——论屈原形象与作者的区别》,《冈村繁全集》,上海古籍出版社2002年版,第55—59页。
② 范文澜:《文心雕龙注》,人民文学出版社1998年版,第304页。
③ 〔美〕W.C.布斯著,华明等译:《小说修辞学》,北京大学出版社1987年版,第11页。

一、停顿

《屈原列传》的叙事节奏分为概述与省略、停顿、场景三类，它们大约各占了传记的三分之一篇幅。

传记中出现了两次叙事停顿，其一在"王怒而疏屈平"之后，即"屈平疾王听之不聪也，谗谄之蔽明也，邪曲之害公也，方正之不容也，故忧愁幽思而作离骚。……推此志也，虽与日月争光可也"；其二出现在"楚人既咎子兰以劝怀王入秦而不反也"之后，"屈平既嫉之，虽放流，睠顾楚国，系心怀王，不忘欲反，冀幸君之一悟，俗之一改也。……王之不明，岂足福哉！"这两次停顿都是叙述者对屈原及其命运的直接评价，在全篇中起到了关键的作用。这包括了传记主题的确立及此主题得以确立的基本方式，即人物语义轴——屈平/怀王/谗人——的建构。

叙述者对屈原的评价主要集中于他"存君兴国"的光辉品质但终至于"无可奈何"的悲剧命运，这无疑构成了整个《屈原列传》的主题。传记主人公"正道直行，竭忠尽智以事其君"，"上称帝喾，下道齐桓，中述汤武，以刺世事。明道德之广崇，治乱之条贯，靡不毕见"；而更令人感动的是，他"虽放流，睠顾楚国，系心怀王，不忘欲反，冀幸君之一悟，俗之一改也。其存君兴国而欲反覆之，一篇之中三致志焉"。由此，我们不能不为主人公的悲剧命运而扼腕痛惜；也不能不将批判的矛头直接指向这一悲剧的制造者，即楚怀王与郑袖、张仪、上官大夫、令尹子兰等人，"王听之不聪也，谗谄之蔽明也，邪曲之害公也，方正之不容也"，"怀王以不知忠臣之分，故内惑于郑袖，外欺于张仪，疏屈平而信上官大夫、令尹子兰"。正是在这种人物间毫无调和余地的尖锐对抗与冲突中，鲜明地呈现出传记的主题，成功地塑造了主人公的光辉形象。同时，叙述者又直接引领我们看到了主人公的悲剧命运所造成的无可挽回的恶果："（楚怀王）兵挫地削，亡其六郡，身客死於秦，为天下笑。此不知人之祸也。"

我们可以将上述的人物语义轴勾勒如下：

禀赋 人物	存君兴国	方正	谗谄	邪曲	不聪
屈原	＋	＋	－	－	－
怀王	＋	－	－	－	＋
上官大夫等	－	－	＋	＋	－

（"＋"＝肯定端，"－"＝否定端）

不难发现，围绕着怀王这一庸君，屈原与上官大夫等人构成了典型的忠奸对立模式的两极。这一确立主题的人物语义轴模式贯穿了传记中整个屈原生平的叙事过程，通过反复累积而得以不断强化。事实上，该语义轴还可以包括渔父在内，屈原和他构成了坚守／妥协的两极。这就是说，屈原和传记中的所有其他人物都形成对立关系：

（1）屈原∶君王（楚怀王、楚顷襄王）／存君∶疏放

（2）屈原∶张仪／兴楚∶灭楚

（3）屈原∶党人（上官大夫、令尹子兰、郑袖、靳尚）／方正∶谗诌

（4）屈原∶渔父／坚守∶妥协

正是通过这一系列的对立，《屈原列传》成功地为我们树立起一个孤独的悲剧英雄形象。

值得注意的是，在这一系列对立中，后三组的对立双方具有着明显对立的人物行为功能指向，亦即行为所指向的目标不同；而第一组的对立双方却是有着共同的行为功能指向，即他们的行为归根结底都是为了兴国。那么，目的上一致却为什么导致了行为上的对立？叙述者通过对楚怀王的聚焦及评论，成功地将责任全部归因于君王自身。

（1）王怒而疏屈平。

（2）楚怀王贪而信张仪。

（3）怀王怒，大兴师伐秦。

（4）怀王竟听郑袖，复释去张仪。

（5）怀王欲行。

（6）怀王卒行。

（7）怀王怒，不听。

（8）复之秦，竟死于秦而归葬。

在这些叙述句中，既有明确揭示怀王这一角色禀赋的标志词，如"贪"，又有通过某种角色外在神态的标志词来暗示某种内在禀赋，如"怒"。无独有偶，这个词又出现在顷襄王身上，"令尹子兰闻之大怒，卒使上官大夫短屈原于顷襄王，顷襄王怒而迁之"。这显然是暗示着顷襄王只不过是另一个楚怀王而已。还有通过某种修辞性的副词来暗示某种内在禀赋以及表达作者的立场态度，如"竟""欲""卒"等。

尤须值得注意的是，通过第一个叙事停顿，太史公成功地引入了带有自传性质的抒情长诗《离骚》。不难发现，《屈原列传》与《离骚》间的关联显然并不仅仅在于传记中引入了对《离骚》的评价以及传记主人公作为《离骚》作者的身份等；这一关联，更为重要的是以下诸种深层的一致性。这包括了"存君兴国"但终至于"无可奈何"的主题，主人公完美的悲剧英雄形象，以一系列对立所构成的人物语义轴模式，以及下文所述的以失衡为主体的叙事结构等。事实上，我们在阅读《屈原列传》时总是情不自禁地联想到《离骚》中与此相对应的成分，从而使得《传》《骚》之间形成坚强的互证关系，同时，也造成了《屈原列传》浓重的抒情氛围。

二、概述与省略

《屈原列传》中对屈原生平的叙述大抵是使用概述的方式。"（屈原）博闻强志，明于治乱，娴于辞令。入则与王图议国事，以出号令。出则接遇宾客，应对诸侯。王甚任之。"这一语段是整个生平叙事的出发点及推动叙事发展的初始动力所在。

该语段是本篇传记中的唯一一次平衡状态，它既包含着个体人物的平衡状态，即屈原具有出色的才能，并得到君王的信任；楚怀王拥有并非常信任具有出色才能的大臣；又通过对屈原和怀王最初君臣和谐的平衡状态的叙述引导我们做出另一个平衡状态的推断：即楚国本可以非常强盛。

（1）屈原和楚怀王的君臣和谐　个体：初始的平衡状态　国家：初始的平衡状态

但这一平衡状态被迅速打破，随之出现的是一次次连续而频繁的、无可挽回的失衡状态，从而确立了本篇传记以失衡为主体的叙事策略。作者在叙事时距上出色地连续使用了概述的方式，成功实现了平衡状态向失衡状态的迅速转换，以及失衡状态频繁出现的极为迅速的节奏感。我们可将这一叙事策略列举如下：

（2）上官大夫进谗言　　　　　破坏性事件出现

（3）王怒而疏屈平　　　　　　失衡1

（4）张仪来楚　　　　　　　　破坏性事件出现

（5）楚齐绝交　　　　　　　　失衡2

（6）怀王受骗　　　　　　　　失衡3

（7）伐秦失败（1）　　　　　　失衡4

（8）伐秦失败（2）　　　　　　失衡5

（9）张仪二次来楚　　　　　　转机　向平衡移动的预兆

（10）释去张仪　　　　　　　　失衡6

（11）屈原谏阻　　　　　　　　主人公行动以减轻（10）

（12）怀王悔　　　　　　　　　转机　行动取得效果

（13）追张仪不及　　　　　　　失衡7

（14）诸侯击楚，大败之　　　　失衡8

（15）秦欲与怀王会　　　　　　破坏性事件出现

（16）屈原谏阻　　　　　　　　主人公行动以减轻（15）

（17）子兰劝行　　　　　　　　破坏性事件出现

（18）怀王入秦　　　　　　　　失衡9

（19）怀王被扣留　　　　　　　失衡10

（20）怀王死于秦　　　　　　　失衡11　终结1

（21）顷襄王立，子兰为令尹　　破坏性事件出现

（22）上官大夫进谗言　　　　　破坏性事件出现

（23）顷襄王怒而迁之　　　　　失衡12

（24）屈原自沉　　　　　　　失衡13　终结2

（25）楚国灭亡　　　　　　　失衡14　终结3

随着开头部分唯一一次的平衡状态被迅速打破后，随之出现的是一系列急剧的失衡状态，而最终导致构成最初平衡状态的三个因素悲剧性地彻底终结。其一是具有出色政治才能的屈原的悲剧性自杀，其二是本来信任屈原的楚怀王悲剧性的客死秦国，其三是原本可以非常强大的楚国的悲剧性灭亡，从而形成了传记开头和结尾强烈的结构性对立。由此而确立了本篇叙事的终极意图，这就是说，作者所讲述的并不仅仅是某个个体毁灭的悲剧，更是因为个体毁灭而带来的国家毁灭。尤其是当我们进一步认识到贯穿于本篇冲突的两极是秦和楚，而在汉人的历史叙事语境中秦正是作为整个天下的——无论是生命意义上还是伦理意义上的——毁灭者时，那么，屈原毁灭的结局已隐隐地指向了整个天下在此后所堕入的那个惨绝人寰的黑暗深渊。

还需要指出的是，作为对发端的平衡的叙述，它所要达到的修辞效果不仅仅是为了被失衡所打破，同时，也在造成一种生成的、建构的效果。也就是说，这段叙事，又指向了一个反历史事实的潜在文本的构成，这一文本的明晰程度及力量随着失衡的反复出现而被不断加强。在阅读显在的文本时，我们的注意力不断地移开，进入到一个潜在文本的建构过程中，亦即，如果这个平衡没有被打破，或者，这个平衡如果能够从失衡状态中恢复过来，个人将会怎样？国家将会怎样？天下又将会怎样？正是通过显在文本和潜在文本的双向互动，作者成功地向读者呈现出一个完美的悲剧英雄形象。

同时，我们注意到，当失衡状态连续发生时，主人公曾经做出了两次挽救的行为。颇有意味的是，在这两次行为中，处于失衡状态中的主人公并不考虑自身平衡状态的挽回，而是全力投入到挽救国家命运的行动中。也正是在这两次行为中，前述的人物语义轴得到极鲜明的体现。如在张仪二次来楚而被释的事件中，叙述者巧妙地以"是时屈原既疏，不复在位"的否定句式和对比结构来展现人物语义轴：靳尚/贪婪/用事者＋郑袖/个人利益/宠妃：屈原/国家利益/疏、不复在位。这无疑为屈原的完美形象再添上了浓重一笔。

而尤值得我们崇敬的是，太史公巧为无米之炊的极为出色的叙事技巧。史料的单薄所造成的概述方式，却恰恰完美地造就了文本如此迅疾的节奏感，使我们于惊心动魄之中感受着主人公乃至整个天下的悲剧性命运。其次，在这一系列失衡的叙述中，屈原是主要人物却并非主要被聚焦者，楚怀王是次要人物却是主要被聚焦者。造成这一奇特现象的原因，显然也是与屈原事迹的缺乏有着直接的关联。但叙述者却也正是巧妙地以屈原在政治中心的不在场，来突出表明假使屈原在场所能起到的重大效果。张仪的首次来秦，是此后一系列噩梦的发端，但屈原根本不在场。二次来秦，屈原直到使齐回来才在场，但张仪已被放走。

传记中出现了四次叙事省略也都与迅速的节奏感有关。其中两次在"其后诸侯共击楚，大破之，杀其将唐昧"的前后。该事件发生于楚怀王二十八年，而此前张仪二次入楚则在楚怀王十八年，此后楚怀王入秦发生于三十年。我们注意到司马迁对这两次省略都没有加以明确的表述，在第一次给出了非常模糊的指示词"其后"，而在第二次更是通过指示词"时"取消了这次叙事省略的存在。这种模糊的时间指示词也同样出现在另两次省略中，"屈平既绌，其后秦欲伐齐"，"屈原既死之后，楚有宋玉、唐勒、景差之徒者，皆好辞而以赋见称；然皆祖屈原之从容辞令，终莫敢直谏。其后楚日以削，数十年竟为秦所灭"。这无疑使得诸语段间保持了叙事上的紧张而迅速的节奏。

同时，模糊的时间指示词更有利于我们将与此相关的前后事件视为有着直接的因果关联。里蒙·凯南曾作出如下论述："如巴尔特所指出的，故事可以基于含蓄地使用逻辑错误：在其后，故为其果。我们可以举出诙谐地介绍弥尔顿生平的话作例子，其中的幽默恰恰产生于读者可以把明显的时间顺序看作因果关系。弥尔顿写了《失乐园》，然后他妻子死了，他接着又写了《复乐园》。"[①] 里蒙·凯南可能忽略了，读者们之所以将弥尔顿的写作与他妻子之死看作因果关系，关键并不在于明显的时间顺序，而在于"然后""接着"等模糊时间指示词所造成的急促的叙事节奏感。我们可以比较"诸侯共击楚，大破之，杀其将唐昧"及其前后事件的两种叙述方式：

[①] 〔以色列〕里蒙·凯南著，姚锦清等译：《叙事虚构作品》，生活·读书·新知三联书店1989年版，第31页。

怀王十八年，张仪入楚被释。	张仪入楚被释。
怀王二十八年，诸侯击楚，杀唐眜。	其后诸侯击楚，杀唐眜。
怀王三十年，秦与楚婚，欲与怀王会。	时秦与楚婚，欲与怀王会。

显然，前者的编年体方式使我们倾向于将其看成三个并无因果关联的孤立事件，而后者模糊指示词的使用则更具有整体感。因此，我们很自然地再次将这一事件视为初始平衡被打破及屈原所作出的挽救行为失败的必然后果；因为在张仪平安脱险和怀王入秦的事件中，叙述者所提醒我们注意的正是楚国的逸邪当道和楚怀王的蒙昧不明。另两次叙事省略也同样使我们自然地作出如下推断：因为"屈平既绌"，所以秦离间齐楚关系的阴谋得逞；因为屈原既死，所以楚数十年竟为秦所灭。

三、场景

传记另外的三分之一的篇幅则是场景，其中包括了两个层次，即屈原与渔父的对话和屈原作《怀沙》之赋以自沉。如我们所知，它们分别来自楚辞作品《渔父》和《怀沙》。这本是两篇独立的抒情诗，作者以"乃""于是"两个同时表示先后和因果关系的指示词将其巧妙地转换成叙事文本的组成部分。

（1）屈原至于江滨，渔父见而问之曰云云。
（2）（屈原）乃作《怀沙》之赋，其辞曰云云。
（3）于是（屈原）怀石遂自沉汨罗以死。

通过这一关联，屈原的《怀沙》成为对渔父的回答的具体展开和自我立场表白的再次申说。事实上，这两篇抒情诗在内容上也确乎有着紧密的呼应：

《渔父》	《怀沙》
举世混浊而我独清，众人皆醉而我独醒，是以见放。	刓方以为圆兮，常度未替，易初本由兮，君子所鄙。章画职墨兮，前度未改；内直质重兮，大人所盛。巧匠不斫兮，孰察其揆正？玄文幽处兮，矇谓之不章；离娄微睇兮，瞽以为无明。变白而为黑兮，倒上以为下。凤皇在笯兮，鸡雉翔舞。同糅玉石兮，一概而相量。夫党人之鄙妒兮，羌不知吾所臧……

续表

《渔父》	《怀沙》
吾闻之，新沐者必弹冠，新浴者必振衣，人又谁能以身之察察，受物之汶汶者乎！宁赴湘流而葬乎江鱼腹中耳，又安能以皓皓之白而蒙世俗之温蠖乎！	浩浩沅、湘兮，分流汨兮。脩路幽拂兮，道远忽兮。曾唫恒悲兮，永叹慨兮。世既莫吾知兮，人心不可谓兮。怀情抱质兮，独无匹兮。伯乐既殁兮，骥将焉程兮？人生禀命兮，各有所错兮。定心广志，馀何畏惧兮？曾伤爰哀，永叹喟兮。世溷不吾知，心不可谓兮。知死不可让兮，原勿爱兮。明以告君子兮，吾将以为类兮。

显然，在这两篇诗歌中，屈原都在控诉着世道的污浊，表明自我坚定的价值取向和舍生取义的不屈精神。内容上的一致和篇幅上的详略有别，使得太史公对它们的联结和情节赋予及位置安排显得如此的自然妥帖：在与渔父对话后，屈原心潮澎湃，难以自已，于是再次发为号叹，尽抒内心慷慨悲凉之情。

我们注意到，在传记中，太史公并未将全篇《渔父》引入，而是省略了最后一段：“渔父莞尔而笑，鼓枻而去，乃歌曰：'沧浪之水清兮，可以濯吾缨；沧浪之水浊兮，可以濯吾足。'遂去，不复与言。”这一省略本身颇值得玩味，在《渔父》中，渔父和屈原的对立性结构中，我们很难判断文本中的主人公是谁以及作者的价值取向。首先，两个第三人称的使用使得叙述者和两个人物间保持着同等的距离；其次，叙述者的视点显然是在两个人物间作着均衡地移动：

（1）屈原既放……形容枯槁。（开头：屈原：行为，外貌）

（2）渔父见而问之曰云云。（渔父：语言）

（3）屈原曰云云。（屈原：语言）

（4）渔父曰云云。（渔父：语言）

（5）屈原曰云云。（屈原：语言，对渔父立场的否定）

（6）渔父莞尔而笑……遂去，不复与言。（结尾：渔父：行为，语言，对屈原立场的否定）

再次，该文本中没有叙述者任何的评判性语言出现。而且，按照米克·巴尔所提出的关于确定文本主人公一个重要标准："根据配置，例如一个人物使第一章和／或最后一章聚焦这一事实，我们将这一人物称为全书的主人公。"[①]

[①] 〔荷〕米克·巴尔著，谭君强译：《叙述学：叙事理论导论》（第二版），中国社会科学出版社2003年版，第175页。

我们恰恰发现屈原和渔父分别是第一段和最后一段的被聚焦对象，那么，谁是主人公呢？以上四个方面都使我们感觉到叙述者只是对该场景作着客观的呈现；尤其是将结尾渔父的神态和行为的描写与开头"（屈原）颜色憔悴，形容枯槁"相对照，我们隐约感觉到作者的价值取向似乎更趋向于渔父：

屈原：憔悴　枯槁（折磨、苦痛）

渔父：莞尔　鼓枻　歌曰云云（洒脱　不屑）

　　　遂去　不复与言（不屑）

由此，我们不难发现太史公将《渔父》最后一段省略确乎是极富技巧的行为。因为该段正是渔父作为被聚焦对象所出现的最重要的位置，以及作者隐含的价值取向的显露之处；该段的引入，显然并不利于屈原形象的塑造。而通过该段的省略，不仅打破了《渔父》中的开头与结尾的对立性结构，使得屈原成为主要的聚焦对象，而且，尤为重要的是，通过《怀沙》全篇的有机引入，屈原部分的篇幅被极大地扩充，这无疑使屈原在渔父面前取得了压倒性的胜利。

大篇幅的场景的进入，使得传记在临近终结之时，亦即屈原纵身一跃之前，由叙事而成为戏剧般的场景呈现。

幕布缓缓拉开……

第一幕：屈原和渔父的对白

第二幕：屈原的独白

这一大段的独白，占了整个场景部分的三分之二。典型的楚骚体语式，尤其乱辞部分，何等的慷慨激昂，我们似乎在时隔两千五百余年后，依然能听到屈原在江边悲愤的高咏："浩浩沅、湘兮，分流汨兮。脩路幽拂兮，道远忽兮。曾唫恒悲兮，永叹慨兮。……知死不可让兮，原勿爱兮。明以告君子兮，吾将以为类兮。"在这高咏声中，屈原毅然决然地跃入了汨罗江中。

画外音响起："屈原既死之后……其后楚日以削，数十年竟为秦所灭。"

幕布缓缓拉上……

画外音再次响起："自屈原沈汨罗后百有余年，汉有贾生，为长沙王太傅，过湘水，投书以吊屈原。"

幕布再次缓缓拉开……

悲剧在历史舞台上开始着它新的一个轮回。并且，在舞台中、在每一个读者的心中，永恒地轮回上演着。因为后世的文人，内心总有那份无法驱遣的屈原情结：在一次次阅读所带来的想象中的仪式化表演里，完成着自我的圣化。

冈村繁先生对《屈原列传》颇有微词，主要体现为对该传记可靠性的怀疑，这点与本文内容无关。冈村繁先生同时又认为："我们手头如果有《楚世家》《易》《渔父》《怀沙》之类，也大致能完全编写出来的，这样说并非过言。"[1] 这种说法我们无法认同。事实上，通过以上分析，不难发现司马迁正是通过出色的叙事技巧，将各种素材极其巧妙地组合为一个整体，从而成功地塑造了屈原伟大的悲剧英雄形象。因此，冈村繁先生"这样说"确乎是有些"过言"了。

（作者单位：温州大学人文学院）

---

[1] 〔日〕冈村繁：《楚辞与屈原——论屈原形象与作者的区别》，《冈村繁全集》，上海古籍出版社2002年版，第57页。

试论司马迁以道统抗衡政统的精英意识
——以《史记》项羽形象为中心

郭院林

一

精英是外在的身份，精英意识则是内在的品质，两者有本质的区别。所谓精英意识不仅指人的身份、地位以及由此产生的自我满足感，更多的指人关于个体在社会角色、社会责任、社会作用等方面优于或重于一般社会成员的意识，而且在这种意识中荣誉与责任共存，责任意识应该先于荣誉感。正是因为精英意识的拥有者自我肯定，并且自觉担当，认为自我对社会发展能发挥更大作用，他们始终保存着为实现理想而付诸行动的勇气。汪丁丁认为精英意识的内涵对重要性的感受能力，也就是对具有重要意义的公共问题的敏感性以及在足够广泛的公共领域揭示出被感受到的重要性时必须具备的表达能力和道德勇气。[①] 笔者认为除上述要素外，精英意识的拥有者行事常常与众不同，在当时或不为人理解，或为"人民公敌"，或行事怪异。这种精英意识在我国历史上绵延不绝，像箕子叹纣、比干菹醢莫不是这种精英意识的驱动。孔子面对长沮、桀溺避世的言论后，才会怃然曰："鸟兽不可与同群，吾非斯人之徒与而谁与！天下有道，丘不与易也。"（《论语·微子》）他不是不明白乱世行道不易，而是担当责任使然。庄子鄙弃权位，宁愿为曳尾之龟也不愿作庙堂上的供

[①] 关于精英意识，可参汪丁丁：《什么是精英意识》，《中国报道》2008年第2期。

龟。(《庄子·秋水》)孟子就说"我善养吾浩然之正气","虽千万人吾往矣"。(《孟子·公孙丑上》)如果说这种意识一缕不绝的话,那么到了西汉则为司马迁所继承,而其代表作《史记》就是具体载体。

司马迁在《太史公自序》中历述了世谱家学之本末,从重黎氏到司马氏的千余年家世:"昔在颛顼,命南正重以司天,北正黎以司地。唐虞之际,绍重黎之后,使复典之,至于夏商,故重黎氏世序天地。其在周,程伯休甫其后也。当周宣王时,失其守而为司马氏。司马氏世典周史。"① 悠远而光荣的家世不仅是一种荣耀,更是一种责任。许倬云认为:殷商遗留下来不少熟谙礼仪的殷士为新朝服务,担任各种礼仪工作;安排礼仪之外,也可能负责书写及保管档案。这些知识分子由政治权力手中,切割了一个新的领域——知识与意识形态的领域。② 司马迁说:"仆之先人非有剖符丹书之功,文史星历近乎卜祝之间。"③ 史官是与俗世的建功立业不同的,他在意识形态领域实现自己的价值。这不是自卑。司马迁追叙自己的史官家世,恰恰是对祖先长辈的血统决定个人的前途命运和发展方向的信念的肯定。

史官不仅仅为朝政服务,更多的时候他要对世俗的政治领域进行舆论监督与道义的管束。所以《春秋》一书其文章表现形式为史的形态,亦即用秉笔直书的史学的形式记录,其事为齐桓公、晋文公争霸记录,而其中大义则为孔子所把握。(《论语·述而篇》:"其文则史,其事则齐桓晋文,其意则丘窃取之矣。")也就是在这种意义上,孔子作《春秋》而诸侯惧,孔子才被人称为素王。这个素王为后世立法,不是具体的法律条文,而是将意识形态领域的权力掌握到知识分子手中,亦即后世所谓的道统。道统可以配合政统,相互推进,但有时也可以从道义的高度监察甚至反抗政统。儒家法律观有"春秋决狱"的传统,即指在遇到义关伦常而现行法律无明文规定或虽有明文规定但却有碍伦常时,便用儒家经典《春秋》所载有关事例及其体现的道德原则——礼,作为司法审判的依据。原刑定罪则是春秋决狱的一种表现。桓宽《盐铁论·刑德

---

① (汉)司马迁:《史记》卷130《太史公自序》,中华书局1959年版,第3286页。
② 许倬云:《中国古代社会与国家之关系的变动》,《文物季刊》1996年第2期。
③ (汉)司马迁:《报任安书》,(汉)班固:《汉书》卷62《司马迁传》,中华书局1962年版,第2732页。

篇》指出:"春秋之治狱,论心定罪,志善而违于法者免;志恶而合于法者诛。故其治狱,时有出于律之外者。"在判案过程中,法官依凭的不仅是现世法规,更重要的还在于考察人心之善恶。人情或礼成为判案推演的逻辑前提,故又有"执法原情""原情定罪"之说。徐复观认为:"(史学)是代替神对人间,特别是对统治者,作善恶最后的审判,以树立政治、社会、人生行为的义法。这种意思,史公在《十二诸侯年表序》及《自序》中已说得很清楚,这也是他的历史良心的文化上的根源。"①《十二诸侯年表序》列举自商纣以来各代政治弊端在文献上的批评,而孔子"论史记旧闻"而成《春秋》,目的是"制义法",效果则是"王道备,人事浃"。此后像左丘明、铎椒、虞卿、吕不韦、荀子、孟子等以及当代的张苍、董仲舒都采择《春秋》。②那么司马迁作《史记》则是接续这种精神的。

司马迁在《报任安书》中全面阐述了为人处世的原则:"修身者,智之府也;爱施者,仁之端也;取予者,义之符也;耻辱者,勇之决也;立名者,行之极也。士有此五者,然后可以托于世,列于君子之林矣。"③智、仁、勇是儒家的三大德,孔子强调:"智者不惑,仁者不忧,勇者不惧。"(《论语·子罕》)而司马迁又推进一步,在这儿提出"义"与"名"。"义"即应不应该,不是实然,而是应然,是一种价值判断而不是工具判断。他在经历宫刑的摧残折磨下,"用之所趋异也","且夫臧获婢妾,犹能引决,况若仆之不得已乎?所以隐忍苟活,幽粪土之中而不辞者,恨私心有所不尽,鄙没世而文采不表于后也。"恰恰是这样不同的举动,才彰显与大众不同的精英意识。立"名"的方式有多种,古人所谓三不朽:"立德""立功""立言"。司马氏世为史官,职业决定了其没有"剖符丹书之功"。古人认为有德者不必有言,那么司马迁立名的路径就剩下了"立言"。正是怀着这种史官传统的意识,司马迁史遵循"考信于六艺"(《史记·伯夷列传》)、"折中于夫子"(《史记·孔子世家》)的原则,"网罗天下放佚旧闻,考之行事,稽其成败兴坏之理,凡百三十篇,亦欲

---

① 徐复观:《两汉思想史》第3卷,华东师范大学出版社2001年版,第275页。
② (汉)司马迁:《史记》卷14《十二诸侯年表》,中华书局1959年版,第509—510页。
③ (汉)班固:《汉书》卷62《司马迁传》,中华书局1962年版,第2727页。以下《报任安书》引文皆见此书。

以究天人之际，通古今之变，成一家之言"①。司马迁以"原始察终，见盛观衰"（《史记·太史公自序》）承担了发现社会运动规律的责任，他以"稽其成败兴坏之理"（司马迁《报任安书》），提出了史述应在总结历史经验和教训的基础上为后世服务的政治主张。

司马迁的父亲临终曰："孔子修旧起废，论《诗》《书》，作《春秋》，则学者至今则之。自获麟以来四百有余岁，而诸侯相兼，史记放绝。今汉兴，海内一统，明主贤君忠臣死义之士，余为太史而弗论载，废天下之史文，余甚惧焉，汝其念哉！"而司马迁也说"小子何敢让焉。"②正是这种当仁不让的精神，让司马迁接续孔子"贬天子，退诸侯，讨大夫，以达王事"的精神。司马迁认为："《春秋》上明三王之道，下辨人事之纪，别嫌疑，明是非，定犹豫，善善恶恶，贤贤贱不肖，存亡国，继绝世，补敝起废，王道之大者也。……《春秋》以道义。拨乱世反之正，莫近于《春秋》。《春秋》文成数万，其指数千。"③司马迁对《春秋》高度推崇，也是对自己史官职业的肯定。表面上他说自己撰述《史记》是"述故事，整齐其世传，非所谓作也"，不敢与《春秋》相比，其实他这段话倒是引导人们将二者联系起来思考。《春秋》有文、事、义，而司马迁的追求也是如此，"究天人之际"是对"义"的探究，"通古今之变"是对"事"的实录，"成一家之言"是对"文"的追求。司马迁在实录历史时，没有完全依照"述而不作"原则，而是大量地表达了自己对重大事件的看法。他高举"义"的旗帜，在撰述《史记》时不完全遵从实然，与世俗观念不同，"或有抵牾。……是非颇谬于圣人，论大道则先黄老而后六经，序游侠则退处士而进奸雄，述货殖则崇势利而羞贱贫。"④孔子整理《春秋》，其中最大特色就是"春秋笔法""一字褒贬"。而司马迁对刘氏天下的现实政治不好直接褒贬，所以就用"互见法"的方式来表达自己的判断。通过《项羽本纪》和《高祖本纪》的比较，我们可以看出司马迁不仅对现实既有权威刘氏王朝的轻蔑态度，同时对旧贵族项氏评点也是毫不留情。之所以敢于如此，这也是史官掌握话语

---

① （汉）班固：《汉书》卷62《司马迁传》，中华书局1962年版，第2735页。
② （汉）司马迁：《史记》卷130《太史公自序》，中华书局1959年版，第3295—3296页。
③ （汉）司马迁：《史记》卷130《太史公自序》，中华书局1959年版，第3297页。
④ （汉）班固：《司马迁传赞》，《汉书》卷62《司马迁传》，中华书局1960年版，第2737—2738页。

权,其精英意识使得他面对重大事情不得不说。他站在道统的高地,对现行政治进行评判与抗衡。

二

《史记》体现了司马迁作为史官的精英意识。书中不仅记录了许多精英人物,尤其是"本纪"体制的确立使得后世史官沿袭成风,中国的史书几乎成了帝王的家史,遭人诟病。然而另一方面,正是这些精英作为社会的统治者,虽然是社会的少数,但他们在智力、性格、能力、财产等方面超过大多数被统治者,对社会的发展有重要的影响和作用,他们的政治态度、言行决定着政治的本质。如果说这些精英事迹是客观史实的话,那么表达作者主观意识的行文方式与"太史公曰"这一史论形式,通过对这些精英的评述,让这些政统显赫的人物无处隐遁,在道统的标尺上由司马迁一一定位。以往学者往往将"太史公曰"与《左传》中的"君子曰"相提并论,实际上这不仅是史评的突破,更多的是司马迁精英意识的显示。《史记》前五篇"本纪"为朝代要略,故"太史公曰"也多少以考察史实为主,而第六篇《秦始皇本纪》则缺"太史公曰"。真正表达个人意见的"太史公曰"则应该是《项羽本纪》了。梁启超认为《史记》"最异于前史者一事,曰以人物为本位"[①]。项羽就是《史记》中形象最为丰满的第一位人物。

项羽在司马迁的笔下是一位战功显赫、豪气盖世的英雄形象。由此项羽也成了千古文人的吟咏对象。这一文学资源得益于司马迁在《项羽本纪》中的叙述生动传神,故事性强,人物形象鲜明,给读者印象深刻,较容易归纳概括。项羽在秦末乱世的混战中能够指挥各路诸侯推翻秦朝暴政,说明了项羽个人所独具的魅力以及他在当时社会发展过程中所起到的重要作用。因此司马迁在项羽身上贯注了自己对"个人"作用的思考。司马迁将"非有尺寸,乘势起陇亩之中"的项羽列于十二本纪来叙述,这并不是太史公"好奇"的结果,而是其中的历史标准:"分裂天下,而封王侯,政由羽出,号为'霸王'。位虽不终,

---

[①] 梁启超:《中国历史研究法》,华东师范大学出版社1995年版,第20页。

近古以来未尝有也。"①"位"即天下共主的位置，这与秦"始皇帝"车同轨、书同文的大一统政治不同，而是接续春秋以来断裂的周天子分封诸侯的传统政治形制。"近古以来"显然超迈秦王朝，在这种意义上，司马迁才有"近古以来未尝有也"的论断。项羽的政治思想落后，自己只想做"西楚霸王"，梦想回到诸侯争霸的时代。他没有想到二百多年的战争之后，人民要求统一、盼望和平已是一种历史的趋势，他自己逆历史潮流而动，最终被时代浪潮淘汰出局。然而司马迁在《史记》中对于这一事件与项羽其人的论述态度，往往为学者所忽略。

《史记》"述陶唐以来，至于麟止"②，《太史公自序》每篇序文或概括提要传主生平，或阐发其义，对《项羽本纪》的概括为："秦失其道，豪桀并扰；项梁业之，子羽接之；杀庆救赵，诸侯立之；诛婴背怀，天下非之。"③文中将项羽一生划分为两个截然相反的阶段："杀庆救赵，诸侯立之"与"诛婴背怀，天下非之"。前一部分表现项羽神勇，千古无二；后一部分则从道义上对其进行批评。韩信曾说："项王喑恶叱咤，千人皆废。"《史记评林》做了很好的归纳："羽杀会稽守，则一府慑伏，'莫敢起'；羽杀宋义，诸将皆慑伏，'莫敢枝梧'；羽救巨鹿，诸将'莫敢纵兵'；已破秦军，诸侯膝行而前，'莫敢仰视'。势愈张而人愈惧，下四'莫敢'字，而羽当时勇猛可想见也。"④清代评论家李晚芳在《读史管见》中云："羽纪字字是写霸王气概，电掣雷轰，万人辟易，大者如会稽斩守、巨鹿破秦、鸿门会沛公、睢水围汉三匝；小者如浙江观秦皇、广武叱楼烦、垓下叱赤泉侯，斩将刈旗，至死犹不失本色；或正写，或旁写，处处活现出一拔山盖世之雄，笔力直透纸背，真是色色可人。"⑤荥阳大战中，"项王大怒，乃自被甲持戟挑战。烦欲射杀之，项王瞋目叱之，楼烦目不敢视，手不敢发，遂走还入壁。"英雄的气概，使敌人望而生畏。垓下被围时，"于是项王大呼驰下，汉军皆披靡，遂斩汉一将。是时，赤泉侯为骑将。追项

---

① （汉）司马迁：《史记》卷7《项羽本纪》，中华书局1959年版，第338—339页。
② （汉）司马迁：《史记》卷130《太史公自序》，中华书局1959年版，第3300页。
③ （汉）司马迁：《史记》卷130《太史公自序》，中华书局1959年版，第3302页。
④ 凌约言：《史记评林》，转引自马雅琴：《一个具有人格魅力的悲剧英雄——解读〈史记·项羽本纪〉中的项羽形象》，《名作欣赏》2007年第14期。
⑤ 张新科、俞樟华：《史记研究史略》，三秦出版社1990年版，第176页。

王,项王瞋目而叱之。赤泉侯人马俱惊,辟易数里"。这些表现他声如洪钟、声色俱厉、拔山盖世的气概。乌江岸边,他命令剩下的二十八子弟兵,弃马持短刀与敌搏斗,他独"杀汉军数百人"。神勇为他谋得霸王的地位,然而恰恰也是神勇成了他的丧命之剑,"及羽背关怀楚,放逐义帝而自立,怨王侯叛己,难矣。自矜功伐,奋其私智而不师古,谓霸王之业,欲以力征经营天下"①。

恃力而不恃智,这就是项羽个人的性格悲剧。他的性格缺陷还表现在任性与不成熟的儿童气质,他是一个很情绪化的人,容易发怒,《项羽本纪》"怒"字共出现14次,而项羽就占了9次:"闻沛公已破咸阳,项羽大怒";听曹无伤言沛公事又大怒;鸿门宴上刘邦"会其怒";"项羽闻汉王皆已并关中,且东、齐、赵叛之,大怒";楚下荥阳城,生得周苛,项羽劝降未成,反被周苛所骂,"项王怒,烹周苛";广武相持,项羽军粮缺乏,欲以刘邦父亲相要挟,结果反被刘邦抢白一通,"项王怒,欲杀之";挑战将士为楼烦所杀,项羽又怒;刘邦罗列他十宗罪,"项王怒";久攻外黄,"已降,项王怒"。项羽就像一个任性的孩子,动不动就发脾气。面临重大抉择时除了发怒外绝没有冷静的思考。躁动是他自小以来一直有的性格,这从早年学书、学剑、兵法样样不肯竟学可以看出。与任性躁动相伴随的就是项羽刚愎自用,不能容人,韩信、陈平等曾经的部下都成了他的致命敌人。他动不动就自己率兵去前线,攻齐未下,汉军东伐楚,"自以精兵三万人南从鲁出胡陵";彭越击楚东阿,"项王乃自东击彭越";广武相持,挑战将士为楼烦所杀,"乃自被甲持戟挑战"。他自视颇高,所以一而再、再而三地说"此天之亡我,非战之罪也"。正是这种自负让他成了孤家寡人。

司马迁笔下的项羽,是一个矛盾的结合体。"言语呕呕"与"喑恶叱咤","恭敬慈爱"与"剽悍猾贼","爱人礼士"与"妒贤嫉能","妇人之仁"与"屠坑残灭","分食推饮"与"玩印不予",皆若相反相违,而聚集在羽一人之身。② 这些表面截然相反的品格固然反映了人物性格的立体性,但同时也可从公德、私德角度进行剖析。项羽的感情与道德往往在私人领域得以表现。项

---

① (汉)司马迁:《史记》卷7《项羽本纪》,中华书局1959年版,第339页。
② 钱钟书认为:"《史记》写人物性格,无复综如此者。"参见《管锥编》第一册,生活·读书·新知三联书店2007年版,第451页。而钱氏仅提到心理学的依据,未能深入从公德、私德方面讨论。

似乎也很仁爱，但这只限制在私人小范围，在大是大非上则往往做不到。《项羽本纪》范增对项庄说："君王为人不忍。"《高祖本纪》王陵曰："项羽仁而爱人……妒贤疾能，有功者害之，贤者遗之。"《陈丞相世家》陈平曰："项王为人，恭敬爱人，士之廉节好礼者多归之。至于行功爵邑重之，士亦以此不附。"《淮阴侯列传》韩信曰："项王喑恶叱咤，千人皆废；然不能任属贤将，此特匹夫之勇耳。项王见人恭敬慈爱，言语呕呕，人有疾病，涕泣分饮食。至使人有功，当封爵者，印刓敝，忍不能予，此所谓妇人之仁也。"所谓"妇人之仁"，其实就是对事情的关注点极为狭小，不能权衡主次利弊，全局把握事态发展。所以在四面楚歌声中他不是如何策划突围，而是慷慨悲歌，到死还要表现自己的能力。在乌江亭长提出救援方案时，他"笑曰：'天之亡我，我何渡为？……纵江东父兄怜而王我，我何面目见之？'"[①]他将个人的荣誉比天下的获得看得更为重要。这些人格的形成与其早年经历分不开。日本学者泷川资言有过深入的分析，他认为"项羽楚人，既失其祖，又失其季父，怨秦入骨。其入咸阳，犹伍子胥入郢，杀王屠民烧宫殿，以快其心者，亦不足异，谓之无深谋远虑可也"[②]。项羽反秦的力量源泉在于复仇，没有意识到自己有统一天下的责任；而复仇的依据在于私人伦理的价值评判。项羽在是非判断与行事方面，多依从私德原则。项羽夺取天下后，先后重用了司马欣、董翳、申阳、司马卬等有恩于项氏家族的人。陈平也分析项羽："项王不能信人，其所任爱，非诸项即妻之昆弟，虽有奇士不能用。"

与此相对应，项羽个人性格的缺陷主要表现在公德的缺失。反秦之初，他曾"别攻襄城，襄城坚守不下，已拔，皆坑之"。巨鹿之战后，他将已投降的章邯军二十万人坑杀在新安城南。这样一来，关中父老都将项羽视作不共戴天的仇人。项羽"所过残灭"，他攻城阳，"屠之"。他的强烈复仇精神和政治上愚昧无知地表现仇恨秦朝，"西屠咸阳，杀秦降王子婴"，竟至要把秦的宫室都放火烧掉。项羽灭秦以后，在政治上没有建树，杀义帝自为霸王，"为天下宰，不平"，由此引发诸侯叛离，天下重归于乱。他痛恨田荣，非要把齐国的降卒

[①] （汉）司马迁：《史记》卷7《项羽本纪》，中华书局1959年版，第336页。
[②] 〔日〕泷川资言：《史记会注考证》第二册，北岳文艺出版社1998年版，第35页。

坑杀不可，"遂北烧夷齐城郭室屋，皆坑田荣降卒，系虏其老弱妇女。徇齐至北海，多所残灭"。人民大失所望，被迫"相聚而叛之"。① 刘邦谴责项羽十宗罪，有些或为勉强，然而有些确为事实："怀王约入秦无暴掠，项羽烧秦宫室，掘始皇帝冢，私收其财物，罪四。又强杀秦降王子婴，罪五。诈坑秦子弟新安二十万，王其将，罪六。项羽皆王诸将善地，而徙逐故主，令臣下争叛逆，罪七。项羽出逐义帝彭城，自都之，夺韩王地，并王梁楚，多自予，罪八。项羽使人阴弑义帝江南，罪九。夫为人臣而弑其主，杀已降，为政不平，主约不信，天下所不容，大逆无道，罪十也。"②

三

如果说项羽是旧贵族的话，那么刘氏就是当朝新贵。司马迁不仅评判旧贵，对新贵也是毫不留情。项羽形象的塑造似乎处处以刘邦作为衬托。项羽出身名门，有一个光荣的家世："其季父项梁，梁父即楚将项燕……项氏世世为楚将，封于项，故姓项氏。"③ 陈婴不敢称王而推举项氏曰："项氏世世将家，有名于楚。今欲举大事，将非其人，不可。我倚名族，亡秦必矣。"④ 家族的光荣历史促使项羽以秦为敌，同时贵族的身份又使得他看重名誉，鄙视大众。司马迁写项羽，处处实写，从而让我们感受到血肉丰满的人物形象。而《高祖本纪》则多以虚笔。刘邦出身卑微，连一个像样的名字都没有，只好用排行为名叫做刘季。他的父母也是极为普通的人物，父亲无名，母亲连姓都没有。对于这样一个卑微的小人，如何进入"本纪"之列，司马迁用了历史上的感生神话，刘媪"尝息大泽之陂，梦与神遇。是时雷电晦冥，太公往视，则见蛟龙于其上。已而有身，遂产高祖"⑤。此后还写到一些奇异之象，"左股有七十二黑子"，"其上常有龙"，吕公相刘邦当贵，赤帝斩蛇……这些都是对刘邦受命称

---

① （汉）司马迁：《史记》卷7《项羽本纪》，中华书局1959年版，引文分别见第299、210、302、315、321页。
② （汉）司马迁：《史记》卷8《高祖本纪》，中华书局1959年版，第376页。
③ （汉）司马迁：《史记》卷7《项羽本纪》，中华书局1959年版，第295页。
④ （汉）司马迁：《史记》卷7《项羽本纪》，中华书局1959年版，第298页。
⑤ （汉）司马迁：《史记》卷8《高祖本纪》，中华书局1959年版，第341页。

帝的进一步神化，然而总是让人觉得玄虚。这里涉及望气、感生、梦占、预言、相面等各方面。刘邦作为第一个平民皇帝，在当时民间信仰祖灵崇拜与天命观面前，肯定是难以为人接受的。当初萧、曹起义在一定程度上不是看中他的"天命"，而是"自爱，恐事不就，后秦种族其家"，为了避免刑法，才"尽让刘季"。① 这与项氏因家世的荣誉得到推戴不同。起义队伍的壮大也是为着自己的私利而来，正如陈平所说："然大王能饶人以爵邑，士之顽钝嗜利无耻者亦多归汉。"（《陈丞相世家》）当时的民众还是相信王侯将相应有种。《高祖本纪》于刘邦隆准龙颜等形貌外，并言其心性："仁而爱人，喜施，意豁如也，常有大度。"《项羽本纪》仅曰："长八尺余，力能扛鼎，才气过人。"刘邦形象很模糊，而项羽则是一个高大的形象。刘邦人品其他方面的内容，诸如狡诈、虚伪、损人利己等，则通过"互见"在《项羽本纪》中也有表现。在不言中，却体现了作者的褒贬倾向。

在《项羽本纪》论赞中，司马迁满含感情地说："吾闻之周生曰'舜目盖重瞳子'，又闻项羽亦重瞳子。羽岂其苗裔邪？何兴之暴也！"② 司马迁对项氏的成功充满赞誉，而对其失败则扼腕痛惜："五年卒亡其国，身死东城，尚不觉寤而不自责，过矣。乃引'天亡我，非用兵之罪也'，岂不谬哉！"司马迁在这里充分流露出恨铁不成钢的个人感情。司马迁再次质疑"天"，并认为项氏不能以天来推脱自己的失败责任。与此相对照，《高祖本纪》论赞中刘邦似乎缺位，作者仅仅对历史发展进行了归纳："夏之政忠。忠之敝，小人以野，故殷人承之以敬。敬之敝，小人以鬼，故周人承之以文。文之敝，小人以僿，故救僿莫若以忠。三王之道若循环，终而复始。周、秦之间，可谓文敝矣。秦政不改，反酷刑法，岂不缪乎？故汉兴，承敝易变，使人不倦，得天统矣。朝以十月。车服黄屋左纛。葬长陵。"③ 历史循环，而非刘氏有作为。汉朝接续秦统，他的合法性在哪里？司马迁是怀疑的，因此他提出项羽在其中的重要贡献："羽非有尺寸，乘势起陇亩之中，三年，遂将五诸侯灭秦。"④ 暴秦是五国诸

---

① （汉）司马迁：《史记》卷8《高祖本纪》，中华书局1959年版，第350页。
② （汉）司马迁：《史记》卷7《项羽本纪》，中华书局1959年版，第338页。
③ （汉）司马迁：《史记》卷7《项羽本纪》，中华书局1959年版，第393—394页。
④ （汉）司马迁：《史记》卷7《项羽本纪》，中华书局1959年版，第338页。

侯齐、赵、韩、魏、燕在项羽的率领下灭亡的。不难看出，作者故意在行文中采纳了官方制造并宣传的"天命论"，然而在行文过程中，让读者感觉这是故弄玄虚，可见作者对这种天命是怀疑而有嘲弄的味道。

四

项羽反秦并没有明确的政治目标，而很大程度上是个人恩怨的复仇行为。这与中国传统文化密切相关。《周礼·秋官·朝士》："凡报仇者，书于士，杀之无罪。"《礼记·曲礼上》："父之仇弗与共戴天。兄弟之仇，弗反兵。交游之仇，不同国。"儒家思想所确立的复仇原则深入人心，催动后人在人生变故面前作出毋庸置疑的选定反应，这种反应来自于以孝为核心的儒家纲常系统发出的不容抗拒的指令，也是个体情感冲动的内在理性基础。项羽虽然推翻了暴秦，但是他的做法与秦并无二致。项羽有小爱而无大爱，他注重私人情感因素，却因个人易怒而将是非曲直置于次要地位，他的仁爱是错位的仁爱和荒唐的姑息。

卢卡奇说："政治天才的伟大之处在于能在什么程度上使个人圈子的放射线到达社会圈子上去，伟大的政治家的生活范围和时代生活范围具有同一个圆心。"[①] 刘邦的成功恰恰是能将自己的事业与大众的需求结合在一块，所以入咸阳后"秦人大喜"，"又益喜，唯恐沛公不为秦王"。[②] 相比之下，项羽"屠烧咸阳秦皇宫，所过无不残破"，从而使得"秦人大失望"，项氏身死东城也是必然的结果。

或许恰恰是这种儿童的人格与私德让后来文人墨客为其歌咏。宁业高《大楚剑魂》、宋嗣廉《历代吟咏〈史记〉人物诗歌选读》、于植元《中华史诗咏史诗本事》等著述认为历代咏项羽诗（词曲不算）应在155篇之上，隋代咏项羽诗有1首，唐代29首，五代6首，宋代50首，元代12首，明代11首，清代约45首，近代1首。清诗数量至今未有确定，故而有关咏项羽的诗篇也不能定论。但由此可见一斑，即文人雅士的喜好。中国历代文人多激赏其个人魅力，如唐

---

① 伍天冀、杜红卫编译：《政治的智慧》，警官教育出版社1992年版，第116页。
② （汉）司马迁：《史记》卷8《高祖本纪》，中华书局1959年版，第362页。

诗人杜牧的《题乌江亭》："胜败兵家事不期，包羞忍耻是男儿。江东子弟多才俊，卷土重来未可知。"李贺的《马诗》："催榜渡乌江，神骓泣向风。君王今解剑，何处逐英雄？"李清照《夏日绝句》："生当作人杰，死亦为鬼雄。至今思项羽，不肯过江东。"就连钱穆在《现代中国学术论衡》中曾经说："汉祖之得天下，一曰不杀人，又一曰善用人。而迁书之传项王，则有三大事，一曰巨鹿之战，一曰鸿门之宴，又一曰垓下之围以及乌江自刎。项王可爱处实多于沛公。"[①]

以"可爱"来说项羽恰恰是人类对率性而为的一种潜意识表达，对项羽的歌咏恰恰是理性文化不成熟的表现。这也反映出中国的私德观念重于公德观念。英国哲学家密尔认为：个人的行动只要不涉及自身以外什么人的利害，个人就不必向社会负责交代；对他人利益有害的行动，个人则应当负责交代，并且还应当承受社会的或是法律的惩罚。在评说历史的时候，我们不能率性而为，所以宋人胡仔就批评说："牧之于题咏，好异于人。至《题乌江亭》则好异而叛于理。项氏以八千人渡江，败亡之余，无一还者，其失人心为甚，谁肯复附之，其不能卷土重来决矣。"[②]

班固于《司马迁传》赞中论《史记》："是非颇谬于圣人，论大道则先黄老而后六经，序游侠则退处士而进奸雄，述货殖则崇势利而羞贫贱，此其弊也。"除了内容选择的问题外，司马迁个人感情也是极为重要的因素。钱钟书认为："史家追叙真人实事，每须遥体人情，悬想事势，设身局中，潜心腔内，忖之度之，以揣以摩，庶几入情合理。盖与小说、院本之臆造人物、虚构境地，不尽同而可相通。"[③]《史记》一书固然是秉笔直书，然而其中行文多寄托作者的情感。《项羽本纪》正是司马迁极具匠心的经营篇章，在对项羽一生的叙述中渗透着司马迁的情感体验。司马迁在刻画项羽个性的同时何尝不是将其引为同调知己而抒发自我在现实困境中的人生苦闷和忧愁。

（本文已刊于《北京大学学报》[哲学社会科学版] 2014 年第 3 期）

（作者单位：扬州大学文学院）

[①] 钱穆：《现代中国学术论衡》，生活·读书·新知三联书店 2001 年版，第 116 页。
[②] （宋）胡仔：《苕溪渔隐丛话后集》卷 15，人民文学出版社 1962 年版，第 108 页。
[③] 钱钟书：《管锥编》，生活·读书·新知三联书店 2007 年版，第 272—273 页。

结构的虚构：历史文本的最大虚构

刘国民

一

历史文本的叙事实含有虚构的成分。傅修延说：

> 虚构是文学性叙事区别于历史性叙事的本质特征，叙事中的虚构性因素多到一定程度，它的性质就会由历史向文学转化，由实录性叙事向创造性叙事（creative narrative）转化。历史性叙事和文学性叙事都是对社会生活的反映，但前者要求尊重历史真实，后者则可以驰骋想象，创造出艺术中的"第二自然"。[1]

> 《左传》中含有较多虚构成分固然已为不争之论……本节标题在钱钟书"史有诗心"之语上稍作改动，"史有诗衣"表示左氏是披着文学大氅的历史骑士，说得更精确一些，《左传》叙事是"虚毛实骨"——事实为骨架而虚构作毛羽。《左传》中的骨干事件大体真实，但敷演其外的微细事件未必皆可信……"史有诗衣"也好，"虚毛实骨"也好，都是强调《左传》中历史与文学是体与衣、骨与毛的关系，因为就本质来说《左传》仍属历史。[2]

---

[1] 傅修延：《先秦叙事研究》，东方出版社1999年版，第211页。
[2] 傅修延：《先秦叙事研究》，东方出版社1999年版，第212—213页。

傅修延认为，虚构是历史性叙事与文学性叙事的本质特征；历史文本中的叙事有虚构，如果其虚构的成分是毛羽而写实的部分是骨架时，此文本仍是历史文本。因此，历史文本与文学文本的本质区别是虚构。傅修延指出，《左传》是历史文本，其叙事是"虚毛实骨"，其虚构主要有三类：第一类是《左传》喜言神异，如卜筮、灾祥、鬼怪、报应、梦兆等，这些神异是诬谬不实的；第二类是《左传》在叙述真人真事时有一定的想象虚构成分，如《左传》僖公二十四年介之推与母偕逃前之问答、宣公二年鉏麑自杀前之慨叹等；第三类是《左传》所记历史人物的语言，多是"代言""拟言"，是史家的虚构。

第二类、第三类的虚构往往结合在一起，叙事主要叙述人物的心理、行为、语言。《左传》宣公二年：

> 宣子骤谏，（晋灵）公患之，使鉏麑贼之。晨往，寝门辟矣，盛服将朝。尚早，坐而假寐。麑退，叹而言曰："不忘恭敬，民之主也。贼民之主，不忠；弃君之命，不信。有一于此，不如死也！"触槐而死。

鉏麑慨叹之言，是心口相语，涉及其心理、语言，第三者无法得之，是钱钟书先生所谓"生无旁证、死无对证者"，乃是出于史家的想象和虚构。历史文本中人物的语言，其虚构最为典型。一是历史人物的语言在当时很难记录下来；二是历史人物的自言自语，第三者无从知晓。因此，钱先生认为，史家的记言，"盖非记言，乃代言也"，"左氏设身处地，依傍性格身份，假之喉舌，想当然耳"[①]。"想当然耳"，即虚构。钱先生进一步指出，"史家追叙真人真事，每须遥体人情，悬想事势，设身局中，潜心腔内，忖之度之，以揣以摩，庶几入情合理。盖与小说、院本之臆造人物、虚构境地，不尽同而可相通；记言特其一端"[②]。《左传》之"代言"有虚构，但其虚构，具有相当的合理性，即契合某历史人物的性格和身份，符合当时特定的语境，而非史家的任性乱言，故其虚构含有真实的内容。《左传》在叙述具体事件上也有虚构，但也是史家合

[①] 钱钟书：《管锥编》（第一册），中华书局1986年版，第165页。
[②] 钱钟书：《管锥编》（第一册），中华书局1986年版，第165—166页。

情合理的想象。钱先生说:"左氏于文学中策勋树绩,尚有大于是者,尤足为诗心、文心之证。则其记言是也。"①"史有诗心",单从"代言"来说,一方面是指其虚构性;另一方面是指人物语言具有个性化的特征(契合人物的性格和身份,符合当时的具体情境),从而表现出生动感人的人物形象,"诗心"正在于此,这是文学性叙事的根本表现。但傅修延把钱先生之"史有诗心",改成"史有诗衣""虚毛实骨",并没有把握到文学性叙事的实质。傅修延只从虚构上理解《左传》的叙事,即其叙事大体真实,只有一小部分内容是虚构的,像穿在身体上的衣服,像长在骨头上的皮毛。笔者认为,首先,虚构只是文学性叙事的一个特征,文学性叙事有更重要的特征——具体生动的细节、个性化的语言、亲切感人的场景和鲜明的人物形象等。如果"代言"仅仅是想当然的虚构,而不具有个性化的特征,就不是文学性的叙事;如果虚构的事件不具有鲜明感人的形象,就不是文学性的叙事。其次,历史文本中的历史性叙事与文学性叙事是交融在一起的,正如傅修延之谓"事实与虚构的交融互渗"②,故不能认为文学性叙事像衣服或皮毛那样可以从历史性叙事之体或骨上脱下或剥下。要之,"史有诗心",即史家的诗心是随处流露的,具体地融化在历史性叙事中,要比"史有诗衣""虚毛实骨"更为贴切。

综上所述,历史文本中以历史性叙事为主性叙事,主要叙述史实,也有虚构;文学性叙事可叙述"生活的真实",也可叙述历史的真实;虚构只是文学性叙事的一个特征,而非区别于历史性叙事的本质特征;文学性叙事具有基本特征:鲜明的人物形象、生动的场景、曲折的情节、具体的细节和个性化的语言等。

笔者认为,历史文本的虚构,不仅表现在以上三个方面,还主要表现在情节结构上,情节结构的虚构是最大的虚构。周作人征引作家废名之言说:"我从前写小说,现在则不喜欢写小说,因为小说一方面也要真实,——真实乃亲切,一方面又要结构,结构便近于一个骗局,在这些上面费了心思,文章乃更难得亲切了。"③

---

① 钱钟书:《管锥编》(第一册),中华书局 1986 年版,第 164 页。
② 傅修延:《先秦叙事研究》,东方出版社 1999 年版,第 205 页。
③ 周作人:《立春以前》,河北教育出版社 2002 年版,第 72 页。

二

就《左传》《史记》《汉书》等历史文本而言，某些具体事件的不实是次要的，而情节结构的虚构是主要的。所谓情节结构，即是一系列事件发生和发展的历程所构成的一个完整故事，外化为文本的结构。史家是一个讲故事者，故事要具有曲折动人的情节。历史本身并不能构成一个完整的故事，混沌的历史不像故事那样具有井然有序而又曲折动人的完整结构。史家在支离破碎和不完整的历史材料面前，不是从中发现故事，而是通过建构的想象力编织情节结构，从而创造一个完整的故事。这与文学家的做法并没有什么不同。美国历史学家海登·怀特说："人们经常忘记，无论是关于个人生活的事件，还是关于一个机构、一个国家或整个民族的历史事件，都不能明显地构成一个完整的故事。我们不会'生活'在故事中，尽管我们事后以故事的形式来讲述我们生活的意义，并以此类推到国家和整个文化。"①

史家从众多的历史事件中选择一定数量的事件，根据某种情节编排的模式，而构成一个完整的故事。史家选择了一些事件，这些事件是真实的，但舍弃了其他一些真实事件，故在总体上是不真实的。有人说"部分的真实即是谎言"，虽不无偏激，但也有道理。朱光潜先生在《说"曲终人不见，江上数青峰"》一文中说："陶潜浑身是'静穆'，所以他伟大。"鲁迅先生在《"题未定"草》一文中批评说："陶潜除论客所佩服的'悠然见南山'之外，也还有'精卫衔微木，将以填沧海，刑天舞干戚，猛志固常在'之类的'金刚怒目'式，在证明他并非整天整夜飘飘然。这'猛志固常在'和'悠然见南山'的是一个人，倘有取舍，即非全人，再加抑扬，更离真实。历来伟大的作者，是没有一个'浑身是静穆'的。陶潜正因为并非'浑身是静穆'，所以他伟大。"陶渊明的诗，有"静穆"的，也有"金刚怒目"的，倘有取舍，即不全面、不真实。

---

① 〔美〕海登·怀特：《作为文学虚构的历史文本》，载张京媛主编：《新历史主义与文学批评》，北京大学出版社1993年版，第169页。

即使同样的一组事件，史家在不违背其时间顺序的前提下，也可通过下面的方法，结构几种情节模式，创造几种故事类型，表现几种意义。一是把某些事件核心化，而将另外的一些事件排挤至边缘或背景的地位；二是从不同的角度叙述同样的一些事件；三是把一些事件看作原因，而将另外的一些事件作为结果；四是聚拢一些事实，而拆散其余的。故事类型主要有四种：悲剧性、喜剧性、传奇性、讽喻性。每一类型的故事皆表现出一种意义。海登·怀特说："同样的历史系列可以是悲剧性或喜剧性故事的成分，这取决于历史家如何排列事件顺序从而编织出易于理解的故事。……关键问题是多数历史片段可以用许多不同的方法来编造故事，以便提供关于事件的不同解释和赋予事件不同的意义。"① 因此，史家把系列事件组合成事件发展的开头、中间和结尾，以结构成一个完整的故事；这种做法不是在历史中发现故事，而从根本上说是文学的做法，即创造故事，从而表现出较强的虚构性。

《春秋》《左传》等编年体史书，是"依时叙事"，史家按时间顺序叙述重要的历史事件。事件发生的时间顺序，并不表示它们之间有因果关系，也不能表明他们之间具有内在的发展历程。同一事件在此后的数年中仍有发展，或几个事件有某种因果关系，或系列事件有一定的发展过程，但因编年体例，而被分割在不同的年代里，湮没于无数的事件中，其因果联系或发展过程也隐没难辨。因此，编年体的著作，史家在情节结构的编织上受到较大的抑制，即结构的虚构性较弱，很难构成一个较为完整的故事。例如《左传》在僖公四年（重耳避乱出逃）、僖公二十三年（流亡列国）、僖公二十四年（回晋为君）、僖公二十七年（中兴晋室）、僖公二十八年（败楚称霸），叙述了重耳一生的主要事迹。这些主要事迹因分割在不同的年代里，分散在诸多的历史事件中，而难以展示其曲折发展的历程。

《左传》的情节结构受到较强的削弱，但仍有不少的重大事件通过左氏之情节结构的虚构，而形成较为完整的故事，被赋予某种意义。例如晋楚城濮之战（僖公二十八年）。此次战役的参战国有楚、晋、卫、曹、宋等国，牵涉到

---

① 〔美〕海登·怀特：《作为文学虚构的历史文本》，载张京媛主编：《新历史主义与文学批评》，北京大学出版社1993年版，第164页。

齐、秦等国利益，事件是错综复杂的。左氏选择了一定数量的事件以结构成城濮之战的故事。左氏重点叙写（核心化）大战之前各国纷繁复杂的外交活动，突出楚兵统帅子玉的一再无礼，是"君退臣犯，曲在彼矣"，宣扬晋国君臣上下一心，"退避三舍"，是信守诺言，以礼义用兵。对城濮之战的过程，叙写得相当简略，大约有一百八十余字，故事与文本很不对称。傅修延说："叙事的构成涉及故事、文本与叙述这三个要素：文本是叙述的记录，读者通过阅读文本接触到叙述，并进而获得叙述传达的故事。"[1] 一定的内容故事，必须有一定数量的文本篇幅与之匹配，才能传递故事包含的诸多信息。这显然是把战争的过程边缘化。左氏对事件的尾声叙写得较详，子玉战败之后为楚王所弃，被迫自杀，无礼自然遭到恶果；晋君重耳有礼得到善报，成为诸侯的霸主。左氏结构城濮之战的故事意义，是正义之师必胜。这场战争的胜利不在于战争本身，如双方的力量对比、战术是否得当等，而在于发动这场战争的道德因素，这在战争之前、战争之后的各种活动中就已得到了证明。左氏以此主旨取舍事件，解释因果，把战前、战后的某些事件置于核心的位置，而把战争过程排斥到边缘。左氏往往用简洁鲜明的道德观念来揭示和评价复杂的历史，对各国之间频繁发生的战争，总是首先辨明双方在道义上的曲直是非，并以此解释战争的胜负结果，企图说明正义之师必胜的道理，这是所谓的"道德超载"。这种故事类型是道德讽喻性的。因果关系本来就很复杂，这为左氏的解释提供了相当大的空间。

三

纪传体史著在情节结构的编织上，具有更大的能动性和灵活性。司马迁的《史记》是以人物传记为中心的历史著作，主要叙述历史人物一生的遭遇。某历史人物一生所经历的事件是众多的，司马迁选择其中的一些事件，按照某种情节编排的模式，结构成某种故事类型，表现出某种主题或意义，其情节结构

---

[1] 傅修延：《先秦叙事研究》，东方出版社1999年版，第196页。

的虚构性是强烈的。

例如《季布栾布列传》，季布是项羽部下的一员猛将，曾为项羽立下诸多战功。此传基本没有叙录季布的战功，主要是描写季布在刘邦的追杀下能忍辱不死的几件事，写得颇具体生动。季布先藏匿在濮阳周氏家，后"乃髡钳季布，衣褐衣，置广柳车中，并与其家僮数十人，之鲁朱家所卖之"，忍辱发愤，最终成就功名。栾布是为彭越所知遇的一员战将，一生经历的事情很多。司马迁主要叙写彭越知遇栾布的几件事，重点突出栾布在得知彭越被诛杀后的所言所行。他不仅勇敢无畏地走向死亡，且在走向死亡的过程中向刘邦慷慨陈辞，称扬彭越为汉立下的丰功，指出彭越忠于汉而绝无谋反之心，斥责刘邦的枉杀功臣，从而为彭越洗刷了不白之冤，真正地报答了知己的知遇之恩。司马迁在"太史公曰"中，指出了结构此篇的目的和意义：

> 以项羽之气，而季布以勇显于楚，身屦军搴旗者数矣，可谓壮士。然至被刑戮，为人奴而不死，何其下也！彼必自负其材，故受辱而不羞，欲有所用其未足也，故终为汉名将。贤者诚重其死。夫婢妾贱人感慨而自杀者，非能勇也，其计画无复之耳。栾布哭彭越，趋汤如归者，彼诚知所处，不自重其死。虽往古烈士，何以加哉！

司马迁为季布和栾布合传，是他们二人皆面临生死抉择的困境，一是选择忍辱求生，一是选择从容就死，他们的行为抉择皆有重要的意义，"非死者难也，处死者难"（《廉颇蔺相如列传》），面对死亡的困境，要理性思考，慎重抉择，不能轻易去死而可忍辱求生，也不能苟且偷生而要视死如归。此合传的目的和意义包含着司马迁的人生感慨。天汉二年，司马迁因为李陵辩护而下狱、受宫刑，遭受奇耻大辱。他忍辱求生，发愤著书。他在《报任少卿书》中说："人固有一死，或重于泰山，或轻于鸿毛，用之所趋异也。"

《萧相国世家》叙述了汉代第一名相萧何的人生遭遇。此传记不长，与萧何的声名及其一生的事业颇不对称。从中可以看出，司马迁在情节结构的编排上独具匠心，发挥出较强的主观能动性。

萧何精通吏治，善于守成。在楚汉相争时，他一直留守后方，治事安民，使刘邦在前方打仗具有坚实的后方基础，且又不断地转运粮草、征集士兵到前方。刘邦即帝位后，萧何为丞相。可以说，萧何在文治方面的功劳是非常卓著的，是汉家的第一功臣。但传记很少述及萧何在治国安民时的具体事件，传记的一条主线是叙述刘邦和萧何之间的冲突和融合，并以此剪裁史实，结构故事。

传记开始就叙述了他们不同寻常的关系：

> 萧相国何者，沛丰人也。以文无害为沛主吏掾。高祖为布衣时，何数以吏事护高祖。高祖为亭长，常左右之。高祖以吏繇咸阳，吏皆送奉钱三，何独以五。

"高祖以吏繇咸阳，吏皆送奉钱三，何独以五"，实是一件微不足道的小事，但司马迁记录此事，并与后文照应，"乃益封何二千户，以帝尝繇咸阳时何送我独赢奉钱二也"。

传记接着叙述萧何留守后方，刘邦在前方打仗，而猜忌萧何倾动关中：

> 汉三年，汉王与项羽相拒京索之间，上数使使劳苦丞相。鲍生谓丞相曰："王暴衣露盖，数使使劳苦君者，有疑君心也。为君计，莫若遣君子孙昆弟能胜兵者悉诣军所，上必益信君。"于是何从其计，汉王大悦。

他们之间产生了矛盾，刘邦猜忌萧何，萧何主动修复，缓解了冲突。

汉五年，刘邦击败了项羽，以为萧何功最盛，这是他们二人关系的亲密期。刘邦以"功人"和"功狗"，喻萧何与诸将的功绩，诸将犹如追逐兽兔的猎狗，虽有奔走捕捉之劳，但他们之捕捉兽兔，是受到猎人的发号施令，萧何正是发号施令的猎人。此叙事形象生动，但也侮人不敬，这一向是刘邦的性格。司马迁又选择了鄂君之纵论萧何与诸将之功的区别是"万世之功"与"一时之利"，最后"萧何第一，曹参次之"。高祖曰："善。"

汉十一年，陈豨反，高祖带兵讨伐。此时，韩信谋反关中，吕后用萧何计，诛韩信。刘邦得知韩信被诛，也猜忌萧何：

> 上已闻淮阴侯诛，使使拜丞相何为相国，益封五千户，令卒五百人一都尉为相国卫。诸君皆贺，召平独吊。……召平谓相国曰："祸自此始矣。上暴露于外而君守于中，非被矢石之事而益君封置卫者，以今者淮阴侯新反于中，疑君心矣。夫置卫卫君，非以宠君也。愿君让封勿受，悉以家私财佐军，则上心悦。"相国从其计，高帝乃大喜。

萧何听召平之言，不接受"益封五千户"，且以家产充军，再一次化解了他们之间的冲突。

汉十二年，黥布反，刘邦自将击之，又猜忌萧何谋反：

> （刘邦）数使使问相国何为。相国为上在军，乃拊循勉力百姓，悉以所有佐军，如陈豨时。客有说相国曰："君灭族不久矣。夫君位为相国，功第一，可复加哉？然君初入关中，得百姓心，十余年矣，皆附君，常复孳孳得民和。上所为数问君者，畏君倾动关中。今君胡不多买田地，贱贳贷以自污？上心乃安。"于是相国从其计，上乃大悦。

萧何为了消解高祖的疑忌。不惜以贱买民众土地、向民众赊欠和贷款以谋取高利息的行为来自污，以达到贬低他在关中民众中良好声誉之目的。

刘邦平黥布归来时，萧何失其本计，为百姓请上林苑的空地。这犯了刘邦的大忌，他最担心的是萧何得民，但此心病只能隐秘于内，故刘邦以萧何受贾人之金作为借口，下萧何廷尉，械系之。王卫尉的开解，虽能说明萧何始终没有倾动关中之心，是忠于刘邦的，但仍不能消解刘邦因萧何得民而削弱自己威望的忌恨，他引李斯"分过"的行为指责萧何说：

> 高帝不怿。是日，使使持节赦出相国。相国年老，素恭谨，入，徒跣谢。高帝曰："相国休矣！相国为民请苑，吾不许，我不过为桀纣主，而相国为贤相。吾故系相国，欲令百姓闻吾过也。"

高帝不怿并非颜师古注《汉书》谓"感卫尉之言，故惭愧而不悦也"。当赦出的萧何向刘邦谢罪时，刘邦还是愤愤不平：相国为民请田，我不许而系之，此事使天下之民更加知道我是桀纣主而相国是贤相也。刘邦谓"吾故系相国，欲令百姓闻吾过也"，是"反言若正"。

要之，整个传记基本上是以刘邦不断猜忌萧何，而萧何又不断化解矛盾为主题而结构此篇的；这种叙事结构来自于司马迁对萧何命运的阐释，说明在皇权专制政治中君臣关系的险恶。司马迁对萧何的持家守成之功有所轻视，对萧何不能正言直谏而过于谨慎、阿顺的行为不满，对萧何帮助刘邦、吕后诛杀韩信等功臣的行为愤愤不平。太史公曰："萧相国何于秦时为刀笔吏，碌碌未有奇节。及汉兴，依日月之末光，何谨守管钥，因民之疾秦法，顺流与之更始。淮阴、黥布等皆以诛灭，而何之勋烂焉。位冠群臣，声施后世，与闳夭、散宜生等争烈矣。"因此，这篇传记的具体事件大概是真实的，可能有一定的虚构成分，但编织情节而结构成一个传奇的故事类型，是最大的虚构。

四

虽然史家坚持认为自己是在事件本身中"找到"自己的叙事模式，而不像诗人那样把自己的叙事模式强加在事件上面，但这种自信其实是缺乏自我意识的，没有认识到对事件的描写就已经构成对事件本身的解释。史家对事件本身的解释带有他的主观要求，同时也包含着时代的诉求。《史记·屈原列传》的故事类型是悲剧性的。这种悲剧性不一定即来自于屈原的命运中，可能主要源于司马迁及其时代对屈原命运的阐释。司马迁通过编织情节结构，而创造出悲剧性的故事类型。

《史记·屈原列传》的结构分析：

（一）屈原富有政治和外交的卓异才能，深受楚怀王的信任，"为楚怀王左徒。博闻强志，明于治乱，娴于辞令。入则与王图议国事，以出号令；出则接遇宾客，应对诸侯。王甚任之"；但遭受邪臣的谗言，"王怒而疏屈平"。此叙述较为简略，主要是因为屈原的行事不见于传世的先秦典籍，司马迁所能得到的材料较少。

（二）屈原为怀王疏远，也是臣子所遇到的平常之事，但司马迁要突出屈原命运的悲剧性，在没有具体史实的情况下，主要通过议论和抒情加以渲染：

> 屈平疾王听之不聪也，谗谄之蔽明也，邪曲之害公也，方正之不容也，故忧愁幽思而作《离骚》。离骚者，犹离忧也。夫天者，人之始也；父母者，人之本也。人穷则反本，故劳苦倦极，未尝不呼天也；疾痛惨怛，未尝不呼父母也。屈平正道直行，竭忠尽智以事其君，谗人间之，可谓穷矣。信而见疑，忠而被谤，能无怨乎？屈平之作《离骚》，盖自怨生也。《国风》好色而不淫，《小雅》怨诽而不乱。若《离骚》者，可谓兼之矣。……其志洁，故其称物芳。其行廉，故死而不容。自疏濯淖污泥之中，蝉蜕于浊秽，以浮游尘埃之外，不获世之滋垢，皭然泥而不滓者也。推此志也，虽与日月争光可也。

屈原遭受不公正的打击，内心充满了痛苦和忧愁；屈原正道直行，竭忠尽智以事其君，但"信而见疑，忠而被谤，能无怨乎"；屈原之作《离骚》是抒发自己的悲怨；屈原志洁行廉，宁死也不求所容，坚持自己的高洁情操，与日月争其光辉。这段文章写得情感饱满激烈，充分地展现出屈原命运的悲剧性。

（三）屈原被疏远后，楚国发生了一系列重要的变化，司马迁把这些史实聚拢起来。首先是秦国派张仪来游说楚怀王，破除了"齐楚从亲"，而且欺骗了楚国，怀王一怒之下与秦国开战，结果是楚国大败，丧师失地。其次是怀王听信奸臣之言，来到秦国，为秦国滞留，最终客死于秦。这部分的叙述文字较长，涉及屈原的行事较少，一则是"怀王竟听郑袖，复释去张仪。是时屈平既疏，不复在位，使于齐，顾反，谏怀王曰：'何不杀张仪？'怀王悔，追张仪不及"；二则是"怀王欲行，屈平曰：'秦虎狼之国，不可信，不如毋行。'怀王稚子子兰劝王行：'奈何绝秦欢！'怀王卒行"。这部分叙事的因果关系：屈原是贤臣，而怀王不信不用，最终导致楚国丧师失地与怀王客死于秦。这来自于司马迁的解释。实际上，楚国的大败与怀王客死于秦，有许多复杂的原因。

（四）司马迁在叙事的基础上议论和抒情，突出了屈原命运的悲剧性：

屈平既嫉之，虽放流，眷顾楚国，系心怀王，不忘欲反，冀幸君之一悟，俗之一改。其存君兴国而欲反覆之，一篇之中三致志焉。然终无可奈何，故不可以反，卒以此见怀王之终不悟也。人君无愚智贤不肖，莫不欲求忠以自为，举贤以自佐，然亡国破家相随属，而圣君治国累世而不见者，其所谓忠者不忠，而所谓贤者不贤也。怀王以不知忠臣之分，故内惑于郑袖，外欺于张仪，疏屈平而信上官大夫、令尹子兰。兵挫地削，亡其六郡，身客死于秦，为天下笑。此不知人之祸也。易曰："井泄不食，为我心恻，可以汲。王明，并受其福。"王之不明，岂足福哉！

首先表现屈原虽遭放流，但眷念怀王，忧患楚国的兴亡；接着批评怀王不知忠奸之分，疏远和打击贤臣屈原，却听信和重用小人；再次指出怀王不明给国家和自己带来的深重灾难；最后抒写因怀王的不明给屈原带来的不幸和痛苦。

（五）叙述顷襄王即位，令尹子兰使上官大夫陷害屈原，屈原被放逐到江南。

（六）关于屈原放逐到江南之事，传记的叙述颇为简略，也是材料缺乏的缘故；司马迁节录了屈原的《渔父》一篇：一是叙写屈原遭受放逐时的痛苦，"屈原至于江滨，被发行吟泽畔。颜色憔悴，形容枯槁"；二是表现屈原坚持其高洁情操，坚贞不屈，宁愿投江而葬于鱼腹之中，也不受世俗肮脏的污染，"宁赴常流而葬乎江鱼腹中耳，又安能以皓皓之白而蒙世俗之温蠖乎"。

（七）节录了屈原最后的赋作《怀沙》。此赋主旨："言己虽放逐，不以穷困易其行。小人蔽贤，群起而攻之。举世之人，无知我者。思古人而不得见，仗节死义而已。"（《楚辞补注·怀沙》）

（八）叙述屈原的结局，"于是怀石遂自沉汨罗以死"。

从本传的结构来看，（一）（三）（五）（八）是叙述史实，较为简略，可以大概了解屈原一生的主要遭遇：开始受到怀王的重用，后来因上官大夫的谗言而为怀王疏远；顷襄王即位，又因子兰和上官大夫的陷害，而被放逐到江南，最终自投汨罗而死。（二）（四）是司马迁的议论和抒情，突出屈原"信而见疑，忠而被谤"的不幸命运；正道直行，竭忠尽智以事其君；坚贞不屈，坚守自己的高洁情操；因人君的不明而倍受打击，内心充满痛苦和悲怨。（六）（七）节录了屈原的两篇赋作《渔父》《怀沙》，主要表现屈原虽遭放逐，但仍坚持自己的高洁品格，宁死也不为世俗所污染，死守善道。

　　本传的文本结构基于司马迁撰写此篇的主旨：首先表现屈原"信而见疑，忠而被谤"的不幸命运，这种命运的悲剧性更甚于"怀才不遇"；其次表现屈原在人生的困境中能够坚贞不屈，坚守自己的高洁情操；再次表现屈原因怀王的不明与佞臣的陷害而倍受打击，内心充满了痛苦和悲怨；最后表现屈原发愤著书，"述往事，思来者"。（《报任少卿书》）

　　司马迁撰写此篇的主旨来自于司马迁对屈原命运的阐释。清人李景星《史记评议》："通篇多用虚笔，以抑郁难遏之气，写怀才不遇之感，岂独屈、贾二人合传，直作屈、贾、司马三人合传读可也。"他们三人是异代知音，具有共同的悲剧命运。司马迁年轻时颇为自尊自信。《太史公自序》："先人有言：'自周公卒五百岁而有孔子。孔子卒后至于今五百岁，有能绍明世，正《易传》，继《春秋》，本《诗》《书》《礼》《乐》之际？'意在斯乎！意在斯乎！小子何敢让焉。"他对武帝是一片忠诚，《报任少卿书》谓"仆以为戴盆何以望天，故绝宾客之知，忘室家之业，日夜思竭其不肖之材力，务一心营职，以求亲媚于主上"。但信而见疑，忠而被谤。天汉二年，李陵兵败投降，他因为之辩护而遭受下狱、受宫刑的奇耻大辱；罪非其罪，其内心充满了痛苦和悲愤，遂发愤作《史记》。

　　司马迁对屈原命运的阐释也在有意和无意中受到时代诉求的影响。徐复观先生说，汉初君臣喜欢"楚声"，一是因为他们出身于丰沛的政治集团；二是当时的知识分子以屈原"信而见疑，忠而被谤，能无怨乎"的"怨"，象征着他们自身的"怨"，以屈原"怀石遂自投汨罗以死"的悲剧命运，象征着他们自身的命运。[①] 因此，本传主要表现屈原"信而见疑，忠而被谤，能无怨乎"与投江自沉汨罗的悲剧命运，也受到了时代思潮的影响。司马迁在本传中没有突出表现屈原忠君爱国的思想，而与《离骚》《哀郢》等篇中具有非常深沉的

[①] 徐复观：《两汉思想史》（第一卷），华东师范大学出版社2001年版，第168页。

忠君爱国思想不同，这是因为在政治大一统的时代，忠君爱国已是平常的思想，故司马迁没有必要予以突出。赵敏俐先生说，本传的主旨之一是表现屈原的怀才不遇，"由此看来，司马迁之所以用这样的态度来为屈原立传，一方面固然是由于自己的遭遇有与屈原相同之处，另一方面也是时代的思潮使然。而这，正来自于汉代大一统的封建社会制度下文人们对于自己的身世命运的一种理解"①。

综上所述，《屈原列传》之情节结构的编排，并非只是来自于史实，而主要来自于司马迁对屈原命运的解释，这种解释也受到时代思潮的影响。司马迁对屈原命运的解释，具有较强的主观能动性。因此，此传的情节结构来自于司马迁的诗意构筑，从而创造了具有强烈悲剧色彩的故事类型。海登·怀特认为，人们过去区别虚构与历史的做法是把虚构看成是想象力的表述，把历史当作事实的表述，但是这种看法必须得到改变；"历史学家把不同的事件组合成事件发生的开头、中间和结尾，这并不是'实在'或'真实'，历史学家也不是仅仅自始至终地记录了'到底发生了什么'。所有的开头与结尾都无一例外地是诗歌构筑"②。历史学家把系列事件组合成一个故事，其情节结构是"诗歌构筑"，即是虚构。

（作者单位：中国社会科学院大学人文学院）

---

① 赵敏俐：《司马迁〈屈原贾生列传〉的再认识——兼评屈原否定论者对历史文献的误读》，《鞍山师范学院学报》2001年第3期。
② 〔美〕海登·怀特：《作为文学虚构的历史文本》，载张京媛：《新历史主义与文学批评》，北京大学出版社1993年版，第177—178页。

论司马迁的贵族精神及其时代意义

柯镇昌

所谓贵族精神就是本源于古代贵族阶层的美好品质，具体包括气质的高贵性、社会的责任性、生活的艺术性、个性的自由性和追求的超越性等精神要素。贵族精神促成了精英文化的产生与发展，由此对文学创作形成重要影响。尽管中国的贵族阶层于春秋战国以后逐渐消解，贵族精神在历史长河中日呈淡薄，但其中依然不乏传承之士，司马迁即是其中的杰出代表。

一、司马迁贵族精神之表现

司马迁堪称中国历史上最为重要的历史学家，同时又是西汉时期最为重要的文学家之一，他的作品《史记》《报任安书》《悲士不遇赋》等处处展现出高超的文学技艺。司马迁所以能在文学创作上获得巨大成就，与其身上所具有的浓厚的贵族精神不无关系。司马迁的贵族精神，主要体现在以下几个方面：

首先，司马迁的作品中体现出深邃的哲思，每每流露出对历史与现实的超越。司马迁在《报任安书》中指出，其撰写《史记》是为了"究天人之际，观古今之变，成一家之言"。诚然，司马迁《史记》通过对历史人物的塑造与评价，展开对历史的拷问，探索人类发展的规律与世界的本质意义。"天人""古今"作为西汉前期最根本的哲学话题，早在先秦即已引起智者们的注意。如

《荀子·性恶篇》："善言古者必有节于今，善言天者必有征于人。"[①]司马迁一方面接受天人感应的观点，如《史记·律书序》曰："递兴递废，胜者用事，所受命于天也。"《外戚世家》在叙说孝文帝得以继位时，感叹："此岂非天邪？非天命孰能当之？"《史记》中关于彗星为先兆的记载更为多见。另一方面，司马迁又反对盲目迷信于天，强调人事。如《史记·项羽本纪》论曰："及羽背关怀楚，放逐义帝而自立，怨王侯叛己，难矣。自矜功伐，奋其私智而不师古，谓霸王之业，欲以力征经营天下，五年卒亡其国，身死东城，尚不觉寤而不自责，过矣。乃引'天亡我，非用兵之罪也'，岂不谬哉！"《蒙恬列传》记载，蒙恬临死前将自己的死因归于筑长城而绝了地脉，司马迁则指出："夫秦之初灭诸侯，天下之心未定，痍伤者未瘳，而恬为名将，不以此时强谏，振百姓之急，养老存孤，务修众庶之和，而阿意兴功，此其兄弟遇诛，不亦宜乎！何乃罪地脉哉？"司马迁在记录"古今之变"的同时，时时思考着"变"的原因与规律，其自称作《史记》为"述往事，思来者"。（《报任安书》）徐复观指出："'述往事'，这是他所作的史。'思来者'，是想到人类将来的命运，这是他作史的动机及他想通过作史以尽到对人类的责任。"[②]而这正是司马迁作史动机不同于他人的重要之处。尽管其不少观点在今日看来值得商榷，其对天人、古今的探索依然启发着今人对于人类的生存做出永无止境的追寻。

其次，司马迁的作品中表现出关爱社稷民生的思想，展现出强烈的社会责任心。强烈的社会责任感是贵族精神中的重要内容。贵族精神拥有者多处于社会上层，一方面受到民众的支持，一方面又要对其附属子民承担庇护的义务，由此形成强烈的社会责任感。责任意识与高贵性融合在一起，便形成了对社会弱者的同情心，关爱社稷民生即是此种精神的具体体现。司马迁在《史记》中一方面热情地赞颂了爱国爱民、公正尚义的人物或事件，对晏子、伍子胥、屈原、李广等人的描述与评价即是其例。尤其是对屈原的感叹最见深情："余读《离骚》《天问》《招魂》《哀郢》，悲其志。适长沙，观屈原所自沈渊，未尝不垂涕，想见其为人。"[③]另一方面，司马迁又愤怒地批判了历史中暴虐无道、

---

① （清）王先谦：《荀子集解》，中华书局新编诸子集成本1988年版，第440页。
② 徐复观：《两汉思想史》，华东师范大学出版社2001年版，第191页。
③ 《史记·屈原列传》。

奸诈丧义的卑劣人物或事情，如对李斯、赵高等的刻画即是其例。又如《史记·主父偃列传》描写了主父偃盛时宾客如云，及遭灭族后，几乎无人收尸，感叹道："主父偃当路，诸公皆誉之，及名败身诛，士争言其恶。悲夫！"对于其门下的势利之徒作出了尖锐的讽刺。

再次，司马迁作品中展现出其热爱荣誉、追求尊严的强烈意识。热爱与珍惜荣誉作为贵族精神的重要表现之一，是贵族精神拥有者高贵性的重要体现。阅读《史记》一书，可以发现司马迁多次对珍爱荣誉之人物的尽情赞美。可以《刺客列传》为例，燕太子丹怀疑荆轲有悔意，于是以先遣秦舞阳以讽之，荆轲为之愤然，遂强行赴秦。从"壮士一去兮不复返"一句可知，荆轲已有此行失败的预感，所以明知不可为而为之，正是出于对荣誉的爱护和珍惜。又如《伯夷列传》，伯夷、叔齐不食周粟，司马迁称他们是"积仁洁行如此而饿死"，感叹其"可谓善人者非邪？"赞扬的正是他们坚贞不屈的美好品质。再如司马迁对义不帝秦、辞让封赏的鲁仲连的歌颂，对心怀坚贞、不肯屈服的大诗人屈原的怜惜，处处展露出自己对荣誉与尊严的爱慕和追寻。司马迁自身遭受侮辱，身心同时受到极大摧残，自尊受到严重打击，内在的高贵性被无情撕碎，只能以屈辱之身运掌高贵之笔，大量描绘众多的坚贞不屈的历史英雄。可以说，司马迁正是通过对这些热爱荣誉、追求高远的人物形象的塑造，充分展示自己类似的高尚情怀。

最后，司马迁的作品无论在思想或艺术上都体现出勇敢创新、追求自由的美好精神。努力创造和享受精英文化，在艺术上做到精益求精，是贵族精神的重要表现。司马迁创造性地运用纪传体形式书写一部人类通史，巧妙地运用追根溯源、多维透视等艺术手法描写众多的人物事件，体现出非同寻常的创新意识。如其在刻画人物时，采用本传与他传互见的方法进行描摹，塑造的形象往往更加真实可信。另外，《史记》还充分体现了司马迁在写作上追求自由、不受束缚的自主意识。如其《孝武本纪》不畏汉武帝之权威，真实记载了汉武帝妄图不死、盲信方士的许多荒唐事迹，展现出强烈的独立精神和自由意识。

总之，从司马迁的作品可以发现，司马迁的身上凝聚着鲜明的贵族精神，这种精神浸润于文章字句之间，使其作品具有了特殊的文化魅力和深厚的历史意义。

二、司马迁贵族精神生成的内在原因

任何事物的存在都依赖于特定的发生条件，贵族精神的形成同样如此。司马迁之所以具备如此鲜明的贵族精神，与其出身、命运密切相关。概而论之，有以下一些因素：

首先，司马迁出身仕宦世家，这对其贵族精神的形成影响巨大。据《史记·太史公自序》，司马氏的远祖可以追溯到唐虞之世的重黎氏；夏商时，重黎氏继续出任史官；入周以后，司马氏祖先程伯休甫因军功而被赐姓司马，然其子孙依旧世典周史。春秋以来，司马氏去周而分散至各国。在秦国，司马错、司马靳等军功显赫，司马迁即是他们的直系后嗣。秦始皇以来，司马迁的先祖们继续代代为官，司马昌为秦主铁官，司马无泽为汉市长，司马喜为五大夫，尤其是司马迁的父亲司马谈，学问渊博，于汉武帝时期出任太史公。由此可见，司马迁的先祖们曾获得值得称道的成就。在当时，出身的高贵往往是人生自信的重要基础。司马氏不但世代为官，而且家学深厚，无疑为年轻的司马迁带来强烈的自信心和优越感，为其贵族精神的形成奠定了良好的基础。

其次，司马迁的成长经历，也是促成其贵族精神成熟的重要原因。《太史公自序》较为详细地记载了司马迁的成长过程：

> 迁生龙门，耕牧河山之阳。年十岁则诵古文。二十而南游江、淮，上会稽，探禹穴，窥九疑，浮于沅、湘；北涉汶、泗，讲业齐鲁之都，观孔子之遗风，乡射邹、峄；厄困蕃、薛、彭城，过梁、楚以归。于是迁仕为郎中，奉使西征巴、蜀以南，南略邛、笮、昆明，还报命。

上述文字清新流畅，语调高昂，足见司马迁对其中所述颇为自豪。由"年十岁则诵古文"可知，司马迁自幼即获得良好的教育。在当时，阅读古文并非常人所能涉足，司马氏先祖世代掌管周史，形成了良好的家学家风，司马迁因此自少即获得深厚的学术积淀。《史记》一书中多次透露司马迁对古文的熟谙程度，如《三代世表序》："余读《谍记》，黄帝以来皆有年数。稽其《历谱谍》《终始五德之传》，古文咸不同，乖异。"《吴太伯世家》赞："余读《春秋》古文。"又，《汉书·儒林传》载："（孔）安国为谏大夫，授都尉朝，而司马迁亦从安国问故，迁书载《尧典》《禹贡》《洪范》《微子》《金縢》诸篇多古文说。"[①]可见司马迁曾向孔安国学习过古文《尚书》。司马迁《太史公自序》称"余闻董生曰"，据今人考证，董生即董仲舒。孔安国和董仲舒分别是当时治古文《尚书》和《公羊传》的大儒，司马迁得以拜他们为师，可谓在学习上"取法乎上"，在使学术内涵得到极大充实的同时，又极大地提升了审读世界的自信心。司马迁青年周游各地的经历同样是其贵族精神高涨的重要因素。司马迁在父亲授意下，广游天下，行程数万里，不仅在视野上得到极大程度的开阔，向往自由的意志也随着漫游的历程而不断增强。如《史记·河渠书》："余南登庐山，观禹疏九江，遂至于会稽太湟，上姑苏，望五湖；东窥洛汭、大邳，迎河，行淮、泗、济、漯洛渠；西瞻蜀之岷山及离碓；北自龙门至于朔方。曰：甚哉，水之为利害也！"《屈原列传》："适长沙，观屈原所自沈渊，未尝不垂涕，想见其为人。"由中可见，司马迁青年游历中的所见所闻，使得司马迁的历史情怀得到有力的充实。司马迁拜为郎中的时间约在元狩五年（前118），郎中属皇帝侍从，仕途前景宏阔，是常人所羡慕的职位。司马迁以郎中身份"奉使西征巴、蜀以南，南略邛、筰、昆明"，可见其深受朝廷信赖。教育之优良、见识之广博以及入宦之顺利，足以令司马迁产生强烈的优越感，为其贵族精神的张扬打下深厚的基础。

最后，生命后期坎坷的经历是其贵族精神不断成熟与进化的重要原因。天汉三年（前98），司马迁因受李陵案之牵连，被处宫刑。在当时，受宫刑者被称之为"刑余之人"，最为士大夫所不齿。司马迁高贵的心态因此受到极大摧残，"所以隐忍苟活，函粪土之中而不辞者，恨私心有所不尽，鄙没世而文采不表于后也！"（《报任安书》）在屈辱而生与无闻而死中，司马迁感悟到"人固有一死，死有重于泰山，或轻于鸿毛，用之所趋异也"（《报任安书》），并历举古代圣贤事迹为勉励："盖西伯拘而演《周易》；仲尼厄而作《春秋》；屈

[①]（汉）班固：《汉书》，中华书局1962年版，第3607页。

原放逐，乃赋《离骚》；左丘失明，厥有《国语》；孙子膑脚，《兵法》修列；不韦迁蜀，世传《吕览》；韩非囚秦，《说难》《孤愤》。《诗》三百篇，大氐贤圣发愤之所为作也。此人皆意有所郁结，不得通其道，故述往事，思来者。"（《报任安书》）由此可以看出，遭受灾难后的司马迁已经无法在外部气质上继续展示自己的贵族精神，他只能将此精神不断内化，并最终形成对现实生活的超越，达到人生精神的升华。司马迁将对自己现实生命的关注，转向对历史生命的关注，转向对人类终极的关怀；其人生追求的目标超越于现实，进入更高层次的世界，从而使人由现实的存在上升到自由的存在。

三、司马迁贵族精神的历史意义

司马迁贵族精神的张扬，与西汉前期鼎盛的历史局面不可分离。大汉盛世无论在政治、经济或文化上都有所体现。在政治上，西汉经历自高祖以来近数十年的休养生息，至汉武帝时已是国泰民安，海内升平，出现欣欣向荣之气象；随之而来的扫荡匈奴的战争更将国家大一统的局面推向顶峰。汉武帝注重招纳贤才，能人志士纷纷获得施展抱负之机遇，如《汉书·东方朔传》："武帝既招英俊，程其器能，用之如不及。时方外事胡越，内兴制度，国家多事，自公孙弘以下至司马迁皆奉使方外。"[①] 在经济上，据《史记·平准书》："至今上即位数岁，汉兴七十馀年之间，国家无事，非遇水旱之灾，民则人给家足，都鄙廪庾皆满，而府库馀货财。京师之钱累巨万，贯朽而不可校。太仓之粟陈陈相因，充溢露积于外，至腐败不可食。众庶街巷有马，阡陌之间成群，而乘字牝者傧而不得聚会。"由此可见，经过多年的修养生息，到武帝即位初年国家经济已经极度繁荣。在文化上，以陆贾、贾谊、刘安、董仲舒为代表的学术之士努力经营，为大汉文化的振兴奠定了深厚基础；汉武帝本人酷爱文艺，注重文治，更将汉代文化建设推向顶峰。李长之《司马迁之人格与风格》认

---

① （汉）班固：《汉书》，中华书局1962年版，第2863页。

为:"汉的文化并不接自周、秦,而是接自楚,还有齐。"[1] 楚、齐文化都以感情奔放、善于想象为特征,西汉时期的文化因此具有了类似的特征。司马迁生活的时代是一个无论政治、经济或文化上都生气勃勃的时代。在那时,战国纵横家的气息依然留存,道家任意自然、儒家积极进取的心态相互凸显,大汉气象催生出乐观、自由和浪漫的精神,时代的文人无不受此风气之沾染,在作品中形成独具时代特色的"巨丽"之美。如刘安《淮南子》一书广征博引,体大精深,展现出不同寻常的宏大气象。枚乘《七发》惊天感地,被刘勰称为"腴辞云构,夸丽风骇"[2]。司马相如的鸿篇巨制《子虚赋》《上林赋》更是极尽想象,壮阔的场景和浪漫的色彩代表了汉大赋的最高成就。汉武帝自己同样酷爱文辞,其所作《求贤诏》:"盖有非常之功,必待非常之人,故马或奔踶而致千里,士或有负俗之累而立功名。夫泛驾之马,跅驰之士,亦在御之而已。其令州、郡察吏、民有茂材、异等可为将、相及使绝国者。"[3] 充分展露出一代帝王的壮阔气象。不仅文学作品如此,当时才士所作所为同样展示出向往自由、浪漫的风尚,刘彻"金屋藏娇"、司马相如娶卓文君等即是典型事例。大汉盛世乐观自信、自由浪漫之世风,是贵族精神得以滋生和发展的沃土。由此而言,司马迁贵族精神的彰显堪称是大汉鼎盛气象的美好表征。

然而,司马迁生活时代亦存在着另一面。自从汉高祖实行分封制以来,各地藩王纷纷坐大,最终酿成"七国之乱"。这场战争以朝廷获胜而结束,叛乱的平息更加增添了中央王朝的专制力度。汉武帝即位以后,好大喜功,穷兵黩武,猜疑多欲,大一统王朝的外表下隐藏的是高压的专制制度。尤其是汉武帝采纳董仲舒"罢黜百家,独尊儒术"建议以后,战国以来百家争鸣的良好风气随之消逝。在汉武帝的强权政治下,大量臣僚身首异处,王恢、李广、窦婴、主父偃等或自杀,或遭诛,董仲舒几将获罪,公孙弘小心翼翼,人臣常有不保之势。在此环境下,文人创作亦深受影响。如司马相如见武帝过于崇信列仙,作《大人赋》以谏,然其辞不敢过于直接,以致武帝读后"飘飘有凌云之气,似游天地之间意"(《史记·司马相如列传》),战国时期的直谏之风荡然无

---

[1] 李长之:《司马迁之人格与风格》,天津人民出版社2007年版,第2页。
[2] (南朝梁)刘勰撰,郭晋稀注译:《文心雕龙注译》,甘肃人民出版社1982年版,第2页。
[3] (汉)班固:《汉书》,中华书局1962年版,第197页。

存。司马迁遭受宫刑，正是汉武帝强权政治的结果，而此事件无论在司马迁的身心还是其作品中，都造成了重大影响。年轻时期的司马迁意气奋发，惨遭酷刑后，外在的高贵性被彻底摧残，自由浪漫的学术气质受到严重打击，留下的是"悲夫！士生之不辰，愧顾影而独存"式的呻吟。幸运的是，司马迁并没有被现实彻底击溃，其将内在的高贵性锤炼为对现实的超越，由此进入贵族精神最为核心的境界。由此而言，司马迁贵族精神的扭曲与进化，堪称汉武帝专制制度下的特殊产物。

与汉代其他文人相比，司马迁的贵族精神是否具有某些特别之处？首先以汉初贾谊为例，贾谊与司马迁具有许多类似的地方，其自少受到良好的教育而博学多才，二十余岁即获得汉文帝青睐，"一岁中至太中大夫"，但很快即被贬为长沙王太傅，尽管后来被重新征召回京，依然未能受到重用，三十三岁便郁郁而终。贾谊创作丰富，留存的作品如《过秦论》，纵横捭阖，深具战国纵横家风气。但在其被贬出朝廷后，"思想日益消沉，创作风格也随之转向悲切隐丽"。[①] 贾谊尽管在前期作品中充满自信，但稍受挫折即意气消沉，远不如司马迁在屈辱中对贵族精神的提炼。再看与司马迁生活时代非常接近的司马相如，其家本属贫族，少年"以赀为郎"，游宦于梁孝王府，可见其出身并非高贵，而颇类于战国纵横之策士。尽管其《子虚》《上林》二赋写得富丽堂皇而极尽夸饰，创作宗旨终究为取悦于君王，并未在精神上表现出真正的高贵与自由。扬雄是西汉末期最为重要的文学家，《汉书》本传称其"默而好深湛之思，清静亡为，少耆欲，不汲汲于富贵，不戚戚于贫贱，不修廉隅以徼名当世。家产不过十金，乏无儋石之储，晏如也"[②]。颇有一副贵族精神气质。然其"实好古而乐道，其意欲求文章成名于后世，以为经莫大于《易》，故作《太玄》；传莫大于《论语》，作《法言》；史篇莫善于《仓颉》，作《训纂》；箴莫善于《虞箴》，作《州箴》；赋莫深于《离骚》，反而广之；辞莫丽于相如，作四赋；皆斟酌其本，相与放依而驰骋云"。是其有沽名钓誉之嫌，在创作上则表现为模拟之风，故"诸儒或讥以为雄非圣人而作经，犹春秋吴楚之君僭号称王，盖诛

[①] 刘跃进：《贾谊的学术背景及其文章风格的形成》，《秦汉文学论丛》，凤凰出版社 2008 年版，第 30 页。
[②] （汉）班固：《汉书》，中华书局 1962 年版，第 3514 页。

绝之罪也"[①]。可见其并未进入贵族精神之园囿。班固是汉代除司马迁外最为重要的史学家，也是东汉初期的文人代表，但从其作品（尤其是《汉书》）可以看出，班固的创作本意在维护儒家正统皇权，贵族精神于其中几乎消失殆尽；相反，从中隐约可以发现一种奴性的存在。通过上述比较可知，尽管在汉代的部分文人身上依然具有些许贵族精神之因素，但都远不能与司马迁的精神气质相比拟。由此言之，司马迁贵族精神堪称汉代贵族精神之顶峰。

（作者单位：九江学院文学与传媒学院）

[①] （汉）班固：《汉书》，中华书局1962年版，第3583—3585页。

刘歆援数术入六艺与其新天人关系的创建
——以《汉书·五行志》所载汉儒灾异说为中心

徐建委

《汉书·五行志》综录西汉儒生"洪范五行"之说，尤其以董仲舒、刘向、刘歆三家为主。其内容除灾异论外，尚不乏《易》《春秋》、数术、星历之学，可谓研讨西汉儒生学术思路、方法之重要文献。在利用此重要文献研讨汉儒学问之方法路数方面，特别是有关董仲舒、刘向、刘歆三家学理之不同，古今学人留意者略少。三家中争议话题最多的是刘歆。刘歆在哀、平时期推崇古学，在汉代学术史上占有很重要的位置，甚至成为汉代学术史叙事中具有转折意义的事件。他的作为，在当时被视为"毁师法"。《汉书·王莽传》记载公孙禄对刘歆的批评，即为"颠倒五经"和"毁师法"两项。[1] 这与哀帝时师丹批评刘歆"改乱旧章，非毁先帝所立"不同，前者是学理层面的批评，后者是制度层面的指责。刘歆的时代也是纬书大量出现的历史时期，他的"变法"与五德终始说的复振以及谶纬的流行实有密切关系。公孙禄从学理层面对刘歆的批评，也正与此有关。

---

[1] 公孙禄曰："国师嘉新公颠倒《五经》，毁师法，令学士疑惑。"（汉）班固：《汉书·王莽传》，中华书局点校本，第4170页。颠倒《五经》指《七略》以《周易》为首，降《诗》为第三。

一、《汉书·五行志》底本与《洪范五行传》
文本结构的调整

《汉书·五行志》"底本"问题是本文的切入点。《汉书·五行志》所载灾异说是西汉《洪范五行传》学说的整合，其中的灾异说以董仲舒、刘向、刘歆三家为主，同时兼采眭孟、夏侯胜、京房、谷永、李寻诸家学说。[①]《五行志》以"经曰""传曰""说曰"及诸儒灾异说之例证等四部分构成，前三部分构成其基本结构，也是其义理的部分。"经曰"是《尚书·洪范》之文，"传曰"是《五行传》之文，"说曰"则既是对"传曰"的解释，也是后面例证的序言。[②]"经""传"虽是纲领，但"说"才是《五行志》义理展开的主要部分，因此，探讨《五行志》底本，实则是辨析"说"的文本依据。

《汉书·五行志》"说"是整合西汉各家学说，还是以某家为主？两个文本的细节为我们提供了可能的解释。

一是《汉书·五行志》文本结构的调整。

《汉书·五行志》的"传"（即《洪范五行传》）实际上由"五行传""貌传""言传""视传""听传""思心传""皇极传"几部分构成。其中的"五行传"的五行次序相比于《洪范五行传》的原始文本顺序，进行了一定的调整[③]，使之与五行相生的次序一致。

《五行志》载录的《五行传》顺序为：

[①] （汉）班固曰："汉兴，承秦灭学之后，景、武之世，董仲舒治《公羊春秋》，始推阴阳，为儒者宗。宣、元之后，刘向治《谷梁春秋》，数其祸福，传以《洪范》，与仲舒错。至向子歆治《左氏传》，其《春秋》意亦已乖矣；言《五行传》，又颇不同。是以擥仲舒，别向、歆，传载眭孟、夏侯胜、京房、谷永、李寻之徒所陈行事，讫于王莽，举十二世，以傅《春秋》，著于篇。"参见《汉书·五行志》，中华书局点校本，第1317页。

[②] 参见缪凤林：《〈汉书·五行志〉凡例》，《史学杂志》1929年第1卷第2期。

[③] 徐兴无的《刘向评传》（南京大学出版社2005年版）认为此顺序的改变是夏侯始昌与刘向等人《五行传》的改变。事实上，夏侯始昌至刘向的《五行传》相比于《洪范》确实有变动，但不是《五行志》中的变动，而是遵循邹衍相胜说的变动，详见下文。

经曰:"初一曰五行。五行:一曰水,二曰火,三曰木,四曰金,五曰土。水曰润下,火曰炎上,木曰曲直,金曰从革,土爰稼穑。"

传曰:"田猎不宿,饮食不享,出入不节,夺民农时,及有奸谋,则木不曲直。"

传曰:"弃法律,逐功臣,杀太子,以妾以妻,则火不炎上。"

传曰:"治宫室,饰台榭,内淫乱,犯亲戚,侮父兄,则稼穑不成。"

传曰:"好战攻,轻百姓,饰城郭,侵边境,则金不从革。"

传曰:"简宗庙,不祷祠,废祭祀,逆天时,则水不润下。"

"传"当附"经"。"经"(《洪范》)中五行的次序是:水、火、木、金、土,而《五行志》中的"传"却是木、火、土、金、水的顺序。但是如果仔细分析"传"的内容,我们会发现其原始顺序并非如此。与水相应的"传"内容是宗庙祭祀,与火相应的是家国秩序,与木相应的是田猎农时,与金相应的是战争攻伐,与土相应的是宫室亲族,从政事角度正好是由大及小。因此"传"的原始顺序当与"经"一致。"传"顺序的调整正好是因为"说"的顺序:

说曰:"木,东方也……"

说曰:"火,南方,扬光辉为明者也……"

说曰:"土,中央,生万物者也……"

说曰:"金,西方,万物既成,杀气之始也。……"

说曰:"水,北方,终臧万物者也。……"

"说"按照《月令》的东、南、中、西、北的"自然轨迹"排列,显示出了明确的逻辑性,而"传"的次序正好与之应和。显见,上述五条"传"是反过来适应了"说"的结构。这亦可看出"说"乃是《汉书·五行志》文本结构的基础。

"说"的五行次序属于相生的顺序。以五行相生之义说律历、灾异,始于刘向。《宋书·五行志》曰:"逮至伏生创纪《大传》,五行之体始详;刘向广演《洪范》,休咎之文益备。"《历志》又称:"五德更王,唯有二家之说。邹衍以相胜立体，刘向以相生为义。据以为言，不得出此二家者。"①那么，以五行相生之义为秩序的"说"，是否来自刘向，《汉书·五行志》是否以刘向著作为基础？《宋书·志序》曰："刘向《鸿范》，始自《春秋》。刘歆《七略》，儒墨异部。朱赣博采风谣，尤为详洽。固并因仍，以为三《志》。"可见《宋书》著者认为《汉书·五行志》以刘向《洪范五行传论》为基础。

是否如此？这就涉及第二个文本细节了。即《隋书·五行志》（《五代史志·五行志》）所引刘向《洪范五行传论》与《汉书·五行志》"五行传说"的对比。

刘向《洪范五行传论》在《隋书·经籍志》《旧唐书·经籍志》《新唐书·艺文志》中均有载录，且是唐代可见的唯一与《洪范五行传》有关的汉儒著作，均作刘向著。《隋书·五行志》引录十五条《洪范五行传》即此书。特别有价值之处在于，《隋书·五行志》所引用的十五条《洪范五行传》中，有五条正好与《汉书·五行志》"五行传说"极为接近。

为什么说《隋书·五行志》引用的《洪范五行传》就是刘向的著作呢？还是来自于文本的对比。

《隋书·五行志》"木冰"条引《洪范五行传》曰：

> 阴之盛而凝滞也。木者少阳，贵臣象也。将有害，则阴气胁木，木先寒，故得雨而冰袭之。木冰一名介，介者兵之象也。②

而《汉书·五行志》"《春秋》成公十六年正月雨木冰"条引刘向说曰：

> 刘向以为冰者阴之盛而水滞者也，木者少阳，贵臣卿大夫之象也。此人将有害，则阴气胁木，木先寒，故得雨而冰也。③

---

① （南朝宋）沈约：《宋书》，中华书局点校本，第 259 页。
② （唐）魏徵：《隋书》，中华书局点校本，第 628 页。
③ （汉）班固：《汉书》，中华书局点校本，第 1319—1320 页。

又，《隋志》"大雨雹"条引《洪范五行传》曰："雹，阴胁阳之象也。"《汉志》"僖公二十九年秋大雨雹"条引刘向说曰："雹者阴胁阳也。"

《隋志》"鼓妖"条引《洪范五行传》曰："雷霆托于云，犹君之托于人也。君不恤于天下，故兆人有怨叛之心也。"《汉志》"《史记》秦二世元年天无云而雷"条引刘向说曰："雷当托于云，犹君托于臣，阴阳之合也。二世不恤天下，万民有怨畔之心。"

《隋志》"鱼孽"条引《洪范五行传》曰："鱼阴类，下人象也。"《汉志》"《史记》秦始皇八年河鱼大上"条引刘向说曰："鱼阴类，民之象，逆流而上者，民将不从君令为逆行也。其在天文，鱼星中河而处，车骑满野。"

《隋志》"虫妖"条引《洪范五行传》曰："刑罚暴虐，食贪不厌，兴师动众，取城修邑，而失众心，则虫为灾。"《魏书·灵征志》引刘向《洪范论》曰："刑罚暴虐，取利于下；贪饕无厌，以兴师动众；取邑治城，而失众心，则虫为害矣。"

故《隋书·五行志》所引《洪范五行传》即刘向《洪范五行传论》。

如果我们比较一下《汉书·五行志》五行"说"与《隋书·五行志》所引《洪范五行传》，即可发现《汉书·五行志》所据并非刘向的《传论》，而是与刘向《传论》有着传承关系的著作。继承刘向《传论》又有发展的，最有可能的就是刘歆的《传说》。比较见下表[①]：

《汉书·五行志》次序	《隋书·五行志》次序
说曰：木，东方也。于《易》，地上之木为《观》。其于王事，威仪容貌亦可观者也。故行步有佩玉之度，登车有和鸾之节，田狩有三驱之制，饮食有享献之礼，出入有名，使民以时，务在劝农桑，谋在安百姓：如此，则木得其性矣。若乃田猎驰骋不反宫室，饮食沉湎不顾法度，妄兴繇役以夺民时，作为奸诈以伤民财，则木失其性矣。盖工匠之为轮矢者多伤败，及木为变怪，是为木不曲直。	《洪范五行传》曰："木者东方，威仪容貌也。古者圣王垂则，天子穆穆，诸侯皇皇。登舆则有鸾和之节，降车则有佩玉之度，田狩则有三驱之制，饮食则有享献之礼。无事不出境。此容貌动作之得节，所以顺木气也。如人君违时令，失威仪，田猎驰骋，不反宫室，饮食沉湎，不顾礼制，纵欲恣睢，出入无度，多繇役以夺人时，增赋税以夺人财，则木不曲直。"

---

① 采用两《志》各自原始文本顺序，正可见出二者依据文本的不同。

续表

《汉书·五行志》次序	《隋书·五行志》次序
说曰：火，南方，扬光辉为明者也。其于王者，南面乡明而治。《书》云："知人则哲，能官人。"故尧、舜举群贤而命之朝，远四佞而放诸野。孔子曰："浸润之谮、肤受之诉不行焉，可谓明矣。"贤佞分别，官人有序，帅由旧章，敬重功勋，殊别适庶，如此则火得其性矣。若乃道不笃，或耀虚伪，谗夫昌，邪胜正，则火失其性矣。自上而降，及滥炎妄起。灾宗庙，烧宫馆，虽兴师众，弗能救也，是为火不炎上。	《洪范五行传》曰："金者西方，万物既成，杀气之始也。古之王者，兴师动众，建立旗鼓，以诛残贼，禁暴虐，安天下，杀伐必应义，以顺金气。如人君乐侵陵，好攻战，贪城邑之赂，以轻百姓之命，人皆不安，外内骚动，则金不从革。"
说曰：土，中央，生万物者也。其于王者，为内事。宫室、夫妇、亲属，亦相生者也。古者天子诸侯，宫庙大小高卑有制，后夫人媵妾多少进退有度，九族亲疏长幼有序。孔子曰："礼，与其奢也，宁俭。"故禹卑宫室，文王刑于寡妻，此圣人之所以昭教化也。如此则土得其性矣。若乃奢淫骄慢，则土失其性。亡水旱之灾而草木百谷不孰，是为稼穑不成。	《洪范五行传》曰："火者南方，阳光为明也。人君向南，盖取象也。昔者圣帝明王，负扆摄袂，南面而听断天下。揽海内之雄俊，积之于朝，以续聪明，推邪佞之伪臣，投之于野，以通壅塞，以顺火气。夫不明之君，惑于逸口，白黑杂糅，代相是非，众邪并进，人君疑惑。弃法律，间骨肉，杀太子，逐功臣，以孽代宗，则火失其性。"
说曰：金，西方，万物既成，杀气之始也。故立秋而鹰隼击，秋分而微霜降。其于王事，出军行师，把旄杖钺，誓士众，抗威武，所以征畔逆、止暴乱也。《诗》云："有虔秉钺，如火烈烈。"又曰："载戢干戈，载櫜弓矢。"动静应谊，"说以犯难，民忘其死。"如此则金得其性矣。若乃贪欲恣睢，务立威胜，不重民命，则金失其性。盖工冶铸金铁，金铁冰滞涸坚，不成者众，及为变怪，是为金不从革。	《洪范五行传》曰："水者，北方之藏，气至阴也。宗庙者，祭祀之象也。故天子亲耕以供粢盛，王后亲蚕以供祭服，敬之至也。发号施令，十二月咸得其气，则水气顺。如人君简宗庙，不祷祀，逆天时，则水不润下。"
说曰：水，北方，终臧万物者也。其于人道，命终而行臧，精神放越，圣人为之宗庙以收魂气，春秋祭祀，以终孝道。王者即位，必郊祀开地，祷祈神祇，望秩山川，怀柔百神，亡不宗事。慎其齐戒，致其严敬，鬼神歆飨，多获福助。此圣王所以顺事阴气，和神人也。至发号施令，亦奉天时。十二月咸得其气，则阴阳调而终始成。如此则水得其性矣。若乃不敬鬼神，政令逆时，则水失其性。雾水暴出，百川逆溢，坏乡邑，溺人民，及淫雨伤稼穑，是为水不润下。	《洪范五行传》曰："土者中央，为内事。宫室台榭，夫妇亲属也。古者自天子至于士，宫室寝居，大小有差，高卑异等，骨肉有恩。故明王贤君，修宫室之制，谨夫妇之别，加亲戚之思，敬父兄之礼，则中气和。人君肆心纵意，大为宫室，高为台榭，雕文刻镂，以疲人力，淫泆无别，妻妾过度，犯亲戚，侮父兄，中气乱，则稼穑不成。"

这个列表给出了令人惊讶的对比。《汉书·五行志》中的"五行说"明显是继承刘向《洪范五行传论》。

除此之外，更令人惊讶的是，《隋书》所引刘向《传论》是按照五德相胜顺序排列的，即木、金、火、水、土，这与刘向首倡五德相生终始之说看起来是矛盾的。不过，刘向的《洪范五行传论》可能的确没有采用五德相生体系。《五行志》曰：

> 孝武时，夏侯始昌通《五经》，善推《五行传》，以传族子夏侯胜，下及许商，皆以教所贤弟子。其传与刘向同，唯刘歆传独异。……于《易》，《震》在东方，为春为木也；《兑》在西方，为秋为金也；《离》在南方，为夏为火也；《坎》在北方，为冬为水也。……刘歆传曰……①

这一段是汉儒对《洪范五行传》"貌之不恭"传的论说。首先此段提到从夏侯始昌至夏侯胜、许商，乃至刘向，其《五行传》都相同，唯刘歆传独异。之后这段文字特别提到了根据《易》之《震》《兑》《离》《坎》四卦与四方、四要素的排列顺序，即木、金、火、水的顺序，这是夏侯始昌至刘向《五行传》的顺序，验之《隋书·五行志》所引《洪范五行传》，二者正好符合。因此，刘向《洪范五行传论》依然采用的是五德相胜的顺序，而非其在《五纪论》中采用的五德相生次序。从夏侯始昌至刘向，《洪范五行传》采用的是邹衍五德相胜的行序，这说明，此门学问虽基于伏生所传今文《尚书》学，但它也导源于邹子五德终始之说。② 至于刘歆传独异之处，当即五行次序的改变。

而据班固所述，在其采录范围内，西汉言五行灾异学者能够承袭刘向说，并改变《洪范五行传》传统文本结构的人，最可能的也是刘歆。

《汉书·五行志》起首曰："《易》曰：'天垂象，见吉凶，圣人象之；河出图，雒出书，圣人则之。'刘歆以为虙羲氏继天而王，受《河图》，则而画之，八卦是也；禹治洪水，赐《雒书》，法而陈之，《洪范》是也。"《洪范》渊源的解说出自刘歆，似更可说明其基础文献乃是刘歆之作。

当然，刘歆确实著有一部《洪范五行传说》（或《论》），在《汉书·五行志》的"貌传""言传""视传""听传""思心传""皇极传"后的"说"中有载录。不过"五行传"的"说"却未言及刘歆的论著。因"貌传"之后的

---

① （汉）班固：《汉书》，中华书局点校本，第1353—1354页。
② 《隋书·经籍志》曰："济南伏生之传，唯刘向父子所著《五行传》是其本法，而又多乖戾。"从这段记载甚至可以大胆判断，伏生所传今文《尚书》之学，与邹衍终始之学有着独特的关联。

"说"中，均直接提及刘歆的《貌传》《言传》等《传》，因此传统上没有学者将《汉书·五行志》的"说"与刘歆联系起来。"五行传"部分虽采用五行相生次序，但因刘向乃是此种理论的创始者，因此古今学者要么认为"说"乃是综合西汉儒生的《五行传说》，要么认为这部分内容是摘录刘向的《洪范五行传论》，并杂以班固之按语。

通过文本的详细比对，我们现在可以认为《汉书·五行志》"五行传"部分的说，乃是依据了刘歆的著作。

那么，既然刘向首倡五行相生之义，为何其《洪范五行传论》却依然秉承相胜逻辑？这可能与《洪范五行传论》成书的时间有联系。《汉书·刘向传》记载刘向著作《洪范五行传论》是在汉成帝在位期间的王凤秉政时期。据《汉书·百官公卿表》，王凤任大司马大将军为汉元帝竟宁元年（前33），卒于汉成帝阳朔三年（前22）。钱穆《刘向歆父子年谱》据《刘向传》，将刘向上《洪范五行传论》的时间定于汉成帝河平三年（前26）。而汉成帝命刘向校书正在此年。此年后，刘向专力于校理群书，已经远离政治纷争的中心，因此《洪范五行传论》的成书当在河平三年以前。依据《汉书》记载综合判断，钱穆先生的系年当可信从。

故《洪范五行传论》成书于公元前26年之前当无问题。但汉成帝元延元年（前12），星孛于东井，元延三年（前10）蜀郡岷山崩，《汉书·五行志》均载相关的刘向灾异说，故《五行志》刘向说并不仅仅来自于《洪范五行传论》，还当依据了其他刘向论著。《刘向传》载元延三年刘向上书言灾异曰："谨案春秋二百四十二年，日蚀三十六……夏桀、殷纣暴虐天下，故历失则摄提失方，孟陬无纪，此皆易姓之变也。秦始皇之末至二世时，日月薄食，山陵沦亡，辰星出于四孟，太白经天而行……项籍之败，亦孛大角。汉之入秦，五星聚于东井，得天下之象也。今日食尤屡，星孛东井，摄提炎及紫宫，有识长老莫不震动，此变之大者也。其事难一二记，故《易》曰'书不尽言，言不尽意'，是以设卦指爻，而复说义。……天文难以相晓，臣虽图上，犹须口说，然后可知，愿赐清燕之闲，指图陈状。"据此，刘向在这一年给汉成帝写了一部以天文图像为特点的历代德运之书，联系下文所引《五纪论》佚文，我们可以判断，元延三年刘向给汉成帝写的正是《五纪论》。《续汉志·天文志》曰：

> 成帝时，中垒校尉刘向广《洪范》灾条作五纪皇极之论，以参往行之事。[①]

"五纪"据《史记·天官书》乃是"一曰岁，二曰月，三曰日，四曰星辰，五曰历数"，正是天文历数之总称，故刘向《五纪论》的撰作已在成帝晚期，而《洪范五行传论》则在成帝早期。

刘向在《五纪论》中第一次系统的阐发了五德相生德运之说。《汉书·五行志》所引刘向灾异说，有一部分来自此书。故刘向《传论》未改变夏侯始昌以来《洪范五行传》内在的文本结构的原因之一，乃是其五德相生德运说的创立在其撰写《洪范五行传论》之后。刘向未动，刘歆将其完成了。

由此本文认为，刘歆"毁师法"的第一层含义，也是颇为重要的含义是：刘歆以五行相生的理论改变了原来《洪范五行传》文本结构，尤其是"五行"部分。《汉书·五行志》就是以刘歆《洪范五行》之"五行传说"，与夏侯始昌至刘向诸儒的"貌传说""言传说""视传说""听传说""思心传说""皇极传说"几部分为底本的。

二、刘歆引数术入六艺及其学术渊源

刘歆《左传》学"师法"的特点，亦可以从《汉书·五行志》中间略窥一二，其与董仲舒、刘向、京房、李寻等汉儒"正法"的区别，更是昭然可见。简而言之，刘歆在前儒以天人之应、阴阳消长等方法解释春秋灾异的基础上，引入了星占、五行等数术理论，即引数术入六艺。

《汉书·五行志》收录董仲舒、刘向、刘歆、眭孟、夏侯胜、京房、谷永、李寻等人对春秋以来灾异的解释，均以《春秋》学为主。《五行志》有曰"歆治《左氏传》，其《春秋》意亦已乖矣；言《五行传》，又颇不同。是以

[①] （南朝宋）范晔：《后汉书》，中华书局点校本，第3215页。

擥仲舒，别向、歆"，又曰"《左氏》刘歆以为"云云，且其所收诸家中唯有刘歆习《左氏》，故《五行志》所引《左传》说，当为刘歆之学。通过对比，可以发现刘歆的"师法"的确与西汉诸儒有着根本的不同，称其"毁师法"并不为过。

首先，刘歆对灾异的解释，与董仲舒、刘向等人有相近、相同之处，均以阴阳消长、天人感应等为基础方法。如《五行志》：

> 《春秋》成公十六年"正月，雨，木冰"。刘歆以为上阳施不下通，下阴施不上达，故雨，而木为之冰，氛气寒，木不曲直也。刘向以为冰者阴之盛而水滞者也，木者少阳，贵臣卿大夫之象也。此人将有害，则阴气胁木，木先寒，故得雨而冰也。①

鲁成公十六年鲁国出现了一次冻雨，刘歆的解释是阳气不下通，阴气不上达，造成了此次冻雨，并至树木结冰。刘向则将树木视作卿大夫之象，属少阳，阴气之盛的冰结于上，意味着某卿大夫将有害。又如：

> 桓公元年"秋，大水"。董仲舒、刘向以为桓弑兄隐公，民臣痛隐而贱桓。后宋督弑其君，诸侯会，将讨之，桓受宋赂而归，又背宋。诸侯由是伐鲁，仍交兵结雠，伏尸流血，百姓愈怨，故十三年夏复大水。一曰，夫人骄淫，将弑君，阴气盛，桓不寤，卒弑死。刘歆以为桓易许田，不祀周公，废祭祀之罚也。②

董仲舒、刘向、刘歆均持天人之应的思路，认为人间政治的问题造成了大水之灾。只不过董仲舒、刘向认为这次大水是桓公弑兄隐公或桓夫人骄淫致使阴气盛的"天之应"，而刘歆则认为造成此次大水的政治问题是鲁易许田，废弃了对周公祭祀。刘歆的主要思路也是天人相应。

---

① （汉）班固：《汉书》，中华书局点校本，第1319—1320页。
② （汉）班固：《汉书》，中华书局点校本，第1343页。

其次，刘歆在天人之应和阴阳消长的基础方法之外，还引入了五行、星占等方法。

> 九年"夏四月，陈火"。董仲舒以为陈夏征舒杀君，楚庄王托欲为陈讨贼，陈国辟门而待之，至因灭陈。陈臣子尤毒恨甚，极阴生阳，故致火灾。刘向以为先是陈侯弟招杀陈太子偃师，皆外事，不因其官馆者，略之也。八年十月壬午，楚师灭陈，《春秋》不与蛮夷灭中国，故复书陈火也。《左氏经》曰"陈灾"。《传》曰"郑裨灶曰：'五年，陈将复封，封五十二年而遂亡。'子产问其故，对曰：'陈，水属也。火，水妃也，而楚所相也。今火出而火陈，逐楚而建陈也。妃以五成，故曰五年。岁五及鹑火，而后陈卒亡，楚克有之，天之道也。'"《说》曰：颛顼以水王，陈其族也。今兹岁在星纪，后五年在大梁。大梁，昴也。金为水宗，得其宗而昌，故曰"五年陈将复封"。楚之先为火正，故曰"楚所相也"。天以一生水，地以二生火，天以三生木，地以四生金，天以五生土。五位皆以五而合，而阴阳易位，故曰"妃以五成"。然则水之大数六，火七，木八，金九，土十。故水以天一为火二牡，木以天三为土十牡，土以天五为水六牡，火以天七为金四牡，金以天九为木八牡。阳奇为牡，阴耦为妃。故曰"水，火之牡也；火，水妃也。"于《易》，坎为水，为中男，离为火，为中女，盖取诸此也。自大梁四岁而及鹑火，四周四十八岁，凡五及鹑火，五十二年而陈卒亡。火盛水衰，故曰"天之道也"。哀公十七年七月己卯，楚灭陈。[①]

这段解释中，董仲舒使用了"极阴生阳"以致火灾的说法，刘向以为"陈火"属于《春秋》笔法。《左传》的经文首先就与《公羊》《谷梁》不同，记作"陈灾"，而刘歆《说》中则使用了五行理论。《汉书·艺文志·数术略》"五行"一类，有《四时五行经》《阴阳五行时令》《钟律灾异》等书，属于以律历说灾异，其小序曰："五行者，五常之形气也。《书》云'初一曰五行，次二曰

---

① （汉）班固：《汉书》，中华书局点校本，第1327—1328页。

羞用五事',言进用五事以顺五行也。貌、言、视、听、思心失,而五行之序乱,五星之变作,皆出于律历之数而分为一者也。其法亦起五德终始,推其极则无不至。而小数家因此以为吉凶,而行于世,寖以相乱。"①

《五行志》也的确记载了刘歆使用"五星之变作"的解释方法的例子:

>(哀公)十三年"九月,螽;十二月,螽"。比三螽,虐取于民之效也。刘歆以为,周十二月,夏十月也,火星既伏,蛰虫皆毕,天之见变,因物类之宜,不得以螽,是岁再失闰矣。周九月,夏七月,故传曰"火犹西流,司历过也"。②

刘歆所谓"火星既伏,蛰虫皆毕,天之见变"的说法,正与《艺文志》叙述相符合,由此,刘歆《左传》灾异说纳入了五行一类的数术之学。

除此之外,星占之学也见于刘歆的灾异说。如:

>隐公三年"二月己巳,日有食之"。《谷梁传》曰,言日不言朔,食晦。《公羊传》曰,食二日。董仲舒、刘向以为,其后戎执天子之使,郑获鲁隐,灭戴,卫、鲁、宋咸杀君。《左氏》刘歆以为正月二日,燕、越之分野也。凡日所躔而有变,则分野之国失政者受之。

刘歆在解释"日食"时,均采用"分野"之说,即日食月份对应着特定的诸侯国,在某月发生日食,意味着分野之国在承受天之警告或惩罚。这属于星占一类的数术理论。《汉书·艺文志·数术略》有"天文"一类二十一家四百四十五卷,其内容即为"序二十八宿,步五星日月,以纪吉凶之象,圣王所以参政也"③,其书如《常从日月星气》《汉日旁气行事占验》《汉日食月晕杂变行事占验》之类,从书名来看,与刘歆日食分野之说同类,都具占验性质。与之不同的是,董仲舒、刘向对日、月食的解释乃是据阴阳消长之理,对政治

---

① (汉)班固:《汉书》,中华书局点校本,第1769页。
② (汉)班固:《汉书》,中华书局点校本,第1434页。
③ (汉)班固:《汉书》,中华书局点校本,第1765页。

人文的推演，更倾向于寻找自然与人文的对应。

《汉书·五行志》引述董仲舒、刘向乃至京氏《易传》、李寻、翼奉等家灾异之说，虽称不上丰富，却也数量可观，限于篇幅，本文不再详细引证。综合看来，《五行志》所引汉代大儒的《春秋》灾异之说，乃是以天人之应为基本思路，以阴阳消长为主要的理论方法。刘歆《左传》学灾异之说，则在此基础上引入了五行、星占等数术理论，在方法上显示出了很大不同。

刘歆引数术入六艺，与刘向有明显的渊源关系。《五行志》所引"九年夏四月陈火"条，刘歆《说》曰："颛顼以水王，陈其族也。今兹岁在星纪，后五年在大梁。大梁，昴也。金为水宗，得其宗而昌。"这句解释以"金生水"为基础，采用的正是与刘氏父子密切相关的五行德运之说，其《洪范五行传说》也以五行相生为基础。

五行是非常古老的思想，被用于解释历史，据目前文献所知，创始于邹衍。[1] 秦统一后，始皇帝采用了邹衍的五德相胜终始说，确立秦为水德，服色尚黑。刘邦建汉后，依然沿用秦制度，但服色却尚赤。至文帝时，公孙臣、贾谊始主张土德说，张苍则坚持水德说，讨论未明，此议搁置。直至武帝太初元年，始改元亦改德，遵土德，尚黄。[2] 西汉末世，五德终始理论重新盛行，刘向乃是此间在理论上最具创造性的人物。刘歆的变法，实有继承乃父的方面。刘向在邹衍五德相胜基础上，利用早已存在的五行相生学说，创立了五德相生

---

[1] 参见陈槃：《论早期谶纬及其与邹衍书说之关系》，载《古谶纬研讨及其书录解题》，上海古籍出版社2010年版，第97—140页；杨向奎：《五行说的起源及其演变》，《文史哲》1955年第11期。

[2] 《汉书·郊祀志》载文帝十四年之事曰，公孙臣依据邹衍五德终始传，认为秦既然为水德，汉当为土德，服色当尚黄。但主持律历的张苍依然坚持汉延续秦水德的理论，此时西汉的历法依然延续秦历，以十月为岁首。文帝十五年，有黄龙见成纪，因此公孙臣色尚黄的土德说有了符应的印证，于是文帝命诸生讨论改服色、律历之事。但是，这年四月文帝郊见五畤祠之时，服色上赤，公孙臣土德说并未施行。服色上赤乃是延续刘邦汉元年之制，《郊祀志》载曰："汉兴，高祖初起，杀大蛇，有物曰：'蛇，白帝子，而杀者赤帝子也。'及高祖祷丰枌榆社，徇沛，为沛公，则祀蚩尤，衅鼓旗。遂以十月至霸上，立为汉王。因以十月为年首，色上赤。"汉二年刘邦得知秦祀白、青、黄、赤四帝后，曰："吾知之矣，乃待我而具五也。"乃立黑帝祠。秦自认为水德，因此所祀上帝中无黑帝。文献虽记载刘邦立黑帝之祀，却并未记载改服色之事，故其服色依然上赤。

因文帝之时行序讨论未能达成一致，故直至汉武帝太初改制之前，汉王朝服色当上赤。不过，汉武帝改制之前，乃以水德为运，武帝《定正朔改元太初诏》曰："绩日分，率应水德之胜。"武帝诏书明言当日"率应水德之胜"，因此改正朔以应土德。那么之前则循水德也。

的新终始理论。① 其创立背景，乃是西汉王朝对德运、服色、制度的讨论。刘向明确提出汉为火德。《汉书·郊祀志》赞曰：

> 汉兴之初，庶事草创，唯一叔孙生略定朝廷之仪。若乃正朔服色郊望之事，数世犹未章焉。至于孝文，始以夏郊，而张仓据水德，公孙臣、贾谊更以为土德，卒不能明。孝武之世，文章为盛，太初改制，而兒宽、司马迁等犹从臣、谊之言，服色数度，遂顺黄德。彼以五德之传从所不胜，秦在水德，故谓汉据土而克之。刘向父子以为帝出于《震》，故包羲氏始受木德，其后以母传子，终而复始，自神农、黄帝下历唐虞三代而汉得火焉。故高祖始起，神母夜号，著赤帝之符，旗章遂赤，自得天统矣。②

若汉为火德，那么就与邹衍五德相胜体系中的周为火德相悖，故刘向因此创立了五德相生体系，"合理的"安排汉王朝在大历史循环中的位置，并使之与尧联系起来。这个历史系统相比于邹衍的五德相胜体系，要更加精细。邹衍是将黄帝作为五帝行序的代表，即五帝同为土德，然后夏、商、周分别为木、金、火，并预言下一王朝为水。在邹子理论中，汉人所见的一些古帝王如伏羲氏、神农氏、颛顼、帝喾、尧、舜等，并无相应的德运，显得粗糙。刘向创

---

① 关于五德相生德运之说的创立，有多种说法。钱穆《评顾颉刚五德终始说下的政治和历史》（《古史辨》第五册）一文认为五行相生原理从《月令》方帝系统而来，董仲舒就已经开始以五行相生学说排列帝德谱。陈泳超《世经帝德谱的形成过程及相关问题——再析"五德终始说下的政治和历史"》（《文史哲》2008 年第 1 期）一文亦有相近观点。顾颉刚《五德终始说下的政治和历史》（《古史辨》第五册）则认为五德相生体系为刘歆所创，托名刘向。此说多有支持者，如王葆玹《今古文经学新论》（中国社会科学出版社 1997 年版）、汪高鑫《论刘歆的新五德终始历史学说》（《中国文化研究》2002 年夏之卷）等论著。本文认为，汉人提及此问题，均称刘向父子所创，《春秋繁露》今本错讹严重，很难判断是否为董仲舒写录原貌，故其记载只能存疑。且《三代改制质文》主要讨论赤、白、黑三统问题，正如顾颉刚先生在《中国上古史研究讲义》（中华书局 1988 年版）一书所言，在董仲舒时代，三统与五德是非常矛盾的两种学说体系，且从三统的讨论中几乎看不到五德终始的影响。因此说董仲舒已具五德相生的历史观，很难令人信服。五行相生的思想早已存在，《春秋繁露》中亦存《五行相生》一篇，但将此种思想明确的与五德终始联系起来，本文认为，还是当信从班固、荀悦、沈约之说，为刘向父子所创。

② （汉）班固：《汉书》，中华书局点校本，第 1270—1271 页。（汉）荀悦《汉纪》："汉兴继尧之胄，承周之运，接秦之弊。汉祖初定天下，则从火德。斩蛇著符，旗帜尚赤，自然之应，得天统矣。其后张苍谓汉为水德，而贾谊公孙弘以为土德。及至刘向父子，乃推五行之运，以子承母，始自伏羲，以迄于汉，宜为火德。其序之也，以为《易》称帝出乎震，故太皞始出于震，为木德，号曰伏羲氏。"对于五行相生之创立，顾颉刚先生《五德终始说下的政治和历史》一文有详细的论述，可参看。

五德相生理论，将古之帝王系统完整纳入其历史循环系统当中：太皞——炎帝——黄帝——少皞——颛顼——帝喾——尧——舜——禹——汤——武王——刘邦。①

从尧至汉，在刘向的系谱中正好有一个循环，即尧与汉的行序是相同的。刘向首倡汉火德说，实际是暗合《左传》刘氏乃是尧后的结论。班固《汉书·高帝纪》赞曰：

> 刘向云战国时刘氏自秦获于魏。秦灭魏，迁大梁，都于丰，故周市说雍齿曰"丰，故梁徙也"。是以颂高祖云："汉帝本系，出自唐帝。降及于周，在秦作刘。涉魏而东，遂为丰公。"……由是推之，汉承尧运，德祚已盛，断蛇著符，旗帜上赤，协于火德，自然之应，得天统矣。②

刘向创五德相生的目的之一是将刘氏与尧联系起来，从其《颂》可见一斑。王充《论衡》称刘向精通《左传》，确非虚言。③

但是，不管尧是什么行序，汉都会与之相同，即使采用邹子相胜学说，也是如此。

那么，刘向何以弃之前的水德或土德于不顾，而将二者行序归之于火德？可能有以下三种缘由：

一者可能还是要应和"神母夜号""赤帝之子"的符应（这正好也与汉元年刘邦创立的服色制度相一致）。④

二者战国以来颇为流行的《月令》里面，记载了四季五行的主宰帝王和大神，其中四季之帝分别是太皞、炎帝、少皞、颛顼，中央之帝为黄帝，处于炎帝、少皞之间，这恰是相生的顺序。据《礼记·月令》，太皞主宰春天，故于五行属木，推至颛顼属水。儒家的五帝中还有帝喾、帝尧和帝舜，按照相生

---

① 见《汉书·律历志》所附《世经》，《世经》是班固在刘歆《三统历谱》基础上编成，其前身当是刘向《五纪论》。
② （汉）班固：《汉书》，中华书局点校本，第81—82页。
③ 《汉书·五行志》中亦载有多处刘向《左传》灾异之说。
④ 此说前人多有讨论，如顾颉刚先生《五德终始说下的政治和历史》讨论甚详，故从略。

顺序依次正好是木、火、水。五行与季节、五星等的搭配早在战国时代已经固定，依据当时已被广为接受的五帝与天时的关系，刘向将帝尧推为火德，是十分自然的事情。因此，《月令》一类文献是五德相生说的重要基础。[①]

三者当与刘向对星历的推算有关。刘向著有《五行传记》《五纪论》等与五行思想有关的著作。《汉书·律历志》曰："至孝成世，刘向总六历，列是非，作《五纪论》。向子歆究其微眇，作《三统历》及《谱》以说《春秋》，推法密要，故述焉。"[②]《三统历》乃是刘歆深究《五纪论》之微妙而作，故其《世经》中的系谱当据《五纪论》之思想。刘向《五行传记》（《洪范五行传论》）还秉承相胜之说，故其相生理论当主要集中于《五纪论》（或《洪范五纪论》）。《五纪论》为历法之书，今佚。《续汉志·律历志》载贾逵论历引《五纪论》曰："日月循黄道，南至牵牛，北至东井，率日日行一度，月行十三度十九分度七。"[③]延光论历曰："五纪论推步行度，当时比诸术为近，然犹未稽于古。及向子歆欲以合《春秋》，横断年数，损夏益周，考之表纪，差谬数百。"[④]汉安论历引《洪范五纪论》曰："民间亦有黄帝诸历，不如史官记之明也。"[⑤]上述遗文均涉及星历或律历。《宋书·天文志》引《五纪论》曰："太白少阴，弱，不得专行，故以巳未为界，不得经天而行。经天则昼见，其占为兵，为丧，为不臣，为更王，强国弱，小国强。"[⑥]又曰："《春秋》星孛于东方，不言宿者，不加宿也。"[⑦]这些佚文均属星历之学。

星历之学自然要特别关注五星之运行。如《汉书·天文志》就有对五星运行的详细记载，其顺序与《月令》五行一致，分别是"岁星曰东方春木""荧惑曰南方夏火""太白曰西方秋金""辰星曰北方冬水""填星曰中央季夏土"，

---

① 钱穆先生《评顾颉刚五德终始说下的政治和历史》持此论。特别是《隋书·五行志》引刘向《洪范五行传论》曰："登舆则有鸾和之节，降车则有佩玉之度，田狩则有三驱之制，饮食则有享献之礼。无事不出境。此容貌动作之得节，所以顺木气也。如人君违时令，失威仪，田猎驰骋，不反宫室，饮食沉湎，不顾礼制，纵欲恣睢，出入无度，多繇役以夺人时，增赋税以夺人财，则木不曲直。"这一段的描述明显与《月令》有继承关系。
② （汉）班固：《汉书》，中华书局点校本，第979页。
③ （南朝宋）范晔：《后汉书》，中华书局点校本，第3029页。
④ （南朝宋）范晔：《后汉书》，中华书局点校本，第3035页。
⑤ （南朝宋）范晔：《后汉书》，中华书局点校本，第3037页。
⑥ （南朝梁）沈约：《宋书》，中华书局点校本，第681页。
⑦ （南朝梁）沈约：《宋书》，中华书局点校本，第685页。

正与刘向五德相生顺序相同。刘向精通星历，因此其相生顺序的创立，反倒较相胜顺序更合"天道"。故刘向五德相生及汉火德说的提出，不仅仅是简单的要将汉和尧建立联系，还与刘向对星历的观测、推算有着直接的关系。

刘向创立的五德相生或五行相生主要用于星历或律历，若从后来的《汉书·艺文志》的书籍分类来看，属于"数术"之学。而《洪范五行传》则属于"六艺"之学，且有夏侯胜（甚至是伏生）以来的师法传统。既使刘向在撰述《洪范五行传论》之时，他已经有了五行相生的理论，他恐怕也不会贸然去改变有着"师法"规矩的《洪范五行传》之学，这也是刘向《洪范五行传论》依然沿用传统的相胜理论的原因之一。五行相胜是六艺之学，五行相生是数术之学，这在刘向是有严格区分的，到了刘歆则沟通了二者。故刘歆引数术入六艺的学术特点，有家学之渊源。①

三、《洪范五行传》与谶纬的兴起与流行

成、哀之后出现的谶纬之书，大多采用了刘向、歆父子五德相生的体系。

日本学者安居香山云，"纬书，原本是经过许多人、在很长时期内形成的，因此从中找出体系性的、有组织的内容来极困难。但是就有关五德终始说的资料来说……却极有体系性和组织性"，"将它做个整理，可知根据相生的五德终始说，它也形成了体系"，"五德终始说将汉安排为火德。这是刘向、刘歆把各王朝配以五行相生说的结果"。② 钟肇鹏《谶纬论略》也发现了谶纬文献中古帝王的相生顺序："谶纬中讲的五德之运，则按五行相生的顺序，就是虞土、夏金、殷水、周木、汉火。"③ 陈苏镇汇集《河图始开图》等十七则涉及行序的谶纬佚文后，总结说，"按照上述说法，伏羲为木德，黄帝为土德，少昊为金德，颛顼为水德，尧为火德，舜为土德，夏为金德，商为水德，周为木德，秦

---

① 除此之外，西汉《左传》学者多精通天文历算之学，如张苍、尹咸、翟方进等，这可能是西汉《左传》学的一个重要特点。
② 〔日〕安居香山、中村璋八：《纬书集成》，河北人民出版社1994年版，第74—76页。
③ 钟肇鹏：《谶纬论略》，辽宁教育出版社1991年版，第90页。

为金德，汉为火德。……谶纬的五德终始说，整体上采用五行相生说，很可能是从董仲舒的'五帝迭首一色'说发展而来"。①

刘向创立五德相生说在汉成帝时期，之后的哀、平年间谶纬大兴。谶记或图谶古已有之，至哀、平年间，图谶与六艺经学相结合，汉人以图谶解经，谶纬之书乃成。关于此问题，东汉张衡有疏曰：

> 谶书始出，盖知之者寡。自汉取秦，用兵力战，功成业遂，可谓大事，当此之时，莫或称谶。若夏侯胜、眭孟之徒，以道术立名，其所述著，无谶一言。刘向父子领校秘书，阅定九流，亦无谶录。成、哀之后，乃始闻之。……其名三辅诸陵，世数可知。至于图中讫于成帝。……至于王莽篡位，汉世大祸，八十篇何为不戒？则知图谶成于哀、平之际也。②

张衡"通《五经》，贯六艺"，"尤致思于天文、阴阳、历算"，"研核阴阳，妙尽琁机之正，作浑天仪，著《灵宪》《算罔论》"③，因此他对于阴阳历算之学绝非外行，且能见夏侯胜、眭孟等大儒的著作。他考订图谶世数迄于成帝，不及王莽篡汉，图谶成于哀、平之论，当可信据。张衡所言图谶乃指"河洛五九，六艺四九"等八十一篇谶纬之书。这批书写成于哀、平，并非意味着其中无更早之内容，张衡"谶书始出，盖知之者寡，自汉取秦，……莫或称谶"之语，亦见张衡认为谶书出现于先秦，只不过成、哀之后才广为所称，最后写定。这也与现代学者的考证基本相符。

刘向父子创立新五德终始理论当在成、哀之际，谶纬成书约在哀、平之间，故谶纬之书所用相生的行序，当受刘氏父子新说之影响。

略早于谶纬的大行，汉成帝时基于《洪范五行传》的灾异之说开始变得活跃。《汉书·刘向传》曰："上方精于《诗》《书》，观古文，诏向领校中《五经》秘书。向见《尚书·洪范》，箕子为武王陈五行阴阳休咎之应。向乃集合

---

① 陈苏镇：《谶纬与公羊学的关系及其政治意义》，载《中国古代政治文化研究》，北京大学出版社2009年版，第30—31页。
② （南朝宋）范晔：《后汉书·张衡列传》，中华书局点校本，第1912页。
③ （南朝宋）范晔：《后汉书·张衡列传》，中华书局点校本，第1897—1898页。

上古以来历春秋六国至秦汉符瑞灾异之记，推迹行事，连传祸福，著其占验，比类相从，各有条目，凡十一篇，号曰《洪范五行传论》，奏之。"①《艺文志》著录作刘向《五行传记》十一卷，同时还有许商《五行传记》一篇。许商此书也是汉成帝时所著。《汉书·五行志》曰："孝武时，夏侯始昌通《五经》，善推《五行传》，以传族子夏侯胜，下及许商，皆以教所贤弟子。"②《汉书·沟洫志》记载成帝初清河都尉冯逡"白博士许商治《尚书》，善为算，能度功用"③，《儒林传》记载许商"善为算，著《五行论历》，四至九卿"④，故其《五行传记》很可能就是《五行论历》，当著于汉成帝时。

汉成帝之时李寻业已崭露头角，《李寻传》记载李寻"治《尚书》，与张孺、郑宽中同师。宽中等守师法教授，寻独好《洪范》灾异，又学天文月令阴阳。事丞相翟方进，方进亦善为星历，除寻为吏，数为翟侯言事。帝舅曲阳侯王根为大司马票骑将军，厚遇寻。是时多灾异，根辅政，数虚己问寻。寻见汉家有中衰阸会之象，其意以为且有洪水为灾"⑤，因此游说于王根，此时正当汉成帝之时。可见稍早于谶纬的大行，《洪范五行》学说已经颇为热闹了。

特别是刘氏父子的《洪范五行传》之论、说与谶纬非常接近。刘向《洪范五行传论》已经非常接近图谶了。谶者，验言也。作为图书的一种，乃是记录征验之言的著作，当有图像附之，故亦称图谶。⑥简单地说，谶书就是一种"现象—预言"之书。《五行志》所载刘向所论火灾、赤祥、白祥、草妖、犬祸等，在秉承天人之应观念与阴阳消长的基本思路外，相当多的地方特别关注了灾异现象的"图像"寓意及由此推导出的预言及其征验。如刘向论火灾曰：

文帝七年六月癸酉，未央宫东阙罘罳灾。刘向以为，东阙所以朝诸侯

---

① （汉）班固：《汉书》，中华书局点校本，第 1950 页。
② （汉）班固：《汉书》，中华书局点校本，第 1353 页。
③ （汉）班固：《汉书》，中华书局点校本，第 1688 页。
④ （汉）班固：《汉书》，中华书局点校本，第 3604 页。
⑤ （汉）班固：《汉书》，中华书局点校本，第 3179 页。
⑥ 《汉书·贾谊传》颜师古注曰："谶，验也，有征验之书也。"马王堆出土的帛书《天文气象杂占》就是图像和预言相结合的数术之书，与图谶非常接近（或者可说是图谶之书）。图版参见傅举有、陈松长编著：《马王堆汉墓文物》，湖南出版社 1992 年版，第 154—160 页。其释文与研究可参见刘乐贤：《马王堆天文书考释》，中山大学出版社 2004 年版。

之门也,罘思在其外,诸侯之象也。①

论鸡祸曰:

宣帝黄龙元年,未央殿辂軨中雌鸡化为雄,毛衣变化而不鸣,不将,无距。元帝初元中,丞相府史家雌鸡伏子,渐化为雄,冠距鸣将。永光中,有献雄鸡生角者。京房《易传》曰:"鸡知时,知时者当死。"房以为己知时,恐当之。刘向以为房失鸡占。鸡者小畜,主司时,起居人,小臣执事为政之象也。言小臣将秉君威,以害正事,犹石显也。竟宁元年,石显伏辜,此其效也。②

论青祥、牛祸曰:

成公七年"正月,鼷鼠食郊牛角;改卜牛,又食其角"。刘向以为近青祥,亦牛旤也……鼠,小虫,性盗窃,鼷又其小者也。牛,大畜,祭天尊物也。角,兵象,在上,君威也。小小鼷鼠,食至尊之牛角,象季氏乃陪臣盗窃之人,将执国命以伤君威而害周公之祀也。改卜牛,鼷鼠又食其角,天重语之也。③

论草妖曰:

元帝初元四年,皇后曾祖父济南东平陵王伯墓门梓柱卒生枝叶,上出屋。刘向以为王氏贵盛将代汉家之象也。

论白黑祥曰:

---

① (汉)班固:《汉书》,中华书局点校本,第1331页。
② (汉)班固:《汉书》,中华书局点校本,第1370页。
③ (汉)班固:《汉书》,中华书局点校本,第1372页。

景帝三年十一月，有白颈乌与黑乌群斗楚国吕县，白颈不胜，堕泗水中，死者数千。刘向以为近白黑祥也。时楚王戊暴逆无道，刑辱申公，与吴王谋反。乌群斗者，师战之象也。白颈者小，明小者败也。堕于水者，将死水地。王戊不寤，遂举兵应吴，与汉大战，兵败而走，至于丹徒，为越人所斩，堕死于水之效也。①

论日食曰：

（元光元年）七月癸未，先晦一日，日有食之，在翼八度。刘向以为前年高园便殿灾，与春秋御廪灾后日食于翼、轸同。其占，内有女变，外为诸侯。其后陈皇后废，江都、淮南、衡山王谋反，诛。日中时食从东北，过半，晡时复。②

上述刘向论各类灾异，特别重视图像意义和占验征效，并有《易》象数之学乃至星占学的参与。

刘歆的学说与图谶的关系更为接近，以致等同。《五行志》载曰：

《书序》又曰："高宗祭成汤，有蜚雉登鼎耳而雊。"祖己曰："惟先假王，正厥事。"刘向以为雊雉鸣者雄也，以赤色为主。于《易》，《离》为雉，雉，南方，近赤祥也。刘歆以为羽虫之孽。《易》有《鼎卦》，鼎，宗庙之器，主器奉宗庙者长子也。野鸟自外来，入为宗庙器主，是继嗣将易也。③

贾谊《鹏鸟赋》云："单阏之岁，四月孟夏，庚子日斜，鹏集余舍，止于坐隅，貌甚闲暇。异物来萃，私怪其故，发书占之，谶言其度。曰'野鸟入室，

---

① （汉）班固：《汉书》，中华书局点校本，第1415页。
② （汉）班固：《汉书》，中华书局点校本，第1502页。
③ （汉）班固：《汉书》，中华书局点校本，第1411页。

主人将去'。"①贾谊看到一只鵩鸟落在自己的屋中，拿出谶书（或策书）占之，得到了"主人将去"的预言。贾谊所见谶书（或策书）的描述，与刘歆对于《书序》记载"蜚雉登鼎耳而雊"的解释是如此相似，野鸟外来入宗庙器，乃是继嗣将易的征兆，与贾谊所占如出一辙。

刘歆对日食的解释更是直接采用了星占方法，而星占也是图谶的主要类型之一。《五行志》下之下刘歆对日食的解释均采用星占分野之说。安居香山称："从总体上看纬书，可以将它们大致分为谶类和纬类二类。所谓谶类，即预言未来的一类，在纬书中大半指天文占之类。"那么，刘歆的五行传说与图谶关系更近，甚至纳入了许多图谶的方法或内容。

不仅如此，刘向父子很可能精通图谶之学。《隋书·经籍志》载梁时有《刘向谶》一卷，不知是刘向所作谶书，还是后人据刘向《洪范五行传论》所辑之谶。《汉书·五行志》刘向学说多有预言，故刘向当对谶书并不陌生。《后汉书·李通列传》载通父李守"初事刘歆，好星历谶记，为王莽宗卿师"。《汉书·王莽传》曰："甄丰、刘歆、王舜为莽腹心，宣导在位，褒扬功德。"王莽篡汉所颁《总说符命》中，陈说符命图谶等，当有刘歆之参与。故知刘歆精通图谶之学。刘歆的律历之学就参考了图谶之说。《续汉志·律历志》载汉安论历边韶曰："刘歆研机极深，验之《春秋》，参以《易》道，以《河图帝览嬉》《雒书干曜度》推广《九道》，百七十一岁进退六十三分，百四十四岁一超次，与天相应，少有阙谬。"②

但是，刘向、刘歆父子并不认可纯粹的图谶之学。汉成帝之时，齐人甘忠可诈造《天官历》《包元太平经》，并称"汉家逢天地之大终，当更受命于天，天帝使真人赤精子，下教我此道"。甘忠可传授于夏贺良、丁广世、郭昌等人。后刘向"奏忠可假鬼神罔上惑众，下狱治服，未断病死"。夏贺良等私下传授其学。汉哀帝时夏贺良数诏见，最终哀帝听从夏贺良的建议，以火德受命改

---

① （汉）班固：《汉书·贾谊传》，中华书局点校本，第2226页。《史记·屈原贾生列传》所载与《汉书》文微异，作"发书占之兮，策言其度"，《索隐》曰："《汉书》作'谶'。《说文》云'谶，验言也'。此作'策'，盖谶策之辞。"
② （南朝宋）范晔：《后汉书》，中华书局点校本，第3035页。

元,称"陈圣刘太平皇帝"。① 甘忠可、夏贺良所传,在当时亦被视作谶书,《汉书·王莽传》载王莽奏议曰:"前孝哀皇帝建平二年六月甲子下诏书,更为太初元将元年,案其本事,甘忠可、夏贺良谶书臧兰台。"② 从甘忠可伪称"天帝使真人赤精子,下教我此道",到夏贺良"汉历中衰,当更受命"之说,可知甘忠可所造之术与图谶并无二致。刘向奏甘忠可"罔上惑众",刘歆以为其学"不合《五经》,不可施行",父子二人均不认可这类纯粹的方术。究其原因,刘氏父子参采律历、数术乃至图谶,目的还是统合六艺之学;而图谶纯以占验为目的,"不合《五经》",故与刘氏父子治学路径、归旨皆不同。

不管是刘向还是刘歆,《汉书·五行志》中载录的学说均属于他们的《洪范五行传》之"论"或"说"。即使它们与图谶如何接近,这类学说还是属于六艺经学的范畴。当然,汉儒阴阳灾异之说总体上遵循天人感应的思路,其学说中会有占卜、预言的因素,这些因素也是图谶的基本要素。因此阴阳灾异之说本身就与图谶有诸多相通之处。

从刘向、刘歆到许商、李寻,汉成帝《洪范五行》之学甚为兴盛。五行灾异之说中,刘向、许商、刘歆都使用了律历、星占之学,且多通图谶占验。因此汉成帝时期的五行灾异之说与图谶的兴起亦大有关系。

故而刘氏父子五行相生德运说的创立,《洪范五行传》的流行,是谶纬兴起的重要学术背景之一。

四、从重人事到重天道——刘歆新天人关系的创建

董仲舒、刘向的《春秋》灾异解释以天人之应为基础,而刘歆的《春秋》说则以五德相生为基础。这种转变的背后,是天人观念的调整。

天人关系是西汉学术的中心话题之一,董仲舒、司马迁、刘向、刘歆等大儒,其思考均不离此中心话题。刘歆对此话题的关注,在重心上与前儒不同。

---

① (汉)班固:《汉书》,中华书局点校本,第3192—3193页。
② (汉)班固:《汉书》,中华书局点校本,第4094页。

《汉书》所载董仲舒、刘向、刘歆的灾异说使我们能够比较容易的看清此问题。

董仲舒、刘向的灾异说多以人间政治得失为中心。董仲舒的《春秋繁露》多载《公羊》先师遗说，很难作为准确反映董氏思想、学术的著作。除了《汉书·五行志》所载仲舒说灾异之条目外，《董仲舒传》所载仲舒三篇对策，即号称《天人三策》者，也十分易于发现其天人关系之重心所在。汉武帝问："三代受命，其符安在？灾异之变，何缘而起？"仲舒对曰：

> 臣闻天之所大奉使之王者，必有非人力所能致而自至者，此受命之符也。天下之人同心归之，若归父母，故天瑞应诚而至。《书》曰"白鱼入于王舟，有火复于王屋，流为乌"，此盖受命之符也。周公曰"复哉复哉"，孔子曰"德不孤，必有邻"，皆积善累德之效也。及至后世，淫佚衰微，不能统理群生，诸侯背畔，残贼良民以争壤土，废德教而任刑罚。刑罚不中，则生邪气；邪气积于下，怨恶畜于上。上下不和，则阴阳缪盭而娇孽生矣。此灾异所缘而起也。①

董仲舒认为王政致使天下人归之若归父母，则天降祥瑞，如周文王、武王之世；若王政淫佚衰微，则阴阳失调而灾异生。即天变乃缘之于人事。因此他对武帝说：

> 故为人君者，正心以正朝廷，正朝廷以正百官，正百官以正万民，正万民以正四方。四方正，远近莫敢不壹于正，而亡有邪气奸其间者。是以阴阳调而风雨时，群生和而万民殖，五谷孰而草木茂，天地之间被润泽而大丰美，四海之内闻盛德而皆徕臣，诸福之物，可致之祥，莫不毕至，而王道终矣。

《汉书·五行志》载武帝建元六年六月丁酉，辽东高庙灾。四月壬子，高园便殿火。董仲舒对曰：

---

① （汉）班固：《汉书》，中华书局点校本，第 2500 页。

> 陛下正当大敝之后，又遭重难之时，甚可忧也。故天灾若语陛下："当今之世，虽敝而重难，非以太平至公，不能治也。视亲戚贵属在诸侯远正最甚者，忍而诛之，如吾燔辽东高庙乃可；视近臣在国中处旁仄及贵而不正者，忍而诛之，如吾燔高园殿乃可"云尔。在外而不正者，虽贵如高庙，犹灾燔之，况诸侯乎！在内不正者，虽贵如高园殿，犹燔灾之，况大臣乎！此天意也。辠在外者天灾外，辠在内者天灾内，燔甚辠当重，燔简辠当轻，承天意之道也。①

董仲舒借两次火灾，言说的还是外正诸侯、内正大臣的治道。

刘向与董仲舒对很多《春秋》灾异的看法一致，其基础思路更是一致，这从《汉书·五行志》的记载不难发现，本文不再征引。刘向著名的《上封事》中，相对系统地阐述了历史上的祥瑞、灾异所暗含的政治寓意。如其论述西周王朝曰：

> 文王既没，周公思慕，歌咏文王之德，其《诗》曰："于穆清庙，肃雍显相；济济多士，秉文之德。"当此之时，武王、周公继政，朝臣和于内，万国驩于外，故尽得其驩心，以事其先祖。其《诗》曰："有来雍雍，至止肃肃，相维辟公，天子穆穆。"言四方皆以和来也。诸侯和于下，天应报于上，故《周颂》曰"降福穰穰"，又曰"饴我厘麰"。厘麰，麦也，始自天降。此皆以和致和，获天助也。
>
> 下至幽、厉之际，朝廷不和，转相非怨，诗人疾而忧之曰："民之无良，相怨一方。"众小在位而从邪议，歙歙相是而背君子，故其《诗》曰："歙歙訿訿，亦孔之哀！谋之其臧，则具是违；谋之不臧，则具是依！"君子独处守正，不桡众枉，勉强以从王事则反见憎毒谗愬，故其《诗》曰："密勿从事，不敢告劳，无罪无辜，谗口嗸嗸！"当是之时，日月薄蚀而无光，其《诗》曰："朔日辛卯，日有蚀之，亦孔之丑！"又曰："彼

---

① （汉）班固：《汉书》，中华书局点校本，第1332—1333页。

月而微,此日而微,今此下民,亦孔之哀!"又曰:"日月鞠凶,不用其行;四国无政,不用其良!"天变见于上,地变动于下,水泉沸腾,山谷易处。其《诗》曰:"百川沸腾,山冢卒崩,高岸为谷,深谷为陵。哀今之人,胡憯莫惩!"霜降失节,不以其时,其《诗》曰:"正月繁霜,我心忧伤;民之讹言,亦孔之将!"言民以是为非,甚众大也。此皆不和,贤不肖易位之所致也。

....

由此观之,和气致祥,乖气致异;祥多者其国安,异众者其国危,天地之常经,古今之通义也。①

在这篇著名的封事中,刘向将诗文、社会政治、自然现象联系了起来。武王周公时代,政道宏大平正,因此天应报于上,有颂诗作。幽厉之时,朝廷不和,于是天降灾异,日月无光,三川皆震。祥瑞与灾异的缘起均在人间政治。在这篇《上封事》的最后,刘向更是将自己的目的交待出来,即"推《春秋》灾异,以救今事一二"。这篇论章最终归向,乃是"今事"。

在成帝元延年间,刘向对频繁出现的灾异忧心忡忡,其所上论灾异之奏中,他说汉成帝建始元年以来,日食极为频繁,平均两年六个月一次日食,远高于前代(春秋时代平均三年零五个月、汉初至元帝时期平均三年零一个月一次日食)。秦汉兴亡之际,惠帝、昭帝之时,均有令人印象深刻的灾异之事,因此他特别强调天命之可畏,希望成帝"兴高宗、成王之声,以崇刘氏"。其中虽然言及灾异与王朝命运的关系,但是其论述的基本思路正是如其奏议所言:"观乎天文,以察时变。"②

相比于董仲舒、刘向,刘歆所关注的天人关系有一个重要的变化。董仲舒、刘向的天人关系,其重心在人事;刘歆的天人关系重心则在天道,即他所努力创建的五德终始天道历史系统。

刘歆著《三统历》《世经》,并其《左传》学说,均体现出了以律历、星占

---

① (汉)班固:《汉书·刘向传》,中华书局点校本,第1933—1941页。
② (汉)班固:《汉书·刘向传》,中华书局点校本,第1964页。

等数术理论与《易》《春秋》二经相融合、相统一的特点，在理论上体现出了沟通天人之间的新思路。其《三统历》曰：

> 《经》曰春王正月，《传》曰周正月"火出，于夏为三月，商为四月，周为五月。夏数得天"，得四时之正也。三代各据一统，明三统常合，而迭为首，登降三统之首，周还五行之道也。故三五相包而生。天统之正，始施于子半，日萌色赤。地统受之于丑初，日肇化而黄，至丑半，日牙化而白。人统受之于寅初，日孽成而黑，至寅半，日生成而青。天施复于子，地化自丑毕于辰，人生自寅成于申。故历数三统，天以甲子，地以甲辰，人以甲申。孟仲季迭用事为统首。三微之统既著，而五行自青始，其序亦如之。五行与三统相错。传曰"天有三辰，地有五行"，然则三统五星可知也。《易》曰："参五以变，错综其数。通其变，遂成天下之文；极其数，遂定天下之象。"太极运三辰五星于上，而元气转三统五行于下。其于人，皇极统三德五事。故三辰之合于三统也，日合于天统，月合于地统，斗合于人统。五星之合于五行，水合于辰星，火合于荧惑，金合于太白，木合于岁星，土合于镇星。三辰五星而相经纬也。天以一生水，地以二生火，天以三生木，地以四生金，天以五生土。五胜相乘，以生小周，以乘"乾""坤"之策，而成大周。阴阳比类，交错成相，故九六之变登降于六体。三微而成著，三著而成象，二象十有八变而成卦，四营而成易，为七十二，参三统两四时相乘之数也。①

刘歆《三统历》最具开创意义的工作是将五行和三统结合了起来。不管是董仲舒《春秋繁露·三代改制质文》所言黑、白、赤三统，还是太史公《高祖本纪》所言三王之道，汉儒称述三统、三正、三王，均相互对独立，并不与五行相糅合，《三代改制质文》谈五帝、三统也是先后关系。但是，《三统历》中的三统却含五行。刘歆将三统之赤、白、黑视作日色，在赤白之间，日色黄，在日色黑之后，"日生成而青"，因此三统中有日之五色，换成五行顺序正好是

---

① （汉）班固：《汉书·律历志》，中华书局点校本，第984—985页。

火、土、金、水、木，乃相生次序。三统之运行，在刘歆的理论中，乃是遵循五行相生之道，即"三微之统既著，而五行自青始，其序亦如之"。刘歆《三统历》将历法与德运、历史统合了起来，历法乃是遵循五行相生的次序运行。五德相生是刘氏父子创立的历史循环体系，历法要在此历史循环中展开，刘歆参考太初历"作《三统历》及《谱》"的目的正是"说《春秋》"，故《春秋》是刘歆《三统历》的主要思想资源之一。

从相关文献，尤其是《春秋繁露》的记载来看，三统是历法，是制度建设，又是不同的政治模式。① 刘歆又将其赋予天、地、人之道，称之为天统、地统与人统。三统日色又与日辰相组合，"历数三统，天以甲子，地以甲辰，人以甲申"。五行在汉代已经与五星结合，三统含五行、数术，因此亦与天文沟通。三统因是历法，故日辰、数术是其基本形式，数的形式正好与《易》相统一，"三微而成著，三著而成象，二象十有八变而成卦"。《易》卦象与三统、五行因此被刘歆纳入一个理论系统之内。《易》可以占验三统与五行，因此又与德运、历史相联系，故在历法、数术的帮助下，《春秋》与《易》在刘歆那里形成沟通，也成为其理论体系中的六艺资源或基础。所以，刘歆才会在《三统历》中说，"夫历《春秋》者，天时也，列人事而因以天时"，"《易》金、火相革之卦曰'汤、武革命，顺乎天而应乎人'，又曰'历明时'治，所以和人道也"，"故《易》与《春秋》，天人之道也"。

《易》、《春秋》、五德相生、历法、数术、天文的统合，显示出刘歆欲将天人纳入一个"规律性的""不可逆转的"和"可预知的"循环系统之中的雄心。刘歆乃是要创建一套完美的、新的天人关系系统。这套系统的基础是刘氏父子所创立的五德相生终始体系。他用五德相生的体系改造了夏侯胜以来的《洪范五行传》的文本结构，并以之为基础撰述《三统历》。班固《汉书·律历志》曰：

> 至孝成世，刘向总六历，列是非，作《五纪论》。向子歆究其微眇，

---

① 参见《春秋繁露·三代改制质文》篇，(清)苏舆撰，钟哲点校：《春秋繁露义证》，中华书局1992年版。

> 作《三统历》及《谱》以说《春秋》，推法密要，故述焉。

因刘歆作《三统历》的目的是"说《春秋》"，故其历法多力求与历史相符合。刘歆甚至为了使律历合于其五德系统，不惜更改夏代之年数，《续汉志·历志》引延光论历曰：

> 五纪论推步行度，当时比诸术为近，然犹未稽于古。及向子歆欲以合《春秋》，横断年数，损夏益周，考之表纪，差谬数百。①

沈约《宋书·律历志》亦曰：

> 向子歆作《三统历》以说《春秋》，属辞比事，虽尽精巧，非其实也。班固谓之密要，故汉《历志》述之。校之何承天等六家之历，虽六元不同，分章或异，至今所差，或三日，或二日数时，考其远近，率皆六国及秦时人所造。其术斗分多，上不可检于《春秋》，下不验于汉、魏，虽复假称帝王，只足以惑时人耳。②

可见刘歆《三统历》为了符合其五德相生之体系，并合理解释其《春秋》义理，对历法、年数作了不符合推算的改动。徐兴无《刘向评传》评述道，"由于《三统历》的撰作是以'说春秋'为归向的"，因此《三统历》"更注重的是历法的形而上学建构，甚至不惜迂回计算，曲解历史，以达到律历合一，德运符契，并可完全辑证于经典的目的"，"或者说，《三统历》的终极追求，不是精确的历法，而是完美的宇宙"。③ 完美的人文、历史、宇宙的统一性建构，确是刘歆的雄心所在。《钟律书》《三统历》《世经》《洪范五行传说》，乃是从律至历，由历至史，再由史归论天人，背后的天人模式乃是五德相生。关于此点，前人论述颇多，本文无须赘论。

---

① （南朝宋）范晔：《后汉书》，中华书局点校本，第 3035 页。
② （南朝梁）沈约：《宋书》，中华书局点校本，第 228 页。
③ 徐兴无：《刘向评传》，南京大学出版社 2005 年版，第 327—350 页。

因此，董仲舒、刘向天人之应的思路基本一致，可以说是观乎灾异，以正得失。他们的天人关系中，王政、人事是其目的或归旨。刘歆雄心勃勃的天人历史系统的创建，目的是完善五德相生的循环系统。五德相生系统更接近于"不可抗拒的历史规律（天道）"，人事是此循环中的重要因素，但这个"规律"或"天道"，才是刘歆致力完善的目标，是其天人关系的重心。这也可以说是刘歆变法的第三层含义，也是最根本的意义。

五、结论

综上所述，本文认为公孙禄对刘歆的指责并非空穴来风，而是有所依据。如果我们不从今古之争的角度，而是从具体的"师法"层面，依据《汉书·五行志》及相关古文献，会发现刘歆以刘向首倡的五行相生德运说为基础，至少实施了以下三个层面的"毁师法"动作：

1. 以五行相生次序改变传统的《洪范五行传》的文本结构；
2. 引五行、星占等数术方技入六艺之学；
3. 统合《易》、《春秋》、数术、律历之学，创建新的天人系统；在天人关系中，从重人事转向重天道。

刘歆的变法乃是汉成帝以来学术发展的结果之一，与董仲舒、夏侯胜、刘向等大儒有着学理上的渊源。刘歆努力完善的五德相生德运新说的确有"要为西汉末年政权危机寻求出路"[1]的动机，但又有深厚的学术历史资源作依托。虽然这套理论客观上的确有利于王莽的禅代，但我们也不应将其宏大的理论建设完全视为阿奉之作。

（作者单位：中国人民大学文学院）

---

[1] 汪高鑫：《论刘歆的新五德终始历史学说》，《中华文化研究》2002年第2期。

《汉书·儒林传》对于武帝之后朝廷的博士弟子录取情况有如下记载：

> 昭帝时举贤良文学，增博士弟子员满百人，宣帝末倍增之。元帝好儒，能通一经者皆复。数年，以用度不足，更为设员千人，郡国置五经百石卒史。成帝末，或言孔子布衣养徒三千人，今天子太学弟子少，于是增弟子员三千人。岁余，复如故。平帝时王莽秉政，增元士之子得受业如弟子，勿以为员。岁课甲科四十人为郎中，乙科二十人为太子舍人，丙科四十人为文学掌故云。[①]

昭帝以后，西汉朝廷直接录取的经生，总体上呈现出数量递增的趋势。虽然王莽执政的平帝时期，博士弟子的数量限定为一千人，与元帝、成帝时的设置相同，但又允许高官显宦的弟子可以作为编外人员入学，因此，博士弟子的数量还是远远超过千人。

《后汉书·百官志》记载，太常主管礼仪祭祀，同时，"每选试博士，奏其能否"[②]。主管博士弟子录取的最高行政长官是太常，其属官有太史令、太祝令、太宰令、太予乐令、高庙令等，分别负责礼乐、祭祀、历法等方面的事宜。太常的属官还有博士祭酒：

> 博士祭酒一人，六百石，本仆射，中兴转为祭酒。博士十四人，比六百石。本注曰：《易》四，施、孟、梁丘、京氏；《尚书》三，欧阳、大小夏侯氏；《诗》三，鲁、齐、韩氏；《礼》二，大小戴氏；《春秋》二，《公羊》严、颜氏。掌教弟子。[③]

这里叙述的是东汉官制，博士祭酒，西汉称为仆射。东汉朝廷设五经博士十四人，由此推断，西汉王朝博士官的数量也大致如此，由他们为朝廷录取的诸生讲授五经。

---

① （汉）班固撰，（唐）颜师古注：《汉书》，中华书局1997年版，第3596页。
② （晋）司马彪撰，（南朝梁）刘昭补注：《后汉书志》，中华书局1995年版，第3571页。
③ （晋）司马彪撰，（南朝梁）刘昭补注：《后汉书志》，中华书局1995年版，第3572页。

朝廷经生录取的制度化，还体现在把结业的经生作为官员加以选拔，这就把经学与政治直接相连。到了王莽执政时期，甚至对于每年从结业经生中选拔官员的数量、级别，均有明确的规定。这种经生培养制度，是后代科举制的雏形，也可以说是准科举制。对此，清人皮锡瑞有如下评论：

> 此汉世明经取士之盛典，亦后世明经取士之权舆。……方苞谓古未有以文学为官者，诱以利禄，儒之途通而其道亡。案方氏持论虽高，而三代以下既不尊师，如汉武使束帛加璧安车驷马迎申公，已属旷世一见之事。欲兴经学，非导以利禄不可。古今选举人才之法，至此一变，亦势之无可如何者也。①

方苞批判西汉朝廷从博士弟子中选拔官员的做法，认为这是对经生以利禄相引诱，会导致儒学的衰落灭亡。皮锡瑞则认为这在当时是迫不得已的措施，是对不尊师的社会风气的矫正。关于方苞的具体论断，周予同先生做了如下陈述：

> 《望溪文集·书儒林传后》云："古未有以文学为官者，以德进，以事举，以言扬；《诗》《书》六艺特用以通在物之理，而养其六德、或其六行焉耳。……其以文学为官，始于叔孙通弟子，以定礼为选首，成于公孙弘，请试士于太常；而儒术之污隆自是中判矣。"……《又书儒林传后》云："由弘以前，儒之道虽郁滞而未尝亡；由弘以后，儒之途通而其道亡矣。"②

对于西汉朝廷的经生选拔、任用制度，方苞持否定态度。他所提的问题很尖锐，即在以利禄相引诱的情况下，经生能否继续弘扬儒学传统，这也是《汉书》对经生叙事无法回避的问题。

---

① （清）皮锡瑞撰，周予同注：《经学历史》，中华书局1981年版，第72页。
② （清）皮锡瑞撰，周予同注：《经学历史》，中华书局1981年版，第74—75页。

（二）自行入京求学的经生

西汉长安的经生，除朝廷录取的博士弟子外，还有相当大的一部分是自行入京求学人员。至于入京求学的缘由，则是因人而异。

一种情况是，教授生员的经师入京任职，弟子随从赴京。《汉书·儒林传》写道：

> 施雠，字长卿，沛人也。沛与砀相近，雠为童子，从田王孙受《易》。后雠徙长陵，田王孙为博士，复从卒业，与孟喜、梁丘贺并为门人。①

施雠最初是在砀地师从田王孙，后来徙居长陵，离长安很近。正值田王孙到朝廷任博士，于是，他第二次投奔到门下，在长安继续学习，成为首都的一名经生。当然，他并不属于有学籍的朝廷博士弟子。

另一种情况是对于自己生存状况不满，进京寻找出路。翟方进便属于这种类型：

> 方进年十二三，失父孤学，给事太守府为小史，号迟顿不及事，数为掾史所詈辱。方进自伤，及从汝南蔡父相，问己所能宜。蔡父大奇其形貌，谓曰："小史有封侯骨，当以经术进，努力为诸生学问。"方进既厌为小史，闻蔡父言，心喜，因病归家，辞其后母，欲西至京师受经。母怜其幼，随之长安，织屦以给方进读，经博士受《春秋》。②

翟方进是西汉名臣，官至丞相。他最初是因为在太守府为小史饱受凌辱，后经由术士引导，决意进京攻读经学。他是自行入京，没有官府推荐，所入的当然是私学，而不是朝廷所办的官学。

张禹是西汉著名经师，张氏《论语》风行天下，他官至丞相。张禹最初也是自行进京，成为长安的一名经生：

---

① （汉）班固撰，（唐）颜师古注：《汉书》，中华书局1997年版，第3598页。
② （汉）班固撰，（唐）颜师古注：《汉书》，中华书局1997年版，第3411页。

> 张禹，字子之，河内轵人也，至禹父徙家莲勺。禹为儿，数随家至市，喜观于卜相者前。久之，颇晓其别蓍布卦意，时从旁言。卜者爱之，又奇其面貌，谓禹父："是儿多知，可令学经。"及禹壮，至长安学。从沛郡施雠受《易》，琅琊王阳、胶东庸生问《论语》，既皆明习，有徒众，举为郡文学。①

西汉自行入长安拜师学经的众多诸生中，翟方进和张禹是其中的佼佼者。他们不但是著名的经师，而且位极人臣。班固在叙述这两个人入京求学的缘由时，都提到以相面算卦为职业的术士，在他们的启示下，两人走上进京求学之路，并且最后声名大震。《汉书》的这两段叙事可谓异曲同工，带有神秘的色彩。

二、长安经生的生存状态

《汉书》对于长安经生的叙事是片断性的，但选择的对象都是比较典型的。因此，可以使人从某些侧面透视出这个特殊阶层的生存状态和学习场景。

（一）清贫生活的写照

西汉对于选入朝廷官学的博士弟子"复其身"，免除赋税，可是，学习费用还要自己负担。对于那些出身下层的博士弟子来说，难免出现经济上的困窘。其中，比较典型的人物就是兒宽。对此，《汉书》作了如实的记载：

> 兒宽，千乘人也。治《尚书》，事欧阳生。以郡国选诣博士，受业孔安国。贫无资用，尝为弟子都养。时行赁作，带经而鉏，休息辄读诵，其精如此。②

---

① （汉）班固撰，（唐）颜师古注：《汉书》，中华书局1997年版，第3347页。
② （汉）班固撰，（唐）颜师古注：《汉书》，中华书局1997年版，第2628页。

对于文中的"尝为弟子都养"一句,颜师古注:"都,凡众也。养,主给煮炊者也。贫无资用,故供诸弟子烹炊也。"①颜师古的说法是正确的。《汉书》记述儿宽的这段话,当出自《史记·儒林列传》。司马贞《索隐》解释道:"谓儿宽家贫,为弟子造食也。"②司马贞和颜师古的解释,应本自《公羊传·宣公十二年》何休注。《公羊传》称"厮役扈养死者数百人",何休注曰:"艾草为防者曰厮,汲水浆者曰役,养马者曰扈,炊亨者曰养。"③养,即烧饭做菜。都,表示汇集、众多。《汉书·翟方进传》还有"都授"一词,书中写道:"方进知之,候伺常大都授时,遣门下诸生至常所问大义疑难,因记其说。"颜师古注:"都授,谓召集诸生大讲授也。"④翟方进在胡常总集诸生讲经的时候,让自己的门人前去听课,以表示对胡常的尊重。这里的都授,指将诸生聚集起来进行讲授。依此类推,《儿宽传》中的"都养",则指为众人做饭烧菜,进而又由动词演化为名词,是指为众人做饭烧菜的人,即厨工。《晋书·隐逸传·祈嘉》有:"贫无衣食,为书生都养以自给。"清代钱谦益《耦耕堂记》亦曰:"信若子之言,予愿为都养,给扫除之役。"都是厨工之义。儿宽因为家庭经济条件不好,曾为博士弟子煮饭,以便维持生活,有时还外出做雇工,从事锄地一类的劳动。生活虽然清贫,但他学习很刻苦,锄地的间歇还在诵经,因此学业上大有长进。

《汉书》记载的这类人物还有王章。《王章传》有如下记载:

> 初,章为诸生学长安,独与妻居。章疾病,无被,卧牛衣中,与妻决,涕泣。其妻呵怒之曰:"仲卿,京师尊贵在朝廷人谁逾仲卿者?今疾病困厄,不自激卬,乃反涕泣,何鄙也!"

颜师古注:"牛衣,编乱麻为之,即今俗呼为龙具者。"⑤王章曾为诸生求学

---

① (汉)班固撰,(唐)颜师古注:《汉书》,中华书局1997年版,第2628页。
② (汉)司马迁撰:《史记》,中华书局1982年版,第3125页。
③ (汉)何休注,(唐)徐彦疏:《春秋公羊传注疏》,中华书局1980年影印《十三经注疏》本,第2285页。
④ (汉)班固撰,(唐)颜师古注:《汉书》,中华书局1997年版,第3412页。
⑤ (汉)班固撰,(唐)颜师古注:《汉书》,中华书局1997年版,第3238页。

于长安,所谓的诸生,专指朝廷录取的博士弟子。与其他诸生不同的是,王章没有与其他博士弟子住在一起,而是和妻子另寻住所。王章病重,没有被子,盖的是牛衣。颜师古对牛衣所作的解释是正确的,但不够具体。所谓衣,含义比较宽泛,凡是具有覆盖、包装功能的编织品,皆可称为衣,弓囊称为弓衣即是其例。牛衣,还见于《晋书·刘寔传》:

> 刘寔,字子真,平原高唐人也,汉济北惠王寿之后也。父广,斥丘令。寔少贫苦,卖牛衣以自给。然好学,手约绳,口诵书,博通古今。①

刘寔以卖牛衣为生,牛衣是他亲手编织的。所说的"手约绳",指用绳索编织牛衣,约,谓缠绕、编织。牛衣用细绳编织而成,可见是很粗糙的。颜师古称"编乱麻为之",符合牛衣的实际情况。汤炳正先生指出:"古人对某一物中的品种之大者,往往加'马'、'牛'、'王'、'胡'等于名词之前以示区别。"② 这里所说的牛衣,指覆盖面较大的麻类编织品,原本用作苫盖或包装。唐人称它为龙具,也是取其形制广大之义。王章以牛衣为被,由此可见他生活的贫困的程度。

儿宽、王章都是由地方选拔、朝廷录取的诸生,享受免交赋税的优待。尽管如此,他们作为博士弟子的生活尚且如此清苦,其他自行入京求学的经生更是可想而知。如前所述,翟方进到达长安求学,是他后母在京城"织屦以给方进读",靠做鞋卖维持生计。从这些叙述中,汉代经生的"寒窗"之苦可见一斑。

(二)经生百态的展现

西汉长安经生有的能够秉持儒学传统,为人行事颇为低调,以高姿态出现;有的则过于张扬,甚至欺世盗名。对此,《汉书》作了如实的叙述。

《汉书·萧望之传》有如下记载:

---

① (唐)房玄龄等撰:《晋书》,中华书局 1998 年版,第 1190—1191 页。
② 汤炳正:《屈赋新探》,齐鲁书社 1984 年版,第 252 页。

> 萧望之，字长倩，东海兰陵人也，徙杜陵。家世以田为业，至望之，好学，治《齐诗》，事同县后仓且十年。以令诣太常，复事同学博士白奇，又从夏侯胜问《论语》《礼服》。京师诸儒称述焉。①

萧望之作为朝廷录取的诸生，在学习期间能够转益多师。他不但向经师夏后胜求教，而且甘当同窗白奇的门生。白奇、萧望之先前都出于后仓门下，属于同门弟子。萧望之成为博士弟子，白奇已是博士官。能向自己的同门师兄弟请教，可谓好学不倦，因此得到广泛赞誉。

《汉书·儒林传》有如下记载：

> 孟喜，字长卿，东海兰陵人也。父号孟卿，善为《礼》《春秋》，授后苍、疏广。世所传《后氏礼》《疏氏春秋》，皆出孟卿。……喜从田王孙受《易》。喜好自称誉，得《易》家候阴阳灾变书，诈言师田生且死时枕喜膝，独传喜，诸儒以此耀之。同门梁丘贺疏通明之，曰："田生绝于施雠手中，时喜归东海，安得此事？"②

孟喜是孟卿的儿子，因《礼经》《春秋》繁杂，才向田王孙学《易》。孟喜经常自我吹嘘，他妄称自己在导师临终时得到真传，握有别人见不到的秘籍。经梁丘贺揭露，田王孙临终之际在场的是施雠，而不是孟喜。田王孙卒于长安，当时孟喜已返回兰陵老家。这件事发生在田王孙去世之后，由此可以推测，孟喜在作为经生师从田王孙期间，这类自吹自擂的行为也在所难免。孟喜的欺世盗名，从一个侧面反映出西汉长安经生的轻浮躁动，这与利禄的诱惑有直接关联。

（三）师生交往的生动反映

经生作为经师的弟子，导师与他们的交往方式因人而异。《汉书·张禹传》

---

① （汉）班固撰，（唐）颜师古注：《汉书》，中华书局1997年版，第3271页。
② （汉）班固撰，（唐）颜师古注：《汉书》，中华书局1997年版，第3599页。

对此做了生动的叙述：

> 禹成就弟子尤著者，淮阳彭宣至大司空，沛郡戴崇至少府九卿。宣为人恭俭有法度，而崇恺弟多智，二人异行。禹心亲爱崇，敬宣而疏之。崇每候禹，常责师宜置酒设乐与弟子相娱。禹将崇入后堂饮食，妇女相对，优人管弦铿锵极乐，昏夜乃罢。而宣之来也，禹见之于便坐，讲论经义。日晏赐食，不甘一肉卮酒相对，宣未常得至后堂。及两人皆闻知，各自得也。①

张禹的两位弟子彭宣、戴崇秉性不同，张禹对他们也就采取各异的交往方式，或亲近，或敬而远之。两位弟子对此也欣然接受，各得其所。由此可以看出。西汉长安经生与经师之间的交往方式是多种多样的，表现出为人处世的灵活性，有的富有人情味，有的则带有鲜明的经学的严肃性。

《汉书》对于西汉长安经生的生活风貌及学习场景，从多个侧面作了展示，从中反映出儒学传统与利禄引诱所发挥的不同作用。兒宽、萧望之都是醇厚的儒生，因此，他们尽管过着清贫的生活，却能保持自己的操守，或刻苦精进，或好学不倦。王章、孟喜则是欲望充盈、轻浮躁动之人。所以，王章在病重期间产生绝望之情，孟喜则欺世盗名，利禄的诱惑使他们无法秉持儒家的为人处世之道。对于上述两方面的倾向，班固的《汉书》均做了真实的叙述。至于张禹与两位弟子不同的交往方式，则是把儒学传统和利欲诉求运用到不同弟子身上，使二者分立而又彼此兼容，表现出师生关系的圆通与包容。

三、盛世风尚的文学显现

经学昌明的西汉盛世，长安经生作为京城的特殊阶层，在他们身上体现出西汉盛世的风貌。《汉书》有关长安经生的几则故事，对此作了文学的描绘。

---

① （汉）班固撰，（唐）颜师古注：《汉书》，中华书局1997年版，第3349页。

（一）朱云力折五鹿充宗

《汉书·杨胡朱梅云传》有如下记载：

> 朱云，字游，鲁人也，徙平陵。少时通轻侠，借客报仇。长八尺馀，容貌甚壮，以勇力闻。年四十，乃变节从博士白子友受《易》，又事前将军萧望之受《论语》，皆能传其业。好倜傥大节，当世以是高之。
>
> ……………
>
> 是时，少府五鹿充宗贵幸，为《梁丘易》。自宣帝时善梁丘氏说，元帝好之，欲考其异同，令充宗与诸《易》家论。充宗乘贵辩口，诸儒莫能与抗，皆称疾不敢会。有荐云者，召入，摄齐登堂，抗首而请，音动左右。既论难，连拄五鹿君，故诸儒为之语曰："五鹿岳岳，朱云折其角。"由是为博士。[①]

朱云先后师从白子友、萧望之，研习《周易》和《论语》。在与五鹿充宗辩论之前，朱云一直未曾入仕，只是一名经生。五鹿充宗当时任少府，《后汉书·百官志》称："少府，卿一人，中二千石。本注曰：掌中服御诸物，衣服宝贵珍膳之属。"[②] 少府是宫中掌管财产之官，是朝廷九卿之一，与天子接触机会很多。五鹿充宗通晓梁丘贺所传的《周易》，为元帝之父宣帝所推崇。五鹿充宗位高势重，再加上《梁丘易》为两朝天子所喜好，因此，没有人敢于在朝廷与五鹿充宗进行辩论。朱云少时通侠，他与五鹿充宗的辩论也显示出侠气。他"摄齐登堂"，提起下衣襟进入辩论场所，合乎礼仪的规范。他"抗首而请"，无所畏惧，不把对方的权势放在眼里。辩论时"音动左右"，内心充满自信，言语铿锵，发挥得淋漓尽致。这场辩论以朱云取胜告终，朱云因此被任命为博士官。班固对这场辩论的描述，一方面显示出西汉盛世经生昂扬向上的精神风貌，同时也反映了经学昌明阶段的学术自由，对于经学上的是非判断，还

[①] （汉）班固撰，（唐）颜师古注：《汉书》，中华书局1997年版，第2912—2914页。
[②] （晋）司马彪撰，（南朝梁）刘昭补注：《后汉书志》，中华书局1995年版，第3598页。

没有受到政治权势更多的干扰和挤压。这个时期虽然儒术定于一尊，但在经学内部，还有充分的讨论、诘难的学术空间。

（二）王吉去妇

《汉书·王贡两龚鲍传》有如下记载：

> 始吉少时学问，居长安。东家有大枣树垂吉庭中，吉妇取枣啖吉。吉后知之，乃去妇。东家闻而欲伐其树，邻里共止之，因固请吉令还妇。里中为语曰："东家有树，王阳妇去；东家枣完，去妇复还。"其厉志如此……
>
> 初，吉兼通《五经》，能为驺氏《春秋》，以《诗》《论语》教授，好梁丘贺说《易》，令子骏受焉。①

王吉，字阳。他没有机会成为博士弟子，而是自行到长安求学，兼通五经。王吉又是位清节之士，不允许任何违礼之事玷污自己。他的这种洁身自好，有时甚至走向极端，以至于因为妻子摘取邻居家的枣而把她休弃。王吉的清节励志，从一个侧面折射出那个时代经生的操守，与经学精神是一致的。

（三）何武唱诗颂汉德

《汉书·何武王嘉师丹传》有如下记载：

> 何武，字君公，蜀郡郫县人也。宣帝时，天下和平，四夷宾服，神爵、五凤之间屡蒙瑞应。而益州刺史王襄使王褒辩士颂汉德，作《中和》《乐职》《宣布》诗三篇。武年十四五，与成都杨覆众等共习歌之……
>
> 武诣博士受业，治《易》。以射策甲科为郎，与翟方进交志相友。②

益州刺史王襄曾令王褒创作三首颂扬西汉盛世的歌诗。何武少年时，曾

---

① （汉）班固撰，（唐）颜师古注：《汉书》，中华书局1997年版，第3066页。
② （汉）班固撰，（唐）颜师古注：《汉书》，中华书局1997年版，第3481页。

经充当歌诗的演唱者，在蜀地进行表演。后来他赴长安求学，成为首都的一名经生。

《汉书·王褒传》又有如下记载：

> 久之，武等学长安，歌太学下，转而上闻。宣帝召见武等观之，皆赐帛。谓曰："此盛德之事，吾何足以当之！"
> 褒既为刺史作颂，又作其传。益州刺史因奏褒有轶材。上乃征褒，既至，诏褒为圣主得贤臣颂其意。①

何武把颂扬汉德的歌诗，从蜀地唱到长安太学。汉宣帝听说后，便令何武等人进入宫廷表演，并进行褒赏。随后又征召王褒进京，令其以"圣主得贤臣"为题撰文。王褒的《圣主得贤臣颂》全文收录在《汉书》本传中，成为一篇著名的传世之作。何武反复演唱颂扬汉德的歌诗，是他对西汉盛世的高度认可。他在太学和宫廷所作的演唱，则成为王褒创作《圣主得贤臣颂》的契机。如果没有他在京城的演唱，王褒很大程度上无缘被征召入京，更谈不上与宣帝进行面对面的交谈。何武作为一名经生，扮演了文化信息传播者的角色，也使王褒的《圣主得贤臣颂》得以诞生。"圣主得贤臣"是中国古代士人梦寐以求的理想，也是儒家核心价值观的重要组成部分。但是，把它作为篇题加以运用，王褒却是首创。当然，这是根据宣帝旨意拟定的。何武唱诗，王褒作颂，这则趣事从传播与接受的角度，反映出西汉盛世经学与文学的双向互动。

班固作为历史学家，把西汉长安经生的生活情景真实、生动地记入《汉书》，虽然不够系统，但字里行间却渗透出班氏的价值取向。寒窗之下经生们执着于经学的意志、面对利禄诱惑经生们的不同态度与行为抉择、相对自由和宽松的学术空间，这些内容的记载，对大力弘扬文化发展的当下，无疑具有启迪和借鉴意义。

（作者单位：扬州大学文学院）

---

① （汉）班固撰，（唐）颜师古注：《汉书》，中华书局1997年版，第2822页。

陈衍的《史记》文章学研究

丁恩全

陈衍（1856—1937），字石遗，是同光体诗人、经学家、史学家，也是政治家、经济学家。其诗论建构方面有突出成就，《石遗室诗话》《近代诗钞》《元诗纪事》等著作毫无疑问是近代中国诗学的重要著作。其诗歌创作成就也颇为突出，被称为"诗盟主建安""卅年主诗坛"[1]"诗坛救主"[2]等。然而，陈衍研究中也出现了一种状况，就是诗歌诗论研究几乎成为陈衍研究的全部。20世纪前期，唐文治、钱基博就已经对大家"徒称丈之诗篇"表示了不满。当代，周薇写作《20世纪以来陈衍研究述评》，把陈衍研究分为两个阶段，"80年代以前，一些诗友诗歌、民国诗话、文学史以及南社为主的革命派，对陈衍的诗话、编纂、诗歌有所评论，但多为只言片语的泛泛之论。而南社等革命派对同光体诗人的否定态度，直接导致新中国成立后陈衍在文学史上地位不尊。80年代后，一批具有特色的专题论文出现，对陈衍的诗学不同程度地作了从概念内涵到义理层面的挖掘"。所以，唐文治、钱基博所不满的现状，至今没有改变。而且，陈衍还被钱基博称为"并世文章之雄"[3]，其文章创作水平也是得到了认可的。陈衍还有两部文话著作——《石遗室论文》和《史汉文学研究法》，是他的文章学研究论著，也没有得到应有的重视。本

---

[1] 钱仲联编校：《陈衍诗论合集》，福建人民出版社1999年版，第396、401页。
[2] 邵镜人：《同光风云录》，《近代中国史料丛刊续编》第95辑，文海出版社1983年版，第233页。
[3] 钱基博：《陈石遗先生八十寿序》，载陈衍撰，陈步编：《陈石遗集》，福建人民出版社2001年版，第2167页。

文主要就《石遗室论文》《史汉文学研究法》中有关《史记》的论述,来谈谈陈衍的文章学成绩。

一

《石遗室论文》卷二《两汉》主要论述政论文,涉及叙事文学的内容较少,而《史汉文学研究法》恰恰可以弥补这个不足。所以,陈衍关于两汉散文的论述,可以参看《石遗室论文》和《史汉文学研究法》。《史汉文学研究法》收入"无锡国学专修学校丛书之四",《石遗室论文》收入"无锡国学专修学校丛书之十四",容易给人以一种错觉,就是这两部书都是陈衍任教于无锡国学专修学校期间所写。陈步编订《陈石遗集·史汉文学研究法解题》就明确说《史汉文学研究法》写于1934年,《陈石遗集·石遗室论文解题》明确说《石遗室论文》写于1936年,"为陈衍教授文论之作"。《历代文话·石遗室论文解题》也明确说《石遗室论文》是陈衍任教于无锡国学专修学校时的讲义。《石遗室论文》确实是任无锡国学专修学校教授时授课的讲义,卷一《上古至周秦》部分曾刊于《国专月刊》1936年第三卷第四期。而《史汉文学研究法》则有必要加以说明。《史汉文学研究法》有两部分刊于《国专月刊》1926年第一卷第一期和1927年第一卷第四期,题名为《史汉研究法》。据陈声暨编、王真续编、叶长青补订的《侯官陈石遗先生年谱》载,1926—1930年,陈衍基本上都在家乡,直至1931年9月,"应无锡国学专修学校唐蔚芝先生聘为讲师"[1]。而唐文治《陈石遗先生墓志铭》说:"光绪中叶,相识于嘉兴沈子培先师座中,……然踪迹犹疏。迨辛未岁门人叶长青介先生来无锡,佐余主国学专修学校讲席,……聚首七年,丁丑四月去之闽。"[2] "辛未"指1931年,"丁丑"指1937年,则《史汉文学研究法》不是陈步"题解"中所说的"作于1934年",而是1926年。

---

[1] 陈衍撰,陈步编:《陈石遗集》,福建人民出版社2001年版,第2067页。
[2] 陈衍撰,陈步编:《陈石遗集》,福建人民出版社2001年版,第2170页。

比照《史汉研究法》与《史汉文学研究法》,《史汉文学研究法》从第十一页"《魏世家》魏文侯谓李克一段,最多复笔"直至第六十二页"文章过渡法有种种"之前,第七十八页"提笔者,一段另提起"之后的内容,《史汉研究法》没有。除此之外,《史汉研究法》与《史汉文学研究法》几乎完全相同。

然而,《史汉研究法》与《史汉文学研究法》仍有几处比较重要的不同,一是《史汉研究法》开篇有一段话,《史汉文学研究法》没有。这段话是:

> 《史》《汉》所以异于《左传》《通鉴》各书者,各书编年体,事之不同时,皆更端标出年月日,惟一事而同时者,乃叙在一处。《史》《汉》则纪传体,虽百十事,皆叙于一篇之内也。[1]

陈衍说得很清楚,《史记》《汉书》是纪传体史书,与编年体史书《左传》《资治通鉴》的最大不同是"百十事,皆叙于一篇之内",纪传体的写法更符合古文创作的特点。《文心雕龙·附会第四十三》说:"首尾周密,表里一体,此附会之术也。"纪昀眉批:"附会者,首尾一贯,使通篇相附而会于一,即后来所谓章法也。"[2]《史记》《汉书》纪传体的文章恰好符合了中国传统文章"首尾一贯"的审美特点。

在"首尾一贯"的整体结构特点下,《史记》《汉书》展示了非常高明的艺术成就。陈衍的《史记》研究,就着重在艺术研究,而首要的就是机杼、线索。《石遗室论文》说:

> 作文大者为机杼(关通篇者),小者为线索(关一段以至数段者)。[3]

机杼或线索都是指叙事的整体结构安排。机杼是全篇的结构安排,线索是段落的结构安排。陈衍在《石遗室论文》中论述《左传》写战争的艺术,就特别指明了这一点。

---

[1] 陈衍:《史汉研究法》,《国学专刊》1926 年第 1 卷第 1 期,第 21 页。
[2] 黄霖:《文心雕龙汇评》,上海古籍出版社 2005 年版,第 140 页。
[3] 王水照:《历代文话》,复旦大学出版社 2007 年版,第 6681 页。

邲之战凡三千字，而有线索以贯之，则丝毫不紊矣。此战线索之最大者在地理。①

鄢陵之战，凡一千八百字，其线索之显然者为时日。②

邲之战中，晋军内部不和，详细交代晋军如何到达行军地点，恰恰是详细说明了晋军如何进退失据，而驻军地点的变化，又恰恰反映了晋军由犹豫不决到失败的全过程。所以陈衍说邲之战最大的线索在地理。鄢陵之战，以时间为序，清楚明白的交代了战争过程，所以陈衍说"线索之显然者为时日"。两个战争片段，因为线索不同，呈现出不同的面貌，也是《左传》善写战争之处。

陈衍在《史汉文学研究法》中也归纳了《史记》的叙事线索：

叠用一字为线索。……《淮阴侯传》："至南郑，诸将道亡者数十人。信度何已数言上，上不我用，即亡。何闻信亡，不及以闻，自追之。人有言上曰：'丞相何亡。'上大怒，如失左右手。居一二日，何来谒上。上且怒且喜，骂曰：'若亡，何也？'何曰：'臣不敢亡也，臣追亡者。'上曰：'若所追着谁？'何曰：'韩信也。'上复骂曰：'诸将亡者以十数，公无所追，追信，诈也。'"共八"亡"字，下文尚有"不能用信，终亡耳"句。

《司马相如列传》："天子曰：'司马相如病甚，可往悉取其书。若不然，后失之矣。'使所忠往，而相如已死，家无书，问其妻，曰：'长卿固未有书也，时时著书，人又取去，即空居。长卿未死时，为一卷书，曰：有使者来，求书，奏之。无他书。'其遗札书言封禅事，奏所忠，忠奏其书，天子异之。其书曰：……"共十"书"字。

"亡"是刘邦入蜀途中的一个关键词，组成了诸将因不愿入蜀的逃亡、韩信因不受重用的逃亡、萧何因追韩信而被误解的逃亡、刘邦因诸将尤其是萧何

---

① 王水照：《历代文话》，复旦大学出版社 2007 年版，第 6676 页。
② 王水照：《历代文话》，复旦大学出版社 2007 年版，第 6677 页。

的逃亡而愤怒等诸多情节,既突出了韩信渴望施展才干的强烈愿望,又描写了诸多人物的反应,每个人都栩栩如生。而"书"则是司马相如死后的关键词,形成了天子、所忠、司马相如及其妻的种种行动。这就是所谓的"叠用一字为线索"。然而上引《史记》文只是片断,即使"邲之战"和"鄢陵之战"也是《左传》中的片断,所以,陈衍称之为"线索",线索构成了叙事过程中关键因素,使整个事件有条不紊地呈现出来。

《石遗室论文》所论之"机杼",《史汉文学研究法》称之为"通篇命意一线到底者"。陈衍举出《史记》的《淮南王列传》《萧相国世家》《留侯世家》《信陵君列传》来说明这一点。《淮南王列传》极为详尽地叙述了淮南王犹豫不决的谋反过程,以"谋反"为机杼。

> 《萧相国世家》叙何功特简,叙何所以委曲获全者甚详。……三大段,命意一线。①
>
> 《留侯世家》始终以计策二字作主。②
>
> 此篇(《信陵君列传》)殆为太史公最得意文字。……十段言终疑公子而魏遂亡,此全传用意所在与布置大略也。③

刘咸炘在《太史公书知意》开篇就说:"史之质有三:其事、其文、其意。而后之治史者止二法:曰考证,曰评论。考其事、考其文者为校注,论其事、论其文者为评点。"④俞樟华认为《史记》的文学研究,在唐代奠定基础,宋元时期渐盛,明清蔚为大观⑤,可谓源远流长。而刘宁则认为《史记》叙事研究经历了汉魏六朝的起步阶段,唐宋的发展阶段,明清的兴盛阶段,近现代的突变阶段。在长期的《史记》文学研究过程中,人们并不是没有注意到《史记》的结构艺术,如惠栋就曾说:"《史记》长篇之妙,千百言如一句,由其线索

---

① 陈衍:《史汉文学研究法》,无锡民生印书馆民国二十三年版(1934),第 16 页。
② 陈衍:《史汉文学研究法》,无锡民生印书馆民国二十三年版(1934),第 17 页。
③ 陈衍:《史汉文学研究法》,无锡民生印书馆民国二十三年版(1934),第 23 页。
④ 《推十书》(增补全本)丙辑第一册,上海科学技术文献出版社 2009 年版,第 3 页。
⑤ 俞樟华:《评明清学者论太史公的叙事笔法》,《浙江师范大学学报》1987 年青年教师论文专辑,第 17 页。

在手，举重若轻也。"凌稚隆评《商君列传》说："通篇以法字作骨。"吴见思《史记论文》评论《张丞相列传》时说："史公作传，无不有线索贯串。而此篇线索，更异他篇，以御史大夫串。"① 然而零散见解，分布各书，不成系统。陈衍的成绩就是他几乎以专题的形式归纳了《史记》中的大量"机杼""线索"实例，理论性、集中性更强。而且，陈衍还特别指出了结构形成后的意义。

杨义在《中国叙事学·结构篇第一》中说："沟通写作行为和目标之间的模样和体制，就是结构。在写作过程中，结构既是第一行为，也是最终行为，写作的第一笔就考虑到结构，写作的最后一笔也追求结构的完成。"② 又说："结构的动词性，是中国人对结构进行认知的独特性所在，也是中国特色的叙事学贡献自己智慧的一个重要命题。"③ 陈衍当然没有在当代西方叙事学产生之前具备这样超级思辨的理论素养。然而，陈衍认识到了结构的重要作用，一篇文章一旦完成，就具备了生命的张力。有关《信陵君列传》的论述，是《史汉文学研究法》中篇幅最长的，几乎全篇抄录，并详加分析。"所叙事虽时时间以琐碎委曲者，而皆关赵魏两国安危存亡，笔力实足以举之。"④ 然后极为深入的分析了《信陵君列传》的结构及作者用意："首段……提明公子之在魏国，不啻与魏王并重也。此段又提明当是时，诸侯因公子不敢加兵谋魏。三段叙公子因琐事取忌，与全传始终取忌处相贯。四段如侯嬴、朱亥……五段叙救赵却秦始末事……六段叙公子第二次能得士……七段叙公子第三次能得士……八段叙……救魏破秦。九段点缀。十段言终疑公子而魏遂亡。……传中公子字凡一百四十七见，赞有感叹于天下诸公子，以此相形之也。"⑤ 对于司马迁的"感叹"，学者论述已有许多，此不赘述。我们需要直接说明的是，在司马迁的精心安排下，信陵君的故事结构之外，形成了一个意蕴层，使信陵君的悲剧、魏国的悲剧、司马迁的生命感叹、后代读者的理解与感悟，交织在一起，形成极为感人的动态结构。

---

① 吴见思著，陆永品点校整理：《史记论文》，上海古籍出版社2008年版，第58页。
② 杨义：《中国叙事学》，人民出版社1997年版，第34页。
③ 杨义：《中国叙事学》，人民出版社1997年版，第35页。
④ 陈衍：《史汉文学研究法》，无锡民生印书馆民国二十三年版（1934），第17页。
⑤ 陈衍：《史汉文学研究法》，无锡民生印书馆民国二十三年版（1934），第23—24页。

二

《史汉研究法》与《史汉文学研究法》的另外一个重要不同，就是《史汉研究法》有几条叶长青的按语。

在"文之用叠笔总叙者"举《周本纪》的"有二神龙止于夏后庭"一段记载之后，原按语如下：

> 此行文特用一字为间架以博其趣，然事有许多情节，舍"之"字别无可用，故想出此法，最为明白。不然，则止有简省述之，如后世欧阳修《醉翁亭记》。论者以而学公、谷，实亦本此。①

陈衍分析《史记·平原君列传》"门下一人前对曰"之语："叠用两'以君'，而极有神致。"叶长青的按语是：

> 此条以复笔为姿态。②

"文之最重叠者，莫如《檀弓》"条引用石祈子语后，有叶长青的按语：

> 此节四沐浴佩玉，有四层意，与《论语》"觚不觚"同。③

"文章过渡法有种种"下《史记·项羽本纪》例证后有叶长青按语：

> 项梁已叙在前，故下不用叙梁来历，此为文章审势法。④

---

① 陈衍：《史汉研究法》，《国学专刊》1926年第1卷第1期，第23页。
② 陈衍：《史汉研究法》，《国学专刊》1926年第1卷第1期，第24页。
③ 陈衍：《史汉研究法》，《国学专刊》1926年第1卷第1期，第26页。
④ 陈衍：《史汉研究法》，《国学专刊》1926年第1卷第1期，第28页。

上引数条按语说明《史汉研究法》在发表时经过了叶长青的整理。但我们更感兴趣的是以下两条按语。

第一条在"司马迁叙事长篇者，多用是时、当是时提振，且以结束上文"下，按语如下：

> 凡同时另叙事，恐其头绪不清者，用是时、当是时提起。何以患其不清，以上文所叙事已杂乱，而此事又与上文意不相连也，如走乱山丛杂之中，忽得一关隘然。①

第二条在"文之用叠笔总叙者"下，原按语如下：

> 叙同时同类事，每用叠笔者，欲其有条不紊，然事有繁简，句法不妨参差。②

叶长青的这两条按语讲述的是，在叙述同时发生的两件或更多的事件时，如何保持"有条不紊，清楚明白"。我们知道，在日常生活中，可以同时发生很多事件，在叙事上，这些同时发生的两件或更多的事件不可能同时叙述，这就造成了叙事时间与故事时间的不同。当代叙事学区分了故事时间和叙事时间，故事时间是现实生活中事件自然发展的时间顺序，叙事时间是文学家作品中呈现出来的时间，二者往往是不一致的，法国叙事学称故事时间与叙事时间的不一致为"时间倒错"。这两条按语涉及的就是陈衍论述《史记》叙事的时间倒错。陈衍的《史汉文学研究法》开篇即以《项羽本纪》和《匈奴列传》为例对司马迁叙事的时间倒错做出了阐释。

司马迁叙事长篇者，多用"是时""当是时"提振，且以此结束上文。《项羽本纪》凡用"当是时""此时"等十三处，为最多。③

---

① 陈衍：《史汉研究法》，《国学专刊》1926 年第 1 卷第 1 期，第 21 页。
② 陈衍：《史汉研究法》，《国学专刊》1926 年第 1 卷第 1 期，第 23 页。
③ 陈衍：《史汉文学研究法》，无锡民生印书馆民国二十三年版（1934），第 1 页。

《匈奴列传》前以"当是之时""是时"提掇者凡五处,后用"其三年""其明年""前六年""后二年""十四年""后四岁""后岁余""其冬""其秋""其夏""汉元鼎三年""元封六年""太初三年""太初四年",先后间出,略则百年廖绝,详则岁记春秋,或作起,或作结,或指在某人前,或指某事之后,如久者则曰"其后三百有余岁""其后二百有余岁""其后百有余年""其后六十有五年""其后四十四年""其后二十有余年",以至"后十余年",其最久者曰"自淳维以至头曼,千有余岁"以总结上文也。其最重要者,曰"当是之时"……历数其强盛时代。以下则改用"自是之后"以为节目……皆匈奴渐弱时代。①

陈衍这两段话就展示了不同的时间倒错。一是使用"是时""当是时"补叙同时发生的事情。《项羽本纪》中使用了十三处之多,但最重要的是有关彭越的三次。第一次是刘邦部队被项羽围困于荥阳,刘邦使用纪信的计策骗过了项羽,逃出了荥阳,项羽一路追击,刘邦一路逃跑,最为危急的时候,"是时,彭越渡河击楚东阿,杀楚将军薛公。项王乃自东击彭越"②,解除了刘邦被追击的窘境。第二次是项羽军队和刘邦军队在广武对峙时,"当此时,彭越数反梁地,绝楚粮食,项王患之"③。项羽不能把所有的兵力用于围剿自己最大的敌人。第三次是项羽军队和刘邦军队在广武对峙时,刘邦受伤,项羽听说韩信击败了龙且的军队,占领了齐,"是时,彭越复反,下梁地,绝楚粮。项王……乃东,行击陈留、外黄"④。实际上再次解除了刘邦的危机。这三次补叙的作用,陈衍说得很明白,"言彭越牵楚",这种补叙有推动情节发展的作用。而《匈奴列传》中使用"是时""当是之时",还有"自是之后"的作用与《项羽本纪》中关于彭越的叙述的作用不同。陈衍认为比较重要的几次是:

---

① 陈衍:《史汉文学研究法》,无锡民生印书馆民国二十三年版(1934),第1页。
② (汉)司马迁:《史记》,中华书局1959年版,第327页。
③ (汉)司马迁:《史记》,中华书局1959年版,第327页。
④ (汉)司马迁:《史记》,中华书局1959年版,第329页。

当是之时，秦晋为强国。晋文公攘戎翟，居于河西圁、洛之间，号曰赤翟、白翟。秦穆公得由余，西戎八国服于秦，故自陇以西有绵诸、绲戎、翟、獂之戎，岐、梁山、泾、漆之北有义渠、大荔、乌氏、朐衍之戎。而晋北有林胡、楼烦之戎，燕北有东胡、山戎。各分散居谿谷，自有君长，往往而聚者百有余戎，然莫能相一。①

当是之时，东胡强而月氏盛。匈奴单于曰头曼，头曼不胜秦，北徙。十余年而蒙恬死，诸侯畔秦，中国扰乱，诸秦所徙适戍边者皆复去，于是匈奴得宽，复稍度河南与中国界於故塞。②

是时汉兵与项羽相距，中国罢于兵革，以故冒顿得自强，控弦之士三十余万。③

是时汉初定中国，徙韩王信于代，都马邑。匈奴大攻围马邑，韩王信降匈奴。匈奴得信，因引兵南逾句注，攻太原，至晋阳下。高帝自将兵往击之。④

自是之后，孝景帝复与匈奴和亲。⑤

自是之后，匈奴绝和亲。⑥

于是汉遂取河南地，筑朔方。⑦

是后匈奴远遁，而漠南无王庭。⑧

前四条是补足背景资料，陈衍认为，它们分别介绍了"战国时中外相接形势""秦末中外相接情形""汉初匈奴情形"。后三条是补足情节。陈衍注意到前四条写的是匈奴"强盛时代"，后三条写的是匈奴"渐弱时代"，又构成了叙事暗线。

---

① （汉）司马迁：《史记》，中华书局1959年版，第2883页。
② （汉）司马迁：《史记》，中华书局1959年版，第2887—2888页。
③ （汉）司马迁：《史记》，中华书局1959年版，第2890页。
④ （汉）司马迁：《史记》，中华书局1959年版，第2894页。
⑤ （汉）司马迁：《史记》，中华书局1959年版，第2904页。
⑥ （汉）司马迁：《史记》，中华书局1959年版，第2905页。
⑦ （汉）司马迁：《史记》，中华书局1959年版，第2906页。
⑧ （汉）司马迁：《史记》，中华书局1959年版，第2911页。

杨义在《中国叙事学》一书中说补叙使"时间超出现有叙事中心",叶长青的按语用不同的语言做出了阐述:"凡同时另叙事,恐其头绪不清者,用是时、当是时提起。何以患其不清,以上文所叙事已杂乱,而此事又与上文意不相连也。"

陈衍特别注意到了《匈奴列传》中的一种特殊的叙事情形:

> 用"其三年""其明年""前六年""后二年""十四年""后四岁""后岁余""其冬""其秋""其夏""汉元鼎三年""元封六年""太初三年""太初四年",先后间出,略则百年廖绝,详则岁记春秋,或作起,或作结,或指在某人前,或指某事之后,如久者则曰"其后三百有余岁""其后二百有余岁""其后百有余年""其后六十有五年""其后四十四年""其后二十有余年",以至"后十余年",其最久者曰"自淳维以至头曼,千有余岁"以总结上文也。

这就是当代叙事学提出的"省略",指"与故事时间相比较,叙事时间为零"①。陈衍没有像当代文艺理论家提出叙事学中的"省略"概念,却觉察到了这种现象,"略则百年廖绝,详则岁记春秋,或作起,或作结,或指在某人前,或指某事之后",其叙事妙处就是既总结了上文,又极巧地过渡到了其后的叙事。

关于《史记》的叙事时间倒错,陈衍称之为"提笔",或"提振""提掇",他还有一段总结性的话:

> 提笔者,一段另起,与上文或断或连者也,亦分种种。最寻常者,用年月,用"此时""是时",用"尝"(如某尝某某)。追溯者,用"初",用"方",用"自",用"向",用"始",用"之也"(如某某之某某也)。承前说,用"及"用"既"(如某既某某),用"久之",用"至",用"后若干年"。另起者,用"某人为某事""某人欲为某事""某处某

---

① 罗钢:《叙事学导论》,云南人民出版社 1994 年版,第 146 页。

某""某某曰最别者",如《留侯世家》之"留侯乃称曰"云云。①

上面这段话涉及了倒叙、补叙、插叙、省略等各种叙事时间倒错现象,不能不说陈衍的归纳法使用已经非常到位了。

关于这个问题,陈衍之前的评论家论述也很多。如吴见思评《项羽本纪》时说:"中间总处、提处、间接处、遥接处,多用'于时'、'当是时'等字。"②然而,要谈到分析叙事时间变化在每一篇文章中的不同表现及其作用,又加以全面概括的,就只能说陈衍了。

三

陈衍论述《史记》叙事艺术的其他方面,本文不再一一总结。还有一点值得注意的,就是陈衍论文章的模拟写作。这个问题,古人的论述很多,陈衍的优点是他展示了众多文学模拟现象实例,从中得出了非常中肯的结论。

《史汉文学研究法》本来就是通论《史记》和《汉书》的,陈衍在每种艺术特征的概括中一般都涉及二书,所以关于《汉书》与《史记》的相同点,《史汉文学研究法》中已经有许多论述。陈衍在《石遗室论文》卷二中也有一些论述。如:

> 班孟坚《王贡两龚鲍传》,首先历举古来自洁之士,次历举当时清名之士,以为王吉辈发端。传中插入邴汉、邴曼容等,传末复旁及诸清名之士,此班书之规模《史记·孟荀列传》者。③

> 唐顺之谓《汉书·金日䃅传》"段段结束,用《郭解传》体"。此知其然,当知其所以然也。郭解一闾里小人,无伟大事业,须连篇累牍而后详者,所传皆矫情好名,与睚眦之怨,暗中杀人诸事,故可以段段结束,不

---

① 陈衍:《史汉文学研究法》,无锡民生印书馆民国二十三年版(1934),第78页。
② 吴见思著,陆永品点校整理:《史记论文》,上海古籍出版社2008年版,第14页。
③ 王水照:《历代文话》,复旦大学出版社2007年版,第6711页。

相牵连。金日䃅官爵虽贵,亦无伟大事业,须连篇累牍而后详者,所传皆小心谨慎事,故亦可以段段结束,不相牵连。①

陈衍总体上认为班固《汉书》和司马迁《史记》的不同审美特点是"马欲恣肆,班欲严谨"②。以"鸿门宴"这一著名历史故事为例,《汉书·项籍传》就"将(《史记》)所有描写神情处……删节殆尽",《汉书·樊哙传》也不详其事,就导致《史记》中脍炙人口的故事失去了传奇性。

正因为班固《汉书》从《史记》里吸收了大量营养,写作模拟也就成为《史汉文学研究法》不可避免的问题。《史汉文学研究法》结尾有一段论述:

> 后人文章多从规仿前人来,能稍变化,则亦不厌矣。③

陈衍认为,中国之学术本就有源流,比如《汉书·艺文志》载"儒家者流,盖出与司徒之官"等等,但是我们不能把"儒家"和"司徒之官"等同起来,"司徒之官"已经消亡了,在此基础上建设的"儒家"作为思想文化却被继承下来了。文章正如学术,本来就是"规仿前人来",只要能够"变化",就可以了。陈衍于《石遗室论文》中曾极为具体的比较了《汉书·李陵传》《史记·李广列传》《史记·淮阴侯列传》《史记·赵世家》《史记·伍子胥列传》,认为班固"难得此好题目,可与史迁竞胜","特附一传于《李广传》后",可以"继美太史公之《李广传》,中叙陵苦战一大段,直逼《史记·淮阴侯列传》《项羽本纪》。传末悽惋处,直兼伍子胥、屠岸贾二事情景"。④

不仅是《汉书》学习《史记》,文学史上模拟现象还有许多,《石遗室论文》中就列出了不少。"《史记·陆贾传》载贾说南越王赵佗说,司马相如本之以为《喻巴蜀檄》"⑤,韩愈的《画记》"直叙许多人物,从《尚书·顾命》脱化

---

① 王水照:《历代文话》,复旦大学出版社 2007 年版,第 6711 页。
② 陈衍:《史汉文学研究法》,无锡民生印书馆民国二十三年版(1934),第 104 页。
③ 陈衍:《史汉文学研究法》,无锡民生印书馆民国二十三年版(1934),第 105 页。
④ 王水照:《历代文话》,复旦大学出版社 2007 年版,第 6702 页。
⑤ 王水照:《历代文话》,复旦大学出版社 2007 年版,第 6686 页。

而来","中间一段,又从《考工记·梓人职》脱化而来"①等。

对于这种现象,陈衍《石遗室论文》较之《史汉文学研究法》说得更加明白:

> 生古人后,于古人文章佳处,不禁效法,然贵能变化,求其神似,勿徒求其形似,则善矣。②

陈衍举了一个例子,杨恽《报孙会宗书》中有一段话:"臣之得罪,已三年矣。田家作苦。岁时伏腊,烹羊炰羔,斗酒自劳。家本秦也,能为秦声。妇赵女也,雅善鼓瑟。奴婢歌者数人,酒后耳热,仰天抚缶而呼乌乌。其诗曰:'田彼南山,芜秽不治。种一顷豆,落而为萁。人生行乐耳,须富贵何时!'是日也,拂衣而喜,奋袖低昂,顿足起舞,诚淫荒无度,不知其不可也。"邱迟《与陈伯之书》改为:"将军松柏不剪,亲戚安居,高台未倾,爱妾尚在;悠悠尔心,亦何可言!""暮春三月,江南草长,杂花生树,群莺乱飞。见故国之旗鼓,感平生于畴日,抚弦登陴,岂不怆恨!"柳宗元《答许孟容》又加以变化:"今世礼重拜扫,今已缺者数年矣。每遇寒食,则北向长号,以首顿地,想田野道路,士女遍满,皂隶佣丐,皆得上父母丘墓,马医夏畦之鬼,无不受子孙追养者,然此已息望,又何以云哉!"三篇文章都使用了情景交融、悲喜互衬的写法,陈衍认为这就是"貌异心同",是一种高明的"效法"。

唐文治在《石遗室丛书总序》中说:

> 其论贾捐之《罢珠崖对》,则得袭古变化之法。③

唐文治所论指《石遗室论文》卷二论述贾捐之《罢珠崖对》,陈衍认为《罢珠崖对》"命意与淮南王安《谏伐闽越书》大致相同,而结构整饬,陈义正大",尤其是文中"当此之时,寇贼并起,军旅数发,父战死于前,子斗伤于后;女子乘亭障,孤儿号于道,老母寡妇饮泣巷哭,遥设虚祭,想魂乎万里之

---

① 王水照:《历代文话》,复旦大学出版社 2007 年版,第 6731 页。
② 王水照:《历代文话》,复旦大学出版社 2007 年版,第 6700 页。
③ 陈衍撰,陈步编:《陈石遗集》,福建人民出版社 2001 年版,第 2163 页。

外"一段,"后世李华《吊古战场文》、苏轼《谏用兵书》等篇,屡扬其波。至清代曾涤生,犹数用'寡妇夜哭'等语而不厌"。

实际上,陈衍论述模拟还有一定的时代意义。胡适《文学改良刍议》提出的"八事",第二就是"不摹仿古人"[①],陈独秀则在《文学革命论》一文中借批评韩愈"文犹师古"来批评古文创作[②],这两部指导性文献确定了新文化运动的文学发展方向。所以,许多被称之为文化保守主义的学者写了不少论文批评这个观点。如吴芳吉《再论吾人眼中之新旧文学观》的批评最为稳妥、最有代表性:"即自新派本身言之,要其较为特出之士,冠冕于一党者,不过二三。……而所谓二三首领者,虽于本国文学不屑摹仿,于外国文学依然摹仿甚肖,且美其名曰欧化。倘自新派惯于骂人之恶意言之,是亦一种变相奴性。""夫由摹仿而创造,由创造而树立,其致力也,固未可以躐等。""大凡摹仿之范围愈狭,则其成器亦小,摹仿之范围愈广,而流弊愈小,原不可以一家一书自足,其必取法百家,包罗万卷,则积之也多,出之也厚,虽处处为摹仿,而人终不自觉。古今鸿篇钜制,号为创造之文者,谁非摹仿最广者得来耶?"[③]陈衍对于模拟的论述与吴芳吉何其相似!甲寅派的声音被新文化运动碾压而过,归于无声无息,陈衍等人的议论与之同时或稍后,最终也沉沦于历史的长河。

四

唐文治在《石遗室丛书总序》中说:

> 文章义法,至史汉大备。自来研究史汉者,史则有明代归氏、清初方氏、近代张氏濂亭、吴氏挚甫,汉则有姚氏姬传、张氏皋文,然皆行墨评点,或语焉而不详。先生著《史汉文学研究法》,於书中提振、叠句、线

---

① 胡适著,欧阳哲生编:《胡适文集》第2集,北京大学出版社1998年版,第6页。
② 陈独秀:《独秀文存》第一册,上海亚东图书馆1922年版,第137页。
③ 吴芳吉:《再论吾人眼中之新旧文学观》,《学衡》1923年第21期,第4—6页。

索、曲折、描写、层次、抑扬、倒句、倒叙、连锁以及提挈纲领诸法，如数家珍，譬诸科学家分析法、解剖法，悉中腠理，物无遁形，何其精而入神也。……往者闽林琴南同年，作韩柳文研究法，颇有见地，然于线索要领，不免阙如。先生先得我心，于《史》《汉》二书中无义不收，捭阖纵横，可乐而玩，讵非文苑中之宝钥哉！……以文学论，已度尽金针矣。[①]

这段话首先指出明清以来的《史记》研究的代表人物：明代归有光，清代方苞，近代张裕钊、吴汝纶。

关于归有光的《史记》评点，林纾《春觉斋论文·述旨》有过一段评论：

> 章实斋著《文史通义》，可云解得文中甘苦矣，然亦患主张太过，且往往自乱其例。其讥归震川用五色笔评《史记》也甚，"若者为全篇结构，若者为逐段精彩，若者为意度波澜，若者为精神气魄，以例分类，便于拳服揣摩，号为古文秘传"云云，意实不以为可。愚则谓震川之评《史记》，用联圈处，其妙尚易见（即原本丹朱笔）；若每句用三角形加于其旁者（原本黄笔），始为震川之用心处，亦为《史记》文法之宜研究处。且其连用三角形者，或提醒文之命脉，或点清文之筋节，至于单句之上用单三角形者，尤震川独得之秘诀。余著《震川史记评点发明》，大要即标举文中之之顶笔，或遥醒文中之伏线耳。震川深识文中三昧，评骘之本，安可厚非？[②]

章学诚论述归有光五色笔评《史记》，见《文史通义·文理》。章学诚说：

> 偶于良宇案间，见《史记》录本，取观之，乃用五色圈点，各为段落反覆审之，不解所谓。询之良宇，哑然失笑，以谓已亦厌观之矣。其书云出前明归震川氏，五色标识，各为义例，不相混乱。若者为全篇结构，若者为逐

[①] 陈衍撰，陈步编：《陈石遗集》，福建人民出版社2001年版，第2160—2161页。
[②] 王水照：《历代文话》，复旦大学出版社2007年版，第6329—6330页。

段精彩，若者为意度波澜，若者为精神气魄，以例分类，便于拳服揣摩，号为古文秘传。前辈言古文者，所为珍重接受，而不轻以示人者也。①

归有光的五色笔评点《史记》，就像"五祖传灯"，连章学诚这样的大师都"不解所谓"。林纾作《震川史记评点发明》，也类似于猜谜。且不论归有光的认识高明与否，这样的评点方法，确实需要改进。

据光绪二年正月武昌张氏刊本归有光评点《史记》后附的方望溪评点，可知方苞评点方法与归有光几乎没有实质上差异。吴汝纶有《桐城先生点勘〈史记〉》一书，勘则校勘，点则除圈点外，略有评语。以上诸家确实像唐文治所说"行墨评点，语焉而不详"。所以，唐文治特别点出陈衍就像科学家一样，使用分析法、解剖法探讨《史记》"提振、叠句、线索、曲折、描写、层次、抑扬、倒句、倒叙、连锁以及提挈纲领诸法"，一切都清楚明白，"悉中腠理，物无遁形，何其精而入神也"。

陈衍在《戊戌变法摧议·议学篇》中建议"小学堂各设中西教习"，《议译篇》提出翻译西学书籍的方法："一各省多设译书局。一出使大臣，访其国之要书，而选译之。一上海有力书贾，好事文人，广译西书出售。"而陈衍自己同日本人河濑仪太郎翻译了《货币制度论》《银行论》《商业经济学》《商业地理》《商业开化史》《商业博物志》《日本商律》《破产律》等。"中国译书中第一次使用'经济学'这个词的正是陈衍；介绍西方'破产法'的也是陈衍。"② 陈衍受到的西学影响使他能够在一定程度上使用西学方法研究《史记》。

然而，陈衍出于对"旧学"的保护，没有能够使用最先进的方法。据《史记研究集成》的统计，20世纪上半叶，出版的《史记》研究论文有一百一十多篇，著作有几十部，陈衍的《史汉文学研究法》没有像梁启超《中国历史研究法》和李长之的《司马迁之人格与风格》那样全面地运用西方传入的新的研究方法，导致陈衍的《史记》研究受到了方法论限制。

---

① （清）章学诚著，叶瑛校注：《文史通义校注》，中华书局1985年版，第286页。
② 吴硕：《读陈衍的〈戊戌变法摧议〉及其他》，《学术月刊》1999年第11期，第107页。

五

唐文治在《石遗室丛书总序》中说：

> 抑先生精于历史地理，原不尽于文学，尝语文治谓日本流传有汉张骞所撰《西南夷传》，详于班书泰半，盖班氏剿袭张骞所为而未全者。又谓日本精究史地，日新月异，其地理学会中人，动以亿万计，吾国亟宜提倡之。足征先生所学，志在匡时，然即以文学论，已度尽金针矣。[①]

"志在匡时"，实际上也是陈衍文章学理论的目的。陈衍一直关注"学"的问题，一如上文所引之《戊戌变法摧议》。陈衍任学部官员时，写过三封信，反映自己的思想，于1910年写作《与唐春卿尚书论存古学堂书》，于1911年写作《与秦右衡学使书》《与俞碓士学使书》。在《与唐春卿尚书论存古学堂书》中，陈衍表达了对旧学的担忧。"今之议者曰，国之所以不竞者，旧学有余，新学不足也。既曰古矣，焉用存？"所以对于教授旧学的存古学堂，人们认为没有存在的必要，以至于"百方欲去之"。陈衍认为旧学是中国"国之所以为国"的本体性存在，如果"悉丧其所有，国不既亡矣乎！宁待种类澌灭而后为亡哉！"而新式学校教育已经出现了问题，"号称学子者，有书贾编纂纰缪百出之课本为教育之具"，"卒业试卷，误书讹字满纸，支离不可句读"。《与秦右衡学使书》继续表达了相关内容，"自书契以来，数千年之学术，陵夷衰微，至于今日，殆不可救"，"朝廷命之兴学，则遣识字不多之夫……彼以为周公仲尼之学之道，皆不可以教学子"。作为中国旧学的代表性内容之一的古文，也作为"谬种"而退出了历史舞台。陈衍的担忧与无锡国专的校长唐文治，以及许多教师的想法是不谋而合的。

唐文治在《石遗室丛书总序》还说过一句分量非常重的话："吾人不读中国之经，不识中国之字，不得为中国人也。"与陈衍的忧心忡忡，感念"读书

[①] 陈衍撰，陈步编：《陈石遗集》，福建人民出版社2001年版，第2160—2161页。

种子可以不绝于中国"相比，唐文治的忧心程度丝毫不亚于陈衍。唐文治在《陈石遗先生墓志铭》一文中屡次称颂陈衍的"经术文章"，自己也在《国专月刊》1936年第二卷第五期发表《阳明学为今日救国之本论》，1937年第四卷第五期发表《孝经救世篇》，1937年第五卷第一期、第二期发表《孝经救世篇》卷五（续上）等文章，意指与陈衍相同。可见唐文治为陈衍写作《陈石遗先生墓志铭》《石遗室丛书总序》，陈衍为唐文治写作《太仓唐茹经先生全书总叙》，并不是相互吹嘘一番，而是志同道合者的互相勉励与惺惺相惜。

总之，陈衍之论《史记》，既体现了他的文章学贡献，又体现了他的社会价值观，在陈衍文章创作及理论研究极为薄弱的情况下，有必要略加概述，以抛砖引玉。

（本文已发表于《文学遗产》2014年第3期）

（作者单位：周口师范学院中文系）

从亦子亦史到亦经亦史

——《史》《汉》之际历史撰述探微

马铁浩

《史记》这一被后世列为纪传体正史之首的著作,产生于诸子百家纷纭论史的时代之后。秦始皇焚书中有"诸子百家语",亦包括先秦诸子之史学。司马迁在继承《春秋》学的传统之外,也继承了诸子论史通于古今的传统。但是,由于经学时代的学术氛围,在班固的《汉书·艺文志》中,《太史公》和冯商所续《太史公》,以及《太古以来年纪》《汉著记》《汉大年纪》等史书,一并被归于《艺文志》的"六艺略"春秋家,成为经学的附庸。从此,史学从诸子时代步入经学时代。后世正史虽效法《汉书》断代为史,以经学的惩恶劝善之旨融于史学的实录直书之中,但却以犹存战国纵横家风的《史记》为其权舆,由此遮蔽了《史记》的诸子书性质。汉代以降,学者以子视《史记》者鲜矣,独清人章学诚云"《太史》百三十篇,自名一子"[1]。从《史记》到《汉书》一百七十余年之间,史学的变迁是怎么发生的?在二者之间,是什么扭转了时代的学术风气?本文旨在追寻《史》《汉》之间历史撰述的发展脉络,然不以其思想之异入,亦不以其体例之异入,而是从比较二书的目录学归属出发,抽绎出两汉之际史学从亦子亦史到亦经亦史的演进轨迹。

---

[1] (清)章学诚著,叶瑛校注:《文史通义校注·释通》,中华书局1985年版,第373页。

一、亦子亦史：《史记》前后的著述形态

亦子亦史，可谓战国秦汉时期著述的一种重要形态。从战国时代的《孟子》《荀子》《韩非子》开始，诸子书便往往凭借历史中的古人言行来立论，尤其是《韩非子》，以说理提挈故事，又以故事佐证说理，成为其表达思想的基本特征。孔子以为"欲载之空言，不如见之于行事之深切著明"①，所以作《春秋》以行褒贬；先秦后期的诸子，在这个意义上，完全可以视为《春秋》的流裔，《史记·十二诸侯年表序》便指出荀卿、孟子、公孙固、韩非等捃摭《春秋》之文以著书。与此同时，有一些以"春秋"命名的著述，却出之以诸子之体，而与史书相去甚远，如《晏子春秋》《虞氏春秋》《吕氏春秋》《楚汉春秋》等，刘知幾曾指出它们与"春秋家"的区别："又案儒者之说春秋也，以事系日，以日系月；言春以包夏，举秋以兼冬，年有四时，故错举以为所记之名也。苟如是，则晏子、虞卿、吕氏、陆贾，其书篇第，本无年月，而亦谓之春秋，盖有异于此也者。"②《晏子春秋》等书皆出于战国至秦汉之际，以"春秋"名书，却与编年无涉，除《楚汉春秋》被《汉志》列入"六艺略"春秋家之外，其他三书皆被列入"诸子略"，《晏子春秋》《虞氏春秋》入儒家（前者《汉志》省"春秋"二字），《吕氏春秋》入杂家。对于这种诸子模拟"圣经"的情形，战国时已有质疑之音，但在当时自由的时代风气中，诸子与圣人虽有贵贱之别，但为书题名并不因此而忌讳，且很快蔚然成风。《孔丛子》载战国游说之士虞卿著书之时，魏齐质疑其命名不当袭《春秋》经，孔子六世孙子顺却坦然接受，并援《晏子春秋》为例，以"贵贱不嫌同名"解之，其《执节》篇云："虞卿著书，名曰《春秋》。魏齐曰：'子无然也。《春秋》，孔圣所以名经也，今子之书，大抵谈说而已，亦以为名何？'答曰：'经者，取其事常也。可常，则为经矣。是不为孔子，其无经乎？'齐问子顺，子顺曰：'无

---

① （汉）司马迁：《史记·太史公自序》，中华书局 1959 年版，第 3297 页。
② （唐）刘知幾著，（清）浦起龙释：《史通通释·六家》，上海古籍出版社 2009 年版，第 7 页。

伤也。鲁之史记曰《春秋》，《春秋经》因以为名焉，又晏子之书亦曰《春秋》。吾闻太山之上，封禅者七十有二君，其见称述，数不盈十，所谓贵贱不嫌同名也。'"[1] "经者取其事常""可常则为经"，这种朴素的认识，使得诸子百家都可以效法圣人，表达自己的历史见解。汉代独尊儒术之后，"经"便为儒家所垄断，其历史意识也随之儒学化甚至僵化了。

这些亦子亦史的著述，在近几十年的出土文献中获得了大量的例证，可称之为"事语"类古书。它们大多是诸子百家引用的故事传说，包括三皇五帝故事、唐虞故事、三代故事和春秋战国故事，而尤以后者为多。20世纪70年代马王堆帛书中发现有两种书，以记言为主，而又不舍事言理，整理者将其命名为《春秋事语》和《战国纵横家书》。20世纪90年代，上博楚简中又发现和《春秋事语》《战国纵横家书》类似的约二十种古书。这些"事语"类著作是诸子时代最有代表性的史书，数量大，范围广，其亦子亦史的形态与上文论及的诸子家言及名拟《春秋》者是颇有相通之处的。

《史记》问世的时代，子书具有历史化倾向，史书具有诸子书特色，亦子亦史，战国以降的著述形态，对司马迁书产生了重要影响。近代学者论《史记》纪传体例，常追溯至谱牒书《世本》，认为"本纪""世家""列传"因袭于"帝王""诸侯""卿大夫"，"表"因袭于"氏族""谥法"，"书"因袭于"居篇""作篇"等。谱牒固然可以视为《史记》的一个来源，但其"成一家之言"的著述宗旨却不能不与当时诸子百家语即事言理的风气有关，不能不与亦子亦史的著述形态有关。《史记》本名《太史公》，或云《太史公书》，故汉代学者言及其书，多与诸子并称，或迳以其为诸子家言。桓宽《盐铁论·毁学》："大夫曰：司马子言：'天下穰穰，皆为利往。'"[2] 称引司马迁语，犹如孟子、荀子、庄子等以人名其书者也。扬雄《法言·问神》："或曰：《淮南》《太史公》者，其多知与？曷其杂也！"[3]《君子》篇又曰："《淮南》说之用，不

---

[1] 傅亚庶：《孔丛子校释》，中华书局2011年版，第373页。据《史记·平原君虞卿列传》，虞卿著书在魏齐卒后，二者必有一误，不知孰是。
[2] 王利器：《盐铁论校注》，中华书局1992年版，第230页。
[3] 汪荣宝：《法言义疏》，中华书局1987年版，第163页。

如《太史公》之用也。《太史公》，圣人将有取焉；《淮南》，鲜取焉尔。"① 桓谭《新论·正经》："通才著书以百数，惟太史公为广大，余皆丛残小论。"② 时人以司马迁书与诸子并言，却并非无视其区别，否则便直接以其为诸子书，何以又别之于诸子之外呢？《史记》虽亦属一家之言，但其"史"的性质使其跳脱出诸子之外，并不以宣扬道术为旨归。之所以和诸子并论，关键是其秉承了战国时代纵横捭阖、自由奔逸的时代风气，与汉代郡县制一统帝国的儒学氛围相去悬远。无论从政治稳定还是经学一统而言，《史记》都与这一新时代格格难入。因此，《汉书·东平王传》载元帝崩后，东平王"后年来朝，上疏求诸子及《太史公书》，上以问大将军王凤，对曰：'……诸子书或反经术，非圣人，或明鬼神，信物怪；《太史公书》有战国纵横权谲之谋，汉兴之初谋臣奇策，天官灾异，地形厄塞，皆不宜在诸侯王。不可予'"③。

亦子亦史的著述形态在《史记》成书之后，依然绵延下去，刘向的诸多著作便是显例，如《新序》《说苑》等，它们为班固所引据，对《汉书》犹然产生间接的影响。只是刘向之书浓郁的儒家经学色彩，荡涤了《史记》之前的战国文化精神，亦子亦史徒留躯壳，至《汉书》中便再也找不到这种意味了。刘向作为楚元王之后，其家学难免楚国盛行的道家和神仙家的风气，但后来跌宕的政治生涯，使刘向与道家和神仙家渐行渐远。元帝时期弘恭、石显及外戚许、史专权，成帝时期外戚王氏又取而代之，这成为困扰宗亲刘向一生的政治难题。他一面幻想天下为公，一面希望人君能够尊贤纳谏，儒学的通经致用由此成为其自觉的学术选择。在著述体例上，他善于借古讽今，对大量"事语"类古史进行儒学化改造，以合其论政之需。元帝永光四年，因石显用事，周堪疾瘖，不能言而卒，张猛被迫自杀，"更生伤之，乃著《疾谗》《摘要》《救危》及《世颂》，凡八篇，依兴古事，悼己及同类也"④。后刘向睹赵、卫之属起微贱，逾礼制，"故采《诗》《书》所载贤妃贞妇，兴国显家可法则，及孽嬖乱亡者，序次为《列女传》，凡八篇，以戒天子"，"及采传记行事，著《新序》

---

① 汪荣宝：《法言义疏》，中华书局1987年版，第507页。
② 朱谦之：《新辑本桓谭新论》，中华书局2009年版，第41页。
③ （汉）班固：《汉书》，中华书局1962年版，第3324页。
④ （汉）班固：《汉书》，中华书局1962年版，第1948页。

《说苑》凡五十篇奏之"。[1] 所谓"依兴古事""采传记行事"，都表明刘向著作与历史记载的渊源关系。因此从唐代刘知幾开始，以史家矩矱讥刘向《新序》《说苑》等书，便成为相沿不断的习气。刘向诸书为史书还是儒者之书，自然以《汉志》以其列入"诸子略"儒家的学术流别最得本真，这合乎刘向"以著述当谏书"[2]"冀以感悟时君"[3]的宗旨，亦合乎"其余者浅薄，不中义理，别集以为百家"[4]的裁夺标准，但其亦子亦史的特征仍是不容抹煞的。只是其书的诸子之体中，开始濡染上浓郁的经学色彩，失却了前此诸书自由奔逸的战国精神。徐复观曾考察《新序》《说苑》对《韩诗外传》、《春秋》及三传、《论语》《老子》及其他诸子百家的征引情形，认为二书大量引用孔子及《春秋》的材料，说明孔子在刘向心目中具有特别地位；又云因荀子主张天人分途，与董仲舒天人感应之说背反，故征引《荀子》无多；又云二书采《老子》之说，在政治上已无多大意义，而特转重在人生处世的态度，与汉初言黄老者大不同；且因管子"可以晓合经义"、晏子"皆合六经之义"[5]之故，引管、晏皆在其他诸子百家之上。[6] 这些特征表明亦子亦史的著述形态正逐渐走向终结，经学思想的渗入，使其徒具形式而已。刘向借事以言理，据历史以规谏现实，除却其政治关怀，并不乏历史意趣，对汉代史事的记载更是具有重要历史价值。班固时采其说以入《汉书》，不仅包括史料的采择，更突出其伦理或政治上的训诫意义，彰显出刘向经学思想的深刻影响。

二、史籍的经学化历程：从《史记》续补到《汉书》成书

从《史记》至《汉书》的学术转向不是一蹴而就的，其间一百七十余年

---

[1] （汉）班固：《汉书》，中华书局1962年版，第1957—1958页。
[2] （清）谭献：《复堂日记》，《半厂丛书初编》本，光绪十五年（1889），第23页。
[3] （清）朱一新：《无邪堂答问》卷四，中华书局2000年版，第161页。
[4] （汉）刘向：《说苑序奏》，载向宗鲁：《说苑校证》卷首，中华书局1987年版，第1页。
[5] （汉）刘向：《管子书录》《晏子叙录》，载（清）严可均：《全上古三代秦汉三国六朝文》，中华书局1958年版，第332页。
[6] 徐复观：《刘向〈新序〉、〈说苑〉的研究》，载《两汉思想史》第三卷，华东师范大学出版社2001年版，第48—56页。

的漫长岁月，司马迁开创的纪传体传统一直在延续，班、马之间史学的主流是在对《史记》的续补中逐渐演进的。《后汉书·班彪传》："武帝时，司马迁著《史记》，自太初以后，阙而不录，后好事者颇或缀集时事，然多鄙俗，不足以踵继其书。彪乃继采前史遗事，傍贯异闻，作后传数十篇，因斟酌前史而讥正得失。"①自此观之，班固《汉书》之业创始于班彪及其前之"好事者"，则班、马之间的史学又为《汉书》成书奠定了基础。这是一段承前启后的史学历程，但却因为班固的遮掩，迷失在历史的烟尘之中。《班彪传》所谓"好事者"，李贤注云乃扬雄、刘歆、阳城衡、褚少孙、史孝山之徒，《史通》则云"其后刘向、向子歆及诸好事者，若冯商、卫衡、扬雄、史岑、梁审、肆仁、晋冯、段肃、金丹、冯衍、韦融、萧奋、刘恂等相次撰续，迄于哀、平间"②。上列续补《史记》诸家，梁审、肆仁、萧奋、刘恂皆不详，卫衡或即李贤注之阳城衡，史岑则非李贤注之史孝山，晋冯、段肃曾由班固荐于东平王刘苍，金丹曾为隗嚣门下宾客，他们续补《史记》若何，文献中皆无从查考。除此九人之外，褚少孙、刘向、刘歆、冯商、扬雄、冯衍、韦融、班彪，皆留下或多或少的线索，可供我们考察《史》《汉》之际纪传体撰述的演进。诸家撰述之遗存，拙著《〈史通〉引书考》已略有探究，本文仅就撰述形式、史料采撰、思想宗旨等方面，勾勒出此间历史撰述的转变历程。

其一，从补《史记》到续《史记》的转变。古人所言续和补多混而不分，但在续补《史记》诸家中，从褚少孙至班彪，还是有其变化轨迹可循的。大体而言，褚少孙、冯商二人既有续又有补，且皆以补为主；而刘向、刘歆、扬雄、班彪等则以续为主。③这一转变说明，虽然此间纪传体史学皆围绕《史记》续补展开，但早期学者基本上没有突破《史记》亦子亦史的体制，而后期却倾向于撰述新史，史学的特质更趋明显了。褚少孙为西汉元、成间博士，补《史记》事见于《汉书·司马迁传》张晏注。在《史记》有录无书的十篇之中，张

---

① （南朝宋）范晔：《后汉书·班彪传》，中华书局1965年版，第1324页。
② （唐）刘知幾著，（清）浦起龙释：《史通通释·古今正史》，上海古籍出版社2009年版，第314页。
③ 赵生群《〈史记〉亡缺与续补考》区分续、补之别云："'续'指《史记》原文俱在，好事者踵继其后，附录续载太初以后事（《史记》以太初为记事终极）；'补'指《史记》原作已佚，而后人补其亡缺。"载赵生群：《〈史记〉文献学丛稿》，江苏古籍出版社2000年版，第48页。

博闻远见者之列，而斥异己为浅闻者；后来注家似乎并不认可褚少孙的自诩，《索隐》论之曰："褚先生盖腐儒也。设主客，引《诗》传，云契、弃无父，及据帝系皆帝喾之子，是也。而末引蜀王、霍光，竟欲证何事？而言之不经，芜秽正史，辄云'岂不伟哉'，一何诬也！"① 在褚少孙所补篇目中，《日者列传》仅记司马季主一人，《龟策列传》唯叙宋元王一事，又取太卜杂占卦体及命兆之辞，其中多数术家言，故每为后世注家所讥，如《龟策列传》中《索隐》曰"其叙事烦芜陋略，无可取"，《正义》曰"《日者》《龟策》言辞最鄙陋，非太史公之本意也"。② 这些言辞是否鄙陋而不合太史公本意姑置不论，褚少孙以诸子流裔和"好事者"自居，自著述形态和史料采撰而言，与司马迁之初衷其实并无大违，只是陷入诸子末流的泥淖罢了。后世注家的批评，大多源于经史一体的意识，从褚少孙之后续补诸家逐渐转向正经雅言，即可窥出时代学风的转向。譬如，《史记·礼书》《乐书》二篇，《礼书》出《荀子·礼论》，《乐书》出《礼记·乐记》，皆为先秦礼乐文化在《史记》中罕见的集中反映，它是汉代礼学影响下的产物，与司马迁无涉，亦非如张守节《正义》所言出于褚少孙之手，只能是两汉之际续补《史记》诸家自拟太史公语以宣扬礼学的成果。又如，自《汉书》书志观之，许多篇目源自经学家刘向、刘歆父子的影响，如《律历志》本刘歆《三统历谱》，《五行志》本刘向《尚书洪范五行传论》，《地理志》本刘向地理分野之论，《艺文志》本刘向《别录》、刘歆《七略》，凡此皆可见当时经学对史学之沾溉。

其四，从追求道德鉴戒到维护政治正统性的转变。早期续补《史记》诸家往往以追求道德鉴戒为鹄的，在看似鄙陋的言辞背后，渗透着明确的道德批判和省思意识。如褚少孙续补诸篇，《建元以来侯者年表》云"复修记孝昭以来功臣侯者，编于左方，令后好事者得览观成败长短绝世之适，得以自戒焉"，对功臣侯"骄蹇争权，喜扬声誉，知进不知退"而不能"行权合变，度时施宜，希世用事"，给予了兼涵悲惋和训诫的道德反思。③《梁孝王世家》云"窃以为令梁孝王怨望，欲为不善者，事从中生。今太后，女主也，以爱少子故，

---

① （汉）司马迁：《史记·三代世表》，中华书局 1959 年版，第 507 页。
② （汉）司马迁：《史记·龟策列传》，中华书局 1959 年版，第 3223 页。
③ （汉）司马迁：《史记·建元以来侯者年表》，中华书局 1959 年版，第 1059 页。

欲令梁王为太子。大臣不时正言其不可状,阿意治小,私说意以受赏赐,非忠臣也。齐如魏其侯窦婴之正言也,何以有后戚"①,大胆指斥"事从中生",通过对太后、大臣及窦婴的不同评价,见出其鲜明的道德立场;至于《孝武本纪》截取《封禅书》以成文,虽饱受后人非议,却也被认为是褚少孙能得史公真精神的明证,因为其中对武帝奢侈虚浮性格的揭露,蕴涵着强烈的道德批判色彩。至刘向、刘歆父子续《史记》②,一方面将推阴阳灾异以论政的习气带入历史撰述之中,一方面又在其遴选的政治人物中,折射出他们参与朝廷纷争、与宦官外戚抗衡的政治印迹,抽象的道德意识逐渐退隐,涉及现实利害的政治关怀则悄然萌生了。至班彪为《史记》作"后传",他在《王命论》中反复申述的维护刘氏政权正统地位的思想,更是得到了集中的发挥。班彪尽心于圣人之道,"以为汉德承尧,有灵命之符,王者兴祚,非诈力所致"③,在《王命论》中有感于隗嚣称帝野心而发的言辞,在其《史记》"后传"论王莽篡位中也得到了印证。随着封建王侯的逐渐衰落,司马迁时代的"世家"已是衣食租税,故而班彪续《史记》时有意"不为世家,唯纪、传而已"④,以体例的改变,表现自己对王朝一统的政治认同。班彪"后传"之文为班固所袭,今有迹可循者见于《汉书·元帝纪》《成帝纪》《韦贤传》《翟方进传》《元后传》论赞。五条遗文中,王莽凡三见,如《元后传》赞曰"汉兴,后妃之家吕、霍、上官,几危国者数矣。及王莽之兴,由孝元后历汉四世为天下母,飨国六十余载,群弟世权,更持国柄,五将十侯,卒成新都"⑤。班彪作为班婕妤之侄,同样的外戚身份,使其对汉代的外戚乱政深怀忧思,希冀于历史中得到经验教训。从北征西凉托身隗嚣,到西归河西大将军窦融,再到随窦融归洛阳效命光武,对大一统王朝的憧憬自然成为班彪的精神信仰,故而维护刘氏的政治正统性,便成为《史记》"后传"与《王命论》一以贯之的思想主题。班固因袭父书,这一思想

---

① (汉)司马迁:《史记·梁孝王世家》,中华书局1959年版,第2089页。
② 刘向续补《史记》,《史记·匈奴列传》张晏注云"自狐鹿孤单于已下,皆刘向、褚先生所录",则刘尝续《匈奴传》。《汉书·高帝纪》《贾谊传》《董仲舒传》《东方朔传》论赞亦皆引刘向之说。刘歆续补《史记》,见《西京杂记》葛洪跋:"洪家世有刘子骏《汉书》一百卷,无首尾题目,但以甲乙丙丁纪其卷数。"载向新阳、刘克任校注:《西京杂记校注》,上海古籍出版社1991年版,第279页。
③ (南朝宋)范晔:《后汉书·班彪传》,中华书局1965年版,第1324页。
④ (南朝宋)范晔:《后汉书·班彪传》,中华书局1965年版,第1327页。
⑤ (汉)班固:《汉书·元后传》,中华书局1962年版,第4035页。

在《汉书》中得到了继承,在其参撰的《东观汉记》中也得到了延续。据《后汉书·班固传》,明帝时诏班固、陈宗、尹敏、孟异等撰《世祖本纪》,"固又撰功臣、平林、新市、公孙述事,作列传、载记二十八篇"[①],是为《东观汉记》创始之作。班固首次以偏方僭乱自相君长者为"载记",自今存佚文观之,其中有王常、刘盆子、樊崇、吕母、隗嚣、王元、公孙述、延岑、田戎诸人,与其父以隗嚣为僭乱者正合,叙事记人中自见贬抑,宜乎为后世之《晋书》及《四库全书总目》等所法矣。

续补《史记》既然构成了《史》《汉》之际历史撰述的主流,那么纪传体便成为当时最为通行的史体。严格说来,补史者并未有明确的史体意识,对于体例的关注,应当是在续史过程中产生的。续史盛行之时,正逢两汉之交,外戚王氏走上历史舞台,一直延续的汉代历史撰述突然遇到了断限和正伪问题,如何处理笔下的历史?无休止地记载下去还是以哀、平为断?以王莽入本纪还是入世家、列传?班固之所以断代为史,既是特定时代带给他的选择,也表明续史自身遇到了难以克服的困境。五德终始说提出的历史终结和循环问题,在汉初的热烈争论之后,在两汉之际又成为一个迫切的政治问题。与阴阳灾异说混而为一的《春秋》学,为当时学者提供了反思历史和现实的学术资源。对大一统的希冀,对乱臣贼子的拒斥,使史家撰述时,不自觉地向《春秋》经学靠拢;虽然仍是续补《史记》,但纵横诡谲的战国遗风却一去不复返了。

三、非纪传体史籍中所见经学时代之风格

除了纪传体逐渐展现出经学化倾向之外,其他体式的历史撰述在《史》《汉》之际也得到蓬勃发展,且亦展现出经学时代之风格。在《汉书·艺文志》中,没有独立的史学门类,哪些著作才可以视为史籍呢?我们只能根据后世史志目录对史籍的分类,将文献中可以考见的近于史学的两汉之际著述,大体分为起居注、编年、职官、目录、地理和谱牒六类。

---

① (南朝宋)范晔:《后汉书·班固传》,中华书局1965年版,第1334页。

（一）起居注

起居注记录人君之言行动止，自周代已有"左史记言、右史记事"之说，而最早以"起居注"名书，则当始于汉武帝时。从司马迁到班固之间，起居注是否形成绵延不绝之传统已不可考，献帝时荀悦撰《申鉴》，云"先帝故事有起居注，日用动静之节必书焉"①，亦只是泛泛而论。据《隋书·经籍志》，当时所撰起居注仅有汉武帝时《禁中起居注》、明德马皇后《明帝起居注》两种。《禁中起居注》晋时尚存，葛洪《西京杂记跋》曰"洪家复有《汉武帝禁中起居注》一卷、《汉武故事》二卷"②；《抱朴子内篇·论仙》引其佚文，记武帝梦方士李少君事。从葛洪将其与《汉武故事》并言及其佚文来看，《禁中起居注》带有浓郁的神仙家色彩，言颇不经。然而，至东汉马皇后《明帝起居注》，正统意味却加强了。《后汉书》载明帝崩后，马皇后"自撰《显宗起居注》，削去兄防参医药事。帝请曰：'黄门舅旦夕供养且一年，既无褒异，又不录勤劳，无乃过乎！'太后曰：'吾不欲令后世闻先帝数亲后宫之家，故不著也'"③。《风俗通义》中存其佚文一则，载明帝东巡途中，有乌飞鸣乘舆上，虎贲王吉射之，并恭贺皇帝万年之寿。无论是马皇后对兄长外戚功劳的讳言，还是虎贲王吉对帝王的恭维，都蕴涵着对皇权永固的祈盼，这自然是经学一统思想长期熏染的结果。

（二）编年类

《汉志·六艺略·春秋家》大体可分为前后两部分，自《春秋古经》至《议奏》属于《春秋》经传，自《国语》至《汉大年纪》属于古今史传。古今史传之中，列于末位的"《太古以来年纪》二篇""《汉著记》百九十卷""《汉大年纪》五篇"又算单独一小类，它们摆脱了对《史记》的续补，迳以《春秋》纪年之体记载太古之史和汉代帝王。《太古以来年纪》为伏羲前后的历史纪年，并未有任何文献根据，只是当时谶纬之学兴起的产物。正如现代疑古学

---

① （汉）荀悦：《申鉴·时事》，中华书局1985年版，第11页。
② 向新阳、刘克任校注：《西京杂记校注》，上海古籍出版社1991年版，第280页。
③ （南朝宋）范晔：《后汉书·皇后纪》，中华书局1965年版，第410页。

派所揭示的，古史乃层累而造成，愈是远古的历史，在文献中产生的时代愈晚。这类著作只是汉人天命观念和历史循环观念的投射，其现实政治意义要大于历史意义。《汉艺文志考证》引《春秋纬》"开辟至获麟三百七十六万岁，分为十纪，大率一纪二十七万六千年"[①]云云以论此书，正是看到了纬书和这类著作的关系。《汉著记》百九十卷，颜师古注认为"若今之起居注"[②]，其卷帙之繁富确实与另二种"年纪"不同，但它是和起居注完全同类的书吗？《汉书·五行志》云"凡汉著纪十二世，二百一十二年，日食五十三，朔十四，晦三十六，先晦一日三"[③]；《律历志》云"汉高祖皇帝，著《纪》，伐秦继周"[④]，以下分叙惠帝、高后、文帝、景帝、昭帝、宣帝、元帝、成帝、哀帝、平帝、孺子、王莽、更始、刘盆子、光武帝之即位年及岁星经行；《楚元王传》载刘向奏议，其中记项籍至宣帝间阴阳灾异，末云"皆著于《汉纪》"[⑤]。若三者所言即《汉著记》，则其书实与《汉志·数术略·历谱类》之《帝王诸侯世谱》《古来帝王年谱》相近，以人事之纪年与天道之历日相配，正合乎上古史官兼司天文之职。其书又多载阴阳灾异，以天道之征诫人事之应，虽有违《春秋》记灾祥不记符应之旨，却正合乎汉代经学思想的本色。由此看来，这部被视为起居注的《汉著记》，本质上仍是"年纪"之属，只是兼有历谱、五行之书的特征，可谓《春秋》经学在汉代史学中的一个复杂变种。《汉大年纪》，似即《汉书》臣瓒注所引《汉帝年纪》。考《汉书》帝纪，臣瓒注引此书多用来比勘《汉书》原文或古注中的疏误。此外，姚振宗又辑录《高祖本纪》注臣瓒曰"帝年四十二即位，即位十二年，寿五十三"之类高祖、惠帝、文帝、景帝、武帝、昭帝、宣帝、元帝、成帝、哀帝、平帝之即位、享国年岁等，且案云"此似大事记之类，而臣瓒所注《汉帝年纪》亦在其中，惟《高后纪》无瓒注，《外戚传》亦不言其年寿，但知其临朝八年耳"[⑥]，可见姚振宗是以臣瓒注的这些文字出于《汉大年纪》的。若其说可信，《汉大年纪》的确是一部非常简略的帝王

---

① （宋）王应麟：《汉艺文志考证》，《二十五史补编》（二），中华书局1955年版，第1403页。
② （汉）班固：《汉书·艺文志》，中华书局1962年版，第1715页。
③ （汉）班固：《汉书·五行志》，中华书局1962年版，第1506页。
④ （汉）班固：《汉书·律历志》，中华书局1962年版，第1023页。
⑤ （汉）班固：《汉书·楚元王传》，中华书局1962年版，第1964页。
⑥ （清）姚振宗：《汉书艺文志条理》，《二十五史补编》（二），中华书局1955年版，第1567页。

纪年，与《汉著记》一样近乎帝王世谱之类，蕴涵着王权天命的思想；而且不言高后纪年，似乎透露出史家的纲纪意识，这与《汉著记》兼载高后、刘孺子、王莽、刘玄、刘盆子不同，是否可以视为《春秋》经学的影响呢？

（三）职官之书

汉代的职官之书，大约始于东汉初期，《汉志》未有记载。清人孙星衍将东汉迄三国六部关于汉代官制仪式的著作辑为一编，题作《汉官六种》，其中前三种当在《汉书》之前，即《汉官》《汉官解诂》《汉旧仪》。《汉官》作者时代皆不详，有汉末应劭注；《汉官解诂》原名《小学汉官篇》，建武中新汲令王隆撰，东汉胡广为之解诂；《汉旧仪》光武帝时卫宏撰，官制外兼及籍田、宗庙、祭天等礼仪之制，后世史志多著录入仪注类。西汉时期，官制多因循秦代不改，王莽以《周官》托古改制，淆乱了刘氏政权的职官制度，东汉初年职官之书的兴起，显然有巩固皇权的目的。《汉书·百官公卿表》序曰"秦兼天下，建皇帝之号，立百官之职。汉因循而不革，明简易，随时宜也。其后颇有所改。王莽篡位，慕从古官，而吏民弗安，亦多虐政，遂以乱亡"①，明确点明撰表的历史原因。这些著作的特点，杜永梅将其总结为四个方面：其一，详细记述为加强皇权而作的种种繁复规定；其二，重点记述对百官的分职定分；其三，反映了对诸侯王的控制不断加强的趋势；其四，对朝廷和官方仪式高度重视。② 这些旨在巩固皇权的职官之书，其撰述与东汉初年经学意识形态的巩固是同步的。

（四）目录之书

刘向在走出政治斗争的漩涡之后，成帝诏其领校中五经秘书，留下《别录》之作；刘歆卒父之业，总群书而奏《七略》。班固删其要者成《汉书·艺文志》，除新增刘向、扬雄二家著述并偶注篇卷出入之外，几乎全守《七略》之旧。向、歆父子的劳绩由此显出莫大的史学价值，而这一史学硕果同时又

---

① （汉）班固：《汉书·百官公卿表》，中华书局1962年版，第722页。
② 杜永梅：《〈史〉〈汉〉之际史书编撰形式的发展》，《史学月刊》2010年第1期。

表现出经学时代鲜明的崇儒色彩。《汉志》中的史书，主要在"六艺略"春秋类，有《国语》《新国语》《世本》《战国策》《奏事》《楚汉春秋》、《太史公》百三十篇和冯商所续《太史公》七篇及《太古以来年纪》《汉著记》《汉大年纪》，凡十一种。这些史籍中，《国语》《新国语》《战国策》《楚汉春秋》近于先秦的事语类古史，后世多列为杂史；《世本》近于历谱类《帝王诸侯世谱》《古来帝王年谱》等书，后世多列为谱牒；《奏事》后世列为诏令奏议；《太史公》及冯商续补皆纪传体，后世列为正史；《太古以来年纪》《汉著记》《汉大年纪》后世列为编年。这么驳杂的历史撰述，向、歆父子一股脑儿将其附于《春秋》经传之后，不正是视其为《春秋》经传的附庸吗？不正是汉武帝独尊儒术的结果吗？班固贪天之功以为己力，对刘向及以后学者续补《史记》之作略而不言，更突出了其对之前史家的轻视。以往学者注意到《汉志》将史书列为《春秋》之附庸，以及其后史学"脱经入史"的独立历程，但却往往忽视在刘、班之前，历史撰述其实是非常丰富的。《汉志》"六艺略"春秋类所列的一两种书背后，往往是一群书，刘、班有意识地择其要者"附史入经"，导致了汉代史学鲜明的经学化。

（五）地理之书

地理书的经学化，主要体现在其中蕴涵的对王朝正统性的地理认同。汉帝国一统天下，班固撰《地理志》，别九州、定山川、分坼界、条物产、辨贡赋，将地理学历史化，又将其经学化，成为后世王朝地理学的典型样板。其后问世的《水经》《三辅黄图》都是这一学术精神的产物。班固撰志的文献依据主要有二，一是刘向，二是朱赣，《地理志》云："汉承百王之末，国土变改，民人迁徙，成帝时刘向略言其地分，丞相张禹使属颍川朱赣条其风俗，犹未宣究，故辑而论之，终其本末著于篇。"[1]刘向之书，未见著录，似在其续补《史记》之中，所谓"地分"，即分野之说，犹如《史记·天官书》以二十八宿配十二州，《地理志》中"秦地，于天官东井、舆鬼之分壄也"[2]之类，当皆源于刘向

---

[1] （汉）班固：《汉书·地理志》，中华书局1962年版，第1640页。
[2] （汉）班固：《汉书·地理志》，中华书局1962年版，第1641页。

之书。朱赣之书重人伦风俗，姚振宗《汉书艺文志拾补》、张国淦《中国古方志考》称之为《地理书》，王庸《中国地理学史》称之为《风俗记》，《地理志》中"（郑地）土陿而险，山居谷汲，男女亟聚会，故其俗淫"①之类，当皆源于朱赣之书。刘向、朱赣二书本皆地理书，然刘向重在言天，朱赣又重在言人，班固并录其说，以王朝地理认同统而贯之，足见汉帝国之规模气象。当然，在远离帝国中心长安的西南边陲，有一些地理书违背了不语怪力乱神的儒家精神，表现出迥然不同的尚奇之风，如传为扬雄所作的《蜀王本纪》多载巴蜀神话传说，又如东汉初蜀郡杨终所作的《哀牢传》叙哀牢王世系多杂神异，它们在后世时遭诋毁非议，正说明《汉书·地理志》奠定的王朝地理思想具有多么强烈的儒家色彩。

（六）谱牒之书

谱牒之书在《汉志》中隶于数术略历谱类，"历"指年历，"谱"指谱牒，二者可析言亦可浑言：析言之，"历"即历法、历日，后世史志多隶于子部历数类或历算类；"谱"即帝王世谱、世系等，后世史志多隶于史部谱牒类。浑言之，"历谱"即以年历与谱牒相配，区别于无年的世谱。《汉志·数术略·历谱类》所载《帝王诸侯世谱》《古来帝王年谱》二书，近于后世史部谱牒类的《世本》之属，可算是当时史学的一种。这类著作突出人在封建等级关系中的位置，是早期氏族社会或贵族社会的典型反映。清代以降学者多认为《史记》体例本于《世本》，因此，先秦两汉的谱牒书便被视为纪传体的来源。《汉志》以"历"与"谱"并为"历谱"，说明二者既有联系又有区分。《汉书·律历志上》："向子歆究其微眇，作《三统历》及《谱》以说《春秋》，推法密要，故述焉。"②《汉书·楚元王传》赞："《三统历谱》考步日月五星之度。"③班固本刘歆书撰《律历志》，一称"《三统历》及《谱》"，一称"《三统历谱》"，正说明"历"与"谱"或即或离的关系。如班固所言，这种"历谱"是解说《春秋》的，显然视之为《春秋》经学的流裔。秦汉之时，史官犹职天官之任，以

---

① （汉）班固：《汉书·地理志》，中华书局1962年版，第1652页。
② （汉）班固：《汉书·律历志》，中华书局1962年版，第979页。
③ （汉）班固：《汉书·楚元王传》，中华书局1962年版，第1973页。

说法。金圣叹在评点《水浒》的时候点出了这种章法："有草蛇灰线法，如景阳冈勤叙许多'哨棒'字，紫石街连写若干'帘子'字等是也。骤看之，有如无物；及至细寻，其中便有一条线索，拽之通体俱动。"①"对作品中某些重要的情节或细节的出现，古代小说家往往在前边很远的地方就预作伏笔，而且是多次埋伏。这样，等到这一重要情节或细节出现时，回首望去，就会看到一条叙事线索从很远的地方迤逦而来，若断若续，时隐时现，如草丛行蛇，如撒灰作线。"②这和一字法有相似之处，即都是以一、二字点出作者用意；其出现的位置常是头尾或关节处。所不同的是，一字法常常是明显点出，草蛇灰线则是暗示；一字法常用概括性质的名词概括，草蛇灰线常连缀意象、评论等来暗示。在我们的论述中，实际上是综合这两种结构方法，取"一"字"凝聚""贯通""一个核心词"的意义而将上述两种相近的结构法统称之为一字法。

一字法概括的内容有：性格、才能、相关意象等。

史家是非常注重人物性格和才能的。才能、性格、环境合起来铸就了一个人的命运。刘熙载说："传中叙事，或叙其有至此之由而果若此，或叙其无至此之由而竟若此，大要合其人之志行与时位，而称量以出之。"③志行是说一个人的志向和行为，时位是说一个人所处的环境、态势、位置。也就是说一个人的命运就是由才能、性格、价值取向、行为与客观环境相互作用下形成的。所以写纪传体，人物的性格、才能等因素常常或隐或显贯穿始终。《酷吏传》以一"酷"字连缀几个人物和整篇文字，就是以性格为总一之术。郅都、宁成、周阳由、赵禹、义纵、王温舒、尹齐、杨仆、咸宣、田广明、田延年、严延年、尹赏这13人皆入"酷"字之彀中。围绕"酷"字，作者以其人多方面的性格、言行、他人对其评价等来呼应。试举《严延年传》作为说明。此传开端即云严延年"少学法律"，然后说他在宣帝初即位的时候劾奏霍光使得朝廷"肃焉敬惮"，又劾奏大司农田延年。"少学法律"说出了他与法家的渊源。法家一向锋颖甚锐、严酷不情，信奉以法律本身使得天下太平。劾奏重臣见出其

---

① （明）金圣叹评点：《水浒传》，齐鲁书社1991年版，第24页。
② 张稔穰、刘富伟：《中国古代小说鉴赏》，山东教育出版社2001年版，第189页。
③ （清）刘熙载：《艺概》，上海古籍出版社1978年版，第124页。

直法行治。

　　以才能为主线贯穿的例子也比比皆是。如《吾丘寿王传》。整篇传记围绕寿王"高才通明"四字展开。"明"这一字是很高的评价，从围绕挟弓弩一事的议论来看，其对政事完全称得上"明"字。"通"字是说寿王具备各方面才能，各种知识和能力相互贯通。我们从他多才多艺、自拔于卑贱的手段、心思周密而敏捷、口角灵便等方面，对其"通"的特点都有很深的体会。虽然寿王深通礼教、王道，可是作者只以"高才"来称许，这大概因为其终究有浅薄的一面，作者下字非常有分寸。可以说正因作者的分寸，这一篇传记才能够完完全全笼罩在这四个字中。这即是以才能贯穿传记始终的一例。

　　关于意象的串联作用，杨义在《中国叙事学》里面揭发甚明。他说："意象作为'文眼'，它具有凝聚意义、凝聚精神的功能。意义在许多叙事之作中是不明白地说出来的，是渗透到行文的每一个细胞中的。叙事的过程既要表达意义，又要隐藏意义，使意义不是唾手可得、而是细心解读方可得到。因而在意象别有意味地渗透于行文之时，意象可以作为意义的聚光点、意义的蓄水池，对作品意义进行有散有聚的调节，形成意义的聚散分合的体制。"[①]凝聚意义和贯穿结构的意象功能很多时候是一而二、二而一的，因为意象贯穿结构常靠意义的凝聚。《汉书》里的这种意象有书名、官名、天象、诗象、服饰意象、礼仪行为意象、典故等。《汉书》意象最富集的莫过于《王莽传》。在《王莽传上》，吉象、凶象并出，前者是一种说辞，粉饰太平和篡夺权力的需要，后者则颠覆表面的太平而暗藏针砭。到了《王莽传下》，触目皆是凶象，几乎在如本纪体般密集的每一个时间的后面都跟随着凶象。而每一个凶象的后面，又跟随着岌岌堪危的现实。这些凶象如同密密的网子，将新朝的运命缠裹其中，由此连缀了文脉。与别的传记不同，莽传非常注重对服饰、相貌的描写。如王莽"被服如儒生"，莽妻"衣不曳地，布蔽膝"，"莽稽首再拜，受绿韨衮冕衣裳，瑒琫瑒珌，句履，鸾路乘马，龙旂九旒，皮弁素积"等。这些描写具有典型象征的意义，以其外在的简朴象征内在的"有德"。王莽喜欢厚履高冠则显示了其性格，从而对事件主观方面的原因做出了解说。王莽的相貌和气度则具有预

[①] 杨义：《中国叙事学》，人民出版社1997年版，第317页。

示其命运的意义，为后文埋下伏笔。此外，莽传里还有很多复古的礼仪文化意象，如王莽常自比周公，群臣亦屡屡以周公称莽。又如改官名、改礼制，一切尚古。王莽的这种复古倾向既帮他冠冕堂皇地登上了帝位，又泥古不化地导致其灭亡。他的这种复古倾向是贯穿全文始终的。相比上面说的服饰、相貌意象，复古意象更有文化元素，不但具有叙事意义，更具有某种议论意义，深入到了叙事的内核。

其实，性格、才能、相关意象等的串联只是表层，深层还是义理的串联作用，这其实就是班固儒家思想影响下史识的统领作用。《汉书》中义理的统领，首先表现在一些总括性的话语和议论中。如《王莽传中》说："昔秦燔《诗》《书》以立私议，莽诵《六艺》以文奸言，同归殊途，俱用灭亡。"其"文奸言"三字，就是统帅莽传服饰、相貌、礼仪文化等一系列意象的核心义理。其次，除了传赞之外，夹叙夹议也成为义理结构文章的方式。如《酷吏传》中，开首是一段精警的议论，在后面的例证性的叙事中又夹杂着总括性的叙述和评价。而夹叙夹议都反应了对"严酷"这一性格特点的评价，其评价的依据正是"仁"的义理。

如上可知，一字法的章法主要是凝聚和贯通的作用，这"一字"指的文章表层的描写核心，其深层是义理。

二、简中有繁、繁中有简的辩证思维——"两片对举"的章法

"两片对举"的章法是指引入两片文字使其相生相克，由此形成文章的主要骨架。我国史传文学很早就有这种章法，《左传》阴饴甥对秦伯就是如此。金圣叹评这一段说："看他劈空吐出'不和'二字，却便随手分做'小人'、'君子'。凡我有唐突秦伯语，便都放在'小人'口中；有哀求秦伯语，便都放在'君子'口中。于是自己只算述得一遍，既是不曾唐突，又不曾哀求。"[①]这

---

① （明）金圣叹：《才子古文》，湖北人民出版社1986年版，第123页。

种章法的核心是一种辩证思维方式，它可以细分为两种：一类是内容总体上分为两部分，常常有两方阵营在辩论，与汉赋的结构法颇有相似之处；一类是从叙事的角度看，按事物发展的逻辑又常常分人事的"成败浮沉"两片文字。正如刘熙载所说："赋兼叙列二法。列者，一左一右，横义也；叙者，一前一后，竖义也。"[1] 两方的辩论属于"横义"，成败两片文字则属于"竖义"。第一类如《赵充国传》。此传叙述赵充国明于羌事，沉稳有大略，尤其能立体、辩证地分析形势；而皇帝与群臣由于认识不及赵充国，所以两方展开了几番"辩论"。第一番是围绕着对待旱、开两个小国的态度：赵充国认为解决羌难的基本计策是以旱、开这些被挟持谋反的种族为突破口来分散敌人力量，解散敌人合谋，然后在合适的时机出击。辛武贤认为应当合击旱、开。群臣认同辛武贤。于是皇帝以书敕让充国。充国复上书，以"攻不足者守有余"和"善战者致人，不致于人"说明出兵的不利之处。又说攻击旱、开，会使先零施德于旱、开，从而"坚其约，合其党"。说理透彻，得到皇帝首肯。第二番是关于进兵还是屯田：皇帝再次要求进兵，充国以为屡屡用兵，会使得四夷动摇，于是上屯田奏。皇帝问战争何时能结束？充国条留屯田得十二便，出兵失十二利。……经过几番论辩，最终皇帝和群臣都认识到赵充国的明智。全文以充国为一方，以皇帝、群臣为另一方，书答往来，使问题渐渐清晰明朗化。

因为《汉书》非常关注人物的宦海沉浮，成败两片文字在《汉书》触目皆是。如《赵广汉传》写赵广汉"廉洁通敏下士"，在其颍川太守、京兆尹任上表露无疑。文章中间以"其发奸谪伏如神，皆此类也"的总结以及广汉感叹的话语收拢起"成"的一片文字。以"初"字追叙广汉过去为了讨好皇帝侵犯霍家的一件事，描写广汉性格和用人上的不利之处，从而开启"败"这一片文字的"祸端"。此段云："广汉由是侵犯贵戚大臣。所居好用世吏子孙新进年少者，专厉强壮锋气，见事风生，无所回避，率多果敢之计，莫为持难。广汉终以此败。"这是本传的成败转折之处。接下来便以事实阐述这三句话，以"广汉竟坐要斩"结束。值得注意的是，作者在成败两片文字之后还有综合的论述和挽合："汉虽坐法诛，为京兆尹廉明，威制豪强，小民得职。百姓追思，歌

---

[1] （清）刘熙载著，王气中笺注：《艺概笺注》，贵州人民出版社1986年版，第289页。

之至今。"其实两片并举更常见的形式就是这种，章法有分有合，在分合之中彰显动力机制。

除了章节的并举，汉书修辞上（句法字法）还有着明显的骈俪化。此一特点前人早有注意，只是现在的研究者叙及这一点的时候不将之放在章法中考察而已。如《王莽传》："于是附顺者拔擢，忤恨者诛灭。王舜、王邑为腹心，甄丰、甄邯主击断，平晏领机事，刘歆典文章，孙建为爪牙。"这一类和前面一类的区别在于不但意思上是两片，文字形式上也是对称的。如此段里的"附顺者拔擢"对"忤恨者诛灭"，"为腹心"与"主击断"，"领机事"与"典文章"，等等，和后世对仗几乎无异。章法上的"两片对举"和句法上的骈俪化，本质上是一种辩证思维。这种思维是全面的、变化的。"两片对举"将万千事机化作两片文字，是寓繁于简，但是可以借机生发，互相之间又关联密切、包笼周详，更常由此生出美感，实则简中有繁杂、简中有繁华。而修辞的骈俪，思心见巧、口齿挟芬，貌似花繁叶茂，颇有复杂的感觉，但是由于本是两两相对，线索就非常明晰，所以说它繁中有简。由此，我们可以说，数理中的"二"所代表的章法，繁中有简，简中有繁，清晰、繁密相生相成。

三、章法的关节所在——文章要素的相连与截断的各种章法

"一生二"之后就要论到两者之间的关系了。要素的相连就是文章的接续，是对一个主题的连续的多角度多层次的阐发或是相关主题的接连描述和阐释，最终连缀成一篇文字。要素的截断是起笔另写别的层面、主题，是描述的结束或中止。连与断的具体形式我们可以参考刘熙载的一个说法。刘熙载《艺概》云："《庄子》是跳过法，《离骚》是回抱法，《国策》是独辟法，《左传》《史记》是两寄法。"[①] 提出了四种章法。所谓跳过法是文段之间的联系不甚紧密，往往是意旨或者审美的神合；回抱法就是围绕一个中心，变换角度反复叙说；

---

① （清）刘熙载著，王气中笺注：《艺概笺注》，贵州人民出版社1986年版，第23页。

独辟法则常常不避本位，透彻解说，起结利落；两寄法则是史家传统的注此写彼、虚实互藏，不仅仅是隐讳事他传出之。可以看出，跳过法、两寄法是以断为连，跳过法偏重于断，两寄法明断实连；回抱法是连，独辟法则超越连与断的层面，有时为连，有时为断。这四种结构法中，两寄法和春秋书法实有密切渊源，体现了对彼此、叙事、主客关系的深刻把握。

两寄法如《杨恽传》。传中《与孙会宗书》直接关系杨恽的生死，宣帝因为这封信最终腰斩杨恽。班固引用这篇书信，表面看起来是在表露杨恽的心迹，而实际上更重要的用途是解释其死因。这封书信写得极为隐晦，以自娱自乐、自污自渎写出一腔悲愤和怨毒，这些怨毒和悲愤都指向"俗人"，而宣帝很明显在里面。宣帝自以为一片公正，而遭遇如此怨毒，如此荒淫。更有甚者，在书信的最后一段，指斥孙会宗变成了贪鄙之人，正适合在方今隆汉之世有所作为，全盘否定宣帝治理的成果，认为宣帝朝充斥了贪鄙之徒。全文贬斥自己不遗余力，只以最后一句翻盘，虚实互藏的功力非同凡响。录这样文章的班固于此等细微之处当然看得很明白，深知其中玩的文字游戏。这封书信在杨恽之死的公案中起了类同枢纽的作用，录这样的文章就绝不像录司马相如赋，是完全出于"寓主意于客位"，以叙事表议论。再看《杨恽传》全文的裁剪：先写杨恽封侯的由来，又写其性格，再写其与戴长乐的公案，之后是《与孙会宗书》表心迹，之后是和杨谭就大臣出处、生死的一番议论，最后就是导致其死的一个导火索——有人上书说杨恽是导致日食的原因。从班固安置事件的位置和每一事件描写的分量来说，可谓修短合宜。封侯原因是宣帝开始未曾处死他的理由，他的性格如何是导致祸患的最大原因，又是理解《与孙会宗书》的钥匙。在这篇书信之后，一切则不过是余音了，和杨谭的议论是让事实更明显，别人上书的诬告是死亡的导火索，事实上，此时行文至此，杨恽已无生理。已经全部由前面的叙述划定了其结局。而决定其结局的却是《与孙会宗书》一篇虚文，由此我们可知，班固对彼此、虚实、主客的运用可谓得心应手。

《汉书》叙事详尽而体式端方，纵浪跳掷如庄子的跳过法几乎没有。独辟法多在谋士的议论中或者奏章中展现。回抱法在《汉书》中很多，前面所讲一字法中论述已详，兹不赘述。

四、详而有体——综合式章法

此种章法就如同三生万物一样繁衍出生生不息的自然状态。《汉书》的综合式章法其实就是一、二两种章法的鱼龙化衍。既然是扩大出来的章法，就比较难以概括和面面俱到了，我们只提炼出了下面这三种做一个说明：

章法一：环境的不断变化决定了人物的境遇，章法不断引出新环境产生人物的新命运。如《萧望之传》掌权者以及皇帝对其态度的变化。萧望之本人的性格才能倒非常稳定。在环境的不断变化中，敷衍出一篇《萧望之传》。萧望之在霍光秉政的时候，直谏其"士见者皆先露索挟持，恐非周公相成王躬吐握之礼，致白屋之意"，结果导致自己非常落魄。在宣帝执政之后，他反而因为这次"直谏"而被其赏识，萧望之后来的失宠、亡身都与这种性格密切相关。所以环境就成了决定其境遇的直接因素。性格这端固定，另一端新的环境不断出现，从而人物命运不断变化。

章法二："拱向注射法"——《汉书》中的赋体。这是引出第三方力量，甚至更多的力量，将两片文字扩大成网状文字，网状文字某种程度上又可以分为主、客两种意思。刘熙载说："赋家主意定则群意生。试观屈子辞中，忌己者如党人，悯己者如女媭、灵氛、巫咸，以及渔父别有崇尚，詹尹不置是非，皆由屈子先有主意，是以相形相对者，皆若沓然偕来，拱向注射之耳。"[1] 史家有主意，又故意描写其他的意思与之相形相照，使得主意更加鲜明。比如《东方朔传》，开首东方朔自荐书里面的"勇若孟贲，捷若庆忌，廉若鲍叔，信若尾生"连连称引便颇让人解颐。而此传班固应该采用了很多他人为东方朔作传的成分，班固对于其中人物的相形相照当然也是颇有会心的。我们看经过班固加工后此传引出了何其多的人物：侏儒、郭舍人、从官、吾丘寿王、昭平君、馆陶公主、董偃……甚至还特地屡屡出现对比，有武帝与尚古贤王的对比，有群臣与古名臣的对比，有东方朔与其他侍宴之臣的对比，还有时势的对

---

[1] （清）刘熙载著，王气中笺注：《艺概笺注》，贵州人民出版社1986年版，第288页。

比……其内容，其体式，都与赋体有莫大渊源，更遑论文中直接附上了东方朔的赋作。而此中他人言行、东方朔的立身之本两者相照，而赞里面史家的史识又与东方朔的"依隐玩世"的哲学相照，最妙的就是这里，赋体都是一波压过一波，直到后面将前面全盘推翻、曲终奏雅。此传也是如此，前面，东方朔"优、智、直、隐"，到了赞里，一切全都似是而非了。此种章法，又丰富又深刻又直击人心又印象深刻，是包含赋体"谲谏"传统的真谛的。

章法三：广义的经传体——文章肌理上的"起承转合"。

刘熙载云："叙事有主意，如传之有经也。主意定，则先此者为先经，后此者为后经，依此者为依经，错此者为错经。"① 我们可以看到这就是一字法生出两片文字，两片文字又生出新的变化。值得注意的是"先、后、依、错"四个字，正因为有这四个字，这种"经传体"的提法才比上面"赋体"的提法更加广阔。所谓的"经"就是指的主脑。关于主脑的情况，刘熙载说过："文固要句句字字受制于主脑，而主脑有纯、驳、平、陂、高、下之不同，若非慎辩而去取之，则差若毫厘，谬以千里矣。"② 至于"先、后、依、错"之义，杜预云："先经以始事，后经以终义，依经以辩理，错经以合异。"③ 就是说，围绕着"主意"，有一些提点映衬的文字。这些文字有引起端绪、总结大义、辨析道理、合并相异的作用。我们发现，把"终义"放后之后，它们与"起承转合"颇为相似。当然，若归纳到"起承转合"有把复杂简单化的嫌疑，但是，如果我们包容性地看"起承转合"，将经传体纳入进来倒是又丰富了这一结构模式。如《王莽传》《元后传》等都可以看出经传体的特点。

综上，我们可以知道，《汉书》列传的章法既能寓繁于简，而这份简单又大含深意，几乎可比一副卦辞一样具有哲学上理的意蕴；对于文章的各种要素的分合有高超的驾驭能力，它的章法又具有比较成型的一些典型体式，如上述所说经传体等。所以，我们可以得出如下结论：《汉书》列传的章法形式上整齐、有序，所包含的内容丰富；章法的变化切合人情事理，能变化而不悖于规矩（此一规矩有形式的意义也有义理的意义）；体式成熟老练，具有典型示范作用。

---

① （清）刘熙载著，王气中笺注：《艺概笺注》，贵州人民出版社1986年版，第128页。
② （清）刘熙载著，王气中笺注：《艺概笺注》，贵州人民出版社1986年版，第129—130页。
③ （晋）杜预：《春秋左传正义》，北京大学出版社1999年版，第12页。

汉代经学、子学研究

董仲舒的礼教神学思想

普 慧

礼，在上古的时代最早是用来敬神祀鬼的，所谓事神致福，是原始宗教崇拜活动的产物。[①]之后，在大量的祭祀活动中，人们按照在氏族内部的一定地位或掌握权力的大小，分别有序地对各类大小神祇次第敬拜，遂确定了神人关系。继之，由神人关系进而衍化为人人关系，于是便产生了适应其时宗教祭祀活动和等级社会制度的行为准则和道德规范以及各种礼节。[②]在不同社会中，这些行为准则和道德规范成为管理和制约人们处理神人关系和人人关系的有效工具。[③]据载，三代各有其礼，即夏有夏礼，殷有殷礼，周有周礼。[④]因此，"礼"不独为儒家所专有。就世界文明史而言，每一古老民族或古老国家都有其管理社会的"礼"的规定。就是崇尚梵天（Brahmā）、毗湿奴（Viṣṇu）、湿婆（Śiva）的印度婆罗门教（Brahmanism）和崇尚佛陀的佛教也都有其"礼"。

[①]《说文·示部》："礼，履也，所以事神致福也。"徐灏注笺："礼之名，起于神事。"（清）徐灏：《说文解字注笺》（徐氏自刻本）。《仪礼·觐礼》："礼日于南门外，礼月与四渎于北门外，礼山川丘陵于西门外。"东汉班固《东都赋》："于是荐三牺，效五牲，礼神祇，怀百灵。"

[②]《左传·隐公十一年》："礼，经国家，定社稷，序民人，利后嗣者也。"《礼记·曲礼》："夫礼者，所以定亲疏，决嫌疑，别同异，明是非也。"东汉班固《汉书·公孙弘传》："进退有度，尊卑有分，谓之礼。"

[③]《晏子春秋·谏上二》："凡人之所以贵于禽兽者，以有礼也。故《诗》曰：'人而无礼，胡不遄死。'礼，不可无也。"《论语·子罕》："博我以文，约我以礼。"另参普慧：《早期儒家"礼"的宗教思想》，《世界宗教研究》2008年第3期。

[④]《论语·为政》："子曰：'殷因于夏礼，所损益，可知也；周因于殷礼，所损益，可知也。其或继周者，虽百世，可知也。'"《礼记·中庸》："子曰：'吾说夏礼，杞不足征也。吾学殷礼，有宋存焉。吾学周礼，今用之，吾从周。'"

儒礼最早是孔子在周礼基础上修订、损益而成的,但随着社会的变迁,儒礼也在不停地变化发展。到西汉武帝时,董仲舒对早期的儒礼进行了诸多的改造,使之成为适应新型统治需要的思想武器——国家意识形态的神学礼教。

一

西汉武帝刘彻(前156—前87),为求得中央集权和天子神威,疏黄老而亲儒士,遂使董仲舒(前179—前104)等一批大"儒"得以进入帝国中央智囊团。儒士的得势,更加促进了先秦以来"礼"的各种功能在社会生活中的运用。在"三礼"的典籍整理、传播的同时,儒士们对"礼"的阐释也在积极展开。为了政治的迫切需求,董仲舒大肆阐发了他的宗教神学观念,建立了一套以天与人相互感应[①]的神学理论体系。所谓的天与人相互感应说法,是秦、汉时期广泛流行的一种社会思潮,它同时包含着形而上(metaphysical)和形而下(within shape)的双重内容,是指天与人之间存在相类相通的感应关系,天能预设、干预人事,而人之行为举止亦能感应上天。一切自然灾异和祥瑞,皆为天对人事的谴责和嘉许。董仲舒则在此基础上从宗教神学角度进一步做了发挥,将其引入社会政治领域,构成了治国安邦的基本国策与国家主流意识形态(national mainstream ideology)。董仲舒认为,"天亦有喜怒之气,哀乐之心,与人相副,以类合之,天人一也"[②],完全将"天""妆点成至高无上、主宰人间

[①] 不少学者以"天人感应"一语概括董仲舒的神学思想,实为不妥。因为董仲舒根本没有提过"天人感应"这一术语。据现存文献记载,此一术语最早出自西晋陈寿《三国志》卷二《魏志·文帝纪》注引《献帝传》:"癸丑,宣告群僚。督军御史中丞司马懿、侍御史郑浑、羊秘、鲍勋、武周等言:'令如左。伏读太史丞许芝上符命事,臣等闻有唐世衰,天命在虞,虞氏世衰,天命在夏。然则天地之灵,历数之运,去就之符,惟德所在。故孔子曰:凤鸟不至,河不出图,吾已矣夫。今汉室衰,自安、和、冲、质以来,国统屡绝,桓、灵荒淫,禄去公室,此乃天命去就,非一朝一夕,其所由来久矣。殿下践阼,至德广被,格于上下,天人感应,符瑞并臻,政之旧史,未有若今日之盛。"此一"天人感应",意在"天命",与董仲舒的神学思想有较大差异。

[②] (汉)董仲舒著:《春秋繁露·阴阳义》,苏舆撰,钟哲点校:《春秋繁露义证》,中华书局1992年版,第341页。

的、有人格、有道德意志的神"①。天对行善者降以祥瑞，对作恶者降以灾异。"国家将有失道之败，而天乃先出灾害以谴告之；不知自省，又出怪异以惊惧之；尚不知变，而伤败乃至。以此见天心之仁爱人君，而欲止其乱也。"② 同时，人君的一些行政措施，人们的某些宗教祭祀，也能感动上天，促使上天改变祂原有的安排。这里，道德的善恶标准，实际上来自于双重的渊源：即来自于上天的神秘的目的和意志与源自于儒家传统的社会政治伦理的原则。这样，一方面，"至上神在中世纪的圣光中复活了"，另一方面，"两汉国教化了的僧侣们，便是神鬼化了的儒林与唯理化了的教徒，他们以神学家而兼政府官吏。皇帝在神国中同时也在王国中，是教主而兼天子"③。于是，在国家的主流意识形态领域里，董仲舒等从理论上彻底完成了宗教信仰的神权、儒家伦常的父权和政治统治的皇权的三位一体化（trinitized）。

董仲舒这个从带有浓密的神秘主义的赵、燕、齐之地④出来的儒士，与单纯鲁地出来的儒生有很大的不同：他显然对先秦儒家六经的搜集、整理⑤缺乏必要的兴趣，而是将先秦以来的原始鬼神崇拜、太极，尤其是燕、齐之地盛行的阴阳、五行、神仙、方术等非儒家的因素，杂糅进了儒学之中，对"通过五行的媒介发挥作用的天、地、人三界的一元性质作了新的强调"⑥，使之贯穿于社会的政治统治和人们的精神生活方面，实现了大一统帝国的"礼教"神学化的思想整合。

---

① 侯外庐等：《中国思想通史》，人民出版社1957年版，第99页。
② （汉）班固：《汉书·董仲舒传》，中华书局1962年版，第2498页。
③ 侯外庐等：《中国思想通史》，第89页。
④ 据班固《汉书·董仲舒传》载，董仲舒为广川人。广川（今之河北景县），战国时地处赵、齐、燕交界之地。
⑤ 汉初50年，各地儒生以搜集、整理先秦以来的儒家文献资料和传讲《五经》为己任，努力恢复儒家政治伦常之礼仪。如："言《诗》，于鲁则申培公，于齐则辕固生，于燕则韩太傅；言《尚书》自济南伏生；言《礼》自鲁高堂生；言《易》自菑川田生；言《春秋》，于齐鲁自胡毋生，于赵自董仲舒。"（［汉］司马迁：《史记·儒林列传》）
⑥ 〔英〕鲁惟一（Michael Loewe）著，杨品泉译：《宗教和知识文化的背景》，载〔英〕崔瑞德（Denis Twitchett）、鲁惟一主编：《剑桥中国秦汉史》，中国社会科学出版社1992年版，第677页。

二

董仲舒对先秦儒家之"礼",有着深入的理解和践行。他"进退容止,非礼不行,学士皆师尊之"①,以实际行动实践儒"礼"。然而,董仲舒并非单一承继先秦儒家之"礼",而是把先秦以来社会上流行的诸多思潮及技术纳入其"礼教"神学范围,构成了国家的最高意识形态。在董仲舒的"礼教"神学理论中,除了先秦儒家思想,还有如下几种流行社会思潮和技术。

其一,祖先鬼神崇拜。祖先鬼神崇拜的观念由来已久,春秋战国之际,在诸子百家中,以墨子的鬼神崇拜思想最为浓厚。胡适尝谓:"董仲舒屡说'以人随君,以君随天','屈民而伸君,屈君而伸天',这正是墨教'上同于天'的意旨,后世儒者都依此说。其实孔孟都无'屈民伸君'之说,汉家建立的儒教乃是墨教的化身。"②汉武刘彻敬信鬼神③,故董仲舒也纳鬼神崇拜于儒教之中。"鬼神谓生成万物。鬼神也,四时变化,生成万物,皆是鬼神之功。圣人制礼,则陈列鬼神之功,以为教也,其降曰命。"④

其二,太极思想。太极,又称太一、太乙。先秦思想家称最原始的混沌之气,是宇宙万物产生之本原和根源。唐孔颖达疏:"太极谓天地未分之前,元气混而为一,即是太初、太乙也。"⑤太一,又作泰一,《礼记·礼运》:"夫礼必本于太一,分而为天地,转而为阴阳,变而为四时,列而为鬼神,其降曰命","大(音泰)一者,谓天地未分、混沌之元气也"。⑥泰一,在战国时期又被神化,成为天神之名。战国宋玉《高唐赋》:"醮诸神,礼太一。六臣注:善曰:'醮祭也。'《史记》曰:'宜立太乙而上亲郊之。'良曰:'诸神,百

---

① (汉)班固:《汉书·董仲舒传》。
② 胡适:《中国中古思想史长编附录》,华东师范大学出版社1996年版,第288页。
③ (汉)司马迁《史记·孝武本纪》:"孝武皇帝初即位,尤敬鬼神之祀。"中华书局1959年版,第451页。
④ (汉)郑玄注,(唐)陆德明音义,(唐)孔颖达疏:《礼记注疏·礼运》,《十三经注疏》,第1426页。
⑤ (明)逯中立:《周易札记·系辞上传》,景印文渊阁《四库全书》,第34册,第53页。
⑥ (汉)郑玄注,(唐)陆德明音义,(唐)孔颖达疏:《礼记注疏·礼运》,《十三经注疏》,第1426页。

神也；太一，天神也；天神尊敬称礼也。'"①汉武之时，泰一神已被提升为最高、至上神。《史记·封禅书》："天神贵者，太一。"司马贞《索隐》引宋均云："天一、太一，北极神之别名。"②东汉班固谓："或曰：'五帝，泰一之佐也。宜立泰一而上亲郊之。'"③五帝，于周时即被祭祀。《周礼·春官·小宗伯》："兆五帝于四郊。"依《吕氏春秋》等文献，五帝为：青帝太昊（伏羲氏）、赤帝（炎帝）、白帝（少昊）、黑帝（颛顼）、黄帝（轩辕氏）。郑玄注："五帝，苍曰：灵威仰，太昊食焉；赤曰：赤熛怒，炎帝食焉；黄曰：含枢纽，黄帝食焉；白曰：白招拒，少昊食焉；黑曰：汁光纪，颛顼食焉。"④可见，太极与"礼"关系甚为密切。唐孔颖达疏："礼既藏于郊社天地之中，是故制礼必本于天，以为教也；必本于大一者，谓天地未分混沌之元气也。大，未分，曰：一，其气既极大而未分，故曰大一也。"⑤

其三，阴阳思想。阴阳是先秦思想家指宇宙间贯通物质和人事的两大对立面，特指天地间化生万物的二气。研究阴阳之学者被称之阴阳家。"阴阳家者流，盖出于羲、和之官，敬顺昊天，以授民时者也。"⑥羲、和乃羲氏与和氏之并称。传说尧帝曾命羲仲、羲叔与和仲、和叔两对兄弟分驻四方，以观天象，并制历法。《书·尧典》："乃命羲、和，钦若昊天，历象日月星辰，敬授人时。"⑦故阴阳初谓日月、昼夜、天地。《易·系辞上》："阴阳不测之谓神。"⑧《礼记·郊特牲》："乐由阳来者也，礼由阴作者也，阴阳和而万物得。"孔颖达疏："和，犹合也；得，谓各得其所也。若礼乐由于天地，天地与之和合则万物得其所也。"⑨孙希旦《集解》："乐由天作，故属乎阳；礼由地制，故属乎阴，阴阳和则万物得，礼乐和则万事顺。"⑩董仲舒始推重阴阳。"景、武之世，

---

① （南朝梁）萧统：《文选》，中华书局1987年版，第349页。
② （汉）司马迁：《史记·封禅书》，第1386页。
③ （汉）班固：《汉书·郊祀志上》，第1227页。
④ 《周礼注疏》卷十九，《十三经注疏》，第766页。
⑤ （汉）郑玄注，（唐）陆德明音义，（唐）孔颖达疏：《礼记注疏》，《十三经注疏》，第1426页。
⑥ （汉）荀悦著，张烈点校：《汉纪》，中华书局2002年版，第436页。
⑦ （汉）孔安国注，（唐）陆德明音义，（唐）孔颖达疏：《尚书注疏》，《十三经注疏》，第119页。
⑧ （晋）韩康伯注，（唐）陆德明音义，（唐）孔颖达疏：《周易注疏》，《十三经注疏》，第78页。
⑨ 《礼记注疏》，第1447页。
⑩ （清）孙希旦撰，沈啸寰、王星贤点校：《礼记集解》，中华书局1989年版，第675页。

董仲舒治公羊《春秋》，始推阴阳为儒者宗。"[1]

其四，五行学说。五行最早为上古思想家称物质构成的五种元素。《尚书·周书·洪范》："五行：一曰水，二曰火，三曰木，四曰金，五曰土。"[2] 春秋时产生五行相胜说。《孙子·虚实第六》："五行无常胜。"战国齐邹衍（前305—前240）将阴阳说与五行说相结合，提出"五德终始论"[3]。董仲舒继承前说，进一步明确阐发了"五行相生相胜说"[4]。董仲舒的"五行说"是为其天与人相互感应的说法奠定基础，似与汉代人们对天文星象的进一步认识有关，同时也保留了古老的星占术的内容。对于天象的认识，乃是世界各古老民族共同的兴趣。而把人们很容易观测到的五颗行星与"五行"联系起来，则始于两河流域的人们。"美索不达米亚人仍在细心地研究夜空，但现在他们把注意力集中在天体和星宿的运动上，因为他们开始相信他们信奉的一些神祇就住在上天，而通过观测和预测天体和星宿的运动就可预测出哪位神正在掌权以及这对人间事务的影响。新巴比伦人把这种天穹研究发展到了极致，他们认出了五个'游移不定的星星'（我们可以称之为行星），并把它们同五位不同神祇的权力对应起来。……我们仍用罗马神的名字称呼前五个行星——水星（Mercury，墨丘利神）、金星（Venus，维纳斯女神）、火星（Mars，战神玛尔斯）、木星（Jupiter，主神朱庇特）、土星（Saturn，农神）——因为希腊人和罗马人承袭了这一体系。……今天人们把各种星占术都称为迷信，但在当时看来，新巴比伦人对上天事件和人间事务之间关联的寻求是科学的。换句话讲，对人类而言，相信自己能够观测并解释宇宙、因而知道如何从中受益，比因面对不可知

---

[1] （汉）班固：《汉书》，第1317页。
[2] （汉）孔安国注，（唐）陆德明音义，（唐）孔颖达疏：《尚书注疏》，《十三经注疏》，第188页。关于洪范，近代有学者认为是战国时期子思一派的儒士伪托，当成于战国中后期。但现代已有不少学者坚信洪范为周初之作。参见范文澜：《中国通史》第1册，人民出版社1978年版，第53、58页；金景芳：《古史论集》，齐鲁书社1982年版，第176—180页。
[3] （宋）郑樵《左氏非丘明辩》："齐威王时邹衍推五德终始之运。"载（明）唐顺之：《荆川稗编》卷十三，景印文渊阁《四库全书》，第953册，第264页。
[4] （汉）董仲舒《春秋繁露》："天有五行：一曰木、二曰火，三曰土，四曰金，五曰水。木，五行之始也；水，五行之终也；土，五行之中也；此其天次之序也。木生火，火生土，土生金，金生水，水生木。"（苏舆：《春秋繁露义证》，第315页）卷十三《五行相胜》："金胜木……水胜火……木胜土……火胜金……土胜水。"（苏舆：《春秋繁露义证》，第367—371页）卷十三五行相生："木生火……火生土……土生金……金生水……水生木。"（苏舆：《春秋繁露义证》，第363—366页）

的神秘现象整日担惊受怕而畏畏缩缩，要科学一些。"① 同样，汉武帝时期，中国人对天文星象之认知，已达到了相当高度，并把天上星象的出没与地上人间的变化联系于一起，构成了天神与地人相互感应说的重要内容之一。从司马迁《史记》立《天官书》一卷可以看出，其时星象与人事的联系极为密切，且成为"礼"制的预兆。② 所以，"如果不理解阴阳五行学派的世界观、知识论和逻辑学，则对于自汉以下的儒家哲学，也不能够有充分理解"③。

其五，神仙崇拜。神仙思想起源于上古人对于自然种种神秘的神话传说，以不死思想为主要渊源。然早期神与仙并非一个系统：神在西方，来自高山（以昆仑为主），与人有本质之别，从来即神，不生不死。《山海经》卷二《西次三经》："昆仑之丘，是实惟帝之下都，神陆吾司之。……是神也，司天之九部及帝之囿时。"④ 这一思想可能受到来自地中海神话思想的影响。如，以为昆崙之名源自古巴比伦（Ancient Babylon）神话中的 Khursag Kurkura 山，意为"大地唯一之山"或"世界之山"⑤；又如，西王母（the Queen Mother of the West），其原型即可能是安纳托利亚（Anatolia）地区的大神母 Kubaba，也即 Cybele，意为"库伯勒"或"西布莉"，古代小亚细亚人崇拜的自然之神。其更古老的原型可能与公元前 14 至公元前 12 世纪广泛存在于叙利亚的地中海沿岸的都市国家 Ugarit（意为"乌加列"）所崇拜的 Anat（意为"阿娜特"，迦南的爱情之神、女战神）等神有关。⑥ 西周末期，山上的神已上升至天。《周

---

① 〔美〕菲利普·李·拉尔夫、罗伯特·E. 勒纳、斯坦迪什·米查姆、爱德华·伯恩斯等著，赵丰等译：《世界文明史》（上卷），商务印书馆 2006 年版，第 75—76 页。

② （汉）司马迁《史记·天官书》："岁星一曰摄提，曰重华，曰应星，曰纪星。营室为清庙，岁星庙也。察刚气以处荧惑。曰南方火，主夏，日丙、丁。礼失，罚出荧惑，荧惑失行是也。出则有兵，入则兵散。以其舍命国。荧惑为勃乱，残贼、疾、丧、饥、兵。反道二舍以上，居之，三月有殃，五月受兵，七月半亡地，九月太半亡地。因与俱出入，国绝祀。居之，殃还至，虽大当小；久而至，当小反大。其南为丈夫丧，北为女子丧。若角动绕环之，及乍前乍后，左右，殃益大。与他星斗，光相逮，为害；不相逮，不害。五星皆从而聚于一舍，其下国可以礼致天下。"中华书局 1959 年版，第 1317—1318 页。

③ 侯外庐等：《中国思想通史》（第一卷），人民出版社 1957 年版，第 645—646 页。

④ 袁珂：《山海经校注》，上海古籍出版社 1980 年版，第 47 页。

⑤ 参见苏雪林：《昆仑之谜》，台北中央文物供应社 1956 年版。

⑥ Elfriede R. Knauer, The Queen Mother of the West: A Study of the Influence of Western Prototypes on the Iconography of the Taoist Deity, in Victor H. Mair edited, *Contact and Exchange in the Ancient World*, Honolulu: University of Hawaii Press, 2006. Lynn E. Roller, *In Search of God the Mother: The Cult of Anatolian Cybele*, Berkeley and Los Angeles, California: University of California Press, 1999.

礼·春官·宗伯》："大宗伯之职，掌建邦之天神、人鬼、地示之礼，以佐王建邦保国。"[1]春秋战国时期，神的观念已广泛扩散，"山林、川谷、丘陵，能出云，为风雨，见怪物，皆曰神。有天下者，祭百神"[2]。然百神又有主宰者："天者，百神之大君也。"[3]仙，则在东方燕、齐的海岱地区，起源较晚，不会早于春秋，"仙论起于周末"[4]。"自威（前356—前320）、宣（前319—前301）、燕昭（前311—前279），使人入海求蓬莱、方丈、瀛洲。此三神山者，……诸仙人及不死之药皆在焉。"[5]仙的思想源于本土的"长寿""不朽""不死""保身""度世""登遐"等观念，尤其是"'度世'和'遐居'，明确告诉我们要成'仙'就必须离开人世"[6]。"仙，长生仙去。从人，从䙴，䙴亦声。"[7]"老而不死曰仙。仙，迁也，迁入山也。"[8]据此，与神不同的是，仙本为人，经过修炼方可升成为仙。神与仙（仚）的合流当在西汉武帝时期。[9]

其六，方术技巧。方术，即方士之术。方士原为西周官员，掌王城四方采地的狱讼。《周礼·秋官·序官》："方士，中士十有六人。"郑玄注："方士，主四方都家之狱者。"[10]春秋时，方士承继和融合前代诸多法术如医药、卜筮、星相、堪舆、遁甲、鬼神、房中、冶炼黄白等为一体，成为治道之法。《庄子·杂篇·天下》："天下之治方术者多矣。"成玄英疏："方，道也。自轩、顼已下，迄于尧、舜，治道艺术，方法甚多。"[11]据载，最早的有姓名的方士为周灵王姬泄心（前571—前545）时期的苌弘："是时苌弘以方事周灵王，诸侯莫

---

[1] （汉）郑玄注，（唐）贾公彦疏：《周礼注疏》，《十三经注疏》上册，中华书局1980年版，第757页。
[2] 《礼记正义》，《十三经注疏》下册，第1588页。
[3] （汉）董仲舒：《春秋繁露·郊语》。
[4] （清）顾炎武：《日知录·泰山治鬼》，（清）黄汝成集释，栾保群、吕宗力校点：《日知录集释》，上海古籍出版社2006年版，第1718页。
[5] （汉）司马迁：《史记》，第1369页。
[6] 〔美〕余英时著，侯旭东等译：《东汉生死观》，上海古籍出版社2005年版，第24页。
[7] 参见（汉）许慎：《说文解字》，中国书店1989年影印商务印书馆本。
[8] （汉）刘熙：《释名·释长幼》，（清）毕沅疏证，（清）王先谦补，祝敏彻、孙玉文点校：《释名疏证补》，中华书局2008年版，第96页。
[9] 有关神仙说的起源，日人关注较早，青木正児（Aoki Masaru）《神仙説ガラ見左列子》（《支那学》第二卷第一号）、大渊忍尔（Ninji Ōfuchi）《初期の仙説について》（《東方宗教》1952年9月第1—2期）等都曾做过有益的探讨，然均未能将神与仙分而论之。
[10] （汉）郑玄注，（唐）陆德明音义，（唐）贾公彦疏：《周礼注疏》，《十三经注疏》上册，第867页。
[11] （清）郭庆藩撰，王孝鱼点校：《庄子集释》，中华书局1961年版，第1065页。

朝周，周力少，苌弘乃明鬼神事，设射狸首。狸首者，诸侯之不来者。依物怪欲以致诸侯。诸侯不从，而晋人执杀苌弘。周人之言方怪者自苌弘。"① 在此之前，西周吕望佐武王伐纣，多用权谋之术②，装神弄鬼，已近方术手段，后封地于齐，致使数术风气盛行。战国时期，燕、齐方士结合阴阳学，以海上长生之术为主要技能。"邹衍以阴阳主运显于诸侯，而燕、齐海上之方士传其术不能通。"③ 至秦，燕、齐方士以仙道思想为主，形成方仙道。"及秦帝而齐人奏之，故始皇采用之。而宋毋忌、正伯侨、充尚、羡门高最后皆燕人，为方仙道，形解销化，依于鬼神之事。"④ 董仲舒身处齐地周边，耳濡目染。

由此看出，董仲舒的"礼教"神学理论思想绝不是单纯的先秦儒家体系的延伸，当他将诸多思潮和技术杂融进儒家思想后，原本注重"学"的儒家，经董仲舒的改造，俨然演变成了以重"术"的儒教。"仲舒治国，以《春秋》灾异之变推阴阳所以错行，故求雨，闭诸阳，纵诸阴，其止雨反是；行之一国，未尝不得所欲。"⑤ 这样，董仲舒等便将整合后的儒术⑥迅速提升成为"汉代的国家宗教体系"（Confucianism became a State religion in Han times）⑦。他也因此成了"儒家的第一个'神学家'"⑧。这一国家宗教神学体系的建立，完全是从"大一统"⑨的帝国思想与人间神祇结合的需要而出发。

　　《春秋》大一统者，天地之常经，古今之通谊也。今师异道，人异论，

---

① （汉）司马迁：《史记》，第1364页。
② （汉）司马迁《史记·齐太公列传》："周西伯昌之脱羑里归，与吕尚阴谋修德以倾商政，其事多兵权与奇计，故后世之言兵及周之阴权皆宗太公为本谋。周西伯政平，及断虞芮之讼，而诗人称西伯受命曰文王。伐崇、密须、犬夷，大作丰邑。天下三分，其二归周者，太公之谋计居多。"
③ （汉）司马迁：《史记》，第1368页。
④ （汉）司马迁：《史记》，第1368页。
⑤ （汉）班固：《汉书》，第2524页。
⑥ 此时的儒家已不再是先秦孔、孟思想的单纯延伸。汉初以整理、传播六经为主的儒生也渐变为通晓方术、鬼神和神道的儒士。孔学由"学"衍变成了"术"。董仲舒《对策》之三："臣愚以为诸不在六艺之科、孔子之术者，皆绝其道，勿使并进。"（汉）班固：《汉书》，第2523页。
⑦ Arthur Waley: *Three Ways of Thought in Ancient China*, Stanford: Stanford University Press, 2004, p.94.
⑧ 〔瑞士〕罗伯特·P. 克雷默（Robert P. Cremer）著，谢亮译：《儒家各派的发展》，〔英〕崔瑞德（Denis Twitchett）、鲁惟一（Michael Loewe）主编：《剑桥中国秦汉史》，中国社会科学出版社1992年版，第725页。
⑨ 《春秋公羊传·隐公元年》，《十三经注疏》下册，第2196页。

百家殊方，指意不同，是以上亡以持一统；法制数变，下不知所守。臣愚以为诸不在六艺之科、孔子之术者，皆绝其道，勿使并进。邪辟之说灭息，然后统纪可一而法度可明，民知所从矣。①

为了帝国的大一统，必须在思想上、信仰上确立儒教的绝对思想、精神统治的地位。凡一切不以儒教为主导的"异道""异论"等"邪辟之说"，"皆绝其道，勿使并进"，乃至"灭息"其说。其实，董仲舒所排斥的并非被其儒教所吸纳的那些各家思想，而罢黜的是那些想要在政治和精神上与儒教分庭抗礼的其他各家思想。

三

国家宗教神学体系的建立，其目的即是完成儒家之"礼教"的宇宙化、社会化、道德化。由此，"礼"的宗教信仰内容不再单纯地注重于社会人事的规定，而是更加突出了"超越宇宙"（transcendent）的神学意味，"礼"由此成了国家宗教神学体系的核心范畴和内容。这样，董仲舒以纯粹理念的、抽象的术语来理解神意，解释"天""人"关系中的属于自己理想的结构状态。

> 礼者，继天地、体阴阳，而慎主客、序尊卑、贵贱、大小之位，而差外内、远近、新故之级者也，以德多为象，万物以广博众多、历年久者为象。②

在董仲舒看来，"礼"的性质在于承继天地，体察阴阳，其作用则审慎主客，排列尊卑、贵贱、大小、长幼之位次，差别内外、远近、新旧之级别。故"礼"的特征在于树"德"而体现于"象"。有"礼"，就能使万物"广博众

---

① （汉）班固：《汉书》，第2523页。
② （汉）董仲舒：《春秋繁露》，第275—276页。

多，历年久者"。正是因为"礼"有如此的性质和作用，董仲舒特别强调了郊祀之"礼"：

> 所闻古者天子之礼，莫重于郊，郊常以正月上辛者，所以先百神而最居前，礼三年丧，不祭其先而不敢废郊，郊重于宗庙，天尊于人也。①
>
> 郊礼者，人所最甚重也，废圣人所最甚重，而吉凶、利害，在于冥冥不可得见之中，虽已多受其病，何从知之！②

"郊"，为上古帝王于都城之外祭祀天和地的地方。冬至祭天于南郊，夏至瘗（yì）地于北郊。"古者天子夏亲郊，祀上帝于郊，故曰郊。"③ 在天子所持诸多之礼中，首要的是"郊礼"。天尊于人，郊重于宗庙。这是因为，"天者，百神之君也，王者之所最尊也，以最尊天之故"④。上天（人格神）是超然独尊的神明（Transcendental God），他于冥冥之中掌控着人事，一切吉凶、利害，皆出于上天。故必须郊祀上天，祈求上天，感动上天而护祐人事。人与天的联系是靠郊礼活动来实现的。天的意志、目的、情感（喜怒哀乐）主要地也是靠郊礼中体现的。天子郊祀祭天的时间，则在新岁之初："郊必以正月上辛者，言以所最尊，首一岁之事，每更纪者以郊，郊祭首之，先贵之义，尊天之道也。"⑤ 不管发生何事，祭天之礼必须执行。即使是天子丧父母，"至哀痛悲苦也，尚不敢废郊也。……夫古之畏敬天而重天郊如此甚也，今群臣学士不探察曰：'万民多贫，或颇饥寒，足郊乎！'是何言之误，天子父母事天，而子孙畜万民，民未遍饱，无用祭天者，是犹子孙未得食，无用食父母也，言莫逆于是，是其去礼远也。……天子号天之子也，奈何受为天子之号，而无天子之礼，天子不可不祭天也。……是故天子每至岁首，必先郊祭以享天，乃敢为地，行子礼也；每将兴师，必先郊祭以告天，乃敢征伐，行子道也"⑥。这就是

---

① （汉）董仲舒：《春秋繁露》，第414页。
② （汉）董仲舒：《春秋繁露》，第397页。
③ （汉）班固：《汉书》，第1212页。
④ （汉）董仲舒：《春秋繁露》，第402页。
⑤ （汉）董仲舒：《春秋繁露》，第402—403页。
⑥ （汉）董仲舒：《春秋繁露》，第404—405页。

说，除了岁首盼望新的年景而祭天外，兴师征伐之国家大事，亦必郊祭告天。凡不郊而祭小神者，谓之逆礼。按照董仲舒的理解，郊祀还需先占卜：

> 乃不郊而祭山川，失祭之叙，逆于礼，故必讥之，以此观之，不祭天者，乃不可祭小神也。郊因先卜，不吉，不敢郊；百神之祭不卜，而郊独卜，郊祭最大也。①

显然，在董仲舒的宗教神学思想体系里，还保存着不少自发宗教（spontaneous religion）的残余因素。占卜即是其中之一。这些自发宗教的残余因素，大量地通过燕、齐的方术得以流传。而董仲舒则将其纳入人为宗教（artificial religion）神学之中。他认为不郊祭而祭山川，则有失祭祀之先后，是为"逆礼"。而郊祭则一定要预先占卜，占卜结果为不吉，则不敢郊祭。除天子郊礼之外，其他祭祀则可不用占卜。

在整套礼祭的程序中，祭天为首要，其次为敬宗庙。宗庙为祖先牌位所供之室，乃其鬼魂神灵所托之处。② 祭祖乃为大礼，与祀天有很大的不同，祭祖的特点在于洁清、诚敬：

> 尊天敬宗庙之心也，尊天，美义也，敬宗庙，大礼也，圣人之所谨也，不多而欲洁清，不贪数而欲恭敬。君子之祭也，躬亲之，致其中心之诚，尽敬洁之道，以接至尊，故鬼享之，享之如此，乃可谓之能祭。祭者，察也，以善逮鬼神之谓也，善乃逮不可闻见者，故谓之察，吾以名之所享，故祭之不虚，安所可察哉！祭之为言际也与，祭然后能见不见，见不见之见者，然后知天命鬼神，知天命鬼神，然后明祭之意，明祭之意，乃知重祭事。③
>
> 天道施，地道化，人道义，圣人见端而知本，精之至也，得一而应万类之治也。动其本者，不知静其末，受其始者，不能辞其终。利者，盗之

---

① （汉）董仲舒：《春秋繁露·郊祀》，第409页。
② 《礼记注疏·乐记》："鬼神谓先圣先贤也。"《十三经注疏》下册，第1531页。
③ 苏舆：《春秋繁露义证》，钟哲点校，中华书局1992年版，第441—442页。

本也；妄者，乱之始也。夫受乱之始，动盗之本，而欲民之静，不可得也。故君子非礼而不言，非礼而不动；好色而无礼则流，饮食而无礼则争，流争则乱。夫礼，体情而防乱者也，民之情不能制其欲，使之度礼，目视正色，耳听正声，口食正味，身行正道，非夺之情也，所以安其情也。①

以洁清、诚敬祭祖，使祖先鬼神享之，则可察知天命鬼神之意。所以，"天道、地道、人道"这三道之意义，圣人知本至精。"食""色"无"礼"，则必引起"乱"。明乎此，故君子"非礼而不言，非礼而不动"。因此，董仲舒认为，"礼"用于社会人事，则具有"体情防乱"的作用。对于百姓的情感宣泄，不能强制压抑，而应以"礼"引导，使之目正色、耳正声、口正味、身正行，而不是强夺其情。先秦儒家之"礼"，乃是基于世俗王权统治与宗教信仰权威相一致的组织结构。社会上层集团拥有的"礼"教特权，是维系政治统治和宗教信仰的基本原则和纽带。所谓"礼不下庶人，刑不上大夫"②，正体现了这样一种"礼"教的规定性。凡不能纳入国家及其诸侯大夫等上层集团祀典的或僭越祭祀的，均被视为"淫祀"③。董仲舒"礼教"思想的可贵之处则在于，它把原为社会上层集团专有的象征权力和权威的"礼"，贯彻于民，而不是将"礼"置于空中楼阁，继续实行"礼不下庶人"的教化政策。"礼"的下移和普及，极大地突出了其宗教信仰和社会调节的功用，有效地避免了动辄使用酷吏的行为。

> 天者，群物之祖也，故遍覆包函而无所殊，建日月风雨以和之，经阴阳寒暑以成之。故圣人法天而立道，亦溥爱而亡私，布德施仁以厚之，设谊立礼以导之。④

与黄老道家、法家等不同的是，董仲舒将儒教之"礼"作为调节天与人、

---

① 苏舆撰，钟哲点校：《春秋繁露义证》，第468—469页。
② （汉）郑玄注，（唐）孔颖达等正义：《礼记正义·曲礼上》，《十三经注疏》上册，中华书局1980年版，第1249页。
③ 《礼记·曲礼下》："非其所祭而祭之，名曰淫祀。"《十三经注疏》上册，中华书局1980年版，第1268页。
④ （汉）班固：《汉书》，第2515页。

人与人关系的准则和杠杆,并赋予了"礼"具有"溥爱""德仁"的独特内涵和特点。尽管董仲舒将三纲①五常②纳入礼教范畴,动辄以"违礼"或"越礼"来衡量民情,但毕竟比以刑法酷吏论之要宽松得多。于是,"礼"不仅成为祭天敬祖的强心剂,而且可以使现实人生纯洁审美观念。③这就使得宗教祭祀礼仪的神圣与教化教育的庄重完美地结合起来。"宗教礼仪渐成为道德的人生理想,祭祀的物质祭品渐变成心灵的纯洁。原来的祭品是看动物的大小肥瘦,渐渐由祭品的价值改变为献祭者的身价,再由献祭者的身价变为献祭者的精神价值,那就是心灵的纯洁、行为的圣善、祈祷的诚恳、仁爱的深远。"④

与中国礼教所倡导的敬老尊贤、敬天祭祖、以祖配天、行政司法的以教育后代为中心目的相似的是,古希腊和古希伯莱的文化中心也是教育。古希腊和古希伯莱文化的宗教与教育打成一片,它综合了民间迷信、宗教礼俗而加以哲学的诠释。古希腊和古希伯莱的学堂就是神庙,与中国的"明堂"⑤一致,教育、宗教都是教养人生之道,阐明人生意义。⑥这就是"神道设教"⑦所诉求的一个浑然的整体、一个和谐的系统、一个统一的秩序,它整合了社会各个阶层所持有的形形色色的信仰、语言、观念及其价值取向,构成了整体社会的普适性原则(universal principle)。所不同的是,古希腊突出了哲学意义,古希伯莱彰显了神学意义,而中国则高扬了伦理意义。董仲舒的这一思想,在东汉初期

---

① 《礼纬·含文嘉》:"君为臣纲,父为子纲,夫为妻纲,是为三纲。"《礼记集说》,文渊阁《四库全书》第119册,第152页。

② 董仲舒《贤良策一》:"夫仁、谊、礼、知、信五常之道,王者所当修饬也。"(汉)班固:《汉书》,第2505页。

③ (汉)董仲舒《春秋繁露》:"《诗》《书》序其志,《礼》《乐》纯其美,《易》《春秋》明其知,六学皆大,而各有所长。"苏舆:《春秋繁露义证》,钟哲点校,中华书局1992年版,第35页。

④ 池凤桐:《基督信仰的起源》,华东师范大学出版社2006年版,第106页。

⑤ 古代帝王宣明政教之处所,凡大型祭祀、朝会、庆赏、选士、教学等礼典,均于此举行。唐明皇御注、陆德明音义、(宋)邢昺疏《孝经注疏》卷五:"昔者周公郊祀后稷以配天,祀文王于明堂以配上帝。"注:"后稷周之始祖也。郊,谓圜丘,祀天也。周公摄政,因行郊天之祭,乃尊始祖以配之也。明堂,天子布政之宫也。周公因祀五方上帝于明堂,乃尊文王以配之也。是以四海之内各以其职来祭。君行严配之礼,则德教刑于四海。"(《十三经注疏》下册,第2553页)故早期明堂,实则以宗教祭祀为主之场所。

⑥ 池凤桐:《基督信仰的起源》,华东师范大学出版社2006年版,第108页。

⑦ 《易经·上经·彖》。

的《毛诗大序》中得到了进一步的阐发。①

四

曾受董仲舒影响不小的史学家司马迁，对"礼"教也进行了阐发。此前，司马迁的父亲司马谈因受到黄老道家的影响，对儒家有独到看法：

> 儒者博而寡要，劳而少功，是以其事难尽从。然其序君臣、父子之礼，列夫妇、长幼之别，不可易也。②

司马谈认为，儒家长处在于知识广博，适应于意识形态的建设，但它参与国家官僚体制的行政管理，则显得逊色了许多，是"劳而少功"。然而，对于儒家之"礼"，司马谈则认为是不能更改的。这是一种意识形态的指导思想，是社会秩序赖以稳定的有效机制。显然，司马谈看重的是文、景时期黄老道家的"无为而治"③的政治管理理念。但是，到了司马迁，儒术盛兴，他则明显地偏爱儒教了，尤其是儒之"礼"教。④ 司马迁在《史记》中专列有《礼书》一章：

> 维三代之礼，所损益各殊务，然要以近性情，通王道，故礼因人质为之节文，略协古今之变。作《礼书第一》。⑤

---

① 《毛诗大序》："故变风发乎情，止乎礼义。发乎情，民之性也；止乎礼义，先王之泽也。"《毛诗正义》卷一，《十三经注疏》上册，第272页。
② （汉）司马谈：《论六家要指》，《史记》，第3289页。
③ "无为而治"的思想最早由孔子提出，论语·卫灵公："子曰：'无为而治者，其舜也与？夫何为哉？恭己正南面而已矣。'"然而，孔子及其后学皆未发挥这一思想，反而转向"有为而治"了。
④ 如在评论儒、墨两家，司马迁则说："故圣人一之于礼义，则两得之矣；一之于情性，则两失之矣。故儒者将使人两得之者也，墨者将使人两失之者也。是儒墨之分。"《史记》，第1163页。
⑤ （汉）司马迁：《史记》，第3304页。

司马迁对儒"礼"的探讨，更多地着眼于"礼"的宗教教化的性质和作用。他从生理学和心理学的角度提出"礼由人起"的原因：

> 礼由人起。人生有欲，欲而不得则不能无忿，忿而无度量则争，争则乱。先王恶其乱，故制礼义以养人之欲，给人之求，使欲不穷于物，物不屈于欲，二者相待而长，是礼之所起也。故礼者，养也。稻粱五味，所以养口也；椒兰芬茝，所以养鼻也；钟鼓管弦，所以养耳也；刻镂文章，所以养目也；疏房床笫几席，所以养体也：故礼者养也。①

欲望是人生来具有的生理和心理的基本要求。它一方面促使人们为了满足它而不停地向着更高层次努力和追求，实现社会物质的极大丰富和精神文明的日益进步，但另一方面，它又促使人们私欲的过度膨胀和贪婪，导致了"为欲而生"的心理扭曲。因此，人类的绝大部分思想都在力求消解"欲望"所带来的生存危机。佛教讲"无我"，儒家讲"克己"，道家讲"丧我"，基督教讲"舍己"，都在不同程度上提倡对人生欲望的节制。② 例如，印度早期佛教就曾特别指出人生痛苦（duḥkha）之根源之一，是来自于人们的欲望，由"所欲不得"而产生种种烦恼，继而带来痛苦。③ 对此，早期佛教多采取苦修的方式，以戒为本，来逐渐消除欲望带给人们的痛苦。又如，西方的文艺复兴（The Renaissance），带来的是人的解放，但同时也造成了人的个体膨胀、私欲纵横。这给后世造成了相当大的负面影响。所谓的"黑暗的中世纪"（Dark Middle Ages），似乎也应该予以重新检讨。④ 与他们不同的是，司马迁没有完全站在

---

① （汉）司马迁：《史记》，第 1161 页。
② 在人类宗教信仰系统中，大致呈现出禁欲主义、节欲主义和纵欲主义三大倾向。纵观各种宗教历史，节欲主义应该是宗教信仰系统中的主流。
③ （晋）僧伽提婆（Samghadeva）译《增壹阿含经·四谛品》："所谓苦谛者，生苦、老苦、病苦、死苦、忧悲恼苦、怨憎会苦、恩爱别离苦、所欲不得苦，取要言之，五盛阴苦。是谓名为苦谛。"（《大正新修大藏经》第 2 卷，第 631 页下）"所欲不得"梵文为：yad apī cchayā paryesamāno na labhatetad api duhkham。
④ 参〔美〕凯利·詹姆斯·克拉克著，唐安译，戴永富、邢滔滔校：《重返理性：对启蒙运动证据主义的批判以及为理性与信仰上帝的辩护》，北京大学出版社 2004 年版。唐逸：《理性与信仰：西方中世纪哲学思想》，广西师范大学出版社 2005 年版。

孔子"克己复礼"的立场上，而是认为"欲"和"物"不是对立的关系，而是相辅相成的关系。而"礼"则成为"欲"和"物"关系的关键调节钮。用"礼"来节制、调控人的欲望和要求，就不会出现"忿""争""乱"的现象。故"礼者，人道之极也。"① 法礼教化，民就会安稳，社会就会和谐。据此，司马迁总结出了"礼"有"三本"说：

  天地者，生之本也；先祖者，类之本也；君师者，治之本也。无天地恶生？无先祖恶出？无君师恶治？三者偏亡，则无安人。故礼，上事天，下事地，尊先祖而隆君师，是礼之三本也。②

  "天地""祖先""君师"为"礼"之三项根本。无天地则无万物，无祖先则无后代，无君师则无治世。此三者绝不能消亡。否则，世界则不成其为世界了。所以，人为制定的"礼"，必须贯彻祭天、敬祖、事君的基本原则。应当说，司马迁"礼论"的直接源头是《荀子·礼论》，《史记·礼书》大段抄录了《荀子·礼论》是非常明显的。但是，当司马迁以"礼"之"三本"为核心，以史家的独特视角和历史评述，就完全配合了汉武时期神权、父权、皇权三位一体的"宗教—伦理—政治"的社会权力的基本构架，在相当大的程度上配合并延续了董仲舒"礼"教思想的国家意识形态化。

  当西汉后期人为宗教的神学体系日益唯理化的时候，董仲舒"礼"教神学体系中的另一支系"感应论"也在明目张胆地泛滥起来。东汉谶纬神学便是在此基础上变本加厉，狂澜肆虐。占筮、符签、斋戒、祭祀等自发宗教的残余势力再次隆盛，跻身到了社会政治舞台，在一定程度上左右了政治变革的进程。从西汉武帝到东汉后期，儒教神学从人为的、唯理的和自发的、崇拜的两个方面同时向社会生活的各个层面渗透，并在一定程度上主宰着人们的精神信仰和政治判断。知识、信仰、审美、实践等领域尽管呈现出多元性的宗教文化因素，但是作为具有国家意识形态的"礼"教神学精神，却在整个社会上层政治

---

① （汉）司马迁：《史记》，第1172页。
② （汉）司马迁：《史记》，第1167页。

统治的思想世界里形成了一个稳固不变的堡垒。以东汉女性德行为例，就有班昭、荀爽、蔡邕之女诫、女训[1]等，"礼"教的伦理成为女性的圭臬。然而，当这个堡垒达到极端封闭的状态时，它就严重地堵塞了政治仕途而使得士人的精神世界变得狭小、孤寂、无奈、苦闷、颓丧。[2] 社会的上层与下层、文化的中心与边缘，构成了激烈的冲突，终于引发了下层民众以前宗教（pre-religion）的形态而揭竿造反，帝国超稳定的大厦终于在民众造反和豪强镇压的枪林箭雨中坍塌了。随之而去的是国家意识形态的"礼"教神学，一落千丈，成为众多思想洪流中泛起的一朵浪花。

（作者单位：四川大学中国俗文化研究所）

---

[1] （汉）班昭《女诫（序）》："伤诸女方当适人，而不渐训诲，不闻妇礼，惧失容它门，取耻宗族。吾今疾在沈滞，性命无常，念汝曹如此，每用惆帐。间作女诫七章，愿诸女各写一通，庶有补益，裨助汝身。"（范晔：《后汉书》卷八十四《列女传》）（汉）荀爽《女诫》："圣人制礼，以隔阴阳。……非礼不动，非义不行。"（欧阳询：《艺文类聚》卷二十三）（汉）蔡邕《女诫》："礼，女始行服纁，纁，绛，正色也。红紫不以为亵服，细缘不以为上服。缯贵厚而色尚深，为其坚纫也。"（严可均：《全后汉文》卷七十四）

[2] 参《古诗十九首》。

论两汉玄学思潮的萌芽

曹胜高

汤用彤先生言"汉代学士文人即间尝企慕玄远",贵玄言之风,东汉已见端倪,但却认为"汉之于魏晋,固有根本之不同",魏晋玄学"已不复拘拘于宇宙运行之外用,进而论天地万物之本本"。[①]言外之意,汉代玄论重宇宙论而魏晋重本体论,魏晋之本体论,先秦时老庄皆有涉及,两汉虽重宇宙论,然不能尽弃本体论。哲学、思想之演化,必有量变之积淀方有质变之形成。探讨两汉宇宙论如何转化为魏晋本体论,不仅是明晰魏晋玄学形成的一个基础命题,也是分析汉代哲学思想演进的一条重要线索。余敦康、王瑶、徐斌等人的著作,虽提及汉末清议,却多言玄学兴起之时世背景,皆未尝深论汉代玄论在命题、方法、阐释上之于魏晋玄学的深刻影响,而这些思想资源和阐释方法,正是魏晋玄学思潮的温床。本文试论之。

一、"道术将裂"与"道术将合"

《庄子·天下》言"道术将为天下裂",道出了战国中期百家争鸣、各持一端的状况。然百家之争,乃各求于天理人事之道,虽有侧重,殆非水火。《周易·系辞下》:"天下同归而殊途,一致而百虑。"争鸣时所论之差异,虽悬于

---

① 汤用彤:《魏晋玄学论稿》,上海世纪出版集团、上海古籍出版社2005年版,第38页。

一时，后世渐趋于消解而至混融。故至于秦汉时，"道术已将为天下合"。至魏晋时期，孔老、庄孟之说遂弥合无间。《世说新语·文学》载太尉王夷甫问阮宣子"老庄与圣教同异"，阮宣子对以"将无同？"盖论儒、道之异同，实乃同中求异、异中求同之事。魏晋玄学之形成，非一时之积累，非一人之首创，实乃两汉诸子思想启迪、学说积淀而致。先秦至魏晋，道术经历了合分合的过程，儒、道从分立而趋融通，这是汉代玄论的大背景。

玄学形成的理论前提，是儒、道两系的会通。打破彼此的界限，学术之间的互渗和互通才能创造出新的思想体系。这种互渗的前提，在于两者具有共通的价值指向，从而使得彼此之间的交融具有可能；而这种互通的基础，则在于彼此之间有着明显的理论分野，从而使得彼此不会因为理论的借鉴而泯灭了其间的理论差异。上古的儒、道之间，存在理论视角上的迥异，如梁启超所言的儒家以人为中心，道家以自然为中心[1]；牟宗三所言的儒家哲学是"道德形态的形而上学"，老子哲学是"实有形态的形而上学"，庄子哲学是"境界形态的形而上学"[2]，这是先秦儒道相绌的内在原因。这种差异的弥合，到玄学的形成才得以开始，至今仍未完成。但这种理论上的差异，在现实中，不是冲突性的对立，而是一种水乳交融的互补性存在。

儒与道的互渗，在于学说有差异。先秦时期，儒家提倡的"齐家治国平天下"所表现出来的进取精神和参与意识，并不能在现实政治中得以实现，退隐成为当时士人的一个无奈选择。巢父、许由、务光等隐士，隐约已有后世远遁之态；长沮、桀溺、楚狂、接舆、荷蓧丈人等，更带有隐逸特征。尽管儒家与此类人物追求不同，但仍然能理解他们的避世之举。《论语·微子》所载长沮、桀溺耦而耕而与子路对论事，孔子怃然曰："鸟兽不可与同群，吾非斯人之徒与而谁与？天下有道，丘不与易也。"孔子尽管感慨自己与长沮、桀溺等志向不同，但仍能理解辟人之士的存在。孔子偶尔也有远遁的心态，《论语·公冶长》载孔子"道不行，乘桴浮于海"之叹。为了恢复周礼，孔子仍要积极入世，但他向往的人生，恰恰是《论语·先进》中曾点所描述的："暮春者，春

---

[1] 梁启超：《先秦政治思想史》，东方出版社1996年版，第122页。
[2] 牟宗三：《中国哲学十九讲》，上海古籍出版社2005年版，第81页。

服既成，冠者五六人，童子六七人，浴乎沂，风乎舞雩，咏而归。"与志同道合者，自由自在的沉浸于自然之乐。由此可见，在春秋末期，儒家和道家尽管在学说体系上有明显分野，但在人生经验的总结和自我理想的表述上，并非水火不容。

诸子论辩，如庄、孟、墨、荀等相互批评，虽有意气，但此类争鸣之形成，一在于有共同话题，二在于熟悉对方之学说，故各执一端，指责对方之偏颇。然于私下，皆留意对方之得失，以资弥补个人学说之罅隙，甚至径言对方之行事言论，以验证自己的结论。庄子论天人之事，取象万千，其《人间世》假孔子、颜回之口而言坐忘、心斋，与文中的惠施不同，惠施与庄子辩，常作为批判之用，而《庄子》全书提及孔子51次，亦有出于批驳和辨析者，但此处借孔子、颜回之口，道出庄学两个重要命题，并非偶然。苏轼说庄子称引孔子："阳挤而阴助之，其正言盖无几……其尊之也至矣。"[①] 联系到《人间世》中的"接舆讽孔"，《德充符》中孔子与常季、孔子与鲁哀公议论的王骀、哀骀它等，可以看出，一方面，庄子批评孔子过于执著于德，成为超脱世外的名士们劝说的对象；另一方面，庄子也非常在意孔子的言行，将其作为自己立论的重要基础：自己与孔子观点不同的地方，庄子就通过自己和他人之口加以辩驳，甚至不惜让孔子直接发言加以讨论。庄子又竭力发掘孔子言行中与自己学说体系相似或相通的部分，通过孔子之口加以表达，如上文提到的孔子论坐忘、颜回论心斋。颜回独居陋巷，自得其乐，此与庄子心中的无己之至人，深为相似，庄子认为颜回的行为正是"堕肢体，黜聪明，离形去知，同于大通"的结果，遂以"重言"出之。诸子之学，或出于王官，或大道裂之，踪其本源，本混为一，察其旨归，皆意欲明天人、察心性、寻治道、辨是非。故论辩愈久，彼此借鉴愈多，弥合愈广，学说本核似未变异，而外延枝末已趋交融。

同时代者，必有共通之见识，必有共通之命题，故人生经验、见闻、际遇之相似，使得证据论证亦有相通之处。如《老子》第八章言"上善若水。水

---

① （宋）苏轼：《庄子祠堂记》，载曾枣庄、刘琳主编：《全宋文》第44册，巴蜀书社1994年版，第859—860页。

善利万物,而不争;处众人之所恶,故几于道。"以水之特性言善。《老子》第七十八章:"天下莫柔弱于水,而攻坚强者莫之能胜,以其无以易之。弱之胜强,柔之胜刚,天下莫不知,莫能行。"以水之柔弱言道之不争、人之处下。而《论语·雍也》亦以水喻人性:"智者乐水,仁者乐山。智者动,仁者静。智者乐,仁者寿。"以为君子德,《大戴礼记·劝学》载孔子语于子贡言:"夫水者,君子比德焉",水之德中,涵仁、义、勇、智、察、贞,是善、正、厉、意等意的合成。儒、道两家以水喻道、喻人之法,视角有异,所见有别,然言其善行之同于水,乃儒、道无意之中所共识。合而言之,儒、道所言之事理,皆取象于天地人生,皆宗于大道。析而言之,儒、道审视天地之道,或由天及人,或由人及天,取舍不同而成差异。殆及后学,非能坚持孔老、庄孟之判然,遂使儒、道之混一。

战国楚墓竹简《太一生水》言:"天地者,太一之所生也,故太一藏于水,行于时,周而又(始,以己为)万物母。"《礼记·礼运》:"礼必本于太一,分而为天地,转而为阴阳,变而为四时。"《荀子·礼论》亦言:"凡礼,始乎托,成乎文,终乎乐校。故至备,情文俱尽;其次,情文代胜;其下,复情以归太一也。"儒、道以水明道明德,在于天地之本太一生于水,故万物之性,天地之行,皆循此而成,由此而生。《周易·系辞上》言:"易有太极,是生两仪,两仪生四象。易以道阴阳,易与天地准。"《史记·孔子世家》言孔子晚年喜易而成《易传》,虽非可遽定,其必为孔子后学所为也。此时天地之规、德行之说、人性之论,皆归于太一。又,《吕氏春秋·大乐》:"太一出两仪,两仪出阴阳。阴阳变化,一上一下,合而成章。天地车轮,终则复始,极则复反,莫不咸当。"万事万物皆合太一之道、阴阳之法运行,已成为秦汉学者之共识。

天下大道,本始于一,百家争鸣,终归于一。秦汉乃先秦学术之互通与混融时期。《庄子·天下》所言"道术将为天下裂",乃彼时之见解,非能囊括秦汉"道术将为天下合"之特征。先秦诸子,各持所判,成百家之说,故司马谈列为六家、班固列为九流十家,后世循之而论,列子部目录,勉为十家之分,似乎后世诸子之说判然大别,乃泥古而不详察。盖后世之儒道法墨之论,非前世之判然有别,早混融为一而非能截然剖分。高诱序言:"此书所尚,以道德为标的,以无为为纲纪,以忠义为品式,以公方为检格。"① 以是书取道家之自然无为、儒家之忠诚仁义、墨法之公正方直而成,并不拘泥一端。

两汉儒、道的发展,乃在消长之中呈现互渗互通之势,司马迁所言"互绌"之态,乃在武帝之前。《史记·外戚世家》言:"窦太后好黄帝、老子言,帝及太子、诸窦不得不读《黄帝》《老子》,尊其术。"《儒林传》又言"诸博士具官待问,未有进者",并详载儒生辕固生与道家黄生论"汤武革命"事,窦太后与辕固生评《老子》事,丞相窦婴、太尉田蚡、御史大夫赵绾、郎中令王臧等遵从儒术而贬官事,以及武帝"独尊儒术"事,似乎儒、道于汉初水火不容,武帝后道家寝熄,此亦因司马迁叙事之取舍而呈现出来之历史幻象。

若从两汉诸子治国之论,可知兼采儒道,虽学有所宗,然治术不拘泥一隅。《新语·道基》所言治道,出于儒,归于道:"君子握道而治,据德而行,席仁而坐,杖义而强,虚无寂寞,通动无量。故制事因短,而动益长,以圆制规,以矩立方。圣人王世,贤者建功,汤举伊尹,周任吕望,行合天地,德配阴阳,承天诛恶,克暴除殃……"贾谊《新语·术事》直言:"治事者因其则,服药者因其良。书不必起仲尼之门,药不必出扁鹊之方。合之者美,可以为法,因是而权行。"因事取则,因病用药,重视合诸家之长而用之,故儒、道并用,此乃高祖以至文景间学者之共识者。故刘安所撰之《淮南子》,关注的是"制君臣之义、父子之亲、夫妇之辨、长幼之序、朋友之际"②,其言"治之所以为本者,仁义也;所以为末者,法度也"③,又言"为治之本,务在于安民;安民之本,在于足用;足用之本,在于勿夺时"④,乃出于《孟子》之言。虽全书"旨近老子,淡泊无为,蹈虚守静,出入经道"⑤,然并不抛儒、法之说,足见汉初学术互融之特征。

汉初儒生,言治术合儒、道之长,察人生亦儒、道并用。贾谊少时,作《道德论》《道术》,青年能诵《诗经》《尚书》而闻名。其政论合儒、道以求

---

① (汉)高诱注:《吕氏春秋序》,诸子集成本(第6册),上海书店1986年版,第2页。
② (汉)高诱注:《淮南子·泰族训》,诸子集成本(第7册),上海书店1986年版,第351页。
③ (汉)高诱注:《淮南子·泰族训》,诸子集成本(第7册),上海书店1986年版,第364页。
④ (汉)高诱注:《淮南子·诠言训》,诸子集成本(第7册),上海书店1986年版,第236页。
⑤ (汉)高诱注:《淮南子叙》,诸子集成本(第7册),上海书店1986年版,第1页。

治，乃为理性之思；辞赋引老庄之道，抒玄远超脱之情，可见汉初文士，非单循黄老。其《鹏鸟赋》，举夫差、勾践、李斯、傅说等事言"祸兮福所依，福兮祸所伏；忧喜聚门兮，吉凶同域"，感慨"天不可预虑兮，道不可预谋；迟速有命兮，焉识其时"，表达自己"释智遗形兮，超然自丧；寥廓忽荒兮，与道翱翔"的期望。武帝独尊儒术，经学大兴，然其学者，并未弃老庄。司马迁《悲士不遇赋》亦引儒、道所倡之人生态度抒己之矛盾心态："没世无闻，古人唯耻；朝闻夕死，孰云其否！逆顺还周，乍没乍起。理不可据，智不可恃。无造福先，无触祸始。委之自然，终归一矣。"既期望能学孔子之进取，然又无望于通达之实现，深感福祸无端，只有顺其自然而已。提倡"独尊儒术"的董仲舒，失意之时，也只能从老庄思想中寻求况解，其《士不遇赋》中极力推崇卞随、务光、伯夷、叔齐等遁迹，感慨自己"不能同彼数子兮，将远游而终慕"，心中向往"庄生化蝶，乐融融兮。忧此乐彼，吾乎将行兮"，希望能够浮蜕于尘世，达到物我同化。

孔、孟、老、庄以至贾谊、董仲舒，虽名归儒、道，学有所宗，各虽有异，亦有交融。孔子问礼于老子，庄子重言于孔子，贾谊学宗儒经，论从孔老，董仲舒儒体道末，以儒论治术，以道观人生。可知秦汉儒生，乃两合其长而不相废，以互渗互通之态度，面对现实与人生，久而久之，遂生出自然名教、有无本末、言意形神之命题。[①]

二、两汉间宇宙论向本体论的转进

尽管张岱年先生认为中国没有与西方相当的本体论[②]，但老子所言"道生一，一生二，二生三，三生万物"，不仅是天地的本源、宇宙的初始，还是万物的状态。庄子概括"道"："在太极之上而不为高，在六极之下而不为深，先天地生而不为久，长于上古而不为老"[③]，是一种具有超越属性的存在。庄子又言

---

① 王克奇：《从汉代经学到魏晋玄学》，《东岳论丛》2001年第5期。
② 张岱年：《中国哲学大纲》，中国社会科学出版社1982年版，第7页。
③ 《庄子·大宗师》，诸子集成本（第3册），上海书店1986年版，第40页。

"道""无所不在：在蝼蚁，在稊稗，在瓦甓，在尿溺。"[1]再如韩非子所言"道者，万物之所然也，万理之所稽也"，"道者，万物之所以成也"[2]，皆言道是潜存于万物之中的内在秩序和规律。《易传》在调和儒、道的同时，也融合着宇宙论和本体论的讨论。《易传·系辞上》言："易有太极，是生两仪，两仪生四象，四象生八卦。"此与《郭店竹简》"太一生水"的建构逻辑基本相似，企图在寻找一个本源性的概念，对万物秩序进行超越性的解释。但在这种解释的同时，又努力分析其后续运行的模式，如"一阴一阳之谓道，继之者善也，成之者性也……富有之谓大业，日新之谓盛德，生生之谓易"[3]。因此，在先秦诸子看来，道既是宇宙的本原，又是万物存在的根据。因此，在中国哲学体系建构之初，本体论和宇宙论就紧密结合着进行讨论，这是汉代哲学的第一个特点。

这个特点，可以从三个方面来认识。一是对本体的探讨，只是进行超越性的概括，而不进行具体的描述。例如老庄的道、孔子的天德、《易传》的"易""太极"以及《郭店竹简》等典籍的"太一"，诸子将这些概念作为讨论的理论前提，是具有先验性的存在，不再进行深入辨析，从而显得本体论探讨的薄弱。二是关注于本体的演化，即如何从本源分化为宇宙万物。这是讨论的重点，往往进行详细的辨析，如前文所引的道生万物、太一生水、易成八卦等。这样就使得后世学者在寻找到自认的本源之外，侧重讨论的本体的派生模式，如孟子的"四心"而至"四端"，管子的"精气"而成万物之论。三是注重于规律性运作或运行的讨论，常把本体如何向外化生万物、向内融合心性行为等作为讨论的指向，尤其关注于天的运行、人的秩序以及天人之间的关系，以求表述出来万物运行规律。这就使得诸子在讨论时，很难将宇宙论与本体论截然分开。

秦汉学者对于本体论的探讨，同样致力于寻找具有本源性、基质性和超越性的概念，来表达宇宙万物的本初，并逐渐认识到本初的一元性。黄老学家仍延续先秦道家"道"为本体的观点。如《黄帝四经·道原》："上道高而不

---

[1] 《庄子·知北游》，诸子集成本（第3册），上海书店1986年版，第141页。
[2] 《韩非子·解老》，诸子集成本（第5册），上海书店1986年版，第107页。
[3] （魏）王弼、（晋）韩康伯注，（唐）孔颖达等正义：《周易正义》，《十三经注疏》本，中华书局1980年版，第78页。

可察也，深而不可测也。显明弗能为名，广大弗能为形。独立不偶，万物莫之能令。"认为道是宇宙的本源。《淮南子·天文训》所描述的"天坠未形，冯冯翼翼，洞洞灟灟，故曰太始。道始于虚霩，虚霩生宇宙，宇宙生气，气有涯垠……天地之袭精为阴阳，阴阳之专精为四时，四时之散精为万物"，阐述道如何演化为万物；而《马王堆汉墓帛书》中的"万物恒无之初，迥同大虚。虚同为一，恒一而止……一者其号也，虚其舍也，无为其素也，和其用也"，则在道生万物的传统框架下，讨论本体演生宇宙的模式，并认为万物本原归一。汉初儒生如陆贾、贾谊等浸染道家，以道为万物本原，前文已论。董仲舒《春秋繁露·五行相生》："天地之气，合而为一，分为阴阳，判为四时，列为五行。"与《文子》所论极为相似。[①] 可知董仲舒学说的价值指向社会伦理和政治秩序，但在本体论上，依然坚持本原归一之说。这种"万物归一"的逻辑习惯，影响了此后扬雄的理论建构。

扬雄更是试图建立一个融通道家天地和儒家人文系统的理论体系，来解释天地运行的整体秩序，他所提出的"玄"，是试图超越"道"和"元"本体之上的更具有超越性的理论命题。桓谭曾说："扬雄作《玄》书，以为玄者，天也，道也，言圣贤制法作事，皆引天道以为本统，而因附属万类、王政、人事、法度，故宓羲氏谓之易，老子谓之道，孔子谓之元，而扬雄谓之玄。"[②] 扬雄建构玄论的目的，本意是为了消老庄思想对儒家思想体系的解构[③]，试图寻找一个能够比"道"更具有超越性的本体概念。尽管他用"玄"来表现，《太玄·玄攡》："仰而视之在乎上，俯而察之在乎下，企而望之在乎前，弃而忘之在乎后，欲违则不能，嘿而得其所者，玄也。"但仍未能完全摆脱"道"的理论模式，因而，他在《太玄》中所建构的解释图式，不是本体论的创新，而是生成论或者说是宇宙论的某些修订，揉进了道德、伦理等人世内容，认为天、地、人三者并立。如《太玄·玄告》："天以不见为玄，地以不形为玄，人以心

---

① 《文子·九守》："天地未形，窈窈冥冥，浑沌而一，分为阴阳。"王利器：《文子疏义》，中华书局2000年版，第11页。
② （汉）桓谭：《新论》，上海人民出版社1977年版，第60页。
③ 《法言·五百》："庄杨荡而不法，墨晏俭而废礼，申韩险而无化，邹衍迂而不信。"《法言·问道》："老子之言道德，吾有取焉耳，及捶提仁义，绝灭礼学，吾无取焉耳。"《法言·问道》："或曰：庄周有取乎？曰：少欲。"汪荣宝撰，陈仲夫点校：《法言义疏》，中华书局1987年版，第280、114、134页。

腹为玄。"可见，汉代试图建立更具有超越性、基质性和本原性的概念来诠释本体的努力，以扬雄的"玄"为终结。

这一终结的意义在于：中国哲学从此似乎达成了一个共识，那就是意识到万物的本体最终在于"归一"，这"一"名称可能不同，但性质相似：既是万物的起点，也是运行秩序的终点，具有先验性和超越性。从这个角度来看，汉代学者所建构的宇宙论，都有一个理论前提，那就是承认天下万物有一个本源，尽管对这一本原的命名不同，万物出于"一"，这可以看作汉代本体论的重要结论。

这一共识形成之后，汉代学者转而讨论本体的派生模式。在这一过程中，形成了两种基本模式：

一是儒家宇宙论演生系统，主要体现在董仲舒《春秋繁露》、谶纬文献和扬雄的《太玄》等典籍中。他们也承认宇宙本体是万物的时间起点，《易纬·乾凿度》："夫有形生于无形，乾坤安从生？故曰：有太易，有太初，有太始，有太素也。太易者，未见气也；太初者，气之始也；太始者，形之始也；太素者，质之始也。气形质具而未离，故曰浑沦。浑沦者，言万物相混成而未相离。视之不见，听之不闻，循之不得，故曰易也。"万物由太易、太初、太始、太素形成时间顺序，而成万物。《太玄·玄攡》："玄者，幽摛万类而不见形者也，资陶虚无而生乎规，挟神明而定摹，通同古今以开类，攡措阴阳而发气。一判一合，天地备也。天日回行，刚柔接矣。还复其所，终始定矣。一生一死，性命莹矣。仰以观乎象，俯以视乎情，察性知命，原始见终。三仪同科，厚薄相劘。圜则杌棿，方则吝啬。嘘则流体，吟则疑形。是故阖天谓之宇，辟宇谓之宙。"在天、地、人所组成的秩序中，玄不仅是时间的本原，而且是空间来源。其特点在于强调从属于人文系统的道德、伦理、制度等是宇宙本体的派生物，具有先天的合理性和合法性，其意并不在于解决本体生成宇宙的严格秩序，而是试图用天道解释儒学之合理性。

二是道家的宇宙演生系统。道家在讨论"道生万物"时，超越现实关注，致力于逻辑的辨析和更为深入的讨论，将《老子》所提出的"天下万物生于有，有生于无"的过程描述，进行进一步的讨论。《庄子·齐物论》："有始也者，有未始有始也者，有未始有夫未始有始也者；有有也者，有无也者，有未始有无也者,有未始有夫未始有无也者。俄而有无矣,而未知有无之果孰有孰无也。今我则已有谓矣,而未知吾所谓之其果有谓乎?其果无谓乎?"尽管着眼在于言论与成心,但无意之中牵涉到本体论的探讨。① 在"道通为一"的前提中,庄子所讨论的"有""无"问题,是从本体论向宇宙论演生的一个命题。这一问题在庄子"齐物"视角下,似乎没有得到解决。上博楚简《亘先》首章:"亘先无有,质、静、虚。质,大质;静,大静;虚,大虚。自厌不自忍,或作。有或,焉有气;有气,焉有有;有有,焉有始;有始,焉有往者。"结合气论探讨有无的转化关系,初步涉及宇宙演生之论。②《淮南子》却在《俶真训》中全面加以分析,具体描述了"有有者,有无者,有未始有有无者,有未始有夫未始有有无者"四种形态的演化过程和特征。③ 这一解释,明晰了有、无之间的转化关系,却没有分析出"有""无"何者为先何者为后的问题。而且它试图将有始、未始等概念具象化,缺乏逻辑的、理性的分析,没有从形而上的高度进行概括,使得有、无"何者为本体,何者为派生"的本末问题成为本体生成宇宙论的一个尚待解决的命题。

"有无"的问题,恰恰是体用表述的逻辑基础,不仅涉及主体的作用、功能与属性,而且也用来指代本质与现象、根据和表现的关系。《易纬·乾凿度》的"易起无,从无入有,有理若形,形及于变而象,象而后数"等表述,都是用无、体用、本末关系来审视。本立而末生,本同而末异,故万物万事需要求于根本;本为体的本质,用为体的功能、效用;本末既明,体用自然清晰。司马谈《论六家要旨》言道家:"其术以虚无为本,以因循为用。"其所言虚无为本,乃言道家学说本质,而不涉及其末,故无"末"对举;而所言"因循为用",实则省略了暗藏的"体"的表达,径言其外在特征及表现。汉代的本末讨论,最初集中在经济和社会领域,当这一逻辑方法作为辨析哲学概念意义上的第一性和第二性时,便成为魏晋玄论的工具。王弼在《老子指略》中说:"故其大归也,论太始之原以明自然之性,演幽冥之极以定惑罔之迷。因而不为,损而不施。崇本以息末,守母以存子。贱夫巧术,为在未有。无责于人,

---

① 陈鼓应:《老庄新论》,商务印书馆 2008 年版,第 220—221 页。
② 丁四新:《有无之辩与气的思想:楚简〈亘先〉首章哲学释义》,《中国哲学史》2004 年第 3 期。
③ 方光华:《中国古代本体思想史稿》,中国社会科学出版社 2005 年版,第 102—103 页。

必求诸己。此其大要也。"此与司马谈所言虚无为本,一脉相承。意在表明老子、道家所持学说之根本,在于虚无。

汉代在有无、本末、体用上的讨论,已经开启了魏晋玄学的思想方法,显示出玄学思想萌芽的态势。但由于汉代学术崇尚功用、关注现实的特点,多立足于政治思想的权衡和行政模式的建构,并未在学理上进行深入辨析。有无、体用问题并没有得到自觉而系统的分析,这却成为魏晋玄学讨论的命题和关注热点。

三、自然名教的调和与冲突

自武帝朝儒术独尊之后,儒学便成为利禄之学,其与政治的关系既密,必因政治的变化而起伏。尤其汉代选官,多出孝廉、秀(茂)才两途,孝廉为入仕之正途,多举儒生。故儒经之言行,儒学之风尚,遂成士人之所向。儒家所倡礼乐教化之风,笃行修身之法,布于士林。尤其是武帝以后选官,观其廉隅,视其礼行,以儒行为士行,故名教之论大行。

尽管"名教"一词成于魏晋之际,但其理论却起于董仲舒。《春秋繁露·深察名号》言:"治天下之端,在审辨大。辨大之端,在深察名号。"认为"名者,大理之首章也",治理国家,需要循名责实:"欲审曲直,莫如引绳;欲审是非,莫如引名……诘其名实,观其离合,则是非之情不可以相谰已。"武帝又将所提倡的儒家忠孝廉隅,定为名目,号为名节,制为功名,用以引导士风,教化百姓。名教之标准,遂成为士人的所尚。扬雄《解嘲》言:"言奇者见疑,行殊者得辟,是以欲谈者宛舌而固声,欲行者拟足而投迹。乡使上世之士处虖今,策非甲科,行非孝廉,举非方正,独可抗疏,时道是非,高得待诏,下触闻罢,又安得青紫?"这种循名责实选拔人才之法,使得士人不得不按照官方提倡的道德伦理约束自己言行举止,按照官方设定的标准和程序进入国家官吏选拔系统。但这种选拔存在着天然的缺失:从理论上,孔孟所强调的由内到外的修身原则,变成了由外向内的约束,儒生为了实现自己的出路,不得不在行为上越来越接近官方的规范;在实践上,官员、州郡所举孝廉、秀才，注重的是外在的评判，这种忽略内心外铄而注重秩序内化的修养模式，必然会造成内心与外表的某些冲突。

在治世，因为察举秩序尚未紊乱，孝廉、秀才尚多名副其实，这种冲突常常表现为自我的思想矛盾。如扬雄坚守儒家之学，排斥老墨申韩，但仍未得重用，其自撰《解嘲》云："位极者宗危，自守者身全。是故知玄知默，守道之极；爰清爰静，游神之廷，惟寂惟寞，守德之宅。"期望能清静沉默以守道。班固弱冠而成的《幽通赋》言："登孔、颢而上下兮，纬群龙之所经。朝贞观而夕化兮，犹喧已而遗形。若胤彭而偕老兮，诉来哲以通情。"既期望能实现功业，也渴望能安命保身。这种调和心态在理论上可行，在实践中却行不通。班固本人便因为参与窦马党争，最终死于非命。此外，刘歆《遂初赋》的"大人之度，品物齐兮。舍位之过，忽若遗兮"，崔篆《慰志赋》的"叹暮春之成服兮，阖衡门以埽轨。聊优游以永日兮，守性命以尽齿。贵启体之归全兮，庶不忝乎先子"，便是在功业期望与全身安命冲突中的自我调适。

内心与外在的冲突，根源正是礼教与自然、理性与感性、伦理纲常与个人欲望的矛盾。最集中体现汉人内心矛盾的辞赋，有大量的篇幅表达这种自我困惑。司马相如的《美人赋》，虽系仿作，却铺陈美色种种诱惑，最终自己"气服于内，心正于怀"，与彼长辞。这类定情主题的作品，张衡还有《定情赋》，今残缺；蔡邕有《静情赋》，今不存；陶渊明《〈闲情赋〉序》言这类作品主题"检逸辞而宗澹泊，始则荡以思虑，而终归闲正"，说自己仿作的《闲情赋》绍述其法。此外，杨修、王粲、陈琳、曹植同题的《神女赋》，阮瑀的《止欲赋》、王粲的《闲邪赋》、应玚的《正情赋》等，也以此立意。这种灵与肉的冲突，实际是自然之我与礼教之我的矛盾，最终以礼教理性的胜利而结束。这种冲突也构成了汉赋的结构手法，例如七体之作，几乎全部以此立意。如枚乘的《七发》写吴太子沉湎于声色之欲，后因要道之提醒而豁然病去；张衡的《七辩》言无为先生背世绝俗，最后髣无子劝以礼乐而幡然醒悟；王粲的《七释》中的潜虚丈人恬淡清玄，最终在文籍大夫的劝说下，入世建功。而在大赋中，赋家常常极力夸耀帝王出游、校猎、祭祀场面的宏大，最终归之于礼教。如《天子游猎赋》《长杨赋》《羽猎赋》，最后写帝王罢猎而行仁政，《两都赋》《二京赋》也都是以对比结章，前篇写国君之纵恣，后篇写国家之守礼，从更为宽广的角度描写了不加约束的自然与归于秩序的礼乐之间的冲突。这种冲突，对个人而言，是自然本我与名教约束的对立，国君、太子、官吏、士人都面临着同样的困扰。对国家而言，礼教的设定，恰恰是出于对个体的、自我的行为的约束，在群体层面，建构起一种更具约束力的秩序形态。因此，在政治相对稳定、统治秩序尚未紊乱时期，礼教与自然的冲突，常常表现为礼教压倒自然。

但在乱世，由于吏治的腐败、官德的失范，导致察举秩序的紊乱，方正孝廉之士不能得到应有的荐举，而冥顽之人、矫饰之徒充盈朝廷。官府察举"以顽鲁应茂才，以桀逆应至孝，以贪饕应廉吏，以狡猾应方正，以谀谄应直言"①，选举秩序的紊乱，常常是社会风气紊乱的开始，名不副实地选拔人才，使得社会充满了矫饰之风、虚伪之习，在无限的深度和广度上扭曲了士人的性格：一方面诱导了一批士人人格的沉沦，助长了不良行为的滋生；另一方面瓦解了儒家礼教的示范性和说服力，从而使得经典精神成为悬浮于尘世之外的理想。士人不得不在精神和现实之中决择：为了现实出路，迫不得已循着虚伪、矫饰之风，依照外在的要求而雕塑自己，从而保证自己能够跻身于官吏，青紫其身。为了精神理想，又不得不忍受现实中被冷落和被边缘化，来保持自我人格的独立和完善。信奉躬行儒家礼教者，不能如统治者所鼓吹的那样，获得更高的官职和提拔，而矫饰虚伪者，却能够青紫递进，多数知识分子为了生计，不得不收敛自己的傲岸之气、博远之思，使自己符合于朝廷官府的评价。这不仅造成了东汉中期以后士人们的分途，更导致了儒家礼教在现实层面的解体。经学不再作为言传身教的学问，而是一种理论的建构和文献的整理，用于言论的引用和文辞的矫饰，儒典虽存，儒行不传，礼教虽在，人不践行，名教失去了对自我的约束，失去了对社会的规范。如经学大师马融，"常务道德之实，而不求当世之名，阔略杪小之礼，荡佚人间之事。正身直行，恬然肆志"②，仲长统"叛散《五经》、灭弃《风》《雅》，百家杂碎，请用从火"③。当"循名责实"的原则在察举中失去操作意义时，儒家名教也就失去了在知识分子之中的精神价值。一些士人转而寻找新的精神寄托，远遁、安命之思便成了新的思潮。

---

① （汉）王符：《潜夫论》，中华书局1978年版，第75页。
② （南朝宋）范晔：《后汉书》，中华书局1965年版，第1972页。
③ （南朝宋）范晔：《后汉书》，中华书局1965年版，第1646页。

西汉扬雄所探寻的玄道，虽然意在兼融儒、道而超越其上，是作为本体论和宇宙论的探索，但在人际进退上，也隐约影响了扬雄个性，他"少而好学，不为章句，训诂通而已，博览无所不见。为人简易佚荡，口吃不能剧谈，默而好深湛之思，清静亡为，少耆欲，不汲汲于富贵，不戚戚于贫贱，不修廉隅以徼名当世。家产不过十金，乏无儋石之储，晏如也。自有大度，非圣哲之书不好也。非其意，虽富贵不事也"[①]。这种作派，与当时引经据典的今古文之争，儒生蜂拥迎合之风截然不同。他在《逐品赋》中蔑笑富贵不仁，在《太玄赋》因《道德经》立意，表达自己不愿因名利爵禄身败名裂，而宁愿于仙人同游，远遁昆仑，"荡然肆志，不拘挛兮"，隐约已有魏晋风度。而张衡也将远遁和安命作为精神的寄托和人生的归宿，他"常思图身之事，以为吉凶倚伏，幽微难明"，作《思玄赋》，表达了其内心矛盾的同时，以"愿得远渡以自娱，上下无常穷六区。超逾腾跃绝世俗，飘飘神举逞所欲"表明其对远遁逍遥，以求安命保身的向往。他在《鸿赋》所表达的偶影独立的孤独无偶，在《温泉赋》中所表达的保性全生，在《骷髅赋》中表达的超脱生死，在《归田赋》所表达的纵心物外，都足以看出摆脱了名教之累的张衡，如何在自然之中获得心灵的安慰和自我的超脱。

这种玄远之思与退默之风，成为汉末士人入世顿挫之后的自解自况。《古诗十九首·青青陵上柏》中所表达的"人生天地间，忽如远行客……极宴娱心意，戚戚何所迫"，《驱车上东门》"人生忽如寄，寿无金石固……不如饮美酒，被服纨与素"，《生年不满百》中的"生年不满百，常怀千岁忧。昼短苦夜长，何不秉烛游！为乐当及时，何能待来兹？"鼓吹及时行乐，不汲汲于功业，有庄子逍遥处世的影子。

由此说来，汉末玄远之思的形成，是自然超脱名教。而清议的形成，则是以名教纠正名教，由于选举秩序的紊乱，官方主导的选拔和任用，越来越名不副实，部分士人便以儒家礼仪道德为准，"品核公卿，裁量执政"[②]，从民间层面对官员进行道德评议。李膺、陈蕃、王畅等人的激清扬浊和许靖、许劭的月旦

---

① （汉）班固：《汉书》，中华书局1962年版，第3514页。
② （南朝宋）范晔：《后汉书》，中华书局1965年版，第2185页。

人物，用的正是董仲舒所提倡的"深察名号"之法，以人之真行为定人之真品性，以纠正官方评判不察矫饰之弊。这在乱世，只能徒增激愤，而无益政治道德。因此，建安时期的品评，渐由名教之论转化为德能之察：一则乱世重实才而不尚厚德，二则曹操循名责实，不重儒行。故士人或慕玄远，或重功业，多出于本心而不加伪饰，自然通脱之习、性情之气遂成。殆至黄初，曹丕始倡儒学，循名责实遂转化为循儒家名节与礼乐，从而使得名教之论复兴。至太和年间，建安老臣司马懿等，遂倡名教以为教化，尊德行而矫浮华。但名教与自然的问题，并没有得到全面的解决。正始时期，自然通脱之风并无消减，名教礼乐与自然本我的对立逐渐成为学术命题，论者所属党派不同，从而使得学术命题浸染了政治因素，而显得愈发重要。这样，名教自然之辨便成为魏晋玄学的主题之一。

可以说，名教与自然的冲突，是儒、道发展过程中一次必然的交锋：儒家所提倡的群体意识，注重外在的礼乐和秩序；道家所重视的个体观念、强调天性的外发，重视内在自我的逍遥，这是两种分立的思路。当这两种思潮并行发展时，彼此尚可互补，但当某一种思潮挤压另一思潮的空间时，必然导致其反弹。汉代儒学的提倡，试图泯灭个体自我意识，物极必反地导致了东汉道家思想的反拨，使远遁、安命、全生、保性成为士人失意后的人生走向。而老庄自然无为、放浪形骸、空谈逍遥的思潮，同样在魏晋之际也挤压了儒学的空间，从而引起名教与自然的大讨论[①]，最终以两者的调和作为出路，而名教与自然的互适，恰恰是魏晋玄学的主要内容。

（本文曾发表于《古代文明》2010 年第 1 期）
（作者单位：陕西师范大学文学院）

---

① 高晨阳：《自然与名教关系的重建：玄学的主题及其路径》，《哲学研究》1994 年第 8 期。

《淮南子》与《管子》

巩曰国

《淮南子》一书，与先秦诸子多有渊源关系。学界在探讨《淮南子》与先秦诸子关系时，多集中于《老子》《庄子》《文子》《吕氏春秋》等著作[①]，对《淮南子》与《管子》关系的研究，则不是很多。[②] 实际上，《淮南子》与《管子》关系非常密切。《淮南子》中，既有对《管子》文本的袭用，也有对《管子》思想的继承。这与汉初的社会思潮和该书的编撰意图有关，也与淮南王刘安门下聚集了一部分来自齐地的学者有直接关系。《管子》是齐文化的代表著作。探究《淮南子》与《管子》之间的关系，不仅可以进一步认识《淮南子》这部巨著的学术渊源，也可以考见《管子》以及齐文化在汉代的重要影响。

一

《淮南子》与《管子》关系密切，首先体现在对《管子》文本的袭用。

[①] 如王叔岷的《淮南子与庄子》(《中央日报·文史周刊》1947年10月27日)、《〈淮南子〉引〈庄〉举隅》(《道家文化研究》第14辑)、杨树达的《淮南子证闻》(上海古籍出版社1985年版)、江世荣的《先秦道家言论集、〈老子〉古注之一——〈文子〉述略——兼论〈淮南子〉与〈文子〉的关系》(《文史》第18辑)、牟钟鉴的《〈淮南子〉对〈吕氏春秋〉的继承和发挥》(《道家文化研究》第14辑)、熊铁基的《从〈吕氏春秋〉到〈淮南子〉——论秦汉之际的新道家》(《文史哲》1981年第2期)等。

[②] 何宁的《淮南子集释》(中华书局1998年版)中指出了《淮南子》部分文句与《管子》的渊源关系，马庆洲的《淮南子考论》(北京大学出版社2009年版)、耿振东的《〈管子〉接受史(宋以前)》(华东师范大学2009年博士论文)对《淮南子》与《管子》的关系也有论述。

《淮南子》中明确标明引用《管子》的不多，仅《道应训》"此所谓筦子'枭飞而维绳'者"一处。此引《管子·宙合》，原文作"鸟飞准绳"。① 不过，《淮南子》中存在大量和《管子》相近的句子。如下表：

序号	《淮南子》	《管子》
1	处小而不逼，处大而不窕。（《原道训》）处小隘而不塞，横扃天地之间而不窕。（《俶真训》）	其处大也不窕，其入小也不塞。（《宙合》）
2	是故贵有以行令，贱有以忘卑，贫有以乐业，困有以处危。（《俶真训》）	贵有以行令，贱有以忘卑，寿夭贫富无徒归也。（《形势》）
3	故召远者，使无为焉，亲近者，使无事焉，惟夜行者之能有之。（《览冥训》）	召远者使无为焉，亲近者言无事焉，唯夜行者独有也。（《形势》）
4	百官修同，群臣辐凑。（《主术训》）	群臣修通辐凑，以事其主。（《任法》）
5	喜不以赏赐，怒不以罪诛。（《主术训》）	喜无以赏，怒无以杀。（《版法》）
6	故禁胜于身，则令行于民矣。（《主术训》）	故曰：禁胜于身，则令行于民矣。（《法法》）
7	无故无新，惟贤是亲，用非其有，使非其人。（《主术训》）	善者用非其有，使非其人。（《事语》）
8	故小谨者无成功，訾行者不容于众，体大者节疏，蹍距者举远。（《氾论训》）蹍巨者致远，体大者节疏。（《说林训》）	小谨者不大立，飱食者不肥体。（《形势》）讇臣者可以远举，顾忧者可与致道。（《形势》）
9	夫景不为曲物直，响不为清音浊。观彼之所以来，各以其胜应之。（《兵略训》）	景不为曲物直，响不为恶声美，是以圣人明乎物之性者，必以其类来也。（《宙合》）
10	天下有三危：少德而多宠，一危也；才下而位高，二危也；身无大功而受厚禄，三危也。（《人间训》）	君之所审者三：一曰德不当其位，二曰功不当其禄，三曰能不当其官。此三本者，治乱之原也。（《立政》）
11	圣人天覆地载。（《泰族训》）	是故圣人若天然，无私覆也；若地然，无私载也。（《心术下》）
12	天不一时，地不一利，人不一事。是以绪业不得不多端，趋行不得不殊方。（《泰族训》）	天不一时，地不一利，人不一事，是以著业不得不多分，名位不得不殊方。（《宙合》）
13	海不让水潦以成其大，山不让土石以成其高。（《泰族训》）	海不辞水，故能成其大。山不辞土石，故能成其高。（《形势解》）
14	夫彻于一事、察于一辞、审于一技，可以曲说，而未可广应也。（《泰族训》）	是故辩于一言，察于一治，攻于一事者，可以曲说，而不可以广举。（《宙合》）
15	水之性，淖以清。（《泰族训》）	夫水，淖弱以清。（《水地》）

---

① 本文所引《淮南子》文本，参何宁：《淮南子集释》，中华书局1998年版。所引《管子》文本，参见黎翔凤：《管子校注》，中华书局2004年版。个别地方有校改。

上表中所列《淮南子》与《管子》的文句，具有很强的相似性。有些文字完全相同，如"贵有以行令，贱有以忘卑""召远者使无为焉""禁胜于身，则令行于民矣""景不为曲物直""天不一时，地不一利，人不一事"等，与《管子》原文一字不差。有些仅是个别文字的替换，意思不变，如"其处小也不逼"，《管子》原作"其入小也不塞"；再如"海不让水潦以成其大，山不让土石以成其高"，《管子》原作"海不辞水，故能成其大，山不辞土石，故能成其高"。有的文字稍有不同，但只是更通俗的表述，如"喜不以赏赐，怒不以罪诛"，《管子》原作"喜无以赏，怒无以杀"；再如"少德而多宠""才下而位高""身无大功而受厚禄"，《管子》原作"德不当其位""能不当其官""功不当其禄"。有的文字虽然不太一样，但表达的意思是相同的，如"小谨者无成功，訾行者不容于众"，《管子》原作"小谨者不大立，饕食者不肥体"。《淮南子》与《管子》有如此多相同或相似的文句，其袭用《管子》的痕迹是非常明显的。《淮南子》袭用《管子》文句，前人已经注意到了。如表中的第3、6、14等条，何宁《淮南子集释》或称《管子》"为《淮南》所本"，或称《淮南子》"本于《管子》"，指出《淮南子》与《管子》文本上的渊源关系。

《淮南子》在行文中，大量引述古代事例作为立论的依据，其中有许多事例见于《管子》。如《氾论训》引述管仲的事迹："管仲辅公子纠而不能遂，不可谓智；遁逃奔走，不使其难，不可谓勇；束缚桎梏，不讳其耻，不可谓贞。当此三行者，布衣弗友，人君弗臣。然而管仲免于累绁之中，立齐国之政，九合诸侯，一匡天下。"管仲事迹，《管子》的《大匡》《小匡》等篇有集中记载。《氾论训》还提到了齐国通过用铠甲武器赎罪来增强军事装备的事例："齐桓公将欲征伐，甲兵不足，令有重罪者出犀甲一戟，有轻罪者赎以金分，讼而不胜者出一束箭。百姓皆说，乃矫箭为矢，铸金而为刃，以伐不义而征无道，遂霸天下。"此见于《管子》的《中匡》，也见于《小匡》。① 《淮南子》中多次提到齐桓公宠信易牙之事，《精神训》："桓公甘易牙之和而不以时葬。"《主术训》："昔者，齐桓公好味，而易牙烹其首子而饵之。"齐桓公晚年宠信易牙、竖刁

---

① 《中匡》："公曰：'民办军事矣，则可乎？'对曰：'不可。甲兵未足也，请薄刑罚以厚甲兵。'于是死罪不杀，刑罪不罚，使以甲兵赎。死罪以犀甲一戟，刑罚以胁盾一戟，过罚以金，军无所计而讼者，成以束矢。"《小匡》的记载与此大致相同。

（也作"竖刁"）、公子开方等小人，其中易牙曾烹自己的儿子让齐桓公品尝。后来齐桓公病重，易牙等人封闭宫廷，争夺权力，齐桓公死后很多天都无人知晓。此事在《管子》的《戒》《小称》中都有记载。齐桓公与管仲的生平事功，也见于其他先秦文献，不过以《管子》的记述最为详备，有些事例在不同篇章中反复出现。上述《淮南子》所述桓、管事例，虽然不排除来自其他文献的可能性，但袭用《管子》的可能性无疑是最大的。

二

《淮南子》与《管子》关系密切，也表现在对《管子》思想的继承。《淮南子》对《管子》思想的继承非常复杂，今仅就黄老思想与阴阳五行思想两个方面来做说明。

在黄老学的发展史上，《淮南子》和《管子》都有非常重要的地位。"《淮南子》所体现的，正是黄老之学的体系。"[1] 全书以道为统领通论宇宙人生和社会政治问题，融合诸子百家思想，是对黄老学的理论总结，是汉初黄老学说的代表作。《管子》中也有很多反映黄老思想的篇章，如《心术上》《心术下》《白心》《内业》《形势》《宙合》《枢言》《君臣上》《君臣下》《九守》《禁藏》等。其中的《心术上》《心术下》《白心》《内业》被称作"《管子》四篇"，是公认的战国黄老学说的代表之作。

《淮南子》继承了《管子》的黄老思想，学者早已注意到。张佩纶说："《淮南·原道训》：'夫许由小天下而不以己易尧者，志遗于天下也。所以然者何也？因天下而为天下也。天下之要不在于彼而在于我，不在于人而在于我身，身得则万物备矣。彻于心术之论，则嗜欲好憎外矣。'疑'心术之论'即指《筦》书（《心术》等篇）。故其旨在'因天下而为天下'，与'静因之道'合。"[2] 丁原明更从道论、规律论、养生论诸方面具体阐述《淮南子》对"《管

---

[1] 冯友兰：《中国哲学史新编》（第三册），人民出版社1985年版，第138页。
[2] 张佩纶：《管子学》，台湾商务印书馆1971年版，第1305页。

子》四篇"思想的继承与发展,指出《淮南子》继承了《管子》四篇的道、气合一论,把道解释为气,把道与气看作是无限大与无限小的统一;《淮南子》继承了《管子》的"静因之道"主张人应当顺应客观规律,同时积极发挥人的主观能动作用;《管子》四篇主张从"静"的方面进行养生和修养,通过抱虚守静、排除喜怒忧乐,使人保持生命之真,健康长寿。《淮南子》的修养论也围绕怎样保持生命之真而展开。①

　　黄老学说是一种"君人南面之术"。关于为君之道的论述,《淮南子》和《管子》有很强的一致性。《管子》讲君道无为,《乘马》《势》都说"无为者帝",《心术上》主张君主"毋先物动,以观其则,动则失位,静乃自得"。《淮南子》也讲君道无为,《主术训》:"人主之术,处无为之事,而行不言之教:清静而不动,一度而不摇,因循而任下,责成而不劳。"《管子》讲君臣分职,《明法解》:"主行臣道则乱,臣行主道则危。故上下无分,君臣共道,乱之本也。"《淮南子》也讲君臣分职,《主术训》:"君臣异道则治,同道则乱。各得其宜,处其当,则上下有以相使也。"《管子》认为君主个人力量有限,要集合众力。《君臣上》:"虽有明君,百步之外,听而不闻;间之堵墙,窥而不见也。而名为明君者,君善用其臣,臣善纳其忠也。信以继信,善以传善。是以四海之内,可得而治。"《淮南子》也讲君主要集合众力,《主术训》:"帷幕之外目不能见,十里之前耳不能闻","以天下之目视,以天下之耳听,以天下之智虑,以天下之力争"。《管子》讲选贤任能,《君臣上》:"选贤论材而待之以法,举而得其人,坐而收其福,不可胜收也。官不胜任,奔走而奉,其败事不可胜救也。"《淮南子》也讲选贤任能,《主术训》:"所任者得其人,则国家治,上下和,群臣亲,百姓附;所任非其人,则国家危,上下乖,群臣怨,百姓乱。"《管子》讲君主应乘时应变,《正世》:"圣人者,明于治乱之道,习于人事之终始者也。……不慕古,不留今,与时变,与俗化。"《淮南子》也讲君主应乘时应变,《齐俗训》:"是故世异则事变,时移则俗易。故圣人论世而立法,随时而举事。"《管子》讲以民为本,《君臣下》:"国之所以为国者,民体以为国。"《淮南子》也讲以民为本,《主术训》:"民者国之本也,国者君之本也。"《淮

---

① 丁原明:《〈淮南子〉对〈管子〉四篇哲学思想的继承和发展》,《管子学刊》1995年第3期。

南子》以前的其他文献，也有为君之道的论述，但很少涉及君道无为、君臣分职、集合众力、选贤任能、乘时应变、以民为本等这么多的方面。《淮南子》和《管子》有这么多的一致之处，而且又包含了作为齐文化特色的选贤任能、乘时应变、以民为本等内容，其间的渊源关系是非常明显的。

  《淮南子》的阴阳五行思想，与《管子》也有密切关系。其中有的可能经过了《吕氏春秋》这一中间环节。如《吕氏春秋·十二纪》受到《管子》的直接影响，"十二纪是仿照《管子》的《幼官》和《幼官图》作的"[1]，"(《幼官》)为《吕氏春秋·十二纪》之雏形"[2]。而《淮南子》又受到《吕氏春秋·十二纪》的影响，"《时则训》将散列于吕书十二纪的纪首归拢在一起，稍加补缀即成专篇。十二纪纪首中，以五方配五帝、五神、五音等内容，则移于《天文训》中"[3]。不过，《淮南子》中有些关于阴阳五行的论述，应该是直接取自《管子》。阴阳五行思想的一个重要主旨就是"务时而寄政"，即君主要随着季节时令的变化而发布不同的政令。政令与时令相合就风调雨顺，不合就会招致灾害。这一点，从《管子》到《吕氏春秋》到《淮南子》都是一致的。不过，具体的时节划分和五行分配，各家并不相同。一种模式是，分一年为春夏秋冬四季，每季三个月，分别配木、火、金、水，而将五行之土安排在夏秋之间。《管子》的《四时》《幼官》等篇，即为这一种模式。《吕氏春秋》之《十二纪》，也采用这一模式。另外一种模式是，将一年分为五个时节，每个时节七十二天，依次配木、火、土、金、水。这种模式，初见于《管子·五行》："日至，睹甲子，木行御。天子出令，……七十二日而毕。睹丙子，火行御。天子出令，……七十二日而毕。睹戊子，土行御。天子出令，……七十二日而毕。睹庚子，金行御。天子出令，……七十二日而毕。睹壬子，水行御。天子出令，……七十二日而毕。"又见于《淮南子·天文训》："日冬至子午，夏至卯酉，冬至加三日，则夏至之日也。岁迁六日，终而复始，壬午冬至，甲子受制，木用事，火烟青。七十二日丙子受制，火用事，火烟赤。七十二日戊子受制，土用事，火烟黄。七十二日庚子受制，金用事，火烟白。七十二日壬子

---

[1] 冯友兰：《中国哲学史新编》（第二册），人民出版社1984年版，第470页。
[2] 郭沫若：《郭沫若全集·历史编》（五），人民出版社1984年版，第190页。
[3] 任继愈主编：《中国哲学发展史》（秦汉），人民出版社1985年版，第252页。

受制，水用事，火烟黑。七十二日而岁终，庚子受制。"将一年分为五个时节，每个时节 72 天，以五时配五行，虽然实现了形式上的整齐，但它打乱了四时的系统，难以为人所接受，因此《吕氏春秋》没有采取。这种模式，仅见于《淮南子·天文训》和《管子·五行》，透露了《淮南子》阴阳五行思想的某些方面直接来自于《管子》的信息。[1] 黎翔凤指出："甲子木，丙子火，戊子土，庚子金，壬子水，各七十二日。凡三百六十日为一岁，四时以五行配，只有此数。《淮南·天文训》：《淮南》即申《管》义者。"[2]

三

《淮南子》与《管子》有密切的渊源关系，与汉初的社会思潮和作者的编撰意图有关。汉朝建立直到武帝初年，黄老思想占主导地位。《淮南子》是西汉淮南王刘安招集门客编著而成的，在武帝即位的第二年被献给朝廷。在全国黄老风气的弥漫下，刘安及其门客取材时把目光投向包含丰富黄老思想的《管子》，是很自然的。刘安及其门客编撰《淮南子》，包含着个人和社会两方面的动机。"从个人讲，是为了探究避祸求福、养生保身之道"；从社会讲，是要总结历史经验教训，"向最高统治者贡献治国之道"。[3] 这两个方面，《管子》都多有论述，可以为编撰《淮南子》提供很好的借鉴。

《淮南子》与《管子》有密切的渊源关系，还可以从其作者构成上寻求解释。《淮南子》是淮南王刘安及其门客编撰而成的。刘安的门客非常之多，来自天下各地，其中有许多"方术之士"。《汉书·淮南衡山济北王传》："淮南王安为人好书，鼓琴，不喜弋猎狗马驰骋，亦欲以行阴德拊循百姓，流名誉。招致宾客方术之士数千人，作为《内书》二十一篇，《外书》甚众，又有《中篇》八卷，言神仙黄白之术，亦二十余万言。"[4] 高诱《淮南子叙》云："安为辨达，

---

[1] 此一方面，耿振东也曾论及，见其《〈管子〉接受史（宋以前）》，华东师范大学 2009 年博士论文。
[2] 黎翔凤：《管子校注》，中华书局 2004 年版，第 872 页。
[3] 任继愈主编：《中国哲学发展史》（秦汉），人民出版社 1985 年版，第 246—247 页。
[4] （汉）班固：《汉书》，中华书局 1962 年版，第 2145 页。

善属文,……天下方术之士,多往归焉。于是遂与苏飞、李尚、左吴、田由、雷被、毛被、伍被、晋昌等八人,及诸儒大山、小山之徒,共讲论道德,总统仁义,而著此书。"① 战国秦汉间,方术之士多出自齐地。《史记·封禅书》:"邹衍以阴阳主运显于诸侯,而燕齐海上方士传其术不能通,然则怪迂阿谀苟合之徒自此兴,不可胜数也。"② 秦始皇时的著名方士徐福,汉武帝时的少翁、栾大、公孙卿等方士均为齐人。《淮南子》的作者队伍,具体包括哪些人,今天已不可详考。不过其中有来自齐地的方术之士,应该是可以肯定的。

战国时期,齐鲁为文化高地。齐国的稷下学宫,历史长达数百年,是战国诸子百家争鸣的中心,也是全国的学术文化中心。邹鲁地区则为孔孟之乡,是儒家文化的发祥地。战国末至秦汉,文化重心发生转移。汉初,地方侯国形成了若干文化中心,其中的河间和淮南很有代表性。河间献王刘德,"修学好古,实事求是","修礼乐,被服儒术,造次必于儒者",因此邹鲁之地的儒生多集于其门下,"山东诸儒多从而游"。③ 与刘德不同,淮南王刘安"辩博善为文辞"④,齐地方术之士纷纷前往归附。《管子》产生于齐地,是齐文化的代表著作,为齐人所熟知。虽然《管子》在汉代很受重视,但限于当时的书写条件,能看到《管子》的毕竟是少数。而齐地的人们则可以更方便看到《管子》较为完备的传本。《淮南子》对《管子》文句多有袭用,对《管子》思想多有继承,《淮南子·要略》中还专门提到"管子之书","桓公忧中国之患,苦夷狄之乱,欲以存亡继绝,崇天子之位,广文、武之业,故管子之书生焉"。这说明其作者对《管子》非常熟悉并深有研究。来自齐地的学者参与了《淮南子》的编著,使得《淮南子》在文本和思想上都打上了《管子》的印迹。

来自齐地的学者不仅仅熟悉《管子》。《淮南子·要略》除了提到"管子之书",还提到了"太公之谋"和"晏子之谏":"文王欲以卑弱制强暴,以为天下去残除贼而成王道,故太公之谋生焉";"齐景公内好声色,外好狗马,猎射亡归,好色无辩。作为路寝之台,族铸大钟,撞之庭下,郊雉皆响,一朝用

---

① (清)严可均:《全上古三代秦汉三国六朝文》,中华书局1958年版,第945页。
② (汉)司马迁:《史记》,中华书局1982年版,1369页。
③ (汉)班固:《汉书》,中华书局1962年版,第2410页。
④ (汉)班固:《汉书》,中华书局1962年版,第2145页。

三千钟赣，梁丘据、子家哙导于左右，故晏子之谏生焉"。姜太公和晏婴都是齐国历史上的重要人物。姜太公是齐国的开国之君，晏婴是齐国的著名贤相。托名姜太公的《六韬》和汇集晏婴言行事迹的《晏子春秋》，都是齐文化的重要著作。《淮南子》还包含其他方面的齐文化因子。如《淮南子》论述军事问题的《兵略训》就渊源自齐兵学。日本学者谷中信一在《从〈兵略训〉看齐文化对〈淮南子〉成书的影响》一文中指出，《淮南子·兵略训》与齐文化领域的兵学著作《孙子兵法》《孙膑兵法》《六韬》《尉缭子》关系密切，它是将齐文化逐步扩充发展起来的兵法思想原封不动地沿袭下来，继而不断注入新的成分之后制作完成的。篇中还引述了日本学者井哲夫的观点，《齐俗训》里渗透着稷下学者田骈的齐物思想，《览冥训》《本经训》中有齐人邹衍思想的反映。[1] 朱新林《〈淮南子〉与先秦诸子承传考论》也考证了《兵略训》与齐文化兵学著作的关系以及《天文训》《地形训》中的邹衍遗说。[2] 这些都说明了齐文化对《淮南子》有着重要的影响。齐文化是先秦地域文化的重要一支，《淮南子》中的齐文化因子，反映了其在汉代影响的一个侧面。

（作者单位：山东理工大学齐文化研究院）

---

[1] 〔日〕谷中信一：《从〈兵略训〉看齐文化对〈淮南子〉成书的影响》，《管子学刊》1993 年第 3 期。

[2] 朱新林：《〈淮南子〉与先秦诸子承传考论》，浙江大学 2010 年博士学位论文。

汉代黄老思想的学术生态及其对儒学的影响

孙少华

黄老之学有本师，有弟子，有著作，具有一定的宗教性质。汉武帝之前，黄老之学是汉代实现政治统治的思想基础与主流学术。汉武帝实行"罢黜百家，独尊儒术"之后，儒家逐渐取代了黄老之学的地位，并且对黄老与其他诸子进行了不同程度的"儒化"。儒家从中获得巨大表达空间的同时，也造成了儒家作品的"博杂"与"歧说"。西汉末年的儒家又对此进行了剥离与辨析。黄老自汉武帝时期一变而为三支：与神仙之学结合的黄老之学；接受儒学并在儒者中流传的黄老之学；流入民间在隐士中传播的黄老之学。东汉末年儒家中流传的黄老之学，成为魏晋老庄之学的先声。另外，一部分具有黄老思想的儒者，虽未积极传播黄老学术，但其头脑中固有的黄老思想，却以另一种形式保存下来。

黄帝、老子之学是汉初主要的学术思想。汉武帝实行"罢黜百家，独尊儒术"之后，黄老学说并未完全退出历史舞台，而是通过不同形式在民间与士人中传播。诸子百家也并未完全被罢黜，而是在接受儒家学说的同时，也以本派学说解释儒学，从而造成了儒家作品的"博杂"与"歧说"。本文主要考察黄老学说在汉武帝之后的学术生态，以及黄老思想与儒学的关系。

一、汉初黄老学术的流传与性质

汉武帝之前的帝王，皆未暇修庠序之事。当时，《五经》未立，儒家未行，如《史记·儒林列传》记载：

> 汉兴，然后诸儒始得修其经，讲习大射乡饮之礼。叔孙通作汉礼仪，因为太常，诸生弟子共定者，咸为选首，于是喟然叹兴于学。然尚有干戈，平定四海，亦未暇遑庠序之事也。孝惠、吕后时，公卿皆武力有功之臣。孝文时颇征用，然孝文帝本好刑名之言。及至孝景，不任儒者，而窦太后又好黄老之术，故诸博士具官待问，未有进者。①

窦太后之前，汉代官方主流学术是黄老与刑名。汉景帝时期，主要施行的也是黄老之学，这一点《史记·外戚世家》说得很明白：

> 窦太后好黄帝、老子言，帝及太子诸窦不得不读《黄帝》《老子》，尊其术。②

可见，汉景帝所读之书即黄老之学，且秉窦太后之意亦"尊其术"。《史记·儒林列传》称汉文帝"本好刑名之言"，而据《史记·礼书》与应劭《风俗通义》，汉文帝少时好黄老之学：

> 孝文即位，有司议欲定仪礼，孝文好道家之学，以为繁礼饰貌，无益于治，躬化谓何耳，故罢去之。③
>
> 文帝本修黄老之言，其治尚清静无为，以故礼乐庠序未修，民俗未能大化，苟温饱完结，所谓治安之国也。④

《风俗通义》之"本修"，说明汉文帝在藩国时就修黄老之术。

汉惠帝、吕后时期，主要的学术也是黄老。司马迁称：

---

① （汉）司马迁：《史记》，中华书局1963年版，第3117页。
② （汉）司马迁：《史记》，中华书局1963年版，第1975页。
③ （汉）司马迁：《史记·礼书》，中华书局1963年版。
④ （汉）应劭撰，王利器校注：《风俗通义校注》卷二《正失》，中华书局1981年版，第96页。

> 孝惠皇帝、高后之时，黎民得离战国之苦，君臣俱欲休息乎无为，故惠帝垂拱，高后女主称制，政不出房户，天下晏然。刑罚罕用，罪人是希。民务稼穑，衣食滋殖。①

此处"君臣俱欲休息乎无为，故惠帝垂拱，高后女主称制，政不出房户"，知二人实行的是黄老无为之术。同时，汉惠帝、吕后时期的两个主要丞相曹参、陈平，皆修黄老：

> 孝惠帝元年，除诸侯相国法，更以参为齐丞相。参之相齐，齐七十城。天下初定，悼惠王富于春秋，参尽召长老诸生，问所以安集百姓，如齐故诸儒以百数，言人人殊，参未知所定。闻胶西有盖公，善治黄老言，使人厚币请之。既见盖公，盖公为言治道贵清静而民自定，推此类具言之。参于是避正堂，舍盖公焉。其治要用黄老术，故相齐九年，齐国安集，大称贤相。②
>
> 陈丞相平少时，本好黄帝、老子之术。③

汉高祖时由于政权初建，"未暇遑庠序之事"，故西汉社会主流学术的问题还未纳入统治者的考虑。可以肯定的是，汉武帝实行"罢黜百家，独尊儒术"前与窦太后薨前，汉代主流思想就是黄老学术。

何为"黄老"？王充《论衡》称："贤之纯者，黄、老是也。黄者，黄帝也；老者，老子也。黄、老之操，身中恬淡，其治无为，正身共己而阴阳自和，无心于为而物自化，无意于生而物自成。"④"黄老"即指黄帝、老子之学。

《史记》称"黄帝居轩辕之丘"，《史记集解》："皇甫谧曰：'受国于有熊，居轩辕之丘，故因以为名，又以为号。'《山海经》曰：'在穷山之际，西射之

---

① （汉）司马迁：《史记》，中华书局1963年版，第412页。
② （汉）司马迁：《史记》，中华书局1963年版，第2028—2029页。
③ （汉）司马迁：《史记》，中华书局1963年版，第2062页。
④ 黄晖撰：《论衡校释》，中华书局1990年版，第781页。

南。'张晏曰：'作轩冕之服，故谓之轩辕。'"①《大清一统志》"轩辕邱"条："在新郑县西北故城。《史记》'黄帝居轩辕之邱'，《后汉书·郡国志》：'河南尹新郑，黄帝之所都。'《通典》：'新郑，祝融之墟，黄帝都于有熊，亦在此也。'"②而《史记·老子韩非列传》称："老子者，楚苦县厉乡曲仁里人也。"黄帝与老子居住地一在北、一在南，二者被联系起来并统称为一门学术，是北方黄帝之学与南方老子道家之学融合的结果。关于"黄老之学"的发源地，争议较大。有的认为在秦，有的认为在楚，有的认为同时在两地③。笔者认为：能将南方的《老子》与北方的黄帝之学糅合在一起成为一种学术，不可能是分居两地的学者在一时一地所能为之。根据其盛行地域推测，"黄老之学"最初很可能并非成于一时一地，而是在南北两地的民间逐渐酝酿、发展而来的。

黄帝之学的实质是什么？据1973年湖南长沙马王堆出土的《黄帝四经》，先秦的黄帝之学，是以治国方略为主的学问。《老子》言"道"，所包含的哲理与治国也有关系，如"治大国，若烹小鲜"之类，即是。黄老之学的兴起，与先秦诸侯征战的形势有关。从这里说来，黄帝之学也是一种"入世"之学。

先秦黄老之学的流行与传播区域，主要在战争比较激烈的韩、赵、魏三地，其次是齐、楚之境。这可以在先秦黄老学者的活动地区有所反映：

韩有申不害、韩非、张良。申不害之学"本于黄老而主刑名"，"学术以干韩昭侯，昭侯用为相"，京人。京，《史记索隐》："按《别录》云：'京，今河南京县。'《正义》：《括地志》云：'京县故城，在郑州荥阳县东南二十里，郑之京邑也。'"《史记》又称："韩非者，韩之诸公子也。喜刑名法术之学，而其归本于黄老。……与李斯俱事荀卿。"

赵有慎到，齐有田骈、接子，楚有环渊。此见于《史记》记载："慎到，赵人。田骈、接子，齐人。环渊，楚人。皆学黄老道德之术，因发明序其指意。"④

荀子在齐。黄老之学作为当时"显学"，荀子不可能毫无所知。有人认为

---

① （汉）司马迁：《史记》，中华书局1963年版，第10页。
② 《大清一统志》，《景印文渊阁四库全书》第477册，台湾商务印书馆1986年版，第36页。
③ 知水：《黄老之学源于秦楚说质疑》，《管子学刊》1989年第4期。
④ （汉）司马迁：《史记》，中华书局1963年版，第2347页。

荀子曾受到黄老之学的深刻影响①。这是有道理的。

魏有陈平。司马迁称陈平"少时本好黄帝、老子之术"。陈平阳武户牖乡人,《史记集解》:"徐广曰:'阳武属魏地,户牖今为东昏县,属陈留。'《索隐》徐广云:'阳武属魏,而地《理志》属河南郡。盖后阳武分属梁国耳。'徐又云:'户牖,今为东昏县,属陈留,与《汉书·地理志》同。按:是秦时户牖乡属阳武,至汉以户牖为东昏县,隶陈留郡也。"陈平少时,当在秦时,阳武当时属魏地。

乐瑕公、乐臣公先在赵,后在齐。此见于《史记》:"其后二十余年,高帝过赵,问:'乐毅有后世乎?'对曰:'有乐叔。'高帝封之乐卿,号曰华成君。华成君,乐毅之孙也。而乐氏之族有乐瑕公、乐臣公,赵且为秦所灭,亡之齐高密。乐臣公善修黄帝、老子之言,显闻于齐,称贤师。"由"赵且为秦所灭,亡之齐高密"可知,乐氏先在赵、后在齐。

先秦黄老之学兴盛的地区主要在三晋。入汉以后,黄老之学兴起于齐,但其学在三晋仍有流传。司马迁称:"始齐之蒯通及主父偃读乐毅之报燕王书,未尝不废书而泣也。乐臣公学黄帝、老子,其本师号曰河上丈人,不知其所出。河上丈人教安期生,安期生教毛翕公,毛翕公教乐瑕公,乐瑕公教乐臣公,乐臣公教盖公。盖公教于齐高密、胶西,为曹相国师。"②由此可以进一步看出先秦黄老之学的传承路线,赵地与齐地:河上丈人——安期生——毛翕公——乐瑕公——乐臣公——盖公——曹参。汉文帝、窦太后所习黄老之学,并非承自曹、陈,而是少时学于其居住之赵地。《史记》:"孝文皇帝,高祖中子也。高祖十一年春,已破陈豨军,定代地,立为代王,都中都。"《史记正义》:"《括地志》云:'中都故城在汾州平遥县西南十二里,秦属太原郡也。'"③《史记》:"窦太后,赵之清河观津人也。"④太原战国时期属赵,而陈豨反代地时为赵相,则汉文帝学黄老,当亦在赵。

汉代黄老学者,楚人有司马季主,赵、齐有田叔、汲黯、郑当时等,或游

---

① 米靖:《论先秦道家黄老学派教化观的特点和影响》,《内蒙古社会科学》2002 年第 6 期。
② (汉) 司马迁:《史记》, 中华书局 1963 年版, 第 2436 页。
③ (汉) 司马迁:《史记》, 中华书局 1963 年版, 第 413 页。
④ (汉) 司马迁:《史记》, 中华书局 1963 年版, 第 1972 页。

学长安，或为汉臣。《史记》记载：

> 司马季主者，楚贤大夫，游学长安，通《易经》，术黄帝、老子，博闻远见。①
>
> 田叔者，赵陉城人也。其先，齐田氏苗裔也。叔喜剑，学黄老术于乐巨公所。叔为人刻廉自喜，喜游诸公。赵人举之赵相赵午，午言之赵王张敖所，赵王以为郎中。②

这个"乐巨公"，前人多以为与"乐臣公"是同一人。《史记考证》卷八十即云："按《田叔传》'学黄老术于乐巨公所'，'臣'与'巨'，二者必有一误。"然秦灭赵，乐臣公亡齐，时在秦王政十一年（前236）。乐臣公在齐教授盖公，盖公教授齐地黄老之学，为曹参师。田叔赵人，"学黄老术于乐巨公所"。从田叔、曹参生活时代看，田叔略晚于曹参；从师承上看，田叔之师乐巨公，亦应晚于曹参师祖乐臣公。由此推测：乐巨公在赵，为田叔师；乐臣公在齐，为盖公师。

又《史记》记汲黯、郑当时：

> 汲黯字长孺，濮阳人也。……迁为东海太守。黯学黄老之言，治官理民，好清静，择丞史而任之。
>
> 郑当时者，字庄，陈人也。……郑庄以任侠自喜，脱张羽于厄，声闻梁楚之间。孝景时，为太子舍人……庄好黄老之言，其慕长者如恐不见。年少官薄，然其游知交皆其大父行，天下有名之士也。③

由汲黯迁东海太守学黄老之言，知其术学于齐地；由郑当时"声闻梁楚之间"分析，其传播黄老之学主要在梁、楚之间。此时，淮南刘安藩国成为黄老

---

① （汉）司马迁：《史记》，中华书局1963年版，第3221页。
② （汉）司马迁：《史记》，中华书局1963年版，第2775页。
③ （汉）司马迁：《史记》，中华书局1963年版，第3105、3111页。

之学的中心，《淮南子》则成为汉代黄老之学的主要结晶①。

曹参、汉文帝等人，之所以将黄老之学作为当时的治国理念与主流学术，一方面是当时国家"未暇遑庠序之事"，其他学术尤其是儒学还没有获得适宜的发展机会；另一方面，主要还与黄老之学的性质有关。

首先，黄老之学是一种具有宗教性质、起于民间的学术。据司马迁"乐臣公学黄帝、老子，其本师号曰河上丈人"之言，"本师"，具有"宗主"的意味。皇甫谧《高士传》记河上丈人，称其为"道家之宗"，即是对"本师"的解释。后来，"本师"又成为释、道两家对其"本佛""教主"的称呼。《广弘明集》卷二十八下陈宣帝《胜天王般若忏文》："今谨于某处建如干僧如干日胜天王般若忏，见前大众，至心敬礼本师释迦如来，礼般若波罗蜜。"《抱朴子·内篇》："艮本师四皓，角里先生、绮里季之徒，皆仙人也。"《云笈七籤》："元真曰：'予暗昧，至言不知，以何法事而同本师？'玄女曰：'中黄元君是吾本师。'"②这种称呼见于《史记》《汉书》虽仅一次，然由"本师"成为后来道家对本派教主的称呼看，黄老之学在当时就具有宗教因素。主要的是，黄老之学有本师（河上丈人），有弟子，有著作（《黄帝四经》《老子》以及《汉书·艺文志》著录的《黄帝铭》《黄帝君臣》《杂黄帝》《力牧》），学者对黄老之学多有尊崇之事③。这都是构成宗教的必备要件。有人认为黄老是东汉道教的源头之一④，是有道理的。但是笔者认为这种说法还过于保守，先秦的黄老之学，其宗教性质已经颇为明显。另由汉文帝、窦太后、陈平学黄老皆于少时分析，他们对黄老之学的学习是在藩国或民间。

其次，黄老之学盛行于三晋，但在楚地的传播也十分广泛。马王堆出土的《黄帝书》与《老子》等、郭店楚墓竹简《太一生水》与《老子》（甲、乙、丙）、上海博物馆藏战国楚竹书《恒先》与《彭祖》、八角廊竹简《文子》等，可以为证。"黄老"中的"老子"即为楚人，这就使得"黄老之学"带有深刻的楚学印记。刘邦家族本为楚人，起于民间，对这种流行于民间的学术比较熟

---

① 黄钊：《淮南子——汉初黄老之治的理论总结》，《武汉大学学报》1990年第4期。
② （宋）张君房编：《云笈七籤》，齐鲁书社1988年版，第359页。
③ 汉景帝与诸窦"读《黄帝》《老子》，尊其术"。
④ 李申：《黄老、道家即道教论》，《世界宗教研究》1999年第2期。

悉。后汉文帝、窦太后皆学黄老且来自于战国黄老之学兴盛的三晋，这又使得他们带入宫中的黄老之学带有一定的北方学术色彩。汉文帝、窦太后虽然贵为天子、王后，但他们思想中固有的以及潜意识认可的学术思想，一定是由其民间带来的黄老之学，而不是战国士人倡导的儒家或其他学说。他们将楚人固有而且广为北方民众所接受的学说纳入国家主流学术体系，既有浓厚的楚国情结，同时也有利于对北方六国旧地的控制。在国家草创的特殊时期，黄老之学成为西汉治理国家的主流学术，是有其政治考虑的。

由于西汉初期的黄老之学，还是以谈战国治国方略为主，故与之相关的刑名之学，亦成为当时的"显学"，著名者有贾谊、晁错。黄老与刑名，有体用之别。尤其是从纯粹的学术思想角度考虑，刑名更重实践，黄老偏于理论。从思想体系的建构上说，汉武帝实行"罢黜百家，独尊儒术"之前，黄老之学在西汉王朝的思想体系中具有不可替代的地位。此时的儒家学者中，很多人也具有黄老思想，如陆贾、贾谊，甚至包括提出"罢黜百家，独尊儒术"的董仲舒[1]，皆有浓厚的黄老思想。

二、汉武帝之后黄老之学的变化

汉代的黄老之学，本在民间流传，后来由于黄老学者在藩国公卿间的推动，逐渐为诸公接受，最终成为西汉前期非常重要的学术思想。这是需要一个过程的。据上文所言之田叔，"喜游诸公"，说明黄老之学为王侯所喜好。正为此故，有的黄老学者具有很高的政治地位。《史记》记载：

> 后文帝崩，景帝立，释之恐，称病。欲免去，惧大诛至；欲见谢，则未知何如。用王生计，卒见谢，景帝不过也。王生者，善为黄老言，处士也。尝召居廷中，三公九卿尽会立，王生老人，曰'吾袜解'，顾谓张廷

---

[1] 江林昌：《由"焚书坑儒"到"崇尚黄老"再到"独尊儒术"——秦汉之际的学术思想与帝国文明》，《浙江社会科学》2007年第1期；梁宗华：《论贾谊的儒学观——兼论儒学取代黄老的内在契机》，《理论学刊》1997年第2期；李定生：《董仲舒与黄老之学——儒学之创新》，《复旦学报》1995年第1期。

学说，其实本来与儒学也有千丝万缕的联系。先秦与西汉的很多黄老学者，皆通儒学。如与贾谊同时的司马季主，即通《易经》。这说明：汉武帝以后的黄老学者，大部分流为神仙之学，如李少君之流；有一部分专守黄老成为隐士或处士，如王生之流；还有一部分转而接受儒学以干利禄，后来通《易经》者即其支裔[①]；最后还有一部分儒家学者，如董仲舒、刘向之流，虽然对儒术颇有推动，但其头脑中的黄老思想不可能轻易抹去。并且，很多人后来成为黄老之学的有力推动者。例如，汉成帝永始二年，刘向上《关尹子》，称该书"辞与《老》《列》《庄》异，其归同"[②]。可见，刘向时代，道家之书陆续悉数而出，体现了与儒家典籍并行流传的趋势。

汉武帝"罢黜百家、独尊儒术"，从逻辑关系上来说，将这个概念称之为"独尊儒术、罢黜百家"更为合理。这里有两个方向的互动：

第一，用阴阳或其他思想对儒家学术进行改造。所谓"改造"，就是说汉武帝接受了"儒家治国"的思想。这种"儒家思想"，并非严格意义上的先秦儒家纯粹的学术理念，而是经过董仲舒之流改造的融合阴阳、谶纬、黄老等思想的"杂儒"。这是汉代治国的思想指导。

第二，用儒家学说对其他诸子百家思想进行"改化"与"吸收"。所谓"改化"，一方面将诸子著作收入秘阁，另一方面利用利禄之途与儒家思想对其他诸子进行疏引与改变，但并未真正将"诸子"完全废除。同时，儒家学者也开始接受那些儒家作品中原来没有的"新说"，并将其吸收入儒家作品之中。

在黄老之学兴盛的西汉初期，儒家虽然并未被抬高到特殊地位，但黄老之学的"无为"政策，却为各种学术的交融提供了条件。黄老学者有通《易经》者，其他诸子也有学儒家五经之人。《汉书》卷六十四记载："主父偃，齐国临淄人也。学长短从横术，晚乃学《易》、《春秋》、百家之言。游齐诸子间，诸儒生相与排摈，不容于齐。家贫，假贷无所得，北游燕、赵、中山，皆莫能厚，客甚困。以诸侯莫足游者，元光元年，乃西入关见卫将军。卫将军数言上，上不省。资用乏，留久，诸侯宾客多厌之，乃上书阙下。"由此处称主父

[①] 有人曾认为，《易传》即出于稷下黄老之手，黄宝先：《〈易经〉与稷下学——兼论〈易传〉为稷下黄老之作》，《管子学刊》1994年第4期。

[②] （明）张溥：《汉魏六朝百三家集》卷七。

偃"学长短从横术,晚乃学《易》、《春秋》、百家之言"看,主父偃原为纵横家,后方学《易》《春秋》。而田蚡为相后绌百家之言,则主父偃学百家之言必在此前。然主父偃并不为儒生所接受,出现了"诸儒生相与排傆,不容于齐"的局面。这除了主父偃个性苛刻的原因,其由纵横入儒的身份,也是其中的原因之一。

同时,儒家学者也能看到诸子百家之言。《汉书》记载:

> 武帝初即位,征天下举方正贤良文学材力之士,待以不次之位,四方士多上书言得失,自衒鬻者以千数,其不足采者辄报闻罢。朔初来,上书曰:"臣朔少失父母,长养兄嫂。年十三学书,三冬文史足用。十五学击剑。十六学《诗》《书》,诵二十二万言。十九学孙、吴兵法,战阵之具,钲鼓之教,亦诵二十二万言。凡臣朔固已诵四十四万言。又常服子路之言。臣朔年二十二,长九尺三寸,目若悬珠,齿若编贝,勇若孟贲,捷若庆忌,廉若鲍叔,信若尾生。若此,可以为天子大臣矣。臣朔昧死再拜以闻。"……客难东方朔曰:"苏秦、张仪一当万乘之主,而都卿相之位,泽及后世。今子大夫修先王之术,慕圣人之义,讽诵《诗》、《书》、百家之言,不可胜数,著于竹帛,唇腐齿落,服膺而不释,好学乐道之效,明白甚矣。"[1]

由东方朔"十六学《诗》《书》,诵二十二万言。十九学孙、吴兵法,战阵之具,钲鼓之教,亦诵二十二万言。凡臣朔固已诵四十四万言"分析,当时有以"诵"为能之事。这就说明,儒家与其他诸子对双方的文献都比较熟悉。

以上情况说明,汉武帝实行"罢黜百家"前,大致存在两种学术生态:其他诸子可以读到儒书,儒家学者也能看到诸子百家之言。

这种情况至汉武帝"罢黜百家"之后发生了变化,很多诸子著作已被收入秘阁,禁止阅读。《汉书》记载:

---

[1] (汉)班固:《汉书》,中华书局1962年版,第2841页。

（东平思王宇）后年来朝，上疏求诸子及《太史公书》，上以问大将军王凤，对曰："臣闻诸侯朝聘，考文章，正法度，非礼不言。今东平王幸得来朝，不思制节谨度，以防危失，而求诸书，非朝聘之义也。诸子书或反经术，非圣人；或明鬼神，信物怪；《太史公书》有战国纵横权谲之谋，汉兴之初谋臣奇策，天官灾异，地形厄塞：皆不宜在诸侯王。不可予。不许之辞宜曰：'《五经》圣人所制，万事靡不毕载。王审乐道，傅相皆儒者，旦夕讲诵，足以正身虞意。夫小辩破义，小道不通，致远恐泥，皆不足以留意。诸益于经术者，不爱于王。'"对奏，天子如凤言，遂不与。①

此处言不将诸子书与《太史公书》给诸侯王，而言"《五经》圣人所制，万事靡不毕载。王审乐道，傅相皆儒者"，说明诸侯王子弟所见皆《五经》儒书，诸子书已经被收入秘阁。既然如此，原来的诸子学派手中，当然更没有诸子类藏书；而这些诸子平常所读之书，非儒书莫属。

诸子著作是看不到了，汉武帝之前的儒家与其他诸子，皆能看到对方的书籍，他们"诵"书的优势就体现出来了。诸子在著书立说的时候，因言论所需，早先"诵读"记忆在头脑中的各种材料就不暇甄别、不分宗派地纷至沓来，造成了其著书立说的"博杂"特征。这也影响到儒家作品开始出现这种特征，并且被汉人称作"新"作。这种状况，体现了汉代诸子百家与儒家互相吸收、逐渐融合的大趋势②。

三、诸子"歧说"与儒家"疾虚妄"学风的出现

诸子百家之言被吸收入儒家学说，一方面扩大了儒家学说的表达空间，另一方面，百家之言中那些本来就与儒家或史实相左的"传闻""异辞"性质的材料大量进入儒家作品，使得儒家学说增加了很多"杂说""虚妄"的成分。

---

① （汉）班固：《汉书》，中华书局 1962 年版，第 3324—3325 页。
② 孙少华：《西汉诸子的"尚新"传统与"新学"渊源》，《文学评论》2012 年第 2 期。

关于儒家作品中的这些"虚妄"之辞，并不始于汉武帝时期，汉初《韩诗外传》一类的作品中，就已经初现端倪，也有一些儒家作品对此进行了辨正。如《韩诗外传》载"孔子见漂女"：

> 孔子南游适楚，至于阿谷之隧，有处子佩璜而浣者。孔子曰："彼妇人其可与言矣乎？"①

《孔丛子》则记载：

> 平原君谓子高曰："吾闻子之先君，亲见卫夫人南子，又云南游过乎阿谷而交辞于漂女，信有之乎？"答曰："士之相保，闻流言而不信者，何哉？以其所在行之事占之也。昔先君在卫，卫君问军旅焉，拒而不告，色不在已，摄驾而去。卫君请见，犹不能终，何夫人之能觌乎？古者大飨，夫人与焉，于时礼仪虽废，犹有行之者，意卫君夫人飨夫子，则夫子亦弗获已矣。若夫阿谷之言，起于近世，殆是假其类以行其心者之为也。"②

《孔丛子》文献数据源较早，由此可看出儒家作品很早就已经注意到了这种"虚妄"之辞。根据上文我们的论述，这种"虚妄"之辞大量进入儒家作品，是汉武帝以后事情。

刘向曾经著《新序》《说苑》，其中多有与先秦儒家有关的史实。这些文献，皆"采传记行事"，可知其中多是与儒家历史相合的资料，与一般诸子百家之言有所不同。即使那些以"杂事"为名的文献，也与儒家历史相合。例如，刘向《新序·杂事》，石光瑛称："开宗明义，以孝为先。继又由孝而推论仁道。传曰，孝弟为仁之本，岂不然乎。由此观之，编次之本意，隐则乎《论语》，非苟为己也。"③这说明刘向著书的目的，是上溯《论语》之旨，以孔子之

---

① （汉）韩婴撰，许维遹校释：《韩诗外传集释》，中华书局1980年版，第2页。
② 孙少华：《〈孔丛子〉校正》，待刊稿。
③ （汉）刘向编著，石光瑛校释：《新序校释》，中华书局2001年版，第3页。

书作为正统。这一点与先秦诸子百家之言显然具有很大不同。

至扬雄著书,已经直接将诸子与《太史公书》看作"怪迂"。他仿《论语》著《法言》,显然也是提倡以孔子为"本师"的正统儒学。《汉书》记载:

> 雄见诸子各以其知舛驰,大氐诋訾圣人,即为怪迂。析辩诡辞,以挠世事,虽小辩,终破大道而或众,使溺于所闻而不自知其非也。及太史公记六国,历楚汉,讫麟止,不与圣人同,是非颇谬于经。故人时有问雄者,常用法应之,撰以为十三卷,象《论语》,号曰《法言》。①

"雄见诸子各以其知舛驰,大氐诋訾圣人",说明其他诸子虽观儒书,然多以诸子百家之言阐释儒家典籍,从而产生了与儒家记载不同的说法,这就是扬雄所说的"小辩"。既然扬雄此处称"终破大道而或众""溺于所闻而不自知其非""是非颇谬于经",一方面说明诸子自信其说而与儒家有互相争辩的情况,另一方面也说明儒家逐渐将诸子之说视作"歧说"而加以排诋。

扬雄之后,桓谭踵武其后,撰《新论》以辨大道。桓谭《新论》称:"余为《新论》,术辨古今,亦欲兴治也,何异《春秋》褒贬邪!"在刘向、扬雄提倡《论语》的基础上,桓谭更加鲜明地提出了学术上承孔子《春秋》的思想。如果说刘向《新序》与扬雄《法言》提倡《论语》有反对诸子百家之言的意图,桓谭《新论》提倡孔子《春秋》,则有反对《太史公书》之"不与圣人同,是非颇谬于经"的意思。

其实,扬雄、桓谭等人之举,很大程度上既有反对诸子惑乱儒学的一面,也有反对将儒家思想进行谶纬、阴阳化改造的一面。汉武帝"独尊儒术"时的儒学,已经并非先秦的"醇儒",而是经过董仲舒阴阳学说改造的儒学。至西汉末年,谶纬学说又对儒学产生了深刻影响。从常理上说,经过对诸子百家之言进行儒化、为适应汉代社会的统治秩序对先秦儒家进行"汉化"之后的儒学,已经成为汉代社会的主流学术。在这一点上,封建统治者要求儒家学者只能遵从,而不允许有任何的悖逆或异音。但刘向、扬雄、桓谭一类的学者,还

---

① (汉)班固:《汉书》,中华书局1962年版,第3580页。

是想保守传统儒者的学术本质。这必然会与封建帝王的政治初衷产生矛盾。其结果只有一个：不是屈从，就是噤声，甚至被放逐。桓谭的命运能够说明一些问题：

> 有诏会议灵台所处，帝谓谭曰："吾欲以谶决之，何如？"谭默然良久，曰："臣不读谶。"帝问其故，谭复极言谶之非经。帝大怒曰："桓谭非圣无法，将下斩之！"

桓谭"默然良久"，说明他内心有过激烈的思想斗争。但他最后还是直言道出了自己的意见："臣不读谶。"虽然他所说的属于事实，但是由于不合刘秀意志，最终落了个被逐、身死的下场。

汉代学术被迷信、政治绑架之后，学者要么因直言而被杀，要么噤声而袖手旁观。一些学者选择了后者。这样，黄老之学又重新被儒家学者拾起，成为他们修身养性、明哲保身的工具。扬雄常年校书天禄阁，其行为早已接近道家①。刘向家族早就有黄老之学的家学渊源②。刘歆后来在子女被杀之后的"隐忍"，也是黄老思想作用的结果。

桓谭之后，东汉陆续产生了一批以"疾虚妄"③相号召的学者，王充、王符、仲长统、张衡等人，即其代表。但是，由于经过西汉谶纬、阴阳等思想的影响，使这些学者形成了一个重要的学术特征：黄老、儒家、诸子各种学术思想杂糅，带有浓厚的汉代"博杂"风格。如王充"师事扶风班彪，好博览而不守章句"，可知通儒学；"家贫无书，常游洛阳市肆，阅所卖书，一见辄能诵忆，遂博通众流百家之言"，可知其通诸子百家之言；"后归乡里，屏居教授""造《养性书》十六篇，裁节嗜欲，颐神自守"，其行近黄老之学。王符"与马融、窦章、张衡、崔瑗等友善"，"隐居著书"，其学通儒，其行近黄老。仲长统认为"名不常存，人生易灭，优游偃仰，可以自娱。欲卜居清旷，以乐

---

① 其实是黄老之学的影响。孙少华：《扬雄投阁的文化美学与生命悲情》，《山西师大学报》2009年第6期。
② 吴全兰：《刘向的黄老思想》，《广西师范大学学报》2005年第1期。
③ （汉）王充：《论衡·佚文》："《论衡》篇以十数，亦一言也，曰：'疾虚妄。'"

其志",其行近黄老;其言有"叛散《五经》,灭弃《风》《雅》;百家杂碎,请用从火"之说,又与刑名之学相近。而刑名与黄老有着密切的学术联系。仲长统的学术思想,比较接近黄老、刑名。张衡之学,亦兼有儒家、黄老之痕迹。《后汉书·张衡传》称其"通《五经》,贯六艺"以及"常从容淡静,不好交接俗人"之举,说明张衡有黄老思想。可以想见,在汉代统治秩序稳定以后,主流学术的地位逐渐稳固,士人在社会上形成一种集体默契:对学术与社会瑕疵的容忍。那些不能容忍、好直言之人,一般被视作不守规矩的"狂人"。仲长统即属此类。《后汉书》仲长统本传记载:"统性俶傥,敢直言,不矜小节,默语无常,时人或谓之狂生。"虽然如此,我们还是认为仲长统基本上选择了黄老之学。在东汉儒家地位已经完全稳固的情况下,迫于统治集团的政治压力,一些儒者又重新选择了西汉初期盛行的黄老之学。在儒学占统治地位的汉代,黄老思想能够争取一点生存缝隙并不断成长,既显示了它顽强的学术生命力,同时也说明这种经过改造之后与政治发生密切关系的儒学,已经成为统治者实现国家管理的工具,最终让传统士人感到厌倦。

但是,东汉的黄老,已非汉初纯粹的黄帝、老子之学。桓谭时代,神仙之学也发生了重大变化。《新论·辨惑篇》称:"天下神人有五:一曰神仙,二曰隐沦,三曰使鬼物,四曰先知,五曰铸凝。"[1]可知西汉末年以后,神仙之学已经逐步方术化,其宗教性质更加明显。它与民间流传的黄老之学一起,与后来产生的道教逐渐合流。儒者中流行的黄老思想,后来演变为"清流",成为魏晋老庄之学的先声[2]。而由汉初之前"入世"的黄老一变而为魏晋"出世"的老庄之学,政治秩序与学术规范确定以后,统治者对士人逐步实行的"钳口"政策,是其中的主要原因。这种情况,早在汉武帝时期就已经出现了。《淮南子·精神训》:"静耳而不以听,钳口而不以言。"这种"钳口",实际上就是对诸子"好治议论"的钳制。"腹诽"[3]之罪的产生,是这种政策的异化。从此,

---

[1] 朱谦之:《新辑本桓谭新论》,中华书局2009年版,第53页。
[2] 有人认为,黄老之学向老庄的转变,在东汉末年就已经完成了。刘晓东:《汉代黄老之学到老庄之学的演变》,《山东大学学报》2002年第1期。
[3] 《史记·平准书》:"异与客语。客语初令下有不便者,异不应,微反唇。汤奏异当九卿,见令不便,不入言,而腹诽,论死。自是之后,有腹诽之法。以此而公卿大夫多谄谀取容矣。"

自汉代以降,"谄谀取容"成为追逐利禄之徒的集体"劣根";黄老或老庄思想,则成为洁身自好者在世俗生活中修身养性、保持人格独立与精神自由的最后寄托。

(本文已发表于《诸子学刊》第七辑,上海古籍出版社 2012 年版)

(作者单位:中国社会科学院文学研究所)

桓谭《新论》的误读与汉魏子书的辩难传统

尹玉珊

汉魏子书具有鲜明的辩难风格,指的是诸子在阐述论点时偏爱"难问体"的方式,篇章内容多有针对论敌的异见或驳难进行批驳。这种风格的形成既得益于它们对先秦子书辩难传统的自觉继承,也得益于诸子革新与改造的努力。桓宽、桓谭与王充等人著作的创新贡献最为显著,他们促使这一论难传统在崔寔、仲长统、王符等人著作中大放光彩,在汉末魏初之际形成了一股批判风暴。

但因诸书文献残缺不全,再加上很多人对于汉魏子书的论难风格认识不足,混淆了著者和论敌的观点,从而导致对著者思想的误解。如司马贞对桓谭《新论》的误读,就主要源于对其书论难风格的认识不足,影响了对桓谭思想和《新论》价值的正确评价。汉魏子书的辩难风格也广泛影响了其他诸多文学样式,最突出的表现首先是推动产生了一批辩难性的政论文与哲学论文,其次是促进了汉大赋与汉乐府中问答模式的定型。

一、司马贞对桓谭《新论》的误读

司马贞在《史记索隐》中有四处直接引用桓谭《新论》的内容,分别为:《孝武本纪索隐》中"太史公"一条,"而桓谭《新论》以为太史公造书,书成示东方朔,朔为平定,因署其下。太史公者,皆朔所加之者也";《孔子世家索隐》中"使人召孔子"一条云,"检《家语》及孔氏之书,并无此言,故桓谭亦以为诬也";《滑稽列传索隐》"东方朔"条云,"按仲长统云迁为《滑稽传》序优旃事,不称东方朔,非也。朔之行事,岂直旃、孟之比哉?而桓谭亦以迁内为是,又非也";《太史公自序索隐》"为太史公书"条云:"桓谭云迁所著书成,以示东方朔,朔皆署曰太史公,则谓太史公是朔称也。亦恐其说未尽。盖迁自尊其父著述,称之曰公,或云迁外孙杨恽所称事或当尔也。"① 还有一处化用桓谭《新论》观点,《伯夷列传》中在"太史公曰:余登箕山"后,司马贞《索隐》曰:"盖杨恽、东方朔见其文称'余',而加'太史公曰'也。"②

《索隐》引用桓谭《新论》五事中涉及史事的有四条,四条中司马贞肯定其引文观点者二条,批评其观点者一条,否定其所述事实者一条。鉴于《新论》文本的缺佚,《索隐》保存文献之功不可埋没,但受主、客观条件的限制,司马贞对《新论》文本的理解未能尽善,也为后人的研读带来了一些疑惑。仅就署"太史公"一事看,司马贞的认识就有些含混不清,他一面怀疑此事非东方朔所为,一面又说是东方朔与杨恽所为。

今辑本桓谭《新论·本造》篇有一句话:"太史公造书,书成示东方朔。朔为平定,因署其下。太史公者,皆东方朔所加之也。"③ 此句叙述东方朔为司马迁平定《史记》一事,因为关系到"太史公"一称的起源问题,所以被司马贞引用了三次。对于第一处《孝武本纪索隐》中的引用,司马贞未置可否;第二处《太史公自序索隐》中则否定其说,他认为"太史公"一称当源于司马迁或杨恽对司马谈的尊称;第三处《伯夷列传》中,他又肯定地说是东方朔、杨恽改《史记》文本中的"余"为"太史公曰"。且不说司马贞在这个问题认识上的矛盾态度,只看他引文的前两处都称之为"桓谭云",就表明司马贞认为只要是引自《新论》的观点就是代表桓谭本人观点。

清代孙冯翼也认为这一观点出自桓谭本人,他在《桓子新论·叙》中说:

---

① (汉)司马迁撰,(南朝宋)裴骃集解,(唐)司马贞索隐,(唐)张守节正义:《史记》,中华书局1982年版,第461、1915、3205、3320页。
② (汉)司马迁撰,(南朝宋)裴骃集解,(唐)司马贞索隐,(唐)张守节正义:《史记》,中华书局1982年版,第2122页。
③ (汉)桓谭撰,朱谦之校辑:《新辑本桓谭新论》,中华书局2009年版,第2页。

"马迁《史记》其太史公语乃东方朔所加,谭以前未有此论。……盖谭博学多通,所见多后人未见书焉。"[1] 他对于这段引文中的观点未表示异议,而且解释桓谭之所以能够见人所未见是源于其博学多识。

现代学者在理解上与司马贞有了一点小小的分歧,认为东方朔所加的"太史公"不是在正文中,而是题在每个卷首。如余嘉锡说:"《索隐》引桓谭《新论》,以为'太史公造书,书成示东方朔,朔为平定,因署其下。太史公者,皆东方朔所加之也'。此二说盖谓于每卷篇目之下,别题太史公三字,所谓小题在上,大题在下,非谓《自序》中之书名也。"[2] 余嘉锡认为《太史公书》一名不是出自东方朔,东方朔只是在书中篇目下题"太史公"三字而已。张舜徽《中国文献学》中"著述标题论八篇"说:"司马迁网罗放失旧闻,为书百三十篇,以示东方朔,朔皆署曰'太史公'。斯并书由己造,而名定于人。"[3] 张舜徽认为,因为东方朔在卷中题写"太史公"三字,因而有《太史公书》一称。虽然二人对于此段文字的理解上有争议,但是都没有对《索隐》引用文字是否真正代表桓谭本人观点表示过怀疑。

也有持异议者,如明代学者魏学洢在《茅檐集》中有一段话:"桓谭曰:史迁著书成以示东方朔,朔皆署曰'太史公'。余怪子长见知于曼倩如此,必熟知其滑稽者,曷不以次淳于髡之后?或谓其正谏似直,中情易语,又何不遂与屈原同传也?盖以其骚且骚而散也夫?"[4] 魏氏在情理上质疑东方朔为《史记》署"太史公"一事:因为此事如属实,则表明司马迁与东方朔的关系非比寻常,但《史记·东方朔传》所透露出的二人关系却并非如此。魏氏的怀疑可以成立,遗憾的是未能深究其原因。

《索隐》所述桓谭观点与史实之间的关系确实值得推敲。其实,司马贞本人对于"东方朔署太史公"的说法抱有怀疑态度,也以为"太史公"之称始于东方朔似乎不合情理,但他未能调和情理与《新论》所载说法的矛盾,因此导

---

[1] 宿县、安徽大学中文系桓谭《新论》校注小组:《桓谭及其新论》,《安徽大学学报增刊》1976年12月。
[2] 余嘉锡:《古书通例》,上海古籍出版社1985年版,第34页。
[3] 张舜徽:《中国文献学》,中州书画社1982年版,第18页。
[4] (明)魏学洢:《茅檐集》,《四库全书珍本四集》,台湾商务印书馆1969年版,第15页。

致他几处注文出现牴牾。

笔者以为，这个矛盾源于司马贞本人对《新论》文本的误读。"朔为平定"并署"太史公"的说法确实出自桓谭《新论》，但这不是桓谭本人观点，而是桓谭在《新论》中所树论敌的看法。《新论》引论敌之说，是要作为自己辩难的靶子，欲驳其非。此说的理由如下：

第一，刘勰《文心雕龙·知音篇》提及此事，并明确记载了桓谭批驳的对象，"至如君卿唇舌，而谬欲论文，乃称史迁著书，咨东方朔；于是桓谭之徒，相顾嗤笑，彼实博徒，轻言负诮，况乎文士，可妄谈哉！"① 刘勰清楚地记录了桓谭对于楼护（字君卿）所说司马迁写书向东方朔咨询这一说法的嘲讽，而且刘勰本人也认为楼护的说法是虚妄不可信的。范文澜注云："《史记·太史公自序》，《索隐》'桓谭云，迁所著书成以示东方朔，朔皆署曰太史公。'《孝武纪》《索隐》亦引此说，据彦和此文，则是桓谭笑楼护之说，《索隐》误记。"② 范文澜即根据刘勰说法而对司马贞《索隐》加以否定。《文心雕龙》中有多处评论和转述桓谭文学观者，多是借鉴《新论》本书，如《神思》篇所云："桓谭疾感于苦思。"③ 即根据《新论》记载的桓谭幼年时学扬雄作赋之事，此条亦同。刘勰与司马贞相比，距离桓谭时代更近，而且他的论述中事实与姓名言之凿凿，其说更为可信。

第二，王充在《论衡》中对于桓谭《新论》给予了很高的评价，甚至推崇其为"论"之第一。统观王充对《新论》赞美的态度与其著《论衡》"疾虚妄"主旨的设定，可以推断，他之所以推崇桓谭《新论》的主要原因就在于它批驳论难的特色。"众事不失实，凡论不坏乱，则桓谭之论不起。"④ 说明桓谭著作旨在指正"失实"之事，批驳"坏乱"之论；"又作《新论》，论世间事，辩照然否，虚妄之言，伪饰之辞，莫不证定。彼子长、子云论说之徒，君山为甲"。⑤ 他非常强调桓谭之论是立足于对"虚妄之言"与"伪饰之辞"的批判。王充以

---

① （南朝梁）刘勰著，范文澜注：《文心雕龙注》，人民文学出版社 1978 年版，第 714 页。
② （南朝梁）刘勰著，范文澜注：《文心雕龙注》，人民文学出版社 1978 年版，第 717 页。
③ （南朝梁）刘勰著，范文澜注：《文心雕龙注》，人民文学出版社 1978 年版，第 494 页。
④ 黄晖：《论衡校释》（附刘盼遂集解），中华书局 1990 年版，第 1178 页。
⑤ 黄晖：《论衡校释》（附刘盼遂集解），中华书局 1990 年版，第 608—609 页。

桓谭《新论》为榜样，因此更明确了自著《论衡》的意义："是故《论衡》之造也，起众书并失实，虚妄之言胜真美也。"①《论衡》之作同样为批驳"失实之书"与"虚妄之言"，与桓谭之"论"可谓异曲同工。可见，王充把《论衡》主旨定为"疾虚妄"，就是取法于桓谭一书批判的基调与风格。

桓谭《新论》的辩难特色不只为王充所认识，从司马贞《索隐》引用的另一处资料，也可以看出桓谭《新论》的辩驳特色："公山不狃以费畔季氏，使人召孔子。孔子循道弥久，温温无所试，莫能已用，曰：'盖周文、武起丰镐而王。'"《索隐》云："检《家语》及孔氏之书，并无此言，故桓谭亦以为诬也。"②能证明司马贞所云"桓谭亦以为诬"的语句今辑本《新论》已不可见，但由此可见桓谭《新论》的批驳特性还是有迹可循的，其批驳之语曾为司马贞所见，其内容也经过司马贞考证，只是他未能认识到此书论难的普遍性，因此不能做到举一反三。

至于《新论》中记载的王莽事迹，桓谭更是着眼于批判与检讨，而非仅为"实录"。桓谭在《本造》篇流露出对于"春秋褒贬"之用的关注，而他所大力发扬的显然是其"贬"的作用，"褒"是通过"贬"来间接实现的。其实，夸大《春秋》的"褒贬"功能，也是诸子辩难思想的扩张表现。鉴于此，桓谭《新论》中的很多论点都出自辩驳对象，传世文本中有关批判对象的内容以及桓谭本人的批驳之语缺失，导致批驳线索无迹可求，桓谭所批驳的内容反被误作他本人观点，因此我们在解读《新论》文本时需联系上下文，在情理与逻辑上仔细推敲、谨慎鉴别。

第三，从现存《新论》文本中可以看出桓谭对于东方朔的态度，是比较轻慢的。如文中云："东方朔短辞薄语，以为信验，人皆谓朔大智，后贤莫之及。谭曰：'鄙人有以狐为狸，以琴为箜篌，此非徒不知狐与瑟，又不知狸与箜篌。'乃非但言朔，亦不知后贤也。"③"如无大材，则虽威权如王翁，察慧如公孙龙，敏给如东方朔，言灾异如京君明，及博见多闻，书至万篇，为儒教授

---

① 黄晖：《论衡校释》（附刘盼遂集解），中华书局1990年版，第1178—1179页。
② （汉）司马迁撰，（南朝宋）裴骃集解，（唐）司马贞索隐，（唐）张守节正义：《史记》，中华书局1959年版，第1915页。
③ （汉）桓谭撰，朱谦之校辑：《新辑本桓谭新论》，中华书局2009年版，第18页。

数百千人，只益不知大体焉。"①这两处材料明示桓谭否定了论者将东方朔视为"大智""大材"的观点。在桓谭看来，东方朔虽然"敏给"，但"不知大体"。可以确定的是，桓谭认为司马迁把东方朔列入《滑稽传》的观点，也与他对东方朔的认识与评价是一致的。

第四，桓谭对于司马迁的肯定与推崇和他对于东方朔的轻慢态度形成鲜明对比。"国师子骏曰：'何以言之？'答曰：'通才著书以百数，惟太史公为广大，余皆丛残小论，不能比之，子云所造《法言》《太玄经》也。'""自通士若太史公，亦以为然。"②"太史公不典掌书记，则不能条悉古今；扬雄不贫，则不能作《玄言》。"③扬雄是为桓谭所极力推崇的前辈，被桓谭誉为"才智开通，能入圣道，卓绝于众，汉兴以来未有此人也"④。桓谭屡屡把司马迁与扬雄并论，说明司马迁在他心中是算得上"通士""通才"的，虽不免于小疵，但究竟与东方朔的"小辩"有霄壤之别。因此，没有根据地说被桓谭誉为"通士"的司马迁向"不知大体"的东方朔请教，这样违背其价值判断标准且无根据的言论为桓谭本人观点，是不合情理的。

上述四点证明司马贞对于《新论》的误读是确实存在的，最主要的原因有两个：首先，客观上，《新论》在唐代已经不是完本，书中能显示批驳的线索缺失；其次，司马贞对于桓谭《新论》的论难风格认识不足。原文中的论敌不见了，能表示桓谭明确批驳态度的内容亡佚了，幸存下来的论敌的观点，难免被读者误会为桓谭本人观点。

从唐人对《新论》引用的情况，可以推知此书已散佚。如李贤注《后汉书》时引用《新论》的情况已显示了该书在唐时已经散佚的迹象。李贤注中征引《新论》十六篇，把作为全书"大序"的《本造》篇列在首卷，这与汉代子书列"大序"于书末的惯例不符。而且李贤所举"《本造》《述策》《闵友》《琴道》各一篇，余并有上下"⑤。他计算的篇数总共只有二十八，与《后汉书》与

---

① （汉）桓谭撰，朱谦之校辑：《新辑本桓谭新论》，中华书局2009年版，第12页。
② （汉）桓谭撰，朱谦之校辑：《新辑本桓谭新论》，中华书局2009年版，第41、40页。
③ （汉）桓谭撰，朱谦之校辑：《新辑本桓谭新论》，中华书局2009年版，第2页。
④ （汉）桓谭撰，朱谦之校辑：《新辑本桓谭新论》，中华书局2009年版，第41页。
⑤ （南朝宋）范晔撰，（唐）李贤等注：《后汉书》，中华书局1965年版，第961页。

《东观汉记》桓谭本传所言"二十九篇"不符。又如李善注《文选》引用桓谭《新论》时,唯独《琴道》一篇标出篇名,其他所有文字只标《新论》。其中原因可能有二:第一,只有《琴道》一篇因为曾经单篇流传所以保存较为完整,因此篇名可以确定;第二,《新论》散佚之后,辑佚者整理残篇散句时,只有《琴道》篇文字因其论琴的主题,不易与其他篇目混淆,因此容易明确篇名。其他篇目内容不好明确归类,分篇不易,所以李善在征引时出于谨慎便不再标出篇名,只以《新论》概称。

《新论》书中同样原因导致被误读的还有一条,如云"扬子云大材而不晓音",在朱谦之《新辑本》中,是这样句读的:"扬子云大材而不晓音,余颇离雅操而更为新弄。"[①] 如此句读的话,前半句话也像是出自桓谭之口。但是细读上下文就会发现,前半句陈述的内容与后文桓谭本人所举事例欲证明的事实是矛盾的。后文所引扬雄对于桓谭喜爱"新弄"的评语是"事浅易喜,深者难识,卿不好雅颂而悦郑声,宜也"[②]。扬雄对于桓谭爱好俗乐的评论,一方面表明他深懂桓谭本人,另一方面也恰恰显示出他不是"不晓音",而是"甚晓音"。

关于扬雄的"晓音",尚有两条旁证:扬雄著有《琴清英》,今有严可均辑文。扬雄《法言》中也有扬雄"晓音"的证据,如《吾子》篇云:"或问:'交五声、十二律也,或雅,或郑,何也?'曰:'中正则雅,多哇则郑。'请问'本'。曰:'黄钟以生之,中正以平之,确乎,郑、卫不能入也!'"[③] 扬雄对于雅乐与俗乐特点的概括,以及对两者区分之"本"的归纳,非常精粹深刻,与其"大材"的称誉非常相符。

据此可知,《新论》中"扬子云大材而不晓音"也不是桓谭本人说法,而是征引他人之语,为了证明其误,桓谭列举扬雄论乐的话予以反驳。此处标点错误,或源于《新辑本》对《新论》文本的误读,也是不熟悉其书论难风格所导致的。

《新辑本》中尚有因其他类型误读而导致的标点错误,如下几例:上引

[①] (汉)桓谭撰,朱谦之校辑:《新辑本桓谭新论》,中华书局2009年版,第61页。
[②] (汉)桓谭撰,朱谦之校辑:《新辑本桓谭新论》,中华书局2009年版,第61页。
[③] 汪荣宝撰,陈仲夫点校:《法言义疏》,中华书局1987年版,第53页。

《本造》篇"扬雄不贫,则不能作《玄言》"。① 文中"《玄言》"当为"《玄》《言》",指称扬雄的《太玄》与《法言》两书。桓谭《新论》在概述扬雄成就时总是两书并提,而在特别突出《太玄》一书时也是称其为《玄经》或者《太玄》,而不云"玄言"。同为上文引用的《正经》篇中"通才著书以百数,惟太史公为广大,余皆丛残小论,不能比之,子云所造《法言》《太玄经》也,《玄经》数百年外,其书必传,顾谭所不及见也。"② 此段大意有二:第一,只有像司马迁这样的"通才"所著的《史记》才能与扬雄《太玄》《法言》相比,其余作品皆似"丛残小论",无法与《史记》相提并论;第二,扬雄的《太玄》,必定会流芳百世,只是时人难见。《新辑本》如此标点,语意有些混乱,调整如下:"通才著书以百数,惟太史公为广大,余皆丛残小论,不能比之子云所造《法言》《太玄经》也。《玄经》,数百年外其书必传,顾谭所不及见也。"如此标点则大意清晰了。吴则虞本《新论》,也在"不能比之"后断句。

综上所述,因为《新论》文本的散佚以及对于该书辩难风格的不甚了解,导致司马贞等人对桓谭《新论》文本的误读。古籍的缺失和散佚为历代学者所共识,只是未能把缺失的情况逐一地总结成普遍性规律并用它来切实地指导个案研究。针对子书著作体例的研究也有助于古籍整理,可在一定程度上避免如《新辑本》中的文本误读。那么认识到桓谭《新论》一书的批驳特性对于子书群体来说是否具有什么普遍性呢?以下就这个问题展开讨论。

二、汉魏子书论难传统的思想渊源

前文指出,司马贞等人误读桓谭《新论》的主观原因,是对《新论》辩难风格缺乏了解。其实,汉魏子书中,不独《新论》重视辩难,还有相当一部分子书如《盐铁论》《法言》《论衡》《昌言》《潜夫论》等,都具有鲜明的辩难特点。这一特点的形成,追溯其源,即植根于先秦诸子的"辩难"传统。

---

① (汉)桓谭撰,朱谦之校辑:《新辑本桓谭新论》,中华书局2009年版,第2页。
② (汉)桓谭撰,朱谦之校辑:《新辑本桓谭新论》,中华书局2009年版,第41页。

且不说孟、荀以下那些裹挟于思想洪流中的诸子们怎样努力地在辩难中斗智斗勇，即使重在开创的孔、老著述也没有舍弃批驳辩难这一利器，不过表现得比较含蓄、隐晦。《老子》文本中提出那么多两两相对的概念，比如有无、善恶、美丑、有道无道、虚实、雌雄、刚柔等，都是超越了是非的抽象思辨成果，但它们最终还是指向现世的是非。《老子》书中甚至还保留了他直接辩难的痕迹，如许地山在《道教史》中说："人的本性与道的本质的关系如何，《老子》一样地没有说明，甚至出现矛盾。如五十六章'知者不言，言者不知'是书中最矛盾的一句话。智者和言者都是有为，不言可以说是无作为，不知却不能说是无为。既然主张无为，行不言之教，为什么还要立个知者？既然弃知，瞎说一气，岂不更妙！大概这两句是当时流俗的谣谚，编《老子》的引来讽世的。"① 他就指出"知者不言，言者不知"一句是编书者引来作批驳讽世的，不代表老子观点。许地山对于《老子》文本的释读，告诉我们，不要只看到作者"说什么"，还要思考作者"为什么说"。这一思想与思想史"剑桥学派"代表人物昆廷·斯金纳的思想不谋而合，思考作者"为什么说"，也就是关注他的行动（action）。② 出于作者之口的文本释读尚需如此谨慎，更何况是出自他人之口的呢？因此我们该警惕《老子》文本中那些自相矛盾的说法，不可一股脑儿地堆在老子一人头上。

再以《论语》为例，探寻其中的辩难迹象。《论语》中的辩难约有两类：首先，是发生于师生间的辩难。因为师生间的辩难旨在启发，追求教学相长之效，辩难中孔子的语气比较平缓，态度比较温和。这类辩难的内容一般有四种：或有关概念内涵的提炼，如："子贡曰：'如有博施于民而能济众，何如？可谓仁乎？'子曰：'何事于仁，必也圣乎！'"③ 这是师生在辨析"仁"；"子张问：'士何如斯可谓之达矣？'子曰：'何哉，尔所谓达者？'子张对曰：'在邦必闻，在家必闻。'子曰：'是闻也，非达也。'"④ 师生在辨析"达"，并

---

① 许地山：《道教史》，上海古籍出版社1999年版，第29页。
② 〔英〕昆廷·斯金纳（Quentin Skinner）：《谈文本的解释》（*On the Interpretation of Texts*），2017年4月4日，北京大学"大学堂"顶尖学者讲学计划。
③ 程树德撰，程俊英、蒋见元点校：《论语集释》，中华书局1990年版，第427页。
④ 程树德撰，程俊英、蒋见元点校：《论语集释》，中华书局1990年版，第876页。

与"闻"做区别;"子曰:'吾未见刚者。'或对曰:'申枨。'子曰:'枨也欲,焉得刚?'"①师生区别"刚"与"欲";"子张问曰:'令尹子文三仕为令尹,无喜色;三已之,无愠色。旧令尹之政,必以告新令尹。何如?'子曰:'忠矣。'曰:'仁矣乎?'曰:'未知,焉得仁?''崔子弑齐君,陈文子有马十乘,弃而违之。……何如?'子曰:'清矣。'曰:'仁矣乎?'曰:'未知。焉得仁?'"②师生在辨析"仁""忠"与"清"。

或有关是非的判断,如:"冉求曰:'非不说子之道,力不足也。'子曰:'力不足者,中道而废。今女画。'"③孔门对冉求的态度进行辩难:"颜渊死,子哭之恸。从者曰:'子恸矣!'曰:'有恸乎?非夫人之为恸而谁为?'"④孔门对孔子的态度进行辩难。又如:"佛肸召,子欲往。子路曰:'昔者由也闻诸夫子曰:亲于其身为不善者,君子不入也。佛肸以中牟畔,子之往也,如之何!'子曰:'然。有是言也。'"⑤师生为孔子应佛肸召进行辩难;"子曰:'予欲无言。'子贡曰:'子如不言,则小子何述焉?'子曰:'天何言哉?'"⑥孔门为孔子欲行的"不言之教"的想法展开辩难。

或对有关政治举措的恰当与否进行辩难,如:"子路曰:'卫君待子而为政,子将奚先?'子曰:'必也正名乎!'子路曰:'有是哉,子之迂也!奚其正?'子曰:'野哉,由也!'"⑦师生对于"为政之先"进行辩难;"子之武城,闻弦歌之声。夫子莞尔而笑,曰:'割鸡焉用牛刀?'子游对曰:'昔者偃也闻诸夫子曰:君子学道则爱人,小人学道则易使也。'子曰:'二三子!偃之言是也。前言戏之耳。'"⑧师生对于子游以道教民进行辩难。

或就某些人的评价进行辩难,如:"子路曰:'桓公杀公子纠,召忽死之,管仲不死。'曰:'未仁乎?'子曰:'桓公九合诸侯,不以兵车,管仲之力也。

---

① 程树德撰,程俊英、蒋见元点校:《论语集释》,中华书局1990年版,第314页。
② 程树德撰,程俊英、蒋见元点校:《论语集释》,中华书局1990年版,第331页。
③ 程树德撰,程俊英、蒋见元点校:《论语集释》,中华书局1990年版,第388页。
④ 程树德撰,程俊英、蒋见元点校:《论语集释》,中华书局1990年版,第758页。
⑤ 程树德撰,程俊英、蒋见元点校:《论语集释》,中华书局1990年版,第1200—1201页。
⑥ 程树德撰,程俊英、蒋见元点校:《论语集释》,中华书局1990年版,第1227页。
⑦ 程树德撰,程俊英、蒋见元点校:《论语集释》,中华书局1990年版,第885—892页。
⑧ 程树德撰,程俊英、蒋见元点校:《论语集释》,中华书局1990年版,第1188—1189页。

如其仁！如其仁！'"①与"子贡曰：'管仲非仁者与？……'子曰：'……微管仲，吾其被发左衽矣。'"②均为孔门师生间对管仲的评价发起的辩难；"子路使子羔为费宰。子曰：'贼夫人之子。'子路曰：'有民人焉，有社稷焉。何必读书，然后为学？'子曰：'是故恶夫佞者。'"③这是孔门师生评价子羔的辩难。

这些辩难活动中的孔门弟子，或多识，或多勇，他们的好学深思推动了教学相长的实效，因此得到了孔子的高度评价，如"起予者，商也！""回也非助我者也，于吾言无所不说。"④"善哉问！"⑤等，都是孔子对于能与他进行质疑辩难的弟子的由衷赞美。他们在辩难时还能以子之矛攻子之盾，孔子没有声色俱厉地对待弟子的"大不敬"，而是欣然改过。孔门内养成了良好的辩难风气，所以才能培养出那么多的贤才。

其次，发生于师门外的辩难，孔子的情绪难免激动，言辞不免于激切。如：

> 达巷党人曰："大哉孔子！博学而无所成名。"子闻之，谓门弟子曰："吾何执？执御乎？执射乎？吾执御矣。"⑥
>
> 子欲居九夷。或曰："陋，如之何？"子曰："君子居之，何陋之有？"⑦
>
> "唐棣之华，偏其反而。岂不尔思？室是远而。"子曰："未之思也，夫何远之有？"⑧
>
> 子言卫灵公之无道也，康子曰："夫如是，奚而不丧？"孔子曰："仲叔圉治宾客，祝鮀治宗庙，王孙贾治军旅。夫如是，奚其丧？"⑨
>
> 或曰："以德报怨，何如？"子曰："何以报德？以直报怨，以德报德。"⑩

---

① 程树德撰，程俊英、蒋见元点校：《论语集释》，中华书局1990年版，第981—982页。
② 程树德撰，程俊英、蒋见元点校：《论语集释》，中华书局1990年版，第988—989页。
③ 程树德撰，程俊英、蒋见元点校：《论语集释》，中华书局1990年版，第794—796页。
④ 程树德撰，程俊英、蒋见元点校：《论语集释》，中华书局1990年版，第746页。
⑤ 程树德撰，程俊英、蒋见元点校：《论语集释》，中华书局1990年版，第871页。
⑥ 程树德撰，程俊英、蒋见元点校：《论语集释》，中华书局1990年版，第568—570页。
⑦ 程树德撰，程俊英、蒋见元点校：《论语集释》，中华书局1990年版，第604—605页。
⑧ 程树德撰，程俊英、蒋见元点校：《论语集释》，中华书局1990年版，第630—632页。
⑨ 程树德撰，程俊英、蒋见元点校：《论语集释》，中华书局1990年版，第997页。
⑩ 程树德撰，程俊英、蒋见元点校：《论语集释》，中华书局1990年版，第1017页。

以上辩难可见孔子批驳的对象范围比较广泛,他与论敌也是有闻有见,不拘形式。孔子不仅自己会情不自禁地批驳,而且也鼓励弟子间党同伐异,比如《先进》篇针对冉有助季氏聚敛一事,孔子云:"非吾徒也。小子鸣鼓而攻之,可也。"①

孔门弟子间也时有自发的辩难:

> 子游曰:"子夏之门人,小子当洒扫应对进退,则可矣,抑末也。本之则无,如之何?"子夏闻之,曰:"噫!言游过矣!君子之道,孰先传焉?孰后倦焉?譬诸草木,区以别矣。君子之道,焉可诬也?有始有卒者,其惟圣人乎!"②

子游与子夏之间的这段论辩可能发生于孔子逝后,为师兄弟间的隔空喊话,带有师门内部争夺源流正统的火药味。

《论语》中的辩难有以下几个特点:第一,师门内的辩难,首先注重往来互动和思想上的启发与体悟;其次,师门内的辩难着眼于对弟子性情的教育与错误行为的矫正。第二,师门外的辩难,虽带有强烈的情绪,词锋较犀利,但不是偏重争勇好胜,只在明理辩非。

汉魏子书中有些作者对先秦子书辩难传统的继承是自觉的。如《法言·自纪》阐述扬雄写作《法言》的原因:"雄见诸子各以其知舛驰,大氐诋訾圣人,即为怪迂,析辩诡辞,以挠世事,虽小辩,终破大道而或众,使溺于所闻而不自知其非也。及太史公记六国,历楚汉,〔讫〕麟止,不与圣人同,是非颇谬于经。故人时有问雄者,常用法应之,撰以为十三卷,象《论语》,号曰《法言》。"③这段话阐述扬雄《法言》的批判对象为"诸子"之说与"太史公"之记,写作起因与孟子相同,扬雄是自觉继承了辩难传统的。王充《论衡》云:"是故《论衡》之造也,起众书并失实,虚妄之言胜真美也。故虚妄之语不黜,则华文不见息;华文不放流,则实事不见用。故论衡者,所以铨轻重之言,立

---

① 程树德撰,程俊英、蒋见元点校:《论语集释》,中华书局1990年版,第774页。
② 程树德撰,程俊英、蒋见元点校:《论语集释》,中华书局1990年版,第1318—1320页。
③ (汉)班固撰,(唐)颜师古注:《汉书》,中华书局1962年版,第3580页。

真伪之平,非苟调文饰辞,为奇伟之观也。"① 王充极力强调己作《论衡》的现实批判性,他论桓谭说:"又作《新论》,论世间事,辩照然否,虚妄之言,伪饰之辞,莫不证定"②,也是珍视《新论》的辩难色彩。《案书》篇云:"两刃相割,利钝乃知;二论相订,是非乃见。是故韩非之《四难》,桓宽之《盐铁》,君山《新论》类也。"③ 王充特意拈出《盐铁论》来与韩非、桓谭类比,不仅说明他认识到先秦子书与汉魏子书在辩难上的源流关系,而且揭示出《新论》一书的辩难虽属于"纸辩",但其激烈程度并不逊色于盐铁会议上贤良文学与御史大夫们的"口辩"。这个鲜明印象应该是王充认真研读《新论》原著后得到的,只可惜我们现在难以再现其中的辩驳实况。王符《潜夫论·叙录》云:"论难横发,令道不通。后进疑惑,不知所从。自昔庚子,而有责云。予岂好辩?将以明真。"④ 王符借用孟子的话"予岂好辩"申明作书之旨,表明他深刻认识到论辩对于澄清是非的重要意义,并且自觉继承先秦辩难传统以有教于后进。

汉魏子书在继承先秦子书的辩难传统方面可谓硕果累累。如:贾谊《过秦论》一出,使得先秦的"过秦"旧题在大汉新朝赋予了新的政治价值与意义。陆贾《新语》只十二篇,即戳破了汉高祖"马上治天下"的妄想。《淮南子》一书,无论是成书意识还是写作体例上都为之后的子书树立了榜样,它也是继承先秦辩难传统的重要成果。刘咸炘说:"是书之旨要在刺时主不言之教,斥刑法之非,明诚恕之义,又言治本在宁民,宁民在足用,足用在勿夺时,勿夺时在省事,省事在节用,节用在反性,箴刺之意显然,非安之忠识也,贤人君子不遇于时而言也。"⑤ 他明确地指出著书者寄寓于篇章中的"刺"与"斥",其实就是辩难。只不过有的子书中辩难色彩比较明显,有些书的辩难比较隐晦罢了。

汉魏诸子与先秦诸子的论难两相比较,他们之间是同中有异。其相同点有两个,具体表现为:第一,都喜用"难问体",使用主、客两种身份开展论难,这一类的辩难色彩较为明显。如《荀子·正论》开篇以"世俗之为说者"

---

① 黄晖:《论衡校释》(附刘盼遂集解),中华书局1990年版,第1178—1179页。
② 黄晖:《论衡校释》(附刘盼遂集解),中华书局1990年版,第608页。
③ 黄晖:《论衡校释》(附刘盼遂集解),中华书局1990年版,第1172—1173页。
④ (汉)王符撰,(清)汪继培笺,彭铎校正:《潜夫论笺校正》,中华书局1985年版,第479页。
⑤ 刘咸炘著,黄曙辉编校:《刘咸炘学术论集·子学编》,广西师范大学出版社2007年版,第421页。

与"子宋子"之言谈树起靶子,随后加以攻击辩难;《淮南子·修务训》开篇引"或曰"的言辞以树立论难的靶子,然后展开论述;桓谭《新论》引"儒者言""闾巷言"扬雄言和其他人之言论树立靶子。

第二,先秦诸子论难的目的在于褒是贬非,这点也为汉魏诸子所自觉继承,如应劭在《风俗通义·序》中说:"昔仲尼没而微言阙,七十子丧而大义乖。重遭战国,约纵连横,好恶殊心,真伪纷争……言通于流俗之过谬,而事该之于义理也。"[1]他强调了对于"伪""恶"与"过谬"的批判意识。桓范在《世要论·序作》篇说:"夫著作书论者,……记是贬非,以为法式。"[2]曹丕在《典论》中也发表说:"余观贾谊《过秦论》,发周秦之得失……斯可谓作者矣。"[3]这些材料都说明他们能牢记子书"记是贬非"的使命。但因为其书文本缺佚过多,无法识别文本的有关"记是贬非"的明显标志性话语。

汉魏诸子与先秦诸子辩难的不同点有四个,具体表现为:第一,先秦诸子习惯在各章节开始时树靶子,而且论敌身份单一,辩难一般表现为破中有立;汉魏诸子辩难时,不是开篇树敌,论敌观点经常夹杂在行文中间,一般表现为立中有破。如《荀子·正论》中论敌的话一律在各章节开头引领,但《新论》中论敌的观点不全在开篇,有时夹在文中;《荀子·正论》中的论敌身份较为单一,辩难主要针对论敌之言而发,是破中有立。还有像《荀子·性恶》篇攻击孟子性善说从而建立起自己的性恶论;《荀子·非十二子》则专门对十二家学说进行驳斥,都是破中有立的典型;但《淮南子》《新论》在阐明自己观点时批驳论敌,是立中有破。《淮南子·说山训》中魂与魄的问答,《道应训》中太清问于无穷、无为和无始,假借虚构的人物设为问答,有模仿《庄子》的痕迹,但也是重立不重破。

第二,先秦诸子的辩难多主观感性,汉魏诸子的辩难多客观理性。具体表现为前者重"气"胜,后者重"理"胜。孟子的养气成果扩充到辩难上,往往能给论敌以泰山压顶的气势。汉魏诸子中惟有贾谊对此类论辩之"气"有所秉承,其他人则多老老实实地使用逻辑讲理。

---

[1] (汉)应劭撰,王利器校注:《风俗通义校注》,中华书局1981年版,第1、4页。
[2] (清)严可均校辑:《全上古三代秦汉三国六朝文》,中华书局1958年版,第1263页。
[3] (清)严可均校辑:《全上古三代秦汉三国六朝文》,中华书局1958年版,第1098页。

第三，先秦诸子在举例论证时爱借用传说故事与寓言，汉魏诸子则爱借用历史事件与人物。前者方式较为委婉，而且多通过"寓言"以生动浅白的言辞表达，不靠气势压人也不玩逻辑游戏。如《庄子》与《韩非子》喜欢用寓言，《吕氏春秋》喜欢用神话传说故事。汉代诸子多用历史人物和故事，文学的虚构色彩较弱，理性思辨色彩加强。当然也有例外者，如《淮南子》一书也喜欢借神话传说说理，这点与《吕氏春秋》很相像，但在汉魏子书中为少数派。

第四，汉魏子书中专题性论文数量增多，虽然一些文中隐去了问答辩难的模式，但是主题的设定皆有强烈的批判针对性。就这点来说，汉魏子书的辩难又具有以下几个特点：第一，辩难的对象不再是虚构人物（假想敌），而是现实生活中的真人，尤其是同时代人；第二，辩难内容也不再是集中于某几人或某类人身上，而是涉及广阔的政治与社会领域的各种流行观点。

综上可见，早期先秦子书的"对话体"或曰"问答体"多为诸子口头辩难的记录。"语录体"或源于问学，或源于辩难，前者隐去了问者，后者隐去了辩者，于是只"录"下圣人之"语"。随着近距离的"口辩"发展为远距离的"纸辩"，辩难的空间范围拓宽，时间延长，难度增加，形式也愈发多样，论辩的技巧趋于成熟，辩难的篇目也在加长，于是论辩之文也逐步发展成熟。汉魏子书继承先秦子书中的辩难成果，并加以发扬和改造，使辩难成为子书所拥有的独特个性标志，诸子在书中辩难时所使用的方式方法也为汉代的诗赋文章模仿与借鉴。

三、汉魏子书对先秦诸子辩难的批判继承及其文学影响

汉魏诸子对于先秦子书辩难传统的自觉继承已见上述，他们对于先秦辩难传统的改造与革新的愿望也是非常自觉的。如《汉书》评价桓宽《盐铁论》说："（桓）宽次公……推衍盐铁之议，增广条目，极其论难，著数万言，亦欲以究治乱，成一家之法焉。"[1] 班固之所以盛赞桓宽著作《盐铁论》能够"成

---

[1] （汉）班固撰，（唐）颜师古注：《汉书》，中华书局1962年版，第2903页。

一家之法",就在于他能发展先秦子书中的"问答体",使之不仅限于两人或几人的小范围内,而是扩展到贤良、文学与丞相、御史为正、反两个阵营,双方往返辩难,使问题在辩难中越显明了,是非褒贬越发鲜明。历史上的盐铁会议只不过是他欲申己说的一个凭借,这是以辩难模式结构全书的最典型例子,其作用正如刘咸炘所评价的:"射问答能申敌人之说,使学者得反复以尽其说。"①

桓宽《盐铁论》全书都设置为正反双方的辩难,一环套一环,正反双方对一个论题的数次交锋使其中是非充分得到展示,以辩难始又以辩难终,这是先秦短章无法比拟的。

扬雄、桓谭和王充三人不仅从理论上摇旗呐喊,更是用实践向世人证明批判独立精神之可贵,对于他们的成就任继愈先生总结道:"这股思潮的代表人物站在清醒的现实主义立场,用唯物主义与无神论批判神学经学。扬雄、桓谭、王充做出了可贵的贡献。……他们的学说抑制了反理性主义、独断主义、盲目服从、人云亦云的倾向"②他对三人著作对于现实的批判作用给予了非常高的评价。

辩难作用之所以被汉末王符、仲长统与崔寔等人发挥得尤其充分,因为当时他们遭遇到动乱的社会环境,加上与清流名士的口头"清议"互相激扬,因而在汉末学术界掀起了一股强劲的批判飓风。任继愈先生是这样评价的:"他们批判的锋芒指向神学经学,指向现实政治,指向社会风气,形成批判思潮。王符、荀悦、仲长统等人应时而起。东汉末年的批判思潮为后来魏晋玄学准备了思想条件。"③可见,汉魏子书中承先秦辩难而来的批判精神,不仅体现于对旧思想的总结与归纳,而且体现在对新思想的准备上。

汉魏诸子对于先秦子书中辩难传统的继承是自觉的,成果较为突出,改造也是适时的,使辩难成为子书所独具的一大特色,更好地服务于他们的"立言"愿想。同时,汉魏子书对先秦子书中辩难传统的继承与发扬,也深刻影响了魏晋文坛,推动了一些新式文体的产生。余嘉锡先生在《古书通例》中这样

---

① 刘咸炘著,黄曙辉编校:《刘咸炘学术论集·子学编》,广西师范大学出版社2007年版,第423页。
② 任继愈主编:《中国哲学发展史·前言》(秦汉),人民出版社1985年版,第2—3页。
③ 任继愈主编:《中国哲学发展史·前言》(秦汉),人民出版社1985年版,第3页。

总结："论文之源，出于诸子，则知诸子之文，即后世之论矣。"①他指出子书与论文之间的渊源关系，可谓一语中的。诸子之书对于文学的影响表现于多方面，本节只就子书的辩难传统给予魏晋文学样式的影响稍作探讨。

首先，它们推动产生了一大批具有辩难色彩的论文。这些辩难论文根据内容，大概可分为两大类：第一类论文针对生活事件或政治决策。如东方朔《答客难》，扬雄《解嘲》针对个人生活事件；班勇《对镡显等难》《对毛轸等难》，仲长统《答邓义社主难》，夏侯玄《肉刑论》《答李胜难肉刑论》，李胜《难夏侯太初肉刑论》《又难》等文为围绕政策辩难。第二类论文旨在进行哲学思考和学术探讨。如扬雄《难盖天八事》论天文，司马芝《答刘绰问》论礼；班固《难庄论》、刘梁《辩和同论》、王粲《难钟荀太平论》、夏侯玄《辩乐论》、王弼《难何晏圣人无喜怒哀乐论》、嵇康《养生论》《答向子期难养生论》《声无哀乐论》《难张辽叔自然好学论》《难张辽叔宅无吉凶摄生论》《答张辽叔释难宅无吉凶摄生论》及钟会等人的《四本论》②等，偏重阐发玄学论题。子书的辩难传统在汉末结合"清议"得到发扬，在魏晋又与"清谈"遇合，推动了魏晋玄学思想的传播以及魏晋风流的形成。

把这些辩难型论文与子书中的辩难篇章比较，大概有如下几点不同：首先，如果说子书的正反两方多为假设，即使如桓宽一般把双方观点发挥得再到位，还是会受到作者本人思想与立场的影响，影响辩难者观点的真实性。但这些辩难性论文，正反方不是虚构的，而是真实存在的（按：汉代少数文章除外，如东方朔《答客难》、扬雄《解嘲》，两文中的反方多为一些面目模糊的群体，只是标出一种质疑的姿态），两位作者各持一端，这样就能真正做到针锋相对，而且一个论题可能往返数个来回，把辩难明理的作用发挥得淋漓尽致。其次，子书中的辩难往往不具即时性（《盐铁论》例外），反方在子书中的辩难也无法再回应，辩难性的论文则反馈及时，正反双方都能从对方的辩难中得到启发，不仅观点真实、具有代表性而且能呈现出较为完整的辩难过程，是一场发生于纸笔的争鸣。

---

① 余嘉锡：《古书通例》，上海古籍出版社1985年版，第66—67页。
② 徐震堮：《世说新语校笺》，《文学》篇注："《四本》者，言才性同，才性异，才性合，才性离也。尚书傅嘏论同，中书令李丰论异，侍郎钟会论合，屯骑校尉王广论离。"中华书局1984年版，第106页。

其次，子书的辩难影响所及，也扩大到诗歌领域。陶渊明的《形影神》，从主题上看是魏晋玄言诗的遗响，但是从写作体例着眼，也可说是子书辩难传统的延续。与陶渊明同时的慧远就有《形尽神不灭论》一文，说明形神关系的探讨是当时论文中流行的话题。陶渊明的《形影神》含《形赠影》《影答形》和《神释》三章，围绕三者关系往复探讨，完全是辩难论文的模式，只不过借诗体表达。辩难者由两位扩大到三位，欲辩之理在形、影和神的反复申辩中逐渐明晰，完成了诗人对三者关系的思考过程。

在先秦子书中由辩难而形成的问答模式，为汉乐府所借鉴，如《陌上桑》《东门行》《妇病行》等都设有问答。而这也间接影响到了汉代文人诗的创作，如无名氏的《上山采蘼芜》《十五从军征》，陈琳《饮马长城窟行》，阮瑀的《驾出北郭门行》等，后两首为乐府旧题，诗中均保留了问答模式。

子书辩难中使用的问答模式，也直接影响到了赋，在汉大赋中表现尤其明显。如作为汉代散体大赋形成标志的枚乘《七发》，设"楚太子"与"吴客"的问答；汉大赋代表作司马相如《天子游猎赋》，设子虚、乌有、亡是公三人对话；班固《两都赋》借"东都主人"和"西都宾"问答辩难；这种问答模式到了南北朝的抒情小赋中也一直被保存着，比如谢惠连的《雪赋》、谢庄的《月赋》，不同的是，在《雪赋》中问答者本身也成为赋作塑造的文学形象之一，显得生动有趣，而不仅仅是结构文章的凭借。当然，汉大赋与汉乐府中的问答模式是否直接借鉴汉魏子书还是有待商榷的，但无疑会受到先秦子书的影响。从子学发展的统系来看，汉魏子书与先秦子书的关系相较诗赋更为密切，所以它们对于诸子辩难传统的继承发扬不能不影响到诗赋等其他文体。

辩难这一传统源于先秦诸子对于思想的发明与学术的热爱，为百家争鸣的学术盛世做出了不小贡献，作为理论探讨的重要模式也得到了充分检验，之后借助于先秦子书得以传播，为汉魏诸子发现并予自觉继承和改造，成为子书所独具的一大特色，桓谭、王充等人著作就是汉魏子书自觉继承辩难传统的成果。随着子书在汉魏时期形成了第二个高潮，辩难的影响也逐渐扩大，向其他诸多文学样式渗透，甚至推动了一些新文体的产生。

本章由认识与追问司马贞对《新论》的引用与误读开始，进而发现了《新论》所具有的辩难特色，可见文献的释读与研究在学术研究中所承担的重要角色。由《新论》的辩难特点，进一步追溯到汉魏子书群体对先秦子书辩难传统的继承与创新，也证明了子书个案研究与宏观研究的交互作用值得重视。

（作者单位：广西师范学院文学院）

贾公彦《序周礼废兴》疏证（一）

王霄蛟

在《周礼》研究史上，贾公彦的《序周礼废兴》（以下简称《废兴》）有重要地位，它的价值不仅在于保留了马融《周官传》与郑玄《周礼注》的部分序言，而且对马、郑的观点多有发明，由此文可见《周礼》之兴废及其在汉代授受之脉络，这对于理解和梳理汉代《周礼》学史有巨大帮助。

清人翁方纲首先认识到《废兴》一文的重要性，他明确指出朱彝尊《经义考》著录贾氏的《周礼疏序》却失载其《废兴》是"详此而略彼"的，他认为贾公彦的《周礼疏序》"但说官名耳，其《序周礼废兴》一篇方足为是经考证之资"。[1] 于是他特意在其《经义考补正》卷五中收录了这篇文章。清末大儒孙诒让通过辑马融、郑玄之《周礼》序，也对此文加以肯定，见其《辑周礼马融郑玄序》[2]。后来国内的《周礼》研究者，均止步于浅尝《废兴》一文中的材料，并未对全文做深入的探索，更未对其做系统详尽的注释。[3]

本文试图对贾公彦《废兴》一文中出现的关键语词、人物事件以及一些概念做一个梳理，对一些困惑提出自己的判断和依据，由此形成这篇《疏证》。

---

[1] （清）翁方纲：《经义考补正》卷五，第4b页，《四库未收书辑刊》第二辑第二十八册据清乾隆刻本影印，北京出版社1997年版，第35页下。又见（清）朱彝尊撰，林庆彰、蒋秋华、杨晋龙等主编：《经义考新校》，上海古籍出版社2010年版，第2261—2264页。

[2] （清）孙诒让著，许嘉璐主编，雪克辑点：《籀庼遗著辑存》，中华书局2010年版，第461—464页。

[3] 日本学者池田秀三先生曾于20世纪七十年代末八十年代初即译注过《序周礼废兴》，见其《周礼疏序译注》，京都大学人文科学研究所编《东方学报》1981年第53卷，第571—588页。该文为日语论著，国内引用者甚少，流布不广。

限于时间和论文集篇幅，此次会议仅提交《疏证》的第一部分，其余部分待刊。

周公制礼[一]之日，礼教[二]兴行，后至幽王，礼仪纷乱[三]。①

[一]"周公制礼"之说，典籍中多有记载，如《左传》文公十八年载："先君周公制周礼曰：'则以观德，德以处事，事以度功，功以食民。'"②关于周公制礼作乐之时间，《尚书大传》云："周公摄政：一年救乱，二年克殷，三年践奄，四年建侯卫，五年营成周，六年制礼作乐，七年致政成王。"（《隋书·李德林传》李德林复魏收书，《尚书正义·康诰》孔颖达正义，《周礼注疏·天官冢宰·序官》贾公彦疏，《礼记正义·明堂位》孔颖达正义并引）③《礼记·明堂位》亦云："武王崩，成王幼弱，周公践天子之位，以治天下。六年，朝诸侯于明堂，制礼作乐，颁度量而天下大服。"④可见"周公制礼"之事，应该是存在的。然对此说，后世却又分为几派意见，且多与《周礼》一书之真伪相关。其中一派是绝对支持的，代表者如刘歆、郑玄、陆德明、贾公彦、郑樵、李光地、孙诒让、章太炎、黄侃等，他们不仅承认"周公制礼"，而且认为《周礼》一书也全出自周公之手；另一派则是坚决反对的，如何休、临硕、胡安国、胡宏、廖平、康有为、钱玄同、梁启超、杜国庠等；还有一派是折衷的，他们认为以《周礼》为代表成果的"周公制礼"之事，是存在的，但今所流传下来的《周礼》一书，并非完全作于周公，其中有很多需要谨慎考量的地方，需仔细考辨后人窜入臆作之处，但即使这样，该书中也保存了周代的典制，故不可忽视，这一派学者有程颢、苏辙、朱熹、陈澧、顾颉刚等。按，"周公制礼"与《周礼》（《周官》）一书是两个问题，"周公制礼"之事诚如顾

---

① 本文中，《废兴》正文以新出版的上海古籍出版社点校本《周礼注疏》（简称"上古本"）为底本，对勘中华书局影印阮刻"十三经注疏"本（简称"中华本"）、北京大学出版社"十三经注疏"点校本（简称"北大本"），诸本有误之处，随文注出。《废兴》全文校勘同时参考了日本学者加藤虎之亮《周礼经注疏音义校勘记》（无穷会，1957年）以及王国维先生批校过的阮刻本《附释音周礼注疏》（国家图书馆善本阅览室，编号 A01929）。

② 杨伯峻编著：《春秋左传注》（修订本）第二册，中华书局2009年版，第633页。

③ （清）皮锡瑞：《尚书大传疏证》卷五，光绪善化皮氏《师伏堂丛书》本。

④ （汉）郑玄注，（唐）孔颖达正义，吕友仁整理：《礼记正义》，上海古籍出版社2008年版，第1261页。

颉刚先生所云"是应该肯定的,因为在开国的时候哪能不定出许多的制度和仪节来"①。另外,就此句来看,并不涉及作为经典著作的《周礼》的问题,"周公制礼之日"之中的"礼"与《左传》文公十八年"先君周公制周礼"、哀公七年"大伯端委以治周礼"中的"周礼"均属泛指,"皆混言不别,非指斥《周官经》"②。

[二]礼教,即以礼教化,而绝非现代概念之所谓"封建礼教",此处仅指"以礼为教"或"礼的教育",其中之"礼",非仅指六艺中的"礼",而是有更大的范围和内涵。《礼记·经解》:"孔子曰:入其国,其教可知也。其为人也,温柔敦厚,《诗》教也;疏通知远,《书》教也;广博易良,《乐》教也;絜静精微,《易》教也;恭俭庄敬,《礼》教也;属辞比事,《春秋》教也。"③即用"礼"之狭隘义——六艺中的"礼"。《周礼注疏·地官司徒·大司徒》职云:"而施十有二教焉:一曰以祀礼教敬,则民不苟;二曰以阳礼教让,则民不争;三曰以阴礼教亲,则民不怨;四曰以乐礼教和,则民不乖……"④则从广义概念上具体阐述了礼教的部分内容。另外,《韩诗外传》卷三:"哀其不闻礼教而就刑诛也。"⑤《汉书·刑法志》云:"圣人既躬明悊之性,必通天地之心,制礼作教,立法设刑,动缘民情,而则天象地。故曰先王立礼,'则天之明,因地之性'也。"又云:"原狱刑所以蕃若此者,礼教不立,刑法不明,民多贫穷,豪杰务私,奸不辄得,狱豻不平之所致也。"⑥则将礼教与刑法并举,前者在积极层面上进行教化,后者则在消极意义上施以惩罚。蔡尚思《中国礼教思想史》云:"礼教,即以礼为教。古代也叫作名教,即以名为教。它起了与宗

---

① 顾颉刚:《"周公制礼"的传说和〈周官〉一书的出现》,《文史》1979年第6期,第4页。又见《顾颉刚全集》第12册《顾颉刚古史论文集》卷十一,中华书局2010年版,第388—468页。

② (唐)陆德明撰,吴承仕疏证:《经典释文序录疏证》,中华书局2008年版,第22页。按,杨伯峻先生《春秋左传注》中亦有相似看法,他认为"先君周公制《周礼》"中的《周礼》不可以今之《周官》当之。但他同时又并推断此处之《周礼》乃是"姬旦所著书名或篇名,今已亡",笔者不同意后面这个判断。"周公制礼"之"礼"与"先君周公制周礼"之"周礼"均为泛指,无需加书名号。

③ (汉)郑玄注,(唐)孔颖达正义,吕友仁整理:《礼记正义》,上海古籍出版社2008年版,第1903页。

④ (汉)郑玄注,(唐)贾公彦疏,彭林整理:《周礼注疏》,上海古籍出版社2010年版,第339—340页。

⑤ (汉)韩婴撰,许维遹校释:《韩诗外传集释》,中华书局1980年版,第107页。

⑥ (汉)班固撰:《汉书》,中华书局1962年版,第1079、1109页。

云：" 至于王道衰，礼义废，政教失，国异政，家殊俗，而变风、变雅作矣。"孔颖达疏云："若其王纲绝纽，礼义消亡，民皆逃死，政尽纷乱。"[1] 不难看出，贾公彦《废兴》中"后至幽王，礼仪纷乱"一语，极似上引《诗·大序》的"王道衰，礼义废"、孔疏所云"王纲绝纽，礼义消亡"，此二者均作"礼义"，一"废"一"消亡"，句式与含义均相近，故疑《废兴》此处应作"礼义"为是。又，《礼记正义·礼运》孔颖达疏云："**王者，政教之始，则礼义也。**"《王制》："修其教，不易其俗。齐其政，不易其宜。"郑玄注："**教谓礼义，政谓刑禁。**"[2] 此二例均以礼义为教，可与《废兴》中"礼教兴行"一句互参，若"教谓礼义"，那么"礼教兴行"就意味着"礼义的教化盛行"，那么相对应的，"幽王之后""礼义"出现了纷乱。故可推得《废兴》此处当作"礼义"。第五，从版本上考察，今传《周礼》诸本皆作"礼仪"。唯翁方纲《经义考补正》卷五所录贾氏《废兴》作"礼义"[3]，由于翁氏乃藏书大家，并曾参与编纂《四库全书》，精深于目录版本校勘之学，故此处差别不应忽视，姑录于此，以备参考。综合以上五点，此处"礼仪"应作"礼义"更符合文意。

故孔子云：诸侯专行征伐[一]**，"十世希不失"**[二]**。郑注云："亦谓幽王之后也。"**[三]

[一]"诸侯专行征伐"非孔子语，亦不载于《论语》。唐孔颖达《毛诗正义·小雅·节南山》正义引郑玄《论语注》云："平王东迁，诸侯始专征伐。"又见《论语注疏·季氏第十六》魏何晏注引孔安国《论语孔氏训解》："孔曰：'希，少也。周幽王为犬戎所杀，平王东迁，周始微弱。诸侯自作礼乐，专行征伐，始于隐公。'"[4]

[二]"十世希不失"，见《论语·季氏第十六》："孔子曰：'天下有道，

---

[1] （清）阮元校刻：《十三经注疏》，中华书局1980年版，第271页下。
[2] （汉）郑玄注，（唐）孔颖达正义，吕友仁整理：《礼记正义》，上海古籍出版社2008年版，第930、537页。
[3] （清）翁方纲：《经义考补正》，第5a页，《四库未收书辑刊》第二辑第二十八册，据清乾隆刻本影印，北京出版社1997年版，第36页上。
[4] （清）阮元校刻：《十三经注疏》，中华书局1980年版，第2521页中。

则礼乐征伐自天子出；天下无道，则礼乐征伐自诸侯出。自诸侯出，盖十世希不失矣。'"

[三] 此"郑注"指郑玄《论语注》，已亡佚，清代学人多有为之辑佚者，其中以袁钧《郑氏佚书》本《论语注》为备。后二十世纪初，在敦煌、吐鲁番等地发现有唐写本郑玄《论语注》，惜无《季氏》此篇。①

故晋侯[一]**、赵简子**[二]**见仪，皆谓之"礼"，孟僖子**[三]**又不识其仪也。**

[一]《左传》昭公五年："公如晋，自郊劳至于赠贿，无失礼。晋侯谓女叔齐曰：'鲁侯不亦善于礼乎？'对曰：'鲁侯焉知礼？'公曰：'何为？自郊劳至于赠贿，礼无违者，何故不知？'对曰：'**是仪也，不可谓礼**。礼所以守其国，行其政令，无失其民者也。今政令在家，不能取也。有子家羁，弗能用也。奸大国之盟，陵虐小国。利人之难，不知其私。公室四分，民食于他。思莫在公，不图其终。为国君，难将及身，不恤其所。礼之本末，将于此乎在，而屑屑焉习仪以亟。言善于礼，不亦远乎？'君子谓叔侯于是乎知礼。"②

[二]《左传》昭公二十五年："子大叔见赵简子，简子问揖让周旋之礼焉。对曰：'**是仪也，非礼也**。'简子曰：'敢问何谓礼？'对曰：'吉也闻诸先大夫子产曰："夫礼，天之经也。地之义也，民之行也。"天地之经，而民实则之。则天之明，因地之性，生其六气，用其五行。气为五味，发为五色，章为五声，淫则昏乱，民失其性。……'"③

[三]《左传》昭公七年："三月，公如楚，郑伯劳于师之梁。**孟僖子为介，不能相仪**。及楚，不能答郊劳。……九月，公至自楚。**孟僖子病不能相礼**，乃讲学之，苟能礼者从之。"④

---

① 王素编著：《唐写本论语郑氏注及其研究》，文物出版社 1991 年。
② 杨伯峻编著：《春秋左传注》（修订本）第四册，中华书局 2009 年版，第 1266 页。
③ 杨伯峻编著：《春秋左传注》（修订本）第四册，中华书局 2009 年版，第 1457 页。
④ 杨伯峻编著：《春秋左传注》（修订本）第四册，中华书局 2009 年版，第 1287、1294 页。

至于孔子，更修而定之，时已不具[一]，故《仪礼》注云："后世衰微，幽厉尤甚，礼乐之书，稍稍废弃。孔子曰：'吾自卫反于鲁，然后乐正，雅、颂各得其所。'谓当时在者而复重杂乱者也，恶能存其亡者乎？"[二]

[一] 此句北大本作"至于孔子更修而定之时，已不具……"，上古本作"至于孔子，更修而定之。时已不具……"，林庆彰《经义考新校》卷一百二十一作"至于孔子更修而定之时已不具"，王国维校本《附释音周礼注疏》校点为"至于孔子，更修而定之。时已不具……"。本文从王国维先生校本与上古本。

孔子订正礼乐之事，见《周礼注疏·春官·大师》郑注："教，教瞽蒙也。风，言贤圣治道之遗化也。赋之言铺，直铺陈今之政教善恶。比，见今之失，不敢斥言，取比类以言之。兴，见今之美，嫌于媚谀，取善事以喻劝之。雅，正也，言今之正者，以为后世法。颂之言诵也，容也，诵今之德，广以美之。郑司农云：'古而自有风雅颂之名，故延陵季子观乐于鲁时，孔子尚幼，未定《诗》《书》，而因为之歌《邶》《鄘》《卫》，曰"是其《卫风》乎"，又为之歌《小雅》《大雅》，又为之歌《颂》。《论语》曰："吾自卫反鲁，然后乐正，《雅》《颂》各得其所。"时礼乐自诸侯出，颇有谬乱不正，孔子正之。曰比曰兴，比者，比方于物也。兴者，托事于物也。'"

[二]《仪礼注疏·乡饮酒礼》："笙入堂下，磬南，北面立。乐《南陔》《白华》《华黍》。"郑注："笙，吹笙者也，以笙吹此诗以为乐也。《南陔》《白华》《华黍》，《小雅》篇也，今亡，其义未闻。昔周之兴也，周公制礼作乐，采时世之诗以为乐歌，所以通情，相风切也，其有此篇明矣。**后世衰微，幽、厉尤甚，礼乐之书，稍稍废弃。孔子曰：'吾自卫反鲁，然后乐正，《雅》《颂》各得其所。'谓当时在者而复重杂乱者也，恶能存其亡者乎？**且正考父校商之名颂十二篇于周大师，归以祀其先王。至孔子二百年之闲，五篇而已，此其信也。"① 此句又见于《燕礼》注中。《仪礼注疏·燕礼》："笙入，立于县中，奏《南陔》《白华》《华黍》。"郑注："以笙播此三篇之诗。县中，县中央也。《乡饮酒礼》曰：磬南北面奏《南陔》《白华》《华黍》。皆《小雅》篇也，今亡，

---

① （清）阮元校刻：《十三经注疏》，中华书局1980年版，第986页上。

其义未闻。昔周之兴也，周公制礼作乐，采时世之诗以为乐歌，所以通情相风切也，其有此篇明矣。**后世衰微，幽、厉尤甚，礼乐之书，稍稍废弃，孔子**曰：'吾自卫反鲁，然后乐正，《雅》《颂》各得其所。'谓当时在者而复重杂乱者也，恶能存其亡者乎？且正考父校商之名《颂》十二篇于周大师，归以祀其先王。至孔子二百年之闲，五篇而已，此其信也。"[1]

（作者单位：中国社会科学院文学研究所）

---

[1] （清）阮元校刻：《十三经注疏》，中华书局 1980 年版，第 1021 页中。

汉代小说研究

小说的兴起及汉代小说的类型与特征

杨树增

中国是世界上四大文明古国之一,但在近来讨论传承、发展中国优秀传统文化时,我们特别强调"文化自信"。文化自信本不是一个问题,因为文化是一个民族的标志,世界上没有哪个民族对自己的文化不自信,如果对自己的民族文化不自信了,这个民族也就不存在了,或者名存实亡,成了其他民族的附庸或奴隶。中华民族本是世界上最具文化自信的民族,因为在这个世界上唯有中华民族的文化数千年来从未中断过。但是现在强调文化自信,也确实是针对我们这个民族的现状。我们这个民族文化不自信了吗?是的,而且不自信已经有一二百年的历史了。从鸦片战争以来,帝国列强用野蛮的武力手段打开中国的大门,伴随着血腥的军事侵略,疯狂地进行着经济侵略与文化侵略,使中国由原来的封建社会沦为半封建半殖民地社会。其中文化侵略就集中表现在极力否定中国优秀传统文化的悠久历史、宝贵价值与对人类文明的巨大贡献,企图彻底摧毁中华民族的文化自信心。长久征服、奴役一个民族,最根本的措施就是否定这个民族的文化,取而代之的是侵略者的奴化文化,以此达到永久的殖民统治目的。

比帝国列强文化侵略更具危害性的是我们国人中一些文化人自己否定自己的文化,这种自戕比外部攻讦更具杀伤力,可以说它从根本上动摇了我们的文化自信。这些否定自己文化的人中,或许主观动机是好的,想学习帝国列强现代科技与社会制度,欲以夷制夷,救亡图存;或被帝国列强的强势所吓倒,甘拜下风,俯首帖耳。总之他们都与列强一齐来鞭挞中国优秀传统文化,把中国优秀传统文化视为弱国甚至亡国的原因。曾几何时,"打倒孔家店""选学妖孽、桐城谬种""西方文化中心论",成为了十分时髦的主流思潮。

上个世纪,在文学、史学、哲学等方面,中国优秀传统文化遭到全面、轻率地怀疑乃至贬低与否定。如在文学界,日本学者铃木虎雄的"魏晋文学自觉说"就影响深远,至今仍有严重的后遗症。1920 年铃木虎雄在日本《艺文》杂志上发表了《魏晋南北朝时代的文学论》,明确提出"魏晋文学自觉说"。1927 年 9 月,鲁迅先生在广州一次学术演讲会上,做了题为《魏晋风度及文章与药及酒之关系》的演讲,继铃木虎雄之后又一次肯定"魏晋文学自觉说"。在这种主张的影响下,许多人认为中国文学的"自觉"即成熟,远远落后于西方,更落后于古希腊。如学术界长期以来流行着一种观念:认为中国古代小说的形成期在魏晋南北朝,其显著标志就是魏晋南北朝的志怪小说,其代表作便是东晋干宝所撰的志怪小说《搜神记》。如 20 世纪很有影响的由游国恩等人主编的《中国文学史》中说:"魏晋南北朝的志怪小说大都采用非现实的故事题材,显示出浓厚的浪漫主义色彩。""处于小说发展初期的志怪小说,在艺术形式方面,一般还只是粗陈梗概。然而也有一些结构较完整,描写较细致生动,粗具短篇小说规模的作品……在古代小说形成的初期已能达到这样的水平,是非常可喜。"[1] 张稔穰的《中国古代小说艺术教程》也说:"中国古代最初的堪称小说的作品是魏晋时的志怪小说。"[2] 更有甚者还认为中国小说文体的独立应晚于南北朝,把中国小说的产生推至唐代的传奇,如郑振铎《插图本中国文学史》中说:"在唐以前,我们可以说是没有小说的。"[3] 甚至袁行霈主编的四卷本"面向 21 世纪课程教材"《中国文学史》中还说:"中国文言小说成熟的形态是唐传奇,白话小说成熟的形态是宋元话本。"[4]

但仔细考查中国文学发展的实际情况,就可发现:在汉代,人们已经明确地把"小说"视作一种独立的文体,这种文体具备了后世小说的基本特质。汉代人的小说及小说家观念的形成,是以小说文体的形成为前提的。汉代的小说

---

[1] 游国恩等主编:《中国文学史》第一册,人民文学出版社 1963 年版,第 301 页。
[2] 张稔穰:《中国古代小说艺术教程》,山东教育出版社 1991 年版,第 15 页。
[3] 郑振铎:《插图本中国文学史》第一册,作家出版社 1957 年版,第 223 页。
[4] 袁行霈主编:《中国文学史》(第二版)第二卷,高等教育出版社 2005 年版,第 152 页。

有一个的特点，即它们还借用着子书或史书的形式。子书形式的小说多为写实的短篇汇编，史书形式的小说多为长篇的志怪，它们确定了中国后世小说世俗与神怪的两大流向，奠定了中国古代小说的基本格局。尽管这些小说多借用于子、史类著述形式，表现了小说兴起时的特有的形态，但这种借用形式基本上能够展现当时小说的内容。中国的小说，即使在唐之后，子、史的烙印还是很明显的，这就是中国小说的民族特色。中国古代小说的形成期确实比古希腊要晚，但也不是晚得太久，这绝不是我们的主观愿望，而是中国文学发展的实际，中国古代小说自觉的形成期在汉代，而不在魏晋南北朝或唐代。

一、小说文体的兴起与汉人小说观念的形成

大致说，小说是一种散文体的叙事性的文学体裁，《辞海》这样解释小说的含义：

> 文学的一大样式。它通过完整的故事情节和具体环境的描写，塑造多种多样的人物形象，广泛地多方面地反映社会生活。小说可以运用描写、叙述等各种表现手法，如叙述事件的前因后果，描绘自然景物、社会环境、生活场景以及人物外貌、心理、言谈、举动和各种关系等等，来细腻地刻划人物性格，充分地展示社会生活的各个方面。①

这一解释，得到学界的普遍认可。简单地说，小说的构成必须包含两个方面：从内容上说，它以塑造人物形象为中心，通过故事情节的叙述和环境的描写反映社会生活，表达作者的思想感情；从形式上说，它具有独立的散文体叙事性的文体样式与描写、叙述等各种表现手法。

然而在现实中，我们对小说的理解却还是常常产生困惑。从内容上讲，我们常常分不清散文与小说的区别，因为散文同样采用的是散体语，有的还具备

---

① 《辞海·文学分册》（修订稿），上海辞书出版社1979年版，第17页。

人物、情节、环境三要素，这就需要我们找出小说与散文最根本的区别。小说虽说以塑造人物形象为中心，但最终还是要以人物来反映社会生活，表达作者的思想感情。所以"人物形象"在小说中只是个"中介"，即通过人物形象来转化为一定的思想认识。当然小说所要表达的作者对社会生活的认识及思想感情，越隐蔽地寓含于人物形象之中越好，因为这样，人物才越典型化，而不致变成概念化的人物——作者的"传声筒"。而散文则可以不需要"中介"，就能直接表述作者的思想感情，直接揭示文章的主题思想，而且这种表述越诚挚越鲜明越好，因为只有鲜明的思想、强烈的感情才能感动人。即使是细腻地刻画了人物性格的叙事性的散文，也不是为了塑造典型化人物形象，它的人物描写往往是为了更好地抒情说理，所以用不着像小说那样对情节、环境去进行艺术虚构，不要求一定有完整的故事情节和典型环境的描写。小说为了便于塑造人物形象，往往采用第三人称的写法，即便近代小说有了第一人称的写法，也是将"我"作为人物来塑造。而散文中的"我"，则是以作者的角度直接叙述、抒情和议论。

对小说的认定，人们的最大分歧，往往在于对小说形式的不同理解。形式是指把事物的内容诸要素统一起来的结构或表现内容的方式。事物是内容与形式的统一体，但同一种内容在不同条件下可以采取不同的形式，同一种形式在不同的条件下可以体现不同的内容；甚至新的内容在一定条件下，可以利用已有的旧形式，还可以借用其他的形式。凡是能够表现内容的形式，不论何种形态，都是形式的客观存在。内容决定形式，形式依赖于内容，形式不是固定而一成不变的，形式随着内容的发展而发展，在新的基础上达到内容与形式的新的统一。不能因为产生了新形式，就否定过去曾利用的旧的甚至借用的形式的存在，或视这些旧形式不具备"独立性"。何谓"独立性"？这些旧形式能将内容诸要素统一起来或表现出来，就具备了"独立性"的性质。运用这种发展的辩证法观念来观察、分析小说，就可发现中国小说其实远在汉代就形成了。

中国古代小说从孕育、演化到形成一种独立的文学体裁，经历了一个相当长的发展过程，先秦时期可以说是中国古代小说的孕育期。先秦史传著作、诸子杂说、地理博物志，甚至卜筮辞中，都有一些生动故事情节的描写和形象化人物特征的刻画，都可以从中感觉到著述者丰富奇特的想象力。这些描写与刻画，多是短小的片断式的神话、寓言、传说故事，已具有小说的许多重要因素，但还不能算作小说。因为这些故事情节的描写和形象化人物特征的刻画，往往是为了形象地比喻或说明某一道理，而成为说理的一部分，成为说理的一种手段，而不是为了塑造典型化人物形象。更重要的是它们都作为史传著作、诸子杂说、地理博物志，甚至卜筮类文体中的一部分而存在，还无小说的独立的文体。史传著作虽然可以独立承载人物故事，但它的人物、情节、环境的描述，原则上追求"实录"，缺少小说自觉的虚构特点，所以先秦史传纯为记事性的散文而非小说。

先秦典籍里第一次出现"小说"一词，是在《庄子》的《外物》篇里。篇中写任公子用特大的鱼竿在东海钓上一条大鱼，鱼大到可供浙江东苍梧北所有的人饱餐。那些才浅力薄只会耍嘴皮子的人，于是争相效仿，但最终只能在小河小沟边钓些小鱼罢了。庄子讲这故事，不过是打个比方，接着说："饰小说以干县令，其于大达亦远矣。是以未尝闻任氏之风俗，其不可与经于世亦远矣。"意思是说，有些人没有玄妙的大道，只把浅薄琐屑的见识说得天花乱坠，企图以此博得高名美誉，实际上，这样做反而离明理博学更远了。所以未曾了解任氏大志大度，就想治理世道，那是差得远哩！正如效仿任氏钓鱼，结果只能钓些小鱼罢了。庄子所谓的"小说"，是个修饰性的合成词，前面的"小"指琐屑、浅薄，后面的"说"指言谈、议论，其含义与《论语·子张》篇中的"小道"以及《荀子·正名》篇中的"小家珍说"差不多，大致就指那些无关大道的浅薄言辞。可见，先秦时期的"小说"还不是文体的专用名词，小说文体那时还未产生。但从先秦史传著作、诸子杂说、地理博物志中短小的神话、寓言、传说故事方面考察，先秦典籍已有小说的许多重要因素，因此可以视先秦时期是中国古代小说的孕育期。

中国文学发展到汉初，出现了《燕丹子》这样的作品，清人孙星衍在《燕丹子叙》中认为此书是燕太子丹死后其宾客所撰，但书中内容多虚诞，不像了解燕太子丹的宾客所撰。燕太子丹被杀在公元前226年，四五年后，秦王政即完成统一大业。《燕丹子》以颂扬荆轲刺秦王、反暴雪耻为题材，推测燕丹子死后及秦王称帝时无人敢撰写这样的作品。但荆轲刺杀秦王嬴政的事件，在当时是个特大的轰动性的"新闻"，于是到处传播，在传播的过程中，又经过传播者的推衍、附会，形成了以史实为主干，融入众多人想象、虚构的内容丰富、情节曲折、引人入胜的民间传说。至汉初，关于燕太子丹的故事已基本成型，所以推测《燕丹子》应是汉初人所撰。司马迁应当熟悉《燕丹子》中的故事，他说："世言荆轲，其称太子丹之命，'天雨粟，马生角'也，太过。又言荆轲伤秦王，皆非也。"① 司马迁本着实录的原则，认为《燕丹子》中的虚妄部分太多，所以《史记》中叙述荆轲刺秦王一事主要本于《战国策》。正因《燕丹子》有许多明显的不符合史实的虚构，才使它不属正史人物传记，而属具有史传形式的小说。作者以"复仇"的主题来组织素材，众多事件都围绕着刺秦王这个中心事件展开，结构统一严整，渲染了惨烈、悲壮的气氛，描述了可歌可泣的抗暴情节，刻画了狂飙式的悲剧英雄人物，堪称中国侠义英雄小说的开山之作，明代胡应麟在《四部正讹》中更说此书是"古今小说杂传之祖"。《燕丹子》之后，偏重于通过虚构故事情节、刻画人物形象来反映社会生活和作者思想感情的作品逐渐增多，并形成一种新的重要的文化现象，促使人们不得不以新的角度来审视这一文化现象。

至东汉初，小说兴起的势头已蔚为大观，汉人于是对小说的认识又有了质的飞跃。如桓谭（约前20—56）说："若其小说家，合丛残小语，近取譬论，以作短书，治身理家，有可观之辞。"② 桓谭所说的"小说"，其概念已不同于庄子，已是指一种新的文学样式了，"夫名，实谓也"③。桓谭的认识，完全建立在小说文体大量涌现的基础上。尽管这种样式还带着初步形成期的特征，如它的形式是"丛残小语"式的"短书"，即非鸿篇巨制的零篇散简；表现手法采用的是"近取譬论"，即采用善于譬喻某种道理的寓言、传说、故事等。桓谭不同意孔子视小说为"小道"，会"致远恐泥，是以君子弗为也"④ 的看法，也不同意庄子"饰小说""其于大达亦远矣"的观点，明确提出"小说"不仅"有可观之辞"，而且能"治身理家"，对小说的社会功能做了充分的肯定，并第一次将编撰小说的人称之为"小说家"，极大地提高了小说和小说作者的地位。

---

① （汉）司马迁：《史记·刺客列传》。
② （汉）桓谭：《新论·补遗》。
③ （战国）公孙龙：《公孙龙子·名实论》。
④ （汉）班固：《汉书·艺文志》。

桓谭的认识反映了中国古代小说在汉代独立形成的现实。

桓谭之后，对小说概念做进一步阐述的是班固，他在《汉书·艺文志》中说：

> 小说家者流，盖出于稗官，街谈巷语，道听途说者之所造也。孔子曰："虽小道，必有可观者焉，致远恐泥，是以君子弗为也。"然也弗灭也。闾里小知者之所及，亦使缀而不忘，如或一言可采，此亦刍荛狂夫之议也。①

班固首先肯定有一个文化派别——小说家的存在，追溯其源，可远及周代的"稗官"，即闾里乡间的小官，小说即由他们采自民间"刍荛狂夫之议"编纂而成。尽管"君子"对这一文化派别不屑关注，然而它本身却顽强生存发展而"弗灭"，并不断扩大自己的影响，乃至正统儒学思想严重的班固也不得不把小说家列于"诸子"之列，与极有影响的儒、道、法等诸家相提并论。继桓谭之后，班固又进一步为小说确立名目，给小说一个比较明确的文体概念的解释。班固比较客观地指出小说创作主体"盖出于稗官"，即出自于闾里乡间的小官，且最初还是出自民间"刍荛狂夫之议"，正确解释了小说家及小说的来源，也指出了小说以"街谈巷语，道听途说"的方式来传播。比起桓谭来，班固对小说的认识在某些方面做了新的补充，解释了小说家及小说的来源，但在小说社会功能方面，还没有桓谭认识得深刻。不过，班固为当时已形成的一种文化现象——小说的兴起，以及小说家的形成，正式赋予了名副其实的名号，并把这种文化现象正式载入国家正史之中，成为具有权威性的解释和评价，从而确认了小说及小说家的地位。当然，"小说"及"小说家"的名称及概念并不是班固的创造发明，班固把"小说"及"小说家"载入史册也不是他个人的胆识，这是汉代小说发展的结果，是汉代许多学者，包括桓谭、刘向、刘歆诸人，对汉代丰富的书籍整理、分类、研究的结果，《汉书·艺文志》就是根据刘向父子的《七略》编成的，《汉书·艺文志》中对小说的看法不过反映了汉代文化群体的一种共识。

---

① （汉）班固：《汉书·艺文志》。

汉代人小说观念的形成，是以小说文体的形成为前提的。桓谭、班固提出小说概念时，汉人已经创作了不少小说，这可以从班固《汉书·艺文志》所载录的小说书目得到证实。《汉书·艺文志》所录的小说是我国小说的最早记录，其书目是：

《伊尹说》二十七篇（其语浅薄，似依托也）；《鬻子说》十九篇（后世所加）；《周考》七十六篇（考周事也）；《青史子》五十七篇（古史官记事也）；《师旷》六篇（见《春秋》，其言浅薄，本与此同，似因托也）；《务成子》十一篇（称"尧问"，非古语）；《宋子》十八篇（孙卿道："《宋子》，其言黄老意"）；《天乙》三篇（天乙谓汤，其言非殷时，皆依托也）；《黄帝说》四十篇（迂诞依托）；《封禅方说》十八篇（武帝时）；《待诏臣饶心术》二十五篇（武帝时）；《待诏臣安成未央术》一篇；《臣寿周纪》七篇（项国圉人，宣帝时）；《虞初周说》九百四十三篇（河南人，武帝时以方士侍郎，号黄车使者）；《百家》百三十九卷。[①]

共列小说十五家，一千三百九十篇。在这十五家小说中，仅班固注明汉武帝、汉宣帝时的作品就有四家，而这四家的篇数多达近千篇，占了所列小说篇数的绝对多数。这四家中，《封禅方说》已佚。封禅是帝王祭天地的典礼，《史记》中有《封禅书》。《待诏臣饶心术》也已佚。待诏，官名，西汉时为侍从，充当帝王顾问。《臣寿周纪》也已佚。班固注："项国圉人，宣帝时。"项国，西汉诸侯国名，治所在今河南项城；圉人，即牧马人，说明此书为汉宣帝时一位牧马人所作。《虞初周说》原书已佚。作者虞初是河南郡洛阳人，汉武帝时为方士侍郎，号黄车使者。据《汉书·郊祀志》载，汉武帝曾命虞初诅咒匈奴、大宛。虞初以《周书》为本，故其书名为《虞初周说》。除上述四家外，《待诏臣安成未央术》与《百家》二种依排列顺序也应属汉人之作；另据《待诏臣饶心术》一书标题来看，《待诏臣安成未央术》也似西汉时作品，据说未央术是一种房中术，讲究养生延寿之道。至于那些"依托"古人者，很难说就

[①]（汉）班固：《汉书·艺文志》。

没有汉人的作品。《汉书·艺文志》所录的小说篇幅多数是汉代作品，并以武帝时居多，所以《四库全书总目》称："小说兴于武帝时矣。"[①] 这是很有见地的。

从《汉书·艺文志》所载录的小说书目可以看出，小说家的作品内容丰富多彩，题材广泛，有的偏于纪实，有的"迂诞"多虚构，有政事的问答，有哲理的阐发，有逸闻的记述，等等。从这些书目中，可以发现一个值得注意的重要现象，即这些小说除了习惯以"子""纪"等子、史类文体的称呼命名外，还多了一个新的名号——"说"。《汉书·艺文志》所列书目中冠以"说"的竟然居多，共计有五种：《伊尹说》《鬻子说》《黄帝说》《封禅方说》《虞初周说》。其中二种班固注明出于武帝时，三种注为"依托"或"后世所加"，说明"说"在武帝时已经成为一种文体样式的名号，并引起世人的关注。

先秦诸子篇目中，就有"说"的篇目，如《韩非子》有《内储说》《外储说》《说林》诸篇。汉人经过对语义的精心选择，借鉴了古人叙事性文体的各种篇目，给具有小说因素的作品赋予了"说"的称号。这种以"说"冠名的作品，汉后仍无断绝，如六朝刘义庆的《世说新语》、沈约的《俗说》等。这里特别要提一下《虞初周说》，此书虽已佚，但从《汉书·艺文志》记载中可知它篇幅浩繁，影响深远。虞初既是汉武帝时的一名方士，推想其《虞初周说》主体上应是道家、神仙家一类的神怪故事，朱右曾《逸周书集训校释》收有疑为《虞初周说》三段佚文：

> 齐山，神蓐收居之。是山也，西望日之所入，其气圆，神经光之所司也。(《太平御览》三)
> 天狗所止地尽倾，余光烛天为流星，长十数丈，其疾如风，其声如雷，其光如电。(《山海经》注十六)
> 穆王田，有黑鸟若鸠，翩飞而跱于衡，御者毙之以策，马佚，不克止之，蹶于乘，伤帝左股。(《文选》李善注十四)

此三段皆属奇闻异谈，由此推想，《虞初周说》里面会有不少类似《山海

[①] 参见《四库全书总目》卷一百四十《小说家类》序。

经》中那样的怪异故事，可以说《虞初周说》开了魏晋六朝志怪小说的先河。张衡很看重《虞初周说》，他在《西京赋》中说："匪唯玩好，乃有秘书，小说九百，本自虞初。"说明以《虞初周说》为代表的汉武帝时期的小说已勃然兴起。在《虞初周说》的影响下，才有了后世无名氏编辑的《虞初志》、汤显祖编辑并评点的《续虞初志》，还有邓乔林的《广虞初志》、张潮的《虞初新志》、郑澍若的《虞初续志》等小说集，虞初一时成了小说的代名词，可见汉人虞初的影响力，虞初应为中国小说之祖。

班固在《汉书·艺文志》中为小说立名号，并不是他个人刻意制造架空之说，而是在此前已有刘向父子、桓谭等人，借用庄子"小说"一词，来称呼一种新的文体。而更重要的是，在此之前，汉代已有大量"说"体或类似"说"体文章兴起的现实，给小说类的作品定名份已是一种文学发展的必然。

《汉书·艺文志》所录小说书目只是实有小说"冰山"的一角，就是这"冰山"的一角，也大都亡佚了，说明小说亡佚的应该比遗存的要多得多。今天我们能见到的汉代小说大都是《汉书·艺文志》所未著录的，有影响的如《列女传》《说苑》《吴越春秋》《燕丹子》《列仙传》《神异传》《洞冥记》《汉武故事》《蜀王本纪》等，这些小说有的是班固之前即西汉与东汉初的作品，有的还是班固以后即东汉中、后期的作品。从这些作品的题目看来，判断小说的性质在于它的内容而不在于它的名号，汉代不以"说"来冠名而内容近于"说"体的仍为数不少，那些冠以"子""传""记"等字眼的，显示出小说从子、史类文体中分离时留下的痕迹。

中国古代小说虽在汉代蓬勃兴起，但它还披着其他多种文体的"外衣"，或者说它还需要借用其他文体的形式来表现自己的内容。汉代小说主要借用哪些文体的形式呢？一是子书的形式，子书是指诸子百家哲理类著作，子书虽然以宣扬自己的思想认识为宗旨，但在表述时往往采用生动的寓言故事阐释抽象的哲理，因而子书都程度不同地存有小说的因素，有的子书的片段就是小说的雏形。小说因素存于子书文体的这一现实，为小说利用子书题目及其形式提供了可能。由于子书形式的固有特点，利用子书形式的小说，往往故事情节比较简单、人物不太多，多为短篇汇编，后人常称其为笔记小说。

史书对小说的影响比子书要大，因为"我国古代的叙事文学，最早成熟的不是属于文学系统的各种叙事性体裁，而是本来不属于文学的历史著作"[1]。汉代及之前的史学家们在记载历史人物时，注重描写、刻画人物的特征，使历史人物形象化；在叙述历史事件时常以情节的曲折奇特而引人入胜，使历史事件的叙述故事化；不论叙述历史事件还是评价历史人物，又时常寓含作者的褒贬感情，使历史叙述与评论抒情化；在语言运用上，讲究节奏、情韵，使表述语言声情化；在历史资料无法提供更详细的细节与人物语言的前提下，充分发挥了作者的想象力，进行必要的虚构，使历史著述有了艺术的创作性。这些特点又都是小说构成的重要因素，可以说，小说的基本表现方式与手法，在《左传》《史记》中全能找到，中国古代史籍中存在着大量的小说因素或小说雏形。在长期以经史为正统文化的社会里，小说家更有意采用史著的形式，来为小说求生存发展，来争取"正统"地位。从汉代以来，就有人把小说视为"杂史""外传""偏记"等，习惯把自己的虚构依托于史，把自己的小说创作标榜为"实录"，把自己的小说像史著篇目那样冠以"传""志""记"等，可见史书对小说的深远影响。

神话、传说与小说的关系就更密切了，一般说神话、传说早于子书与史书，神话、传说在对自然现象和社会现象做描述与解释时，往往把自然物人格化，把神仙人化，把人神仙化，借助想象、幻想及夸张，使人或神具有奇才异能，而丰富的想象力正是小说的主要特征。最初，神话、传说主要在史籍中积存着，后来史籍中的神话、传说因"虚枉""怪诞"而逐渐被改造、剔除。尽管如此，中国的神话、传说并没有因此而自动消失，它的一部分在杂史类书籍中仍然显示着它的勃勃生机。因为杂史杂传本来就不是严肃史实的载体，许多杂史杂传本身就不是为了写史，而是以神话、传说、奇闻逸事来达到小说的效果。另外，自战国后期，神仙方术在各地畅行起来。至秦，始皇帝对神仙方术达到痴迷的程度，上行下效，社会上的神仙方术之风于是甚嚣尘上。入汉，历代统治者几乎都乐此不疲，特别是汉武帝，比秦始皇更有过之而无不及，更倾心于得道求仙、长生不老之术，于是在原有的崇尚神仙方术的基础上，方士的炼丹术、巫觋的巫术，与阴阳家的五行学说进一步融合。西汉后期到东汉，谶

---

[1] 张稔穰：《中国古代小说艺术教程》，山东教育出版社1991年版，第14页。

纬迷信又盛行，从而形成神仙学的新热潮，一些文人受此世风影响，企图从虚幻的神仙境界中寻求心灵的寄托，于是利用杂史杂传的形式，写出了大量的专门描写神奇怪异题材的小说。我们前面提到的《吴越春秋》《燕丹子》《列仙传》《神异传》《洞冥记》《汉武故事》《蜀王本纪》等，就是借用了杂史杂传的形式。

从形式上看，汉代小说主要借用了子、史类的形态，这两种借用形式也完全可以为小说所用，直至今日，有些现代小说还在使用着这两种形式。小说发展至汉代，已从原来附属于子、史类著作的雏形中分离独立出来，具备了小说的基本特质和相应的艺术形式。综观汉代小说，基本可以分成两大类：写实故事类小说和神怪故事类小说。前者如《列女传》《说苑》《新序》《风俗通义》《西京杂记》《韩诗外传》《越绝书》《吴越春秋》《燕丹子》《飞燕外传》等，以子书、史传的形式出现，内容上侧重反映历史与现实的真实，艺术上以现实主义表现手法为主，但也不排除一定的夸张、想象甚至神魔怪异的成分。后者如《列仙传》《神异经》《洞冥记》《十洲记》《括地图》《汉武故事》《汉武内传》《蜀王本纪》《徐偃王志》《神仙传》《异闻记》等，以充满神话传说的地理博物志与杂史杂传的形式出现，艺术上以浪漫主义手法见长，体现人们对美好理想的追求与对未来的幻想，但也有现实生活细节的真实描写。比较起来，写实故事类小说多借用子书形式，神怪故事类小说多借用史传形式。在汉代写实故事类小说和神怪故事类小说的基础上，才会有魏晋六朝志人小说与志怪小说的问世，汉代小说确定了中国古代小说世俗与神怪即现实主义与浪漫主义基本创作方法的两大流向，汉之后小说的形态完全是汉代小说发展的一种必然反映。

二、汉代写实故事类小说及其特征

汉代写实故事类小说，形式上又可细分为"子"与"史"两类。"子"类指多有先秦诸子著述叙事说理特点的小说。先秦诸子的著作，旨在说理，然而他们往往多以故事、寓言或形容、比喻来阐述、显示道理，这样，先秦诸子的文章便具有了叙事性，有了形象性，从而也具有了文学性。汉代这类小说也有阐述道理的文字，也采用了叙事和议论相结合的形式，但叙事成为文章的主体，有了比较完整的情节，一般是先叙事后简要议论，即使缺少议论文字，其所叙之事也鲜明地寓含着某一哲理。"史"类指多有史传著述叙事特点的小说。这类小说题材虽然多取自于史料，但目的并不在写史，所以也不局限于史实的确凿，往往更倾心于逸闻传说，所以带有"野史"的特征。书中的逸闻传说可能有神奇怪异的故事、作者的虚构想象，但又与神怪类故事小说有区别。野史叙事类小说主要受史传的影响，它的虚构是为了情节的曲折，人物形象的鲜明。而神怪类故事小说主要受神话的影响，尽管它有时也依托历史，它的虚构为了使故事更加神奇怪异。

说起汉代的"子"类故事小说，当然以《韩诗外传》为先。汉初传授解释《诗经》的有鲁、齐、韩、毛四家，"韩"家指"韩诗学"派，其开创者为韩婴。韩婴系燕（治所在今北京西南）人，文帝时任博士，景帝时为常山王刘舜太傅，著有《韩诗内传》四卷和《韩诗外传》六卷。《韩诗内传》可能是解释《诗经》的著述，早已佚失；《韩诗外传》并不是以解释《诗经》为宗旨，而是一部汇集古代故事与诗说的书，先讲一个历史故事，发一番议论，然后引《诗经》诗句为证。除韩诗内、外《传》外，还有韩婴后传者的《诗故》三十六卷，到南宋时，《诗故》也佚，只存有《韩诗外传》。《韩诗外传》杂引古事古语来与《诗经》相印证，所引诗句往往断章取义，并不以切实解释《诗经》为目的，主要目的还是通过人物的对话和故事情节这个主体部分，来宣扬儒家的政治思想与社会道德伦理观念，以实现扬善劝恶的教化功能。在发挥经义、阐明道理中，为我们留下了许多历史故事和历史人物形象。

《韩诗外传》是一部写实类小说，虽还保留着叙事和议论相结合的子书特点，但人物对话和叙事构成文章的主体，所叙故事有了比较完整的情节，其中最具艺术魅力的人物形象是那些节臣义士、贤妻良母，通过他们的嘉言懿行，体现了儒家的人生价值观。如《韩诗外传》卷九载：

> 孟子少时诵，其母方织，孟辍然中止，乃复进，其母知其喧也，呼而问之曰："何为中止？"对曰："有所失复得。"其母引刀裂其织，以此诫之，自是之后，孟子不复喧矣。孟子少时，东家杀豚，孟子问其母曰：

"东家杀豚,何为?"母曰:"欲啖汝。"其母自悔而言曰:"吾怀妊是子,席不止,不坐;割不正,不食;胎教之也。今适有知而欺之,是教之不信也。"乃买东家豚肉以食之,明不欺也。诗曰:"宜尔子孙绳绳兮。"言贤母使子贤也。①

"宜尔子孙绳绳兮"一句,出自《诗经·国风·周南·螽斯》,《毛序》认为此诗言"后妃子孙众多也。言若螽斯不妒忌,则子孙众多也",今人以为是人们祝福子孙繁衍的诗歌。《韩诗外传》这二则孟母故事与《诗经》中的"宜尔子孙绳绳兮"联系并不大,倒是这段文字的结尾语"言贤母使子贤也",揭示了这二则故事的主旨。在孟母的眼里,儿子的学习如同她纺织一样,持之以恒才能求得成功,否则便会中途而废。她见孟子诵读时因分心而中途停止,于是"引刀裂其织,以此诫之"。为了教育儿子守信,即使自己随便的一句"欲啖汝"的戏言,也决不食言,"乃买东家豚肉以食之",说到做到。孟母那种培养儿子成人成才的母爱就蕴含在她的言传身教中。这段文字虽还保留着叙事和议论相结合的子书特点,但人物对话和叙事成为文章的主体,所叙故事有了比较完整的情节。《韩诗外传》的故事篇幅虽短,但为了以人物性格中的某一侧面或某一点,体现某一道德伦理,从而为修身、从政提供历史借鉴,于是作者就集中笔墨对人物性格中的某一侧面或某一点进行着力的刻画,集中地显示人物鲜明的个性特征,这种手法对后来的笔记体志人小说有很大的影响力。

汉代"子"类故事小说的作家,最有影响的是西汉经学家、目录学家、文学家刘向(约前77—前6)。刘向奉命校阅皇室藏书,每校完一册,就归纳其意旨纲要,指出其讹谬之处,做出叙录,然后再分类编著,称为《别录》,是我国最早的目录学著作。他引用先秦经传子史诸书中的前人轶事、民间故事、传说寓言等,有些还加以剪裁与艺术加工,编著成《列女传》《新序》《说苑》,成为汉代子类小说的重要作品。

《列女传》不是一般的辑录古来"贤妃贞妇"的事迹,表彰她们的贤惠贞操,更不是为了提高整个妇女在社会中的地位,而是怀着明确的讽谏目的,借

---

① (汉)刘舜:《韩诗外传》。

古讽今。他选取儒家典籍及民间传闻中关于女子妇人事迹104则，分为母仪、贤明、仁智、贞顺、节义、辩通、孽嬖七类，共成书七卷，通过历史上正、反不同的妇女形象，特别是那些祸乱国家的后妃形象，让当朝皇帝汉成帝引起警惕。历史上因为过分宠信后妃而导致外戚专权，最终酿成国破身亡的悲惨结局的事比比皆是，成帝一朝的情况又何其相似！同时，刘向还想通过《列女传》来宣扬封建礼教，用礼教纲常来规范妇女的言行，达到维护封建秩序、廓清世风的目的。正因《列女传》有这一作用，所以受到后世历朝封建统治者的青睐，都把它作为教育女子修德的必读教材，说明此书封建说教意味浓厚。但是从文学角度看，它塑造了众多的中国古代妇女的形象，特别是那些具有高尚道德品质、聪明贤惠的女性形象，不仅在汉代文学园地，而且在整个中国古代文学园地也光彩照人。如《列女传》卷二中有齐相晏婴车夫的妻子劝诫丈夫谦虚谨慎的故事；卷三有鲁国漆室女忧虑国事、见微知著的故事；同卷中还有赵括母亲有知人之明的故事，等等。从这些生动的女性形象身上，令人信服地感受到"巾帼不让须眉"，女子与男子一样有着非凡的胆识和勇气，这些正是《列女传》最具魅力、最感人的地方。

《列女传》中的故事有相当部分是来自传说逸闻，这些出自街谈巷议的故事，本身就具有传奇性，也为编著者"因文生事"，进一步虚构加工提供了基础。编著者在原有基础上再一次进行艺术创作，通过人物个性化的语言和更生动的情态，展示人物的内心世界和性格特征；通过情节的巧妙安排，使事件发展波澜曲折而引人入胜；通过细节的描写，使人物与故事更具真实感。《列女传》是我国最早的专门描写女性人物的集子，在中国文学发展史上具有开创的意义。

《新序》一书是刘向博采前人典籍，如《左传》《战国策》《荀子》《韩非子》《吕代春秋》《韩诗外传》《史记》等中的史实、人物的嘉言善行编著，形成的一部小说故事集。如春秋时期吴王寿梦的小儿子季札，《左传》《礼记》《史记》等典籍对他的贤明博学、守信礼让的事迹都有记载，记载较详的是《史记》，其中有这一则：

季札之初使，北过徐君。徐君好季札剑，口弗敢言。季札心知之，为使上国，未献。还至徐，徐君已死，于是乃解其宝剑，系之徐君冢树而去。从者曰："徐君已死，尚谁予乎？"季子曰："不然。始吾心已许之，岂以死倍吾心哉！"①

而刘向在此基础上，把它修改加工成这样的文字：

延陵季子将西聘晋，带宝剑以过徐君。徐君观剑，不言而色欲之。延陵季子为有上国之使，未献也，然其心许之矣。致使于晋，顾反，则徐君死于楚。于是脱剑致之嗣君。从者止之曰："此吴国之宝，非所以赠也。"延陵季子曰："吾非赠之也。先日，吾来，徐君观吾剑，不言而其色欲之。吾为有上国之使，未献也。虽然，吾心许之矣。今死而不进，是欺心也，爱剑伪心，廉者不为也。"遂脱剑致之嗣君。嗣君曰："先君无命，孤不敢受剑。"于是季子以剑带徐君墓树而去。徐人嘉而歌之曰："延陵季子兮不忘故，脱千金之剑兮带丘墓。"②

两相比较，见出刘向对《史记》所描述的细节、人物语言进行了修饰、敷衍，甚至又增加了季札与徐国嗣君交涉的情节，使季札墓树挂剑一事更加曲折跌宕，更具小说的特点。《新序》原为三十卷，后大部分散佚。到宋代，文学家曾巩勘校、整理、缀补为十卷，分为杂事、刺奢、义勇、节士、善谋五部分，每部分的题目道出了本部分所录故事的主旨。这种以事分类选辑的方法始于刘向，对后世编撰小说集很有启迪作用，东汉应劭编著《风俗通义》，南朝宋刘义庆编著《世说新语》，都采用了这种方法。

刘向在辑录上古舜、禹时代到汉代各色人物故事时，没有介绍宏大的历史事件，也没有过多的议论评说，而是把古代典籍中的故事按一定标准采录下来，经过自己独具匠心的加工，变成用同一主题串连起来的一系列隽永而值得玩味的小故事，在这些小故事中，又寄寓着作者对国家治乱兴亡的思索与对美

---

① （汉）司马迁：《史记·吴太伯世家》。
② （汉）刘向：《新序·卷七·节士》。

德善行的赞扬。语言精炼生动，故事富于理趣。虽没有对人物详细描绘刻画，但通过简明的人物行事的叙述，简洁的人物语言的描述，就扼要地勾画出人物的鲜明特征，展示出人物的内心世界，极其传神，这种简笔写人的文风对后来魏晋志人小说影响很大。

《说苑》是刘向又一部分类纂辑先秦至汉的历史人物故事集，间有议论。原为二十卷，每卷为一门类，后仅存五卷，曾巩经过搜集复为二十卷，有《君道》《臣术》《建本》《立节》《贵德》《复恩》《敬慎》诸卷，但实际上并没有补足原书。书中所述故事，耐人寻味，所发议论，意味深长。《四库全书总目》评价《说苑》："议论醇正，不愧儒宗。其他亦多可采择，虽间有传闻异词，固不以微瑕累全璧矣。"[①] 分别从"议论醇正"与"间有传闻异词"两个角度指出了《说苑》的特点。如其卷二记载：

> 晏子朝，乘敝车，驾驽马，景公见之曰："嘻！夫子之禄寡耶！何乘不任之甚也！"晏子对曰："赖君之赐，得以寿三族及国交游皆得生焉，臣得暖衣饱食，敝车驽马，以奉其身，于臣足矣。"晏子出，公使梁丘据遗之辂车乘马，三返不受，公不悦，趣召晏子，晏子至，公曰："夫子不受，寡人亦不乘。"晏子对曰："君使臣临百官之吏，节其衣服饮食之养，以先齐国之人，然犹恐其侈靡而不顾其行也；今辂车乘马，君乘之上，臣亦乘之下，民之无义，侈其衣食而不顾其行者，臣无以禁之。"遂让不受也。

晏子身为国相，上朝却不以"乘敝车，驾驽马"为耻，即便齐景公"使梁丘据遗之辂车乘马"，他也不怕得罪君王，多次拒收。他回复景公说：官员侈靡绝不是个人堕落问题，官员侈靡就失去了执政的资格，带头败坏了社会风气，必然形成上梁不正下梁歪，与社会上的无义之行沆瀣一气。作者以晏子生动的"传闻"与其醇正的"议论"，为我们塑造了一个执政清廉的榜样。

《列女传》《新序》《说苑》的叙事写人技法及其艺术效果，是汉代小说形成的重要标志，也是刘向对中国古代小说发展的重要贡献。

[①] 《四库全书总目·卷九一·子部·儒家类一》。

刘向对后学很有影响，而受其影响最大且耳濡目染者，是其小儿子刘歆（约前 53—23）。刘歆曾受诏与其父一起总校群书。他收集了大量的资料，准备撰写一部反映西汉一代历史的书籍——《汉书》，可惜事未遂而身先死，只留下一些草稿。据晋人葛洪（283—363）说：其家世传有刘歆的《汉书》草稿一百卷，经考校，发现班固所作《汉书》"殆是全取刘氏，有小异同耳"[1]。于是两相对照，把班固以为不宜正史采录的二万多字的资料，单独抄录，再加上他的所闻，共成二卷，命名为《西京杂记》，在流传过程中，后人又有增补，形成现在的六卷本。今人多以葛洪为《西京杂记》的编撰者，据葛洪跋言所示，最初编著者应是刘歆。

《西京杂记》中的"西京"，指西汉京师长安，"杂记"指所记内容驳杂。确实，大凡西汉的典章制度、宫廷秘事、名将功臣遗闻、文人方士技艺、民间风土人情、怪异传闻等，书中多有辑录，堪称西汉遗闻之大观。其中所记的人物故事，不像《说苑》《新序》寓说教于故事之中，而所记述的故事多贴近现实生活。其故事长于构思，人物活灵活现，鲁迅在《中国小说史略》中评价说此书"在古小说中，固亦意绪秀异，文笔可观者也"[2]。所谓"意绪秀异"，一是指本书的创作意图与刘向三书有所不同，有搜集奇闻之心，而少借以弘扬礼教之意。如卷二记司马相如与卓文君的恋爱私奔的故事，作者是以欣赏的立场去描写他们自由追求爱情的举动，并没有尊奉礼法去谴责他们"越礼"的行为；另一所指，是作者艺术构思精巧奇妙，如卷二中记汉宫女王嫱（即王昭君）与匈奴单于和亲的故事：

> 元帝后宫既多，不得常见。乃使画工图形，案图召幸之。诸宫人皆赂画工多者十万，少者亦不减五万，独王嫱不肯，遂不得见。匈奴入朝求美人为阏氏，于是上案图以昭君行，及去召见。貌为后宫第一，善应对，举止闲雅，帝悔之。而名籍已定，帝重信于外国，故不复更人。乃穷案其事，画工皆弃市，籍其家资皆巨万。画工有杜陵毛延寿，为人形，丑好老

---

[1] （晋）葛洪：《西京杂记·题辞》。
[2] 鲁迅：《中国小说史略》，《鲁迅全集》第九卷，人民文学出版社 1982 年版，第 38 页。

少必得其真。安陵陈敞，新丰刘白、龚宽，并工为牛马飞鸟众势。人形好丑，不逮延寿。下杜阳望亦善画，尤善布色，樊育亦善布色，同日弃市。京师画工，于是差稀。

故事先追述了汉元帝后妃宫女众多，元帝只能按画工的画像来选择召幸。这样一来，后宫诸人竞相贿赂画工，希望画工把自己画得楚楚动人，好受到元帝的青睐。唯独王嫱，宁可不被元帝召见，也不肯去贿赂画工。画工得不到王嫱的好处，自然把她画得不中元帝之意，所以王嫱始终未有面见元帝的机会。等到王嫱赴匈奴临行前，元帝召见，才真正见到王嫱的真面目。书中写道："及去召见，貌为后宫第一，善应对，举止闲雅，帝悔之。"前面的追述，通过王嫱不慕势利的故事，刻画了王嫱纯洁的品格。后面与元帝见面，才描摹了王嫱的羞花闭月之貌、聪慧雅致的举止言谈。寥寥数笔，一位德貌双全的佳人形象便呼之欲出。作者写王嫱出塞后，元帝悔恨不已，调查王嫱不得召见的缘故，才知画工作祟，于是把画工统统杀了。前追述后补叙，都在说明王嫱才色绝伦，并不复杂的故事却写得曲折而饶有风趣。《西京杂记》常用第一人称的方式，也很特别，加上文笔简洁优美，遣词用语贴切自然，更增加了它的真实感。《西京杂记》题材广泛，人物轶事涉及社会生活的方方面面，开后世志人小说的先河。其题材多被后世小说、诗歌、戏剧所吸取，如王嫱出塞的故事，自本书之后，历代文人歌咏昭君出塞的作品不断，晋代石崇有《王昭君词》，唐代杜甫有《咏怀古迹》、白居易有《青冢》，宋代王安石有《明妃曲》，元代马致远有《汉宫秋》等，足见《西京杂记》影响之深远。

刘向以事物的性质分类纂辑故事的方法，给后来者以极大的启示，《风俗通义》就是一部按所叙事物的性质进行分类，然后考释名物、议论时俗的书籍。《风俗通义》的作者应劭，东汉汝南南顿（今河南项城西南）人，生卒年不可考。灵帝时以孝廉为车骑将军何苗的属官，灵帝中平六年（189）任泰山太守，建安二年（197）任袁绍军谋校尉，后在兵乱中死于邺。应劭对他所著书的题名有解释，概括地说，"风"指某地的自然地理特征，"俗"指某地长期形成的文化特征。"风""俗"合称，是指不同地域、不同地理特征使人们形成的不同的人文特征。"通义"的含义与"通"相通，就是要"辨风正俗"，明白事理，然后以此教化民众，统一思想行动，达到天下大治的目的，所以《风俗通义》又称《风俗通》。

《风俗通义》今本分十卷，题名分别为：《皇霸》《正失》《愆礼》《过誉》《十反》《声音》《穷通》《祀典》《怪神》《山泽》。所述内容博杂，从三皇五帝讲起，到评论其他各种人物的言行得失；从礼乐祭祀、山川河流，到鬼蜮伎俩，社会生活的方方面面，都有涉及，但作者本着一个原则：就是以儒家的思想来观察一切、评价一切，使读者明白只有事事达到儒家提出的原则，才能使天下风俗归于整齐。作者生当东汉末年动荡乱世，《风俗通义》表达了作者匡谬正俗，拨乱反正的济世热忱。

《风俗通义》每一卷立一题目，阐述一类问题。首先对问题进行辨析，然后举出具体事例加以论证，这些事例多采自前人典籍，也不乏民间口耳相传的奇闻逸事；再以"谨按"二字领起，对各类事例细加考释，或褒贬得失，或品评人物，这一做法，前承刘向《新序》《说苑》，后启刘义庆的《世说新语》，使人清晰地看到人物轶事小说初期发展的脉络。如卷六《声音》介绍了六律以及笙、瑟等二十三种乐器，指出："夫乐者，圣人所以动天地、感鬼神、按万民、成性类者也。"诠释了音乐有巨大教化的功能。当作者在表述音乐巨大力量时，讲述了一个生动的故事：

> 师旷为晋平公奏清徵之音，有玄鹤二八，从南方来，进于廊门之危。再奏之而成列，三奏之则延颈舒翼而舞，音中宫商，声闻于天。平公大说，坐者皆喜。平公提觞而起，为师旷寿，反坐而问曰："音莫悲于清徵乎？"师旷曰："不如清角。"平公曰："清角可得闻乎？师旷曰："不可。昔黄帝驾象车六交龙，毕方并辖，蚩尤居前，风伯进扫，雨师洒道，虎狼在后，虫蛇伏地，大合鬼神于太山之上，作为清角。今主君德薄，不足以听之，听之，将恐有败。"平公曰："寡人老矣，所好者音也，愿遂闻之。"师旷不得已而鼓之，一奏之，有云从西北起，再奏之，暴风亟至，大雨沣沛，裂帷幕，破俎豆，堕廊瓦，坐者散走。平公恐惧，伏于室侧，身遂疾

痛，晋国大旱，赤地三年。故曰：不务德治而好五音，则穷身之事也。①

师旷是个天下闻名的乐师，一次他为晋平公奏乐，先奏徵声，平公大乐，于是就想请师旷演奏很难听到的清角之乐。清角之乐是一种悲壮激越的乐调，只有德广功厚如同黄帝那样的君王才有资格听，别人是不配享受此乐的，否则，听后必然遭来横祸。师旷劝说晋平公不听为妙，晋平公蛮不高兴，觉得自己年事已高，没有什么可担忧的事，一定要师旷弹奏这稀世之音。师旷无奈，只好弹奏清角之乐。乐调刚刚开头，一团乌云就从西北飘来，再奏，乌云变成了狂风暴雨，把室内的帷幕都刮裂了，桌面上的酒杯、器皿都刮到回廊上，吓得晋平公伏在大厅的角落里一动也不敢动。事后浑身疼痛，国内大旱。这个故事十分离奇，即使作者采自传闻逸事，也加进了作者的想象和虚构，所以狂风暴雨场面的描写是那样的生动逼真。《风俗通义》中的一个个故事，本是作者用事例来说明儒家伦理规范的，但是故事结构一般完整，情节曲折生动，人物各具特征，实际上组成了一部短篇小说故事集，很有文学价值。有的故事充分运用虚构与想象的手法，构思奇特，颇具志怪小说的特点，有的片段还被后来的《搜神记》所采用。

汉代写实故事类小说，仍多借用史著的形式，如《越绝书》《吴越春秋》二书都记录了吴、越两国的历史，从形式上看，可以说是继《战国策》《国语》之后的国别史或地方志，而实际上已属典型的"史"类故事小说了。

《越绝书》的作者，《隋书·经籍志》记为子贡，明代杨慎等人根据《越绝书·叙外传记》一段文字，推测其作者是东汉初年会稽人袁康和吴平，这一推测在后来被广泛认可，但事实远非如此简单。《越绝书》全书分内经、内传、外传三大部分，据分析，内经、内传为最初的作者所著，最早的作者可能是越国人，生活于吴、越争霸之后的春秋末战国初。此书经秦焚书浩劫后，有过散佚，经后人整理，流传至东汉初，会稽人袁康将它重新整理、删定、修饰，并增补了部分内容，名为外传，最后又由同郡人吴平修改定稿成书。袁康、吴平也无从考查《越绝书》最初的作者，《隋书·经籍志》记为子贡，可能依据书

---

① （汉）应劭撰，王利器校注：《风俗通义校注》下，中华书局1981年版，第286页。

中详细记录了子贡的活动，且全书的思想近于儒学，故作如此推测。

《越绝书》的作者在选材上多采传闻逸事，如《内经·陈成恒》写子贡为保全鲁国而游说齐、吴、越、晋四国之事，就极其精彩。起初，齐国兵犯鲁国，鲁国危亡在即，孔子急忙与众弟子商议救亡之策。孔子最器重的学生颜回与子路皆积极要求出使各国求援解围，孔子都不同意，只同意子贡前往，表现了孔子的知人善任的特点。子贡先到齐国军营中见到齐相陈成恒，利用他自私贪婪想谋取齐国政权的野心，说服他放弃鲁国而去攻打吴国；为了给陈成恒寻找一个撤兵的理由，子贡又去游说好大喜功、目空一切的吴王夫差，劝他伐齐救鲁；为了使吴王放心出兵，不必担心越国乘虚而入，子贡又去游说越王勾践，利用他极欲复仇的心理，劝他暂时不要显露攻伐吴国的意图，反而伪装归附吴国，派兵助吴伐齐，借以麻痹吴王并消耗吴国的兵力；为了完成这个连环计的最后一环，子贡又跑到晋国，对晋国国君说吴齐交战，吴国必胜，吴国胜后一定会乘胜攻晋，劝晋做好备战措施，实为遏止吴国霸势再祸及鲁国。战争的结果是强吴打败了齐国，取得胜利的吴国果然贪图晋国土地，顺势又与晋军作战，由于晋国早有防范，吴军遭受挫败，越王勾践乘机伐吴，杀死夫差，越国竟然成了列强的霸主，鲁国虽然弱小，却在这场互相攻伐中完好地保存了自己。以吴、越为核心的列国争霸进程，竟全由子贡三寸不烂之舌来决定，故事虽精彩，却多出自虚构、夸张。

《越绝书》最关注的是人物，常通过生动曲折的故事情节，逼真的细节描写，风趣活泼的人物对话，来表现人物的性格、心理特征。仍以《陈成恒》篇为例，通过以上艺术手段，把子贡富有智慧和胸有成竹、陈成恒贪婪自私、越王勾践谦虚谨慎又隐忍图报、晋君多虑忧恐，表现得活灵活现，人物的个性随之也格外分明地体现出来。在语言风格上，《越绝书》仍保持着春秋末期散文那种言简意赅、通俗明快的特点。本篇记叙重点放在子贡的游说活动上，而将战争的过程只以简要文字略加说明。作者意图不在详细表现春秋末期吴越争霸，各国互相牵制、对抗的复杂过程，而重在展示子贡如何仅凭如簧之舌，不费一兵一卒，却胜过有雄兵百万，大有战国纵横家的风度，重在表现子贡瞬间便化险为夷的智谋之士的形象。子贡是书中一个核心人物，形象突出。其他人，如范蠡、伍子胥、越王勾践、太宰嚭、吴王夫差等，虽有褒有贬，但形象都十分鲜明，可以说，《越绝书》开了中国历史演义小说的先河。

历史演义小说，也用文学的手法再现历史，既能使人了解过去，又能得到艺术美的享受，与《史记》《汉书》等历史文学比较起来，更加突出了审美价值；更富于形象描述，情节更生动感人，有更多的想象与虚构。与后世借用某些史闻便大加敷衍虚构情节的小说比，如《水浒传》《金瓶梅》等，历史演义小说对史实又表现出较为严肃谨慎的态度。

与《越绝书》比起来，《吴越春秋》的历史演义色彩更浓一些。《吴越春秋》的作者，一般认为是东汉的赵晔，会稽山阴（今浙江绍兴）人，大约生活在明、章、和、殇、安诸帝时期。据《隋书·经籍志》著录，《吴越春秋》有十二卷，今只存十卷。明弘治年间钱福序推测散佚部分，大概记载的是关于西施赴吴与范蠡离越的事。

《吴越春秋》记载吴国史，从后稷至吴国开创者太伯，最后至夫差灭国。记载越国史，从夏禹至越国始祖无余最后至越被楚所灭。两国之间的史事，尤以吴王夫差与越王勾践争霸为重点。这些史事有的已载于《左传》《国语》《史记》等史籍中，有的还是其他史籍所未记载过的，其中不乏真实可考的，并非全是无稽之谈，如《吴太伯传》中记载太伯"葬于梅里平墟"，现在江苏省无锡梅村乡就遗存此古迹。再如《王僚使公子光传》中记载专诸为了刺杀王僚而"从太湖学炙鱼"，现在江苏省吴县胥口乡仍有炙鱼桥，可见《吴越春秋》中的一些记载，可补正史之不足。当然，《吴越春秋》的主要特征与贡献还主要体现在文学方面。《吴越春秋》的作者善于从丰富的史料和传说中选取最富有故事性的情节，然后加以敷衍，对史实进行适当的增饰，再加上自己的想象虚构，构成生动完整的故事，以揭示某一抽象道理。如书中有越女试剑、袁公变猿、公孙圣三呼三应、伍子胥死后兴风作浪等情节，纯是子虚乌有的想象虚构，绝不是史著所要求以"史笔"写成的"实录"，而是运用"文笔"写成的"小说家言"，它与史学有碍，对文学却无损，正体现了它的文学特点。

《吴越春秋》中的人物形象大多个性鲜明，作者善于通过人物的言行表情、心理活动来刻画其性格，常用对比、衬托的手法来强化人物个性特征或情节内涵。比如"伍子胥亡命奔吴"的故事中，在楚平王诱捕的紧要关头，作者紧紧抓住伍子胥和伍尚弟兄二人一去一留这种截然不同的想法与行为，着力描述，突出了伍子胥深刻的政治洞察力和"能成大事"的政治才干。书中其他人也各具风采，如太伯德高望重、阖闾深沉稳重、夫差刚愎自用、渔父清逸豪侠、捣丝女朴实善良、椒丘訢盛气凌人、要离形弱神强、范蠡深谋远虑、勾践忍辱图强等，每个人的性格都有独特的魅力。

作者还善于通过环境、气氛的渲染，创造一种情境交融的境界，给读者以情感上的感染。如越国兵败，勾践被迫入吴为奴，在他凄惨地离开越国时，作者勾画了一幅寂寥萧索的眼前景象，"浙江之上，临水祖道，军阵固陵"，使人倍感凄凉悲壮。而当勾践从吴归国时，则是"望见大越，山川重秀，天地再清"，明丽秀美的景致使人联想到越国光明美好的未来。而这种情景交融的环境描写，在中国古代小说形成期还是少见的。

《吴越春秋》的体例也颇独特，从它专记吴越两国史事看，可属国别体；从它以年系事来记两国历史沿革看，可属编年体；从它以人物为中心，突出人物在历史变革中的作用看，它又可属纪传体，这种"三体合一"的特点融合得非常自然，这种形式有利于作者剪裁史料，安排生动曲折的情节，塑造鲜明性格的人物，说明汉代小说对它之前的历史文学的艺术特点进行了充分地吸取与利用。

在东汉"史"类小说中，《燕丹子》是一部值得一提的重要作品，可以说，它是中国第一部颇为完整的颂扬侠义精神的小说。《燕丹子》围绕荆轲刺秦王这个历史上曾发生的事件为中心，全面进行了内容的扩充，对刺秦王的前因后果都做了详细的交待，传说中的主人公也由荆轲变为太子丹。《燕丹子》没有像史传那样讲述主人公一般从生至死的全过程，而是围绕一个主题——除暴雪耻，只截取燕太子为向秦王报仇而交结天下英豪、荆轲为报太子丹知遇之恩而赴秦廷行刺的故事片断，来构思这篇颇具小说特点的作品。

《燕丹子》原书早亡佚。清人从《永乐大典》中辑出此书，但《四库全书》只列入了存目，所幸《四库全书》总纂官纪昀私下抄存了一部。孙星衍从纪昀处得到抄本，以《永乐大典》详加校勘，共成三卷，后被收入《岱南阁丛书》《平津馆丛书》等多种丛书中。《燕丹子》记述的主要历史事件与《战国策》《史记》所记无异，只是许多具体情节与《战国策》《史记》所记不同。如《燕丹子》记述燕太子丹在秦做人质，时刻盼归国，秦王刁难说，想回国，除非天上掉下粮食而不是雨,马头上长出犄角来!太子丹满怀悲愤仰天长叹,一腔衷情感天动地,天上真的下了"粮食雨",马头上果然长出了犄角。秦王无奈只好放人,然而又在太子丹归途中设机发之桥来陷害他。太子丹历经艰险归国后,耗费国库巨资,招纳天下英豪,渴望有一位能刺杀秦王的勇士替自己报仇雪恨。经过长期的考察,终于找到了一位一剑"可当百万之师"的刺客——荆轲。为了对荆轲尽知遇之情,太子丹对荆轲关怀备至,荆轲在花园拾瓦片投蛙,太子送来金块代替瓦片;荆轲说千里马肝美,太子丹就把千里马杀掉送上马肝;荆轲赞叹弹琴的美人有一双巧手,太子丹竟然砍下美人的手用玉盘盛了奉上……太子丹讨好荆轲的手段不免做作、荒唐,甚至残忍,然而正是这超乎寻常的礼遇,才使荆轲毅然以身相许,甘心以奉献自己生命作为代价,前去秦廷完成震惊千古的"一击"。卷下写荆轲刺秦王,过程曲折、紧张、激烈:

> 轲奉於期首,武阳奉地图。钟鼓并发,群臣皆呼万岁。武阳大恐,两足不能相过,面如死灰色。秦王怪之。轲顾武阳,前谢曰:"北蕃蛮夷之鄙人,未见天子。愿陛下少假借之,使得毕事于前。"秦王曰:"轲起,督亢图进之。"秦王发图,图穷而匕首出。轲左手把秦王袖,右手揕其胸,数之曰:"足下负燕日久,贪暴海内,不知厌足。於期无罪而夷其族。轲将海内报仇。今燕王母病,与轲促期,从吾计则生,不从则死。"秦王曰:"今日之事,从子计耳!乞听琴声而死。"召姬人鼓琴,琴声曰:"罗縠单衣,可掣而绝。八尺屏风,可超而越。鹿卢之剑,可负而拔。"轲不解音。秦王从琴声负剑拔之,于是奋袖超屏风而走,轲拔匕首掷之,决秦王,刃入铜柱,火出。秦王还断轲两手。轲因倚柱而笑,箕踞而骂,曰:"吾坐轻易,为竖子所欺。燕国之不报,我事之不立哉!"

《战国策》与《史记》中的这段情节的描写,基本一致,而《燕丹子》却多了荆轲抓住秦王后对其一番训斥,秦王提出临死前要听一曲琴乐的请求。弹琴乐女以琴音告诉秦王脱身自救的方法,秦王依照乐女提示,果真趁机脱身,使荆轲刺杀失败,铸成千古憾恨。在匕首已捅在秦王胸前的节骨眼时,荆轲还要喋喋不休;在荆轲孤身立于秦廷之上,还允许秦王召姬人鼓琴,这是不现实的，显然是作者为了使情节曲折惊险、引人入胜而虚构的。宋濂说："考其事，与司马迁《史记》往往皆合。独乌白头、马生角、机桥不发、进金掷龟、千里马肝、截美人手、听琴姬得隐语等事，皆不之载。"[①] 正是这些作者所虚构的情节，才使《燕丹子》不同于正史人物传记，而成为具有"史"类特点的小说。

由于一系列奇特情节的虚构，《燕丹子》才营造出慷慨悲壮的气氛，塑造出众多以弱抗暴、壮烈赴难的英雄形象。如太子丹是一个把报仇雪耻视为人生唯一信条的复仇王子的形象；荆轲是一个知恩必报、视死如归的烈士形象；田光是一个知人善任、忠贞不渝的忠臣形象……正是这些一个个具有宁可杀身也必保全自己声誉、名节的形象，才使小说充满荡气回肠的侠义豪情，有力地突出了小说"复仇"的主题。这篇小说主旨在于颂扬侠义精神，作者匠心独具，巧妙安排结构，虽然采取了以此人物引出彼人物的叙事方式，但众多人物都围绕着一个中心人物活动，众多事件都围绕着一个中心事件展开，所以结构统一严整，各部分成为整体结构中不可分离的部分，这种结构在此前的叙事性文学作品中是不多见的。小说生动地渲染了惨烈、悲壮的气氛，曲折地描述了可歌可泣的抗暴故事，形象地刻画了狂飙式的悲剧英雄人物，给读者以莫大的艺术感染，无愧于中国英雄侠义小说开山之作的美誉。

汉代还有一些子史故事类小说，由于其影响不及上述作品大，更由于篇幅限制，这里就不再赘述了。

三、汉代神怪故事类小说及其特征

在汉代小说园地中，神怪故事类小说是独具艺术魅力的奇葩，因为它常用夸诞虚幻之笔，编织光怪陆离的奇异境界，营造浓厚的神仙道术氛围，使故事更具神怪传奇色彩。汉代神怪故事类小说又可细分为两类：地理博物类神怪小说和杂史杂传类神怪小说。地理博物类神怪小说是在先秦富含神话传说的地理名著《山海经》直接影响下产生的，杂史杂传类神怪小说受先秦极具小说意味

[①] （明）宋濂：《宋学士文集·诸子辨》。

的史传《穆天子传》的影响较大。

汉代地理博物类神怪小说多为短篇汇编,主要描述稀奇古怪的山川道里、异物怪事,以奇思妙想编造的匪夷所思的新奇故事来吸引读者。在这类小说中,《神异经》是其中比较重要的一部。《神异经》旧题东方朔(前154—前93)著,东方朔是汉武帝的一位侍臣,传说他曾周游天下,在各地听说了很多奇异的传闻,他就选取那些《山海经》中没有提及的,把它们一一记录下来,组成一部汉代的"山海经"。东汉服虔注《左传》,引用过《神异经》的内容,说明《神异经》在服虔时已成书并行于世。《神异经》全书共分九篇,按照顺时针的方向分别记述了东、东南、南、西南、西、西北、北、东北和中(即"九荒"),也就是记述了九个方位地域的山川地理、怪物异人,重点在于记奇异事物。这中间多有作者的想象和虚构,故事很有情趣,耐人寻味。如《南荒经》中写火山中的火鼠:

> 南荒之外有火山,长三十里,广五十里,其中皆生不烬之木。昼夜火烧,得暴风不猛,猛雨不灭。火中有鼠,重百斤,毛长二尺余,细如丝,可以作布。常居火中,色洞赤,时时出外而色白,以水逐而沃之即死,绩其毛,织以为布。

此外,像《中荒经》中写人身狗毛猪牙的不孝鸟,《西北荒经》中写虎形又有翅能飞的穷奇兽,《西南荒经》中写惯于诳骗的讹兽,《东南荒经》中写专吃恶鬼的尺郭鬼等,描绘这些现实生活中不存在的事物,也一样生动形象,充满了奇思遐想,表现出作者想象力的丰富与开阔,很有创造性。

《神异经》也写到了"神"与"人",如《东荒经》中记述了一位叫做"东王公"的神,这显然是受了《山海经》里有"西王母"的启发创造出的形象。文中记述了东王公平日常与玉女一块进行"投壶"的比赛,旁边有一个叫作"天"的在观赏,在观赏中他不断地喝彩叫好或摇头大笑。东王公的情人是西王母,二人相亲相爱却天各一方,一年只能一度幽会,与牛郎织女无异。《西荒经》中写西海鹄国的男女,身高只有七寸,却日行千里,"为人自然有礼,好经纶跪拜",人人高寿有三百岁,为人彬彬有礼,其国堪称礼仪之邦。《东荒经》中写有叫作敬和美的人,"男女便转可爱,恒恭坐而不相犯,相誉而不相毁,见人有患,投死救之"。鲁迅评价《神异经》是"仿《山海经》,然略于山川道里而详于异物,间有嘲讽之辞"①。《神异经》在描写神人异物时,常使其处于相应的诡奇环境之中,寄托了现实社会生活中的善恶观念和道德伦理思想,以儒家的标准去惩恶扬善,或赞美或讽刺,在让人享受艺术美感之外,也获得一定的思想启发与伦理教育。

《括地图》也是在《山海经》的影响下,模仿《山海经》而作的一部图文兼备的地理博物类神怪小说。原书早已散佚,只在《艺文类聚》等典籍中零星地载有一些片断,作者不详,不过从班固的《东都赋》所引"范氏施御"一典事来看,《括地图》的作者应是早于班固的汉人,因为班固引用的"范氏施御"正是来自《括地图》的范氏御龙的故事。《括地图》在内容和写法上模仿《山海经》,其中不少地方还采用了《山海经》的材料,但《括地图》作者的地理观念淡薄,不像《山海经》的作者系统地划分好若干方位,然后按照一定的顺序依次进行记述。《括地图》的重点也不写什么名山大川,内容多是有关殊方异域的各种奇闻逸事,特别是各种畸形怪人的传说,如贯胸国、奇肱国、大人国等地的奇异国民,他们异样的形体与异样的生存方式,为我们描绘了一幅幅异国的众生相。

贯胸国、奇肱国、大人国及还有一些地方的奇闻,在《山海经》中已有提及,但《括地图》所写的不是《山海经》中故事的重复,而是在《山海经》所叙故事的基础上,进一步使它丰富、充实。如《山海经》记述了贯胸国的贯胸人,但相当简略,《括地图》对原有的传说又进一步演义,增加了"会稽大会""天降二龙""大禹以德报怨"等情节,组成了一个丰富生动的故事:当大禹治水成功后,便以联盟领袖的身份在会稽山召开各部落大会,各部落首领佩服大禹的功德,纷纷按期赴会,独有南方防风部落的首领对大禹不大恭顺,故意姗姗来迟,大禹为了严肃纪律,便把防风部落的首领杀了。由于大禹顺应民意,天帝还赐他两条神龙。会稽大会后,大禹要巡视天下,就叫善驯百兽的范氏为他驾驭着两条神龙出发了。当途经防风部落的地面时,遭到原防风部落首

---

① 鲁迅:《中国小说史略》,《鲁迅全集》第九卷,人民文学出版社1982年版,第32页。

领的两个部下的刺杀，大禹有神龙的保护，当然安然无恙。防风氏的部下害怕大禹的惩罚，就用利刃刺胸而自杀了。大禹哀怜其对首领的忠诚及刚烈的性格，就替他们拔掉胸口的利刃，用不死草覆盖其身，这两个人很快就活过来，感动得归顺了大禹，但他们的胸口永远留下个窟窿，就连他们的后代，也同他们一样，这就是贯胸国的由来。《括地图》的作者发挥想象力，对《山海经》中的故事进一步敷衍虚构，使自己的记述更具小说特色。《括地图》关于异国异人的记载，成了后世一些小说新奇怪异题材的源泉，直至清代李汝珍的长篇小说《镜花缘》，其中关于外国奇人奇事的描写，还可以清楚地看出《括地图》对它的影响。

《十洲记》也是一部地理博物类神怪小说，又名《海内十洲记》《十洲三岛记》《海内十洲三岛记》《十洲仙记》等，旧题为东方朔作，但从书的内容看，此书应在《汉武故事》《汉武内传》之后，旧题作者难确信，估计是东汉后期人所著。书中讲的是喜好神仙方术、希望自己长生不老的汉武帝在与西王母相会时，听西王母说八方大海中有祖洲、凤麟洲、瀛洲、玄洲、炎洲、长洲、元洲、流洲、生洲、聚窟洲等十洲，都是人迹罕到的神仙境地，非常渴望前往，于是请来曾经周游天下、见多识广的东方朔询问。东方朔就给武帝详细地介绍了祖、凤麟、瀛、玄等十洲及沧海岛、方丈山、蓬莱山和昆仑山的位置与奇物异产、神灵仙怪的情况，为了引人入胜，极尽铺张敷衍之能事。

全书所记十洲特异之物，都是作者虚构，奇特诱人，充满奇幻的色彩。对十洲的描写，并非平均使用笔墨，而是有详有略，比较起来，祖洲、凤麟洲、炎洲、聚窟洲四洲用笔最多，其他数洲较略。在每个洲中，又选取了独特的事物详加叙述，使各洲都有自己的重点。如祖洲：

> 祖洲近在东海之中，地方五百里，去西岸七万里。上有不死之草，草形如菰苗，长三四尺，人已死三日者，以草覆之，皆当时活也。服之令人长生。昔秦始皇大苑中，多枉死者横道，有鸟如乌状，衔此草覆死人面，当时起坐而自活也。有司闻奏，始皇遣使者赍草以问北郭鬼谷先生。鬼谷先生云："臣尝闻东海祖洲上有不死之草，生玉田中，或名为养神芝。其叶似菰苗，丛生，一株可活一人。"始皇于是慨然言曰，"可采得否？"乃

使使者徐福，发童男童女五百人，率摄楼船等入海寻祖洲，遂不返。福，道士也，字君房。后亦得道也。

祖洲上最著名的奇异之物就是"不死草"，能使死者复生，活者长生不老。秦始皇推行暴政，有许多冤死的人就靠"不死草"又活了过来。秦始皇听说"不死草"的奇效后，派徐福率众乘船去祖洲寻求"不死草"，结果徐福一去不复返，震烁千古的第一帝竟没有芸芸冤死者的"福分"。"不死草"的故事，除猎奇外，还寄托了对暴政虐民的批判。再如凤麟洲，位于西海中央，方圆一千五百里，四周有弱水环绕，这个地方主要特产是续弦胶，这种胶是由凤嘴和麟角熬成的，功效奇特，能把断裂的弓弦、刀剑粘连得完好如初。据说汉武帝天汉三年，西域某国派使者朝贡，送给汉武帝的贡品就是四两续弦胶和一件用神马皮制成的吉光裘，这个奇闻，反映了人们对新材料的幻想。

其他各洲及三岛的记述，不外乎仙山、仙岛、仙物、仙宫、仙人，一味称道仙家仙境，炫耀一个既诱人又惧人的神仙世界。作者目的是为了张扬神仙道术之风，然而其繁富夸饰的语言风格、恣肆无羁的想象力，体现了汉人善于开拓浪漫主义艺术天地的精神，对后世小说，特别是魏晋六朝志怪小说、唐传奇有重要的影响。

在汉代的地理博物类神怪小说中，《洞冥记》笔调优美，辞藻华妍，别具一格。《洞冥记》又称《汉武帝别国洞冥记》或《汉武帝列国洞冥记》，恰如书名中"别国""列国"所示，它主要记述的是"远国遐方之事"，因此，书中关于异国风土人情，特别是西域诸国的风土风物的传说，就显得十分引人瞩目。这些异域奇观，丰富多彩，光怪陆离，有些是作者恣情迂诞的想象虚构的结果，有的也不乏依据现实生活的事实存在，然后再经过作者的杜撰加工，使现实中的事物神异化，共同构成迷离又明丽的神奇世界。

《洞冥记》的作者郭宪，字子衡，汝南宋（今安徽太和）人，生活在西汉末年至东汉初年，他喜好神仙道术，在汉代的方士中，他又是一个性格刚正不阿、很有卓识的人。王莽篡汉称帝后，征聘他为郎中，并赐予他一套崭新的官服，哪知郭宪丝毫不为所动，一把火把赐予的官服烧掉了。光武帝刘秀朝时，郭宪应征做了博士，后又升迁为光禄勋，他以敢于直谏而闻名于世。一次他因刘秀不虚心纳谏而愤然拂袖而去，从此以后便辞官告退。郭宪为什么要写《洞冥记》呢？根据他自己在《洞冥记》的"自序"中说，他认为汉武帝不光在政治上雄才大略，是英明盖世的一代雄主，而且"洞心于道教"，"穷神仙之事"，在汉代的帝王中，也是"盛于群主"、出类拔萃之人。汉武帝的求仙活动，对于热心于神仙道术的郭宪来说，不仅理解，而且赞赏。于是他便广为搜寻与武帝有关的神仙怪异的传说，以及与此有联系的绝域遐方向汉朝所贡珍奇异物的记载材料，编著成《洞冥记》一书，以补典籍的缺陷，以洞达神仙冥迹的奥秘，书名称"洞冥"，就含这个意思。

《洞冥记》围绕汉武帝与东方朔的往来问答来构思，征询神仙道术多由武帝引起，介绍西域怪异多托言于东方朔，比较起来，以炫耀怪异为主而言神仙道术为辅。如写勒毕国的人，都长着如簧的巧舌，个个能言善辩，所以又叫善语国。勒毕国的人奇在身高只有三寸，两胁生翼，常聚群而飞，以清晨时的露汁为食。再如善苑国的百足蟹、数过国的能言龟、翕韩国的飞骸兽、大秦国的花蹄牛、吠勒国人骑象潜海探宝等，虽虚幻悠谬，但也曲折地反映了汉代与西域交往的历史事实。武帝时，张骞奉命三次出使西域，给西域带去汉朝的物产与文化，同时西域大量的异物源源不断地涌入关内，无数异邦风物大开汉人的眼界，对这些异物的夸饰，就成为绚丽多彩的传说。

奇异的想象和夸张虚构当然是《洞冥记》的突出特点，但与其他地理博物类神怪小说比，《洞冥记》还有一个突出特点，就是善于捕捉事物的特征，生动地描摹事物的形象。如"勒毕国贡细鸟"一条，以细腻明快的笔法，将一只小鸟描写得活灵活现：

> 元封五年，勒毕国贡细鸟，以方尺之玉笼盛数百头。形如大蝇，状似鹦鹉，声闻数里之间，如黄鹄之音也。国人常以此鸟候时，亦名曰候时虫。帝置之于宫内，旬日而飞尽。帝惜，求之不复得。明年见细鸟，集帷幕，或入衣袖，因名蝉。宫内嫔妃皆悦之，有鸟集其衣者，辄蒙爱幸。至武帝末，稍稍自死。人犹爱其皮，服其皮者，多为丈夫所媚。

从细鸟的形状、鸣声、帝惜妃悦、人爱其皮等多个侧面叙写，把细鸟的珍贵可爱处刻画得淋漓尽致，使人读起来情趣盎然。

汉代地理博物类神怪小说主要描写的是异国的特异风物，从一个侧面反映的却是汉王朝大一统的空前繁荣昌盛，反映的是它的强盛的国力及在世界上的显赫影响。

汉代神怪故事类小说中还有另外重要的一类，这就是杂史杂传类神怪小说。这类小说也是汉代神仙方术之风盛行的产物，不过，在艺术表现手法上多借鉴了中国传统的史传形式，也就是说，杂史杂传类神怪小说描写的是神仙怪异，却借用的是传说的人物甚至历史上确有的人物，其人一般是有籍可考的，其事一般是虚构想象的，刘向的《列仙传》就是这样的一部小说。

晋朝葛洪在《神仙传序》中称《列仙传》为刘向所作。又据佚名的《列仙传叙》介绍说，武帝时热衷于神仙道术的淮南王刘安，因谋反朝廷而畏罪自杀。当时刘向的父亲刘德受命负责处理此案，他在搜抄刘安家时，得到一本《枕中鸿宝密秘》，没有上交自己保留下来。年幼的刘向闲来无事，常以观看《枕中鸿宝密秘》来消遣，渐渐地对"神仙使鬼物"及"重道延年"有了兴趣。到汉成帝时，刘向受诏总校群书，得以遍览历代关于神仙怪异的典籍秘书，又受当时社会风气的感染，更加相信神仙之事"实有不虚""真乎不谬"，于是出于对神仙世界的向往和宣扬神仙思想的需要，"遂辑上古以来及三代秦汉，博采诸家言神仙事者，约载其人，集斯传焉"，编著成《列仙传》二卷，体例仿《列女传》，传后有四言赞语。所记众仙有七十多位，分别叙述其神异事迹，为我们展示了一个特殊的神仙世界。

《列仙传》所载仙人，有的是传说中的人物，如王子乔、赤松子等；有的是历史人物，如老子、吕尚、介子推、范蠡、东方朔等，而且汉代的历史人物占了一半多。这些仙人原本等级明确，有的是王公贵族，有是只是平民百姓，但当汇集在刘向笔下时，他们不仅没有了时空的界限，更打破了世俗等级的界限，都拥有一个共同的称呼——"神仙"，都一样地逍遥尘外而超然自得。

作者编著《列仙传》，目的是宣扬方仙道，这与基督教或佛教故事有鲜明的区别。基督教的故事往往讲述善人生前做善事，死后得以升入天堂。佛教的故事往往讲述善人一生修炼，来世便可到达西方极乐世界。而《列仙传》所讲述的故事，往往反映的是神仙道术现世现报的善恶因缘观念。如舒乡人子英，一次捕到一条红鲤鱼，并没有烹食它，而是把它放在家中的水池中喂养起来。一年后，鲤鱼长大了，并且生出了犄角和翅膀，样子像个小飞龙。有一天，鲤鱼突然开口讲了话，它说自己是专程下凡来接子英上天的，于是子英便骑着红鲤鱼，升天而去。再如黄帝的马医师皇，因为治疗过一条病龙，这条龙为谢救命之恩，也背负着救命恩人升了天。现在人们常说"善有善报，恶有恶报"，显然是受神仙道术思想影响产生的一种观念。《列仙传》重在描绘仙人超尘脱俗的生活，但也写了一些仙人济世救民的事迹，给人留下一种可敬可爱的印象，寄托了作者的某种理想。如有位常山道人昌容，自称原是商朝王子，看上去有二十多岁，实际上已经是好几百岁的寿星了。他在自己居住的山上，种了许多紫草，这种紫草可以当染布的染料，昌容就用卖紫草得来的钱去资助那些孤苦无援的穷人。再如祝鸡公卖鸡散钱，救济市井贫民；负局先生在灾疫之年，为人治病，解除人间痛苦等，都是一心为民，值得赞美与歌颂的形象。

《列仙传》的内容注重展示仙人的神奇法术与生活方式，如他们擅长尸解变形、导引养气、死而复生、返老还童之类的道术；习惯于不食人间烟火，只吸风饮露，服食丹砂、水玉之类异物，却鹤发童颜，长生不老。与古代神话中的神相比，不仅其形象特征已经完全人格化了，而且其感情更贴近于现实，有些篇幅实际上是借用神奇故事来反映人间社会生活的现实。如《列仙传》中有男女相恋的故事，它以其特有的神奇浪漫的色彩，绘制了一幅人间天上、红尘内外交相叠映的旖旎爱情画卷，寄托了人世间美好的愿望和理想追求，"萧史弄玉"就是其中典型的一篇：

> 萧史者，秦穆公时人也。善吹箫，能致孔雀、白鹤于庭。穆公有女字弄玉，好之，公遂以女妻焉。日教弄玉作凤鸣，居数年，吹似凤声。凤凰来，止其屋。公为作凤台，夫妇止其上，不下数年。一日，皆随凤凰飞去。故秦人为作凤女祠于雍，宫中时有箫声而已。萧史妙吹，凤雀舞庭。嬴氏好合，乃习凤声。遂攀凤翼，参翥高冥。女祠寄想，遗音载清。

这篇"萧史弄玉"虽然短小，情节也较简单，但首尾完整，神奇动人。作品在塑造形象时，重传神而略描形，没有去刻画人物的肖像，也没有去记述人物的语言和心理活动，而着重描绘他们善吹箫，以此来表现箫史与弄玉的精神风貌和人格魅力。通过箫声神奇的效力，构造了神话般优美的意境和氛围，从而突出了人物形象的特征，达到了人与境谐、相得益彰的艺术效果。篇末写秦人怀念弄玉而建祠庙，雍地宫中时有悠扬的箫声传出，浓郁的抒情，哀婉的感伤，使这个恋爱的故事更加蕴意悠长。传后的四言赞语，既总括传意，又加抒情，箫声似凤鸣，雀鹤舞于庭。人间为伉俪，飞天情更深。女祠寄遐想，故事代代闻。赞与传融为一体，颇得太史公司马迁的笔法。

同《列仙传》一样，《蜀王本纪》的题名与格式，也仿照史书传纪体，《隋书·经籍志》还把它归入了史部，但从内容上讲，它本不是科学意义上的史书，而属于小说，是一部关于古蜀国的传说汇集。《蜀王本纪》的作者为西汉末与王莽新朝时期著名的学者、文学家扬雄，扬雄是蜀郡成都人，一生淡泊名利、博览群书，专心致志于学术与创作的劲头是出了名的。他除了创作许多辞赋作品及《太玄经》《法言》《方言》等学术著作，出于对故乡的无限眷恋与热爱，搜集了大量的传说资料，编著成《蜀王本纪》一书。原书已佚，从《文选》注等各种典籍资料留存的佚文看，《蜀王本纪》记述了蜀国被秦国灭掉前的历史传说，主要记述了古蜀国蚕丛、柏灌、鱼凫、望帝、开明帝等历代君王的逸闻，其中关于望帝和五丁力士的传说故事，最具传奇魅力。

在望帝出生之前，蜀国已有过三代君王——蚕丛、柏灌和鱼凫，他们都各自执政好几百年，深得蜀地老百姓的拥护和爱戴，当他们一个个退位后，老百姓都舍不得离开他们，也纷纷跟着他们一块仙逝去了。所以蜀国人烟稀少，留下来的老百姓希望再有一个贤能的君王来治理国家，果然，不久奇迹出现了："有一男子名曰杜宇，从天堕，止朱提。有一女子名利，从江源井中出，为杜宇妻。乃自立为蜀王，号曰望帝。""望帝积百余岁，荆有一人名鳖灵，其尸亡去，荆人求之不得。鳖灵尸随江水上至郫，遂活，与望帝相见，望帝以鳖灵为相。时玉山出水，若尧之洪水。望帝不能治，使鳖灵决玉山，民得安处。鳖灵治水去后，望帝与其妻通，惭愧自以德薄，不如鳖灵，乃委国授之而去，如尧之禅舜。鳖灵即位，号曰开明帝。""望帝去时，子规鸣，故蜀人悲子规鸣而思望帝。"望帝在故事中是中心人物，他治蜀有方，爱国爱民，知人善任。鳖灵是从荆楚来的外地人，但望帝见他有治国才干，就委任他为国相，甚至后来把帝位都让于他，说明望帝有以国家为重的胸怀。望帝一时不慎，干出与鳖灵妻私通的不道德的事，但他能"惭愧自以德薄"，并引咎去位，确实有自知之明。蜀国的老百姓并没有因为他一时之错而忘掉他的功德，这样描写就使他一时失足便成千古恨的形象更加悲剧化了。

《蜀王本纪》中的"五丁力士"，是指蜀国最著名的五个大力士。秦惠王想吞并蜀国，苦于蜀地险要，无路可通。后来想出个计谋来，在雕刻好了的五头石牛屁股里塞上碎金，然后派人告诉蜀王说，秦王要把会拉金子的石牛赠送给蜀王。蜀王听了这个消息就派使者去看究竟。使者来秦后，草率地看了一下，拍拍石牛屁股果真掉出金子来，但更重要的是接受了秦王许多好处，回蜀后就报告说真有其事，蜀王立即派五丁力士前往取牛。为了将石牛运回蜀国，五丁力士逢山开路，遇水搭桥，硬是从秦到蜀开辟出一条坦途来，这正好给秦国进攻蜀国创造了必要的条件。蜀王贪图小便宜，付出了灭国的代价。

望帝杜宇顺应民意从天而堕，其妻从井中生出，其接班人鳖灵的尸体能溯流而上死而复活；五丁力士力大无比，为运石牛回蜀国，搬山挪岭架桥开道，无不神异。《蜀王本纪》写的就是虚化的历史，通过奇诡的想象，把历史和幻想结合起来，虚构成传奇色彩极浓的故事情节。另外，书中所描写的蜀地奇丽独特的风物环境，加之扬雄流畅优美、颇富感情化的笔调，又进一步增强了故事的感染力与艺术魅力。

《汉武故事》又称《汉武帝故事》，是汉代杂史杂传类神怪故事小说中艺术性较高、具有代表性的一部作品。作者旧题为班固，但书中有如下文字："长陵徐氏号仪君，善传朔术，至今上元延中，已百三十七岁矣。""今上"指当今皇上，"元延"是西汉成帝的年号，起于公元前十二年，止于公元前九年，而班固（32—92）是东汉人，由此看来，《汉武故事》当是西汉成帝时期的人所作。或这些在成帝时广为流传的汉武帝的故事，后经班固整理、修饰、编辑成册。或由东汉民间文人汇集编著，托名班固而出，也是一种较为合理的推论。传世的《汉武故事》版本颇多，如《古今说海》《古今逸史》《说郛》等，均收有此书。鲁迅《古小说钩沉》所辑本书，据《初学记》《艺文类聚》《太平御览》等多种类书及有关正史，详加校勘，并著校记，比较精备。

《汉武故事》的内容大体上有四个方面：一是叙述汉武帝幼年和即位以后

与后妃们的琐闻轶事；二是叙述汉武帝求仙的故事；三是叙述汉武帝其他生活方面的轶事；四是叙述汉武帝死后的一些传闻。书中各个故事独立成篇，在内容上互不衔接，有点像笔记体小说。不过由于求仙故事占据了很多篇幅，从武帝中年求仙问道到晚年悔悟，实际上形成了武帝求仙的完整经历，以此为线索，再旁及各种轶事杂说，构成了本书的主体。

汉武帝求仙过程实际上就是对方士的认识过程。秦汉时期，神仙之说非常盛行，当时宣扬神仙道术的人被称作方士，他们宣称只有他们才能与神仙沟通，了解神仙的奥秘。他们说神仙居住在世外洞天，不食人间烟火，每日逍遥自在，个个长生不老。并说世上凡人只要求仙问道，服食长生不老之药，也可成为神仙，现在天上的神仙有不少就是由凡人神化来的。凡人哪个不想长生不老，尤其是那些养尊处优的统治者。秦始皇为了求得长生不老，广泛招纳方士，耗费了大量的人力、物力和财力去寻求所谓的"长生不老之药"。《汉武故事》中的汉武帝也同秦始皇一样，热衷于神仙方术，他也招揽了许多方士，如李少翁、公孙卿、栾大等人，这些方士每日煞有介事地装神弄鬼，或架火炉炼丹制药，或筑高台与神仙沟通联系，当然，这些伎俩始终不见一点灵验，慢慢引起汉武帝的怀疑。方士们为了使武帝相信自己有道术，就常耍些小聪明来蒙骗他。如李少翁指使人在丝巾上写些怪诞的话冒充天书，然后把丝巾喂给牛吃，自己装作未卜先知的样子向武帝说此牛腹中有奇物，把牛杀死剖腹，果然取出"天书"，不想有人认出"天书"上的文字似某人的笔迹，一查，果不其然。李少翁行骗竟骗到武帝头上，至高无上的汉武帝岂能忍受如此这般的愚弄，就以"欺君"之罪将李少翁斩首了。其他方士的结局也和李少翁差不多，汉武帝以沉迷神仙方术始，以不信方士终。小说的客观意义是直接否定了神仙方术的虚妄性，同时也对汉武帝耗费国力民财求神问道的荒谬行为进行了深刻的揭露。

《汉武内传》又称《汉武帝内传》或《汉武帝传》，旧题也为班固所著。从此书多用《汉武故事》中的语句来看，成书当在《汉武故事》之后。明清时有人认为是晋朝葛洪撰，但无确据，难成定论。

《汉武内传》同《汉武故事》一样，也记叙了汉武帝从出生、即位到逝世的人生全过程，但二者比较起来，又有许多不同。从表现方法上看，《汉武故事》主要内容是写武帝迷信神仙，但同时也写了当时一些历史人物的传闻逸事，如"东方朔偷桃""相如论赋"等。《汉武内传》固然也有武帝的逸事传闻，但主要笔墨却集中在详尽描叙求仙问道，因本书道教意味浓郁，还被收入《道藏》。《汉武故事》虽然使用了虚构想象的手法，但与《汉武内传》比起来，在一定程度上还拘泥于史实，记叙比较严谨、质朴，而《汉武内传》则更多地采用了文学创作中常用的虚构想象，使故事更加奇异曲折。从立意来看，《汉武故事》虽写了不少神异之事、怪诞之言，写了武帝热衷于求仙问道，但最终在铁的事实面前，武帝有了悔悟，从怀疑方士到放弃求仙，实际是对神仙方术的一种否定。而《汉武内传》的作者，倾心于方仙道，因而《汉武内传》中的汉武帝不是一个以求仙始而以悔悟终、迷途知返的形象，而是一个始终笃信神仙道术的痴迷不悟者；作者也不否定武帝终究成不了仙、不能长生的事实，但他认为这是因为武帝心还不够至诚，修炼还不到家的结果。现实之中，没有一个人因修炼道术而长生不老的，然而神仙道宣扬修炼成仙的道术不容怀疑，凡是成不了仙的，只能怨其心不诚术不精。这一解释是神仙道骗人的关键，并凭空编造了不少凡人求道成仙的故事以迷惑世人。由于表现方法与立意的不同，二书的内容与表现手段也各有差异。如在《汉武故事》中，武帝与西王母相会只是其众多故事中的一个片断，用了四百多字来叙述。它写西王母下凡与武帝会晤前的情景，文字比较简略：

> 是夜漏七刻，穴中无云，隐如雷声，竟天紫色。有顷，王母至：乘紫车，玉女夹驭，载七胜履玄琼凤文之舄，青气如云，有二青鸟如乌，夹侍母旁。下车，上迎拜，延母坐。

而在《汉武内传》中，叙述武帝会西王母用了七千多字，比《汉武故事》又敷衍增饰出许多情节细节来。如它同样写西王母降临时的场面，便文字错采缛丽，运用了汉赋排偶、夸张的手法，极尽渲染铺陈之能事：

> 到夜二更之后，忽见西南如白云起，郁然直来，迳趋宫庭，须臾转近，闻云中箫鼓之声，人马之响。半食顷，王母至也。县投殿前，有似鸟

集。或驾龙虎，或乘白麟，或乘白鹤，或乘轩车，或乘天马，群仙数千，光耀庭宇。既至，从官不复知所在，唯见王母乘紫云之辇，驾九色斑龙。别有五十天仙，侧近鸾舆，皆长丈余，同执彩旄之节，佩金刚灵玺，戴天真之冠，咸住殿下。王母唯挟二侍女上殿，侍女年可十六七，服青绫之褂，容眸流盼，神姿清发，真美人也。王母上殿东向坐，著黄金褡襦，文采鲜明，光仪淑穆。带灵飞大绶，腰佩分景之剑，头上太华髻，戴太真晨婴之冠，履玄璚凤文之舄。视之可年三十许，修短得中，天姿掩蔼，容颜绝世，真灵人也。下车登床，帝跪拜问寒暄毕立。因呼帝共坐，帝面南。

西王母，这位中国古代著名的女神，在《山海经》中，她是一个具有人、兽形体混杂特征的厉神。在《穆天子传》中，已有所变化，但仍与"虎豹为群，乌鹊于处"，保留着些许怪异的兽性。在《汉武故事》中，西王母已由原来的"神化人物"变成了"仙化人物"。而在《汉武内传》中，西王母尽管还是一个神，如她腾云而来，驾雾而去，但是其形体与容貌，已与人间美人无异。你看她：年纪大约三十来岁，身穿金色大氅，外系灵飞绶带，腰间佩带着宝剑，头戴太真金冠，足登琼凤鞋，雍容华贵，仪态万方，天恣绝世，容貌亮丽罕见。如果说《汉武故事》把西王母"仙化"了，《汉武内传》则把西王母"人化"了，作者几乎把最能描绘美女的词汇都集中到西王母身上。《汉武内传》的作者加重了对西王母形象的生动刻画，对情节细节的描写更加细腻，使环境气氛的渲染更加浓烈。

整个武帝会西王母的故事，安排得井然有序，先写远处众仙如云飘来，次写听到箫鼓之乐、人马喧哗之声，后写众仙乘坐之物，这既是西王母在众仙陪伴下来会武帝的行走过程，也是武帝仰首所见所闻的一个感受过程。作者用铺陈的手法，有条不紊地逐次把它描绘出来，使人读后，有身临其境之感。除此之外，武帝与西王母的对话，也写得切合说话者的身份与性格，显示了作者对个性化语言的重视。汉武帝本是一位不可一世、唯我独尊的帝王，但在与西王母对话中，作者为他设计的是谦虚谨慎甚至卑下的口吻，好像是臣属对君王的讲话，与他平日说一不二的话语截然不同，深刻地表现了汉武帝性格中与暴烈、高傲相反的另一面。然而话语中仍掩盖不住他的贪婪、追求享乐的意图，生动地反映了汉武帝此时此刻的心理活动。通过汉武帝与西王母相会的故事，从一个侧面揭露了汉武帝贪婪、奢侈、愚妄的品行，有一定的批判意义。神奇的虚构想象，使文学创作脱离了史实的束缚；细腻的铺陈描述，具有个性化的人物语言，对以后小说的创作有重要的启迪作用。

《徐偃王志》也是一部杂史杂传类神怪小说，原书已亡佚，作者不详，清人徐时栋辑《徐偃王志》六卷。其卷一"记事第一上"记载："穆王三十五年，楚人伐我。君曰：'吾闻之也，君子不处危邦，贤者不顾荣禄。吾其去之。'去之彭城，民从之者数万人，居之，是为徐山。"《元和郡县志》也载，周穆王因徐偃王"僭越"称王，"发楚师袭其不备，大破之，杀偃王。其子宗遂北徙彭城武原山下，百姓归之，号曰'徐山'"。《元和郡县志》的记述与《徐偃王志》略有不同，但都记述徐人迁于彭城附近。此地域原是尧帝给予彭祖的封地，称为大彭氏国。秦统一后设彭城县。楚汉时，西楚霸王建都彭城。西汉时属楚国，王莽时改彭城为和乐。三国时，曹操迁徐州刺史部于彭城，彭城始称徐州。据此推测《徐偃王志》的作者当是汉代人。

徐国在西周时为东夷的一个侯国，都城名徐城（今江苏宿迁市泗洪县），统辖今淮、泗一带。《徐偃王志》主要描写西周时徐国的国君徐偃王能体察百姓疾苦，处处为民着想，是一个仁义之君。正因如此，他所治理的国家才国力强盛，百姓安居乐业，徐国逐渐成为东夷的强国，江淮地区的诸小东夷侯国仰慕徐偃王仁义名声，甘愿俯首称臣。徐国的日益强大，引起周天子的不安，他遣楚伐徐，想铲除隐患。徐偃王靠徐国的军力本可与楚军周旋一番，但他想到双方开战，必然是生灵涂炭，百姓遭殃。他决定避开锋芒，撤离徐地。《徐偃王志》记述徐偃王离开徐城时，百姓自愿相随，数万人的队伍浩浩荡荡，十分壮观，这就是人心所向，这就是徐偃王仁义之君的召唤力。徐偃王逃亡的地点是彭城武原东山下，在今江苏邳州市西南，后人命名此山为徐山，来纪念徐偃王的仁义美德，徐山成为一座表彰仁义的丰碑。同样，《徐偃王志》也是一座历史丰碑，它隐隐约约地透露着周穆王末年一场政治斗争的隐秘，寄托着古代人民对仁义之君的敬仰之情。

关于徐偃王的逸闻传说，在《竹书纪年》《尸子》《博物志》《路史》等典籍中也有记载，如《荀子·非相》篇写道："徐偃王之状，目可瞻马。""马"

系"焉"之讹,"焉"借为"颜",就是说徐偃王的眼睛能看见自己的脸面。《徐偃王志》仍保留着许多怪异成分,如徐偃王的出生就十分富有传奇色彩:

> 初,先君宫人有娠,弥月,生而胞不坼,以为不详,弃诸水滨。独孤母有犬鹄仓,猎其所,衔而归,异焉。暖之成儿。先君命取而来,有文在手,曰"偃",是君徐国,号曰偃王,为政而行仁义。①

这段文字告诉我们,徐偃王父君的宫女,怀胎月份已满,分娩时,产下一个胞衣裹着的肉球。徐君认为是不祥之物,命人将其抛弃于河边。孤独母有狗叫鹄仓,将弃之河边的肉球衔回家,孤独母很奇怪,如同孵卵似的将肉球包裹起来,肉球受暖,胞衣破裂,出来一个男孩。徐君听说此事后,命人将男孩取回,见其手上的纹理成一"偃"字,便以此命名,这个男孩就是后来的徐偃王。这段文字与《述异记》所载"彭城郡,古徐国也,昔徐君宫人生一大卵,弃于野。徐有犬,名后苍,衔归。温之卵开。内有一儿,有筋而无骨。后为徐君,号曰偃王,为政而行仁义",及《博物志》所载"徐君宫人有娠而生卵,以为不祥,弃之水滨。孤独母有犬鹄苍,猎于水滨,得所弃卵,衔以来归。孤独母以为异,覆暖之,遂孵成儿。生时正偃,故以为名",情节都大同小异。

徐偃王出生的情况又与姜嫄生周朝祖先后稷相似。《诗经·大雅·生民》中有:"诞弥厥月,先生如达。不坼不副,无灾无害。以赫厥灵,上帝不宁。不康禋祀,居然生子。诞寘之隘巷,牛羊腓字之。诞寘之平林,会伐平林。诞寘之寒冰,鸟覆翼之。鸟乃去矣,后稷呱矣。"卵能生人的传说,不止此一说,如殷的始祖契也是如此,《史记·殷本纪》载殷契的母亲简狄"见玄鸟堕其卵,简狄取吞之,因孕生契"。《山海经·大荒南经》也载:"南海之外,……有卵民之国,其民皆生卵。"这是古代东方民族鸟图腾崇拜的一种反映。可见,《徐偃王志》虽采录了一些史料,但更多的是采集了逸闻传说,甚至对以往的神话传说又进行了综合与加工,使名义上是一部诸侯志,实质上变成了一部杂史杂传类神怪小说。

---

① (清)徐时栋辑:《徐偃王志》卷一,"记事第一上"。

汉代写实故事和神怪故事两大类小说，奠定了中国古代小说的基本格局，决定了中国古代小说现实主义与浪漫主义的两大创作倾向的基本流向，从此以后，中国古代小说大体上非属志人类小说即属志怪类小说。魏晋六朝的情况不言而喻；隋唐有志人类的小说如《李娃传》《莺莺传》等，也有志怪类的小说如《旌异记》《玄怪录》等；宋代有志人类的小说如《开河记》《齐东野语》等，也有志怪类小说如《夷坚志》《异闻总录》等；元明清有志人类小说如《水浒传》《三国演义》《红楼梦》等，也有志怪类小说如《湖海新闻夷坚续志》《古今谭概》《聊斋志异》等。溯其源，志人类小说受汉代写实故事类小说影响较深，志怪类小说则受汉代神怪故事类小说影响较深，这是中国古代小说发展中的一个重要现象。

（作者单位：曲阜师范大学儒家文学研究所）

《易林》繇辞中的西汉小说元素

张树国

《焦氏易林》中采用了大量西汉小说资料，其故事类型分为谶纬类、记异类、仙道类和杂传类。谶纬产生于西汉末哀、平之世，方士们编造大量故事来解说经典，《易林》多处征引谶纬故事作为占筮材料；记异类小说在古典小说中占有突出地位，就《易林》征引材料而论，分为飞禽、走兽、水族、爬行类，其故事往往能与小说文献互证；仙道小说尤其西王母传说在西汉末流行甚广，成为不死信仰的重要来源，在《易林》中有多处记载；杂传类小说如"江妃二女"、燕丹子故事等在《易林》中亦有反映。《易林》林辞承载的许多故事出自宣、元、成时代的刘向作品，结合相关的历史文献，其作者不可能是西汉昭、宣时代的焦延寿，而应是两汉之交的崔篆。

《旧唐书·经籍志·五行类》著录《焦氏周易林》十六卷，焦赣撰。《崔氏周易林》十六卷，崔篆撰，则著录于《新唐书·艺文志》。但现在通行本只有一部题名为《焦氏易林》，相传为西汉昭、宣时代焦延寿撰。据《汉书》卷七十五《京房传》记载，京房"治《易》，事梁人焦延寿"，延寿字赣，曾作小黄令，卒于任所。《汉书》称焦氏《易》说"长于灾变，分六十四卦，更直日用事，以风雨寒温为候，各有占验"。孟康解释说：

> 分卦直日之法，一爻主一日，六十四卦为三百六十日。余四卦，《震》《离》《兑》《坎》，为方伯监司之官。所以用《震》《离》《兑》《坎》者，是二至二分用事之日，又是四时各专王之气。各卦主时，其占法各以其日

观其善恶也。①

《易经》六十四卦、三百八十四爻，汉世每年为三百六十日，"一爻主一日"，余二十四爻为《震》《离》《兑》《坎》，分主"二分"（春分、秋分）、"二至"（夏至、冬至）。清翟云升《易林校略》后附焦赣《易》说数条，非四言韵语。《汉书·艺文志》所载《易》十三家，《蓍龟》十五家，没有《焦氏易林》。《隋书·经籍志》始著录于五行家。《焦氏易林》中有许多昭、宣之后的事迹，如《需》之《兑》："牡飞门启，患忧大解。"②林辞又见于《渐》之《坤》、《革》之《丰》。"牡"为"门牡"，事见《汉书·五行志》：

成帝元延元年，长安章城门门牡自亡。函谷关次门之牡亦自亡。京房《易传》曰："饥而不损兹谓泰，厥灾水，厥咎牡亡。"《妖辞》曰："关动牡飞，辟为亡道臣为非，厥咎乱臣谋篡。"故谷永对曰："章城门通路寝之路，函谷关距山东之险，城门关守国之固，固将去焉，故牡飞也。"③

京房《易传》所引《妖辞》，李奇释曰："《易·妖变传》辞。""牡飞"这一怪异之事可能发生在汉成帝元延元年（前12）。《同人》之《豫》云：

按民呼池，玉杖文案。鱼如白云，一国获愿。④

"按民呼池"事见《汉书·平帝纪》："（元始二年夏四月）罢安定呼池苑，以为安民县。"师古曰："中山之安定也。池音大河反。"⑤"元始二年"为公元二年。尚秉和注云："呼池即呼沱河。《周礼·职方氏》作滹池，《国策》作呼沱，并同。"⑥"玉杖文案"，汲古阁本作"玉杯天授"。尚秉和认为，"杯"当作

---

① （汉）班固：《汉书》，中华书局1962年版，第3160页。
② 尚秉和：《焦氏易林注》，中国大百科全书出版社2005年版，第98页。
③ （汉）班固：《汉书》，中华书局1962年版，第1401页。
④ 尚秉和：《焦氏易林注》，中国大百科全书出版社2005年版，第236页。
⑤ （汉）班固：《汉书》，中华书局1962年版，第353页。
⑥ 尚秉和：《焦氏易林注》，中国大百科全书出版社2005年版，第235页。

"杖",《后汉书·礼仪志》:"仲秋,县道皆案民比户,年七十授以玉杖。"笔者按,《后汉书·礼仪志》原文为:

> 仲秋之月,县道皆案户比民。年始七十者,授之以王杖,餔之糜粥。八十九十,礼有加赐。王杖长(九)尺,端以鸠鸟为饰。鸠者,不噎之鸟也。欲老人不噎。①

尚氏所云"玉杖"当为"王杖"。"玉杯"二字见之于董仲舒《春秋繁露·玉杯第二》,苏舆注:"《玉杯》《竹林》等名,并不知所取义。《崇文总目》已疑其附会,《玉海》四十云:'《玉杯》《竹林》二篇之名,未有以订之。'"②"玉杯天授"这个典故可能失传。《易林》中"玉杯"又见于卷二《讼》之《晋》:"右手弃酒,左手收桮。行逢礼御,饵得玉杯。"③林辞中可能蕴含着典故,可惜失传了。

《易林》中多处提及"昭君",如《萃》之《益》:"长城既立,四夷宾服。交和结好,昭君是福。"④《萃》之《临》云:"昭君死国,诸夏蒙德。异类既同,宗我王室。"⑤"死国",汲古阁本作"守国"。此"昭君"为元帝宫人王嫱,于汉元帝竟宁元年(前33)和番嫁与匈奴呼韩邪单于,被封为宁胡阏氏,见《汉书·元帝纪》《汉书·匈奴传》。

《明夷》之《咸》:"新作初陵,蹦蹈难登。三驹推车,跌顿伤颐。"《汉书·成帝纪》鸿嘉元年(前20):"幸初陵,赦作徒。"此条林辞所记之事应在鸿嘉元年之前。另外,"鬼瞰其室"(《节》之《临》)一语出自扬雄《解嘲》,这些例证均为焦延寿之后事。明清以来,学者怀疑这部《易林》的作者究竟可能是崔篆。顾炎武认为:"《易林》疑是东汉以后人撰,而托之焦延寿者。"⑥《易林校略》记牟庭(庭相)之语,言为王莽时建新大尹崔篆作。经过余嘉锡、

---

① (晋)司马彪:《后汉书志》,中华书局1965年版,第3124页。
② (清)苏舆撰:《春秋繁露义证》,中华书局1992年版,第23页。
③ 尚秉和:《焦氏易林注》,中国大百科全书出版社2005年版,第111页。
④ 尚秉和:《焦氏易林注》,中国大百科全书出版社2005年版,第803页。
⑤ 尚秉和:《焦氏易林注》,中国大百科全书出版社2005年版,第798页。
⑥ (清)顾炎武著,(清)黄汝成集释:《日知录集释》,花山文艺出版社1991年版,第839页。

胡适等人的研究[1]，今本《焦氏易林》为两汉之际崔篆作，已为学者所接受。

据《后汉书》卷五十二《崔骃列传》记载，崔篆，王莽时为郡文学，后为建信大尹。光武帝建武初，客居荥阳，"著《周易林》六十四篇，用决吉凶，多所占验"。由此可知，《易林》为"占验"卜筮之书，而且在当时就派上了用场。《后汉书》卷六十九《儒林传》记孔僖与崔篆孙崔骃友善，拜临晋令，"崔骃以其《家林》筮之，谓为不吉"。章怀太子注云："崔篆所作《易林》也。"[2] 任昉《齐竟陵文宣王行状》"昔沛献访对于云台"，李善注引《东观汉记》曰：

> 沛献王辅，永平五年秋，京师少雨，上御云台，诏尚席取卦具，自卦，以《周易卦林》占之，其繇曰："蚁封穴户，大雨将及。"[3]

此林辞见于今本《震》之《蹇》。余嘉锡先生认为，崔篆著《周易林》在光武帝建武（25—56）初，《东观汉记》所载之事，在永平五年（62），距书成时已三十余年，沛献王所引正崔氏书也。据余嘉锡考证，今本《焦氏易林》或有题为《崔氏易林》者，唐赵璘《因话录》卷六云："崔相国群之镇徐州，尝以《崔氏易林》自筮，遇《乾》之《大畜》，其繇曰：典册法书，藏在兰台。虽遭乱溃，独不遇灾。"而"焦赣"亦多作"崔赣"[4]，是考证《易林》作者与年代的重要资料。

《易林》属于方术中的占筮用书，其中保存了大量的谶纬资料，此未为学者所注意。谶纬蜂起于西汉末，与王莽当政时大造符命有关，张衡上书云"纬候起于哀、平"（《后汉书·张衡传》），为世人所公认。《易林》与上述谶纬文献互证，可大致判断出这些文献产生的具体时代。崔篆的政治生涯主要集中在西汉末王莽当政时期。对本文来说，对作者及其时代的考订具有重要意义。《易林》采用了《左传》《国语》《战国策》《史记》《诗经》《尚书》《淮南子》

---

[1] 余嘉锡：《四库提要辩证》卷十三，云南人民出版社2004年版，第626页。胡适：《易林断归崔篆的判决书》，中研院史语所集刊论文类编（文献考订编）第二册，中华书局2009年版，第1471页。

[2] （南朝宋）范晔：《后汉书》，中华书局1965年版，第2563页。

[3] （南朝梁）萧统：《文选》，上海书店1988年影印出版，第827页。

[4] 胡适：《易林断归崔篆的判决书》附录《余嘉锡先生来函》，中研院史语所集刊论文类编（文献考订编）第二册，中华书局2009年版，第1494页。

等书中的大量资料，具有重要的文献价值，因为引书俱在，学者已一一钩沉得出；同时《易林》还对汉代小说、诗歌等文学史料有广泛征引，其中尤其对西汉小说史料的搜集具有积极意义。因《虞初新志》之类已亡，西汉小说大半湮灭无闻。《四库提要·小说类》云："屈原《天问》杂陈神怪，多不知所出，意即小说家言。"[①]《易林》与此情况类似，提供了许多西汉小说的故事"线索"。本文在对《易林》几种注本进行校勘的基础上，找出《易林》林辞中的小说"本事"，既方便对《易林》林辞的理解，又借此了解西汉小说。

西汉人开始确立了"小说家"这一名称，桓谭《新论》云："若夫小说家，合丛残小语，近取譬论，以作短书，治身理家，有可观之辞。"[②]（萧统《文选》卷三一江淹《拟李都尉从军诗》李善注引）班固《汉书·艺文志》著录"小说家"，沿袭刘歆《七略》，收小说十五家，千三百八十篇。包括：

（一）《伊尹说》二十七篇。班《志》云："其语浅薄，似依托也。"《艺文志·道家类》载有《伊尹说》五十一篇。陈国庆《彙编》云："《史记·司马相如列传》注引《伊尹说》曰：'箕山之东，青鸟之所，有卢橘夏熟。'当是佚文之仅存者。《吕氏春秋·本味篇》述伊尹以至味说汤，亦云'青鸟之所有甘栌'，说极详尽，然文丰赡而意浅薄，盖亦本《伊尹说》。"[③]有关伊尹的小说近年来颇见于出土文献，如清华简第三册《赤鹄之集汤之屋》，清华简第五册《汤处于汤丘》《汤在啻门》等。

（二）《鬻子说》十九篇。班《志》云："后世所加。"道家有《鬻子》二十二篇。顾实《讲疏》云："此名《鬻子说》，亦必非一书，与《伊尹说》正同。"[④]

（三）《周考》七十六篇。班《志》云："考周事也。"今亡。

（四）《青史子》五十七篇。班《志》云："古史官记事也。"顾实《讲疏》云："亡。青史氏之记，述古胎教（《大戴礼·保傅篇》）。刘勰曰：《青史》曲缀于街谈（《文心雕龙·诸子篇》）。马国翰有辑本。"[⑤]马辑本见《玉函山房辑

---

① （清）永瑢等：《四库全书总目提要》，中华书局1995年版，第1182页。
② （汉）桓谭撰，朱谦之校辑：《新辑本桓谭新论》，中华书局2009年版，第1页。
③ 陈国庆：《汉书艺文志注释汇编》，中华书局1983年版，第159页。
④ 顾实：《汉书艺文志讲疏》，上海古籍出版社2009年版，第161页。
⑤ 顾实：《汉书艺文志讲疏》，上海古籍出版社2009年版，第162页。

佚书·子编·小说家类》）。①

（五）《师旷》六篇。班《志》云："见《春秋》，其言浅薄，本与此同，似因托之。"顾实《讲疏》云："兵阴阳家《师旷》八篇，盖非同书。《师旷》曰：'南方有鸟，名曰羌鹫，黄头赤目，五色皆备。'（《说文·鸟部》引）"师旷之说见于《周书·太子晋解》，《左传》中襄十四年、昭八年以及《国语·晋语八》等书。

（六）《务成子》十一篇。班《志》云："称尧问，非古语。"《韩诗外传》记载："尧学乎务成子附，舜学乎尹寿。"周廷寀云："《荀子·大略》：'尧学于尹畴，舜学于务成昭。'《新序·杂事五》：'尧学乎尹寿，舜学乎务成跗。'"② 顾实《讲疏》云："务成子附与务成昭，盖即一人。"③

（七）《宋子》十八篇。班《志》云："孙卿道宋子，其言黄老意。""宋子"即宋钘，见于《荀子·非十二子》《庄子·天下篇》；又名"牼"，见《孟子·告子篇》；又曰"宋荣子"，见《庄子·逍遥游》《韩非子·显学篇》。马国翰有辑本。④

（八）《天乙》三篇。班《志》云："天乙谓汤，皆依托也。"

（九）《黄帝说》四十篇。亡。

（十）《封禅方说》十八篇，班《志》云："武帝时。"亡。

（十一）《待诏臣饶心术》二十五篇。班《志》云："武帝时。"师古注："刘向《别录》云：'饶，齐人也，不知其姓，武帝时待诏，作书名曰《心术》也。'"⑤

（十二）《待诏臣安成未央术》一篇。应劭曰："道家也，好养生事，为未央之术。"⑥

（十三）《臣寿周纪》七篇。班《志》云："项国圉人，宣帝时。"

（十四）《虞初周说》九百四十三篇。班《志》："河南人，武帝时以方士

---

① （清）马国翰：《玉函山房辑佚书》，广陵书社2005年版，第2861—2862页。
② （汉）韩婴撰，许维遹校释：《韩诗外传集释》，中华书局2009年版，第195页。
③ 顾实：《汉书艺文志讲疏》，上海古籍出版社2009年版，第162页。
④ （清）马国翰：《玉函山房辑佚书·子编·小说家类》，广陵书社2005年版，第2863页。
⑤ （汉）班固：《汉书》，中华书局1962年版，第1745页。
⑥ （汉）班固：《汉书》，中华书局1962年版，第1745页。

侍郎，（号）黄车使者。"应劭曰："其说以《周书》为本。"师古曰："《史记》云：'虞初洛阳人，即张衡《西京赋》"小说九百，本自虞初"者也。'"①张衡《西京赋》云："匪惟翫好，乃有秘书。小说九百，本自虞初。"其中提到"蚩尤秉钺，奋鬣被般。禁御不若，以知神奸。魑魅魍魉，莫能逢旃"，可见里面充斥着神话与怪异之事。《史记·封禅书》曾提及武帝太初元年命丁夫人、雒阳虞初等"以方祠诅匈奴、大宛"事。

（十五）《百家》百三十九卷。

从题目来看，可见小说与子史关系密切。明确著录为西汉武帝时的有《封禅方说》《待诏臣饶心术》《虞初周说》，宣帝时的有《臣寿周纪》，其余均为西汉前的古小说。遗憾的是，这些小说均已散佚，有学者进行过考证辑佚工作，如余嘉锡《小说出于稗官说》②、袁行霈《〈汉书·艺文志〉小说家考辨》③、王齐洲《稗官与才人——中国古代小说考论》（岳麓书社 2010 年版）等。胡应麟《少室山房笔丛·九流绪论下》云：

> 盖《七略》所称小说，惟此（按：指《虞初周说》）当与后世同，方士务为迂怪，以惑主心。《神异》《十洲》之祖袭，有自来矣。④

尚秉和《焦氏易林注·例言》云：

> 《易林》所据之书，如《左》《国》《诗》《书》尚易研讨，最难者谈妖异，说鬼怪，其详盖在《虞初志》诸小说部中，而其书久佚，故明知有故实，而不得其详。⑤

从《易林》创作时代来说，与刘歆《七略》、班固《汉书·艺文志》相近，

---

① （汉）班固：《汉书》，中华书局 1962 年版，第 1745 页。
② 《余嘉锡论学杂著》，中华书局 2007 年版，第 265 页。
③ 《文史》第七辑，中华书局 1979 年版。
④ （明）胡应麟：《少室山房笔丛》，上海书店出版社 2001 年版，第 284 页。
⑤ 尚秉和：《焦氏易林注》，中国大百科全书出版社 2005 年版，第 5 页。

这两部志书中的小说题材自然被《易林》采用，如《需》之《师》："复见空桑，长生乐乡。"① 空桑神话与伊尹有关，有可能出自《伊尹说》，其本事见于《吕氏春秋·本味篇》："有侁氏之女采桑，得婴儿于空桑之中，母居伊水之上，故命之为伊尹。"王应麟《汉志考证》认为《吕览·本味》出自《伊尹说》。②《坤》之《益》"鹤盗我珠，逃于东隅"③，与师旷有关，有可能出自《师旷》六篇。《后汉书·苏竟传》云："猥以《师旷》杂事，轻重眩惑。"注云："杂占之书也。"《后汉书·方术传序》云："师旷之书。"注云："占灾异之书也，今书《七志》有《师旷》六篇。"④《隋书·经籍志》"五行类"著录《师旷占》五卷、《师旷书》三卷以及《师旷记》一卷。西汉小说之类型与方士活动密切相关。王瑶先生《小说与方术》认为，《艺文志》载《虞初周说》九百四十三篇，注称武帝时方士，则小说兴于武帝时；张衡言小说"本自虞初"，也就是说，小说出自方士；汉世所谓小说家者，即指方士之言；汉魏六朝对于小说的观念和小说的内容，都和这起源有关系。⑤ 而《易林》为占卜之书，属于典型的"方术"，与小说同源。在《易林》中，应该采用了许多古小说的材料。

一、《易林》与西汉末谶纬小说

值得注意的是，《易林》中征引了许多谶纬材料，可以作为《易林》产生于西汉末年的证据。《后汉书·方术传序》云：

> 王莽矫用符命，及光武尤信谶言，士之赴趣（趋）时宜者，皆驰骋穿凿，争谈之也。……自是习为内学，尚奇文，贵异数，不乏于时矣。⑥

---

① 尚秉和：《焦氏易林注》，中国大百科全书出版社 2005 年版，第 83 页。
② （宋）王应麟：《汉书艺文志考证》，《二十五史补编》第二册，中华书局 1955 年版，第 1419 页。类似说法见严可均《全上古三代秦汉南北朝文》，中华书局 1958 年版，第 15 页。袁行霈《〈汉书·艺文志〉小说家考辨》，载《文史》第七辑，中华书局 1979 年版，第 182 页。
③ 尚秉和：《焦氏易林注》，中国大百科全书出版社 2005 年版，第 33 页。
④ （南朝宋）范晔：《后汉书》，中华书局 1965 年版，第 2704 页。
⑤ 王瑶：《中古文学史论》，北京大学出版社 1986 年版，第 102 页。
⑥ （南朝宋）范晔：《后汉书》，中华书局 1965 年版，第 2705 页。

"内学",李贤注:"谓图谶之书也。其事祕密,故称内。"①《后汉书·张衡传》记载张衡上书云:"立言于前,有征于后,故智者贵焉,谓之谶书。谶书始出,盖知之者寡。"②《说文·言部》:"谶,验也。"如《尚书·帝命验》之类。方士之徒喜为诡秘谲语,所谓"丛言隐怪"(《易通卦验》)、"率多隐语,难可卒解"(《抱朴子·内篇序》),称为"内学",又名"秘经""灵篇"等。陈槃《谶纬命名及其相关之诸问题》认为:"故祕、内、灵之称,可互施于一切谶纬。检见存谶纬书目,以'祕'名篇者,《河图》类有《祕征》,《易》类有《雌雄祕历》,《春秋》类有《祕事》等;以'内'名篇者,《河图》类有《内元》,《河洛》合篇有《河洛内记》,《易》类有《内篇》《内传》,《诗》类亦有《内传》等。"③谶纬是"方士化儒生"采用阴阳五行理论,编造故事,对儒家经典进行解说,对"怪力乱神"尤其感兴趣,很多出自方士们的想象和创造,与小说关系密切。

《后汉书·方术传》所谓"王莽矫用符命",指王莽利用所谓"五德终始说"以及图谶之学大造舆论,编造所谓"凤凰衔书"、尧舜禅让等故事,实现改朝换代。相传"汉承尧后",而自己属于所谓大舜后裔。《汉书·王莽传》云:"虞帝之先,受姓曰姚,其在陶唐曰妫,在周曰陈,在齐曰田,在济南曰王。"④所以举动行事往往依据《尚书·舜典》而立义,因为自己曾为大司马,公卿上书称述其功德,往往投其所好,比德于大舜,多引《舜典》之文,如"《书》曰:舜让于德不嗣",师古曰:"舜自让德薄,不足以继尧之事也。"⑤当时朝野盛传"汉十二世三七之厄",改朝换代的舆论环境已经很成熟。这时方士哀章伪造"金匮神嬗"(师古注:"嬗",古禅字,言有神命使汉禅位于莽也"),在此情况下,王莽就顺理成章地由"假皇帝"而"即真"了。发布诏令云:

---

① (南朝宋)范晔:《后汉书》,中华书局1965年版,第2705页。
② (南朝宋)范晔:《后汉书》,中华书局1965年版,第1912页。
③ 陈槃:《古谶纬研讨及其书录解题》,上海古籍出版社2010年版,第146页。
④ (汉)班固:《汉书》,中华书局1962年版,第4105页。
⑤ (汉)班固:《汉书》,中华书局1962年版,第4057页。

予以不德，托于皇初祖考黄帝之后，皇始祖考虞帝之苗裔，而太皇太后之末属，赤帝汉氏高皇帝之灵，承天命，传国金策之书，予甚祗畏！敢不钦受！①

王莽建立新朝之后，在宗庙、明堂等建筑中"宗祀"黄帝及虞舜。在图谶之书中，黄帝、虞舜占有突出位置，与王莽时期"大造符命"密切相关，主要保存在《河图》《洛书》之中。谶纬编造了古帝王黄帝、尧、舜、禹、周文王、孔子的神话，在《易林》中也有反映。如《乾》之《丰》："大微帝宰，黄帝所值。藩屏周卫，不可得入，常安无患。"②"大微"即"太微垣"，为"三台"之一。又如《讼》之《贲》："紫阙九重，尊严在中。黄帝尧舜，履行至公。冠带垂裳，天下康宁。"③黄帝与尧舜均见之于《史记·五帝本纪》，中间隔了不知多少个世代。《易林》将这三位古帝王撮合在一起，与西汉晚期王莽的"符命"之说，不能说没有联系。《泰》之《益》："凤凰衔书。"④"凤凰衔书"故事出自纬书，一说为黄帝时事，《河图录运法》云：

黄帝坐玄扈阁上，与大司马容光、左右辅将周昌等百二十人，观凤凰衔书。⑤

方士喜言黄帝，《汉志》中记录托名为黄帝之书如《黄帝四经》《黄帝铭》等达十九种之多，黄帝常见于谶纬，而《易林》中的黄帝故事，也多与谶纬有关，《讼》之《革》："黄帝建元，文德在身。"⑥此林辞可能是在为王莽"即真"而张本了。

"凤凰衔书"之另一说为周文王时事，据《尚书中候》云："周文王为西伯，季秋之月甲子，赤雀衔丹书入丰鄗，止于昌户，乃拜稽首受取，曰：姬昌

---

① （汉）班固：《汉书》，中华书局1962年版，第4095页。
② 尚秉和：《焦氏易林注》，中国大百科全书出版社2005年版，第17页。
③ 尚秉和：《焦氏易林注》，中国大百科全书出版社2005年版，第107页。
④ 尚秉和：《焦氏易林注》，中国大百科全书出版社2005年版，第207页。
⑤ 〔日〕安居香山、中村璋八：《纬书集成》，河北人民出版社1994年版，第1164页。
⑥ 尚秉和：《焦氏易林注》，中国大百科全书出版社2005年版，第115页。

苍帝子，亡殷者纣也。"[1]（又见《洛书·灵准听》）又《讼》之《乾》："文王四乳，仁爱笃厚。"此说出自《淮南子·修务训》，又见纬书《春秋元命苞》。

在纬书中，大舜格外受推崇，这与谶纬产生的时代密切相关。西汉末年为给王莽登基造舆论，盛传尧舜禅让之风。汉帝承尧，在汉代几乎成了统一意识。《后汉书·苏竟传》载，刘龚为刘歆兄子，为寇谋主，于是苏竟去书劝降，责刘龚以"《师旷杂事》轻自炫惑"，文云："夫孔丘祕经，为汉赤制，玄包幽室，文隐事明，且火德承尧，虽昧必亮。""孔氏祕经"指的是谶纬之书，汉主火德，其色赤，用五德终始说来分析，承接尧帝。纬书中称引大舜，也与王莽大造"符命"有关。《论语撰考谶》云："尧舜升登首山，观河渚。有五老游于河渚，相谓曰：'河图将来，告帝期。'五老流星上昴，有顷，赤龙负玉苞舒图出，尧与大舜等共发曰：'帝当枢百则禅虞。'尧喟然叹曰：'咨！尔舜，天之历数在尔躬。'"[2]《河图》《洛书》均为王莽时期所造符命。

《讼》之《否》：

数穷廓落，困于历室。幸登玉堂，与尧侑食。

丁晏《释文》云："历室，即舜耕稼时困于历山之室，其后与尧侑食也。"[3]《讼》之《观》云："历山之下，虞舜所处。躬耕致孝，为尧所荐。"大舜"困于历室"指为父瞽瞍、弟象所困，事见《孟子·万章上》，为"齐东野人"之语。尧舜禅让为古史上著名传说，在上博简《容成氏》中也记载了这一传说故事，云：

（简13）昔舜耕于历丘，甸（陶）于河滨，鱼于雷泽，孝养父母，以善其新（亲）。乃及邦子。尧闻之，而美其行。尧于是乎为车十又五乘，以三从舜于岣（畎）亩之中……舜（简八）于是乎始语尧天、地、人、民之道。与之正（政），悦简以行；与之言乐，悦和以长；与之言礼，悦敂

---

[1] 〔日〕安居香山、中村璋八：《纬书集成》，河北人民出版社1994年版，第411页。
[2] 《太平御览》卷八十一，上海古籍出版社2008年版，第1册，第769页。
[3] （清）丁晏：《易林释文》，《续修四库全书》1055本，第351页。

以不逆。尧乃悦。①

此段记载又见诸《尸子》:"尧闻其贤,征诸草茅之中,与之言礼乐而不逆;与之语政,至简而易行;与之语道,广大而不穷。"②《易林》林辞可以与此互证。《乾》之《中孚》:

舜升大禹,石夷之野。征诣王庭,拜治水土。

"石夷"之说出自《洛书灵准听》:"禹出石夷,掘地代,戴成钤,怀玉斗。"③而历史传说是禹生石纽,谯周《蜀本纪》云:"禹本汶山广柔县人,生于石纽。"《吴越春秋·越王无余外传第六》记载,鲧娶女嬉,吞薏苡,剖肋而生禹,"家于西羌,地曰石纽,在蜀西川也"。④宋代乐史《太平寰宇记·剑南西道七》"汶川县"条记载:"纽村在县一百四十里,《郡国志》云:纽村,禹生于石纽。按《十道录》云:纽是秦州地名,未知孰是。"⑤丁晏《易林释文》云:"翟(云升)云:《路史·后纪》:秦宓曰:禹生石纽,山在西番界龙冢山之原,长于西羌,西夷之人也。《洛书》曰:有人出石夷,言石纽之夷也。"⑥据此可知,《易林》林辞取自《洛书》。

"西狩获麟"为《春秋》绝笔,见《左传》哀十四年,叔孙氏之车子鉏商获麟。在纬书中发挥甚多,《春秋演孔图》认为"薪采得麟"是"赤受命,仓失权,周灭火起"的符应⑦,"仓"即"苍",为周之服色,"赤"为西汉之服色。《讼》之《同人》:

---

① 马承源主编:《上海博物馆藏战国楚竹书》(二),上海古籍出版社 2002 年版,图版第 100、105 页。
② (周)尸佼撰,(清)汪继培辑:《尸子》,华东师范大学出版社 2009 年版,第 48 页。
③ 〔日〕安居香山、中村璋八:《纬书集成》,河北人民出版社 1994 年版,第 1256 页。
④ (汉)赵晔著,周生春注:《吴越春秋辑校汇考》,上海古籍出版社 1997 年版,第 101 页。
⑤ (宋)乐史:《宋本太平寰宇记》第七十八卷,中华书局 1998 年版,第 4 页。
⑥ (清)丁晏:《易林释文》,《续修四库全书》第 1055 本,第 345 页。
⑦ 〔日〕安居香山、中村璋八:《纬书集成》,河北人民出版社 1994 年版,第 579 页。

> 子鉏执麟，春秋作经。玄圣将终，尼父悲心。①

谶纬认为《春秋》是孔子为西汉制法之书。孔子被尊为"玄圣"，《后汉书·班固传》注引《演孔图》云："孔子母征在梦感黑龙而生孔子，故曰玄圣。"②

除了上述古帝传说之外，《易林》中征引纬书的例子很多，《屯》之《离》：

> 阴变为阳，女化作男。治道得通，君臣相承。③

至于阴变为阳、女化作男这些怪异现象，何以与"治道得通，君臣相承"联系起来，《易林》没有说。丁晏《释文》云："京房《易传》曰：女子化为丈夫，兹谓阴昌，贱人为王。一曰女化为男，妇政行也。"④西汉晚期如成帝、哀帝时期因为继嗣之君出现问题，而出现女主当朝的局面，林辞可能与这一情势有关。但在《春秋潜潭巴》之中则是另外一番解释："贤人去位，天子独居，则女化为丈夫。"⑤相对来说，纬书的解释更符合汉儒解经的习惯。

《泰》之《大有》："生直地乳，上皇大喜。""地乳"即醴泉，出自《洛书甄耀度》："政山在昆仑西南，为地乳。"《井》之《渐》："黄虹之野，贤君在位。管叔为相，国无灾殃。"《太平御览·休征部》引《孝经援神契》云："黄虹抱日，辅臣纳忠。"⑥《恒》之《夬》云：

> 争鸡失羊，亡其金囊，利不得长。⑦

《易·筮类谋》云："太山失金鸡，西岳亡玉羊。鸡失羊亡，臣从（纵）恣，主方佯。"⑧托名东方朔的《神异经》中记载了"金鸡"的神话："大荒之东

---

① 尚秉和：《焦氏易林注》，中国大百科全书出版社2005年版，第104页。
② 〔日〕安居香山、中村璋八：《纬书集成》，河北人民出版社1994年版，第576页。
③ 尚秉和：《焦氏易林注》，中国大百科全书出版社2005年版，第49页。
④ （清）丁晏：《易林释文》，《续修四库全书》第1055本，第348页。
⑤ 〔日〕安居香山、中村璋八：《纬书集成》，河北人民出版社1994年版，第1269页。
⑥ 〔日〕安居香山、中村璋八：《纬书集成》，河北人民出版社1994年版，第973页。
⑦ 尚秉和：《焦氏易林注》，中国大百科全书出版社2005年版，第573页。
⑧ （明）孙瑴：《古微书》，山东友谊书社1990年据嘉庆对山问月楼藏版影印，第347页。

极……扶桑山，有玉鸡，玉鸡鸣则金鸡鸣，金鸡鸣则石鸡鸣，石鸡鸣则天下之鸡悉鸣，潮水应之矣。"《神异经》旧题东方朔撰，晋张华注，而《汉志》未著录，《隋志》"地理类"作一卷，学者疑其出于伪托。胡应麟《少室山房笔丛·神异经》认为："以其文格，近齐梁间人所为。"周中孚《郑堂读书记·神异经》、余嘉锡《四库提要辩证·神异经》："观其词华缛丽，格近齐梁，当由六朝文士影撰而成。"而"扶桑金鸡"又见于《括地图》："桃都山有大桃树，盘屈三千里，上有金鸡，日照入，此鸡则鸣，于是晨鸡悉鸣。"[①] 这一说法源出纬书，而为人们所喜爱。《易林》征引如此多的谶纬故事，可见其不可能出自西汉昭、宣时期的焦赣（延寿）。

二、《易林》繇辞与西汉记异小说

记异小说与古代地理博物之学关联紧密，可说是方士的专学。"异者，异于常也"（《释名·释天》），常与灾异、妖异、变异等词相联系，指天地万物间的反常现象，是卜筮之"物占""杂占"之类占候射伏之书的重要素材。后世志怪小说书名含"异"字特多，如《异林》《异苑》《异说》《列异传》《古异传》《甄异传》《录异传》《异闻记》《述异记》《神异经》《旌异记》等。[②]《易林》取象宏富，绝大多数为动植物，有些象喻背后的故事在后世小说中还能找到一些踪迹。

（一）飞禽类，包括乌鸦、鹤、鸡、枭等林辞

《坤》之《蒙》："城上有乌，自名破家。招呼鸩毒，为国患灾。"取乌鸦呼叫声如"破家"，为当时禁忌语。《师》之《颐》：

---

① （隋）杜台卿：《玉烛宝典》卷一，黎庶昌《古逸丛书》影旧钞卷子本，江苏广陵古籍刻印社1994年版，第415页。《括地图》已佚，王谟《汉唐地理书钞》（中华书局2006年版）、黄奭《汉学堂丛书》（广陵书社2004年版）有辑本。

② 李剑国：《唐前志怪小说史》，天津教育出版社2005年版，第15页。

鸦鸣庭中，以戒灾凶。重门击柝，备不速客。

《易林》中的"乌"有预报吉凶的说法，繇辞中的"鸦鸣庭中"成了凶灾的预警，即"以戒灾凶"。钱钟书云：

《旅》之《困》作"鸦噪庭中"，俗忌乌鸣，以为报凶。《艺文类聚》卷九二引晋成公绥《乌赋》，称"乌之为瑞久矣"，嘉其为"祥禽""善禽""令鸟"，是古亦有以鸦报喜之说。①

除此之外，"乌"又称为"慈乌"，如《随》之《小过》：

慈乌鸤鸠，执一无尤。寝门内治，君子悦喜。②

《诗经·曹风·鸤鸠》云："鸤鸠在桑，其子七兮。淑人君子，其仪一兮。""鸤鸠"即布谷鸟。《尔雅·释鸟》"鸤鸠"条下，郭璞注云："今之布谷也，江东呼为护谷。"③汉乐府《相和歌辞三》中有《乌生八九子》古辞，云：

乌生八九子，端坐秦氏桂树间。唶！我秦氏家有游遨荡子，工用睢阳强，苏合弹，左手持强弹，两丸出入乌东西。唶！我一丸即发中乌身，乌死魂魄飞扬上天。阿母生乌子时，乃在南山岩石间。唶！我人民安知乌子处，蹊径窈窕安从通？④

这首诗借"乌子"之死，讲述生命过程充满了危险，《乐府解题》云："寿命各有定分，死生何叹前后也。"这首诗开始营造了一个温馨的氛围，紧接着

---

① 钱钟书：《管锥编》第二册，中华书局1986年版，第554页。
② 尚秉和：《焦氏易林注》，中国大百科全书出版社2005年版，第312页。
③ （清）郝懿行：《尔雅义疏》，台北汉京文化事业有限公司1985年据清同治四年刻本影印，第1222页。
④ （宋）郭茂倩：《乐府诗集》，中华书局1979年版，第408页。

被一颗致命的弹丸打破了，成了一个悲伤的故事，令人体会到"乌子"之"阿母"心境的悲凉。一解"喈我"为感叹语。尹湾汉简《神乌傅（赋）》云："鹎蜚（飞）之类，乌最可贵，其姓（性）好仁，反哺于亲。"①这些"慈乌"故事与《易林》同调。晋王嘉《拾遗记》记春秋晋文公焚林以求介子推，乌鸦救之，因此呼为"仁乌""慈乌"。②此说与林辞无关。《坤》之《益》云：

鹤盗我珠，逃于东隅。求之郭墟，不见所居。③

丁晏《易林释文》云："《贲》之《噬嗑》曰：黄鹤失珠，无以为明。毛本作鹄。"认为此故事出自孙柔之《瑞应图》："晋平公鼓琴，有元（玄）鹤二双而下，衔明珠舞于庭，一鹤失珠，觅得而走，师旷掩口而笑。"④此故事与《师旷》有关。《小畜》之《萃》云：

白鹤衔珠，夜食为明。怀安德音，身受光明。

《噬嗑》之《恒》作"夜室为明"。元刊本《易林注》引《搜神记》云："有鹤为弋人所射，穷而归浍参。参收养疗治，疮愈而放之。后鹤夜到门外，参执烛视之，鹤雌雄双至，各衔明珠以报参焉。"⑤珠除了"夜明"之外还有"消暑"作用，《太平广记》卷二《燕昭王》记昭王"得神鸟所衔洞光之珠，以消烦暑"。⑥"珠"中有称为"鲛珠"者，据说出自南海"鲛人"，《需》之《临》：

没游源口，求鲛为宝。家危自惧，复出生道。⑦

---

① 虞万里：《尹湾汉简〈神乌傅〉笺释》，《学术集林》，上海远东出版社1997年版，第204页。
② （晋）王嘉撰，（梁）萧绮录，齐治平校注：《拾遗记》，中华书局1981年版，第69页。
③ 尚秉和：《焦氏易林注》，中国大百科全书出版社2005年版，第33页。
④ （清）丁晏：《易林释文》，《续修四库全书》第1055本，第347页。
⑤ 元刊本《易林注》十六卷，《续修四库全书》第1054本。所引《搜神记》见清张海鹏《学津讨原》第12册，广陵书社2008年版，第303页。
⑥ （宋）李昉等编：《太平广记》卷二，中华书局2010年版，第8页。
⑦ 尚秉和：《焦氏易林注》，中国大百科全书出版社2005年版，第86页。

此林辞不知有没有故事，从字面上分析，可能因为"家危自惧"，却没曾想得到大"鲛珠"，因此生计出现了转机，其情节可能与明代小说《今古奇观》中《转运汉巧遇洞庭红》中的文若虚一样。《搜神记》卷十二云："南海之外有鲛人，水居，如鱼，不废织绩，其眼泣则能出珠。"[1] 李商隐《锦瑟》"沧海月明珠有泪"取象于此；所谓"南海之外"当指广西合浦。谢承《后汉书》记载，孟尝为合浦太守，当地民风采珠交换米食。而前任太守贪污腐败，将珠尽归己有。"珠忽徙去，合浦无珠，饿死者盈路"，于是孟尝推行儒家教化，一年之后，珠又回来了。这也就是"合浦还珠"的典故。[2] 而"鲛人泣珠"之"珠"为"鲛珠"，《增潜确类书》曰："龙珠在颔，鲛珠在皮，蛇珠在口，鳖珠在足，鱼珠在眼，蚌珠在腹。然则蚌珠为多，余则偶有之耳。"[3] 可见"鲛珠"因为其稀有而珍贵，而蚌珠多有，就不那么贵重了。

《大有》之《井》云：

光祀春成，陈宝鸡鸣。阳明失道，不能自守，消亡为咎。[4]

《史记·秦本纪》："（文公）十九年，得陈宝。"《汉书·郊祀志》云：

秦文公获若石，于陈仓北阪城祠之。其神来常以夜，光辉若流星，从东方来，集于祠城，其声殷殷，若雄雉野鸡夜鸣，名曰陈宝，作陈宝祠。

陈宝故事见《搜神记》卷八《陈仓祠》、《列异传》、《类聚》九十、《御览》九百十七。鲁迅《古小说钩沉》整理如下：

秦穆公时，陈仓人掘地得异物，其形不类猪，亦不似羊，众莫能名。

---

[1] （晋）干宝著，汪绍楹校注：《搜神记》，中华书局1979年版，第154页。本条又见《艺文类聚》六五、八四，《太平御览》八〇三引作《搜神记》。本事见《博物志》九、《文选·吴都赋》注，亦见《洞冥记》二、《述异记》下。

[2] （清）张英、王士禛等撰：《渊鉴类函》，上海古籍出版社2008年版，第10册，第690页。

[3] （清）张英、王士禛等撰：《渊鉴类函》，上海古籍出版社2008年版，第10册，第686页。

[4] 尚秉和：《焦氏易林注》，中国大百科全书出版社2005年版，第260页。

牵以献穆公,道逢二童子。童子曰:"此名为媪(《御览》作蝹),常在地下食死人脑。若欲杀之,以柏插其头。"媪复曰:"彼二童子,名为陈宝,得雄者亡,得雌者霸。"陈仓人舍媪逐二童子,童子化为雉,飞入平林。陈仓人告穆公,穆公发徒大猎,果得其雌。又化为石,置之汧渭之间。至文公,为立祠,名陈宝。雄飞南集,今南阳雉县其地也。秦欲表其符,故以名县。每陈仓祠时,有赤光长十余丈,从雉县来,入陈宝祠中,有声如雄鸡。①

《师》之《旅》:"张弓祝鸡,雄父飞去。"古有"祝鸡"之术,刘向《列仙传》曰:"祝鸡翁者,雒人也。居于尸乡北山下,养鸡百余年,鸡有千余头,皆立名字。暮栖树上,昼放散之。欲引呼名,即依呼而至。"②《艺文类聚》卷九十一引《博物志》:"祝鸡公养鸡法,今世人呼鸡曰祝祝,起此也。"③但《易林》林辞出自《说苑》卷八《尊贤》:"田让曰:犹举杖而祝狗,张弓而祝鸡。虽有香饵而不能致,害之必也。""雄父",公鸡也。《困》之《节》:"雄父夜鸣",《宋书·五行志二》载东晋孝武帝司马曜太元(376—396)末京口谣曰:"黄雌鸡,莫作雄父啼。一旦去毛衣,衣被拉飒拪。"下文记载"寻王恭起兵诛王国宝,旋为刘牢之所败也。"④《晋书·五行志中》与此同,而补"故言'拉飒栖'也","拉飒拪"之"拪"作"栖"。⑤民间称"王恭"为"黄头小儿",《宋书·五行志二》载:"王恭在京口,民间忽云:'黄头小儿欲作贼,阿公在城下,指缚得。'又云:'黄头小儿欲作乱,赖得金刀作藩扞。''黄'字上,'恭'字头也。'小人','恭'字下也。寻如谣者言焉。"⑥"黄头小儿"即"恭"字,"金刀"即"刘"(谶纬拆分为"卯金刀")。上文之"黄雌鸡"意同"黄头小儿",指王恭。

鸱枭即猫头鹰,为"恶声"之鸟,多为《易林》取象。《豫》之《恒》:

---

① 鲁迅:《古小说钩沉》,齐鲁书社1997年版,第81页。
② (汉)刘向:《列仙传》,上海古籍出版社1990年版,第12页。
③ (唐)欧阳询:《艺文类聚》,上海古籍出版社1999年版,第1585页。
④ (南朝宋)沈约:《宋书》,中华书局1974年版,第918页。
⑤ (唐)房玄龄:《晋书》,中华书局1974年版,第847页。
⑥ (唐)房玄龄:《宋书》,中华书局1974年版,第918页。

心多恨悔，出言为怪。枭鸣室北，声丑可恶，请谒不得。①

此说出自《说苑·辨物》云：“齐景公为露寝之台，成而不通。柏常骞曰：'台成，君何为不通？'公曰：'枭昔者鸣，其声无不为，吾恶之甚。'”可见人之"出言为怪"堪比鸱枭之"声丑可恶"，向宗鲁引《鲁连子》曰："先生之言，有似枭鸣。"②《说苑》卷十六《谈丛》记枭与鸠的对话：

枭逢鸠。鸠曰："子将安之？"枭曰："我将东徙。"鸠曰："何故？"枭曰："乡人皆恶我鸣，以故东徙。"鸠曰："子能更鸣可矣，不能更鸣，东徙犹恶子之声。"③

枭、鸠之间的"鸟儿问答"很有趣味，这则寓言具有很深的寓意。鸱枭为恶声之鸟，《大雅·瞻卬》云："懿厥哲妇，为枭为鸱，妇有长舌，维厉之阶。乱匪降自天，生自妇人。"朱熹注云："哲妇，盖指褒姒也。"④ "长舌"喻指妇女之多言，喜搬弄是非，往往成为祸乱之阶梯，就像鸱鸮一样令人讨厌。《屯》之《夬》：

有鸟来飞，集于宫（按：汲古本作"古"）树。鸣声可恶，主将出去。⑤

此不祥之鸟恐怕即为鸱枭。鸱枭又名"鹏鸟"，贾谊《鹏鸟赋并序》记载，贾谊为长沙王傅，有鹏鸟进入其室。"鹏似枭，不祥鸟也"，按照当地风俗，鹏鸟进入人家，主人将死。于是贾谊创作此赋，用庄周"齐生死"之理，以自宽慰。文云：

---

① 尚秉和：《焦氏易林注》，中国大百科全书出版社2005年版，第287页。
② （汉）刘向撰，向宗鲁校证：《说苑校证》，中华书局1987年版，第401页。
③ （汉）刘向撰，向宗鲁校证：《说苑校证》，中华书局1987年版，第401页。
④ （宋）朱熹：《诗经集传》，上海古籍出版社1987年版，第150页。
⑤ 尚秉和：《焦氏易林注》，中国大百科全书出版社2005年版，第53页。

单阏之岁兮,四月孟夏,庚子日斜兮,鵩集余舍,止于坐隅兮,貌甚闲暇。异物来萃兮,私怪其故;发书占之兮,谶言其度,曰:野鸟入室兮,主人将去。①

"鵩鸟"仿佛是黑暗世界的使者,前来索命的。鸱鸮声音虽然难听,长相倒是很有幽默感的,《易林》中有一些轻松的繇辞,如《明夷》之《艮》:"鸱枭娶妇,深目窈身。折腰不媚,与伯相背(按:汲古本作"悖")。"② 举譬新奇可喜,不知这"鸱枭娶妇"排场有多大,有故事否?

(二) 走兽类

《易林》中反复出现虎、猬、鹊三者一物降一物的故事,《明夷》之《小过》云:"虎怒捕羊,猬不能攘。"《豫》之《比》:"虎饥欲食,为蝟所伏。"蝟、猬即刺猬。《比》之《丰》:

李耳彙鹊,更相恐怯。偃尔以腹,不能距格。③

《随》之《否》云:

鹿求其子,虎庐之里。唐伯李耳,贪不我许。④

丁晏《易林释文》云:"《广雅·释兽》:'於菟、李耳,虎也。'《尔雅·释兽》:'彙,毛刺。'注云:'今猬。'""李耳"即虎,扬雄《方言》云:"虎:陈、魏、宋、楚之间或谓之李父,江、淮、南楚之间谓之李耳。"据华学诚

---

① (南朝梁)萧统:《文选》,日本足利学校藏宋刊明州本六臣注《文选》,人民文学出版社 2011 年版,第 208—209 页。
② 尚秉和:《焦氏易林注》,中国大百科全书出版社 2005 年版,第 651 页。
③ 尚秉和:《焦氏易林注》,中国大百科全书出版社 2005 年版,第 155 页。
④ 尚秉和:《焦氏易林注》,中国大百科全书出版社 2005 年版,第 300 页。

先生《方言》考证，"李父""李耳"为湘西古民族（如土家族）语言对"公虎""母虎"的称谓，其发音与二词相同。[1] 应劭《风俗通》云："呼虎为李耳，俗说虎本为南郡中卢、李氏公所化，为呼李耳因喜。"[2] 此条得自传说。楚人谓虎为"班"，有时称"班叔"或者"斑儿""斑子"，"班"为虎文，《春秋考异邮》："虎，班文者，阴阳杂也。"[3] 班、斑、般古通。这种称呼在唐代依然如此，《太平广记》所引《广异记》中记载几则唐代故事，如《斑子》记载，岭南山中有山精，名叫"山魈"。岭南人称雄山魈为"山公"，雌者为"山姑"。山公喜金钱，山姑喜脂粉，若得到施舍就会获得山魈一路保护。下面记载：

> 唐天宝中，北客有岭南山行者，多夜惧虎。欲上树宿，忽遇雌山魈。其人素有轻赍，因下树再拜，呼山姑。树中遥问："有何货物？"人以脂粉与之，甚喜，谓其人曰："安卧无虑也。"人宿树下。中夜有二虎欲至其所，山魈下树以手抚虎曰："斑子，我客在，宜速去也。"二虎遂去。[4]

古小说中，山魈视虎为玩物，称虎为"斑子"，又见诸同卷《刘荐》条。[5] 传说故事中，虎除了害怕山魈外，还惧怕刺猬。《蹇》之《艮》：

> 登山履谷，与虎相触，猬为功曹，班叔奔北，脱之喜国。[6]

《史记·龟策传》注引郭璞云："猬能制虎，见鹊则仰腹。"相传刺猬能制猛虎，却害怕喜鹊。《乾》之《萃》："如猬见鹊，不敢拒格。"《说苑·辨物》记师旷对晋平公云："鹊食猬，猬食骏蚁，骏蚁食豹，豹食駮，駮食虎。"此说或出自《师旷》六篇。《太平广记》卷二四八引《启颜录》，记隋代侯白为杨玄

---

[1] 华学诚：《扬雄方言校释汇证》上册，中华书局 2006 年版，第 537 页。
[2] （汉）应劭撰，王利器校注：《风俗通义校注》，中华书局 2010 年版，第 357 页。
[3] 〔日〕安居香山、中村璋八：《纬书集成》，河北人民出版社 1994 年版，第 785 页。
[4] （宋）李昉等编：《太平广记》，上海古籍出版社 1990 年版，第四册，第 193 页下栏、第 194 页上栏。
[5] （宋）李昉等编：《太平广记》，上海古籍出版社 1990 年版，第四册，第 194 页上下栏。
[6] 尚秉和：《焦氏易林注》，中国大百科全书出版社 2005 年版，第 705 页。

感"说一个好话"(即讲一个好故事),云:

> 有一大虫,欲向野中觅肉,见一刺猬仰卧,谓是肉脔,欲衔之。忽被猬卷着鼻,惊走,不知休息,直至山中,困乏,不觉昏睡,刺猬乃放鼻而去。

至于下文"大虫忽起欢喜,走至橡树下,低头见橡斗,乃侧身语曰:旦来遇见贤尊,愿郎君且避道"①,则属侯白的即兴发挥了,橡子或"橡斗"有点像刺猬的袖珍版,侯白早前见过杨玄感的父亲杨素,所以即兴发挥,令人解颐。

《坤》之《临》记载"龙虎斗"故事:

> 白龙赤虎,战斗俱怒。蚩尤败走,死于鱼口。②

翟云升云,"鱼口"当作"鲁首"。③《同人》之《比》云:"白龙黑虎,起伏俱怒,战于阪泉。"《蒙》之《坎》:"虎啮龙指,太山之崖。"这一"龙虎斗"的故事,可能源于民间求雨故事。钱钟书《管锥编》云:

> 《太平广记》卷四二三引《尚书故实》:"南中旱,即以长绳引虎头骨投有龙处。"正欲激二物使怒斗,俾虎啸风生,龙起云从,而雨亦随之。苏轼《起伏龙行》:"赤龙白虎战明日",其《白水山佛济岩》:"潜鳞有饥蛟,掉尾取渴虎。"苏辙《栾城集》卷一《久旱府中取虎头骨投邢山潭水得雨戏作》:"龙知虎猛心已愧,虎知龙懒自增气,山前一战风雨交,父老晓起看麦苗。"④

猿猴盗妇故事,见于《坤》之《剥》:

---

① (宋)李昉等编:《太平广记》,中华书局 2010 年版,第 1920 页。
② 尚秉和:《焦氏易林注》,中国大百科全书出版社 2005 年版,第 26 页。
③ (清)翟云升:《焦氏易林校略》,《续修四库全书·子部·术数》第 1055 本,第 26 页。
④ 钱钟书:《管锥编》第二册,中华书局 1986 年版,第 545 页。

南山大玃，盗我媚妾。怯不敢逐，退而独宿。①

《尔雅·释兽》云："玃父善顾。"注："玃，似猕猴而大，能攫持人。"《广韵》："玃，大猿也。"《博物志》卷三《异兽》云："蜀山南高山上，有物如猕猴，长七尺，能人行，健走，名曰猴玃，同（"伺"）行道妇女好者辄盗而去。"② 故事很长。《太平广记》卷四四四《欧阳纥》（即《补江总〈白猿传〉》可能据此敷衍而成。谓梁将欧阳纥之妻为大白猿攫去，欧阳纥率军入山林，刺杀白猿。不幸的是，其妻已怀白猿之子。③ 鲁迅先生认为是唐人借小说"污蔑"欧阳询的。④《唐语林》记载，唐太宗令赵公长孙无忌作诗，嘲弄欧阳询，云："耸膊成山字，埋肩不出头。谁叫（一作家）麟阁上，画此一猕猴。"⑤ 这则故事又见诸孟棨《本事诗》、刘𫗧《隋唐嘉话》等书。欧阳询的画像没有传下来，读者可以据这首歪诗去想象欧阳询的容貌。

《易林》中保存了一些狐故事，《咸》之《贲》：

雄狐绥绥，登上崔嵬。诏告显功，大福允兴。⑥

此故事见于东汉赵晔《吴越春秋·越王无余外传》：

禹到涂山，乃有白狐九尾，造于禹。禹曰：白者，吾之服也。九尾者，王之证也。《涂山之歌》曰：绥绥白狐，九尾庞庞，我家嘉夷，来宾为王。⑦

---

① 尚秉和：《焦氏易林注》，中国大百科全书出版社 2005 年版，第 27 页。
② （晋）张华撰，范宁校证：《博物志校证》，中华书局 1980 年版，第 36 页。
③ （宋）李昉等编：《太平广记》，中华书局 2010 年版。
④ 鲁迅：《中国小说史略》，《鲁迅全集》第九卷，人民文学出版社 1981 年版，第 71 页。
⑤ （宋）王谠撰，周勋初校证：《唐语林校证》，中华书局 2008 年版，第 434 页。
⑥ 尚秉和：《焦氏易林注》，中国大百科全书出版社 2005 年版，第 549 页。
⑦ （汉）赵晔著，周生春注：《吴越春秋辑校汇考》，上海古籍出版社 1997 年版，第 106 页。

而狐能惑人故事一直是古典小说中常见题材。《说文》云："狐，妖兽也，鬼所乘也。"《大有》之《咸》："裸裎逐狐，为人观笑。"这个场景可能实际发生过，人光着身子追逐狐狸，确实令人发笑。《颐》之《同人》："牝狐作妖，夜行离忧。""离"意为"罹"，"遭受"之意。《太平御览》卷九百九《兽部二十一》引郭璞《玄中记》曰："五十岁之狐为淫妇，百岁狐为美女。"又《暌》之《升》云：

老狐屈尾，东西为鬼。病我长女，哭涕诎指。或西或东，大华易诱。①

《说文·犬部》云："狐，妖兽也，鬼所乘之。有三德，其色中和，小前大后（《广韵》作'丰后'），死则丘首。谓之三德。"② 可能是老狐狸年深岁久，能迷惑人，如同鬼魅，民间尊奉为"狐仙"而崇拜之。林辞"病我长女"即指"长女"为狐仙所迷，哭哭啼啼，胡言乱语。又如《萃》之《既济》云：

老狐多态，行为蛊怪。惊我王（宋、元本作"主"）母，终无罪悔。③

汲古阁本"怪"下有"为魅为妖"四字。李宗为《唐人传奇》认为，唐沈既济之《任氏传》取材于此林辞。该传奇写老狐化身美女任氏与贫士郑六的相爱故事，后随郑六赴任，途为猎犬所害。因作者名字"既济"与此卦卦名相同，沈既济写这篇传奇的本意是在拿自己的名字做文章，通过这篇诡异的神怪故事，表达自己虽然蒙受了"老狐"那样的坏名声，但品质是美好高尚的。④ 沈既济为唐代宗、德宗时人，曾作《建中实录》，为世所称。宰相杨炎得罪，既济亦受连累，被贬为处州司户参军。《新唐书》有传。⑤ 所著《任氏传》据作者文尾自述，当作于建中二年（781）贬谪途中。今人汪辟疆《唐人小说》收

---

① 尚秉和：《焦氏易林注》，中国大百科全书出版社 2005 年版，第 685 页。
② （清）段玉裁：《说文解字注》，上海古籍出版社 1988 年版，第 478 页。
③ 尚秉和：《焦氏易林注》，中国大百科全书出版社 2005 年版，第 808 页。
④ 李宗为：《唐人传奇》，中华书局 1985 年版，第 39 页。
⑤ （宋）欧阳修等撰：《新唐书》，中华书局 1975 年版，第 4540 页。

录，认为："既济既以史才见称于时，又时时出其绪余，为传奇志怪之体。"① 可以说是《易林》《萃》之《既济》卦辞刺激了作者的创作欲望，加以贬谪南迁之途无聊，于是就在船中研磨纸笔，留下了这部凄恻冷艳的狐女任氏与青年郑六的恋爱故事。

（三）水族类

"鳖"类林辞很有趣味，《乾》之《井》云：

> 鼋鸣岐山，鳖应幽渊。男女媾精，万物化生。②

清翟云升《焦氏易林校略》云："《后汉书·张衡传》注引'鼋鸣于山，鳖应于渊'，鼋以鳖为雌，故鼋鸣而鳖应，见《尔雅翼》。"丁晏云："李贤注引《易林》云：鼋鸣岐野，鳖应于泉。唐人避讳，改渊为泉也。"③《后汉书》卷五十九《张衡传》载《应间赋》云："当此之会，乃鼋鸣而鳖应也。"章怀太子注："喻君臣相感也。焦赣《易林》曰：'鼋鸣岐野，鳖应于泉'也。"④《艺文类聚》卷九十六《鳞介部上》引《淮南万毕术》云："烧鼋致鳖。"注云："取鼋夜烧之，则鳖至也。"⑤《贲》之《旅》云：

> 猾丑假诚，前后相违。言如鳖咳，语不可知。⑥

言其人狡猾、丑陋不诚实，说话前后相违，声音之低如"鳖咳"，说了什么没人听得清。钱钟书云："《太平御览》卷七四三引《抱朴子》佚文：龟、鳖、鼋之鬼令人病咳。似古人以介族与咳相联系。'鳖咳'指语声之低不可闻，

---

① 汪辟疆：《唐人小说》，上海古籍出版社1978年版，第48页。
② 尚秉和：《焦氏易林注》，中国大百科全书出版社2005年版，第15页。
③ （清）丁晏：《易林释文》，《续修四库全书》第1055本，第345页。
④ （南朝宋）范晔：《后汉书》，中华书局1965年版，第1904页。
⑤ （唐）欧阳询：《艺文类聚》，上海古籍出版社1999年版，第1670页。
⑥ 尚秉和：《焦氏易林注》，中国大百科全书出版社2005年版，第398页。

创新诡之象，又极嘲讽之致。"① 在传世古书里，未见有"鳖咳"的描写。如西晋陆机所作《鳖赋》云：

> 皇太子幸于钓台，渔人献鳖，命侍臣作赋：其状也，穹脊连肋，玄甲四周，遁方圆于规矩，徒广【狭】以妨口。循盈尺而脚寸，又取其于指掌。鼻尝气而忌脂，耳无听而受响。是以栖居多逼，出处寡便，尾不副首，足不运身。于是从容泽畔，肆志汪洋，朝戏兰渚，夕息中塘。越高波以鱼逸，窜洪流而潜藏。咀蕙兰之芳荄，翳华藕之垂房。②

西晋潘尼《鳖赋》形容"鳖"之状：

> 翩衔钩以振掉，吁骇人而可恶。既颠坠于岩岸，方盘跚而雅步。或延首以鹤顾，或顿足而鹰距，或曳尾于泥中，或缩头于壳里。③

鳖长相怪异，在陆地之上则出处局促，进退失据，容易使文人产生兴趣，作赋兴感，但这些赋未有《易林》"鳖咳"之描写。

"虾蟆"故事与求雨习俗关系密切，《大过》之《升》云：

> 虾蟆群聚，从天请雨。云雷集聚，应时辄与，得其愿所。④

又《随》之《临》：

> 蛙池鸣响，呼求水潦。云雨大会，流成河海。⑤

---

① 钱钟书：《管锥编》第二册，中华书局1986年版，第568页。
② （唐）欧阳询：《艺文类聚》，上海古籍出版社1999年版，第1671页。
③ （唐）欧阳询：《艺文类聚》，上海古籍出版社1999年版，第1671页。
④ 尚秉和：《焦氏易林注》，中国大百科全书出版社2005年版，第503页。
⑤ 尚秉和：《焦氏易林注》，中国大百科全书出版社2005年版，第301页。

《淮南子·齐俗训》云:"牺牛粹毛,宜于庙牲。其于以致雨,不若黑蜧。""蜧"有二说。一为神蛇,许慎注:"黑蜧,神蛇也。潜于神渊,盖能兴云雨。"一为大虾蟆,《广韵·霁韵》:"大蝦蟆也。"①《春秋繁露·求雨》记求雨之法:

> 春旱求雨以甲乙日,为苍龙一丈八尺立于坛上,取五蛤蟆措置社池中,方八尺深一尺,具清酒脯脯,祝斋三日。②

又见《续汉书·礼仪志注》。之所以以"五蛤蟆"求雨,盖取其声大善呼也,"五"应置于祭坛之东西南北中,求苍龙降雨之意。甚而尊蛤蟆为"大王"者,《坤》之《未济》:"功业不长,蝦蟆大王。"《淮南子·说林训》:"土龙刍狗,旱岁疾疫,则为帝。""帝"即"大王",言求雨时尊如"大王"也。至时雨既来,此类"大王"即弃如敝屣,所谓"功业不长"而现原形矣。

(四)爬行类

《蒙》之《比》:"鼠舞庭堂。"《汉书·五行志》云:"汉昭帝元凤元年九月,燕有黄鼠,衔其尾,舞王宫端门中。王往视之,鼠舞如故。王使吏以酒脯祠,鼠舞不休,一日一夜死,时燕王旦谋反将死之象也。"在《搜神记》卷六中有同样记载。京房《易传》曰:"诛不原情,厥妖鼠舞门。"《汉书·广陵厉王胥传》:"池水变赤,鱼死,有鼠昼立,舞王后庭中。"可见"鼠舞"绝非什么好兆头。

《小畜》之《讼》:"蝼蛇循流,东求大鱼。预且举网,庖人歌呕。"此林辞来自《庄子·外物篇》:"神龟见梦于元君,不能避余且之网。""预且"即"余且",宋渔人名。"蝼蛇",东汉应劭《风俗通·怪神篇》引《管子书》云:

> 齐桓公田于泽,见衣紫衣,大如毂,长如辕,拱手而立。还归寝疾,

---

① 《宋本广韵》,江苏教育出版社 2008 年据宋巾箱本影印,第 108 页。
② (清)苏舆撰,钟哲点校:《春秋繁露义证》,中华书局 1992 年版,第 429 页。

数月不出。有皇士者见公,语曰:物恶能伤公!公自伤也。此所谓泽神委蛇者也。①

《小过》之《大过》:"和璧隋珠,为火所烧。冥昧失明,夺精无光,弃于道旁。"②"和璧"即卞和所献宝璧,史称"和氏璧"。入秦后,琢为受命玺,李斯小篆其文,历世以为传国宝。"隋珠"故事见《搜神记》卷二十,隋侯见大蛇伤,取药封之,后蛇衔珠以报。"珠盈径寸,纯白,而夜有光明,如月之照,可以烛室。"③此言"为火所烧",史无明文。

三、《易林》与西汉仙道故事

仙道故事出自方术,方术就是通于鬼神之术,是志怪小说的传统题材。鲁迅说:"中国本信巫,秦汉以来,神仙之说盛行,汉末又大畅巫风,而鬼道愈炽。"④西汉时代神仙家盛行,刘向曾编撰《列仙传》为诸位神仙立传,仙人约有七十二人。《列仙传》汉志未载,葛洪《抱朴子·论仙篇》:"刘向……所撰《列仙传》,仙人七十有余。"《隋书·经籍志》杂传类小序:"秦时阮仓作《列仙图》,刘向典校经籍,始作《列仙》《列士》《列女》之传。"据李剑国考证,此书应作于刘向晚年。⑤这些神仙在《易林》中亦有体现,《讼》之《家人》云:

  戴尧扶禹,松乔彭祖。西遇王母,道路夷易,无敢难者。(又见《师》之《离》)

---

① (汉)应劭撰,王利器校注:《风俗通义校注》,中华书局 2010 年版,第 388 页。
② 尚秉和:《焦氏易林注》,中国大百科全书出版社 2005 年版,第 1089 页。
③ (晋)干宝撰,汪绍楹校注:《搜神记》,中华书局 1979 年版,第 238 页。
④ 鲁迅:《中国小说史略》,《鲁迅全集》第九册,人民文学出版社 1996 年版,第 43 页。
⑤ 李剑国:《唐前志怪小说史》,天津教育出版社 2005 年版,第 173 页。

彭祖、王(子)乔、赤松子、西王母是神仙谱系中的代表,此林中四位高神联袂登场,辅佐古代帝王。彭祖名籛,为古代大寿星,相传活过八百岁。《乾》之《瞽》:"彭祖九子,据德不殆。南山松柏,长受嘉福。"葛洪《神仙传》记彭祖养生事甚详。又如王乔,刘向《列仙传》云:"王子乔者,周灵王之子晋也。"蔡邕《王子乔碑》云:"好道之俦,自远来集。"① 王子乔成仙地在华山,《谦》之《井》:

华首山头,仙道所游。利以居止,长无咎忧。(又见《临》之《颐》)

桓谭《仙赋序》:"华山下有集灵宫,汉武帝欲怀集仙者,故名殿为存仙,门为望仙。"② 赤松子为神农时雨师,《恒》之《晋》云:

雨师娶妇,黄岩季子。成礼既婚,相呼而去。润泽田里,年岁大喜。

刘向《列仙传》记"赤松子":"服水玉以教神农,能入火自烧,往往至昆仑山上,常止西王母石室中。随风雨上下,炎帝少女追之亦得仙俱去。"此"黄岩季子"是否即炎帝少女,史无明文。而在神仙家中,西王母占有突出地位。

西王母早见于《山海经》,《史记·赵世家》称赵氏祖先"造父"为御,穆王"西巡狩,见西王母,乐而忘归",汲冢古书《穆天子传》记载周穆王去昆仑山见西王母,饮酒赋诗。《竹书纪年》记载穆王十七年西征昆仑,可见周穆王见西王母事早有记载,应属实有其事。但在汉代,西王母已经成了西方宗教主。《汉书》中《哀帝纪》《天文志》《五行志下之上》记哀帝建平四年京师郡国祠西王母,行"西王母筹",传书云:"母告百姓,佩此书者不死,不信我言,视门枢下,当有白发。"西王母有不死的传说,相传尧、舜、禹都见过西王母。《荀子·大略》云:"尧学于君畴,舜学于务成昭,禹学于西王国。""君畴"或作"尹寿",刘向《新序》云"尧学乎尹寿",《遯》之《随》云"尧问

---

① (汉)蔡邕:《蔡中郎集》,(明)张溥:《汉魏六朝百三名家集》第一册,江苏古籍出版社2002年影印出版,第559页。

② (汉)桓谭:《仙赋》,《艺文类聚》卷七十八《灵异部上》,上海古籍出版社1999年版,第1338页。

尹寿，圣德增益"，取材于此。贾谊《新书·修政语》："尧曰：身涉流沙，地封独山，西见王母。"《尚书大传》记载："舜之时，西王母来献其白玉琯。"而西汉末谶纬大兴，《尚书帝验期》云："西王母于大荒之中得《益地图》，慕舜德，远来献之。"① 又云："王母之国在西荒，凡得道授书者，皆朝王母于昆仑之阙。"②《坤》之《噬嗑》云："稷为尧使，西见王母。拜请百福，赐我喜子。"林辞有纬书影响的痕迹。

汉画像石中，三足乌、玉兔、蟾蜍、牵牛、织女、九尾狐、东王公等构成了西王母崇拜的神话元素。据鲁惟一描述，西王母主持着一个位于太阳落山处的神秘世界，通常被描述成不朽和长生之药的赐予者。③ 可能自汉代起，西王母成了天上的王母，即后世所说的"王母娘娘"，"三足乌"见于《师》之《蒙》："折若蔽日，不见稚叔。三足孤乌，远其元夫。"《小畜》之《未济》云："三足孤乌，灵明督邮。司过伐恶，自贼其家，毁败为忧。"司马相如《大人赋》："吾乃今日睹西王母，曤然白首戴胜而穴处兮，亦幸有三足乌为之使。"《正义》引张云："三足乌，青鸟也。主为西王母取食，在昆墟之北。"④《太平御览》卷九二〇引《括地志》云："昆仑在弱水中，非乘龙而不得至。有三足乌为西王母取食。"在汉代神话中，"三足乌"有时指日，有时指西王母的使者。

《蒙》之《大壮》云："千里望城，不见山青。老兔蝦蟆，远绝室家。"⑤《困》之《睽》："坎中蝦蟆，乍盈乍虚。三夕二朝，形销无余。"⑥ "老兔"即月中玉兔，"蝦蟆"即月中蟾蜍。尚秉和注云：

> 张衡《灵宪》（按：《后汉书·天文志上》注引）："嫦娥窃不死之药，遂托身于月，是为蟾蜍。坎中蝦蟆，即月中蝦蟆也。言月前盈后虚，至月朔而消灭无有也。"⑦

---

① 〔日〕安居香山、中村璋八：《纬书集成》，河北人民出版社1994年版，第388页。
② 〔日〕安居香山、中村璋八：《纬书集成》，河北人民出版社1994年版，第387页。
③ 〔英〕鲁惟一（Michael Loewe）著，王浩译：《汉代的信仰、神话和理性》，北京大学出版社2009年版，第36页。
④ （汉）司马迁：《史记》，中华书局2013年修订版，第3686页。
⑤ 尚秉和：《焦氏易林注》，中国大百科全书出版社2005年版，第71页。
⑥ 尚秉和：《焦氏易林注》，中国大百科全书出版社2005年版，第837页。
⑦ 尚秉和：《焦氏易林注》，中国大百科全书出版社2005年版，第836页。

先秦古书《归藏》云:"昔常娥以西王母不死之药服之,遂奔为月精。"《归藏》简本已经出土,文云:"归妹曰:昔者恒我(即常娥)窃毋死之□……"①原简残缺比较厉害。《易林》中有些林辞比较难解,如《无妄》之《贲》:"织缕未就,胜折无后,女工多能,乱我政事。"《益》之《小过》:"月削日衰,工女下机。宇宙灭明,不见三光。"据小南一郎解释,《淮南子·览冥训》中谈到这个世界失去秩序的情况,说:"西老折胜,黄神啸吟。飞鸟铩翼,走兽废脚。"高诱注:"西王母折其头上所戴胜,为时无法度。黄帝之神伤道之衰,故啸吟而长叹也。""胜"为汉代妇女首饰,称之"华胜"(《汉书·司马相如传》师古注)孙诒让《札迻》卷七认为,"西老"即"西姥",指"西王母"。林辞取材于此,认为宇宙秩序由天上神女的织机来确保,如果"胜"折断了,天上的机织出了故障,宇宙就失去秩序而处于混乱状态了。②以织机比喻治理天下,又见于徐幹《中论·爵禄篇》:

《易》曰:"圣人之大宝曰位。"何以为圣人之大宝曰位?位也者,立德之机也;势也者,行义之杼也。圣人蹈机握杼,织成天地之化,使万物顺焉,人伦正焉。六合之内各竟所愿,其为大宝不亦宜乎?③

"杼"即梭子。圣人首先要有"位",好比立德的织机;必须有"势",好比行义的机梭,这样"蹈机握杼",立德行义,才能"织成天地之化"。这个比喻与《易林》中的"西姥折胜"意思相同。在这里,西王母成了宇宙至尊神。

值得注意的是,《易林》记载汉武帝时代史事若干条,却没有《汉武故事》《汉武帝内传》中渲染的汉武帝会西王母的故事情节,说明这几篇故事当时还未产生。

---

① 王辉:《王家台秦简〈归藏〉校释》,《高山鼓乘集》,中华书局2008年版,第174页。
② 〔日〕小南一郎著,孙昌武译:《西王母与七夕文化传承》,《中国的神话传说与古小说》,中华书局2006年版,第125页。
③ (汉)徐幹著,孙启治注:《中论解诂》,中华书局2014年版,第177页。

四、《易林》与杂传类小说

"杂传类"小说的提法见《隋书·经籍志》,"名目甚广,杂以虚诞怪妄之说",为"史官之末事",如神仙、郡国风俗、鬼神奇怪之事等,对这类"杂传类"小说,《易林》亦有征引。

《易林》中有两则林辞叙述春秋时郑交甫与神女相爱故事,一则见《噬嗑》之《困》:

> 二女宝珠,误郑大夫。交甫无礼,自为作笑。①

《初学记·汉水》引《韩诗》云:"郑交甫过汉皋,遇二女妖服,佩两珠,交甫与之言曰:'愿请子之佩。'二女解佩与交甫,走十步,探之则亡矣。回顾二女,亦不见。"②二则见《萃》之《渐》:"乔木无息,汉女难得。橘柚反佩,反手难悔。"③首二句出自《诗经·周南·汉广》:"南有乔木,不可休息。汉有游女,不可求思。"后两句出自刘向《列仙传》"江妃二女":

> 江妃二女者,不知何所人也,出游于江汉之湄。逢郑交甫,见而悦之,不知其神人也,谓其仆曰:"我欲下请其佩。"仆曰:"此间之人,皆习于辞,不得,恐罹悔焉。"交甫不听。遂下与之言曰:"二女劳矣。"二女曰:"客子有劳,妾何劳之有?"交甫曰:"橘是柚也,我盛之以筥,令附汉水,将流而下,我遵其旁,采其芝而茹之。以知吾为不逊也,愿请子之佩。"二女曰:"橘是柚也,我盛之以管,令附汉水,将流而下,我遵其旁,采其芝而茹之。"遂手解佩与交甫。交甫悦,受而怀之中当心,趋去数十步,视佩,空怀无佩,顾二女,忽然不见。诗曰:"汉有游女,不可

---

① 尚秉和:《焦氏易林注》,中国大百科全书出版社2005年版,第379页。
② (唐)徐坚:《初学记》,清华大学出版社据《古香斋初学记》2003年影印出版,第1537页。
③ 尚秉和:《焦氏易林注》,中国大百科全书出版社2005年版,第805页。

求思。此之谓也。"①

此故事又见《太平广记》卷五十九《江妃》。《韩诗》中的二女佩戴宝珠，而《列仙传》则改为"佩"，并穿插进"橘柚"之类的江汉情歌。很明显，刘向《列仙传》中的江妃故事是在《韩诗外传》的基础上加以文饰而成，而《易林》作者对两部书都很熟悉。

《易林》中有几处征引刘向《列女传》中的故事，《谦》之《屯》："东壁余光，数阇不明。主母嫉妒，乱我事业。"此故事最早见于《战国策·秦策二》，甘茂对苏秦讲述"江上之处女"，曰："夫江上之处女，有家贫而无烛者，处女相与语，欲去之。家贫无烛者将去矣，谓处女曰：'妾以无烛，故常先至，扫室布席。何爱余明之照四壁者？幸以赐妾，何妨于处女？妾自以有益于处女，何为去我？'处女相与语以为然，而留之。"②后为刘向《列女传》所采用，而将"家贫无烛者"改造为"贫女徐吾"故事。③《离》之《讼》云：

三女为奸，俱游高园。背室夜行，与伯笑言。不忍主母，为失醴酒，冤尤谁告。

此林可能取材于《史记·苏秦列传》，苏秦曰："臣闻客有远为吏而其妻私于人者，其夫将来，其私者忧之，妻曰'勿忧，吾已作药酒待之矣'。居三日，其夫果至，妻使妾举药酒进之。妾欲言酒之有药，则恐其逐主母也，欲勿言乎，则恐其杀主父也。于是乎佯僵而弃酒。主父大怒，笞之五十。"《列女传》云："周大夫主父妻淫于邻人，恐主父觉，置毒酒使婢进之，婢知之，佯僵覆酒，受笞。"此段记载应源于《史记》。《咸》之《蒙》云：

国马生角，阴孽萌作。变易常服，君失于宅。④

---

① （汉）刘向：《列仙传》，上海古籍出版社1990年版，第8页。
② 何建章：《战国策注释》，中华书局1990年版，第139页。
③ （汉）刘向著，（清）王照圆补注：《列女传》，华东师范大学出版社2013年版，第274页。
④ 尚秉和：《焦氏易林注》，中国大百科全书出版社2005年版，第545页。

此林与燕太子丹故事有关，《史记·刺客列传》："世言荆轲，其称太子丹之命，'天雨粟，马生角'也，太过。"可见此类"马生角"故事早已在秦汉民间流传，司马迁认为"太过"而未采用。《燕丹子》故事除《史记·刺客列传》外，在《论衡·感虚》《风俗通义·正失》《博物志·史补》《少室山房笔丛·燕丹子》等书中皆有记载。① 晋张华《博物志》卷八《史补》记载燕太子丹质于秦求归事，有"乌白头，马生角"之语。② 《隋书·经籍志》著录《燕丹子》，内容与《史记·刺客列传》近似，故事大意为燕太子丹为质于秦，求归。"秦王曰：'待乌白头、马生角。'既而乌即白头、马果生角，秦王不得已而遣之。"又《中孚》之《困》：

舞阳渐离，击筑善歌。慕丹之义，为燕助轲，阴谋不遂，矐目死亡，功名何施。③

秦武（舞）阳、高渐离见《史记·刺客列传》，秦武阳与荆轲出使秦国刺秦王，事败被杀。高渐离于燕灭以后被秦王"矐目"，成了盲人，后以筑击秦王，不中而被杀。这些都是小说《燕丹子》中比较生动的情节。

五、《易林》中西汉小说形态及作者问题

《易林》本为占候之书，本文所谓《易林》中的"小说因素"，只是《易林》"取象"中的一种。钱钟书《管锥编》云："理赜义玄，说理陈义者取譬于近，假象于实，以为研几探微之津逮，释氏所谓权宜方便也。"④ 因为《易》理太过玄远幽赜，所以采用为人们所熟悉的历史、故事，创作新奇比喻作为启

---

① 侯忠义：《中国文言小说参考资料》，北京大学出版社1985年版。程毅中《古体小说论要》，华龄出版社2009年版。
② （晋）张华撰，范宁校证：《博物志校证》，中华书局1980年版，第95页。
③ 尚秉和：《焦氏易林注》，中国大百科全书出版社2005年版，第1078页。
④ 钱钟书：《管锥编》第一册，中华书局1986年版，第11页。

示。《易》之取象与《诗》之取象不同,《管锥编》论云:

> 《易》之有象,取譬明理也。所以喻道,而非道也(《淮南子·说山训》)。求道之能喻而理之能明,初不拘泥于某象,变其象也可;及道之既喻而理之既明,亦不恋着于象,舍象亦可。到岸舍筏,见月忽指,获鱼兔而弃筌蹄,胥得意忘言之谓也。①

《易》之取象本为"喻道",然"喻道"必取譬,而新譬之获,非精覃博览不为功。西汉末年扬雄曾仿《周易》作《太玄》,北宋司马光《读玄》认为《太玄》为"赞《易》"之书,是通达《易》理之书:"《易》,天也;《玄》者,所以为之阶也。"②《太玄》辞理深幽,《法言·问神》:"育而不苗者,吾家之童乌乎!九龄而与我《玄》文。"③《御览》三百八十五引《刘向别传》云:"雄算《玄经》不会,子乌令作九数而得之。雄又拟《易》'羝羊触藩',弥日不就。子乌曰:'大人何不曰荷戟入榛?'"今本《太玄》无"荷戟入榛"之语,惟《干》次七云:"何戟解解,遘。《测》曰:'何戟解解,不容道也。'"司马光曰:"何,担也。小人之性多所干犯,如何戟而行,遇物絓罗,不容于道也。"④这则事例说明,为阐明《易》理而造新譬,要付出很多精力。

《易林》林辞是一种诗化的语言,明朝竟陵派宗主钟惺《诗归》云:"焦延寿用韵语作易占,盖仿古繇辞……其语似谶似谣,似诤似脱,异想幽情,深文急响。"⑤其评《易林》除了"妙、特妙"外,无所发明。《易林》基本语言形式为四言韵语,前人很少视之为诗。章学诚《文史通义》内篇一《诗教下》云:

> 焦贡之《易林》、史游之《急就》,经部韵言之,不涉于《诗》也。⑥

---

① 钱钟书:《管锥编》第一册,中华书局1986年版,第12页。
② (汉)扬雄撰,(宋)司马光集注:《太玄集注》,中华书局1998年版,第2页。
③ 汪荣宝撰,陈仲夫点校:《法言义疏》,中华书局1987年版,第166页。
④ (汉)扬雄撰,(宋)司马光集注:《太玄集注》,中华书局1998年版,第21页。
⑤ (明)钟惺、谭元春:《诗归》,湖北人民出版社1985年版,第77页。
⑥ (清)章学诚著,叶瑛校注:《文史通义校注》,中华书局1985年版,第78页。

前文论述，《易林》为两汉之际崔篆作，钱钟书亦云："《易林》之作，为占卜也。诏告休咎，不必工于语言也。"①《易林》林辞四千余首（包括重复的林辞），引用了西汉及以前大量经史子集的材料，本文只就《易林》征引小说材料立论。

　　刘知幾《史通·杂述》将"偏记小说"分为十家，其中"杂记"类为"阴阳为炭，造化为工，流形赋象，于何不育。求其怪物，有广异闻。若祖台《志怪》、干宝《搜神》、刘义庆《幽明》、刘敬叔《异苑》"②。古小说大都为讲故事、述异闻、语志怪等"子不语"题材。胡应麟《少室山房笔丛·九流绪论》将小说分为志怪、传奇、杂录、丛谈、辨订、箴规六种，就古小说的文体特点及与经史子集的关系来说，胡应麟云：

　　　　小说，子书流也。然谈说理道，或近于经，又有类注疏者；记述事迹，或通于史，又有类志传者；他如孟棨《本事》、卢瓌《抒情》，例以诗话文评，附见集类，究其体制，实小说者流也。③

　　《易林》征引小说材料确实具有上述特征。《四库提要》将小说分为三类：一是叙述杂事，二是记录异闻，三是缀辑琐语。④ 属于"或录秘书，或叙异事，仙佛人鬼乃至动植，弥不毕载，以类相聚，有如类书"的"杂俎"体⑤，"杂"是古小说的本质特点，内容琐杂，形式短小。古人称其为"短书"（桓谭《新论》）、"短书俗记"（王充《论衡·骨相》）、"短言小说"（徐幹《中论·务本》）、"杂家小说""小说卮言"（刘知幾《史通·杂述》），小说题目往往称为"琐言""说林""谈薮"之类，人事、神怪杂陈，与其出自稗官野史有很大关系，同时闾里传说、街谈巷议也是其原始来源。

　　小说出于方术，方士们凭借想象力造就了许多谶纬神话，就《易林》征

---

① 钱钟书：《管锥编》第二册，中华书局1986年版，第538页。
② （唐）刘知幾著，（清）浦起龙释：《史通通释》，江苏广陵古籍刻印社1991年版。
③ （明）胡应麟：《少室山房笔丛》，上海书店出版社2001年版，第283页。
④ （清）永瑢等：《四库全书总目提要》，中华书局1995年版，第1182页。
⑤ 鲁迅：《中国小说史略》，人民文学出版社1981年版，第93页。

引谶纬书目而论，就有《河图录运法》《河图帝览嬉》等"河图"类图书；又有《洛书灵准听》《洛书甄耀度》等"洛书"类典籍。此外，还有《尚书中候》《春秋演孔图》《春秋潜潭巴》《易纬坤灵图》《孝经援神契》等多见征引。这些纬书与西汉末年方士们集体大造"符命"、神化王莽有很大关系，其被采入《易林》，不能不说与王莽时任"建新大尹"的崔篆有很大关系。而西汉末年的西王母崇拜反映了社会动荡和社会心理的不安，具有很强的民间信仰基础。《博物志·杂说上》："老子云：万民皆付西王母，唯王、圣人、真人、仙人、道人之命上属九天君耳。"① 关于西王母的小说材料自然被吸收到《易林》之中。

《易林》为"占候射伏"之书，比较原始的"物占""杂占"占很大比例，《汉书·艺文志》云："杂占者，纪百事之象，候善恶之征。""物占"是以"物性"为前提的，如枭声可恶、蝦蟆喜雨、狐媚惑人之类，体现了民俗信仰和禁忌。《易林》很多材料来自于京房《易占》。《京氏易》中有许多古小说内容，"杂占"与志怪小说之间具有本源性的联系。《剥》之《讼》"井沸釜鸣，不可安居"（又见《小过》之《临》），丁晏《释文》："京房《易候》曰：泉水沸，此谓贱人将贵，王者不顾骨肉，不亲九族，厥咎邑泉涌沸。"《蒙》之《比》："豕生鱼鲂，鼠舞庭堂。奸佞施毒，上下昏荒，君失其邦。"丁晏《释文》云："《开元占经》引《京氏易》云：豕生鱼鲂，其邑大水，是也。"《搜神记》卷十八记载了许多来自《京氏易》的小说材料。据《汉书》卷十五《京房传》，京房为焦赣的学生，主要活动在汉元帝时期，建昭年间（前38—前34）被杀。又《颐》之《恒》云："毛生豪背，国乐民富，侯王有德。"《山海经·南山经》："竹山有兽，状如豚，白毛，名曰豪彘。""豪彘"，今称豪猪，可见《山海经》为时人所知。

《易林》除采用大量谶纬资料以及《京氏易》之类占书外，还征引了一些西汉时代及以前的著作，如《山海经》《韩诗外传》《淮南子》《师旷》及刘向《说苑》《新序》《列女传》《列仙传》等；有些故事见于后世小说，如《风俗通义》《吴越春秋》《搜神记》及《太平广记》等。《山海经》出自先秦，《史记·大宛列传》曾提及此书，西汉末刘歆将《山海经》定为18篇，《上山海经

---

① （晋）张华撰，范宁校证：《博物志校证》，中华书局1980年版，第104页。

表》中提到武帝时东方朔、宣帝时刘向据此书论远方异物事,"朝士由是多奇《山海经》者",可见此书为西汉所熟知。《韩诗外传》为燕韩婴撰,里面记载许多历史人物故事,作为《诗经》章句的"本事",《易林》采用了郑交甫邂逅神女故事。《淮南子》为刘安与其门客的集体著作,富含小说内容。《汉志》所载《师旷》六篇已佚,《易林》有几处提到师旷,可能与《师旷》小说有关。刘向编定《说苑》《新序》《列女传》《列仙传》,为《易林》多次征引。刘向、歆父子编订《七略》,热衷于小说的搜集,认为"虽小道,必有可观者焉",其《新序》《说苑》《列女传》等集中了丰富的历史故事,《列仙传》中搜集了七十余位神仙故事,这些故事被程毅中先生称之为"原生态小说"[1],评价很准确。据钱穆先生《刘向歆父子年谱》考证,刘向生于昭帝元凤二年(前79),卒于成帝绥和元年(前8),主要活动在宣、元、成帝时期。[2] 由《易林》多次征引刘向及其他西汉著作来看,其作者不可能为西汉昭、宣时期的焦延寿,而是两汉之交的崔篆。

(作者单位:杭州师范大学文学院)

---

[1] 程毅中:《古体小说论要》,华龄出版社2009年版,第8页。
[2] 钱穆:《两汉经学今古文平议》,商务印书馆2001年版。

试论汉代以小说解经

魏鸿雁

小说作为独立的文体虽成型于汉代，但却长期被斥为"小道"，处于非主流地位，难以与儒学相提并论。然汉代小说虽小，却并非微不足道。《汉书·艺文志·诸子略》记小说家与儒家同为九流十家，而所著录作品数量，"儒五十三家，八百三十六篇；小说十五家，千三百八十篇"，小说家之文从数量上远多于儒家，"是则小说家者流，且侈然以六艺之附庸，而蔚为大国矣"。[①] 小说之所以在汉代得到迅速的发展，与汉儒对待小说的态度相关：汉儒学者在解经和阐述儒家思想时往往喜欢引用小说进行说理。正如王利器先生所言："（以小说解经）皆旷古以来，解经之士之所不能言或不敢言者。今余为之擘肌见理，使之涣然冰释，岂非汉人之所谓礼失而求野者乎？"

一、汉代小说的文体特征

有关中国古代小说的形成时间，一直是文学史上争议较大的论题之一。新时期以来，学术界就存有先秦说、战国说、汉代说、魏晋说、唐代说等5种代表性的说法。造成巨大分歧的关键原因在于对小说文体发生标志认识的差异。如果按照现代小说的要素标准去评价汉以前的作品，作为独立文体的小说特征

---

① 王利器：《试论以小说解经》，《四川师范大学学报》1988年第5期。

显然是比较模糊的。就汉代小说来说，汉人辑录的小说多已散佚，我们能参考的只有《汉书·艺文志》录小说15家，且有目无文，为考证带来很大困难，再加上其文体特征尚未定型，如何囿定汉代小说范围就成为主要的问题。不过，通过分析《艺文志》所列书目，我们可以约略看出汉代小说的一些总体特征。

观《艺文志》著录小说15家，其中《伊尹说》等8家以历史人物为题；《周考》等3家从题目看当以记录周代历史事件为主，班固《周考》注曰"考周事也"[①]；至于《百家》一书，刘向在《说苑序奏》中称自己"别集以为《百家》"，两者如为一书，参照《说苑》内容看当是刘向搜集的历史故事集；惟《封禅方说》《待诏臣饶心术》《待诏臣安成未央术》3篇较难确定内容，从题目看应与汉初流行的黄老思想有关，然史书记载武帝时的封禅、养生故事多依托于黄帝等黄老人物，则其内容也应与历史相关。由此可知，汉代小说多涉及历史人物和历史事件。正是因为汉代小说多讲述历史，所以后人往往把这些内容当成历史事件，从而混淆了历史和小说的区别。

但是汉代小说虽讲历史，却与《尚书》《春秋》等王朝史官所记史书不同。李零《简帛古书与学术源流》引余嘉锡《古书通例》"古书多造作故事"章说，古书喜欢"引古以证其言，或设喻以宣其奥"，但兴之所至，往往多有造作。这种造作主要有七方面的原因：

> 一曰：托之古人，以自尊其道也。二曰：造为古事，以自饰其非也。三曰：因愤世嫉俗，乃谬引古事以致其讥也。四曰：心有爱憎，意有向背，则多溢美溢恶之言，叙事遂过其实也。五曰：诸子著书，词人作赋，义有奥衍，辞有往复，则设为故事以证其义，假为问答以尽其辞，不必实有其人，亦不必真有此问也。六曰：古人引书，唯于经史特为谨严，至于诸子用事，正如诗人运典，苟有助于文章，固不问其真伪也。七曰：方士说鬼，文士好奇，无所用心，聊以快意，乃虚构异闻，造为小说也。[②]

---

① （汉）班固：《汉书》，中华书局1962年版，第1744页。
② 李零：《简帛古书与学术源流》，生活·读书·新知三联书店2004年版，第220页。

这些特点在《汉书·艺文志》所列小说中大多都已有所显现，也就是说汉代小说多为造作历史，并不是真实的历史。王充《论衡》就指涉大量这样的历史故事，批评这些故事"殆虚言也"，并在《书虚篇》中说："夫世间传书诸子之语，多欲立奇造异，作惊目之论，以骇世俗之人；为谲诡之书，以著殊异之名。"①

将班固所注小说家的叙述内容综合起来看，有这样几个特点。一是依托。是后人借历史人物表达自己的观点，如《鬻子说》班固注"后世所加"。二是迂诞。它们可能不完全是历史事实，具有虚构的因素，故班固说《黄帝说》"迂诞依托"。三是叙事性。班固注《青史子》曰"古史官记事也"；注《周考》曰"考周事也"；《臣寿周纪》似也记述周代历史。这些特点都说明，汉代小说已经具有了小说文体的基本特征——虚构性，而且汉代小说是对历史的夸述，对历史的再阐释，加上"小说"概念的确立，故汉代小说已成为独立的文学文体。或许因为小说是稗官记录的"道听途说者之所造"的"街谈巷语"，所以，它被刘向父子和班固贬称为"小说"以区别于儒家之"大道"。

二、寄生于儒者书中的汉代传书小说

汉代儒家学者在奏议和著述中喜欢引用历史论证其观点，"以史为鉴"是汉代政论文的论证特色，如贾谊所言"前事不忘，后事之师也"。但是我们对待儒者著述所引述的历史应辩证地认识，因为其中许多纪事并不见于史籍，许多言论颇似小说家言，很难视为史实。班固《艺文志》曰："小说家者流，盖出于稗官。"这句话说明小说来自稗官。云梦龙岗六号秦墓出土的编号 185 竹简记曰："取传书乡部稗官。其田及作务勿以论。"② 这里也提到了稗官，而且说"传书"出自稗官之手，则编辑"传书"应该是稗官的职责范围。既然"传书"和"小说"都是稗官所记，则说明小说与"传书"应该有相通之处。

---

① 黄晖撰，陈仲夫点校：《论衡校释》，中华书局 1990 年版，第 167 页。
② 刘信方、梁柱编著：《云梦龙岗秦简》，科学出版社 1997 年版，第 23 页。

"传书"一词在汉代子书中多处记载,《论衡》就经常引用"传书说""传语""儒书说",仅"传书"一词在《论衡》中共出现44次,其中28次都是记载"传书"的故事,而且这些故事都带有神异的特征,出现最多的是感应故事,共有17则。《感虚篇》载:"传书曰:燕太子丹朝于秦,不得去……当此之时,天地佑之,日为再中,天雨粟,乌白头,马生角,厨门木象生肉足。秦王以为圣,乃归之。"今传汉代小说《燕丹子》的开头部分即取此说,只是情节更丰富了。《感虚篇》中"师旷奏乐"故事据考也是一篇汉代小说。[①] 这些"传书"所记载的故事都依附于历史,但却充斥着如此类违背常理的怪异内容,显然不是真实的历史,而是"诞欺怪迂之文",故被王充作为虚妄的言论严厉驳斥。这也从另一方面说明"传书"主要就是汉代的小说。如果确认这些"传书"多为汉代小说文本的话,那么我们还注意到,和其形式相似的故事在汉代儒者子书和纬书中大量出现,像《孔丛子》《孔子家语》《韩诗外传》《说苑》《新序》及"七纬"等著作里都有很多历史事件与"传书"故事相同或相似。刘向在《说苑序奏》中就称其《说苑》中采录了小说,然后又另编了小说集《百家》。"师旷奏乐"故事就出自儒者书。《汉书·艺文志》载小说《师旷》六篇,并注曰:"见春秋。"而《风俗通义》记载了师旷的故事,并注明说引自《春秋》:

> 师旷为晋平公奏清徵之音,有玄鹤二八从南方来,进于廊门之危。再奏之而成列,三奏之则延颈而鸣,舒翼而舞。音中宫商,声闻于天。平公大说,坐者皆喜。平公提觞而起,为师旷寿,反坐而问曰:"音莫悲于清徵乎?"师旷曰:"不如清角。"平公曰:"清角可得闻乎?"师旷曰:"不可。昔黄帝驾象车交龙,毕方并辖,蚩尤居前,风伯进扫,雨师洒道,虎狼在后,虫蛇伏地,大合鬼神于太山之上,作为清角。今主君德薄,不足以听之,听之将恐有败。"平公曰:"寡人老矣,所好者音也,愿遂闻之。"师旷不得已而鼓之,一奏之有云从西北起,再奏之暴风亟至,大雨沣沛,裂帷幕,破俎豆,堕廊瓦,凡坐者散走。平公恐惧,伏于室侧,身遂疾

---

① 魏鸿雁:《黄老养生思想与汉代散体大赋的形成》,《文学遗产》2012年第1期。

痛,晋国大旱,赤地三年。①

因此,儒者书中实际是包含大量来自"传书"小说内容的,今所见汉代小说虽然没有独立的文本传世,但却大量散见于其他汉代著作尤其是儒者书中,以独特的"寄生"形式被保存下来。

三、汉代儒书小说的经学阐释

虽然这些"闾里小知者"的言论不乏迂诞,但其所讲的道理"必有可观者",尚有"一言可采",因此具有可资借鉴的价值,从而被经学所采用。

1. 子书小说的解经内容

汉代儒者书包括子书和纬书。子书中有很多小说形式是对儒家经典的解释。如《大雅·荡》载:"文王曰咨,咨女殷商。天不湎尔以酒,不义从式。既愆尔止。靡明靡晦。式号式呼。俾昼作夜。"《韩诗外传》卷二则曰:

> 昔者桀为酒池糟堤,纵靡靡之乐,而牛饮者三千。群臣皆相持而歌……伊尹知大命之将去,举觞造桀,曰:"君王不听臣言,大命去矣!亡无日矣!"桀相然而抃,盍然而笑,曰:"子又妖言矣。吾有天下,犹天之有日也。日有亡乎?日亡吾亦亡也。"②

再如《春秋》记哀公:"十有四年春,西狩获麟。"《孔丛子·记问第五》就解释为孔子预言"宗周将灭"的谶语。当然,与专门解释经典的"传"不同,这些儒书较少采用训诂式的释注,更多的是由经典申发,用艺术的形式诠释德、仁、义、礼、智、信等儒家伦常主题。因此,子书小说的内容多是对孔门家族人物的神化:孔子好学,子书小说则有孔子向老聃、师襄求学的故

---

① (汉)应劭撰,王利器校注:《风俗通义校注》,中华书局1981年版,第286页。
② 《四部丛刊·经部·韩诗外传》,上海涵芬楼藏明本,第53页。

事；曾子守孝，子书小说则虚构了曾母扼腕而曾子痛的故事等；并塑造了儒家心目中理想道德模范的群像。如孔子曾言"非礼勿视，非礼勿听"，《韩诗外传》卷十则举吴延陵季子见遗金而牧者不顾的故事为例。另外，子书小说还会依据宣传的需要对历史进行重新阐释。如周武王在历史上一直是兴干戈、尚武力的形象，但《韩诗外传》卷三则记录了武王偃武息兵、治文修德，把武王塑造成了以"仁"治国的典范。有些造伪甚至是非常明显的，像刘向作品中常见的一事多记现象就是很典型的仿作，如余嘉锡所说"苟有助于文章，固不问其真伪也"。同时，汉代儒者之造作小说还有一个重要的目的：讽谏。贾谊《新书》多为上汉文帝之书，其引"青史氏之记"即出自小说《青史子》。刘向采录小说的目的，班固说是为了"言得失，陈法戒。书数十上，以助观览，补遗阙"[①]，明讽喻之义。讽谏是汉代文学的时代主题，汉儒喜谈小说，正是看准了小说可借渲染史事以炫视听、游说帝王，又打着历史的旗号来证明确凿有据，从而强化了说服的能力和效果。所以成帝见刘向奏书后"嘉其言，常嗟叹之"，证明确实是起到了很好的效果。

2. 纬书小说的解经内容

在汉代儒者著作中，小说出现最多的当数纬书。关于纬书的性质，学界颇有争议。然《易纬乾坤凿度》卷上郑康成注曰："纬者，古本经，已后不知纬字何也。经之与纬是纵横之字。"刘熙《释名·释典艺》也云："纬，围也，反复围绕以成经也。"苏舆《释名疏证补》进一步释曰："纬之为书，比傅于经，辗转牵合，以成其谊，今所传《易纬》《诗纬》诸书，可得其大概，故云反覆围绕以成经也。"这说明在汉代，纬是相对于经而言的，纬书与儒家经书相对应，是对经书的解释。

汉代的儒家经典包括"五经"和《孝经》《论语》，在汉代都有相对应的纬书，称为"七纬"。但是纬书对经的解释也非对文本的注释，而是结合当时社会流行的谶说对经书加以引申发挥，内容也就多为符命、阴阳灾异之说，实际上是天人感应思想与儒家经学结合的产物。两汉儒学在先秦儒学基础上，吸收了阴阳五行、黄老等学说之精华，使之成为社会实用的"新儒学"，以便"经

---

① （汉）班固：《汉书》，中华书局1962年版，第1958页。

世致用",能运用于政治和社会实践。谶说由于其神秘性的特征,被多数经生儒士认同,并充分加以汲取以补充丰富自己的思想体系,于是谶纬合一。《四库全书总目提要》卷六《易》类录《易纬》称:"纬者,经之支流,衍及旁义……渐杂以数术之言,既不知作者为谁,因附会以神其说,迨弥传弥失,又益以妖妄之词,遂与谶合而为一。"所以,纬书是指专以谶术比附解释儒家经典的书。

纬书中所涉及的谶语多与社会政治相关,日本学者安居香山称之为"史事谶"。汉人在解释谶语时往往把隐语与具体的历史事件相联系,预言政治、人事的吉凶,体现儒家思想。但纬书所引述的历史事件一般带有极大的神异色彩,与《论衡》所引"传书"的内容相同。如帝王异相之说,《春秋元命包》即载:"黄帝龙颜,得天庭阳。上法中宿,取象文昌。载天履阴,秉数制刚。"①"尧眉八彩,是谓通明。历象日月,璇玑玉衡。"(591 页)《孝经援神契》:"伏羲山准,禹虎鼻。"(966 页)对此,王充一律把它们作为虚妄之说进行了驳斥。所以这些历史故事带有较明显的小说色彩,小说的夸诞性使之成为纬书美化、神化儒家学说的主要手段。

纬书小说对儒家经典的阐释主要集中在祥瑞与灾异,这些祥瑞与灾异的故事往往与政治是否清明有关。董仲舒说:"美事召美类,恶事召恶类,类之相应而起也。"②班固引董仲舒策对也说:"国家将有失道之败,而天乃先出灾害以谴告之,不知自省,又出怪异以警惧之,尚不知变,而伤败乃至。"③如《春秋考异邮》引"白孔六帖"曰:"龙门之下血如江。时人谣曰:王侯之斗。"宋均注曰:"龙门战在鲁桓十三年。"(796 页)《春秋》载此事说:"十有三年春二月,公会纪侯、郑伯。己巳,及齐侯、宋公、卫侯、燕人战。齐师、宋师、卫师、燕师败绩。"而《春秋纬》则引"春秋说"称:"龙门之战,民死伤者满沟。"(907 页)有时为了体现天命的神异,纬书会对历史事件赋予新的含义。如《春秋》哀公十二年曰:"冬十有二月,螽。"《左传》载,哀公就此事咨询于孔子,

---

① 〔日〕安居香山、中村璋八:《纬书集成》,河北人民出版社 1994 年版,第 590 页。以下注引此书皆随文标注页码。
② 苏舆撰,陈仲夫点校:《春秋繁露义证》,中华书局 1992 年版,第 358 页。
③ (汉)班固:《汉书》,中华书局 1962 年版,第 2498 页。

孔子从历法角度解释说:"丘闻之,火伏而后蛰者毕。今火犹西流,司历过也。"而《春秋纬》引"春秋说"认为:"陈氏纂齐三年,千人合葬,故螽虫冬踊。"(906页)"西狩获麟"事件在纬书中也有了新的解释,孔子成了为汉家创制大义、预言刘汉当兴的预言家。

除了这些对经典的直接阐释外,还有许多纬书小说则是从经典所记历史申发,如纬书中记载的圣人感生与受命的故事。《商颂·玄鸟》有"玄鸟生商",《大雅·生民》有姜嫄"履帝武敏歆",《诗含神雾》引"诗传"记述了两个带有神话色彩的故事,同时纬书小说又把这样的感生故事附会于每一位圣人身上。《礼纬》:"禹母修已,吞薏苡而生禹。"(531页)《春秋合诚图》:"尧母庆都,有名于世,盖大帝之女,生于斗维之野,常在三河之南。天大雷电,有血流润大石之中,生庆都。"(764页)圣人因为非凡人,所以其出生也就与众不同。同样,受命故事也与每一位圣人有关,这样,就给君权神授蒙上了一层神秘的面纱。如文王受命时,"赤雀衔丹书入丰鄗,止于昌户"(411页),《尚书帝验期》载"西王母献舜白玉琯及益地图。"(387页)《尚书帝命验》和《尚书中候》等书都是专记应验故事的纬书。

因此,纬书小说在解释儒家经典时,由于和符命、天验等内容相结合,使之呈现出奇怪的色彩。但总起来看,纬书记载了很多生动丰富的故事,有的情节曲折变化,具有想象的色彩,甚至像神话故事,所以,刘勰称赞纬书"事丰奇伟,辞富膏腴"。这些故事的神奇想象力和浪漫色彩与后世的志怪及神话小说无异,让这些著作具有了鲜明的文学色彩。

四、汉代经学小说的特色

汉儒学者在行文中贯穿了大量的小说,一是以之论证君权神授天赋的天然合理性;二是为了进一步抬高儒家经典的地位。这一特殊的目的就使得汉儒著述中的小说呈现出浓郁的说教味道,形成了独特的经学小说。这些小说根据自己的需要对历史进行了重新阐释,呈现出许多独有的特色。

1. 衍生性

汉儒著述中的很多小说在古书中本有其事，汉儒出于立言的目的对原来的故事进行了改写，衍生出不同的情节，内容上也发生了很大的变化，表现了新的主题。例如，孔子"西狩获麟"在儒书中传播最广，内容不断被丰富。《左传》据《春秋》解释说，"叔孙氏之车子鉏商获麟"，仲尼观之曰"麟"，获麟故事开始和孔子发生关系。《孔子家语·辨物》与《公羊传》相似，在情节中加入了孔子见麟后叹曰"胡为来哉"，"反袂拭面，涕泣沾襟"，但没有说明其叹泣的原因。《孔丛子·记问》则增加了细节描写，添加了孔子及冉有、高柴、言偃的对话，并解释"获麟"的含义："天子布德，将致太平，则麟凤龟龙先为之祥。今宗周将灭，天下无主，孰为来哉？"麟出而死预示"宗周将灭"，而孔子"吾道穷矣"。这里已经表现出谶纬的影响。至《孝经援神契》则对此故事进行了完全的改编，不仅人物发生了变化，结果也出人意料地变成了麟吐瑞书，言刘汉将兴，获麟在纬书中成了汉王朝君临天下的神示。"麟蒙其耳，吐三卷，图广三寸，长八寸，每卷二十四字，其言赤刘当起，曰周亡赤气起，火燿兴，玄丘制命，帝卯金。"再如，《论语》有孔子厄于陈蔡事，《孔子家语·在厄》则记述甚详，以很大的篇幅描述子贡怀疑颜回窃食，孔子竟借托梦问明缘由，证明颜回之可信。此故事在《吕氏春秋·任数》也有载，不过是孔子亲见，佯为不知。大概是因为直接写孔子怀疑颜回，有损于孔子圣人形象，故而被汉儒嫁接于子贡，来称赞孔子的知贤不疑。

2. 模拟性

汉儒作品喜欢对历史事件改头换面，来表达儒家的伦理观念。如《尚书中候》记曰："殷纣时十日，雨土于亳，纣竟国灭。"（409 页）《淮南子》称"尧时十日并出"，《中候》则变成了"纣时十日"，证明商纣荒淫暴虐，必遭天谴的结局。汉儒在小说创作上的模仿常见于感生与受命故事中，增强了圣王先贤的神异性、神秘性。《诗经》中有姜嫄"履帝武敏"感孕生后稷、契母吞玄鸟五色卵生商的故事，纬书便出现了大量与此相似的感生故事，几乎涉及每一位圣人贤王，如华胥感大迹生伏羲、安登感常羊生神农、附宝感大电生黄帝、女节感大星生少昊、女枢感摇光生颛顼、庆都感雷电生尧、握登感大虹生舜、颜征在感黑龙之精生仲尼等。受命故事也与每位圣贤有关，而他们受命的形式同样如出一辙，都是借助《河图》《洛书》，只是在细节上略有差异而已。这种模拟甚至影响了当时的杂史。禹母吞薏苡生禹故事便为《吴越春秋》采用；《汉武帝内传》也有类似的记载："景帝梦神女捧日以授王夫人，夫人吞之，十四月而生武帝。"① 刘向作品中仿作故事也很多，《韩诗外传》有孙叔敖以"螳螂捕蝉，黄雀在后"劝谏楚庄王的故事，《说苑》中则把孙叔敖换成了少孺子，庄王故事则移植到了吴王身上；《复恩》中记述的介子推归隐和舟之侨归隐故事，《杂言》第八、九、十三章分别记述的惠子、西闾过、甘戊落水被船夫救起并和船夫辩论，故事情节相似，只是主人公发生了改变。

3. 夸张和玄虚色彩

古代许多学说为了扩张其影响力，往往喜欢添加一些神秘元素，汉儒对汉帝国和儒家学说的神化也让小说具有了玄虚的特征。王充引传书"杞梁氏之妻向城而哭，城为之崩"，此故事又见于刘向《列女传》，刘向引此故事的目的是赞扬杞梁妻"贞而知礼"，儒家的贞节观被刘向神化到了可以感动土石的地步。《新序·杂事》写丑女无盐嫁齐宣王事。无盐在和宣王说话时竟"忽然不见"，可见此事为虚构无疑。无盐随后指出齐国有"四殆"之害，批评齐王"外不修诸侯之礼，内不秉国家之治"，终使宣王顿悟。由刘向编纂《新序》的目的可知，刘向实际是借无盐之口行劝谏之实，也是借此体现儒家的重德轻貌思想。此故事在《列女传》中主角变成了"齐钟离春"，可见传书对历史故事往往加以夸张、神化，来宣扬自己的学说。

如果说这些小说描述还可能是历史的加工的话；那么，一些神化孔圣人及其弟子的故事则应是儒者的创造。《论衡》引传书言："颜渊与孔子俱上鲁太山，孔子东南望吴昌门外有系白马，引颜渊指以示之曰：'若见吴昌门乎？'颜渊曰：'见之。'孔子曰：'门外何有？'曰：'有如系练之状。'孔子抚其目而正之，因与俱下。下而颜渊发白齿落，遂以病死。"② 孔子竟能看到千里外的吴国城门，可谓神异至极。再如《孝经中契》讲述了孔子作《孝经》后天赐书题，麒麟口吐图文，书于鲁端门，文字化为赤乌翔于青云的故事。《孝经》在

---

① 王根林等校点：《汉魏六朝笔记小说大观》，上海古籍出版社1999年版，第140页。
② 黄晖撰，陈仲夫点校：《论衡校释》，中华书局1990年版，第170—172页。

武帝时本未进入儒家经典之列,《钩命决》引郑康成注:"《春秋》二尺四寸书之,《孝经》一尺二寸书之。"(1014页)《孝经》的书简仅为《春秋》一半,属于"短书"之列。但经过后来汉儒的推崇,也列入儒家经典。《孝经中契》这段生动的文字显然是为神化《孝经》而专门创作的小说。

经过儒生的艺术加工,儒书中的小说故事不仅具有了神异性,情节也更加丰富,尤其开始注重人物形象的刻画。如《孔子家语·好生》记曰:

鲁人有独处室者,邻之嫠妇亦独处一室。夜暴风雨至,邻妇之室坏,趋而托焉。鲁人闭户而不纳。嫠妇自牖与之言:"何不仁而不纳我乎?"鲁人曰:"吾闻男女不六十不同居,今子幼吾亦幼,是以不敢纳尔也。"妇人曰:"子何不如柳下惠然?妪不逮门之女,国人不谓其乱。"鲁人曰:"柳下惠则可,吾固不可。吾将以吾之不可,学柳下惠之可。"孔子曰:"善哉!学柳下惠者,未有期于至善而不袭其为,可谓知乎!"

通过简洁的对话,作者寥寥数语刻画出一个固守儒家"男女授受不亲"古训的节义者的形象。儒者书中的孔子形象更是丰富多彩,有意识的虚构和非现实的描绘使得孔子形象由历史上的智者上升为儒者敬仰的玄圣素王。

从以上经学小说的内容可以看出,以小说解经增强了儒学的神异性、神秘性,从而把儒学抬高到了神学的地位,与此同时,完善了汉代的儒学思想体系,为汉代以经学治国,巩固立国之本起到了很好的促进作用。因此,小说在汉代得到了迅速的传播,到东汉时,世人征引、造作小说已经成为一种风气,甚至影响了官学。《后汉书·蔡邕传》记灵帝开"鸿都门学",其征辟的学者"喜陈方俗闾里小事",世俗小说成为儒生立言造事的工具。因此,小说是汉代经学阐释的重要工具,对汉代儒学形成广泛的影响。

以小说解经不仅促进了儒学思想体系的完备,也形成了早期小说叙事的风格,并影响到以后小说发展的走向。首先,汉代儒书所载小说在六朝小说中仍有记载,如《论衡·感虚篇》引传书"武王伐纣平波"和"鲁襄公援戈麾日"仍见于张华《博物志·异闻》;"商汤身祷于桑林"见于《搜神记》卷八;"曾子之孝,与母同气"见于《搜神记》卷十一;《语增篇》"纣与三千人牛饮于酒池"见于殷芸《小说》卷二；《孝经援神契》"孔子预言赤刘当起"见于《搜神记》卷八等；这说明六朝小说仍然继承了汉代小说的特色。其次，六朝志怪小说的怪诞风格源于汉代小说的神异性，其自然异象、人兽同体、心梦感应等神异化手法广泛影响了六朝志怪小说的创作艺术。再次，汉代小说注重运用语言和行为刻画人物形象的手法则影响了六朝的志人小说，只不过所表现的人物对象发生了变化：一个塑造了儒家的圣贤系列，另一个则塑造了以魏晋风度为代表的人物群像。最后，汉代小说的历史主题也被后世小说所继承，《世说新语》《搜神记》《小说》等六朝小说基本都还是取材于历史人物和历史故事，唐以后的小说中历史题材仍占了很大的部分，即使是虚构的言情小说也延续着讲历史的叙事手段。汉代小说对历史的虚构使之成为中国历史演义小说的滥觞。

（原载《理论学刊》2013年第2期，《试论汉代小说及以小说解经》，此次在原文基础上略作修改）

（作者单位：安阳师范学院文学院）

文献整理研究及其他

音译与意译的叠加重合
——汉代文史典籍中不同民族名物音译的文化内涵

李炳海

汉代是中国古代的盛世，各民族之间的交往空前密切、频繁。民族之间的交往，语言是极其重要的纽带，如果没有不同语种之间的互译，彼此的沟通就很难进行。流传下来的汉代文史典籍，涉及一系列相关语种的名物。汉代士人对这些名物做了音译，并且通过对所用汉字的选择调遣，表达自己对这些名物的理解。汉代文史典籍所涉相关语种的名物，覆盖面比较大，主要包括人物称谓、植物名称、乐曲名称、山名记录者。记录者在把这些名物纳入文史典籍的过程中，采用的多是音译与意译叠加重合的方式。

一、不同民族名物的音译和解释

汉王朝在与中土内外各民族接触的过程中，与匈奴的交往最为密切。由此而来，一些匈奴常用语陆续被记录在文史典籍中。对于这些匈奴用语，汉代采用的是音译的方式。对于它们的具体含义，有的做了解释，有的则只是记音而已，没有进行意义上的辨析。从《史记》到《汉书》，对匈奴日常用语的翻译，呈现的是由粗略到细致的演变态势。

《史记·匈奴列传》在叙述匈奴的官制时，只对屠耆这则匈奴语做了解释：

"匈奴谓贤曰'屠耆',故常以太子为左屠耆王。"[1]而对其他官职的含义,没有用汉语进行解释。《汉书·匈奴传》在对匈奴日常用语的音译和解释方面,对《史记》有明显的超越,文中写道:"单于姓挛鞮氏,其国称之曰'撑犁孤涂单于'。匈奴谓天为'撑犁',谓子为'孤涂',单于者,广大之貌也,言其象天单于然也。……匈奴谓贤曰'屠耆',故常以太子为左屠耆王。"[2]

班固不但指出匈奴语称贤为屠耆,左屠耆就是左贤王,而且还对单于称谓的匈奴语进行音译和解释,较之《史记·匈奴列传》的叙事更加具体深入。

班固把单于和左屠耆王称谓的由来解释得很清楚,他对匈奴语的了解超过司马迁。这固然是汉王朝与匈奴长期交往的结果,同时,也与他的个人经历有关。《后汉书》班固本传有如下记载:"永元初,大将军窦宪出征匈奴,以固为中护军,与参议。北单于闻汉军出,遣使款居延塞,欲修呼韩邪故事,朝见天子,请大使。宪上遣固行中郎将事,将数百骑与虏使俱出居延塞迎之。会南匈奴掩破北庭,固至私渠海,闻虏中乱,引还。"[3]班固此次出使匈奴是在汉和帝永元二年(90),和他一道前往塞外的还有北匈奴的使者。由此推断,班固与匈奴使者之间应有交往,这会使他熟悉一些匈奴语。在此之前的章帝章和二年(88),他还作为中护军随窦宪征伐北匈奴,这也为他了解匈奴语提供了机遇。

汉王朝与中土内外各民族交往的另外重要地区是西域和南亚。自张骞通西域之后,这两个地区许多特产传入中土,香料就是其中的一种。汉乐府诗写道:"行胡从何方?列国持何来?氍毹毾㲪五木香,迷迭艾纳及都梁。"[4]

这里提到的五木香,指的是香料。迷迭、艾纳和都梁是三种香料。其中都梁,是产自南方楚地的香草。《水经注·资水》条目有如下记载:"资水出零陵郡都梁县路山。……县西有小山,山上有渟水,既清且浅,其中悉生兰草。绿叶紫茎,芳风藻川,兰馨远馥。俗谓兰为都梁,山因以号,县受命焉。"[5]

都梁产于湖南零陵,那里有武冈,文中称:"旧传后汉伐五溪蛮,蛮保此

---

[1] (汉)司马迁撰,(南朝宋)裴骃集解,(唐)司马贞索隐,(唐)张守节正义:《史记》,中华书局1982年版,第2980页。
[2] (汉)班固撰,(唐)颜师古注:《汉书》,中华书局1997年版,第3751页。
[3] (南朝宋)范晔撰,(唐)李贤等注:《后汉书》,中华书局1962年版,第1385页。
[4] 逯钦立辑校:《先秦汉魏晋南北朝诗》,中华书局1983年版,第287页。
[5] (北魏)郦道元注,(清)杨守敬、熊会贞疏:《水经注》,江苏古籍出版社2001年版,第3112页。

冈，故曰武冈。"① 零陵土著称兰草为都梁，是五溪蛮的俗语。② 乐府诗把这个名称直接写入作品，采用的是音译的方式，没有做意义上的解释。艾纳，亦称大艾，是一种可制成香料的木质草本植物，所制成的香料称为艾片、冰片或艾脑香。艾纳产于我国广东、广西、云南、贵州、台湾等地，印度和马来半岛也有分布。由此看来，汉乐府诗提到的艾纳，是来自我国南方或南亚，艾纳是这个地域的土语。

汉乐府诗提到的另一种香料是迷迭，它的茎、叶和花都可提取芳香油。迷迭原产于欧洲南部，汉代经西域传入中土，并进行栽培。陈琳、王粲、应玚、曹丕、曹植都有以迷迭为题材的赋，其中王粲的《迷迭赋》写道："惟遐方之珍草兮，产昆仑之极幽。受中和之正气兮，承阴阳之灵休。扬丰馨于西裔兮，布和种于中州。"③ 从王粲的上述叙事可以看出，迷迭是从西域传入，并且种植在中土。迷迭，用的是西域土语。汉乐府诗称："行胡从何方？列国持何来？"行胡，指的是来自中土内外的各族使者。行，谓使者。《管子·小匡》："隰朋为行。"这里所说的行，指的就是外交使者。汉乐府诗提到西域使者所携带的物品，除香料之外还有"氍毹毾㲪"，即毛织的地毯，这类地毯盛产于西域。汉代与西域相通的丝绸之路兼有陆路和海路。西域外交使者如果走的是陆路，那么，就可以把迷迭香直接带入中土。如果走的是海路，那么，他们不但可以把西域特产带入中土，而且沿途所产的艾纳香、都梁香，也会成为被搜集的对象，被作为礼品奉献于汉王朝。西域使者由海路来华，南亚、中国西南乃是必经之路，把这几处的艾纳香、都梁香携带到中土是完全可能的。当然，都梁也有可能是五溪蛮的使者把它带到汉王朝的中心区域。流传下来的佚名的汉乐府诗只有短短的四句，但它提供了汉代与中土内外多个民族交往的宝贵信息，其中提到的三种香料的名称，用的均是原产地居民的土语。

西域的音乐也在汉代传入中土，对此，崔豹的《古今注》有如下记载："横吹，胡乐也。博望侯张骞入西域，传其法于西京，唯得《摩诃兜勒》一曲。

---

① （北魏）郦道元注，（清）杨守敬、熊会贞疏：《水经注》，江苏古籍出版社 2001 年版，第 3112 页。
② 兰草产地都梁，在汉代是五溪蛮居住的地区。东汉名将马援曾经征讨五溪蛮，具体记载参见《后汉书·马援传》。
③ （唐）欧阳询撰，汪绍楹校：《艺文类聚》，上海古籍出版社 1982 年版，第 1395 页。

李延年因胡曲更进新声二十八解,乘舆以为武乐。后汉以给边将军,和帝时万人将军得用之。"[①] 这是探讨横吹曲的音乐渊源,把它追溯到西域胡乐。对此,南朝释智匠的《古今乐录》亦有记载,文字大体一致。从西域传入中土的横吹曲称为"摩呵兜勒",至于它为什么是这个名称,崔豹和释智匠都没有加以解释。李延年是西汉武帝时期的协律都尉,他的新声二十八曲军乐,就是在胡乐《摩呵兜勒》的基础上制作的。

通过以上梳理可以看出,汉代文史典籍中出现的胡语,绝大多数是以音译的方式记载下来的。少量对音译加以解释的,只见于传入中土的匈奴语,而西域语和蛮语则基本都是音译,没有用汉语加以解说。在对匈奴语进行解说方面,《汉书》又胜于《史记》。

二、名物音译与意译的叠加

汉代文史典籍对于中土内外的胡语,多是采用音译的方式加以处理,人们根据胡语的读音,用相应的汉字加以标示,即所谓的直音法。那么,这些用于标示胡语的汉字,与胡语所表达的意义是否存在关联呢?在标示胡语读音的过程中,为什么选择这些汉字,而没有取用其他同音的汉字呢?这确实是一个值得深入思索的问题,通过典型案例的解析可以得出明确的答案。

《汉书·匈奴传》称:"匈奴称天谓'撑犁'。"匈奴称天为撑犁,班固采用的是音译。撑,有抵拄、支撑之义。在古人观念中,天是靠立柱支撑起来的。《淮南子·天文训》称:"昔者共工与颛顼争为帝,怒而触不周之山,天柱折,地维绝。"这里所说的天柱,指的是不周之山。班固在对匈奴语"天"的称呼进行音译时,把撑字冠于其首,隐含着古人对天体的理解,即它是被支撑而高高隆起。再看犁字。犁本指以牛耕田,耕过的农田较之原来疏松,因此,犁字有显豁、疏朗之义。《庄子·山木》叙述孔子在陈蔡绝粮期间歌焱氏之风,

---

[①] (晋)崔豹:《古今注》,四川大学古籍整理研究所编:《诸子集成补编》(十),四川人民出版社1997年版,第315页。

亦即有焱氏之乐。"木声与人声，犁然有当于人心。"王夫之称："犁谓牛之耕，犁路了然。"① 王夫之是从犁字的本义出发，把犁然解释为明了。宣颖亦称："（犁然）犹释然，如犁田者，其土释然也。"② 宣颖也是从犁字的本义切入，把犁然解释为显豁、通透。由此看来，犁有清晰、明彻之义。匈奴称天为撑犁，班固用这两个字标音，同时暗含中土对天体的认识和理解，即天幕高张、天空晴朗之义。后代产生的《敕勒歌》称"天似穹庐，笼盖四野""天苍苍"，匈奴语称天为撑犁，与《敕勒歌》所作的表达相似。班固用相应的汉字做了对译，既是音译，又有意译。

《汉书·匈奴传》称："单于姓挛鞮氏，其国称之曰'撑犁孤涂单于'。匈奴谓天为'撑犁'，谓子为'孤涂'。"匈奴单于称为撑犁孤涂，亦即上天之子。匈奴语称儿子为孤涂，班固采用的是音译，同时，所选用的这两个字又与单于对自我角色的认定相一致。《老子》第三十九章写道："故贵以贱为本，高以下为基，是以侯王自称孤寡不穀。"孤是贵族的谦称，那么，什么人可以自称为孤呢？对此，《礼记·曲礼》写道："庶方小侯，入天子之国曰某人，于外曰子，自称曰孤。"郑玄注："谓戎狄子男君也。"③ 中土周边民族的首领，在爵位上为子、男，到中央王朝谦称为孤，是子爵和孤称相对应。相同记载还见于《礼记·玉藻》。匈奴最高首领以上天之子自命，那里的胡语称儿子为孤涂。班固进行音译选择孤字，与匈奴单于的身份正相切合。对于汉王朝而言，他确实属于戎狄子男，应该自称为孤。匈奴语称儿子为孤涂，班固所作的音译选择涂字，亦带有表意的作用。涂，繁体作塗，是由涂字衍生出来的，故两字含义相通。涂，含义又与杇相通。《说文解字·木部》："杇，所以涂也。"段玉裁注："涂、塗古今字。涂者，饰墙也。"④ 涂指修饰墙，有除旧布新之义。《尔雅·释天》："十二月为涂。"郝懿行义疏引马瑞辰语："《广韵》：'涂与除同。'除，谓岁将除也。《小明》诗：'日月方除。'毛传：'除，除陈生新也。'"⑤

---

① （清）王夫之：《庄子解》，中华书局 1981 年版，第 171 页。
② （清）宣颖：《南华经解》，《续四库全书》第 957 册，上海古籍出版社 2002 年版，第 502 页。
③ （汉）郑玄注，（唐）孔颖达疏：《礼记正义》，中华书局 1980 年影印《十三经注疏》本，第 1205 页。
④ （汉）许慎撰，（清）段玉裁注：《说文解字注》，中华书局 1981 年版，第 256 页。
⑤ （清）郝懿行撰：《尔雅义疏》，上海古籍出版社 1983 年版，第 753 页。

涂，有除陈布新之义。十二月居一年末尾，新的一年即将开始，故称为涂。班固将匈奴用语对儿子的称呼译为孤涂，其中的涂字，表示的是子承父业、继往开来之义。孤涂两个字是对匈奴语儿子称呼的音译，同时又与中土对匈奴单于自命为上天之子的含义相通，班固根据自己的理解选择这两个汉字，兼有音译和意译的功能。

匈奴最高首领称为单于，司马迁、班固采用的均是音译。《汉书·匈奴传》写道："单于者，广大之貌也，言其象天单于然也。"班固对单于一词在匈奴语中的含义做了说明，既有音译又有意译。再看这两个汉字所表达的意义。《说文解字·吅部》："单，大也。"段玉裁注："当为大言也，浅人删言字。"[1] 单字本义为大言，有时指广大，对此，朱骏声做了详细解说："（单）为大。《鲁语》：'尧能单均刑法。'《郑语》：'夏禹能单平水土。'《史记·春申君传》：'王之威亦单矣。'……《甘泉赋》：'单埢垣兮。'注：'大貌。'"[2]

"单"字指的是大，这种用法在先秦及汉代典籍中经常可以见到。匈奴最高首领的称号用"单"字领起加以翻译，指的也是大，兼有音译和意译。再看"于"字，朱骏声写道："《礼记·檀弓》：'于则于。'疏为广大。《尚书大传》：'名曰朱于。'注：'大也。'《方言一》：'于，大也。于，通语也。'"[3]

"于"字指大，在汉代是通用语。这样看来，匈奴最高首领称为单于，用以表音的这两个汉字，指的是大而又大之义，亦谓至高无上。由此看来，用"单于"两个字标示匈奴最高首领，同样兼有音译和意译的功能，这两个汉字所包含的意义与匈奴语"单于"之音的内涵是一致的。

《史记·匈奴列传》和《汉书·匈奴传》追溯匈奴族的由来，皆称其始祖为淳维。淳维是匈奴语的音译。淳字有多种含义，其中一种含义是准则、度量，对此，朱骏声写道："淳……假借为准、或为崀。《周礼·内宰》：'出其度量淳制。'《质人》：'壹其淳制。'按：布帛之幅也。"[4]

"淳"指度量、规则。维，本指系物的绳索，引申为法纪、法度。淳、维

---

[1] （汉）许慎撰，（清）段玉裁注：《说文解字注》，中华书局1981年版，第63页。
[2] （清）朱骏声：《说文通训定声》，中华书局2011年版，第748页。
[3] （清）朱骏声：《说文通训定声》，中华书局2011年版，第425页。
[4] （清）朱骏声：《说文通训定声》，中华书局2011年版，第803页。

皆有法度、纲纪之义。匈奴始祖的名称用"淳维"二字加以标示,既是对匈奴语的音译,汉语又是表示执掌纲纪之义。

《史记·匈奴列传》和《汉书·匈奴传》提到秦汉之际的匈奴首领是头曼、冒顿。这两个名字音译所用的汉字,都有表示首领之义。头,谓首、头部,人体最上部。曼,有修长之义。头曼,可释为首领、长官。冒,冒覆,加于其上之义。顿,有牵引、控制之意。冒顿,意谓居于其上而进行控制,这正是首领的角色。

《史记·匈奴列传》和《汉书·匈奴传》皆称"匈奴谓贤曰'屠耆'",屠耆是对匈奴语的音译。屠,有屠杀、杀戮之义,这是最常见的用法。耆,有强横之义。《左传·昭公二十三年》:"不僭不贪,不懦不耆。"杜预注:"懦,弱也。耆,强也。"[①] 屠指杀戮,耆指强横。匈奴称贤者的用语,《史记》《汉书》皆标示为屠耆,这两个字的汉语含义是杀戮而又强横者。司马迁、班固之所以选择这两个字对表示贤能的匈奴语进行翻译,就在于匈奴尚武的天性。在他们看来,匈奴所谓的贤者,指的应是英勇善战之人,因此用屠耆两个汉字进行音译,并传达出汉语所表达的嗜杀之义。

综上所述,《史记》《汉书》对于匈奴人物的称谓,都采用音译法加以标示,是用相应的汉字为匈奴语注音。但是,他们所选择的汉字,又有表意功能,传达的是司马迁、班固对匈奴一系列人物称谓的理解,是他们对相关称谓所作的阐释。这种阐释和理解有的与匈奴语本义相契,有的则存在差异,不相一致。

三、音译植物名透视自然风貌

对于从中土内外输入汉王朝中心区域的植物,汉代文史典籍也用音译标示它们的名称。同时,所选用的汉字,同样具有表意功能。

佚名乐府诗提到都梁,指的是产于南楚之地的兰草。《水经注·资水》称"俗称兰为都梁",乐府诗是用五溪蛮所在之地的土语对它加以标示,采用的

---

① (晋)杜预:《春秋左传集解》,上海人民出版社1977年版,第1505页。

是音译的方式。至于音译之所以选择都梁这两个汉字，则是根据这种兰草的生长环境而来。对此，王引之作了如下辨析："其名都梁者，或取水渟山上之义。《说文》：'潴，水所停也。'《檀弓》郑注云：'南方谓都为潴。'都梁者，潴梁也。"① 王引之的辨析是有道理的。汉乐府诗选择都梁二字作为对产自五溪蛮地区兰草名称的音译，一方面因为这两个字的读音与蛮语对兰草的称呼相同；另一方面，是因为这种兰草生于山上停滞不流的水中。都字表示聚集的静止之水，梁表示高处。由此看来，佚名乐府诗提到的兰草称为都梁，既是音译，所用的汉字又有表意功能，用以说明兰草产地的自然生态。

佚名乐府诗提到传入中土的植物有迷迭，来自西域。迷迭，是对西域语的音译，同时也包含特殊的含义。迷，谓迷恋，使人沉溺。产自西域的香料芳馥浓烈，《晋书·贾充传》写道："时西域有贡奇香，一着人则经月不歇。"② 对西域输入的香料在称呼上冠以迷字，是从它芳香异常的属性和功能上着眼。迭字，《说文解字·辵部》："迭，更迭也，一曰达。"段玉裁注："一曰此达字之异体也。盖达、迭二字互相为用。"③ 迭有通达、到达之义。称西域传入的香料为迷迭是音译，同时又是指使人迷恋而又芬芳四溢。迭，谓通达，引申为散发。佚名乐府诗提到输入中土的另一种香料称为艾纳，产自南亚。艾纳，是对南亚语的音译，同时，这两个字所表达的是美好之物被纳入之义。艾，谓美好；纳，指纳入。艾纳之称，也是音译和意译的结合。

《史记·大宛列传》有如下记载："宛左右以蒲陶为酒……俗嗜酒，马嗜苜蓿。汉使取其实来，于是天子始种苜蓿、蒲陶肥饶地。"④ 中土的苜蓿是从西域引进的，汉乐府歌诗《蜨蝶行》提到这种植物："蜨蝶之初遨游东园，奈何初逢三月养子燕，接我苜蓿间。"⑤ 这是一首寓言诗，以动物界的弱肉强食暗示人生的不幸。初飞的蝴蝶被养子燕在苜蓿草生长的地方捕捉，然后把它带入"紫

---

① （清）王引之：《经义述闻》，《清人注疏十三经》（五），中华书局1998年版，第351页。
② （唐）房玄龄等撰：《晋书》，中华书局1998年版，第1173页。
③ （汉）许慎撰，（清）段玉裁注：《说文解字注》，中华书局1981年版，第73页。
④ （汉）司马迁撰，（南朝宋）裴骃集解，（唐）司马贞索隐，（唐）张守节正义：《史记》卷一二三《大宛列传》，中华书局1982年版，第3173页。
⑤ 逯钦立辑：《先秦汉魏晋南北朝诗》，中华书局1983年版，第281页。

深宫中",用以喂养雏燕。这里的紫深宫,指的当是皇家宫殿,它的附近确实种植苜蓿。"及天马多,外国使来众,则离宫别观旁尽种蒲陶、苜蓿极望。"① 西汉天子离宫别馆旁边大量种植葡萄、苜蓿,成为当时的重要景观,乐府诗《蛱蝶行》是以天子的离宫别馆所在之处为空间背景。

苜蓿,古大宛语(buksuk)的音译。那么,为什么选择这两个汉字来标音呢?这要从苜蓿本身的属性和特征寻找原因。苜,字形从草、从目。目,指眼睛,这种草与人的眼睛在哪些方面存在关联呢?苜蓿属于豆科植物,它的果实藏在荚中。豆科植物的这种形态特征,使先民往往把它和人的眼睛联系在一起。《山海经》有如下两个条目:

> 甘枣之山……其下有草焉,葵本而杏叶,黄华而荚实,名曰䈽,可以已瞢。②
> 脱扈之山,有草焉,其状如葵叶而赤华荚实,实如棕荚,名曰植楮……食之不眯。③

甘枣之山的䈽、脱扈之山的植楮,它们的果实均藏在荚中,食用它们的果实可以治疗眼睛的疾病,或者使眼睛免受伤害。《说文解字·苜部》:"瞢,目不明也。"④《说文解字·目部》:"眯,草入目中也。"⑤ 豆类植物的果实形态与人的眼睛有相似之处,先民由豆科植物果实的外壳,联想到人的上下眼皮。而藏于外壳中的籽粒,则有似于人的眼珠。因此,先民运用类比联想,把豆科植物的果实与人的眼睛相联系。

《说文解字·目部》:"目,人眼也。象形。重,童子也。"段玉裁注曰:"象形,总言之。……《释名》曰:'瞳,重也。肤幕相裹重也。……'按:人

---

① (汉)司马迁撰,(南朝宋)裴骃集解,(唐)司马贞索隐,(唐)张守节正义:《史记》卷一二三《大宛列传》,中华书局1982年版,第3173—3174页。
② 袁珂:《山海经校注》,上海古籍出版社1980年版,第117页。
③ 袁珂:《山海经校注》,上海古籍出版社1980年版,第119页。
④ (汉)许慎撰,(清)段玉裁注:《说文解字注》,中华书局1981年版,第145页。
⑤ (汉)许慎撰,(清)段玉裁注:《说文解字注》,中华书局1981年版,第134页。

目由白而卢、童而子，层层包裹，故重画以象之。"①目字的构形是眼珠被层层包裹之象，突出眼珠的隐蔽性。先民由豆科植物的荚状果实联想到人的眼睛，也是关注眼珠的隐蔽性，以及上下眼皮对瞳孔的保护作用。苜蓿果实的颗粒隐蔽在荚中，故冠以苜字称之，并且读音与它的原产地西域语相同。再看宿字。朱骏声写道："《礼记·檀弓》有宿草，注：'陈根也。'《离骚》：'夕揽中洲之宿莽。'注：'楚人谓冬生草曰宿莽。'"②关于宿莽，《尔雅·释草》亦有提及："卷施草，拔心不死。"郭璞注："宿莽也。"郝懿行写道："《方言》云：'莽，草也。'是凡草通名莽，惟宿莽是卷施草之名也。"③宿莽又称卷施草，因其是多年生草本植物，所以，把草心拔掉仍然能够生出新芽，不至于枯死。莽是草之通名，宿则指能够多年生出新草的陈根。苜蓿有的是多年生草本植物，对它的名称进行音译，所用的是蓿字，表示它的多年生属性。

汉代从西域传入中土的还有葡萄，《史记·大宛列传》作蒲陶，是对这种水果名称的音译。司马相如《上林赋》提到"樱桃蒲陶"，他把这种由西域传入的植物写进了作品。蒲，字形从甫，取其枝蔓匍匐之象。匍匐，汉代有时作蒲伏。《史记·淮阴侯列传》叙述韩信的胯下之辱称："俛出胯下，蒲伏。"由此看来，蒲有匍匐之义。陶，字形从匋。匋，字形从缶。《说文解字·缶部》："缶，瓦器，所以盛酒浆。秦人鼓之以节歌。"④缶最初是酒器，葡萄可以制酒，《史记·大宛列传》称："宛左右以蒲陶为酒……俗嗜酒。"这种水果可以酿酒，故音译用陶字，以表示它的这种功用。

汉代对于从外地传入中土的植物，无论是香草类的都梁、迷迭、艾纳，还是可酿酒的葡萄、饲马的苜蓿，采用的均是音译兼意译的做法。所选择的汉字既标示植物名称的胡语读音，又是对植物属性、功能所作的解释，二者的结合近乎水乳交融、天衣无缝。

---

① （汉）许慎撰，（清）段玉裁注：《说文解字注》，中华书局1981年版，第129页。
② （清）朱骏声：《说文通训定声》，中华书局2011年版，第296页。
③ （清）郝懿行撰：《尔雅义疏》，上海古籍出版社1983年版，第1054页。
④ （汉）许慎撰，（清）段玉裁注：《说文解字注》，中华书局1981年版，第224页。

四、音译乐曲名挟带慷慨激情

汉代从西域传入的音乐是横吹曲，保留到后代的只有《摩呵兜勒》，李延年的新声二十八解就是在此基础上制作的。关于这则西域之乐，章太炎先生做了如下论述：

> 四夷之乐，用于朝会祭祀燕飨，自《周官》鞮师、鞻鞻氏见其端。《小雅》曰："以雅以南。"传曰："东夷之乐曰昧，南夷之乐曰南，西夷之乐曰朱离，北夷之乐曰禁，以为乐舞。""朱离"，《后汉书·班固传》作"兜离"。《白虎通义》省言"兜"。周时，"朱"音如"兜"，"兜离"则所谓"摩呵兜勒"者。西域即用梵语，"摩呵"译言"大"，"兜勒""兜离"译言"声音高朗"。①

班固《西都赋》提到东汉朝廷所演奏的四夷之乐，文中写道："四夷间奏，德广所及，《伶侏》《兜离》，罔不备集。"②这里所说的《兜离》，指的就是来自西域的《摩呵兜勒》。按照章太炎先生所作的陈述，这则乐曲名称用的是梵语，它的含义是声音宏亮高朗。

"摩呵兜勒"是对乐曲名称的音译，这四个汉字又具有表意功能。乐曲名称冠以摩字，与这则乐曲是横吹曲直接相关。横吹曲通常所用的乐器是笛子，是吹奏乐器，表演者的口部和手指都要与笛子接触，做出相应的动作。摩，有抚摸、按摩之义。这则乐曲的译名冠以摩字，着眼于笛子演奏的手指动作。马融《长笛赋》叙述笛子吹奏的动作称："五音代转，挼拏捘臧，递相乘邅。"③这里出现的挼、拏、捘，指的都是手部动作。挼，谓揉搓。拏，指的是牵引。捘，谓抬高双手。《说文解字·手部》："挼，摧也，从手，妥声。一曰两手相

---

① 章太炎：《国故论衡》，上海古籍出版社2003年版，第93页。
② （南朝宋）范晔撰，（唐）李贤等注：《后汉书》，中华书局1962年版，第1364页。
③ 费振刚、胡双宝、宗明华辑校：《全汉赋》，北京大学出版社1993年版，第497页。

切摩也。"① 马融《长笛赋》所说的挼,指的正是摩,是笛子表演者手指抚摸乐器的动作。传自西域的横吹曲,所用的译名冠以摩字,是取象于演奏者的手指动作。再看呵字。呵,繁体作訶。《说文解字·言部》:"訶,大言而怒也,从言,可声。"② 呵的本义是说话声音很高,表达的是愤怒之情。后代所说的呵斥,就是由此而来。从西域传入中土的《摩呵兜勒》是军乐,经李延年改造之后仍然用于军旅。军乐必须高亢雄壮,能够激发起参战将士的愤怒激昂之情,从而奋不顾身地冲锋陷阵。《洛阳伽蓝记·法云寺》条目有如下记载:

> 有田僧超者善吹笳,能为《壮士歌》《项羽吟》,征西将军崔延伯甚爱之。……延伯危冠长剑,耀武于前。僧超吹《壮士》笛曲于后。闻之者懦夫成勇,剑客思奋。③

田僧超是用笛类乐器吹奏《壮士歌》,属于横吹曲。他的笛声令参战将士踊跃向前,英勇杀敌,由此不难想象,所用的曲调必然是高亢悲壮,愤怒激昂。西域传入中土军乐的译名用了"呵"字,道出了它的高亢激昂。

传入中土的西域军乐译名末尾两字是"兜勒",它们有着特殊的含义。《说文解字》:"兜,兜鍪,首铠也。……古谓之胄。"朱骏声写道:"胄所以蒙冒其首,故谓之兜。亦曰兜鍪者,叠韵连语也。"④ 兜,指的是头盔,亦称胄,用于防护头部,是战争所用的军需品。再看勒字。《说文解字·革部》:"勒,马头落衔也。"段玉裁注:"此云落衔者,落其头而衔其口,可控制也。"⑤ 勒,指套在马的头部,带有嚼子的笼头,用以控制马。古代的战争无论车战为主,还是骑兵为主,都需要用马。传入中土的西域军乐的译名缀以"勒"字,暗示它与战争的关联。

按照章太炎先生的说法,"摩呵兜勒"本系梵语,指的是声音宏大高朗。

---

① (汉)许慎撰,(清)段玉裁注:《说文解字注》,中华书局1981年版,第606页。
② (汉)许慎撰,(清)段玉裁注:《说文解字注》,中华书局1981年版,第100页。
③ (北魏)杨衒之:《洛阳伽蓝记》,载苏渊雷、高振农选辑:《佛藏要籍选刊》第14册,上海古籍出版社1994年版,第301页。
④ (清)朱骏声:《说文通训定声》,中华书局2011年版,第353页。
⑤ (汉)许慎撰,(清)段玉裁注:《说文解字注》,中华书局1981年版,第110页。

在对这则军乐名称进行汉译的过程中,一方面采用直音法,用四个汉字表示它的西域读音。另一方面,所选择的四个汉字又有表意功能。摩,指笛子演奏的技法。呵,谓其声调愤怒激昂。兜勒,则暗示它的功用,是用于军旅和战争。与西域语原有的本义相比,汉译名称所用的"摩呵兜勒"四个字,所包含的意义更加丰富。

五、音译山名显战地风云

焉支山,首见于《史记》的《卫将军骠骑列传》和《匈奴列传》,是霍去病征讨匈奴所经过的山,位于今甘肃境内。关于焉支山,《括地志》称:"焉支山一名删丹山,在甘州删丹县东五十里。"[1] 删丹,即今甘肃山丹。《史记·匈奴列传》司马贞索隐引《西河旧事》记载:"山在张掖、酒泉二界上。东西二百余里,南北百里。有松柏五木,美水草,冬温夏凉,宜畜牧。匈奴失二山,乃歌云:'亡我祁连山,使我六畜不蕃息;失我燕支山,使我嫁妇无颜色。'"[2] 这里叙述的是焉支山所在之处良好的自然生态,以及匈奴丧失该地之后的悲哀。匈奴从焉支山一带退出,是在西汉武帝时期,霍去病的征伐使匈奴痛失水草丰茂之地。由此推断,这首匈奴歌当产生于西汉武帝时期,后来被译成汉语。匈奴歌把失去燕支山与"嫁妇无颜色"联系在一起,那么,二者之间存在什么关联呢?这从《史记·匈奴列传》司马贞索隐所录习凿齿《与燕王书》中可以找到线索:"山下有红蓝,足下先知不?北方人探取其花染绯黄,挼取其上英鲜者作烟肢,妇人将用为颜色。吾少时再三过见烟肢,今日始见红蓝,后当为足下致其种。匈奴名妻作'阏支',言其可爱如胭肢也。阏音烟。"[3] 按照习凿齿的说法,匈奴称妻为阏支,取自胭脂,意谓美丽如花。焉支山,又称燕支山,两

---

[1] (唐)李泰等著,贺次君辑校:《括地志辑校》,中华书局1980年版,第227页。
[2] (汉)司马迁撰,(南朝宋)裴骃集解,(唐)司马贞索隐,(唐)张守节正义:《史记》,中华书局1982年版,第2909页。
[3] (汉)司马迁撰,(南朝宋)裴骃集解,(唐)司马贞索隐,(唐)张守节正义:《史记》,中华书局1982年版,第2889页。

个名称的读音均与胭脂相同。燕支山所在之地汉代称为删丹，今称山丹，由此看来，此山的得名确实与那里盛产可以提炼出胭脂的草直接相关。匈奴失去燕支山，再也很难找到能制成胭脂的植物，故称"使我嫁妇无颜色"。崔豹《古今注》写道："燕支，叶似蓟，花似捕公，出西方，土人以染。名为燕支、中国亦谓为红蓝。以染粉为妇人色，为燕支粉。"[1] 燕支是匈奴语，指的是染，燕支山指出产能制成胭脂植物的山，这是匈奴语的本义。《史记》对这座山的名称采用的是音译的方式，标示为焉支山。燕、焉，读音相同，两个汉字的含义也相近。燕的本义指燕子，《说文解字·鸟部》："焉鸟，黄色，出于江淮。"[2] 焉的本义也是指鸟，与燕字读音相同，意义相近，故可通用。

焉支，或称燕支，是对匈奴语的音译，燕支山是由盛产胭脂原料而得名。可是，用于为匈奴语注音的两个汉字，却另有自己的特殊意义。《广雅·释器》写道："龙渊、太阿、干将、镆邪、莫门、断蛇、鱼肠、醇钧、燕支、蔡伦、属鹿、干队、堂谿、墨阳、钜阙、辟间，剑也。"[3] 这里罗列一系列中国古代早期的名剑，其中包括燕支。《广雅》的作者生活于曹魏时期，在时段上与汉代相接续。《广雅》博采秦汉多种字书对词义的解释，他称燕支系剑名，应是有所依据。由此看来，燕支指的是战具，是战争武器，对于其中提到的干将、莫邪，王念孙做了如下辨析：

> 干将、莫邪皆利刃之貌，故又为剑戟之通称。《史记·商君传》云："屈卢之劲矛，干将之雄戟。"司马相如《子虚赋》云："建干将之雄戟。"戟与戈同类，故魏文帝《浮淮赋》云："建干将之铦戈。"《说文》："镆釾，大戟也。"《汉书·扬雄传》："杖镆邪而罗者以万计。"注亦以为大戟。干将、莫邪为剑戟之通称。[4]

---

[1] （晋）崔豹：《古今注》，四川大学古籍整理研究所编：《诸子集成补编》（十），四川人民出版社1997年版，第320页。
[2] （汉）许慎撰，（清）段玉裁注：《说文解字注》，中华书局1981年版，第157页。
[3] （清）王念孙：《广雅疏证》，上海古籍出版社1983年版，第1041页。
[4] （清）王念孙：《广雅疏证》，上海古籍出版社1983年版，第1042—1043页。

王念孙所作的辨析极有说服力，也富有启示性。干将、莫邪本是指锋利的刀剑，引申而为剑戟的通称。燕支指利剑，引申意义也指戟类武器。《广雅·释器》："鋋谓之雄戟。"王念孙写道："《方言》：'三刃枝，南楚宛郢谓之匽戟。'郭注云：'今戟中有小孑刺者，所谓雄戟也。'"① 匽，读音与燕、焉相同，它单独出现有时指带刺的戟。《说文解字·金部》："鋋，小矛也。从金，延声。"② "錟，长矛也。从金，炎声。"③ 由此看来，字形从金，读音与燕相近的字，往往指长矛大戟一类武器。再看支字，朱骏声写道："《后汉·吕布传》：'中小支。'注谓：'胡也，即今之戟旁曲支。'"④ 支，有时指戟刃旁的分枝。读音与燕支相同或相近的字，往往指矛戟一类武器。燕支连言指宝剑，也可概指矛戟类武器。读音为燕、为支的单字，也往往指长矛大戟。

通过上面的梳理可以认定，燕支作为匈奴语的音译，这两个字的汉语意义不再是指胭脂，而是指刀剑矛戟类武器。所谓的燕支之山，汉语所指的是战争武器之山，这种意义来自那里曾经发生过激战，是战场。班固曾作《封燕然山铭》，用以纪念和颂扬东汉王朝对匈奴征讨所取得的胜利。燕然山，指今蒙古人民共和国杭爱山，多次出现于《后汉书》。燕然山的名称，也当取自那里是战场之义，是兵器亮相的地方。燕然两字读音相近，与燕支只有一字之别，都是因战争中兵戎相见而得名。

《史记》《汉书》多次提到祁连山。《史记·卫将军骠骑列传》叙述霍去病的葬礼称"为冢象祁连山"。霍去病的陵墓取象于祁连山，用以纪念他在这座山所立下的赫赫战功。《汉书·卫青霍去病传》提到"去病至祁连山"，颜师古注："祁连山即天山也，匈奴呼天为祁连。"⑤ 颜师古的解释是可信的。《汉书·匈奴传》云："匈奴称天为'撑犁'。"既然匈奴称祁连山为天山，那么，祁连二字的发音与撑犁相近，祁连二字是对匈奴语的音译。可是，汉语的祁连二字，所表达的意义不是天山，而是另有所指。祁字在《诗经》中反复出现，

---

① （清）王念孙：《广雅疏证》，上海古籍出版社1983年版，第1048页。
② （汉）许慎撰，（清）段玉裁注：《说文解字注》，中华书局1981年版，第710页。
③ （汉）许慎撰，（清）段玉裁注：《说文解字注》，中华书局1981年版，第711页。
④ （清）朱骏声：《说文通训定声》，中华书局2011年版，第516页。
⑤ （汉）班固撰，（唐）颜师古注：《汉书》，中华书局1997年版，第2481页。

所包含的意义也比较一致。《豳风·七月》："春日迟迟，采蘩祁祁。"祁祁，指众多。《小雅·大田》："兴云祁祁，雨我公田，遂及我私。"祁祁，谓盛多，用以修饰降雨的云层。《小雅·吉日》："瞻彼中原，其祁孔有。"这里的祁指广大。祁有众多、广大之义，顾名思义，所谓的祁连山，指的是众多的山体相连。祁连山确实如此，它绵延长达数百公里。祁连山是对匈奴天山的音译，但汉语所指的则是山体连绵不断的形态，与匈奴语表达的意义迥然有别。

六、结语

　　汉代文史典籍对相关语种所涉名物采取的处理方式，是音译和意译同时兼顾，二者结合在一起。用以标音的汉字，同时具有表意的功能。不过，它所表达的意义与相关语种所涉名物的本义多数不相符合，只有少数相契。在阅读汉代文史典籍过程中，对于这类名物必须要分成两个系统进行解读：一方面要掌握表示这类名物所用汉字的读音，是相关语种所涉名物的音译；另一方面要理解所用汉字所表达的意义，是中土士人对相关语种所涉名物的解释和演绎，传达的是文史典籍作者的理念和看法。如果仅从读音系统去把握这些汉字，势必造成对意义的忽视和遮蔽，无法全面地发掘其中的文化意蕴，对名物的理解会流于片面和表层。

　　汉代文史典籍对相关语种所涉名物采用的音译和意译重合叠加的处理方式，是一种高超的做法，具体操作也有较大的难度。汉代士人之所以采取这种方式处理相关语种所涉名物，与那个时代的文化风尚密切相关。汉代是经学昌盛的时代，汉儒治经讲究章句之学，即对词语名物的训诂考释；同时，它们又不限于章句本身，而是还要从中生发出微言大义，有时甚至达到"六经注我"的地步。汉代经学的这种特点，也渗透到对相关语种所涉名物的处理过程中。人们不满足于仅对所涉名物进行音译，而是还要表达翻译者本人对所涉名物的理解。于是，所选择的汉字就要具有双重功能，既能标音，又能表意。汉儒对许多经学典籍的处理方式，是章句之学与微言大义的结合。那个时代士人对相关语种所涉名物，则是用音译、意译重合叠加的方式加以处理，与经学有相通之处。

汉代又是文化大发展的历史时期。适应经学和文化发展的需要，汉代推出一系列重要的字书。西汉成书并流传至今的有《尔雅》、扬雄的《方言》；东汉则有许慎的《说文解字》、刘熙的《释名》。除此之外，汉代还有一批已经亡佚的字书，扬雄的《训纂》就是其中之一。这些字书的陆续推出，使得汉代士人所掌握的文字数量较之以往更加众多，运用起来也更加灵活。因此，他们对相关语种所涉名物进行处理、选择兼有表音和表意功能的汉字之能力，并在具体操作过程中能够处理得比较恰当。

（作者单位：中国人民大学文学院）

简册制度与《天问》的错简问题
——兼谈《天问》在汉代的流传与整理

孟祥笑　姚小鸥

《天问》研究之重要问题，首推错简。①错简与《天问》"文义不次序"之说有关。王逸《〈楚辞章句·天问〉序》曰："楚人哀惜屈原，因共论述，故其文义不次序云尔。"②明代汪瑗，清代蒋骥、夏大霖、屈复等对《天问》"文义不次序"的原因，多主错简之说。明末清初，《天问》错简说曾成为风气。《四库全书总目·楚辞类·总序》说："注家由东汉至宋，递相补苴，无大异词。迨于近世，始多别解，割裂补缀，言人人殊，错简说经之术，蔓延及于词赋矣。"③屈复《天问校正》首先对他所认定的《天问》错简进行了较大规模的整理。《四库全书总目》批评他"以意为之，无所依据"。④在乾嘉朴学的风尚下，屈复对《天问》诗句次序的调整不被嘉许。其后，清代几乎无人认定《天问》有错简。20世纪，《天问》错简问题重新被学者重视。游国恩肯定了屈复对《天问》错简问题的认识，他自己也对《天问》最后一段进行了某些调整。此后，唐兰、郭沫若、苏雪林、林庚、孙作云、金开诚、郭世谦等，都做过《天问》错简的校正工作。几十年来，讨论《天问》错简的论文数量众多，难以悉举。

---

① 参毛庆：《〈天问〉研究四百年综论》，《文艺研究》2004年第3期。
② （宋）洪兴祖撰，白化文等点校：《楚辞补注》，中华书局1983年版，第85页。
③ （清）永瑢等撰：《四库全书总目》，中华书局1965年版，1267页。
④ （清）永瑢等撰：《四库全书总目》，中华书局1965年版，第1271页。

错简指文献的语句前后次序颠倒。之所以会产生这种现象，与古代简册制度有关。古代书册由若干单支简策编连而成。《说文》："编，次简也。"段注："以丝次弟竹简而排列之曰编。"①《汉书·张良传》："出一编书"。颜师古注："编谓联次之也。联简牍以为书，故云一编。"② 书册使用日久，连接简策的编绳断裂，造成书册散乱，重新编连的时候，稍有不慎，会将简策次序误编。《天问》中的某些部分前后文义衔接不合逻辑，就是错简造成的。

《天问》的错简问题十分复杂，其有无错简，错了多少，应该如何整理，存在很大争论。下面以"女娲有体"句为例进行分析。为了便于讨论，兹将《天问》"女娲有体"一节移录于下，以明其前后关系。

舜闵在家，父何以鱀？尧不姚告，二女何亲？厥萌在初，何所億焉！璜台十成，谁所极焉？登立为帝，孰道尚之？女娲有体，孰制匠之？舜服厥弟，终然为害。何肆犬体，而厥身不危败？③

学者或认为上引文主要问舜事，被"女娲"前后八句分在两处，"文义不次"。或认为"女娲有体"前后"事类"相似，并非错简。明代黄文焕《楚辞听直》持后说。《楚辞听直·合论》对"女娲有体"一节解释说：

既言妹嬉汤殛，可以径接缘鹄饰玉，顺遡同尹之谋桀矣。乃又先插舜闵二女至女娲孰制十二句，又插舜服厥弟至得两男子八句，用逆之法上下断续，殊不可解，然意未尝不顺也。承上妹嬉何肆，故言舜之二女，不告而娶，高辛简狄之筑台，床席之爱，亦人之常情耳，使桀不拒谏信谗，即有妹嬉为妃，与舜二女，高辛简狄何异？岂妹嬉妇流，而责其能治天下如女娲，方云无放肆哉？此顺成何肆之最明者，因妇女而及兄弟，则又顺承

---

① （汉）许慎撰，（清）段玉裁注：《说文解字注》，上海古籍出版社1988年版，第658页。
② （汉）班固撰，（唐）颜师古注：《汉书》，中华书局1962年版，第2024—2025页。
③ （宋）洪兴祖撰，白化文等点校：《楚辞补注》，中华书局1983年版，第103—104页。如无特殊说明，本文所引《天问》皆出自此书。

何殛之句。①

清人贺宽《饮骚》赞同黄文焕的解释,他说:

  不直接汤伐桀之事,而先言二妃等者,以上妹嬉而连及之也,桀以妹嬉亡,舜何尝无二妃,瞍不为娶,而尧竟下降于沩汭,不害其为重华也。帝喾为有娀女筑台,以至十成,不害其为高辛也。至于女娲,则又以女子治天下矣,岂独女宠能亡国耶?怀王之不聪,罪不独在郑袖矣。②

现代学者中有赞同此说者,认为"这种思考问题的方式确实发人深思,不妨看作是对何以在夏商两代交替之间会突然对舜、女娲发问的一种解释;这种解释尊重原作,完整浑成,且极有理致"③。

郭沫若、孙作云、林庚等则认为"女娲有体"一节,前后文义扞格,实系错简造成。郭沫若《屈原赋今译》按照《天问》"从天地未有以前,问到天体的构造,地面的布置,再从神话传说问到有史时代"④的顺序,对《天问》进行了梳理。他将"女娲有体"句译为:"女娲人面蛇身,一日七十变,又是谁所安排?"⑤认为"女娲有体"句讲述的是关于女娲的传说。因此,将之移次于问天地之后。孙作云认为,《天问》凡问一人之事,基本排列在一起。"舜闵"四句和"舜服"四句同是问舜事,不应分散两处,而在中间夹以问女娲事的八句。他指出"女娲"八句问人类起源,应放在天地开辟之后,问尧、舜事之前。⑥ 林庚认为"女娲有体"一节中,"舜闵"四句应与"舜服"四句相衔接,"女娲"八句在此前。他解释说:"夏王朝的建立乃人间王朝的开始,人间王朝在神话中总是与天帝有关,而天帝又是怎样开始的呢?因而溯源到女娲与舜的

---

① (明)黄文焕:《楚辞听直》,明崇祯十六年刻本。
② (清)贺宽:《山响斋别集饮骚》,清康熙刻本。
③ 李川:《〈天问〉"文义不次序"谫论》,《文学遗产》2009 年第 4 期。
④ 郭沫若:《屈原赋今译》,人民文学出版社 1953 年版,第 5 页。
⑤ 郭沫若:《屈原赋今译》,人民文学出版社 1953 年版,第 64 页。
⑥ 孙作云:《天问研究》,中华书局 1989 年版,第 175—178 页。

简册制度与《天问》的错简问题　811

关系"。①

　　结合历来学者的整理实践，在《楚辞章句》以外的汉代《楚辞》版本不存，无他本可供对校的情况下，《天问》错简的整理，首先应当考虑所涉文义的内在逻辑。对"女娲有体"句的正确阐释以及它与前后内容关联的分析，是判断相关句序的前提。

　　"女娲有体，孰制匠之？"王逸注："传言女娲人头蛇身，一日七十化，其体如此，谁所制匠而图之乎？"②上引诗句中"制""匠"两字是正确理解此句的关键。"制"，《说文》："裁也。从刀未。未，物成有滋味可裁断。""匠"，《说文》："木工也。从匚斤。斤，所以作器也。"③两字都含有创造之意。郭沫若将该句译为"女娲变化之体，谁所安排？""安排"之译与诗句的原本内容不能密合，似有不妥。

　　"女娲"见于多种文献。《山海经·大荒西经》载："有神十人，名曰女娲之肠，化为神，处栗广之野，横道而处。"郭璞云："女娲，古神女而帝者，人面蛇身，一日中七十变，其腹化为此神。"④《太平御览》卷七十八所引《风俗通》："俗说天地开辟未有人民，女娲抟黄土作人，剧务，力不暇供，乃引绳于絙泥中，举以为人。"⑤袁珂说："此女娲造人神话之彰明显著者也。"⑥《淮南子·说林训》："黄帝生阴阳，上骈生耳目，桑林生臂手，此女娲所以七十化也。"高诱注："女娲，王天下者也。七十变造化。此言造化治世，非一人之功也。"⑦上述对"女娲七十化"的解释，一说指女娲的身体变化，一说指女娲化生万物。

　　袁珂赞成《淮南子》之说而不以《山海经》郭璞注为然。他说："'女娲七十化'，'化'当作'化育'解。《说文》十二云：'女娲，古之神圣女，化万物者也。'即此'化育'之意也。郭此注本诸《淮南子》，而以'变'释'化'，

---

①　林庚：《林庚楚辞研究两种》，清华大学出版社2006年版，第215—218页。
②　（宋）洪兴祖撰，白化文等点校：《楚辞补注》，中华书局1983年版，第104页。
③　（汉）许慎撰，（清）段玉裁注：《说文解字注》，上海古籍出版社1988年版，第182、635—636页。
④　袁珂：《山海经校注》，上海古籍出版社1980年版，第389页。
⑤　（宋）李昉等撰：《太平御览》，中华书局1960年影印本，第365页。
⑥　袁珂：《山海经校注》，上海古籍出版社1980年版，第389页。
⑦　何宁撰：《淮南子集释》，中华书局1998年版，第1186页。

谓'七十化'为'七十变',失本旨矣。此写女娲在多次诞育人类之过程中,诸神俱同参加造人工作,有助其生阴阳性性器官者,有助其生耳目臂手者。惜词旨隐晦,竟沉埋不传。"①

出土文献亦多载有女娲传说。长沙子弹库楚帛书说:

> 曰故(古)[黄]熊包戏(伏羲)……□每水□,风雨是阏,乃取□□子之子,曰女娲,是生子。②

李学勤指出:"帛书中伏羲所娶的女子,其名应隶属写作'女壨'即'女圣',也就是文献常见的女娲。"③这说明,伏羲和女娲作为配偶神的观念,在先秦时期已经出现了。

王家台秦简《归藏》的卜例中,所依托的卜问者也包括女娲:

> □④恒(妲、常)我(娥)曰:昔者女过(娲)卜作为缄而□ 476

王辉指出,上引王家台秦简《归藏》与《太平御览》所引《归藏》疑属同条。⑤《太平御览》引《归藏》云:"昔女娲筮张云幕枚占之曰:吉。昭昭九州,日月代极,平均土地,和合四国。"⑥凡此,说明战国时期女娲神话在楚地的流传相当广泛。

综合上述文献可知,"女娲有体"句义为:"女娲造就他人身体,她的身体又是谁创造的呢?"若此释不误,则可见其与前后诗句内容不次。我们曾指出,《天问》是史诗式的哲理诗。按照史诗叙述历史的特点,天地开辟当与人类降生相连。更重要的是,《天问》并非一般性地讲述天地自然以及人间历史,

---

① 袁珂:《山海经校注》,上海古籍出版社1980年版,第390页。
② 指1942年出土于长沙东郊子弹库楚墓的"长沙楚帛书"甲种,李学勤称该文为帛书《四时》篇。董楚平称为《楚帛书"创世篇"》,参董楚平:《楚帛书"创世篇"释文义释》,《古文字研究》第二十四辑。本文参考各家释文,尽量采用通行字体。
③ 李学勤:《文物中的古文明》,商务印书馆2008年版,第490页。
④ 引者注:卦画已残。
⑤ 王辉:《王家台秦简〈归藏〉校释(28则)》,《江汉考古》2003年第1期。
⑥ (宋)李昉等撰:《太平御览》,中华书局1960年影印本,第364页。

而是通过对天地自然各种现象的发问和对历史上重要事件的追问，探索万物的起源与原初面貌，从而表现自己对世界的哲学思考。① "女娲有体"既句关乎屈原对人类降生的思考，自应放在天地开辟之后叙述。

利用出土简册实物及其所体现的古代简册制度对《天问》错简进行校勘，从方法论的角度来说，是近年来楚辞研究的新进展。然而，研究者的某些误解，影响了他们对这一方法的正确运用以及《天问》错简问题的正确阐释。②

孙作云在分析《天问》产生错简的原因时，已经考虑到了古代简册制度问题。他说："简册卷起来，自然书头在内，书尾在外，在打开的时候，自然先展开书尾，后展开书头，……那后面的简条，因为不时翻阅，开合的次数多，所以也最容易错乱。似乎许多古书，前面的错乱比较少，后面的错乱比较多，就是因为这个缘故。"③ 按，孙先生的这一说法存在明显的误解。事实上，古代简册收卷是"以最后一简为中轴，有字一面在内，背在外，卷完后首简在最外一层的头上"④。孙先生所言与古代简册制度既不相符合，得出的结论也就不能尽信。

古代不同种类的简策，长短不一，所容字数不定。胡平生《简牍检署考》"导言"根据近几十年来出土简牍实物指出："须按照简牍不同的种类、性质及时代，分别排列，先分为卜筮祭祷与遣册、文书、书籍、律令四类；按时代先后分为战国楚，秦，汉，三国吴、魏，晋及晋以后加以讨论。"胡平生指出，古人一般"以策之大小为书之尊卑"。以楚国书籍简册为例，大致分为五种，最长为56厘米左右，最短15厘米左右。册"长二尺"，约45厘米左右，是楚国书籍的常制。⑤

《郭店楚墓竹简·语丛》在近年出土的楚地竹简中为最短，其长者仅17.7厘米，短者15.1厘米⑥，应是便于携带的"袖珍本"⑦。需要指出的是，文献性

---

① 参姚小鸥：《〈天问〉意旨、文体与诗学精神探原》，《文艺研究》2004年第3期。
② 毛庆：《析史解难：〈天问〉错简整理史的反思》，《湖北大学学报》（哲学社会科学版）2001年第5期。
③ 孙作云：《天问研究》，中华书局1989年版，第46页。
④ 陈梦家：《汉简缀述》，中华书局1980年版，第305页。
⑤ 王国维原著，胡平生、马月华校注：《简牍检署考校注》，上海古籍出版社2004年版，第13、27—29页。
⑥ 参荆门市博物馆：《郭店楚墓竹简》，文物出版社1998年版，第191—217页。
⑦ 参王国维原著，胡平生、马月华校注：《简牍检署考校注》，上海古籍出版社2004年版，第29页。

质是造成《语丛》简策短小的重要原因。《语丛》四篇皆为类似格言的短句组成。①《天问》作为战国时楚地的重要文献，与《语丛》的文本性质不同，其长度当为战国时期楚地书籍的常制。

除简策长度外，与错简问题联系最为紧密的是简册的书写体制，包括书写方式、每简容字数量等。郭世谦说："似《楚辞》古简例以双数整句写入一简。短句篇章以四句为一简，长句篇章以两句为一简，简十五至二十字左右。"② 毛庆则认为："古代竹简的书写方式并不只一种。除每简字数固定（此多为经典）外，还有句数固定（此多为韵文），字数不固定——随简书写（此多为一般典籍），'旁行句读'——由右向左横写（如《墨子·经说》上、下）几种。"他认为，《天问》"作为韵文，每简句数应当相等，但这仍有竖写和横写两种。即便是竖写，每简的句数还有二、四、六、八、十种种不等"③。从目前所见出土文献来看，以上对古代简册书写体制的叙述似存在误解。

汉代，人们已经利用简册制度来校勘典籍。《汉书·艺文志》载："刘向以中古文校欧阳、大小夏侯三家经文，《酒诰》脱简一，《召诰》脱简二。率简二十五字者，脱亦二十五字，简二十二字者，脱亦二十二字，文字异者七百有余，脱字数十。"④ 作为经典，《尚书》每篇各简字数相同，不同篇章或不同抄本每简容字则或略有差异。

古代简策一般随简通写。上引毛庆所言"旁行句读——由右向左横写"，应指简册分栏书写的情况。关于《墨子·经上》篇的"旁行句读"，孙诒让《墨子閒诂》按语引毕沅曰："本篇云读此书旁行。今依录为两截，旁读成文也。"⑤ 李均明指出："简牍文字常见分栏书写者，其中以作为统计及会计文书之簿籍尤多见，通行文书之呈文、移文则不分栏，典籍分栏者也较少见。……典籍分栏见于诗赋与日书，如《秦简·为吏之道》分五栏，《秦简·日书》甲、

---

① 荆门市博物馆：《郭店楚墓竹简》，文物出版社1998年版，第191—219页。
② 郭世谦：《屈原天问今译考辨》，天津古籍出版社2006年版，第68页。
③ 毛庆：《析史解难：〈天问〉错简整理史的反思》，《湖北大学学报》（哲学社会科学版）2001年第5期。
④ （汉）班固撰，（唐）颜师古注：《汉书》，中华书局1962年版，第1706页。
⑤ （清）孙诒让撰，孙启治点校：《墨子閒诂》，中华书局2001年版，第393页。

乙种有的段落分至十四栏。"①

比较《墨子》及秦简等各类文献可知，《天问》不可能是分栏书写的。孙诒让指出，《墨子》"凡《经》与《说》旧并旁行，两截分读，今本误合并写之，遂混淆讹脱，益不可通"。②《墨子·经上》以下四篇原系分栏书写，旧本传抄整理者没有认识到这一点，按照简策一般随简通写的惯例进行抄录，造成文义不能贯通。反观《天问》，虽然少数章次和句序不合逻辑，但全篇总体结构清晰，大体可以读通，尤其没有语句本身不通的情况，与上述《墨子》的情况不同。

近年来出土的楚地简册，为我们探讨《天问》的文本情况提供了实物参照。《凡物流形》是《上海博物馆藏战国楚竹书（七）》中的一篇，不论其产生的时代还是文献的体裁和性质都与《天问》相似。③ 它的书写体制对研究《天问》的错简问题具有重要参考价值。

《凡物流形》系韵文，随简通写，直至一简写满为止。整理者指出："《凡物流形》凡甲、乙两本。甲本……完简长度为三十三·六厘米，每简书写字数不等，一般为二十七至三十字，个别最少为二十五字，最多为三十二字。……乙本……完简长度为四十厘米，每简书写字数一般在三十七字左右，略有上下。"④ 除《凡物流形》外，《上海博物馆藏战国竹书》中还有一些楚辞类的作品，如《李颂》《兰赋》《有皇将起》《鹠鹏》等，这些文献完简最长为53厘米，一般为58字，最短21.1厘米，有37字。⑤

《清华大学藏战国竹简（叁）》中的《周公之琴舞》等《诗经》类文献，书

---

① 参李均明：《古代简牍》，文物出版社2003年版，第154页。
② （清）孙诒让撰，孙启治点校：《墨子閒诂》，中华书局2001年版，第308页。
③ 马承源主编：《上海博物馆藏战国楚竹书（七）》，上海古籍出版社2008年版，第221—222页。曹锦炎先生提出《凡物流行》和《天问》的诸多相似之处后，学者对此进行了补充研究，但未能从根本上否认这一观点。如曹峰先生认为："只有前面三章，即只问不答，穷究自然、人事、鬼神存在之理的部分有相似之处。"汤漳平先生认为："《凡物流形》篇中的结构，所表达的思想，对于我们重新认识和研究楚辞《天问》的形式、结构，理解那个时代的社会思潮，均具有十分重要的价值。"参见曹峰：《上博楚简〈凡物流形〉的文本结构与思想特征》，《清华大学学报》（哲学社会科学版）2010年第1期。汤漳平：《〈天问〉与上博简〈凡物流形〉之比较》，《福建论坛·人文社会科学版》2010年第12期。
④ 马承源主编：《上海博物馆藏战国楚竹书（七）》，上海古籍出版社2008年版，第221页。
⑤ 曹锦炎：《上海博物馆藏战国竹书〈楚辞〉》，《文物》2010年第2期。

写形式为随简通写,每简字数为 30 字左右。①

郭店楚简《太一生水》、上博简《恒先》都是探讨天地自然形成的哲学著作,《天问》有关天地开辟的部分在内容上与之有相似之处。《太一生水》共 14 枚简,简长 26.5 厘米,完简容 23 字至 30 字不等。②《恒先》全篇共 13 枚简,完简长 39.4 厘米,简容 37 字至 49 字不等。③

阜阳汉简《楚辞》是目前所发现的屈原作品的最早写本,仅存两片。"一片是屈原《离骚》第四句'惟庚寅吾以降'中的'寅吾以降'四字,简纵裂,存右边字的三分之二,残长 3.5;宽处 0.5 厘米。另一片是屈原《九章·涉江》'船容与而不进兮,淹回水而凝滞'。两句中'不进旖奄回水'六字,'水'字仅存一残笔,'不'字完整,其他四字存左边的四分之三。简残长 4.2;宽处 0.4 厘米。"④阜阳汉简《楚辞》因残损严重,其简册形制已经无从考察。阜阳汉简《诗经》与《楚辞》同属韵文,其简册形制对后者的研究或具有参考价值。阜阳汉简《诗经》"每章三句至十一句者,大抵为一简写一章,每简容字自十字左右至五○字左右不等。字数少者,字大而疏;字数多者,字小而密。一般情况下,'章三句'至'章六句'类一章都写不满一简,留有一段白简。""每章十二句者,用两支简写一章,每简容字约二十五字"⑤。阜阳汉简《诗经》说明,汉代所传《诗经》有分章书写的情况。从目前所见传本的情况来看,《天问》历来不分章。

出土文献提供的信息表明,以每简句数固定作为判断《天问》错简的出发点,与古代的简册制度不相符合。综合各种情况推测,战国秦汉时期所传《天问》,每简字数当大体相同,在三十字左右。

现在回到《天问》"女娲有体"句的具体语境。如前所述,"舜闵"四句与"舜服"四句同为问舜事,且二者内容的联系十分紧密,讲述的是舜父顽母嚚

---

① 清华大学出土文献研究与保护中心编,李学勤主编:《清华大学藏战国竹简(叁)》,中西书局 2012 年版。
② 参荆门市博物馆:《郭店楚墓竹简》,文物出版社 1998 年版,第 13—14、125 页。计重文。
③ 参马承源主编:《上海博物馆藏战国楚竹书(三)》,上海古籍出版社 2003 年版,第 287—299 页。计重文。
④ 阜阳汉简整理组:《阜阳汉简〈楚辞〉》,《中国韵文学刊》1987 年总第 1 期。
⑤ 胡平生、韩自强编著:《阜阳汉简诗经研究》,上海古籍出版社 1988 年版,第 95 页。

象傲,舜克谐以孝的故事,很明显当连为一体。今本《天问》在"舜闵"四句和"舜服"四句中插入"厥萌在初"以下关于女娲的八句,使上下文义难以贯通,当属错简造成的"不次"。

"厥萌在初"四句,王逸曰:"言贤者预见施行萌牙之端,而知其存亡善恶所终,非虚億也。""言纣作象箸,而箕子叹,预知象箸必有玉杯,玉杯必盛熊蹯豹胎,如此,必崇广宫室。纣果作玉台十重,糟丘酒池,以至于亡也。"① 郭沫若赞同此说,他认为"厥萌"四句所问为纣事,故将其移至《天问》问商史部分。② 关于"登立为帝"四句,王逸曰:"言伏羲始画八卦,修行道德,万民登以为帝,谁开导而尊尚之也?"③ 前文已经指出,王逸认为"女娲有体"句讲述的是女娲身体一日七十化的传说。郭氏认同王逸的解释,他认为"登立"四句涉及伏羲,当一起移至问天地之后。

孙作云则有不同见解,他认为,"萌"通"民","厥萌(民)在初",犹《诗·大雅·生民》"厥初生民"。总言人类是怎样产生的。古人多谓神女居高台上,"璜台"两句叙述的是,女娲居住在十层高的玉台上,是谁给她建造的呢?对于"登立"以下四句,孙作云认为所问皆为女娲之事。④ 因此,孙氏认为"厥萌"八句应一起放在天地开辟之后叙述。

以上两种对"女娲"八句的解释和整理,孙氏之说似更可信。"厥萌在初"系模仿《诗经》的语句,《天问》"会鼂争盟"与《诗经·大雅·大明》"会朝清明"相类,与此同例。"璜台"句言神女居处高台,楚辞多见,如《离骚》:"望瑶台之偃蹇兮,见有娀之佚女。"《天问》:"焉得彼涂山女,而通之于台桑?""简狄在台,喾何宜?玄鸟致贻,女何喜?"从前文所述简册和书写体制来看,孙氏移动的八句,共三十二字,有可能书写在同一支简上。

以上主要讨论的是简册散乱造成的错简。除简册自然散乱外,《天问》中还可能有人为错置造成的错简。传抄整理古书的人,有时会根据自己的理解,

---

① (宋)洪兴祖撰,白化文等点校:《楚辞补注》,中华书局1983年版,第103—104页。
② 郭沫若:《屈原赋今译》,人民文学出版社1953年版,第75页。
③ (宋)洪兴祖撰,白化文等点校:《楚辞补注》,中华书局1983年版,第104页。
④ 孙作云:《天问研究》,中华书局1989年版,第175—182页。

对文献的语序、章次或有移动，移动错了也会造成错简现象。①

　　孙作云指出："屈原的作品，原先是单独流传的，到了西汉末期，刘向校书'中秘'（皇家图书馆），才把屈原的作品以及发挥屈原思想、摹仿《离骚》体裁的后代人的作品，汇集在一起，总名曰《楚辞》。因此说，我们所读的《楚辞》是经过汉代人整理过的《楚辞》，而不是屈原的原本。"孙作云根据王逸《天问序》"章决句断"四字指出，"从'章决'两个字看来，可以推想，他对于《天问》的章次，是曾经有所移动的"②。刘向整理《楚辞》时是否对《天问》的章次和句序进行过调整，已无从考辨。结合汉代章句制度，考察《楚辞章句》的文本实际，可知王逸所言"章决句断"并非仅指章次和句序的调整，还应包括剖章析句，即对全篇章节和句意的梳理及诠释。从"女娲"八句来看，王逸对《天问》章次和句序的处理十分谨慎，未必擅自移动，相关错简很可能在王逸之前的传本中已经产生了。

　　王逸对"女娲"八句的解释，虽不十分严密，但句与句之间皆能建立联系。"厥萌"两句说贤者可以见微知著，预见存亡善恶。"璜台"两句和"登立"两句言纣之恶与伏羲之善，由伏羲而及女娲。由此可见，王逸通过对《天问》某些语句的解说来极力弥合矛盾，以使前后文义贯通。

　　王逸对"女娲有体"句所作解释是从屈原"呵壁"而作《天问》的角度出发的，这与汉代的文化环境与汉代人们的审美经验有关。王逸之子王延寿《鲁灵光殿赋》记殿中壁画："上纪开辟，遂古之初。五龙比翼，人皇九头。伏羲鳞身，女娲蛇躯。鸿荒朴略，厥状睢盱。焕炳可观，黄帝、唐、虞。轩冕以庸，衣裳有殊。下及三后，媱妃乱主。"③赋中关于女娲的形象在天地开辟之后描述，并且将女娲与伏羲并提。汉代画像石常见女娲与伏羲人首蛇身交尾的形象，赋中所述壁画当与之相类。王逸对此当然十分熟悉，但他为何将《天问》"登立"四句，解释为伏羲画八卦、女娲七十化的传说呢？这与汉代的学术风气有关，汉代经学家恪守"师法""家法"，师之所传，弟之所受，一字毋敢出

---

① 参孙作云：《天问研究》，中华书局1989年版，第46页。
② 孙作云：《天问研究》，中华书局1989年版，第47页。
③ 费振刚、胡双宝、宗明华辑校：《全汉赋》，北京大学出版社1993年版，第529页。

入。[①]经说如此，对经籍文本更十分慎重，不肯妄改古书。在这种治学风气的氛围之下，王逸整理《天问》时，对章次和句序不愿轻易移动，是容易理解的。

由上述讨论可知，《天问》"女娲有体"一节所述内容涉及屈原对人类起源的哲学思考，应放在《天问》叙述天地开辟之后，而不当插入问舜事之段落中。"女娲"八句共三十二字，与出土简册单简容字大致相合，在传本中或写为一简，由王逸对"女娲"等句的解释来看，他尽量尊重传本。据此推测，《天问》"女娲有体"八句在王逸之前可能已经发生错乱。

《天问》错简的研究和整理不能随意为之，应秉承一定的原则和方法，以尽量避免误判。作为屈骚研究的重要内容，传统从书法体例、文献内容分析入手研究《天问》错简的方法仍然适用。在出土文献纷纷披露的今天，更要结合简册实物所反映的简册制度进行考辨。《天问》错简研究的这一新的进展，显示了王国维先生倡导的传世文献和出土文献相结合的二重证据法的重要性。

（作者单位：中国传媒大学文学院）

[①] （清）皮锡瑞著，周予同注释：《经学历史》，中华书局1959年版，第77页。

先秦文学主流言说方式的生成

赵 辉

先秦的"文坛"隐含于神坛和政坛的混融性建构,在将礼乐政治形态的价值取向、言说场合和言说主体、言说对象及其构成的言说关系与"文学"的价值取向、言说场合和言说主体、言说对象及其构成的言说关系融为一体时,也将礼乐政治形态的言说原则和"文学"的言说原则结构为一体。于是,礼乐政治形态言说的伦理原则也就顺理成章成为了"文学"言说原则,同时将礼乐政治形态言说的习惯、程序带入了"文学"的言说之中,适应着礼乐政治形态言说的"和而不同"和伦理原则而产生的言说方式也自然成为"文学"的言说方式。确定了这一点,便找到了解析先秦文学言说方式发生的最佳视点。

一、先秦文学的主流言说方式

先秦文学不管是诗歌还是历史散文、诸子散文,风格各不相同,然就其主要言说方式而言,则同出于"六诗"之风、赋、比、兴、雅、颂。"六诗"除颂外,其他的言说方式都可归结为"讽"。诸如所谓孔子《春秋》的"春秋笔法"、庄子的寓言等,都是"讽"这种言说方式的不同表现与发展。

"六诗"的概念,首见于《周礼·大师》:"(大师)教六诗:曰风,曰赋,曰比,曰兴,曰雅,曰颂。"[①]《毛诗序》将其表述为"六义",说:"诗有六义

---

① （汉）郑玄注,（唐）贾公彦疏:《周礼注疏》,《十三经注疏》本,中华书局1980年版,第796页。

焉，一曰风，二曰赋，三曰比，四曰兴，五曰雅，六曰颂。"①古今学者大都将"六诗"和"六义"视为同一概念，但对何为"六诗""六义"，却有众多不同解读。

古今学者都认为赋、比、兴是诗的表现方式，而对风、雅、颂的解读却存在着质的差异。《毛诗序》与郑玄基本将其视之为诗的言说方式，而孔颖达说："风、雅、颂者，诗篇之异体；赋比兴者，诗文之异辞耳。"②明确将风、雅、颂看作是诗之体。

将"六诗"和"六义"区分为诗之体和诗之用，显然不符合历史。《周礼》和《毛诗序》对"六诗"和"六义"的记述顺序都为风、赋、比、兴、雅、颂，并没有将赋、比、兴和风、雅、颂分为两类。应该说，这一排序不是随意的。先秦有"六艺""六气""六合""六律""六府""六德"等概念，从没有将其分为几类的例子。所以严虞惇《读诗质疑》卷首六对孔说质疑道："孔氏谓风、雅、颂皆以赋、比、兴为之，非也。大序之六义，即《周官》之六诗，如孔氏说是风雅颂三诗之中有赋比兴之三义耳，何名六义、六诗哉？"③王昆吾认为，"六诗"是西周乐教的六个项目，是"六种传述诗的方式"，服务于仪式上的唱诵和乐舞。④这解释与众不同，却也恐非事实。

在先秦，诗作为在"寺"，即中央政治机构的法度之言，一开始就是作为一种政治的言说形式而面世。⑤如《国语·晋语六》载范文子说："吾闻古之王者……使工诵谏于朝，在列者献诗使勿兜，风听胪言于市……"韦昭注曰："献诗以风也，列士，上士也。"结合孔子及其他先秦典籍对于诗的功用的论述，可肯定诗在先秦是一种礼乐政治言说形式。故解读"六诗"和"六义"，也必须以先秦诗的这一属性为视角。

在先秦，作为礼乐政治形态的言说，《诗》的功用主要有三个方面。一是

---

① （汉）毛亨传，（汉）郑玄笺，（唐）孔颖达等正义：《毛诗正义》，《十三经注疏》本，中华书局1980年版，第271页。
② （汉）毛亨传，（汉）郑玄笺，（唐）孔颖达等正义：《毛诗正义》，《十三经注疏》本，中华书局1980年版，第271页。
③ （清）严虞惇：《读诗质疑》，文渊阁《四库全书》本，第87册，上海古籍出版社1987年版，第84页。
④ 王昆吾：《诗六义原始》，《中国早期艺术与宗教》，东方出版中心1998年版，第213页。
⑤ 请参阅拙作《歌与诗的起源及原始功能异同》，《武汉大学学报》2009年第6期。

臣下作诗对政治进行美刺。二是赋诗言志,即从《诗经》的作品"断章取义",来委婉地表达自己的意愿。三是以诗教化。先秦诗的这三种功用都用于政治,但其存在、传播形态却不一样。对政治进行美刺讽喻为第一存在形态,赋诗言志和用于礼乐仪式而进行教化为第二存在形态。从《国语》所载"使公卿至于列士献诗""在列者献诗使勿兜"来看,诗的政治功能主要产生于君臣和同僚之间美刺讽谏的第一传播形态,而非用之于"赋诗言志"和礼乐仪式的第二传播形态。明确这一点,知王昆吾从乐教这一角度诠释"六诗"的结论难以令人信服。

对"六诗""六义"产生歧义的关键原因,是古今研究者将"六诗""六义"所谓风、雅、颂与《诗经》中具有文体意义的风、雅、颂视为同一概念。其实,"六诗""六义"所谓风、雅、颂与《诗经》的风、雅、颂并非一谈。《诗经》的编辑有一个漫长过程。《左传》襄公二十九年载季札观乐,谈到《诗经》的风、雅、颂,而《诗经》中最晚的作品不管是《陈风·株林》还是《曹风·下泉》都没有超过公元前 600 年,可见风、雅、颂成为《诗经》之体亦不会太早。而诗用之于礼乐政治却是在《诗经》还没有成集之前。周代的礼乐制度在西周就已形成,教国子以"六诗"当然不会是在《诗经》成集之后。

从"六诗""六义"的风、雅、颂到《诗经》作为诗之体的风、雅、颂和赋这种文体的形成一样,有着一个发展过程。"六诗""六义"的风、雅、颂的概念当产生于诗之体的风、雅、颂之前,最早作为礼乐政治形态的言说方式而存在。

风,最早大概是歌唱他事以表达思想情感的形式,不同于雅、颂的是它为一种大众言说方式。《左传》成公九年载楚伶人钟仪在晋人面前以琴演奏南音为"乐操土风"。襄公十八年载:"歌北风,又歌南风。南风不竞。"《庄子·山木》:"歌猋氏之风。"这里所谓的"风"无疑都指乐歌,具有"体"的意义。但这些典籍都出自战国,将其称之为"风",当是受《诗经》以各地乐歌称之为风的影响,而非"北风""南风""猋氏之风"的"风"产生时就已有地方乐歌的文体意义。

考《诗经》《尚书》《逸周书》及《周易》等,"风"最主要的含义有:一是自然之风;二是风动,如《尚书·大禹谟》:"四方风动。"三是风俗,如《尚书·伊训》:"恒舞于宫,酣歌于室,时谓巫风。"但最值得注意的是《诗经·北山》"或出入风议，或靡事不为"中的"风议"和《诗经·崧高》"吉甫作诵，其诗孔硕；其风肆好，以赠申伯"的"其风"之"风"。对"风议"之"风"，《毛诗正义》卷二十郑笺云："风，犹放也。"孔疏释"风议"为"放恣议量时政"，后来注家多释"风"为"讽"。《北山》为讽刺"役使不均"，作者采用对比的手法来言说心中的不满：一边是"燕燕居息""息偃在床"，一些人则是"尽瘁事国""不已于行"。根据"风议"后一句"或靡事不为"看，"出入风议"大意是朝内朝外之事都只动嘴皮之意。郑笺孔疏及后来注家的大体意思都没有错；而"放恣议量时政"也可以说是"讽"。考虑到孔子曾说五谏之中有"风谏"，宋戴侗《六书故》卷十一亦谓："讽，缓诵也，古通作风。微辞几谏谓之风谏。诗云：或出入风议。"①故释"风议"之"风"为"微辞几谏"这样一种言说方式是符合原诗意义的。

对《崧高》"其风肆好"之"风"，郑笺云："吉甫为此诵也，言其诗之意甚美大，风切申伯。"郑笺所谓"风切"，其实就是"讽切"之意，故孔疏曰："言吉甫作诗自述，云甚美者，欲使前人听受其言，故美大以入之。令以为乐者，令使申伯常歌乐此诗以自规戒也。"②朱鹤龄《诗经通义》卷十解此句云："形诸咏歌足以感人则为风。或谓此雅诗而有风体，非也。"③宋段昌武《毛诗集解》卷二十五引王曰："此雅也，而谓之风，则以辞不迫切而能感动人之善心，故谓之风也。"④显然，《崧高》"其风肆好"之"风"，是指借咏歌以感动他人的一种言说方式，说明"雅"体的诗中也采用了"风"，"风"原本非诗之体。

其实，"风"是西周时期一种常用的言说方式。《尚书·毕命》载康王令毕公"以周公之事"，"旌别淑慝，表厥宅里。彰善瘅恶，树之风声"。《尚书正义》卷十九孔传云："言当识别顽民之善恶，表异其居里，明其为善，病其为恶，立其善，风扬其善声。"⑤《左传》文公六年载："古之王者知命之不长，是

---

① （宋）戴侗：《六书故》，文渊阁《四库全书》本，第85册，上海古籍出版社1987年版，第269页。
② （汉）毛亨传，（汉）郑玄笺，（唐）孔颖达等正义：《毛诗正义》，《十三经注疏》本，中华书局1980年版，第567、568页。
③ （清）朱鹤龄：《诗经通义》，文渊阁《四库全书》本，第74册，上海古籍出版社1987年版，第827页。
④ （宋）段昌武：《毛诗集解》，文渊阁《四库全书》本，第226册，上海古籍出版社1987年版，第198页。
⑤ （汉）孔安国传，（唐）孔颖达等正义：《尚书正义》，《十三经注疏》本，中华书局1980年版，第245页。

以并建圣哲，树之风声。"①从《左传》"树之风声"之后的"分之采物，著之话言，为之律度，陈之艺极"都是一种行为方式看，"树之风声"也当是一种行为方式。故郑玄说"风言贤圣治道之遗化"是有根据的。古来将歌颂后妃和召伯之德的《周南》《召南》视之为"正风"，正说明"风"的最早含义为以圣贤之德教化他人。

西周的典籍中，"风"没有作为诗之体的含义。《诗经》的编辑者将"风"作为诗之体，是《诗经》的编辑者认为诗或言圣贤治道，或以讽刺，而各诸侯国之诗又原本以"乐语"的形式出现，如《毛传》所说"吟咏情性，以风其上"，故其将各地的乐歌编为一体，谓之"风"。

"雅"，据《说文》原义指楚地之鸟，于秦曰雅。雅、夏相通。夏为周王朝直辖地区，故谓其地之声为雅。此说多为学者认可。但可能并非夏为周王朝直辖地区，故谓其地之声为雅；风、雅、颂之"雅"也非以其产生于秦地而有其名。

"雅"在战国楚竹书《孔子诗论》皆写作"顝"，如"《大顝》，盛德也。"《性情论》将"韶夏"写作"邵顝"。"马承源谓'大顝'即'大夏'"；"古字顝、雅通用"；"《少虽》即今本《小雅》"，"顝、夏古同。《鄂君启节》夏字亦从页从虽"。②季旭升谓："甲骨文的'夏'字都当人名用，但它的本意可能是指热天气，所以从日下页会意。《伯夏父簋》页形下部的人形加'止'。叔尸钟'止'形移到左旁'日'下，这就变成了战国'夏'字的标准结构，至其变化则省'日'，或省'止'，或加'虫'，止形或加繁为'正'。"③从季旭升对于"夏"字演变过程的解释看，"夏"原本写作"顝"。按古"雅"又写作"疋"。徐铉增释《说文解字》卷二下谓："疋，足也，上象腓肠，下从止。《弟子职》曰：'问疋何止。'古文以为诗《大疋》字亦以为足字。"《说文》："疋，足也，上象腓肠，下从止。"《字汇补》以"疋"为"正"的古字。知雅、夏的本字为"顝"。

---

① （晋）杜预：《春秋左传集解》，上海人民出版社1977年版，第446页。
② 季旭升主编，陈霖庆等撰：《上海博物馆藏战国楚竹书（一）》读本，北京大学出版社2009年版，第18页。
③ 季旭升：《说文新证（上）》，台湾艺文印书馆2004年版，第468页。

确定雅、夏的本字为"頢"便明白了为何雅有"正"的涵义。季旭升说，"頢"的"本意可能是指热天气，所以从日下页会意"。这是以季节的"夏"的意义来揣测"頢"的原始义，而没有注意到"頢"这一古字的"页"旁所包涵的意义。从字形构造看，"頢"是一会意字。"頢"左边为"日止"，右边为"页"。"頢"从"页"，故"页"对于"頢"原始含义的构成具有不容忽视的重要意义。《说文》曰："页，头也，从酉，从儿。古文䭿首如此。"明赵撝谦《六书本义》卷六说："页，头也；上象发髻，下象面形。""页"为"头"，实际上包括脸部。故《说文》释凡有"页"部的字大都与人的形貌有关，无有例外，故"頢"的原始义不当为"热天气"。

远古时代，人们就有着对日（太阳）的崇拜。进入阶级社会，这种对日的崇拜依然不减，如《礼记·祭法》说："日月星辰，民所瞻仰也。"《礼记·玉藻》载天子立春时要"玄端而朝日于东门之外"。而人们拜日，一是因为它化育万物，二是因为它公平正直，为世界之法则。如《礼记·孔子闲居》说："天无私覆，地无私载，日月无私照。"《管子·枢言》载管子曰："道之在天者，日也。"故人们亦以"日"象征帝王。因而，"止"于"日"下，意即效日而动，公正直行。徐铉增释《说文解字》卷二下："正，是也；从止，一以止。"释"是"时又说："是，直也；从日正。"可见，疋、正、是都从"頢"讹变而来。所以，毛、郑皆训"雅"为"正"。

《周礼·地官·司徒》载周设有保氏这一官职，"掌谏王恶"，除教国子六艺外，还要教之六仪："一曰祭祀之容，二曰宾客之容，三曰朝廷之容，四曰丧纪之容，五曰军旅之容，六曰车马之容。"①《礼记·玉藻》亦曰：

> 君子之容舒迟，见所尊者齐遬，足容重，手容恭，目容端，口容止，声容静，头容直，气容肃，立容德，色容庄。②

可知周礼极为重视人的容貌的端庄，而且在不同的言说场合，有不同的容

---

① （汉）郑玄注，（唐）贾公彦疏：《周礼注疏》，《十三经注疏》本，中华书局1980年版，第731页。
② （汉）郑玄注，（唐）孔颖达等正义：《礼记正义》，《十三经注疏》本，中华书局1980年版，第1485页。

止要求。按"頵"左"日止"原始义为正,"页"包括所谓目容、头容、色容,故"頵"原义应为脸部表情端正庄敬。故"雅"实是"頵""夏""疋"的假借字,"頵"意即《逸周书·官人》所谓"其貌直而不止,其言正而不私"。

在先秦,不仅是礼乐政治伦理要求臣子在君父面前应庄敬恭顺,而且臣下对于政治的言说也心存一种近乎崇拜的心理,如《论语》载"孔子沐浴而朝"。故先秦礼乐政治形态君臣父子的言说都必须庄敬恭顺,也就是所谓"雅"。君臣的关系加上政治的言说既为政事,君臣也就不能随便。所谓"雅言"也就是庄严正儿八经地说,是一种礼乐政治形态的言说方式。因此,先秦有"豳雅"和"韶雅"之说(《性情论》将"韶夏"写作"邵頵")。因于诗用于乐教的第二传播形态多是仪式的言说,而仪式具有神圣和庄严性,于是,这种用于仪式的歌乐也就被称之为"雅乐",所歌之诗也就被称之为"雅",从而具有了文体的内涵。

颂,学者多认为通"诵"。徐铉增释《说文解字》卷九上:"颂,皃也,从页,公声。"结合凡从页的字多与面部颜色有关看,"颂"最初当与言说时的容貌有关。上海博物馆藏战国楚竹书《性情论》有"至颂宭,所以夒,节也"之语。陈霖庆等注谓:"即'致容貌,所以文,节也。'裘锡圭先生《郭注释》页182注14读'至'为'致',谓'致力';读颂宭为'容貌'。廖名春先生《试论》页141:'《礼记·表记》:礼以节之,信以结之,容貌以文之……。''容貌以文之'与'至容貌,所以文节也'义近。这是说非常注意修饰容貌,是用礼仪制度来规范之。"① 《庄子·在宥》说:"颂论形躯,合乎大同。""颂"与"雅"当原都与言说容止有关。《说文》貌部云:"貌,颂仪也。"知"颂"时当有特别的神情。故《毛序》说:"颂者,美盛德之形容。"《周礼注疏》卷二十三郑注谓:"颂之言诵也,容也,诵今之德广以美之。"是"颂"原本为礼乐政治形态的言说方式,即以某种容止歌颂神灵功德。后因其主要用于郊庙祭祀,故才具备文体的意义。

因此,风、雅、颂最初当为言说的方式,在后来诗的传播形态才具有文体

---

① 季旭升主编,陈霖庆等撰:《上海博物馆藏战国楚竹书(一)》读本,北京大学出版社2009年版,第182页。

的内涵。宋李樗、黄櫄《毛诗集解》卷一引程氏曰：

> 诗之六体，随篇求之，有兼备者，有偏得其一二者。风之为言，使有感动之意；雅者正言其事，颂者称美之词。……风也，雅也，颂也，皆分在于三百篇之中。①

程氏不以《诗经》的风、雅、颂之体去解释"六诗"，所言是极有道理的。既然一诗之中有风、有雅亦有颂，那么在《诗经》之体风、雅、颂之外还存在着作为言说的方式而存在风、雅、颂。也就是说，"六诗"所谓的风、雅、颂并非《诗经》之体的风、雅、颂。

《周礼·大司乐》载，大师"以乐语教国子：兴、道、讽、诵、言、语"。郑注曰："兴者，以善物喻善事；道读曰导，导者，言古以刺今也；倍文曰讽；以声节之曰诵；发端曰言，答述曰语。"②"倍文"即背文，实即引他人文章进行言说。"诵"实即《韩非子·难言三》所谓："时称诗书，道法往古，则见以为诵。""六诗""六义"虽没有谓之为"乐语"，但从学者对乐语的解释看，教国子以乐语和教国子以"六诗"的目的都是相同的，即在培养国子礼乐意识的同时，培养他们的政治言说能力。而在诗用于君臣和同僚之间美刺和讽谏的第一传播形态，风、雅、颂作为诗之体而存在是没有任何意义的。不管是君臣言说还是同僚关系的言说，诗的不同的体裁既不关涉礼乐政治形态诗言说的美刺和讽谏目的，也不涉及礼乐政治形态言说礼乐政治伦理的原则。礼乐政治形态君臣、同僚的言说，不管是内容还是言说方式都旨在达到美刺和讽喻的目的同时，维护政治伦理原则和君臣、同僚之间关系的和谐。即使在其第二传播形态，风、雅、颂作为诗之体，也同样没有任何意义。因为教化的根本在诗的内容，而不在诗有什么体。故不管是诗在第一传播形态还是第二传播形态，"六诗"所谓风、雅、颂都不可能为所谓"体"。

在先秦，诗本从属于乐，且乐语的兴、道、讽、诵、言、语与"六诗"的

---

① （宋）李樗、黄櫄：《毛诗集解》，文渊阁《四库全书》本，第71册，上海古籍出版社1987年版，第15页。
② （汉）郑玄注，（唐）贾公彦疏：《周礼注疏》，《十三经注疏》本，中华书局1980年版，第787页。

风、赋、比、兴、雅、颂在含义方面是相通的。乐语与"六诗"皆有"兴";"讽"与"风"、"诵"与"颂"本相通;"道"的"陈古以刺幽王厉王之辈皆是"亦可理解为"雅"的"正言之"。而作为言说方式,不管是"六诗"的风、赋、比、兴、雅、颂,还是"乐语"的兴、道、讽、诵、言、语,都与礼乐政治形态言说伦理原则是相对应的。

《周礼注疏》卷二十三郑玄笺曰:

> 风言贤圣治道之遗化也;赋之言铺,直铺陈今之政教善恶;比见今之失,不敢斥言,取比类以言之;兴见今之美,嫌于媚谀,取善事以喻劝之;雅,正也,言今之正者以为后世法;颂之言诵也,容也,诵今之德广以美之。①

郑玄从礼乐政治的第一传播形态来解释"六诗",应该说是历史的解释。不过"赋"虽是铺陈事实来进行言说,但并非就是直言之。赋本为祭祀仪式上向神灵贡献祭祀物品和祭祀主持人铺陈祭祀物品的言说形态,原义只有铺陈的含义。②《荀子·赋篇》可以说比较全面地继承了原始宗教言说的赋的这一含义,但却都是以比喻象征的向君主进行言说。是赋原本也应该是一种铺陈连类他事或他物的一种言说方式。

因而,所谓"六诗"实际上就是言说时或比方于物,或托物于事,或以圣贤之事之语劝说,或以他人话语对比君主行事之误,或赞美以倡导道德,或铺陈连类以示强调,或"时称诗书,道法往古"。而这些都可归结为"讽喻"。

战国诸子腾说,且礼乐意识普遍衰落。但因《诗经》崇高的地位和礼乐制度"乐教"的作用,"六诗"的言说方式却已经沉淀在政治和文学的言说形态之中,依然是这一时期文学言说的主流方式,如章学诚《文史通义·内篇一·诗教上》说:

---

① (汉)郑玄注,(唐)贾公彦疏:《周礼注疏》,《十三经注疏》本,中华书局1980年版,第796页。
② 请参阅拙作《登高而赋三形态》,《中南民族大学学报》2008年第5期。

战国之文，既源于六艺，又谓多出于《诗》教，何谓也？曰：战国者，纵横之世也。纵横之学，本于古者行人之官。观春秋之辞命，列国大夫，聘问诸侯，出使专对，盖欲文其言以达旨而已……是则比兴之旨，讽喻之义，固行人之所肄也。纵横者流，推而衍之，是以能委折而入情，微婉而善讽也。①

认为战国文学源于六艺，多出于《诗》教，言说方式整体保持了《诗经》言而微婉、善讽的言说原则，是符合历史的。

从楚辞看，其主要作品也采用了"讽喻"这一言说方式。有学者认为，屈原是一个不顾个人安危，敢于直谏的人。其实，这是一种误解。从《离骚》看，屈原虽对楚国君主颇有怨忿，但他却严格遵守着礼乐的伦理原则。虽然他也指责过"党人""竞进以贪婪"，"凭不厌乎求索"，"各兴心而嫉妒"，但却从不曾直接对楚国的君主表示过批评，而是或采用象征的手法，说楚王没有遵守对自己许下的诺言，或陈述尧、舜、禹、汤、文王之法和羿、浇、桀、纣之失，批评楚国君臣"偭规矩""背绳墨"。所以，《史记·屈原贾生列传》载刘安说屈原之作"其辞微"，又说"屈原既死之后，楚有宋玉、唐勒、景差之徒者，皆好辞而以赋见称，然皆祖屈原之从容辞令，终莫敢直谏"。②所谓"其辞微""从容辞令"，正是就屈原作品的"讽喻"方式而言。而这一点，也说明屈原的一些作品虽不是政坛的言说，但依然没能超越先秦的礼乐伦理原则。

先秦历史散文中，孔子所修《春秋》可谓遵循"六诗"言说方式的典范。《左传》成公十四年载君子曰：

《春秋》之称微而显，志而晦，婉而成章，尽而不污，惩恶而劝善。非圣人谁能修之？③

杜预《左氏传序》认为，"微而显"，即"文见于此而起义在彼"；"志而

---

① （清）章学诚著，叶瑛校注：《文史通义校注》，中华书局1985年版，第60页。
② （汉）司马迁：《史记·屈原贾生列传》，中华书局1959年版，第2491页。
③ （晋）杜预：《春秋左传集解》，上海人民出版社1977年版，第735页。

晦",即"约言示制,推以知例",通过一定的体例来显示所要表达的意念;"婉而成章"即"曲从义训,以示大顺,有所辟讳";"尽而不污","谓直言其事,尽其事实,无所污曲"。① 可知所谓"微而显,志而晦,婉而成章,尽而不污",皆是就《春秋》言说方式而言。而这些言说方式,集中到一点,就是委婉其说,借曲笔以掩君恶。

《春秋》的这一叙事方法,被《公羊传》和《谷梁传》解说为"微言大义",后被称之为"春秋笔法",即在记述历史时,不直接表现对人物和事件的看法,而是通过书写体例、修辞手法或用语,于行文中委婉而微妙地表达作者的褒贬。这一言说方式受到后来学者的普遍推崇。如《史通·内篇·六家第一》说:"仲尼之修《春秋》也,……微婉其说,志晦其文;为不刊之言,著将来之法,故能弥历千载,而其书独行。"

战国诸子,尽管表达方式有一定的差异,但"六诗"的言说方式却在诸子散文中得到了普遍运用。诸如说理散文代表的《庄子》,大量运用的寓言、重言其实都是由"六诗"发展而来。《庄子·寓言》云《庄子》:

寓言十九,重言十七,卮言日出,和以天倪。②

王先谦《庄子集解》卷七谓:寓言,"'宣云:"寄寓之言,十居其九。'案:意在此而言寄于彼"③。《庄子集释》卷九上成疏谓:"鸿蒙、云将、肩吾、连叔之类,皆寓言耳。""重言,长老乡闾尊重者也。"《庄子集解》卷七谓姚云:"其托为神农、黄帝、尧、舜、孔、颜之类,言足为世重者。"由此观之,所谓"寓言""重言"即或以他事、或借用他人话语来阐述自己所要说明问题的话语方式。

《庄子》的寓言和重言,可以说是"六诗"言说方式的糅合。有人说,寓言是比喻的高级形态。寓言确有着很大的比喻因素,但从古今学者对寓言的解

---

① (晋)杜预注,(唐)孔颖达等正义:《春秋左传正义》,《十三经注疏》本,中华书局1980年版,第1706页。
② (清)郭庆藩:《庄子集释》,中华书局1961年版,第947页。
③ (清)王先谦:《庄子集解》,中华书局1954年版,第181页。

释看,比喻却并非寓言的核心。寓言和重言的核心是假托他事和他人话语来进行言说,即"六诗"之"风";其中的那些诙诡之辞,则又可以看到与《毛诗序》所谓的"谲谏"有着直接的渊源。而对至人、圣人、神人诸如许由让天下、藐姑射之山神人的赞美则又与"六诗"之"颂"和"兴"有着极大的相似。

诸子之中,固有直言不讳者,如孟子直问齐宣王:"四境之内不治,则如之何?"故人们说《孟子》言辞犀利。但我们注意到,战国诸子不仅喜爱称引用《诗》《书》,而且大都喜爱用历史事实来进行言说。就是孟子,对他非常反对的事却很少有直接的指责,而且非常注意以他事来说事。如他回答梁惠王:"贤者亦乐此乎?"借文王经营灵台作答;回答梁惠王尽心为国而民不加多时先以战喻,接以陈述自己的治国主张;回答齐宣王问齐桓晋文之事时,层层设喻,加以诱导。《韩非子·说林》和内、外《储说》中载有大量的历史故事,为储备的言说材料。而以历史事实进行言说其实也就是"六诗"所谓比方于物和托物于事。

二、先秦文学的言说方式与礼乐政治言说

在今天,文学和政治分属不同的范畴,但先秦文学的言说方式却是在礼乐政治伦理言说原则中形成。

先秦实行的是严格的礼乐制度。礼制主要通过规定人们的生产与生活资料来规定人伦秩序,但这人伦秩序的实践和维护并不是通过生产与生活资料的分配就能完全实现的。人伦秩序的实现离不开不同等级之间的人际交往,而人际交往又离不开话语的言说。由于言说主体和对象之间因伦理秩序的原有设定而具有身份的差异,故礼乐政治形态的言说也必须符合礼所规定的伦理原则,规定话语的言说是礼制整体建构的一个重要有机组成部分。

在礼乐政治形态言说中,为表现这种伦理关系,礼规定不同的身份具有不同的称谓、言容乃至于同一性质的事情的不同表述。如称谓,同为人妇,天子之妃称后,诸侯之妻称夫人,大夫之妻称孺人,士之妻称妇人,庶人之妻称

妻。①自称也是一样,《礼记·玉藻》载,凡自称:天子曰予一人,诸侯之于天子曰某土之守臣某,小国之君曰孤,上大夫曰下臣,下大夫自名,士曰传遽之臣。②

同一性质的事情,因身份和言说场合不一样,表述话语不同,礼也有明确规定。《礼记·曲礼下》载:"天子死曰崩,诸侯曰薨,大夫曰卒,士曰不禄,庶人曰死。"同为死,身份不同表述话语也不同。同为回答他人问儿子长幼:"问国君之子长幼,长则曰能从社稷之事矣,幼则曰能御、未能御。问大夫之子长幼,长则曰能从乐人之事矣,幼则曰能正于乐人、未能正乐人。问士之子长幼,长则曰能耕矣,幼则曰能负薪、未能负薪。"③

但是,礼乐政治形态言说的伦理原则不只是言说时有特殊的称谓和避讳等。《乐记》说:"乐极和,礼极顺。"礼制的核心是要确立君、父、长、上的尊严和权威。要确保他们尊严和权威,关键的是作为臣、子、幼、下得对他们恭顺。这恭顺既表现于行为,也表现于他们之间的言说。所以,在礼乐政治形态,言说话语必然受礼乐的终极价值制约。这也就是说,言说的话语必须体现言说主体和言说对象之间伦理关系,即言说主体和言说对象之间关系的言说体现君臣之义、贵贱之分和长幼之序的等级意义。

《礼记·冠义》说:

> 礼义之始,在于正容体,齐颜色,顺辞令。容体正,颜色齐,辞令顺,而后礼义备,以正君臣,亲父子,和长幼,君臣正,父子亲,长幼和,而后礼义立。④

"顺辞令"不仅是"礼义之始",而且是"礼义备"的必要因素。故"正君

---

① (汉)郑玄注,(唐)孔颖达等正义:《礼记正义》,《十三经注疏》本,中华书局1980年版,第1267页。
② (汉)郑玄注,(唐)孔颖达等正义:《礼记正义》,《十三经注疏》本,中华书局1980年版,第1485页。
③ (汉)郑玄注,(唐)孔颖达等正义:《礼记正义》,《十三经注疏》本,中华书局1980年版,第1513页。
④ (汉)郑玄注,(唐)孔颖达等正义:《礼记正义》,《十三经注疏》本,中华书局1980年版,第1679页。

臣，亲父子，和长幼"则必"顺辞令"，符合礼乐伦理道德原则，体现君臣、父子之间的君父威严和臣子恭顺。这言说的伦理等级恭顺原则主要表现在两方面：

一是言容。《礼记·乐记》说："中正无邪，礼之质也；庄敬恭顺，礼之制也。"所谓"庄敬恭顺"为"礼之制"，即是说"庄敬恭顺"为礼的容貌显现。"礼之质"和"礼之容"结构为礼，故礼不仅强调内在的道德，同时也非常注重外在仪表行为。因为礼容和礼义一样，是礼乐建构的重要组成部分。言既"为身之文"，故礼乐言说中，"言容"也是不能随便的，必须是冠衣穿戴、容貌行为举止合于礼，即"容体正，颜色齐"。就君臣言说关系而言，君主对臣下有令，臣下则必拜而稽首，如《礼记·曲礼下》载："大夫士见于国君，君若劳之，则还辟再拜稽首。君若迎拜，则还辟不敢答拜。"就长幼关系而言，"长者问，不辞让而对，非礼也"。集中到一点，就是《少仪》所说："言语之美，穆穆皇皇。""穆穆皇皇"意即恭敬温和而合于礼。

二是言说方式。应该说，话语的内容在表现言说主体和言说对象之间的关系方面起主导作用，但言说的内容和言说方式不是截然分离的。在君臣父子的言说中，若言说的方式不当，不仅言说内容难以得到充分的表现，而且会带来"犯上"效果。故要维护君、父的权威和利益，不仅要容貌恭顺，而且不能使君父陷于罪恶和不义。如子对父的言说，《论语·里仁》载孔子说："事父母几谏。"《内则》说："父母有过，下气怡色柔声以谏；谏若不入，起敬起孝。"《礼记·祭义》谓："父母有过，谏而不逆。"所谓"几谏"亦即《孔子闲居》所说的"微谏"，实质包括"言容"的恭顺和言说的委婉。可见，于礼而言，父母有不当行为，儿女直言不讳，言语尖刻，就会有违孝道。

一般场合下，辞令之顺的言说方式是大量使用谦辞，诸如"敢不""命""不腆""辱""弊""赐"等。这谦语使用，主要表示言说主体对言说对象的尊敬和恭顺。但使用谦辞并不是"顺辞令"唯一的方式。一些仪式，因少涉及政治或外交内容的言说，谦语足以承载相应的言说内容。但一些仪式涉及政治或外交内容的言说时，言说主体和言说对象的身份并不总是对等，有些内容的言说很难用谦语表现言说过程中的这种不对等的言说关系之顺，如君、父有错，臣子要对君父提出批评。按礼，下不得违上，也不能对君、父不尊，若直接指责君、父，便是违背了礼的伦理原则。但君、父有过，又不能听之任之。因而，怎样使言说主体和言说对象"和而不同"，既能接受因"不同"而产生的批评，而又能使言说的双方"和"，也是礼乐政治的一个重要命题。所以，礼乐言说多采用《周礼·大司乐》所载"乐语"的言说方式，包括兴、道、讽、诵、言、语等，来保证言说主体对言说对象的尊敬和恭顺，用"以彼而言此"的方式化解由直接批评而带来的言说对象的激烈反应。

强调礼乐等级差异关系的言说必须注意言说方式，并不是说一般人们之间言说的方式就能随意。礼还有着培养人们等级制度之下的亲和意识的目的。礼既要别异，但也特别注意上下和亲。《论语·学而》说："礼之用，和为贵。"《礼记·燕义》也特别强调"上下和亲而不相怨"，说"和宁"为"礼之用"，为"君臣上下之大义"。要实现这些人际关系的和睦，其言说自然也要特别注意言说方式。

《礼记·檀弓上》说："事君有犯而无隐。"而且，战国时期滋生了士阶层超越礼乐所强化的传统君臣关系而平揖君主的观念，如《孟子·万章上》载《语》云："盛德之士，君不得而臣，父不得而子。"但由于礼所规定的等级原则被认为是天地法则，礼所确定的君主的权威也就具有绝对神圣而不可侵犯的意义。所以，法家虽否定礼乐，但对将君主的权威却有着进一步的强化。因而，战国时期士的这一诉求并没能颠覆礼乐制度确立的伦理原则。荀子虽认为在国家重要关头，君主有过，群臣可以"抗君之命，窃君之重，反君之事"，但他同样以为，臣下是"事人"者。侍奉君主即便是有功、忠敬而且做事敏捷，但若"不顺"，便是"无德"，事君当以顺君为基本原则。①

礼所确立的君臣、父子关系言说的这一根本原则，主要表现为两方面，一是作为言说主体的臣下不言君恶，二是言说要委婉。《荀子·臣道》曾引《书》曰："从命而不拂，微谏而不倦，为上则明，为下则逊。"②说明这一原则在西周时就已确立。《晏子春秋·外篇》载时人曰："废置不周于君前，谓之专；出言不讳于君前，谓之易。专易之行存，则君臣之道废矣。"③《礼记·少仪》谓："为人臣下者，有谏而无讪，有亡而无疾。""讪"，即道说君之过恶及谤毁。孔

---

① （清）王先谦：《荀子集解》，中华书局1954年版，第155—156页。
② （清）王先谦：《荀子集解》，中华书局1954年版，第168页。
③ 张纯一：《晏子春秋校注》，中华书局1954年版，第200页。

子曾总结君臣关系的言说方式说:"忠臣之谏君,有五义焉。一曰谲谏,二曰戆谏,三曰降谏,四曰直谏,五曰风谏。"①其中,谲谏、讽谏就是不直言君主之恶,较为典型地体现着礼乐政治君臣伦理之义,体现着礼乐规定的君臣伦理秩序以及由此而产生的君臣关系言说中言说主体和言说对象的双向诉求,故受到普遍认可。如孔子说:"唯度主而行之,吾从其风谏乎!"②《战国策·赵策二》亦谓臣下当"事主之行,竭意尽力,微谏而不哗,应对而不怨,不逆上以自伐,不立私以为名。子道顺而不拂,臣行让而不争"。③荀子将君主分为"圣君""中君""暴君"三类,但不管是哪类君主,臣下都应"崇其美,扬其善,违其恶,隐其败,言其所长,不称其所短"。④可见,礼乐形态政治形态的君臣关系言说和家庭形态的父子关系言说的原则完全一致。

君臣、父子关系的这一言说原则,对臣子的言说心理及言说起着巨大的制约作用。

礼乐制度确立的君主的绝对权威,使绝大多数君主在君臣关系的言说中能够突破礼乐的约束,将臣下置之于一种被凌辱乃至于尽忠君主而被剥夺生命的境地。如晋灵公"厚敛以雕墙,从台上弹人,而观其辟丸也;宰夫胹熊蹯不熟,杀之,寘诸畚。使妇人载以过朝"。赵宣子几次进谏,晋灵公竟派鉏麑杀赵宣子。⑤这样一种政治生态,使臣子在言说时始终处于一种人格遭受凌辱和生命被剥夺的焦虑之中。如晏子说臣之于君,"直易无讳,则速伤也"⑥。孔子一再强调明哲保身,对"宁武子邦有道则知,邦无道则愚"极为赞赏,说"其知可及也,其愚不可及也"。⑦正在于他看透了君臣关系中臣子的境地,对这一境地感到焦虑不安。

庄子对于君臣关系中言说中臣子的这一生存状态有着更为深刻的体会。他在《人间世》以三个故事揭露了君臣关系言说之难的现状。颜回欲前往卫国进

---

① 《孔子家语·辩政》,《百子全书》本,第一册,浙江人民出版社1984年版。
② 《孔子家语》,《百子全书》本,第一册,浙江人民出版社1984年版。
③ (汉)刘向:《战国策》,上海古籍出版社1985年版,第671页。
④ (清)王先谦:《荀子集解》,中华书局1954年版,第167页。
⑤ (晋)杜预:《春秋左传集解》,上海人民出版社1977年版,第539—540页。
⑥ 张纯一:《晏子春秋校注》,中华书局1954年版,第121页。
⑦ (宋)朱熹:《论语集注》,中华书局1983年版,第81页。

谏卫君,向孔子请行。孔子对他说,即使是你"德厚信矼""名闻不争",若"强以仁义绳墨之言术暴人之前",卫君必"恶有其美",认为是在"菑人"。"菑人者,人必反菑之。"即使你有忠厚之言,也是诚心献替,但却必遭卫君刑戮。颜回认为,自己"端正其形,尽人臣之敬;虚豁心虑,竭匿谏之诚",应该不至于有危险。但孔子却说,卫君亢阳之性扩张于内而张扬于外,喜怒无常,你若对他劝谏,他则会"因其忠谏而抑挫之,以求快乐纵容"。颜回又说:自己准备以"内直而外曲,成而上比"的方式劝谏卫君,但孔子仍然给予了否定的回答。在颜阖将傅卫灵公太子的故事中,庄子再借颜阖和蘧伯玉的对话,表明了君臣言说的这种焦虑:"与之为有方,则危吾身。其知适足以知人之过,而不知其所以过。"即便是臣下行为不违君臣之礼,内心顺任君主,但同样"有患",会陷于败亡的境地。在君臣关系中,臣下只不过是螳螂,君主则如同车辙,螳螂若"怒其臂以当车辙",必逃不出粉身碎骨的下场。臣下事君就如养虎一样,"媚养己者,顺也;故其杀者,逆也"。

《韩非子·难言》亦诉说了这种担心,他说,作为臣子,"度量虽正""义理虽全","大王若以此不信,则小者以为毁訾诽谤,大者患祸灾害死亡及其身"。如"文王说纣而纣囚之,翼侯炙,鬼侯腊,比干剖心,梅伯醢"。就是一般的君主,进言的臣子也未必有一个好的下场,如"夷吾束缚,而曹羁奔陈,伯里子道乞,傅说转鬻,孙子膑脚于魏,吴起收泣于岸门、痛西河之为秦、卒枝解于楚……"即便是"世之仁贤忠良有道术之士",也"不能逃死亡避戮辱者"。[①] 韩非的话,将君臣关系言说中臣子的处境分析得至为透彻。

可见,礼乐的伦理原则不仅是一种行为原则,同时也为话语言说原则,在作用于政治的同时,也作用于先秦文学言说。《毛诗序》谈到诗之"六义"后说,诗用于"上以风化下,下以风刺上。主文而谲谏,言之者无罪,闻之者足以戒"。正说明着"六诗""六义"的风、赋、比、兴、雅、颂的言说方式,是适应着礼乐政治言说的伦理原则而生成。

《国语》和《左传》所记臣下侍问和进谏或外交的辞令不少。这些辞令也有不少正言直说,但也普遍地却采用着风、赋、比、兴的言说方式。如《国

[①] (清)王先慎:《韩非子集解》,中华书局1954年版,第14—15页。

语·周语上》载，祭公谋父之以"先王耀德不观兵"之事讽喻穆王将征犬戎，仲山父以古说今来劝谏宣王不应料民；《周语下》载太子晋借共工"欲壅防百川"而祸至和大禹"疏川导滞"谏灵王无壅谷、洛，都可谓"风"。同篇载称颂晋周之德："夫敬，文之恭也；忠，文之实也；信，文之孚也；仁，文之爱也；义，文之制也；智，文之舆也；勇，文之帅也；教，文之施也；孝，文之本也；惠，文之慈也；让，文之材也。象天能敬，帅意能忠，思身能信，爱人能仁，利制能义，事建能智，帅义能勇，施辩能教，昭神能孝，慈和能惠，推敌能让。"则可谓融"颂"与"赋"于一体。所载宾孟以"见雄鸡自断其尾，而人曰'惮其牺也'"谏景王杀下门子，则可谓"比"。《左传》所载外交辞令，则无不委婉不必多说，如颖考叔以"食舍肉"和"小人有母，皆尝小人之食矣，未尝君之羹，请以遗之"，讽庄公与其母和好①，可谓为"兴"。同书庄公五年所载臧僖伯以"古之制"谏庄公不要往棠观鱼和《左传》所载谏言多以"臣闻"之事进谏，都可谓为"风"。如师服以"臣闻家国之立"谏晋惠公不要封桓叔于曲沃；哀公元年载伍员以"臣闻之：树德莫如滋，去疾莫如尽。昔有过浇，杀斟灌以伐斟鄩，灭夏后相"等事谏吴王不要与越讲和。如此等等，不一尽言。

君臣侍问与讽谏都为礼乐政治形态的言说。从上述情况看，不仅在西周、春秋时期的礼乐政治言说中普遍地运用着"六诗"或"六义"的言说方式，而且也可以看出"六诗"或"六义"的产生由礼乐政治言说方式移植而来。

"春秋笔法"这一言说方式的产生，和《诗经》的言说方式一样被礼乐政治形态的言说原则所规定。孔子是严格遵守礼乐政治言说的伦理原则的，他从不明言君主的不是。《论语·述而》载昭公娶吴孟子。陈司败问昭公知不知礼，孔子曰："知礼。"导致陈司败对孔子颇有微词。以孔子的才学，当然知道昭公娶同姓女子不符合礼同姓不娶的原则。《八佾》载，孔子不满鲁僖公僭礼而举行禘祭，但他却不直接批评僖公，而只是说："禘自既灌而往者，吾不欲观之矣"，以表明自己的态度。所以，孔子修《春秋》，特别注意通过同一性质的不同事件以不同的词语，诸如弑、杀、崩、薨、卒、奔、孙（逊）等加以记述，

---

① （晋）杜预：《春秋左传集解》，上海人民出版社1977年版，第6—7页。

"委婉其说"来寄寓贬褒,以避免对君父恶行的直言不讳。

考《春秋》"属辞比事",可见其行文直接本于礼。《春秋》宣公十八年载:"甲戌,楚子旅卒。"楚子旅即楚庄王。按《春秋》之例,一般记诸侯死时都要书葬,如宣公十年载"葬齐惠公",十二年载"葬陈灵公",十四年载"葬曹文公"等。而吴、楚之君死,《春秋》却不书葬,而且对其死以"卒"加以记载。其原因如《礼记·坊记》载孔子云:"天无二日,土无二王,家无二主,尊无二上,示民有君臣之别也。春秋不称楚越之王丧。"郑玄注谓:"楚越之君僭号称王,不称其丧,谓不书葬也。《春秋传》曰:'吴楚之君不书葬,辟其僭号也。'"①是"《春秋》不称楚越之王丧"原本于礼。再如崩、薨、卒的选用,书"王正月"亦是如此。《礼记·曲礼下》曰:"天子死曰崩,诸侯曰薨,大夫曰卒,士曰不禄,庶人曰死。"宋欧阳修《诗本义》卷十五曰:"《春秋》之法,书王以加正月,言王人虽微,必尊于上;周室虽弱,不绝其正。苟绝而不与,岂尊周乎?故曰王号之存,黜诸侯也。"故刘知幾谓其"言多隐讳,虽直道不足,而名教存焉"②。知《春秋》的"微言大义",因礼乐制度言说伦理原则而产生。

《庄子》对寓言、重言的采用,古今学者多从观点接受的角度进行解释。如《庄子集释》卷九上郭注说:"言出于己,俗多不受,故借外耳。""释文"亦言:"寓,寄也。以人不信己,故托之他人。"《庄子·寓言》谈寓言、重言的运用时也说过:"与己同则应,不与己同则反;同于己为是之,异于己为非之。"故"亲父不为其子媒。亲父誉之,不若非其父者也"。但从《庄子·人间世》所言君臣关系言说的种种恐惧,从《寓言》在说到"亲父誉之,不若非其父者也"时,也说过"非吾罪也,人之罪也"这一句话,我们可以看到当时君臣伦理对于庄子言说心态的深刻影响。《庄子·天下》说庄子:

> 以天下为沉浊,不可与庄语,以卮言为曼衍,以重言为真,以寓言为广。独与天地精神往来,而不敖倪于万物,不谴是非,以与世俗处。其书

---

① (汉)郑玄注,(唐)孔颖达等正义:《礼记正义》,《十三经注疏》本,中华书局1980年版,第1619页。
② (唐)刘知幾:《史通》,上海古籍出版社1978年版,第196页。

虽瑰玮，而连犿无伤也。①

所谓"天下沉浊"，显然是就政治的黑暗而言，而不是从接受的角度说人们容易或难以接受庄子的观念。对"庄语"，注释家们有多种解读，郭注释为庄子之语，成疏谓为"大言"。但他们都没有注意到后面的"不敖倪于万物，不谴是非，以与世俗处""而连犿无伤"的话。王先谦《庄子集解》卷八谓，连犿，"李云：'宛转貌'。一云相从貌。谓与物相从不违，故无伤也"。从这些话看，郭注、成疏和郭庆藩的解读显然于全段话语意思不符。"庄语"应是王先谦所说的"正论"，即正言直说。"以天下为沉浊，不可与庄语"，就是说天下政治黑暗，不可以正言直说。因而，《庄子》采用寓言和重言的言说方式，不仅是出于他人接受自己思想的考虑，而是和"春秋笔法"言说方式的运用一样，被礼乐政治的伦理言说原则所规定。所以，章学诚说战国之文委婉善讽的"讽喻之义""多出于诗教"，而"其质多本于礼教"，是极有见地的。

三、先秦文学言说方式与政坛限定时空言说

先秦文学的主流言说方式和礼乐政治伦理言说原则的一致，是因为先秦"文学"言说隐含于礼乐政治形态的言说，都是"限定时空言说"的产物。

先秦时期，"文学"基本隐含于宗教、政治的言说之中。周代之前的原始宗教虽总是伴随有歌舞，但原始宗教中的歌舞却只是作为一种通神的工具和手段，依傍宗教祭祀而产生，没有宗教祭祀便没有这些歌舞。这些歌辞表现的宗教情感虽可以通过置形变换而成为一种审美情感，但其原有的价值取向却完全不在审美。它们已具备了文学言说形态的形式要素，但这些形式要素却无法让他摆脱宗教的附庸地位。神坛的言说没有独立的"文学"的存在，故那时的神坛之外不存在独立的"文坛"。

同样，周代在礼乐政治形态之外也不存在独立的"文坛"。在周代，礼乐

---

① （清）郭庆藩：《庄子集释》，中华书局1961年版，第1098页。

制度是国家政治的根本制度，宗教、法律、道德、经济、文学艺术都是礼制的结构元素，作为礼制的有机构成部分而存在于礼乐政治形态，为礼乐政治在社会各方面的实践形式。礼制的这一性质，将所谓的"文学艺术"也纳入了礼乐政治范畴，使之成为礼乐政治的工具和手段。《国语·周语上》载周厉王时的邵公说：

> 故天子听政，使公卿至于列士献诗，瞽献曲，史献书，师箴，瞍赋，矇诵，百工谏，庶人传语，近臣尽规，亲戚补察，瞽、史教诲，耆、艾修之，而后王斟酌焉，是以事行而不悖。①

《国语·晋语六》亦载："古之王者，政德既成，又听于民，于是乎使工诵谏于朝，在列者献诗使勿兜。"《左传》襄公十四年也有类似的记载。这些记载都充分说明所谓周代的文学不过是礼乐政治的言说，本质是礼乐政治。

章学诚对这一点多有论述。其《文史通义·内篇二》说"六经皆器"，"《易》之为书，所以开物成务，掌于《春官》太卜，则固有官守而列于掌故矣。《书》在外史，《诗》领大师，《礼》自宗伯，乐有司成，《春秋》各有国史"。"盖以学者所习，不出官司典守，国家政教；而其为用，亦不出于人伦日用之常。"因而"政教典章，人伦日用之外，更无别出著述之道"，"以文字为著述，起于官师之分职，治教之分途"。那时的一切文字，都出自于政治机构的官吏之手，为其职掌：

> 古未尝有著述之事也，官师守其典章，史臣录其职载。文字之道，百官以之治，而万民以之察，而其用已备矣。是故圣王书同文以平天下，未有不用之于政教典章。②

故《校雠通义·原道》再次强调夏商周三代，"私门无著述文字"。所谓

---

① （春秋）左丘明：《国语》，上海古籍出版社1988年版，第10页。
② （清）章学诚著，叶瑛校注：《文史通义校注》，中华书局1985年版，第62页。

"私门无著述文字",即是说一切文字作品皆出于礼乐政治形态。章学诚的这段话不仅历史地总结了那时各种实用文字体裁的起源,指出了三代"文"在官府的本质特征,而且说明了周代的"文学"实际上隐含于礼乐政治言说之中及"文学"隶属于礼乐政治言说的本质。

礼乐政治形态的言说是一种"限定时空言说"。这种限定性,主要通过一定时空的限定场合及言说主体和言说对象的身份所构成的言说关系而体现着。

礼乐政治言说都在一定时空的限定场合进行。限定场合具有严格限定场合和非严格限定场合两种形式。严格限定场合一般具有仪式场合的性质,诸如祭天在郊,祭祖在庙。这种祭祀不仅限定在一定的空间,而且也限定在一定的时间,如郊祭在立春、立夏、立秋、立秋之日,告朔必在每月初一。礼乐仪式之外的政治言说虽无严格的时间限定,但却必在宫廷、官署。这种礼乐政治言说中特定时间中的特定场所,大都有着特定的目的和言说主题。如《礼记·仲尼燕居》说:"郊社之义,所以仁鬼神也;尝禘之礼,所以仁昭穆也;馈奠之礼,所以仁死丧也;射乡之礼,所以仁乡党也;食飨之礼,所以仁宾客也。"[1] 策命的仪式用于君主在朝廷宣布对臣下的任命与赏赐,献俘礼用于在祖庙向祖先报告战争的功绩。这也就是说,严格限定场合的言说大多有着既定主题,是为着既定某一性质的事情进行沟通和交流。这沟通和交流有着既定的主题,言说的性质已被目的规定。既定的性质以特定场所的形式被固定,凝固在特定场所之中。

礼乐政治严格的特定场合的特性规定着特定的言说主体和言说对象以及特定的言说主体和言说对象所构成的言说关系。所谓特定的言说主体和言说对象,是说言说主体和言说对象在特定场所具有特定的身份。

在礼乐政治形态,国家的一切制度法令都在君主和中央国家政府官员的言说中制定,故君臣关系的言说是那时政坛最主要的关系言说。君臣关系的言说分为君对臣和臣对君的言说,可以说君臣互为言说主体和对象。在君对臣的言说中,君是主体,而臣为言说对象。《尚书》中的那些诰命,大多是君对臣

---

[1] (汉)郑玄注,(唐)孔颖达等正义:《礼记正义》,《十三经注疏》本,中华书局1980年版,第1613页。

的言说。如《康诰》《酒诰》《梓材》《微子之命》等，言说主体都为君主，言说对象均为臣下。而在臣下对君主的言说中，臣为主体，君为对象。如《国语·周语上》所载邵公谏厉王弭谤，《国语·齐语》所载管仲对齐桓公问霸术，《孟子·梁惠王上》载孟子对齐宣王问齐桓、晋文之事，《荀子·君道》论述为君之道等。

在政坛言说中，君臣关系的言说一般为主体和对象的直接言说，主体和对象在言说时处于同一时空，为"零距离"。如《国语·齐语》载管仲与齐桓公谈说如何强国以成就霸业，《战国策·楚策一》载张仪为秦破纵连横说楚怀王等。但还有一种君臣关系言说的言说主体和对象并不处于同一时空，君主只是以一种隐含言说对象而存在，并不与臣下构成当面的言说，如李斯作《谏逐客书》。在这一言说中，君主作为隐含言说对象，并不会改变他政治上君主的身份，而言说主体作为臣子的身份也不会因君主作为隐含言说对象而消失，言说主体和言说对象之间，依然保留着君臣关系。

中国古代，君主虽拥有绝对权力，但除了中央那些最为重要的事务，诸如中央官员的任命、诸侯之间的会盟和战争等重大事情外，具体的政治事务都不是君主躬亲，而由各专门政治机构组织实施。诸如《周礼》所说宗伯"帅其属而掌邦礼"，司马"帅其属而掌邦政"，司寇"帅其属而掌邦禁"。这各职能部门之间，职能部门的主管官员和属僚之间或因某些职能的交叉、或因某些问题需要讨论而少不了相互的言说。所以，政坛的言说在君臣关系的言说之外，有着更多的臣僚之间的言说。

同僚之间的政治言说互为言说主体和言说对象这种情况，在同一时空的直接言说中非常普遍。《左传》《国语》《战国策》中载有许多官吏的对话，如《左传》昭公七年载孟僖子召其大夫谈礼为"人之干"，《战国策·秦策一》所载司马错与张仪争论伐蜀还是攻韩。或许，这同僚之间和上下级之间有着其他不同性质的关系，但当他们作为言说主体和言说对象的身份同为政治官员时，他们构成的言说关系也就只有政治言说关系，其他的身份构成的关系因政坛这一特定场合而暂时消解。

政坛的言说，除上述两种言说关系外，还有外交的言说关系。先秦，尤其是春秋战国时期，国家的兴衰存亡，外交起着非常重要的作用。外交言说虽不在各诸侯国国内的政坛进行,属于不同政体之间的关系,但外交同样为政治的一个方面。因而,外交言说实际上也是政坛的政治言说。在这种言说中,有君主与君主之间的言说,如诸侯会盟;有甲国使臣与乙国君主,或乙国使臣与甲国君主之间的言说;还有各国使臣之间的言说。但不管是谁为言说主体,谁为言说对象,既然本质是政坛的言说,言说主体与言说对象的身份就不会是亲戚朋友的身份,而必然是政治的身份,其言说关系必然也还和其他政坛言说关系一样,是或为君臣、或为同僚、或为上下级关系之间的言说。

尤其要注意的是,周代封建制赋予了政体"家国同构"的本质,使家庭关系也纳入了政治关系之中,家庭关系的言说也带上浓厚的政治言说色彩。由于礼乐制度之"礼"浸透到了社会各种关系,规定着处于"礼"之关系之中的人们的衣食住行;因而,在某种意义上说,社会各种关系的言说也是政治的言说。这是周代,尤其是战国之前政治的本质特征。礼乐的言说虽不全都是仪式言说,但由于礼乐制度的核心是人伦等级,规定着君臣、父子、夫妇、兄弟等的伦理关系,规定着社会不同阶层的隶属关系及其物质、文化诸权益,而言说主体和言说对象所构成的言说关系为仪式言说的核心内涵,故不同的言说对象与言说主体的关系能同样形成不同的言说场合。因为这等级之间的言说由于礼所规定的身份的差异,使得言说主体和言说对象之间作为自然人的身份在言说过程完全消解,而自然具备礼所规定的身份。如《荀子·非十二子》谓:"遇君则修臣下之义,遇乡则修长幼之义,遇长则修子弟之义,遇友则修礼节辞让之义,遇贱而少者,则修告导宽容之义。"《管子·匡君·小匡》:"令夫士群萃而州处,闲燕则父与父言义,子与子言孝,其事君者言敬,长者言爱,幼者言弟。"可知在礼乐制度之下,非特定场所的言说也不能随意,必须符合礼所规定的等级身份,君臣、父子、长幼都必须以礼所规定的身份出现。

因而,在礼乐制度下每个人在一定的时空都以一定的身份出现在言说关系之中,主体和言说对象的身份都是被规定着的。不论君臣、臣僚之间谁为言说主体和言说对象,言说主体和言说对象都大多只具政治身份。尽管他们中的每一个还有着其他的多种社会身份,诸如父亲、儿女、丈夫、朋友等,但这平时的身份和言说关系也都在这一特定场所言说时暂时自动消失,他们作为"个体"的身份已被言说场所和言说内容、言说关系暂时消解。而当言说主体和言说对象的身份及其关系一旦确定,其言说也就具有"限定时空"的意义。故礼乐仪式之外的言说也表现为一种特定场合的言说,仪式言说表现出来的场合性也必然成为仪式场合之外礼乐言说的原则性。

总之,礼乐制度下的言说集中到一点,就是必须恪守言说主体和言说对象身份差异而形成的等级原则,即地位相对于言说对象低贱的言说主体必须对地位比自己高的言说对象在言说时履行礼乐的伦理等级关系。这一原则的存在,极大程度上规定着言说主体对言说方式的选择。因而,在礼乐政治形态的"限定时空"言说中,受礼乐政治特定场合、言说主体和特定言说对象特定身份及其构成的言说关系的制约,言说主体的独立性被完全消解,失去西方文学理论所谓创作主体的"自主"性,"言说什么"和"怎样言说"都被一定时空中的特定场合、言说主体和言说对象在特定场合中的特定身份所限定。

综上所述,先秦礼乐政治形态的言说都是一定时空的限定场合的言说。先秦的文坛隐含于神坛和政坛,同是"限定时空"的言说。先秦"文学"既隐含于礼乐政治形态的"限定时空言说"中,礼乐政治形态的特定言说场合就自然转换为"文学"的言说场合,其言说主体和言说对象就自然转换为"文学"的言说主体和言说对象。这不仅赋予了"文学""限定时空言说"的特征,也将"文学"言说主体始终置之于特定场合、主体身份和言说对象关系的规定之下。这一规定,使文学主体丧失独立和自主性,而必然沿袭礼乐政治言说的伦理原则。于是,"文学"的"怎样言说"也完全置之于由礼所规定的伦理原则的制约之下。因而,"六诗""六义"和先秦散文的"《春秋》笔法"、寓言、重言主流言说方式,都不过是先秦礼乐政治形态伦理原则支配下产生的"讽喻"言说方式的顺理成章地置换。

(本文发表于《文学遗产》2012年第3期,《新华文摘》2012年第18期、《中国社会科学文摘》2012年第9期、人大复印资料2012年第6期均全文转载)

(作者单位:中南民族大学文学院)

关于《文选》旧注的整理问题

刘跃进

一、《文选》的经典意义

五十岁以后，我常常反思过去三十年的读书经历，发现以前读书往往贪多求全，虽努力扩大视野，增加知识储量，但对于历代经典，尤其是文学经典，还缺乏深入细密的理解。《朱子语类》特别强调熟读经典的意义，给我很深刻的启发。朱熹说：

> 泛观博取，不若熟读而精思。
> 大凡看文字，少看熟读，一也；不要钻研立说，但要反复体验，二也；埋头理会，不要求效，三也。三者，学者当守此。
> 读书之法，读一遍了，又思量一遍，思量一遍，又读一遍。读诵者，所以助其思量，常教此心在上面流转。若只是口里读，心里不思量，看如何也记不仔细。

为此，他特别强调先从四部经典读起，即《论语》《孟子》《大学》《中庸》，特作《四书集注》。而《朱子语类》就是朱子平时讲解经典的课堂笔记，不仅继续对这四部经典加以论述，还对其他几部经书的精微之处给予要言不烦地辨析。他不仅强调熟读，还主张"诵"书，即大声念出来。朱子如此反反复复强调熟读经典，实在是有所感而发。

1959年武威出土汉简《仪礼》，每枚简宽1厘米，长54厘米，可以书写60到80字。一部《史记》五十余万字，得用十万枚竹简才能容纳来下。所以汉人说学富五车，也没有多少书。《史记·滑稽列传》载东方朔初入长安，至公车上书，"凡用三千奏牍。公车令两人共持举其书，仅然能胜之。人主从上方读之，止，辄乙其处，读之二月乃尽"。东汉之后，纸张的发明改变了这种状况。首先，大城市有了书店，王充就是在书肆中开始读书生涯的。有了书肆，自然有了文化的普及。左思《三都赋》问世之后，可以使洛阳纸贵。

雕版印刷发明之后，书籍成倍增长，取阅容易。尤其是北宋庆历年间毕昇发明了活字印刷，同时代的沈括《梦溪笔谈》及时记录下来，说这种印刷如果仅仅印三两份文字，未必占有优势；如果印上千份，就非常神速了。一般用两块版，用一块印刷时，在另外一块上排字，一版印完，另一版已经排好字，就这样轮番进行，真是革命性的发明。书多了，人们反而不再愿意精读，或者说没有心思精读了。读书方式发生变化，做学问的方式也随之发生了变化。就像纸张发明之后，过去为少数人垄断的学术文化迅速为大众所熟知，信口雌黄、大讲天人合一的今文经学由此败落。而雕版印刷术，尤其是活字印刷术的发明，也具有这种颠覆性的能量。朱熹说："汉时诸儒以经相授者，只是暗诵，所以记得牢。"但随着书籍的普及，过去那些靠卖弄学问而发迹的人逐渐失去读者，也就失去了影响力。"文字印本多，人不着心读。"人们也不再迷信权威，而更多地强调自己的感受和理解。宋人逐渐崇尚心解，强调性理之学，这种学风的变化固然有着深刻的思想文化背景，同时也与这种文字载体的变化密切相关。在今天看来，朱熹的忧虑，不无启迪意义。

我们也曾有过从无书可读到群书泛滥、无所适从的阅读经历。我们这一代人，多数是从1977年恢复高考进入大学才进入专业领域。我们在如饥似渴地恶补古今中外文学知识的同时，又几乎不约而同地拓展读书空间，试图从哲学的、宗教的、社会学的、人类学的方面来观照文学。这里的目标非常清晰：就是渴望走出自己的学术道路。我在杭州大学古籍所接受古典文献学的训练，更热衷于目录、版本、校勘、文字、音韵、训诂等所谓小学知识，热切于历代职官、历史地理等领域的研究成果，坚信工夫在诗外的道理。此后，也曾认真地关注过国外汉学研究,别求新声于异邦。

世纪之交,随着互联网的普及,电子图书异军突起,迅速占领市场。而今,读书已非难事。但在知识爆炸的时代,我们的大脑事实上已经成为各类知识竞相涌入的"跑马场",很少有消化吸收的机会。我们的古代文学研究界,论文呈几何态势增长,目不暇接,但是总是感觉到非常浮泛。很多是项目体或者学位体,都是先有题目,后再论证,与传统的以论带史的研究似乎没有质的区别。在这样背景下,我常常想到经典重读的问题。

美国哈乐德·布鲁姆的《西方正典》1994年在美国出版,译林出版社2004年出版了江甯康译本。作者用五百多页的篇幅深入介绍了从但丁、乔叟、赛凡提斯到乔伊丝、卡夫卡、博尔赫斯、贝克特等26位西方文学大师的经典著作。作者还有另外一部名著,即《影响的焦虑》。他认为,任何作家都会受到前辈文学名家和经典名作的影响,这种影响正如佛洛伊德所说的是那种"熟悉的、在脑子里早就有的东西",但是这种影响也会使后人产生受到约束力的焦虑。这种唯恐不及前辈的焦虑常常会使后来者忽略了自身的审美特性和原创性,并让自己陷入前人文本窠臼而不得出,这就是布鲁姆所谓的"面对前代大师的焦虑"。能否摆脱前代大师们的创作模式而建立起自己的创作特色并形成新的经典,这就是天才和庸才的根本区别。他在《西方正典》序言中说:"影响的焦虑使庸才沮丧却使经典天才振奋。"

我们之所以重视经典、重读经典,是因为经典阐述的是文化中比较根本的命题,由此可以反省中国文化中的一些基本问题、重大问题,而这些问题既与我们的民族文化息息相关,又与我们当代的文化建设密切相连。

当然,如何选择经典,又如何阅读经典,确实见仁见智,没有一定之规。中国学问源于《诗》《书》《礼》《乐》《易》《春秋》等所谓"六经",汉代称为"六艺"。《乐经》不传,古文经学家以为《乐经》实有,因秦火而亡,今文经学家认为没有《乐经》,乐包括在《诗》和《礼》之中,只有五经。唐宋之后,逐渐又有五经到七经、九经乃至十三经。这是儒家基本经典,也是中国文化的基本典籍。当然也有在此基础上另推出一些典籍者,如段玉裁《十经斋记》(《经韵楼集》卷九)就在此基础上益之以《大戴礼记》《国语》《史记》《汉书》《资治通鉴》《说文解字》《九章算经》《周髀算经》等,以为二十一经。但无论如何划分，都以五经为基始。20世纪80年代初期我在杭州大学读书时，姜亮夫先生指导我们阅读十二部经典，首先是五部经书——《诗》《书》《礼》《易》《春秋》，以及由此而来的是"三礼"（《周礼》《仪礼》《礼记》）、"三传"（《左传》《公羊传》《谷梁传》），再加上《论语》《孟子》及《老子》《庄子》和《楚辞》。

而在中国文学史上的经典，当然也不胜枚举。就历史上说，可以称之为学的，就是"选学"与"红学"。

"红学"是很专门的学问，博学大家、"草根学者"比比皆是。对此，我无从置喙。结合我所感兴趣的汉魏六朝文学研究，我还是重操古人旧调，主张熟读《昭明文选》。

问题是，如何研究经典？从我的读书阅历说，我总结了四种读书的方法：

一是含而不露式的研究，陈寅恪为代表。问题多很具体，而所得结论却有很大的辐射性，给人启发。结论可能多可补充甚至订正，但是他的研究方法、他的学术视野，却是开阔而充满感召力。

二是开卷有得式的研究，钱钟书为代表。他也是从基本典籍读起，《管锥编》论及了《周易正义》《毛诗正义》《左传正义》《史记会注考证》《老子王弼注》《列子张湛注》《焦氏易林》《楚辞补注》《太平广记》《全上古三代秦汉三国六朝文》等十部书，都由具体问题生发开去。而现在许多论文存在的问题是没有"问题"（意识）。记得读俞曲园先生《茶香室丛钞》《右仙台馆丛钞》《九九销夏录》等，他说自己"老怀索寞，宿屙时作，精力益衰，不能复事著述。而块然独处，又不能不以书籍自娱"，于是抄录了这些著作。看来，从事研究，不仅仅需要知识的积累，也需要某种内在的强大动力。过去，我们总以为从事文史研究，姜是老的辣，其实未必如此。年轻的时候，往往气盛，往往多所创造。但是无论年轻还是年老，这种读书笔记还是应当做的。很多专家学者回忆说，顾颉刚每天坚持写数千字，哪怕是抄录也行。钱先生也具有这种烂笔头子的工夫。

三是集腋成裘式的研究，严耕望为代表。严耕望先生的学问是有迹可循的，他也有个先入为主的框架，但他有个框架，他不先做论文，他先做资料长编。比如《唐代交通图考》就倾其毕生精力。他做《魏晋南北朝佛教地理考》

《两汉太守刺史考》，都是先从资料的排比入手，考订异同。我发现，很多有成就的学者，在从事某项课题研究之前，总是先编好资料长编。关键是如何编。每个课题不一样，长编的体例自然也各不相同。他的体会与经验，都浓缩在《读史三书》中，值得阅读。

  四是探究人心的研究，以余英时为代表。他的《戴震与章学诚》《方以智晚节考》等，其实在某种程度上说近似于陈寅恪的研究方法，关注历史上的人及其在历史实践中扮演的角色。学术研究的终极目的是什么？萨特就曾经提出过这样的问题："对于饥饿的人们来说，文学能顶什么用呢？"其实，还可以扩大一点说，整个的人文社会科学研究，对于饥饿的人们来说，能有什么现实的用处呢？如果是现实的理解，确实没有任何用处。但是人文科学的研究，最终体现在对于人的终极关怀和探索上。马克思《关于费尔巴哈的提纲》："费尔巴哈把宗教的本质归结于人的本质。但是，人的本质不是单个人所固有的抽象物，在其现实性上，它是一切社会关系的总和。"马克思《〈黑格尔法哲学批判〉导言》同样写道："批判的武器当然不能代替武器的批判，物质的力量只能用物质力量来摧毁；但是理论一经掌握群众，也会变成物质力量。理论只要说服人，就能掌握群众；而理论只要彻底，就能说服人。所谓彻底，就是抓住事物的根本。但人的根本就是人本身。"[①] 清代学术史上有汉学、宋学之争，在汉学内部，又有吴派与皖派之争。我曾写过《段玉裁卷入的两次学术论争及其他》[②]，最终归结到学术研究的目的以及由此决定的方法上来。从学术层面看，论争的焦点只是一字之差，而在这背后，似乎又涉及古籍校勘原则的根本分歧。段玉裁等人认为"照本改字"并不难，难的是断定"立说之是非"，也就是作者"所言之义理"。由义理而推断古籍底本之是非，不失为校勘的一个重要途径，也就是后来陈垣先生归纳的所谓"理校"。段、王之学最为后人推崇的，往往在这里。而顾千里则强调"不校之校"，宁可保持古籍原貌，也不要轻易改动文字。[③] 顾千里为惠氏学，信家法，尚古训，恪守汉人做

[①] 马克思：《〈黑格尔法哲学批判〉导言》。
[②] 刘跃进：《段玉裁卷入的两次学术论争及其他》，《文史知识》2010年第7期。
[③] 参罗军凤：《论段玉裁的"义理校勘"——为段顾之争进一解》，《西安交通大学学报》2008年第3期。

法；而段玉裁为戴氏学，认为汉儒训诂有师承，有时亦有附会，他们从事文字训诂和典章制度的研究，最终的目的还在义理的探究。这义理的背后，是人。

我个人认为，严耕望的读书方法比较切实可寻。资料的收集与文献的研究，相辅相成，紧密结合。资料编讫，自己也真正进入了这个领域。同时，这份资料的整理出版，又为学界提供一部经过系统整理的参考著作。这样的著作，于公于私，均有裨益。

于是我想到了《文选》的整理。三十年前读《文选》，往往见树见木不见林，如果能够从文献的角度系统整理《文选》旧注，应当是很有意义的事。

二、解读《文选》的途径

解读《文选》，唯一的途径是研读原文；而更好地理解原文，各家注释又是不二选择。从广义上说，所谓"文选学"，主要是《文选》注释学。通常来说，阅读《文选》，大都从李善注开始。因为李善注《文选》，是一次集校集释工作。他汇总了此前有关《文选》研究的成果，择善而从，又补充了大量的资料，因枝振叶，沿波讨源，成为当时名著。宋代盛行的六臣注《文选》，其实也是一种集成的尝试，将李善注与五臣注合刊，去粗取精，便于阅读。除六臣之外，还有一些古注。所以，清代以来的学者更加系统地整理校订，希望能够对《文选》文本及历代注释做系统的集校辑释工作。但总的来看，都留下这样或那样的遗憾。最主要的原因是，《文选》的版本比较复杂，有三十卷本，有六十卷本，还有一百二十卷本。同样是李善注，或者是五臣注，各本之间的差异也非常大，常常叫人感到无所适从。这就使得集校集注工作充满挑战。还有，新的资料不断出现，尤其是敦煌本和古钞本的问世，不断地给"文选学"提出新的研究课题。

长期以来，我在研读《文选》及其各家注的过程中，遇到某一问题，常常要前后披寻，比勘众本，总是感觉到挂一漏万，缺乏一种具体而微的整体观照。于是，我很希望能有这样一个辑录旧注、编排得宜的读本，一编在手，重要的版本异同可以一目了然，重要的学术见解亦尽收眼底。[①] 为此，我曾以班固《典引》及蔡邕注为例，试作尝试。[②]《典引》最早见载于范晔《后汉书·班固传》。其后，梁代昭明太子编《文选》收录在"符命"类中，接在司马相如《封禅文》、扬雄《剧秦美新》之后。范晔《后汉书》载《典引》与《文选》录文已有差异，而《文选》各本之间差异尤大。[③]

先看范晔书和尤袤刻李善注本的异同。最明显的不同是范书没有收录约四百字的序文。而收录序文的《文选》本，序文下却没有蔡邕注。由此推断，蔡邕所见《典引》和李贤注《后汉书》似乎都没有序文。另外，文字方面也多有差异。凡通假字，姑且不论。即较重要者如："以冠德卓绝者，莫崇乎陶唐"，范本作"卓踪"。李贤注："为道德之冠首，踪迹之卓异者，莫高于陶唐。"说明李贤所见之本也作"踪"。而五臣、李善注之奎章阁本作"绰"。"以方伯统牧"，范本作"以伯方统牧"。李贤注："伯方犹方伯也。"是李善本作方伯是也。"黄钺之威"，范本作"黄戚之威"。李贤注："黄戚，黄金饰斧也。《礼记》曰：诸侯赐弓矢然后专征伐，赐斧钺然后杀。"既然用《礼记》的典故，当作"黄钺"为是。奎章阁本作"黄钺"是也。"而礼官儒林屯用笃诲之士，不传祖宗之髣髴。""用"字，范本作"朋"。李贤注："朋，群也。"是李贤所见本也作"朋"字。由上述几例看，尤刻李善本较之范本略优。但是，根据胡克家《文选考异》[④]，尤刻《文选》时，曾据多种版本校改。这些或许是尤刻所改，虽然有很多已不可详考，但是依然可以推寻一些蛛丝马迹，如尤刻序中："此论非耶？将见问意开寤耶？"五臣本无"将见"七字。奎章阁本

[①] 阮元《揅经室集·一集》卷十一《国朝汉学师承记序》云："元又尝思国朝诸儒，说经之书甚多，以及文集说部，皆有可采。窃欲析缕分条，加以剪截，引系于群经章句之下。譬如休甯戴氏解《尚书》'光被四表'为'横被'，则系之《尧典》。宝应刘氏解《论语》'哀而不伤'，即《诗》'维以不永伤'之伤，则系之《论语·八佾篇》。而互见《周南》。如此勒成一书，名曰《大清经解》。徒以学力日荒，政事无暇，而能总此事，审是非，定去取者，海内学友，惟江君暨顾君千里二三人。他年各家所着之书，或不尽传，奥义单词，沦替可惜，若之何哉？"中华书局1993年版，第248页。

[②] 刘跃进：《班固〈典引〉及其旧注平议》，载《秦汉文学论丛》，凤凰出版社2008年版。

[③] 本文所校《文选》版本主要有：尤袤刻李善注《文选》，中华书局1974年影印南宋本。陈八郎宅南宋绍兴三十一年刻五臣注《文选》，台湾"中央图书馆"影印本。宋刻六臣注《文选》，中华书局1987年影印。此外，又据韩国奎章阁本《文选》（正文社1983年版）、《敦煌吐鲁蕃本文选》（中华书局2000年版）参校。据同门傅刚君考证，奎章阁本保留了北宋国子监《文选》原貌，其价值不可低估。

[④] 据专家考证，《文选考异》是顾千里所作，考见李庆：《顾千里研究》，上海古籍出版社1989年版。

注:"善本无'将见问意开寤耶'七字。"可见,此七字为尤刻所加。据何本而增,便不得而知。

再看尤刻李善注本和五臣注本的差异。"犹启发愤满",五臣本作"犹乐启发愤懑"。张铣注:"乐,谓乐为其事也。"是五臣所见有"乐"字。奎章阁本也有"乐"字。"五德初始",五臣本"始"作"起"。张铣注:"言帝王以五行相承,乃初起是法。"是五臣所见本确为"起"字。奎章阁本也作"起"字。"真神明之式也",五臣本"真"作"圣"。奎章阁本也作"圣"字。"恭揖群后",五臣本"揖"作"辑"。"有于德不台,渊穆之让",五臣本"渊穆"前有"嗣"字。李周翰注:"自谦不能嗣于古先圣帝明王之列,此深美之让也。"是五臣所见有"嗣"字。"是故谊士伟而不敦",五臣本"伟"作"华"。张铣注:"汤以臣伐君,故古今义士以为华薄之事不为敦厚之道也。"是五臣所见确为"华"字。"内沾豪芒",五臣本作"内霑毫芒"。虽然范本、李善注本均作"豪",但是就文意而言,显然"毫"字为是。"性类循理",五臣本"循"字作"脩"。"至令迁正",五臣本"令"字作"于"。"孔猷先命",下有蔡邕注:"繇,道也。言孔子先定道诚至信也。"可以肯定蔡邕所见为"繇"字,而不是"猷"字。五臣本"猷"作"繇"。刘良注:"繇,道。"是五臣所见也作"繇"字。"瘟瘵次于心",五臣本"心"上有"圣"字,模板也有"圣"字,奎章阁本也作"圣心"。"惮勑天命也",五臣本"天"下无"命"字,奎章阁本亦无此字。从上述几例来看,五臣注本似乎更接近于蔡邕注本。过去我们对于五臣注多所否定,如果就《典引》异文来看,五臣自有其独特的价值。

通过这样的个案研究,我发现,校订《文选》所录作品,至少可以选择三条途径。一是根据不同的版本,包括早期钞本如敦煌吐鲁番本、宋元刊本等加以勘对,还有像唐代陆柬之的书法作品《文赋》[①],也是校订的依据。二是通过不同的征引加以校正,如《文选》选录的作品,有一百多篇见于史传,可据以校订[②];还有的是前人只言词组的引证,也是校勘的资源。三是根据对于文意

---

① 原件藏北京故宫博物院,后移至台湾。上海书画出版社 1978 年影印出版。陆柬之为虞世南外甥,应当生活在唐代贞观年间,故行文避"渊""世"字,当与李善同时代。

② 骆鸿凯《文选选·余论第十·征史》:"《文选》之篇载于正史者,撮举之得下列百廿余首,亦见昭明去取多经国之文。"

的理解进行必要的校订。校订所录作品，虽然于字句的去取定夺之间，差异较大，但是终究还是有很多便利条件，有依可据，有章可寻。

相比较而言，整理《文选》各家注释，就远非易事了。众所周知，《文选》注释影响最大的主要是李善注和五臣注，此外，还有李善所征引的各家旧注以及《文选集注》所引各家注。在流传过程中，李善注本与五臣注虽各有传承，但是与后来的六臣本相比勘，发现其中的关系错综复杂。而六臣注诸本，也不尽相同，有的是李善注在前，五臣注在后；有的则是五臣注在前，李善注在后。这样，各家注释，详略各异，繁简不同。因此，要想整理出一个眉目清晰的旧注汇释定本，不是不可能，但是相当困难。更何况，李善注征引群籍，所据底本不同，清代以来的学问家，根据当时所见书籍加以校订去取，取得了丰厚的成就。但是，毕竟不能用后来的本子苛求唐代李善所引群籍。如后处理此类问题，也值得思考。

三、《〈文选〉旧注辑存》的编纂

基于上述认识，我试图给自己寻找一条重新研读《文选》的途径，辑录旧注，博观约取，元元本本，略加编排。所谓《文选》旧注，我的理解，有五个方面的含义，一是李善所引旧注，二是李善独自注释，三是五臣注，四是《文选集注》所引各家注释，五是后来陆续发现的若干古注。

（一）李善辑注

李善辑录旧注有三种情况：

一是比较完整的引述。譬如薛综的《两京赋注》、刘逵的《吴都赋注》和《蜀都赋注》[①]、张载的《魏都赋注》和《鲁灵光殿赋注》、郭璞的《子虚赋注》和《上林赋注》、徐爰的《射雉赋》、颜延年和沈约的《咏怀诗注》、王逸的《楚辞注》、蔡邕的《典引注》、刘孝标的《演连珠注》等。特别是李善所引

[①] 卷四左思《三都赋》中的《蜀都赋》有刘渊林注。李善曰："《三都赋》成，张载注魏都，刘逵为注吴、蜀，自是之后，渐行于俗也。"

薛综注，很值得注意。饶宗颐《敦煌吐鲁番本〈文选〉》（中华书局 2000 年影印本）收录《西京赋》353 行，起"井干叠而百增"，讫篇终，尾题"文选卷第二"。双行夹注，薛综注，李善补注，与尤袤本大致相同。但有几点值得注意，第一是缮写时间。卷末有"永年二月十九日弘济寺写"数字，"年"旁有批改作"隆"字。永隆为唐高宗李治年号，永隆二年为公元 681 年。而据《旧唐书·李善传》，李善在高宗"显庆中累补太子内率府录事参军崇贤馆直学士兼沛王侍读。尝注解《文选》，分为六十卷，表上之"。今存李善上表标注"显庆三年九月日上表"，与史传同。说明《文选注》成于显庆三年（658）。而距这个钞本才 23 年，为现存李善注最早的钞本了。第二，李善注所引唐人资料，最多的是《汉书》颜师古注，他称颜监。第三，尤本注音皆作某某切，而敦煌本作某某反。第四，《尔雅》并作《尔雅》。不仅《尔雅》如此，敦煌钞本，还有好几个简体字与今天相同。

二是部分征引旧注。曹大家《幽通赋注》、项岱《幽通赋注》、綦毋邃《两京赋音》、曹毗《魏都赋注》、颜延之的《射雉赋注》[①] 以及无名氏《思玄赋注》等都是如此。张衡《思玄赋》题下标为"旧注"。李善曰："未详注者姓名。挚虞《流别》题云衡注。详其义训，甚多疏略，而注又称愚以为疑，非衡明矣。但行来既久，故不去。"有些无名氏的注释，李善有所关注，但没有征引。如卷七潘岳作品下李善注："《藉田》《西征》咸有旧注，以其释文肤浅，引证疏略，故并不取焉。"

三是收录在史书中的作品，如《史记》三家注，《汉书》颜师古注等。如卷七扬雄《甘泉赋》李善注："旧有集注者，并篇内具列其姓名，亦称臣善以相别。佗皆类此。"这里所说的"旧有集注"，实际指史传如《史记》《汉书》的旧注。又如卷七、卷八司马相如《子虚赋》《上林赋》标为郭璞注，李善未有说明，实际上是李善辑录各家旧注而成。除史传固有注释外，李善还收集到若干专门注释，如司马彪《上林赋注》、伏俨《子虚赋注》等。

李善辑录旧注，除"骚"体悉本王逸注外，其他多用"善曰"二字作为区

[①] 《射雉赋》"雉鷕鷕而朝鸲"句下，徐爰注："雌雉不得言鸲。颜延年为潘为误用也。"说明颜延之亦对此赋有注。

分，加以补充。卷二张衡《西京赋》有薛综注。"旧注是者，因而留之，并于篇首题其姓名。其有乖缪，臣乃具释，并称臣善以别之。他皆类此。"可见原来是"臣善"，后来的版本多为"善曰"，似已不是原貌。法藏敦煌本 P2527 为东方朔《答客难》及李善注，以"臣善曰"领起。引用前人之说，以"臣善"别之。如注以管窥天，以蠡测海："服虔曰：管音管。张晏曰：蠡，瓠瓢也。文颖曰：筳音庭。臣善曰：《庄子》魏牟谓公孙龙曰……"这种注释体例，保留了李善注的部分原貌。

（二）李善独注

现存李善注本流传不多。比较著名的是北京图书馆藏北宋本《文选》李善注残卷。《宋会要辑稿·崇儒》四之三："景德四年八月，诏三馆秘阁直馆校理分校《文苑英华》、李善《文选》，摹印颁行。……李善注文选校勘毕，先令刻板，又命覆勘。未几，宫城火，二书皆尽。至天圣中，监三馆书籍刘崇超上言：李善注文选援引该赡，典故分明，欲集国子监官校订净本，送三馆雕印。从之。天圣七年十一月校成，又命直讲黄鉴、公孙觉校对焉。"据此，有学者认为北宋本李善注《文选》残卷即为国子监本，现存二十四卷（包括残卷）。此外，台湾"故宫博物院"藏北宋本李注残卷，乃前十六卷中的十一卷（包括残卷）。这样总计现存北宋残卷凡三十五卷。[①]

最完整的是李善注刻本北京图书馆藏南宋淳熙八年（1181）尤袤刻本（北京中华书局 1974 年影印）。阮元《揅经室三集》卷四载《南宋淳熙贵池尤氏文选序》详细比较尤刻与毛本异同。特别注明在卷二八叶及卷九十九叶并有"景定壬戌重刊本"记。然今尤袤本未见。诚如影印说明所言："李善注《文选》，北京图书馆所藏南宋淳熙八年尤袤刻本，是现存完整的最早刻本。这个本子，目录和《李善与五臣同异》中有重刻补版，正文六十卷中除第四十五卷第二十一页记明为'乙未重刊'外（在影印本中这一页已改用北京大学图书馆藏本中的初版），其余部分还是尤刻初版。"而胡克家委托顾千里所校订的尤刻本《文选》则是一个屡经修补的后印本。

[①] 详见劳健《北宋本〈文选〉李善注残卷跋》及笔者所附按语。

（三）五臣注

从现存资料看，世间还保留若干五臣注的本子，譬如日本就有古钞本五臣注，日本昭和十二年由东方文化学院影印出版。收录邹阳《狱中上书自明》、司马相如《上疏谏猎》、枚乘《上书吴王》和《上书重谏吴王》、江淹《诣建平王上书》（至"信而"止）、任昉《奏弹曹景宗》（自"军事、左将军"始）、《奏弹刘整》（至"范及息逡道是采音"止）、沈约《奏弹王源》（始"丞王源忝藉世资"）、杨德祖《答临淄侯笺》、繁钦《与魏文帝笺》、吴质《答魏太子笺》《在元城与魏太子笺》、阮籍《为郑冲劝晋王笺》（仅仅开篇几句）等。其"民"字缺笔，或换以"人"字。抄录也多失误。如枚乘《上书重谏吴王》脱吕延济注"失职，谓削地也。责，求。先帝约，谓本封"和正文"今汉亲诛其三公，以谢前过"。因此，就版本而言，未必最好。此外，还有朝鲜五臣注刻本，现保存全帙。虽刊刻年代不及陈八郎本，但也时有优异之处。本文在辑录五臣注时，多所参校。

目前所见最完整的本子是保存在台湾"国家图书馆"的南宋绍兴三十八年陈八郎宅刻本。[①] 顾廷龙《读宋椠五臣注文选记》（《国立中山大学语言历史研究所周刊》，1929年10月第9集第102期）亦提到此本："余外叔祖王胜之先生，藏书甚富，尤多善本，海内孤本。宋椠五臣注文选三十卷其一也。年来获侍杖履，幸窥秘籍。……是书原委，详外叔祖跋。"顾廷龙跋还多出"诸家印记，悉以附志"，记录毛氏藏印、徐氏印以及栩缘老人印，如"王氏藏书""同愈""王氏秘籍""栩缘所藏""三十卷萧选人家""王同愈""栩栩盦""元和王同愈"等。最后落款是："十八年八月四日记于槎南廿草堂。"这段跋，不见台湾影印本，而吴湖帆题记又未见顾廷龙过录。蒋镜寰辑《文选书录述要》亦著录此书："宋绍兴辛巳刊本。见《邵亭知见传本书目》。王同愈《宋椠五臣文选跋》。此书为吴中王胜之同愈所藏，半叶十二行，行二十二字。"[②] 傅增湘《藏园群书经眼录·文选注三十卷》亦有著录。

---

① 详见王同愈《宋椠五臣〈文选〉跋》及笔者所附按语。
② 《江苏省苏州图书馆刊》1932年4月第3号。

(四)《文选集注》

左思《三都赋》为《文选》卷第八,而李善本则卷第四,说明集注本为一百二十卷。现有上海古籍出版社的影印本。其来源及特点,周勋初先生影印本前言有概括的描述。傅刚先生《〈文选集注〉的发现、流传与整理》有比较详尽地介绍。[①] 一般认为这是唐钞,也有人认为是十二世纪的汇注本。[②] 不论是抄写年代如何,其中保留了很多古注,有着较大的学术价值。除此影印本外,日本奈良女子大学横山弘藏《南都赋》开篇及注至"陪京之南",庆应义塾大学左藤道生藏,始自"体爽垲以闲敞,纷郁郁其难详",至五臣注"难悉"二字。

(五)佚名古注

俄藏敦煌《文选》242 残本有束广微《补亡诗》,自"明明后辟"始,讫曹子建《上责躬应诏诗表》"驰心辇毂"句,相当于李善注本《文选》卷十九至二十,其中曹子建《上责躬应诏诗表》在卷二十,而在五臣本则同为卷十。这份残卷共计 185 行,行 13 字左右。小注双行,行 19 字左右,抄写工整细腻,为典型的初唐经生抄写体。其注释部分,与李善注、五臣注不尽相同,应是另外一个注本,具有文献史料价值。

此外,天津艺术馆藏旧钞本卷四十三"书下"赵景真《与嵇茂齐书》至卷末《北山移文》,有部分佚注,日本永青文库所藏旧钞本卷四十四"檄"司马相如《喻巴蜀檄》至卷末司马相如《难蜀父老》开篇至"使疏逖不闭,曶爽闇昧,得耀乎光明"止,也有部分佚注,均不知何时何人所作,都可以视之为无名氏的注释。

上述五种旧注,除尤袤刻李善注外,清代《文选》学家多数未曾披览。他们所做的校订,相当一部分是针对世间流传较广、讹误较多的底本而发。即便尤刻本,所见也多是后印本,时有误字。下举数例:

1. 班固《西都赋》李善注"容华视真二千石"之"容"字,"充衣视千石"之"衣"字,《文选考异》所见为"俗""依",作者认为作"容"和

[①] 傅刚:《〈文选集注〉的发现、流传与整理》,《文学遗产》2011 年第 5 期。
[②] 陈翀:《萧统〈文选〉文体分类及其文体观考论》,《中华文史论丛》2011 年第 1 期。

"衣"为是，而"俗"与"依"两字，"此尤校改之也"。然今见尤刻本正作"容"和"衣"。

2. 班固《西都赋》"内则别风之嶕峣"，陈八郎本、朝鲜五臣注本下无"之"字，是。但是《文选考异》以为此"之"字为尤袤所加，就非常武断。刘文兴《北宋本李善注文选校记》指出北宋本就有"之"字，"据此则非尤添，乃宋刻原有也"。①

3. 张衡《西京赋》"黑水玄阯"，《文选考异》作者所见为"沚"，据薛综注，认为当作"阯"，今尤袤本正如此。

4. 班固《东都赋》"寝威盛容"之"寝"，陈八郎本、朝鲜五臣注本、《后汉书》并作"禓"，梁章巨曰："尤本注禓误作侵。"然国家图书馆所藏尤袤本正作"禓"，显然梁氏所据为误本。

5. 《西京赋》"上春候来"下李善注"孟春鸿雁来"，《文选旁证》卷三据误本，以为"鸿"下当有"雁"字。而敦煌本、北宋本、尤袤本并有"鸿"字。

6. 《东京赋》"而衆听或疑"，而胡绍煐所见为"而象听或疑"。《文选笺证》卷三："按：当作：而众听者惑疑。字涉注而误。惑与下野为韵。"而尤袤本不误。

7. 江淹《恨赋》"若迺骑叠迹，车屯轨"之"屯"字，胡文瑛所见为"同"，于是在《文选笺证》中考证曰："六臣本作屯轨。按注引《楚辞》：屯余车其千乘。王逸曰：屯，陈也。明为正文屯字作注。则善本作屯，不作同。此为后人所改。"殊不知，尤袤本正作"屯"。

应当说，《文选考异》《文选旁证》，还有《文选笺证》的作者，目光如炬，根据有限的版本就能径直判断是非曲直，多数情况下，判断言而有征，可称不移之论。但这里有一个问题，《文选考异》的作者认为，"凡各本所见善注，初不甚相悬，逮尤延之多所校改，遂致迥异"。他没有见过北宋本，更没有见到敦煌本，他指摘为尤袤所改处，往往北宋本乃至敦煌本即是如此。这是《文选考异》的最大问题。梁章钜《文选旁证》亦取资广泛，时有新见。也常常为版本所困。如果据此误本再加引申发挥，就带来了一些新的问题。譬如梁章钜就

---

① 刘文兴：《北宋本李善注文选校记》，《国立北平图书馆馆刊》1931年9—10月5卷第5号。

没有见到过五臣注本，常常通过六臣注本中的五臣注来推断五臣注本的原貌。而今，我们看到完整的五臣注就有两种，还有日本所藏古钞本五臣注残卷。由此发现，五臣注与五臣注本的正文，也时有不一致的地方。仅据注文推测正文，如谓"五臣作某，良注可证"，根据现存版本，梁氏推测，往往靠不住。《东都赋》"韶武备"，梁氏谓："五臣武作舞，翰注可证。"根据六臣注中的五臣注，乃至陈八郎本、朝鲜五臣注本，注文中确实作"舞"，但是，这两种五臣注的正文又都是"武"字。朝鲜本刊刻的年代虽然略晚，但是它所依据的版本可能还早于陈八郎本。不管如何，今天所能看到的五臣注本均作"韶武备"，梁氏推测不确。这是梁章钜《文选旁证》的一个问题。当然，梁章钜《文选旁证》也有不可替代的价值，譬如荟集各家之说，有些研究成果，如段玉裁的考证，我们只能通过梁氏著作的征引，得以尝脔一鼎。胡文瑛的《文选笺证》，篇幅虽然不多，但是由于撰写年代较晚，征引张云璈、段玉裁、王念孙、王引之、顾千里、朱珔、梁章钜等人的成果，辨析去取，加以裁断，非常精审。这些都是让我们很感激的。

而今，我们有条件看到一些珍稀版本，如敦煌残卷本、文选集注本、北宋本李善注残卷、完整的五臣注本，等等，这些都是清人所不曾披览的珍贵版本。我们在感佩清代《文选》学家精微的考证功夫的同时，也考虑到应当让更多的读者方便地利用这些版本，于是我想到了《〈文选〉旧注辑存》的编纂。

凤凰出版社姜小青总编知道后，很希望我能把这种读书所得贡献给大家。这个建议当然很好，但是在具体操作过程中，还有很多问题回避不了。譬如，《文选集注》有很多异体字，如何处理，还颇费心机。现在的做法，是保存各自版本的原貌，不作删改。另外，对于现存各种六臣注本的异同是非，我几乎没有涉猎。原因是，我重点关注的是各家注释。至于宋元以来的校释成果，散见群书，我也只是择要论列。我的意图，不是做《文选》的集校汇注工作，而只是为阅读《文选》提供方便。尽管做了这样多的界定，收缩范围，而全书依然达到四百余万字，编排还不是很难，主要是剪刀加浆糊的工作，而校勘却异常繁难。现存李善注和五臣注，各本之间，差异很大。我选择尤袤刻本李善注为工作底本。五臣注部分用陈八郎宅刻本为准。此外，《文选集注》所引各家注、敦煌吐鲁番本所引各家古注等，也保持原貌。各家注释的排列，基本以注者时代为先后。举凡涉及原文异同、字音训释及相关评论等内容，在"汇释"中略有辨析。这样编排，可以省却读者前后披寻的繁难。当然，客观地说，目前所做的主要还是校异同的工作，定是非则更加重要。为此，我们在案语中选择一些重要的校勘训释成果略加说明，也是为将来开展这方面的研究工作提供一些线索。

阅读经典，刚刚开始。通过这种排比研读，我们有过多的机会走近经典，体味经典，或许从中可以探寻一些带有规律性的东西，为今天的文学经典的创造提供若干有意义的借鉴。倘如此，这种研读，就不仅仅是发思古之幽情，也有着现实意义。

（作者单位：中国社会科学院文学研究所）

吴越争霸大事表

俞志慧

鲁昭公三十二年，吴阖庐五年，越允常元年，公元前510年。

夏，吴伐越，始用师于吴也。史墨曰："不及四十年，越其有吴乎！越得岁而吴伐之，必受其凶。"(《左传·昭公三十二年》)

(阖庐)五年，伐越，败之。(《史记·吴太伯世家》，下简称《吴世家》)

谨按：是年下距鲁哀公二十二年（前473）越灭吴，凡三十七年，与史墨所说的"不及四十年"正合。

鲁定公五年，吴阖庐十年，越允常六年，公元前505年。

(阖庐)十年春，越闻吴王之在郢，国空，乃伐吴。吴使别兵击越。(《吴世家》)

鲁定公十四年，越句践①元年，吴阖庐十九年，公元前496年。

五月，于越败吴于槜李。吴公子光卒。(《春秋·定公十四年》)

(越王句践)元年，吴王阖庐闻允常死，乃兴师伐越……吴师败于槜李，射伤吴王阖庐。(《史记·越王句践世家》，下简称《越世家》)

(阖庐)十九年夏，吴伐越，越王句践迎击之槜李。越使死士挑战，三行造吴师，呼，自刭。吴师观之，越因伐吴，败之姑苏，伤吴王阖庐指，军却七

---

① 句践，此依《史记》不书作"勾践"，下同。

里。吴王病伤而死。阖庐使立太子夫差,谓曰:"尔而忘句践杀汝父乎?"对曰:"不敢!"三年,乃报越。(《吴世家》)

谨按:《春秋》与《越世家》,皆谓越败吴于槜李,《左传·哀公元年》载夫差败越于夫椒,亦云"报槜李也",则是此处谓越败吴于姑苏不实。《吴世家》下文谓夫差"二年,悉精兵以伐越,败之夫椒,报姑苏也",疑并误。

鲁哀公元年,越句践三年,吴夫差二年,公元前494年。

吴王夫差败越于夫椒,报槜李也,遂入越。越子以甲楯五千保于会稽,使大夫种因吴大宰嚭以行成。……(伍员)退而告人曰:"越十年生聚,而十年教训,二十年之外,吴其为沼乎!"三月,越及吴平。(《左传·哀公元年》)

谨按:"二十年之外",与越灭吴的公元前473年正合。

越王句践即位三年而欲伐吴。(韦昭注:句践三年,鲁哀公元年)范蠡进谏……王弗听。果兴师而伐吴,战于五湖,不胜,栖于会稽。(五湖,韦注:今太湖也)(《越语下》)

夫差与之(越大夫文种)成而去之。(《越语上》)

吴王夫差起师伐越,越王句践起师逆之江。(《吴语》)

(句践)三年,句践闻吴王夫差日夜勒兵,且以报越,越欲先吴未发往伐之……遂兴师。吴王(夫差)闻之,悉发精兵击越,败之夫椒。越王乃以余兵五千人保栖于会稽,吴王追而围之。(《越世家》)

吴王不听(伍子胥劝谏),听太宰嚭,卒许越平,与盟,罢兵而去。(《吴世家》)

谨按:《越世家》谓"越欲先吴未发往伐之",《吴语》作吴先伐越。吴曾祺《国语韦解补正》云:"意者两国治兵,各至边界,故谓之互相伐,均无不可。"①其说可从。

鲁哀公三年,越句践五年,吴夫差四年,公元前492年。

然后卑事夫差,宦士三百人于吴,其(句践)身亲为夫差前马。(《越语上》)

令大夫种守于国,(句践)与范蠡入宦于吴,三年,而吴人遣之。(《越语下》)(韦注:宦,为臣隶也。)句践以鲁哀元年栖会稽,吴与之平而去之。句践改修国政,然后卑事夫差,在吴三年,而吴人遣之。此则鲁哀五年也。

谨按:从鲁哀公元年越伐吴,战于五湖,不胜,栖于会稽,吴王追而围之,到"三月,越及吴平",再到句践君臣宦吴三年而归,韦注谓句践君臣于鲁哀五年回国,中间有一些缺环,故虽不一定准确,但庶几近之。

吴既赦越,越王句践反国,乃苦身焦思,置胆于坐……于是举国政属大夫种,而使范蠡与大夫柘稽(《越语》作"诸稽郢",当为同一人)行成,为质于吴。二岁而吴归蠡。(《越世家》)

越王句践五年五月,与大夫种、范蠡入臣于吴。……至三月壬申,(吴王)病愈……今三月甲辰,时加日昳,孤(句践)蒙上天之命,还归故乡。(《吴越春秋·句践入臣外传》)

越王去会稽,入官于吴。三年,吴王归之。(《越绝书·请籴内传》)

谨按:"官",《越语下》作"宦",据义当从。

《越世家》"使范蠡与柘稽行成,为质于吴。二岁而吴归蠡",玩其文义,似句践不与于为质之事,但《越语下》作"(句践)与范蠡入宦于吴",《越绝书》作"越王去会稽,入官于吴",疑当依后二者。

又,《越世家》云:"二岁而吴归蠡。"《越语下》与《越绝书》都作"三年",亦似当以后二者为是,或者"二"系"三"字之残。下引《吴越春秋》谓句践与大夫种、范蠡入臣于吴的时间为句践五年五月,而返国的

---

① 吴曾祺补正,朱元善校订:《国语韦解补正》,上海商务印书馆1910年版,第1页。

具体时间则是三年后的三月甲辰。唯同一材料中，前文谓三月壬申吴王病愈，甲辰距壬申三十二天，虽然不在同一个月中，虽不中，亦不远矣，如此言之凿凿，不当以杜撰视之。

鲁哀公五年，越句践七年，吴夫差六年，公元前490年。
越王句践臣吴至归越，句践七年也。（《吴越春秋·句践归国外传》）
鲁哀公七年，越句践九年，吴夫差八年，公元前488年[1]。
夏，公会吴于鄫。吴来征百牢。子服景伯对曰："先王未之有也。"吴人曰："宋百牢我，鲁不可以后宋。且鲁牢晋大夫过十，吴王百牢，不亦可乎？"景伯曰："晋范鞅贪而弃礼，以大国惧敝邑，故敝邑十一牢之，君若以礼命于诸侯，则有数矣。若亦弃礼，则有淫者矣。周之王也，制礼，上物不过十二，以为天之大数也。今弃周礼，而曰必百牢，亦唯执事。"吴人弗听。景伯曰："吴将亡矣，弃天而背本。不与，必弃疾于我。"乃与之。
大宰嚭召季康子，康子使子贡辞。大宰嚭曰："国君道长，而大夫不出门，此何礼也？"对曰："岂以为礼？畏大国也。大国不以礼命于诸侯，苟不以礼，岂可量也？寡君既共命焉，其老岂敢弃其国？大伯（大伯，《论语》作'泰伯'，《史记》作'太伯'）端委以治周礼，仲雍嗣之，断发文身，裸以为饰，岂礼也哉？有由然也。"反自鄫，以吴为无能为也。（《左传·哀公七年》）

    谨按：一则曰"吴将亡矣"，再者曰"以吴为无能为也"，其时吴运虽在鼎盛时期，但明达者却在数战数胜中见出其式微之征了。

（鲁哀公）七年，吴王夫差强，伐齐，至缯，征百牢于鲁。（《鲁周公世家》）
鲁哀公八年，越句践十年，吴夫差九年，公元前487年。
吴为邹伐鲁，至城下，盟而去。（《鲁周公世家》）

---

[1] 《史记·吴太伯世家》："七年，吴王夫差闻齐景公死而大臣争宠，新君弱，乃兴师北伐齐。……败齐师于艾陵。"《索隐》："《左传》此年无伐齐事，哀十一年败齐艾陵尔。"据次年至缯征鲁百牢，疑吴于此前后确有北进之事，但文献未见有两败艾陵的记载，疑太史公误记，故于此不录。《吴世家》下文载夫差"十年，因伐齐而归"，因无旁证，亦不录。

九年，为驺（邹）伐鲁，至，与鲁盟乃去。（《吴世家》）

鲁哀公九年，越句践十一年，吴夫差十年，公元前486年。

四年，王召范蠡而问焉。（《越语下》）（说云：鲁哀三年。韦注：四年，反国四年，鲁哀九年）

《吕氏春秋·长攻》载伍子胥劝谏，不与越粟，（吴）遂与之（越）食，下文云："不出三年，而吴亦饥，使人请食于越，越王弗与，乃攻之，夫差为擒。"

谨按：《吕氏春秋》谓"不出三年，而吴亦饥"，吴国"稻蟹不遗种"在哀公十二年（前483），故将籴粟事系于本年。

或说之鲁哀三年，当越句践五年，其时句践尚在吴国为质，谋吴之说不可采信。韦昭以"四年"为"反国四年"，从行文上也似有未当，据义则可从。窃疑其中有脱文，惜无文献旁证。

《越绝书·请籴内传》范蠡谓"谋之七年，须臾弃之"，当从此时算起。

句践自会稽归七年，拊循其士民，欲用以报吴。大夫逢同谏曰："……今夫吴兵加齐、晋……"（《越世家》）

谨按："自会稽归"，承前文"句践之困会稽"而来，前后大约七年。按照《史记》的说法，若将"晋"易作"鲁"，于《史记》内部记载倒能圆通，但文献未见以"晋"为"鲁"的异文，疑太史公将后来几年之事一并叙述。按照《左传》与《吴越春秋》的记载，夫差第一次伐齐尚在次年，吴晋黄池之会更在其后，即鲁哀公十三年，公元前482年，可见《史记》于此时序多有颠倒错乱。

《越世家》中有二逢同，另一处谓："（太宰嚭）与逢同共谋，谗之王。"此逢同亦见于《越绝书·外传记吴地传》《越绝书·请籴内传》，又作"冯同"，载见《越绝书·德叙外传记》，系吴国的奸臣。另外，《越绝书·外传记范伯》亦载一冯同，疑为同一人。这里劝谏越王句践的大夫，《吴越春秋·句践入臣外传》《句践归国外传》《句践伐吴外传》俱作扶同，是越国的大夫，疑《史记》误合为一。

鲁哀公十年，越句践十二年，吴夫差十一年，公元前485年左右。

春，（鲁哀）公会吴子、邾子、郯子伐齐南鄙，师于鄎。（《左传·哀公十年》）

又一年，王召范蠡而问（焉）。（韦注：反国五年，鲁哀十年）曰："……今吴王淫于乐而忘其百姓，乱民功，逆天时，信谗喜优，憎辅远弼，圣人不出，忠臣解骨，皆曲相御，莫适相非，上下相偷，其可乎？"范蠡对曰："人事至矣，天应未也，王姑待之。"（《越语下》）

（鲁哀公）十年，（吴）伐齐南边。（《鲁周公世家》）

（夫差）十一年，夫差北伐齐。齐使大夫高氏谢吴师。（《吴越春秋·夫差内传》）

（夫差）十一年，复北伐齐。（《吴世家》）

谨按：吴与诸小国伐齐南鄙，《左传》系于哀公十年春，以夏历而论，也可能是公元前486年冬到次年春天。

《越语下》"忠臣解骨"一语，贾逵、唐固谓系"子胥伏属镂也"，但该年子胥尚健在，韦昭释作"忠良之臣见其如此，皆骨体解倦，不复念忠"，可从。

鲁哀公十一年，越句践十三年，吴夫差十二年，公元前484年左右。

吴将伐齐，越子率其众以朝焉，王及列士皆有馈赂。吴人皆喜，唯子胥惧，曰："是豢吴也夫！"谏曰："越在我，心腹之疾也，壤地同，而有欲于我。夫其柔服，求济其欲也，不如早从事焉。得志于齐，犹获石田也，无所用之。越不为沼，吴其泯矣。使医除疾，而曰'必遗类焉'者，未之有也。《盘庚》之诰曰：'其有颠越不共，则劓殄无遗育，无俾易种于兹邑'，是商所以兴也。今君易之，将以求大，不亦难乎？"弗听。使于齐，属其子于鲍氏，为王孙氏。反役，王闻之，使赐之属镂以死。（《左传·哀公十一年》）

五月，公会吴伐齐。甲戌，齐国书帅师及吴战于艾陵，齐师败绩，获齐国书。（《春秋·哀公十一年》）

公会吴子伐齐。五月，克博。壬申，至于嬴。中军从王，胥门巢将上军，王子姑曹将下军，展如将右军。齐国书将中军，高无㔻将上军，宗楼将下军。

陈僖子谓其弟书："尔死，我必得志。"宗子阳与闾丘明相厉也。桑掩胥御国子。公孙夏曰："二子必死。"将战，公孙夏命其徒歌虞殡，陈子行命其徒具含玉。公孙挥命其徒曰："人寻约，吴发短。"东郭书曰："三战必死，于此三矣。"使问弦多以琴，曰："吾不复见子矣。"陈书曰："此行也，吾闻鼓而已，不闻金矣。"

甲戌，战于艾陵。展如败高子，国子败胥门巢，王卒助之，大败齐师，获国书、公孙夏、闾丘明、陈书、东郭书，革车八百乘，甲首三千，以献于公。（《左传·哀公十一年》）

又一年，王召范蠡而问焉。（韦注：反国六年，鲁哀十一年）范蠡对曰："逆节萌生。（韦注：害杀忠正，故为逆节萌兆也）天地未形，而先为之征……"（《越语下》）

居二年，吴王将伐齐。……子胥谏曰……吴王弗听，遂伐齐，败之于艾陵（《索隐》：在鲁哀十一年），虏齐高、国以归。（《越世家》）

  谨按：在《左传》的一长串战俘名单中，只有国书，而未见高氏，《世家》之言，不知所据。《吴越春秋·夫差内传》载是年"齐使大夫高氏谢吴师……吴师即还"。不知此高氏与将上军的高无丕是否同一人。《越世家》本段承上文句践君臣对话而来，惟"居二年"三字，疑将一年左右之事分属之三年了。

吴王还自伐齐，乃讯申胥……乃使取申胥之尸盛以鸱鹇而投之于江。（《吴语》）

越王句践反国六年，皆得士民之众，而欲伐吴。于是乃使之维甲。维甲者，治甲系断，修内矛，赤鸡稽繇者也。越人谓"人铩"也。方舟航买仪尘者，越人往如江也。治须虑者，越人谓船为"须虑"。亟怒纷纷者，怒貌也，怒至。士击高文者，跃勇士也。习之于夷，夷，海也。宿之于莱，莱，野也。致之于单，单者，堵也。（《越绝书·吴内传》）

十二年，夫差复北伐齐，越王闻之，率众以朝于吴，而以重宝厚献于太宰嚭。……吴王不听（伍子胥谏）……九月，使太宰嚭伐齐。（《吴越春秋·夫

差内传》）

> 谨按：《吴越春秋》记是年伐齐在九月，《左传》则在五月，《左传》详细到了具体日期，疑当依《左传》。

鲁哀公十二年，越句践十四年，吴夫差十三年，公元前483年。

又一年（是年，吴不稔于岁，稻蟹不遗种），王召范蠡而问焉。（韦注：反国七年，鲁哀十二年）范蠡对曰："天应至矣，人事未尽也。……今其祸新民恐，吴正祺《国语韦解补正》："谓新遇饥困之祸。"其君臣上下，皆知其资财之不足以支长久也。"（《越语下》）（韦注：自此后四年，乃遂伐吴）

越大夫种曰："臣观吴王政骄矣，请试尝之贷粟，以卜其事。"请贷，吴王欲与，子胥谏勿与，王遂与之，越乃私喜。子胥言曰："王不听谏，后三年，吴其墟乎！"（《越世家》）

> 谨按：本段文字，《世家》置于子胥谏伐齐之后，则是公元前484年之事，但据《吕氏春秋·长攻》和《越绝书·籴内传》，越向吴贷粟在吴稻蟹不遗种之前三年，也在吴伐齐之前。若依"后三年，吴其墟乎"之说，则又当在公元前476年前后，其时子胥早已去世，则是《世家》所载传主语言不实。

居三年，句践召范蠡曰："吴已杀子胥，导谀者众，可乎？"对曰："未可。"至明年春，吴王北会诸侯于黄池。（《越世家》）

> 谨按：《世家》谓伍子胥去世后"居三年"，"至明年春"始有黄池之会，则是黄池之会距伍子胥离世有四个年头，而事实是艾陵之战与黄池之会也就两周年时间，子胥之被责令自杀又在艾陵之战之后。《越世家》记时有误。

鲁哀公十三年，越句践十五年，吴夫差十四年，公元前482年。

夏，（哀）公会晋侯、吴子于黄池。（《左传·哀公十三年》）

六月丙子，越子伐吴，为二隧，畴无余、讴阳自南方，先及郊。吴太子友、王子地、王孙弥庸、寿于姚自泓上观之。弥庸见姑蔑之旗，曰："吾父之旗也。不可以见雠而弗杀也。"太子曰："战而不克，将亡国，请待之。"弥庸不可，属徒五千，王子地助之。乙酉，战，弥庸获畴无余，地获讴阳。越子至，王子地守。丙戌，复战，大败吴师，获太子友、王孙弥庸、寿于姚。丁亥，入吴。吴人告败于王。王恶其闻也，自刭七人于幕下。（《左传·哀公十三年》）

吴王夫差既杀申胥，不稔于岁，乃起师北征。阙为深沟，通于商鲁之间，北属之沂，西属之济，以会晋公午于黄池。于是越王句践乃命范蠡、舌庸率师，沿海溯淮以绝吴路。败王子友于姑熊夷。越王句践乃率中军泝江以袭吴，入其郛，焚其姑苏，徙其大舟。（《吴语》）（韦注：夫差以哀十一年杀子胥，十二年会鲁于橐皋）

（夫差）十四年，夫差既杀子胥，连年不熟，民多怨恨。吴王复伐齐，阙为深沟，通于商鲁之间，北属沂，西属济，欲与鲁、晋合攻于黄池之上。太子友（谏）曰："……夫吴徒知逾境征伐非吾之国，不知越王将选死士，出三江之口，入五湖之中，屠我吴国，灭我吴宫，天下之危，莫过于斯也。"（《吴越春秋·夫差内传》）周生春《吴越春秋辑校汇考》注云："三江，一说松江、钱塘、浦阳江也。《吴郡赋》注：'松江下七十里分流，东北入海者为娄江，东南流者为东江，并松江为三江。'今其地名三江口即范蠡乘舟所出之地。"

谨按：三江口之名，全国各地三江汇流之地多有之，此越王所出之三江口，自当在越地，周注以《吴郡赋》中的吴地水道注越国地名，实有未当，所引一说中有松江同样不妥，盖松江不与钱塘江、浦阳江交汇。这里的三江口即今曹娥江、钱清江、钱塘江交汇处，在明朝成化以前，浦阳江与钱清江为上下游关系，成化后为解下游水患，纔将浦阳江改道注入钱塘江，所以周注三江中有浦阳江也符合古代地理实际。

冬，吴及越平。（《左传·哀公十三年》）

句践十五年，谋伐吴。

大夫种曰："今伍子胥忠谏而死。"（《吴越春秋·句践伐吴外传》）

至明年春，吴王北会诸侯于黄池。（《越世家》）

  谨按：黄池之会，《左传》载在哀公十三年夏，盖《左传》用周历，《史记》用夏历。

越王闻吴王伐齐，使范蠡、泄庸率师屯海通江，以绝吴路。败太子友于始熊夷，通江淮转袭吴，遂入吴国，烧姑胥台，徙其大舟。（《吴越春秋·夫差内传》）

其夏六月丙子，句践复问范蠡，曰："可伐矣。"乃发习流二千人，俊士四万，君子六千，诸御千人，以乙酉与吴战。丙戌，遂虏杀太子。丁亥，入吴，焚姑胥台。吴告急于夫差。夫差方会诸侯于黄池，恐天下闻之，即密不令泄。已盟黄池，乃使人请成于越。句践自度未能灭，乃与吴平。（《吴越春秋·句践伐吴外传》）

  谨按：《吴越春秋》与《左传》《史记·吴世家》[①]所记越发兵伐吴的时间同，交战时间亦同，疑《吴越春秋》在此处沿用了《鲁春秋》的周历纪时，但这一点并未贯穿在全书中。从出发到接战，相隔八天，交战后越国一方每天都有斩获，并在三天里结束战斗，所载各有侧重，可互相补充印证。

鲁哀公十四年，越句践十六年，吴夫差十五年，公元前481年。

吴王夫差还自黄池，息民不戒。越大夫种乃倡谋……（越）乃大戒师，将伐吴。（《吴语》）

吴王还归自黄池，息民散兵。（《吴越春秋·夫差内传》）

大夫种曰："臣观吴王得志于齐、晋，谓当遂涉吾地，以兵临境。今疲师

[①] 《史记·吴世家》所载越入吴文字与《吴越春秋》大致相同，且亦谓六月丙子、乙酉、丙戌、丁亥，故不具录。

休卒,一年而不试,以忘于我,我不可以怠。……吴民既疲于军,困于战斗,市无赤米之积,国禀空虚,其民必有移徙之心,寒就蒲嬴(《吴语》作'蠃',据义当从)于东海之滨[1]。"(《吴越春秋·句践伐吴外传》)

居三年(杀子胥后三年),越兴师伐吴。(《越绝书·请籴内传》)

鲁哀公十五年,越句践十七年,吴夫差十六年,公元前480年。

越王句践既得反国,欲阴图吴,乃召计倪而问焉……(计倪)乃着其法,治牧江南,七年而禽吴也。(《越绝书·计倪内经》)

> 谨按:此间若为写实,则是句践任用计倪之后七年灭吴,但计倪之被重用,未必就是句践回国之后立即发生的事,故其中之"七年"只能从后往前回溯,故系于此。

鲁哀公十六年,越句践十八年,吴夫差十七年,公元前479年。

至于玄月,王召范蠡而问焉……兴师伐吴,至于五湖。(《越语下》)韦注:《尔雅》曰:"九月为玄。"谓鲁哀十六年九月,至十七年三月,越伐吴也。

> 谨按:"至于玄月"四字紧承第三个"又一年"而来,则是此玄月当是该"又一年"的玄月,但韦昭在该"又一年"下注曰:"自此后四年,乃遂伐吴。"不知所据。是"至于玄月"前有脱文,还是"玄月"有着特定内涵,皆不可知。兹依韦昭之说系于是年。

越兴师伐吴,至五湖。太宰嚭率徒谓之曰:"谢战者五父[2]。"越王不忍,而欲许之。范蠡曰:"君王图之廊庙,失之中野,可乎?谋之七年,须臾弃之,王勿许,吴易兼也。"越王曰:"诺。"居军三月,吴自罢,太宰嚭遂亡。吴王率其有禄与贤良,遯而去。越追之,至余杭山,禽夫差,杀太宰嚭。(《越绝书·请籴内传》)

---

[1] 二句《吴语》作"其民必移就蒲嬴",韦昭注:"蒲,深蒲也。嬴,蚌蛤之属。"疑《吴越春秋》文字有误。

[2] 父,张宗祥据《越语下》谓疑系"反"之讹,其说是。

谨按："谋之七年"，若文字无误，则当从公元前486年算起，据韦昭推算的时间，《越语下》是年载："四年，王召范蠡而问焉。"可为实质性"谋"吴之起始。"居军三月，吴自罢"，《越语下》作"居军三年，吴师自溃"；《越世家》作"围之三年，吴师败"；《左传·哀公二十年》作"十一月，越围吴"，则是从围吴至哀公二十二年冬十一月灭吴，也有前后三个年头，综合诸说，疑《越绝书》的"三月"系"三年"之误。

鲁哀公十七年，越句践十九年，吴夫差十八年，公元前478年。

三月，越子伐吴，吴子御之笠泽，夹水而陈。越子为左右句卒，使夜或左或右，鼓噪而进。吴师分以御之。越子以三军潜涉，当吴中军而鼓之，吴师大乱，遂败之。(《左传·哀公十七年》)

越"败吴于囿"。(《越语上》)(韦注：囿，笠泽也，在鲁哀十七年)

鲁哀公十九年，越句践二十一年，吴夫差二十年，公元前476年。

越"又败之于没"(《越语上》)(韦注：没，地名，在哀十九年)

居军三年，吴师自溃。(《越语下》)

(夫差)十八年，越益强。越王句践率兵复伐，败吴师于笠泽。(《吴世家》)

越大破吴，因而留，围之三年，吴师败，越遂复栖吴王于姑苏之山。吴王使公孙雄肉袒膝行而前，请成越王。(《越世家》)

谨按："大破"，当指《越语上》所指之"败吴于囿，又败之于没"而言。

(夫差)二十年，越王句践复伐吴。(《吴世家》)

(夫差)二十年，越王兴师伐吴，吴与越战于檇李。吴师大败，军散，死者不可胜计。越追破吴，吴王困急，使王孙骆(《史记》作"雄")稽首请成，如越之来也……请成七反，越王不听。(《吴越春秋·夫差内传》)

(句践)二十一年七月，越王复悉国中士卒伐吴……冬十月，越王乃请八大夫……乃遂伐之，大败之于囿，又败之于郊，又败之于津。如是三战三北，

径至吴，围吴于西城……越军遂围吴。(《吴越春秋·句践伐吴外传》)

谨按：《越语上》记越败吴之顺序是：败吴于囿——又败之于没——又郊败之，《吴越春秋》记越败吴之次序则是：大败之于囿——又败之于郊——又败之于津，其时尚在公元前476年，离最后灭吴还有三年，故疑"败之于郊"当在最后，而《吴越春秋》之"津"字又恐系"没"字之讹。

鲁哀公二十年，越句践二十二年，吴夫差二十一年，公元前475年及稍后。

吴公子庆忌骤谏吴子曰："不改，必亡。"弗听。出居于艾，遂适楚。闻越将伐吴，冬，请归平越，遂归。欲除不忠者以说于越。吴人杀之。(《左传·哀公二十年》)

十一月，越围吴。……赵孟曰："黄池之役，先主与吴王有质，曰：'好恶同之。'今越围吴，嗣子不废旧业而敌之，非晋之所能及也。"(《左传·哀公二十年》)

(吴国三战三北，越人)"乃至于吴。越师遂入吴国，围王台"，吴王使人行成，不获，遂自杀。《吴语》

又郊败之。(《越语上》)(韦注：在哀二十年十一月，越围吴)

(夫差)二十一年，(越)遂围吴。(《吴世家》)

越军遂围吴。守一年，吴师累败，遂栖吴王于姑胥之山。(《吴越春秋·句践伐吴外传》)

鲁哀公二十二年，越句践二十四年，吴夫差二十三年，公元前473年。

冬，十一月丁卯，越灭吴，请使吴王居甬东。辞曰："'孤老矣，焉能事君？'"乃缢。越人以归。(《左传·哀公二十二年》)

反至五湖，范蠡辞于王……遂轻舟以浮于五湖，莫知其所终极。(《越语下》)

(周)元王四年，越灭吴。(《史记·六国年表》)

君王蚤朝晏罢，非为吴邪？谋之二十二年，一旦而弃之，可乎？(《越世家》)

谨按：《世家》所云之"二十二年"当系从鲁哀公元年句践保于会稽算起。

（夫差）二十三年十月，越王复伐吴。吴国困不战，士卒分散，城门不守，遂屠吴。（《吴越春秋·夫差内传》）

（夫差）立二十三年，越王句践灭之。（《越绝书·越绝外传记·吴地传》）

夫差二十三年，越灭吴。（《世本》）

反至五湖，范蠡辞于王……遂乘轻舟以浮于五湖，莫知其所终极。（《越语下》）

还，反国，范蠡以为大名之下，难以久居，且句践为人可与同患，难与处安，为书辞句践……乃装其轻宝珠玉，自与其私徒属乘舟浮海以行，终不反。（《越世家》）

二十四年九月丁未，范蠡辞于王……乃乘扁舟，出三江，入五湖，人莫知其所适。（《吴越春秋·句践伐吴外传》）

谨按：范蠡辞别句践的时间，《吴越春秋》明确记载："（句践）二十四年九月丁未。"越灭吴的时间，《左传》云："冬十一月丁卯。"再综合《越语下》载灭吴后反至五湖时辞别句践，于是只有一种可能：《左传》所记依据周历，而《吴越春秋》本篇已换算成当时通行的夏历了，也就是说，在句践二十四年（前473）夏历九月丁卯这一天，越灭吴，过了二十天后的夏历九月丁未，范蠡在越军回国途中，辞别句践，轻舟以浮于五湖。

范蠡辞别句践的地点，《越语下》谓五湖，《越世家》谓反（返）国以后，应该是在越国内地；《吴越春秋》虽未明言地点，但依"出三江"而论，需要出越国的三江，自然也在越国内地，但《越语下》去古人更近，不知后二者何所据而云然。

范蠡辞别句践的方式，《越语下》和《吴越春秋》记载君臣的反复对话，似是当面告别，但《越世家》既云"为书辞别句践"，后又有君臣对话，既不见其告别书，复不与《越语》《越春秋》同。

鲁哀公二十三年，越句践二十五年，公元前472年。

（越句践）二十五年丙午平旦，越王召相国大夫种而问之……越王复召相国，谓曰："子有阴谋兵法，倾敌取国。九术之策，今用三已破强吴，其六尚在子所，所愿幸以余术，为孤前王于地下谋吴之前人。"……越王遂赐文种属庐之剑……（文种）遂伏剑而死。（《吴越春秋·句践伐吴外传》）

越王既已诛忠臣，霸于关东，从琅邪起观台，周七里，以望东海。（《吴越春秋·句践伐吴外传》）

鲁悼公二年，越句践三十二年，公元前465年。

晋出公十年十一月，于粤子句践卒，是为菼执，次鹿郢立。（《古本竹书纪年》）

（本文以《吴越争霸史事系年考辨》为题刊于《绍兴文理学院学报》［哲社版］2012年第6期）

（作者单位：绍兴文理学院文学院）

西汉诗文辑补勘误[*]

易小平

《先秦汉魏晋南北朝诗·汉诗》是逯钦立先生辑录汉代诗歌最全的一部总集，《全汉文》是清严可均辑录西汉文章最全的一部总集。这两部总集是研究汉代文学必备的学术参考书，然而其中还有一些汉代诗文没有辑录，已辑录的也存在若干错误，有必要加以辑补勘正。

一、《汉诗》作品辑补

1. 武帝诗辑补11篇（含存目3篇）

（1）元狩元年（前122）武帝作《白麟之歌》（《朝陇首》）。《汉书·武帝纪》："元狩元年冬十月，行幸雍，祠五畤。获白麟，作《白麟之歌》。"应劭曰："获白麟，因改元曰元狩也。"《白麟之歌》后来协律时更名为《朝陇首》。《汉书·礼乐志》："朝陇首，览西垠……《朝陇首》十七，元狩元年行幸雍获白麟作。"

（2）元鼎四年（前113）武帝作《宝鼎》（《景星》）、《天马之歌》（存目）、《帝临》《华烨烨》。《汉书·武帝纪》元鼎四年："冬十月，行幸雍，祠五畤……十一月甲子，立后土祠于汾阴脽上。礼毕，行幸荥阳……六月，得宝

---

[*] 国家社会科学基金项目"全汉文编年系地与分布研究"（14XZW013）。

鼎后土祠旁。秋，马生渥洼水中。作《宝鼎》《天马之歌》。"《宝鼎》后来协律时更名为《景星》。《汉书·礼乐志》："景星显见……《景星》十二。元鼎五年得鼎汾阴作。"《汉书补注》："《武纪》得鼎在四年，五当作四。"又《礼乐志》："清和六合，制数以五。海内安宁，兴文偃武。后土富媪，昭明三光。穆穆优游，嘉服上黄。《帝临》二。"张晏曰："此后土之歌也，土数五。"《汉书补注》引王念孙曰："此即《月令》所云'其神后土，其数五'，张以为祭后土之歌，是也。"又《礼乐志》："沛施祐，汾之阿，扬金光，横泰河，莽若云，增阳波。偏胪欢，腾天歌。《华烨烨》十五。"《汉书补注》："此礼后土祠毕，济汾河作。"

（3）元封元年（前110）武帝作《天门》。《汉书·礼乐志》："天门开，诀荡荡，穆并骋，以临飨。光夜烛，德言著，灵浸鸿，长生豫……专精厉意逝九阕，纷云六幕浮大海。《天门》十一。"《汉书补注》："《郊祀志》：'封禅祠其夜若有光'，所谓'光夜烛'也。又云：'已封泰山，方士更言蓬莱诸神，若将可得；上欣欣然，庶几遇之，复东至海上望焉。'故末云'专精厉意逝九阙，纷云六幕浮大海'也。"《汉书·武帝纪》元封元年："春正月，行幸缑氏……夏四月癸卯，上还，登封泰山，降坐明堂……行自泰山，复东巡海上，至碣石。自辽西历北边九原，归于甘泉。"

（4）元封二年（前109）武帝作《芝房之歌》（《齐房》）。《汉书·礼乐志》："《齐房》十三，元封二年芝生甘泉齐房作。"其辞曰："齐房产草……"师古曰："齐读曰斋。其下并同。"《汉书·武帝纪》元封二年："六月，诏曰：'甘泉宫内中产芝，九茎连叶。上帝博临，不异下房，赐朕弘休。其赦天下，赐云阳都百户牛酒。'作《芝房之歌》。"《齐房》即《芝房之歌》。

（5）元封五年（前106）武帝作《盛唐枞阳之歌》（存目）。《汉书·武帝纪》："五年冬，行南巡狩，至于盛唐，望祀虞舜于九嶷。登潜天柱山，自寻阳浮江，亲射蛟江中，获之。舳舻千里，薄枞阳而出，作《盛唐枞阳之歌》。"

（6）太始三年（前94）武帝作《象载瑜》（《朱雁之歌》）、《日出入》。《汉书·礼乐志》："象载瑜，白集西，食甘露，饮荣泉。赤雁集，六纷员，殊翁杂，五采文。神所见，施祉福，登蓬莱，结无极。《象载瑜》十八，太始三年行幸东海获赤雁作。"《汉书·武帝纪》太始三年："二月，令天下大酺五日。

行幸东海，获赤雁，作《朱雁之歌》。"则《象载瑜》本名《朱雁之歌》，后来协律时更名。

又《礼乐志》："日出入安穷？时世不与人同……吾知所乐，独乐六龙。六龙之调，使我心若。訾黄其何不来下！《日出入》九。""《日出入》祭日"，"据史料记载，武帝本年礼日成山，此为其生平唯一一次祭日，故此诗很可能作于本年"。本年武帝六十三，长生成仙之愿强烈。①

（7）太始四年（前93）武帝作《交门之歌》（存目）。《汉书·武帝纪》："（太始）四年春三月，行幸泰山……夏四月，幸不其，祠神人于交门宫，若有向坐拜者。作《交门之歌》。"

武帝诗歌：《汉诗》辑入7篇，新补《白麟之歌》(《朝陇首》)、《宝鼎》(《景星》)、《天马之歌》(存目)、《帝临》《华烨烨》《天门》《芝房之歌》(《齐房》)、《盛唐枞阳之歌》(存目)、《象载瑜》(《朱雁之歌》)、《日出入》、《交门之歌》(存目)等11篇。除存目3篇之外，另8篇《汉诗》卷四辑入《郊祀歌》。逯钦立先生按："此乐歌如《天马》《景星》《齐房》《朝陇首》《象载瑜》诸篇，《武纪》悉谓武帝作。又《青阳》《朱阳》《西颢》《玄冥》四篇署邹子乐，或即邹阳之作也。惟乐章既不容分割，歌辞亦当经人删定，故今统编阙名卷中，不再析出。"②然歌辞经人删定，并无确证；而以上诸篇《武帝纪》明言武帝作，因此武帝对上述诗歌的著作权不容否定。加上以上11篇，武帝诗应为18篇，其中存目3篇。

2. 东方朔诗辑补1篇

武帝建元二年（前139）东方朔待诏金马门，作《自责歌》。《汉书·东方朔传》："久之，朔绐驺朱儒……上知朔多端，召问朔：'何恐朱儒为？'对曰：'臣朔生亦言，死亦言。朱儒长三尺余，奉一囊粟，钱二百四十。臣朔长九尺余，亦奉一囊粟，钱二百四十。朱儒饱欲死，臣朔饥欲死。臣言可用，幸异其礼；不可用，罢之，无令但索长安米。'上大笑，因使待诏金马门，稍得亲近。"下文载射覆、难郭舍人等事之后言：伏日，诏赐从官肉。大官丞日晏

---

① 龙文玲：《汉武帝与西汉文学》，社会科学文献出版社2007年版，第522页。
② 逯钦立辑校：《先秦汉魏晋南北朝诗》，中华书局1983年版，第154页。

不来，朔独拔剑割肉，即怀肉去。大官奏之。武帝令其自责。"朔再拜曰：'朔来！朔来！受赐不待诏，何无礼也！拔剑割肉，一何壮也！割之不多，又何廉也！归遗细君，又何仁也！'"是为《自责歌》，《汉诗》失辑。

东方朔诗：《汉诗》辑入4篇，加上《自责歌》应为5篇。

3. 昭帝诗辑补1篇

《拾遗记》卷六："昭帝始元元年，穿淋池，广千步。中植分枝荷，一茎四叶，状如骈盖，日照则叶低荫根茎，若葵之卫足，名'低光荷'。实如玄珠，可以饰佩。花叶难萎，芬馥之气，彻十余里……乃命以文梓为船，木兰为枻。刻飞鸾翔鹢，饰于船首，随风轻漾，毕景望归，乃至通夜。使宫人歌曰：'秋素景兮泛洪波，挥纤手兮折芰荷，凉风凄凄扬棹歌，云光开曙月低河，万岁为乐岂云多！'帝乃大悦。起商台于池上。及乎末岁，进谏者多，遂省薄游幸，埋毁池台，鸾舟荷芰，随时废灭。"《汉诗》未辑此篇。

昭帝作品：《汉诗》辑入1篇，加上《琳池歌》应为2篇。

4. 谣谚辑补2篇

（1）武帝太初二年（前103）《鸡鸣谣》出现。《拾遗记》卷五："太初二年，大月氏国贡双头鸡，四足一尾，鸣则俱鸣。武帝置于甘泉故馆，更以余鸡混之，得其种类而不能鸣。谏者曰：'诗云："牝鸡无晨。"一云："牝鸡之晨，惟家之索。"'今雄类不鸣，非吉祥也。'帝乃送还西域。行至西关，鸡反顾望汉宫而哀鸣。故谣言曰：'三七末世，鸡不鸣，犬不吠，宫中荆棘乱相系，当有九虎争为帝。'至王莽篡位，将军有九虎之号。其后丧乱弥多，宫掖中生蒿棘，家无鸡鸣犬吠。"此诗《汉诗》失辑。

（2）宣帝地节三年（前67）《朝廷称于定国》出现。《汉书·于定国传》："于定国字曼倩，东海郯人也……数年，迁水衡都尉，超为廷尉。定国乃迎师学《春秋》，身执经，北面备弟子礼。为人谦恭，尤重经术士，虽卑贱徒步往过，定国皆与钧礼，恩敬甚备，学士咸称焉。其决疑平法，务在哀鳏寡，罪疑从轻，加审慎之心。朝廷称之曰：'张释之为廷尉，天下无冤民；于定国为廷尉，民自以不冤。'"《汉书·百官公卿表》地节元年："水衡都尉光禄大夫于定国为廷尉。"于定国受称与他本人能德有关，但也与本年设立廷尉平相关。《汉书·宣帝纪》地节三年："十二月，初置廷尉平四人，秩六百石。"按此歌谣

《汉诗》失辑。

以上辑补西汉诗歌 15 篇，除去《汉诗》辑入《郊祀歌》中的武帝诗 8 篇，实际新补 7 篇。《汉诗》总共 596 篇，加上这 7 篇应为 603 篇。

二、《全汉文》辑补

1. 高帝文辑补 1 篇

《汉书·高帝纪》五年（前 202）："初，田横归彭越。项羽已灭，横惧诛，与宾客亡入海。上恐其久为乱，遣使者赦横曰：'横来，大者王，小者侯；不来，且发兵加诛。'横惧，乘传诣洛阳，未至三十里，自杀。"是为《赦田横令》，《全汉文》失辑。

高帝作品：《全汉文》辑入 37 篇，加上《赦田横令》应为 38 篇。

2. 董仲舒文辑补 1 篇

武帝元光五年（前 130）董仲舒作《元光五年举贤良对策》。《汉书·礼乐志》"至武帝即位，进用英隽，议立明堂，制礼服，以兴太平。会窦太后好黄老言，不悦儒术，其事又废。后董仲舒对策言"云云。"是时，上方征讨四夷，锐志武功，不暇留意礼文之事。"据此，此文当作于建元二年窦太后黜儒和元光二年（前 133）对匈开战之后。其后征文学对策事，唯元光五年有记载。《汉书·公孙弘传》："元光五年，复征贤良文学。"则仲舒此文当作于本年。此文《全汉文》失收。过去有人以为此文为建元元年《举贤良对策》的节文，误。按本年对策主张"务德教而省刑罚"，建言"立太学"，"务教化"，最后说："今临政而愿治七十余岁，不如退而更化。"从高帝元年（前 206）开国至建元元年为六十六年，与此文所言"七十余岁"不符；至元光五年则为七十六年，两者正相符。本年对策文一气呵成，也非节删可比。

董仲舒作品：《全汉文》辑入 18 篇，加上《元光五年举贤良对策》当为 19 篇。

3. 东方朔文辑补 4 篇（存目）

（1）武帝建元三年（前 138）东方朔奏《泰阶》（存目）。《汉书·东方朔传》载"初，建元三年，微行始出，北至池阳，西至黄山，南猎长杨，东游宜春。微行常用饮酎已。八九月中，与侍中常侍武骑及待诏陇西北地良家子能骑射者期诸殿门，故有'期门'之号自此始……于是上以为道远劳苦，又为百姓所患，乃使太中大夫吾丘寿王与待诏能用算者二人，举籍阿城以南，盩厔以东，宜春以西，提封顷亩，及其贾直，欲除以为上林苑，属之南山。又诏中尉、左右内史表属县草田，欲以偿鄠杜之民。吾丘寿王奏事，上大说称善。时朔在傍，进谏曰"云云，是为《谏除上林苑》。"是日因奏《泰阶》之事，上乃拜朔为太中大夫给事中，赐黄金百斤。然遂起上林苑，如寿王所奏云。"《泰阶》今不存。

（2）武帝元朔元年（前128）东方朔作《皇太子生赋》（存目）、《皇太子生禖》（存目）。《汉书·东方朔传》："朔之文辞……其余有……《皇太子生禖》。"《汉书·枚皋传》："武帝春秋二十九乃得皇子，群臣喜，故皋与东方朔作《皇太子生赋》及《立皇子禖祝》，受诏所为，皆不从故事，重皇子也。"《汉书·武五子传》："卫皇后生戾太子……戾太子据，元狩元年立为皇太子，年七岁矣。初，上年二十九乃得太子，甚喜，为立禖，使东方朔、枚皋作禖祝。"

（3）武帝元封元年（前110）东方朔谏武帝勿浮海求仙，作《封泰山》（存目）。《汉书·东方朔传》言"朔之文辞……其余有《封泰山》"等。《汉书·武帝纪》元封元年："春正月，行幸缑氏……夏四月癸卯，上还，登封泰山，降坐明堂……行自泰山，复东巡海上，至碣石。自辽西历北边九原，归于甘泉。"

东方朔作品：《全汉文》辑入18篇，加上《泰阶》《皇太子生禖》《皇太子生赋》《封泰山》4篇（存目）应为22篇。

4. 宣帝文辑补4篇

（1）地节四年（前66）宣帝作《赐封外祖母等诏》。《汉书·外戚传》："顷之，制诏御史：'赐外祖母号为博平君，以博平、蠡吾两县户万一千为汤沐邑。封舅无故为平昌侯，武为乐昌侯，食邑各六千户。'"《汉书·外戚恩泽侯表》平昌节侯王无故："（地节）四年二月甲寅封，九年薨。"此文《全汉文》失辑。

（2）元康三年（前63）宣帝作《封张彭祖诏》。《汉书·张安世传》载宣帝为张贺置守冢，"明年，复下诏曰：'朕微眇时，故掖庭令张贺辅道朕躬，修文学经术，恩惠卓异，厥功茂焉。《诗》云："无言不雠，无德不报。"其封贺弟子侍中关内侯彭祖为阳都侯，赐贺谥曰阳都哀侯'"。《汉书·外戚恩泽侯表》阳都侯张贺："元康三年三月乙未，侯彭祖以世父故掖庭令贺有旧恩封。"此诏《全汉文》失辑。

（3）神爵元年（前61）宣帝作《制诏酒泉太守》。《观堂集林》卷十七载汉简："制诏酒泉太守：敦煌郡到戍卒二千人，发酒泉郡，其假□如品，司马以下与将卒长史，将屯要害处，属太守察地刑，依阻险，坚辟垒，远候望，毋□。"王氏跋曰："此宣帝神爵元年所赐酒泉太守制书。"①

（4）五凤二年（前56）宣帝作《赐刘德谥诏》。《汉书·刘德传》："德宽厚，好施生，每行京兆尹事，多所平反罪人。家产过百万，则以振昆弟，宾客食饮，曰：'富，民之怨也。'立十一年，子向坐铸伪黄金，当伏法，德上书讼罪，会薨，大鸿胪奏德讼子罪，失大臣体，不宜赐谥置嗣。制曰：'赐谥缪侯，为置嗣。'"《汉书·外戚恩泽侯表》阳城侯刘德："（地节）四年三月甲寅封，十年薨。"本年距地节四年（前66）适为十一年，当依本传，此脱"一"字。此诏《全汉文》失辑。

宣帝作品：《全汉文》辑入73篇，除去其中为元帝所作《诏免丙显官》1篇（详后），实为72篇。加上《制诏酒泉太守》《封张彭祖》《赐封外祖母等诏》《赐刘德谥诏》4篇，应为76篇。

5. 元帝文辑补1篇

建昭五年（前34）元帝作《诏免丙显官》。《汉书·丙吉传》："元帝时，长安士伍尊上书，言……先是显为太仆十余年，与官属大为奸利，臧千余万，司隶校尉昌案劾，罪至不道，奏请逮捕。上曰：'故丞相吉有旧恩，朕不忍绝。'免显官，夺邑四百户。"《百官公卿表》元帝永光元年（前43）："故建章卫尉丙显为太仆，十年免。"至本年适为十年。《全汉文》以《诏免丙显官》为宣帝诏而定于甘露元年，误。

元帝作品：《全汉文》辑入49篇，加上《诏免丙显官》，应为50篇。

---

① 王国维：《观堂集林》，河北教育出版社2001年版，第521页。

6. 魏相文辑补 2 篇（含存目 1 篇）

（1）宣帝元康元年（前 65）魏相作《宗庙议》。《汉书·韦贤传》载平帝时大司马王莽奏云："至元康元年，丞相相等奏'父为士，子为天子，祭以天子，悼园宜称尊号曰"皇考"，立庙，益故奉园民满千六百家，以为县。'"按此文《全汉文》失辑。

（2）又有《诣公车谢恩》（存目）。《文章缘起·谢恩》："汉丞相魏相《诣公车谢恩》。"

魏相作品：《全汉文》辑入 7 篇，加上《宗庙议》与《诣公车谢恩》（存目），应为 9 篇。

7. 赵充国文辑补 1 篇

宣帝神爵元年（前 61）赵充国击西羌，五次上书。《汉书·赵充国传》载充国既进兵，酒泉太守辛武贤奏言请七月出击，"天子下其书充国，令与校尉以下吏士知羌事者博议。充国及长史董通年以为"云云，是为《击罕开议》，第一次上书。宣帝可辛武贤，"即拜酒泉太守武贤为破羌将军，赐玺书嘉纳其册，以书敕让充国曰……充国既得让，以为将任兵在外，便宜有守，以安国家。乃上书谢罪，因陈兵利害，曰"云云，是为《上书谢罪因陈兵利害》，第二次上书。"六月戊申奏，七月甲寅玺书报从充国计焉。"乃击先零，驱之渡湟水，罕羌不烦兵而下。"时羌降者万余人矣。充国度其必坏，欲罢骑兵屯田，以待其弊……遂上屯田奏曰"云云，是为《上屯田奏》，第三次上书。"上报曰……充国上状曰"云云，是为《条上屯田便宜十二事状》，第四次上书。"上复赐报曰……充国奏曰"云云，是为《复奏屯田便宜》，第五次上书。严氏将此奏与《条上屯田便宜十二事状》合一，不妥，因为两文的时间背景和内容都不同。《汉书·宣帝纪》神爵元年："夏四月，遣后将军赵充国、强弩将军许延寿击西羌。"

赵充国作品：《全汉文》辑入 6 篇，加上《复奏屯田便宜》，应为 7 篇。

8. 张敞文辑补 1 篇

宣帝神爵三年（前 59）张敞作《上言请增吏俸》。《通典·职官》十七引应劭注《汉书》曰："张敞、萧望之言曰：'夫仓廪实而知礼节，衣食足而知荣辱，今小吏俸率不足，常有忧父母妻子之心，虽欲洁身为廉，其势不能，请以什率增天下吏俸。'宣帝乃益天下吏俸什二。而《汉书》言十五，两存其说耳。"宣帝《益吏奉诏》作于神爵三年，见《汉书·宣帝纪》。张敞《上言请增吏俸》当作于其前。此文《全汉文》失辑。

张敞作品：《全汉文》辑入 16 篇，加上《上言请增吏俸》，应为 17 篇。

9. 萧望之文辑补 2 篇

宣帝五凤元年（前 57）萧望之作《自奏》《又自陈》。《汉书·韩延寿传》"延寿代萧望之为左冯翊，而望之迁御史大夫。侍谒者福为望之道延寿在东郡时放散官钱千余万。望之与丞相丙吉议，吉以为更大赦，不须考。会御史当问东郡，望之因令并问之。延寿闻知，即部吏案校望之在冯翊时廪牺官钱放百余万。廪牺吏掠治急，自引与望之为奸。延寿劾奏，移殿门禁止望之。望之自奏"云云，是为《自奏》。"上由是不直延寿，各令穷竟所考。望之卒无事实，而望之遣御史案东郡，具得其事……于是望之劾奏延寿上僭不道，又自陈"云云，是为《又自陈》。《汉书·百官公卿表》神爵三年（前 59）："七月甲子，大鸿胪萧望之为御史大夫。""东郡太守韩延寿为左冯翊，二年下狱弃市。"按《自奏》《又自陈》，严氏未录。

萧望之作品：《全汉文》辑入 12 篇，加上《自奏》与《又自陈》，应为 14 篇。

10. 刘向文辑补 1 篇

成帝元延元年（前 12）刘向作《星孛对》。《汉书·五行志》下之下："元延元年七月辛未，有星孛于东井……刘向亦曰：'三代之亡，摄提易方；秦、项之灭，星孛大角。'"此对《全汉文》未收，今名之曰《星孛对》。

刘向作品：《全汉文》辑入 32 篇，加上《星孛对》，应为 33 篇。

11. 元后文辑补 1 篇

平帝元始五年（5）元后作《月令诏条》。1990 年到 1992 年，敦煌悬泉遗址出土了墨书写在泥墙上的《使者和中所督察诏书四时月令五十条》（简称《月令诏条》）。其文曰："太皇太后诏曰：往者阴阳不调，风雨不时……元始五年五月甲子朔丁丑，和中普使下部郡太守，承书从事下当用者，如诏书，书到言。"[①]

[①] 中国文物研究所、甘肃省文物考古研究所编：《敦煌悬泉月令诏条》，中华书局 2001 年版，第 4 页。

元后作品：《全汉文》辑入 46 篇，加上《月令诏条》，应为 47 篇。

12. 王莽文辑补 1 篇

天凤元年（14）王莽作《制诏陈留大尹太尉》。《汉书·王莽传》天凤元年："其后，岁复变更，一郡至五易名，而还复其故。吏民不能纪，每下诏书，辄系其故名，曰：'制诏陈留大尹、太尉：其以益岁以南付新平。新平，故淮阳。以雍丘以东付陈定。陈定，故梁郡。以封丘以东付治亭。治亭，故东郡。以陈留以西付祈隧。祈隧，故荥阳。陈留已无复有郡矣。大尹、太尉，皆诣行在所。'"按《制诏陈留大尹太尉》，严氏失辑。

王莽作品：《全汉文》辑入 99 篇，加上《制诏陈留大尹太尉》，应为 100 篇。

以上辑补 20 篇。《全汉文》总共辑录 1443 篇，加上这 20 篇，应为 1463 篇。

三、《全汉文》勘误

1. 武帝文误辑

《全汉文》辑入武帝文 100 篇，其中《建元鼎文》，严氏言辑自《鼎录》，然查《鼎录》则无。又《秋风辞》是典型的骚体诗，不宜辑入《全汉文》。

2. 刘向《谏营延陵疏》题名不当

成帝永始元年（前 16）刘向作《谏营延陵疏》。《汉书·刘向传》"久之，营起昌陵，数年不成，复还归延陵，制度泰奢。向上疏谏曰"云云，是为《谏营延陵疏》。按成帝罢昌陵而复归延陵，事在永始元年。《汉书·成帝纪》永始元年："秋七月，诏曰：'……其罢昌陵，及故陵勿徙吏民，令天下毋有动摇之心。'"《汉书补注》："《汉纪》《通鉴》并载此疏于永始元年罢昌陵之前，以为向谏昌陵，误矣。"《刘向歆父子年谱》："不知向自谏延陵，非请反延陵也。"[①] 据此，则刘向此疏当名《谏营延陵疏》。严可均作《谏营昌陵疏》，不妥。

3. 哀帝《策免彭宣》系年不确

《汉书·彭宣传》"哀帝即位，徙为左将军。岁余，上欲令丁、傅处爪牙

---

① 钱穆：《两汉经学今古文平议》，商务印书馆 2001 年版，第 50 页。

官，乃策宣曰"云云，是为《策免彭宣》。此诏《全汉文》入建平元年，误。因为建平二年时彭宣尚在左将军任上且劾奏朱博等人。《汉书·朱博传》"后二岁余，朱博为大司空……上知傅太后素常怨喜，疑博、玄承指，即召玄诣尚书问状。玄辞服，有诏左将军彭宣与中朝者杂问。宣等劾奏"云云。"上减玄死罪三等，削晏户四分之一，假谒者节召丞相诣廷尉诏狱。博自杀，国除。"《汉书·哀帝纪》建平二年："丞相博、御史大夫玄、孔乡侯晏有罪，博自杀，玄减死二等论，晏削户四分之一。"则哀帝诏免彭宣当在建平二年，非元年。

4. 一文二主

据笔者统计，《全汉文》辑录作品 1443 篇，其中有些文章在出处里有多位作者，严可均一般只标首位作者。如《汉书·文帝纪》高后八年：诸吕被诛后，大臣迎代王，"上议曰：'丞相臣平、太尉臣勃、大将军臣武、御史大夫臣苍、宗正臣郢、朱虚侯臣章、东牟侯臣兴居、典客臣揭再拜言大王足下……'"，是为《上代王即位议》，《全汉文》卷十四辑入陈平一人名下。《汉书·淮南王传》言刘长反事觉后，"王至长安，丞相张苍，典客冯敬行御史大夫事，与宗正、廷尉杂奏"云云，是为《奏论淮南王长罪》，《全汉文》卷十四辑入张苍一人名下。《汉书·师丹传》载"丹既免数月，上用朱博议，尊傅太后为皇太太后，丁后为帝太后，与太皇太后及皇后同尊，又为共皇立庙京师，仪如孝元皇帝。博迁为丞相，复与御史大夫赵玄奏言"云云，是为《奏免师丹爵邑》，《全汉文》卷四十七辑入朱博一人名下。

以上各文有多位作者，严氏均系于第一作者名下，不与第二以后作者并列。但下面五处严氏自乱其例，一文二主：卷二十八《上言盐铁》署名孔仅与东郭咸阳，卷五十五《移书梁傅相中尉》署名方赏与毕由，卷六十二《移书刘良》署名甄阜与梁丘赐，卷四十五《与呼韩邪单于盟约》署名韩昌与张猛，卷五十六《奏尊傅太后丁后》署名泠褒与段犹。为了全书署名体例的统一，以上五篇文章署名都应去掉第二作者。

（本文部分内容曾以《全汉文本文与存目辑佚》为题，发表于《图书馆理论与实践》2013 年 8 期）

（作者单位：广西大学文学院）

后　记

汉代文学与文化国际学术研讨会会议综述

崔　冶　张旭晖　亓　晴

2012年8月16—18日，汉代文学与文化国际学术研讨会在北京隆重召开。会议由首都师范大学文学院、首都师范大学中国诗歌研究中心、《文学遗产》编辑部共同主办。来自海峡两岸暨香港各大学的七十多位从事汉代文学与文化研究的学者参加了此次大会。

16日上午，研讨会在紫玉饭店拉开帷幕，开幕典礼由首都师范大学中国诗歌研究中心主任赵敏俐教授主持。与会嘉宾首都师范大学常务副校长周建设、中国社会科学院文学研究所党委书记刘跃进、首都师范大学文学院院长左东岭、台湾清华大学中国文学系教授朱晓海分别致辞，接着进行了大会发言。16日下午至18日上午，大会在北京市政府宽沟招待所分三组共举行了十八场专场研讨，多场研讨出现激烈的话语交锋、来回论辩的精彩场面。18日下午，大会举行了闭幕式。三个讨论组的召集人黄灵庚教授、方铭教授和俞志慧教授分别对会议期间各小组的讨论进行了精彩的总结。方铭教授主持了大会闭幕式，赵敏俐教授致闭幕辞。

本次会议共收到了六十余篇质量较高的论文，涉及汉代文学与文化研究的多个方面，关系到文学、音乐学、政治学、思想史、宗教等各个领域，集中于政治文化环境对文学影响，文学本身问题研究，考据、疏证与注释，思想史问题，《史记》《汉书》研究等几大类，创获丰厚。

大会的主题是汉代文学与文化，将文学研究投放到汉代文化的大环境中，所以本次会议提交的论文大部分是与宽广的文化研究相关的,许多学者将眼光放在社会政治与文学关系上,直接探讨政治文化环境对文学影响。许志刚《论汉初文学的秦文化语境》认为汉王朝对秦文化的移植是全面的。秦文化至少在政治思想、朝廷礼仪、刑法、职官设置等四个层面深刻地影响、制约着汉初社会与文学,这是汉初文学生存与发展的环境。文章论述全面,颇有创见。龙文玲《西汉社会转型对王褒文学创作新变的影响》认为王褒文学成就的取得不仅得益于其本人的俊才,而且也得益于汉宣帝时期社会转型的时代之助。王德华《汉武帝时代两越西南夷开发之争及文章创作中的文化地理观》一文视角独特,从文本出发探讨了武帝时期不同的文化地理观,反映了文学与政治、地理文化复杂的关系。刘安《上疏谏伐闽越》代表了反开发者的华夷之别的文化地理观,而司马相如《喻巴蜀檄》《难蜀父老》则反映了主开发者的地理扩张与文教传播并进的大一统的文化地理观,二者对后世都产生了不同程度的影响。韦春喜《论汉代人才培养、选拔对〈诗经〉的影响》认为汉代人才培养、选拔的政策转变,决定了注重师法家法、删减章句、疏远今文而渐重古文的《诗》学风气。赵辉《先秦文学主流言说方式的生成》对汉代文学与文化研究提供了反思。

  关于政治与文学的关系,还有一些学者从更具体的方面进行讨论,赵敏俐《读书仕进与精思著文——论汉代官僚士大夫与文人文学之关系》、蔡丹君《西汉郎官制度对其赋作的影响》、柯镇昌《论司马迁的贵族精神及其时代意义》这三篇文章都属于分析汉代文人与文学创作关系的。其中,赵敏俐的文章最具代表性,文章从五个方面讨论了汉代官僚士大夫阶层的形成与文人文学的关系,认为中国的"文人阶层"实际上是在汉代才正式形成的,在中国古代本来就没有一个与我们当代完全相对的"文学"观念,也没有一个专以文学为职业的创作队伍,从汉代以后,中国古代文学的主流正是这些儒家读书人,特别是以这些儒家读书人为基础的官僚士大夫的诗文写作。因而,要研究中国古代文学,就不能不研究它们与中国古代官僚士大夫之间的关系,舍此便无法理解中国古代文学的本质。蔡丹君的《西汉郎官制度对其赋作的影响》认为,赋家的身份本身以及他们所处的政治环境,一直是他们在创作赋体文学作品,展开对赋的理论思考等种种方面不断发生转变的根本动因。陈君《汉晋之间的青土隐逸及其文化意蕴》一文详细地论述了汉代的青土隐逸及其儒学特征,并指出了逄萌、邴原等汉魏学者以儒学而为隐逸的特征对西晋时期的"青土隐逸"的影响，最后还指出了对陶渊明隐逸思想也有一定的影响。这篇研究青土地区文化的文章值得重视，对于青土文化研究有重要的参考价值，尤其对陶渊明思想研究也提供了一些借鉴。

本次会议另一讨论的热点就是考据、疏证与注释类的研究，有对某些词语的解释，对某些作家生平事迹的考证整理，对某些历史问题的考辨，对作品版本、流传问题的考证，对某些作品的疏证注释等。这其中，李炳海《音译与意译的叠加重合——汉代文史典籍中不同民族名物音译的文化内涵》一文最富有新意。他认为汉代文史典籍对于相关语种所涉名物的处理，采用的是音译与意译叠加重合的方式。所用的汉字一方面具有标示读音的功能，是所涉名物在原来语种的读音；另一方面，这些汉字还有表意功能。这种特殊的处理方式，与汉代的经学和文化风尚密切相关。而徐华《刘歆〈遂初赋〉的创作背景及其赋史价值》则通过刘歆现存唯一一篇旨在叙事写怀的作品《遂初赋》来探究刘歆当时的境遇及心态，考证了刘歆的生平行迹，证明了他在当时政局下的无奈，以期学界能够公正评价刘歆及其作品。鲁红平《关于司马相如"东受七经"》一文认为司马相如因深通儒家经术，才成为武帝时汉赋代表作家，而他通经术的途径也只有接受文翁之遣。虽然"七经"是后来语，但不能因此而否定司马相如"受经"这一事实。他极有可能在建元元年被遣，到建元四年或五年回蜀，执教吏民。同样关注历史问题的还有俞志慧《吴越争霸大事表》，文章通过考证，明确了吴越争霸期间所发生的大事，并按时间顺序详列成表，对于吴越争霸时期的历史研究具有重要的参考意义。

对于重要文献的流传整理与勘误也是此次会议关注的一个方面。这一类的代表文章主要有孟祥笑、姚小鸥的《简册制度与〈天问〉的错简问题——兼谈〈天问〉在汉代的流传与整理》和易小平的《西汉诗文辑补勘误》等。前者主要从古代的简册制度入手分析了《天问》"文义不次序"情况产生的原因，并通过分析《天问》在汉代的流传与整理情况得出了"《天问》中'女娲'八句在王逸之前可能已经发生错乱"的结论。后者认为逯钦立先生辑录的《先秦汉魏晋南北朝诗·汉诗》和清严可均辑录的《全汉文》中存在着一些缺漏和错误，并通过详细的考证对其进行了一番辑补勘正。刘跃进的《关于〈文选〉旧注的整理问题》一文从经典文献的细致阅读的重要性入手，寻找《文选》解读的途径，并论述了《〈文选〉旧注辑存》一书的编纂情况。此文观点富有新意，对于《文选》研究有着重要的意义。还有许多学者致力于对于前代文献、文学作品的疏证注释。黄灵庚的《〈古诗十九首〉札记》依照李善、五臣旧注对《古诗十九首》重新进行了一番比较深入的解读。文章不仅对诗中关键字句的注释进行了一番考证，而且从鉴赏的角度分析诗句字里行间所体现的韵味。虽为"聊申己见"，但文章对于《古诗十九首》的注释和解读有着比较重要的参考意义。王霄蛟的《贾公彦〈序周礼废兴〉疏证（一）》一文鉴于贾公彦《序周礼废兴》的重要性和前人关注不足的现实，对该文中出现的关键语词、人物事件以及一些概念做了一个梳理，对一些困惑提出了自己的判断和依据。

  关于汉代诗赋的研究是本次会议的重要内容。首先值得注意的是本次会议有一组关于汉鼓吹铙歌的文章。刘刚的《汉铙歌〈石留〉句读、笺注与本事考论》一文重点研究了汉铙歌中的《石留》一曲，以秦汉声韵和语言逻辑停顿入手，为其句读；以训诂原理为基准，并借鉴秦汉谶语歌诗体解读方法，为其笺注；以历史文化语境和文献史实为依据，考论推理；初步标点、解读了这首困惑学界千余年的乐府铙歌。文章认为《石留》是在汉初特殊的政治背景下，以隐讳方式为汉开国功臣韩信鸣不平的别具寓意的乐府歌诗。另一篇关注汉铙歌的文章是姜晓东的《〈汉鼓吹铙歌十八首〉四首简释》，文章在赵敏俐教授《〈汉鼓吹铙歌〉十八曲研究》一文所提出的"解读这一组作品，应在'得其大意的基础上，慎重地运用常规的训诂之法'"这一思路的基础上，结合考古实物、字词训诂、比照旁参等方法，对《汉鼓吹铙歌十八首》中的《朱鹭》《将进酒》《思悲翁》《雉子斑》四篇作品进行了新的解读，特别是《朱鹭》一篇，依据考古实物提出新说，值得重视。韩高年《汉铙歌〈将进酒〉作时及其他——兼论汉代的宴会歌诗评诗风气》认为，《将进酒》一诗反映了西汉时期贵族社会宴会歌诗评诗的现象，结合史籍所载来看，这种现象是武帝朝时胡、夷之乐输入后引发的求新求异的歌诗创作的产物。其中特别引人瞩目的是"歌者""讴者"在诗歌传创作与传播中的重要作用，以及在宴会评诗中语涉阳阳的诗学思想与当时正统诗学思想的不同。此外还有高人雄《汉铙歌与北朝乐府民歌之比较》。以上论文，从多方面推进了汉鼓吹铙歌的研究。

在汉代诗歌研究方面，冷卫国的《关于〈迢迢牵牛星〉释读的两个问题——兼及庾信的〈七夕诗〉与苏轼的〈渔家傲·七夕〉词》对《古诗十九首》中的"相去复几许""盈盈一水间"两句进行了重新解读，认为应该把作品放入到文学史的大背景下，放入到文学接受史的范围内来寻绎历代关于该诗的解释。舒大清《汉代上层文人心态与东汉文人五言诗幻灭感》讨论了汉代上层社会文人心态与文人五言诗的不同。林大志《试论建安时期诗歌创作的代言现象》从整体上梳理了建安时期代言体诗作的情况。王莉、刘运好《论汉代寓言诗及与其他文体之关系》认为一种文体的形成、发展与成熟，既是文学诸体之间的相互影响、相互共生的结果，也是文体内部对这种影响、共生关系的有机选择的结果。研究文体之间这种错综复杂的关系，就可以揭示在文学发展过程中文体之间艺术因素的互相转化、互相渗透的文学发展史观。胡小林《论清代乾嘉诗坛对汉代诗歌的接受》认为乾嘉诗坛对于汉代诗歌的接受，继承了中国诗歌史对于汉代诗歌的一贯褒扬态度，扭转了清初汉代诗歌一度遇冷，诗学发展无根基可依的偏狭格局，保证了乾嘉诗人在唐宋诗之争的大潮下，依然能够清醒地认识到诗歌的源流之别，从而树立诗歌史上真正典范之作，把持住诗歌发展的正确走向，为清代诗学建构提供了可资借鉴的诗学资源。在乐府诗研究方面，许继起《乐府总章考论》一文则从历史角度考察了总章的演变过程，详细考察了汉魏晋六朝乐府机关中总章乐署的设立、职官的建置，揭示了这一音乐职官制度产生的原因、背景及相关职能。刘玲《从服饰看汉乐府的世俗性与娱乐性——以〈羽林郎〉为中心》从服饰的角度考察和解读汉乐府，角度独特。

在赋体文学研究方面，汪春泓《从武化到文化之转变谈汉大赋的形成》认为大致在前汉景帝、武帝朝，汉大赋迎来大盛的局面。陈丽平《〈列女颂〉文体特色及遭六朝批评冷遇原因》在梳理了汉代颂体发展趋势后，总结了刘歆《列女颂》对汉代颂体创作的因循与创新，最后揭示出古今学者对其漠视的态度是因为刘歆《列女颂》与汉代传统的颂体创作特征的背离，如在规模、取材、道德倾向等方面。杨允《赵壹、祢衡咏鸟赋研究》以赵壹的《穷鸟赋》和祢衡的《鹦鹉赋》为研究对象，深入分析两位作家的精神风貌与艺术追求，探讨作品的特点及其产生氛围。史文《班彪〈北征赋〉和杜甫〈北征〉之比较研究》从两者之间的对比中，探讨了纪行性的作品的继承和发展；也看到了文人抒情手法的发展成熟。与此相关的作家作品解读，则有方铭《东方朔与屈原》认为东方朔既有嬉戏人生的一面，又有直言切谏的经历，他的作品具有深刻的内容，而《七谏》一诗对屈原的评价，可以让我们从另外一个角度思考屈原的有关问题。谢建忠、孙欢喜《刘桢的气论及文学实践》认为刘桢在文学理论上的重气之论曾得到刘勰的重视。刘桢文气说不仅早于曹丕，而且具有自身的特点和原创性，并深刻影响到其创作"文最有气"风格的形成。

在《史记》《汉书》等史传文学研究方面，与会学者比较重视《史》《汉》结构与笔法的研究。丁恩全《陈衍的〈史记〉文章学研究》一文认为陈衍的《史记》研究所指出的"机杼""线索"以及"提振"等概念在《史记》中的运用是最值得注意的，其中有些观点与当代叙事学不谋而合。其文章学研究方法借鉴了现代分析综合法，相对于归有光以来的"圈点法"有巨大进步。洪之渊《〈屈原列传〉的叙事分析》有效借鉴了西方叙事学的相关概念和内涵，认为《屈原列传》塑造的屈原形象只能被称之为扁平人物；在这种单一的效果之下，潜藏着一种绝妙而复杂的技巧。李洲良《史迁笔法：定褒贬于论赞》一文是对《史记》史论方法的深刻探析。他认为如果说史迁笔法中寓论断于序事、藏美刺于互见意在画龙，那么定褒贬于论赞则意在点睛，体现了史家从道德评价主题到历史评价主题的转变。认为《史记》论赞有显、隐之别，并做了具体论述。凌朝栋《蕴涵褒贬与叙事需要的称呼——以〈项羽本纪〉中对项羽称呼的变化为例》从司马迁对项羽称呼变化的角度探究了《史记》中叙事与议论的关系，认为这些的称呼的变化反映出司马迁寓褒贬的"春秋笔法"，主体上蕴涵着对项羽一种褒扬赞赏加悲悯的感情，同时也是烘托人物形象的需要，使项羽形象生动逼真。刘国民《结构的虚构：历史文本的最大虚构》认为，历史文本的叙事具有虚构性，不仅表现在某些事件有一定的虚构成分，而且表现在历史文本的情节结构上，结构的虚构是最大的虚构。史家从众多的历史事件中选择一定数量的事件，根据某种情节编排的模式而结构成一个完整的故事。马铁浩《从亦子亦史到亦经亦史——〈史〉〈汉〉之际历史撰述探微》一文了追寻《史》《汉》之间历史撰述的发展脉络，从比较二书的目录学归属出发，抽绎出两汉之际史学从亦子亦史到亦经亦史的演进轨迹。张旭晖《论〈汉书〉列传章法的表现形式》一文界定了《汉书》方智风范的含义，认为与《史记》相比

《汉书》文章结构更明朗，所涵括的义理基本在儒家范围内，行文上以理率情，以法束文，并且具体论述了其在章法上的表现。此外，王启才《论汉代奏议的议政内容》一文对《史记》《汉书》中奏议的内容做了具体辨析。认为其范围包括反思历史、藩国问题、匈奴问题、经济发展、思想文化建设、安民抚众、尚德缓刑、指陈时弊等方面，具有重要意义。郭院林《试论司马迁以道统抗衡政统的精英意识——以〈史记〉项羽形象为中心》一文认为司马迁将高祖与项羽形象从出身、行事、性格等方面相比较，隐藏着史家的褒贬。这一做法反映了司马迁的精英意识，他接续孔子作《春秋》的精神，把握话语权，在道统上抗衡政统。此外，在汉代散文研究方面，巩曰国《〈淮南子〉与〈管子〉》关注到《淮南子》与《管子》之间的关系，认为《淮南子》既有对《管子》文本的袭用，也有对《管子》思想的继承，这与汉初的社会思潮及该书的编撰意图有关，也与淮南王刘安门下聚集了一部分来自齐地的学者有直接关系。这成为其后"七体"作品的基本内容，只是在不同阶段、不同作品中表现程度与方式有所差异。尹玉珊《桓谭〈新论〉的误读与汉魏子书的辩难传统》从司马贞对《新论》文本的误读入手，论述了从先秦到汉魏子书辩难的传统，并且分析了辩难传统对汉晋文学样式的影响。

在汉代小说研究方面，杨树增《小说的兴起及汉代小说的类型与特征》，指出中国古代小说的形成期在汉代，并且分析了小说的兴起与汉人的小说观念、汉代子史故事类和神怪故事类小说的特征。魏鸿雁《试论汉代以小说解经》注意到汉代小说本身所具有的历史性特征，使得汉儒虽然视小说是道听途说者之所造，但汉儒在解经和阐述儒家思想时却往往喜欢利用小说内容进行说理。汉儒在造作小说时为了解经的需要对历史进行了改铸、摹写、加工创造，形成了汉代的经学小说。张树国《〈易林〉繇辞中的西汉小说元素》一文分析了《焦氏易林》中采用的大量西汉小说资料，其故事类型分为谶纬类、记异类、仙道类和杂传类。并且提出了其作者不可能是西汉昭、宣时代的焦延寿，而应是两汉之交的崔篆。

本次会议还对思想史方面的问题进行了探讨。孙少华的《汉代黄老思想的学术生态及其对儒学的影响》一文，考察了汉代黄老思想的流变问题，认为在汉武帝之前，黄老之学是汉代实现政治统治的思想基础与主流学术。而自汉武帝时期起黄老一变而为三支：与神仙之学结合的黄老之学；接受儒学并在儒者中流传的黄老之学；流入民间在隐士中传播的黄老之学。东汉末年儒家中流传的黄老，成为魏晋老庄之学的先声。该文主要论述了汉武帝独尊儒术前后黄老之学的流变。普慧的《董仲舒的礼教神学思想》一文则从意识形态角度论述了汉武帝"独尊儒术"之后形成的以董仲舒的礼教神学思想为基础的西汉国家宗教神学。曹胜高的《论两汉玄学思潮的萌芽》一文则论述了玄学思潮的萌芽问题。文章认为，秦汉时期，儒道思想逐渐兼容其他学说并交融整合。在这个过程中，学者们将宇宙论的探讨不断转化为本体论的思考，使有无、本末等成为亟待深入讨论的哲学命题。而汉代强调礼教规范，在东汉不断与个体自我之间形成对立和冲突，使得名教和自然的关系逐渐成为急需解决的思想命题。魏晋玄学的形成，正得益于两汉玄学思潮的不断积累。以上三篇文章分别从不同角度分析了整个汉代社会的思想问题，基本为我们描述出了汉代黄老、儒学、玄学思想的发展流变过程和相互影响，对于研究汉代思想史有重要的参考价值。

  本次会议是汉代文学学术研究的一次盛会，是新时期以来在全国范围内召开的第一次以汉代文学为主题的专题学术研讨会。赵敏俐最后进行了大会总结。他认为，此次参会论文反映了当下汉代文学与文化研究的现状，从文体方面来讲，涉及诗歌、赋、散文等各个方面；从研究的问题来讲，涉及文学与政治、经学、艺术等多个领域的交叉研究；从作者的队伍上看，与会学者以中青年学者为主，说明了汉代文学研究的阵容正在逐步强大，汉代文学研究具有非常广阔的开拓空间。同时，他还指出由于汉代本身的历史特征和汉代文学自己的特点，汉代的文学研究一定要和文化联系起来，并且这也顺应了当下文学研究向文化靠拢的转型趋势。他认为此次会议另外一个重大的收获就是增强了对汉代文学的认识，提高了学术研究自信心。相对于其他时代的文学研究，过去的汉代文学研究和活动显得相对冷落，但是汉代有四百年的历史，而且是一个盛世，汉代文学大有可为，期待能够有更多的成果出现。

（本文曾发表于《文学遗产》2013年第1期，此次有删改）
（作者单位：绍兴文理学院越文化研究院、北京语言大学中华文化研究院、河南大学文学院）